胡大楚 著

胡大楚文集

①

小说卷

武汉大学出版社

图书在版编目(CIP)数据

胡大楚文集.1,小说卷/胡大楚著.—武汉：武汉大学出版社,2021.3
芳草文库
ISBN 978-7-307-21710-2

Ⅰ.胡…　Ⅱ.胡…　Ⅲ.①中国文学—当代文学—作品综合集
②小说集—中国—当代　Ⅳ.I217.2

中国版本图书馆 CIP 数据核字(2020)第 153543 号

责任编辑：李晶晶

出版发行：武汉大学出版社　（430072　武昌　珞珈山）
（电子邮箱：cbs22@whu.edu.cn　网址：www.wdp.com.cn）
印刷：武汉中科兴业印务有限公司
开本：720×1000　1/16　印张：17.5　字数：323 千字　插页：3
版次：2021 年 3 月第 1 版　　2021 年 3 月第 1 次印刷
ISBN 978-7-307-21710-2　　　定价：138.00 元（全 3 册）

版权所有，不得翻印；凡购我社的图书，如有质量问题，请与当地图书销售部门联系调换。

《芳草文库》序

刘醒龙

武汉有一批年纪不算太老，但肯定不再年轻的作家，既往作品每出无不风行江汉，后来平淡了些。二〇一五年年初，恰逢一场小聚，其间有老朋友提议给这些在文学创作上颇有成就的作家出版文集，且当场做出关键决策。老朋友提及的作家也是我的朋友，他们的处境很有代表性。

世事流逝到今天，说一点不残酷是不真实的，说太残酷似乎也不科学。值此宁翔雁前羞跟牛后世风，普天之下莫不借口追求日新月异，其实是乡下俗语说的，人人都想一锄头挖出一口井。宁肯臭名远播，哪管丑态百出。忘却不该忘却的，强化不该强化的，是世情中一大不敬。这几年为一位已故作家出版文集，好不容易才成，一来二往之间，见识了足够多的现世生态。似这等才华出众的作家，若非上苍失察，弃之英年，敢不是当今文坛大旗一帜？同理，那些在喧嚣背后悄然尘封的作品，谁能说不是日后人有所诵的典范？天地同根，不是没有高下之分，而是天有天的高度，地有地的厚重。

常住武汉三镇之人，最能体会大江东去、流水落花深意。也是体恤的缘故，又于旷野之间留下高山流水千古知音，以为勉励，兼作念想。朋友提议，饱含诗情，深藏灵性。没有太多商量，三言两语之间，就达成共识，以《芳草》杂志名义，逐年排选，将这批作家的代表性作品编成文集出版。只是由于执业所限，本套书只能以《芳草文库》相称，名头虽小，相信分量不轻。

哲学教会人们认知正确与错误，自然科学是要让人懂得成功与失败。然而，短短人生，包罗万象，其善其美，何止兴衰胜败！文学的存世与流传，其意义正是超然前二者，不以成败对错为目的，也不以卑微尊贵定价值。人非草木，却如同草木，这是文学理由之一，生命不能永恒，却绝对永恒，这是文学理由之二。文学根本理由是，协助芸芸众生在庞杂得无可把握的宇宙间，在神与鬼、灵与欲、虚与实等一切冲突与对立之间，寻找适合每一个体的美妙平衡。

二〇一五年十月十五日

胡大楚文集

小说卷

目 录

儒商 .... /1

儒　　商

第一章

1

宁安从楼梯走上来，宽大的走廊上空无一人，地面上有几处水渍，那是昨晚的暴雨从窗缝里挤进来的。天已放晴，几簇光斑穿过窗外摇曳的树叶缝隙，钻了进来，在灰色的墙沿上闪动，很像宁安此时近乎痛苦的感受。生活常常在人已不去想或不愿再想的地方，出乎意料地开启一扇小门，展示新的希冀和迷惘。

他就要离开这个已经生活二十年的计算机研究所了。

他有些奇怪，人们对他的关注，为什么会大大超出他的预料。这个计算机所，早已没有什么东西可以吸引他了，他也不知道倘若离开，还会留下什么感情。最先察觉这一点的，并不是他自己，而是当年的情敌王德清——理工大学科技处处长。这是一个深不可测的人物，然而又很直露，简直是直露得滴水不漏。"我和老院长孙一平教授，都希望宁安回母校，他开发的有数控功能的数显表，已抓住了我国机床行业未来发展的牛耳。据我所知，大规模集成电路在机床上的应用，美国是从1983年开始的，目前，美国机床已有70%是数显，10%是数控，我们的柔性加工实在是太落后了！"这是妻子冯茹转达的王德清的话。冯茹虽然言辞平静，但听得出来，平静中涌动着赞同、钦佩和故意克制的激动。这一点令宁安很不愉快。"可是你们厂的总工邱子希已经找了我，要我进机床厂，我已经答应了他"。宁安用同样平静的口气回答了冯茹，并用眼睛盯着她。冯茹并没有什么特殊的反应，既不热烈，也不惊讶，只是轻轻地"唔"了一声，走开了，两个人都体验到某种不可言状的冷漠，这种冷漠，明明白白地展示着隔阂乃至嫌恶，只是温文尔雅地被遮盖着罢了。

宁安和冯茹都心照不宣，他们的夫妻生活正面临危机，两个人的情感之河，都有某种分流。冯茹最早的恋人王德清，依然单身一人，并寻找一切机会，企图重新进入冯茹的生活。王德清很精明，时机选择得很好，是在宁安与冯茹的夫妻生活发生危机的时候，而这种危机，恰恰来自另一个年轻女人李如意。

李如意与宁安曾是邻居。二十年前，宁安大学毕业，离家搬走了，李如意刚读高中。两年前，他们重逢了，李如意已由一个少女变成妇女——是宁安的助手方必优的妻子。他们一见如故，仿佛一切都不用沟通，而全都息息相通。她知道他的数显项目得不到所方的支持，她宽慰他，并设法找到一个乡办厂，进行试验开发……事情比想象的更为复杂；宁安的开发项目在乡办厂进展很好，而李如意却不得不与丈夫方必优离婚，并将全部精力投入到宁安的项目中来。不是宁安在控制李如意，恰恰相反，是她控制宁安。对此，冯茹很敏感，她不能容忍李如意的闯入，虽然冯茹完全相信李如意绝不会闯过那道门坎，但仍把李如意看成女人中的魔鬼。

昨天，李如意给宁安打过一次电话："宁安，你相信机床厂的邱子希是真器重你这个人吗？不，不！他是要你的项目，绝不是你这个人！"对此，宁安认为是危言耸听，但是只是轻轻地笑着，并没有讲出口来。他更相信，李如意的话，是女人心胸狭窄的显露，怕自己回到机床厂，被妻子冯茹锁住了。"如意，对邱子希，我暂时的感觉，是不错的，当然，将来会怎样，我很难说清，你知道，我和冯茹，感情并没有……破裂。"令宁安大吃一惊的是，当他的话一讲完时，李如意就将电话挂断。他感受到李如意的失望与随之而来的气愤。

对计算机所的厌倦，不只是宁安一个人的心态，而他的调动，撩动了人们的情绪。有人为他庆幸，有人祝贺他，也有人求所长陈广全和管陈广全的人。他们自己出钱，买来了水果、烟、茶点，甚至拉起横幅，大张旗鼓地欢送宁安，并准备好了在欢送会上的发言，诸如"宁安的走说明了什么""要走的只有一个宁安吗？""宁安不该走，该走的是谁？"……一种隐伏的情绪，顷刻间呼啸而来，在这座灰色的高楼中冲击着，不仅大大出乎所长陈广全的意料，也全然出乎宁安的意料。刚才上楼时，有两个工程师让他去参加欢送会，他拒绝了。他不愿在他离开时往这炉烈焰上加油。他有脱词：陈广全要找他谈话。

陈广全的办公室的门没有关。当宁安走近时，他听到陈广全打电话的声音："嗯，好的。关于放活科研体制和科研人员的问题，我们所已讨论了四天，争论很激烈，对，大家的思想很活跃，恐怕一时难以统一。主要问题是，放宽到什么程度，具体分寸如何把握，对。现在，有些事已经很难办了，有些人，更难领导了！已经有人非闹着调走，我挡也挡不住……"宁安本不愿打断陈广全的电话的，听到后面的两句话，他忍不住了，走到门口，望着陈广全，陈广全立即放下电话，做了个请坐的手势，点燃了一支烟，望着宁安。

他们这样对望，已不止一次了。目光没有温情，只有审视：为住房、为职称、为项目、为资金，甚至为一瓶煤气……宁安是抗争的，陈广全则是居高临下的。

"今天走？"陈广全打破了沉寂。

"嗯，现在。"

"连下面的欢送会也不参加了？"

"嗯，机床厂邱总的车在楼下，催我去。"

陈广全悻悻地点了点头，叹了一口气："其实，你的副研究员的职称，我已经给你补报了，我也想多解决一些像你这样的中年骨干所面临的问题，可这次上面的精神，主要是还债。"

宁安不愿再听这样的话了："陈所长，你找我就是说这？"

"啊，顺便说说，只是希望你对所里还是要有感情，毕竟是所里培养了你这么多年啊！"

"培养？不，是我为所里服务了这么多年！"

"是吗？"陈广全冷笑了几声，"老宁，我觉得，你好像满腔仇恨似的，犯得着吗？你的数显表，也不是我姓陈的卡着不立项，我们是这里唯一的国家级计算机研究所，不是一般的应用所，就是我同意了，上级会批准？能拨款？"

宁安似乎不愿再听了，从沙发里起身。

"不愿听？听腻了？好，好，我也不想讲了。"陈广全脸上的笑只是露了一下，就收了，"有两件小事，也是公事，具体办事的人不好说，推给了我——"

宁安站在那里，望着陈广全。

"煤气和住房，还有一套国外机电一体化的情报资料。"

"我二十四小时之内，全部还给你。"

"那倒不必急，特别是煤气和住房，一个月时间够不够？听说，机床厂破例给你三房一厅，还有电话？"

宁安不回答，把身上穿的蓝色大褂脱了下来，往沙发背上放，转身向外走去。

"宁安！"陈广全叫了一声，走了过来，"也许，我得罪了你，但是，我很希望你听我一句忠告：不要太咄咄逼人，即使得理也要退让三分，否则，也是大气难成的。"

宁安头也没回地走了出来，快步走过那长廊，下了一层又一层楼，走向计算机所的大门。门口，邱子希在等着他，邱子希的身后，停着一辆八成新的皇冠车。

他掉头又看了一眼那灰色的大楼。楼很高，但很陈旧。

2

冯茹向后退了两步，往主席台上的横幅望了望说："右边高点，再高点，哎，过头了，下，再下一点，嘿，好了！"

她很满意，那横幅终于挂正了，上面写着：机械系统科技大会。她是上个月当设计室主任的。这是她第一次受命，为一次极重要的会议做准备。厂里的要求，正如总工邱子希说的，要把一切工作做得天衣无缝，要造成一个良好的印象，好向上边要钱。因为，宁安已被挖到厂里来了，他带来的数显表项目，如果有了钱，就可以带动产品升级，迅速占领市场，使机床厂摆脱产品滞销积压、连年亏损的被动局面。

她觉得邱子希很有魄力，不仅一眼看中了宁安手中项目的潜在市场前景，还以令全厂大吃一惊的做法安排了一切：亲自用小轿车接宁安进厂、亲自安排三房一厅的新住房，而且装了专线电话，这使宁安感动不已，而邱子希则感叹地说："你看你看，这都是应该的嘛！我们这些知识分子，一辈子就是不会要求，或者是要求甚少，领导给一点点，比如房子、电话，就觉得满足得不得了，然后，就没日没夜地拼命、报恩，真是！"冯茹从邱子希开朗的笑声中，感受到某种强烈的希冀，心中也浮起淡淡的自责：与邱总比，自己对宁安的调动，是不是过于冷淡了？

她确实对宁安进厂不关心。她更希望宁安调到理工大学去，但不好对宁安直说，因为宁安知道这是王德清的主意，宁安很敏感。她凭女人的直觉，预感到宁安进厂以后，会带来新的风波，但爆发点在哪里，她自己也说不清楚。也许是宁安把李如意的感情纠葛带到厂里？还是已与李如意离了婚的方必优和宁安在厂里直接对峙？为这些事，她想了好久，一连几个晚上睡不好，但她毕竟是一个能开导自己的知识女性，她搁下了一切，投入到这个大会的筹备工作中来。

她走到主席台上。硬纸做的三角形座卡已经排好，她看了看上面写的名字，大为不满，把助工胡一为叫来："小胡，你看，我们是开全系统的科技大会，怎么把那么多总工放在后排？"胡一为笑："这是夏主任安排的，我哪敢自己做主呀！"冯茹说："夏主任？不行，改过来，开科技大会，科技干部就要唱主角！"胡一为有些为难地说："那……是不是问问夏主任？"正好，厂办主任夏雨浓来了，笑着说："冯主任，开科技大会不假，科技人员唱主角也不假，可这是主席台，从来都是领导干部为主的地方，领导干部是领导科技人员的，这在任何时候都要记住，要是把到会领导人的座次排错了，得罪了哪个领导，我们将前功尽弃！在这方面，冯主任，你恐怕比一般人要多一份幼稚！按你想的排了，莫说图不了个好，还可能叫你搞不成科研！"冯茹一惊："有这么严重？"夏雨浓近乎调笑和无可奈何地叹了一口气说："这年头，就是这么回事。这方面，我是有教训的，你还得学学。"冯茹望了望夏雨浓，说了声"一辈子学不会"，就走下了主席台。夏雨浓尴尬了好一阵子。

冯茹终于没能摆脱内心的烦躁。昨晚，她和宁安在新居里清理东西，冯茹清理衣物，宁安整理堆在客厅里的书。开头，气氛还蛮好，两人有说有笑，清着清着，宁安突然叫了一声，捧着一本发黄的英文书，拍了拍灰尘，笑了："冯茹，你看，这本书终于找到了！"冯茹过去一看，是希波克拉底的《论产后诊断》，英文版，是她找了好久的书。宁安问："希波克拉底的这本书，是医学著作，你用得着？"冯茹边翻书边说："噢，这是医学著作。希波克拉底是符号学的始祖，符号学是仿真理论的重要基础，这本书，是讲怎样通过病人的面容、神态等符号，判断疾病的部位、深浅……这些，对仿真理论贡献很大。"宁安点了点头，露出几分顽皮的神色，问："那你能不能看看，我现在脸上有什么符号？"冯茹一笑，看也不看宁安，只顾自己翻书，谁知宁安从背后把她一搂说："我现在脸上的符号，就是希望你生一个孩子，儿子也好，女儿也好，一个。连李如意都看出来了！"本来冯茹对宁安的亲热很陶醉的，可听了最后一句话，心里顿时咯了一下，变得很反感了。她挣脱了宁安，看也不看他，说："生孩子？老宁，你在搞你的数控，我在搞我的仿真，都不应该有孩子。"宁安追上来，又搂住她："谁说的？"她不紧不慢地说："老王，王德清。"宁安的手，触电一般，松开了。

今天早晨，冯茹拎着一瓶开水，走进办公室的时候，发现方必优已坐在里面，笑着问："方工，早哇？"方必优点了点头，笑了几声："冯主任，有件事，我想请示请示！"冯茹看了方必优似笑非笑的脸说："老方，开什么玩笑，对我，有什么话不好讲，说什么请示！"方必优笑了笑，就讲。原来，科里不少人听说宁安调进厂了，还分了三居室的套房，外加电话，就筹划搞个欢迎仪式。不知是什么人的主意，推举方必优做欢迎仪式的筹备人，一是拉一条欢迎宁安的横幅，二是召开一次欢迎会，三是搞一次大餐，凑份子。听了这个情况，冯茹暗暗吃了一惊，她把脸一板，说："老方，你这是要开什么玩笑？"方必优答："哎呀，冯主任，我有什么玩笑好开的！李如意为宁安，跟我离了婚，这个玩笑我开得起？"冯茹坐下来，看了看方必优苦涩的脸，叹了一口气说："老方，你告诉大家，这些活动全部取消,你就说这是我的决定,也是宁安的意思。大家的情,我心领了!"方必优冷笑了一声:"是吗?看来,大家把你们两口子看低了。现在,是这个时尚,要么,逢迎有钱的,要么,逢迎有权的。"说完,方必优掉头就走了。气得冯茹在办公室前愣了半天。

她走出礼堂,碰到了迎面走来的邱子希。邱子希满面红光,堆满了笑容问:"冯茹,里面布置得怎么样?"冯茹点头笑了笑:"挺好,按要求办的。你是不是看看?"邱子希犹豫了一会儿,将手一摆:"算了,你办事,我放心,走,到我办公室去,有件事,商量商量。"冯茹点了点头,跟着邱子希,上楼,到了总工办公室。一进门,邱子希就给冯茹倒了杯茶,走过来问:"小冯,新房,还满意吗?"冯茹起身接茶,笑着答:"那还用说,我和宁安都谢你!"邱子希在她对面坐下了,笑着说:"嗨,谈什么谢!宁安是你丈夫,又是有成就的计算机专家,你还是厂里的设计室主任,早就该有这个待遇了。"冯茹坦然一笑:"邱总,说实话,我不是个当官的料,也不想当……"邱子希抢着问:"那你想干什么?"冯茹抿了一口茶:"邱总,我快35岁了,结婚8年,连件毛衣都没给宁安打过,还会干什么?现在,我只想自己搞项目,名不争、利不争、官也不争。"邱子希听到这里,开怀大笑:"好嘛好嘛!说实话,现在最难求又最需要的,就是你这样想的实干家,话又说回来,名和利,其实不是坏事,没本事,不实干,能到手?要说官,更不是争来的,越争越拿不到,越实干才越有资格,你说对不对?"冯茹笑着点了点头。邱子希又说:"厂里在研究你的任命时,还有,在调动宁安的时候,大家都同意我的这个观点。我认为,离开了这一点,谈不上尊重知识、尊重人才,对不对?"邱子希没等冯茹回答,就很豪迈地笑了:"不过,对厂里这么重视你们两口子,也有不同的反应,我看,这也没有什么奇怪,要冲破人们的传统观念,也不那么容易,这一点,你们两口子,可要经得住,嗯?当然,这主要靠我们讲话啰,尤其是我,对不对?"说着,邱子希站起身来,走到冯茹身边,在旁边的沙发上坐下,把口气一转说:"现在,主要看你和宁安的配合,就是数显表的事,我已把项目上报,争取上级早点批准立项,把经费快点拨下来,只要经费一到位,马上就集中力量使项目上马;另外,宁安在乡办厂搞数显表,恐怕已经不合适了,你是不是劝劝他,让那边马上停下来?不然,对上对下,我都不好交待"

冯茹从邱子希办公室出来的时候,心已经乱了:邱子希的要求是对的,宁安在乡办厂开发数显表的工作应该停下来,可是,宁安会自己叫停吗?还有,李如意在乡办厂拖着,会同意宁安停下来吗?

3

王德清把处里的事情安排好了，整了整领带，拿着国家科委火炬办的会议通知，去找院长孙一平。他的领带是深蓝色的，有很细的白色条纹，与青色的西装很协调。他很偏爱这种领带，尤其是那藏而不露的白色线条，在他看来，犹如清微见底而又永不喧闹的玉泉，是那么宁静，那么纯洁，既不张扬，又明白无误地存在。

王德清的履历很简单。他从这所大学毕业，留在这所大学工作；从助教、讲师到机电系副主任，再到科技处处长。前后八年，他晋升的路一般人二十年也未必能走到。他英俊潇洒，才思敏捷，从不大意，也绝不过责于人，每一个岗位他都称职，而工作一段时间以后，总使人感到那个岗位对他，也不过如此，他的能力是游刃有余，因此，有人评论他，是看不到底的河。而对这些评论，他似乎没有听到一般，既不留心，也不自喜。他不愿因此而留下遗憾。

然而，生活从来都充满了遗憾，即或是对最无遗憾的王德清，也不放过。当年，冯茹曾经疯狂地爱过他，那一天在花前月下，要委身于他，但，在即将跨进爱情天堂的门槛时，他克制了自己，没有往前再走一步，这使冯茹吃惊不已，王德清却冷静地说："小冯，只要我们真心相爱，日子还长，何必这么早，我们马上就要毕业了，我希望留校，如果万一……"他正要往下说的时候，发现冯茹在哭，就把话停住了，过了好一会儿，等冯茹把衣裳穿好以后，他说："小冯，你是知道的，我很传统，其实我理解，什么是传统？就是名节，中国知识分子最看中的，就是这些。"他的话还没有讲完，发现冯茹已经离开了，他追上去叫也叫不住。从此，冯茹就和他分手了。他如愿留校了。冯茹毕分配到了机床厂，不久，就和宁安结了婚。冯茹离开王德清，给王德清留下了心灵的遗憾。他遇见过许多有意无意向他示意的女子，他都觉得不如冯茹，或不答理，或彬彬有礼地疏远、拒绝，并保持着一种绝无遗憾的神色。然而，越是这样，他内心的自责和遗憾越强烈，常常无端地发出越来越强烈的呼唤：一定要重新赢得冯茹，非冯茹不要。

正由于这两点，他决定走常人想不到的棋：从宁安入手。他打听到宁安在计算机所的情况，了解宁安的数显表项目得不到支持，不得不在乡办厂开发的处境后，就主动找冯茹，希望把宁安挖回理工大学。开始，冯茹很冷淡，渐渐地，态度缓和了，并很认真地告诉他：宁安正在考虑。然而，出乎王德清意料的是，宁安离开了计算机所，却进了机床厂，并没有到他这里来。

是不是王德清的计划又落空了?他彻夜冥思苦想,结论是摇头一笑:未必。世上的事都是好事多磨,看谁有耐心。他现在去找孙一平院长,就是开始了新的艰难的跋涉。

孙一平的办公室在三楼。与王德清五楼的办公室比,这里清静多了,走道上,摆满了花盆。一直延伸到圆形的楼梯,从楼顶玻璃窗泻出的阳光,将楼道映得通亮。

王德清走进孙一平办公室时,孙一平正在看文件。

王德清:"孙院长,这是国家科委火炬办的会议通知,请你——"

孙一平接过信,抽出通知书看了看,一边示意王德清坐,一边说:"我已经接到电话了,估计这次会有大动作,你科技处给我准备点资料,像我们这样老牌的理工大学,在实施火炬计划方面,应该更有所作为。"

王德清:"我们已经准备了一些,刚才,我又召集了一个会,要求大家把我们学校在这些方面的情况,做个精确的统计,如几十年来,我校一共有多少科研项目在国际国内得奖,转化为商品的有多少,当样品的有多少;还有,在几十届毕业生中,有多少人的才能和项目能够用上,又闲置浪费了多少人才……"

孙一平望着他问:"你是让我老头子到北京去放炮?"

王德清笑:"就是我不让,你自己也会去放炮的,不然……"

见王德清把话打住了,孙一平接上去:"不然,我怎么会在历次政治运动中当老运动员,对不对?"

王德清笑了。

孙一平长叹一声:"是呀,知师者莫过于生。好,还有什么话,德清,你说!"

王德清:"说实话,我真希望理工大学把学校的院墙拆了,让每个系,每一个课题,都和经济建设紧紧地挂上钩!"

孙一平:"大学就不办了?"

王德清:"按新思路办大学!另外,还要从外面,吸引一批人进来,譬如我的老同学宁安。"

孙一平:"嗯,我听说,宁安进了机床厂,而且是高价挖去的。"

王德清点了点头:"只怪我当初的思想保守了,一是没有机床厂邱子希那样敢给待遇的气魄,二是没有请你这个院长出马!"

孙一平:"我出马有用?"

王德清:"宁安也是你的高足嘛!"

孙一平:"德清,假若我们再劝劝宁安呢?"

王德清："我也是这样想的。一要再劝劝，不能因为宁安进了机床厂就放下了，求贤若渴，要真渴才行；二要等待一下，如果宁安与机床厂合作出了问题，不正是我们的机会吗？那时，我们把条件给他创造得更好些，不是还有可能吗？"

孙一平点着头，沉思了一下，冷不丁地问："德清，我记得，你和宁安，好像有一段感情纠葛，冯茹和你……"

孙一平的提问，是王德清没有想到的，他不由暗中佩服孙一平的尖锐和老道，但又不能露出痕迹，勉强地淡淡一笑："冯茹曾经和我有过那一段，那早已是过去的事了！"

孙一平"哦"了一声："那你不忌恨宁安，还想帮他？"

王德清大度地一笑："老院长，早已过去的事，还有什么忌恨可言？其实，我要把宁安调来，不能说是我帮他，是让他带来项目，帮我，帮你，帮母校，对不对？"

孙一平听了这话，连连点头，眯缝着眼睛，边打量王德清边哈哈大笑："对！好！这事，就按你说的办！"

离开孙一平办公室的时候，王德清的步子特别欢快。有了孙一平的认可，他完全可以放心大胆地往前走了。他从来都认为人生是盘下不完的棋，即使生命完结了，即使有人在最后一刻长叹一声说这局棋下完了，也不是真正的终局。因此，他对生活从来不掉以轻心，就是看准了、看清了，他也极小心行事。现在，得到孙一平的支持，他明白在宁安和冯茹的这招棋上，他将走入佳境。他了解宁安，也从各方面打听到邱子希的许多情况，他判定，宁安和邱子希的合作，是没有前途的，而冯茹，也会一步步按某种时尚的轨迹往前走。往前走，更远的前面，会有一个人等着她，那个人，不是宁安，只会是王德清。

4

李如意很久没有去那个律师事务所了，很久没见过那个很像她妈妈的钱令华律师了。以往，从来都是李如意找钱令华的，今天奇怪，是钱令华打电话来，"命令"李如意马上去见她。

一定有什么大事。

中午时刻，火辣辣的太阳炙烤着街道，汽车仿佛是沙漠上不畏炎热的甲虫，仍成群结队地驶来驶去。李如意的母亲是钱令华当年的同学，已去世十多年了。与母亲比，钱令华显得匀称苗条，要漂亮得多，只是皮肤稍黑一些。在李如意的印象中，钱令华与母亲的共同点是都很传统，不同点是钱令华更开通。"我是个当律师的，不可能不传统，也不可能不开通，是吗？"这些话，让李如意笑了好久，笑过之后，才悟出一点道理，明白钱令华要更女人一些，而女人，哪怕从事最庄重、最严谨的职业，从来都是被情感所支配的。正是由于这一点，李如意当年与高干子弟方必优结合，钱令华支持；糊里糊涂爱上了宁安，钱令华也默许；义愤填膺地与方必优离婚，钱令华还是支持……李如意明白，从钱令华那里，永远都会得到理解和支持。钱令华对她来说，是一个充满母爱的避风港。

李如意到律师事务所的时候，钱令华正在门口送一个年轻的女人。那女人的眼睛已哭肿了，不断地讲一句话："钱律师，我的事全靠你了！"钱令华连连点头，直到把那个女人送走，才过来招呼李如意。

"钱姨，是不是闹离婚的案子？"李如意问。

钱令华点了点头："男人会赚钱，在外面有外遇，提出要和她离婚。呔，不说这事了，走，到里面坐！"

律师事务所牌子不小，办公的地方却不大，房子是租的，五间，间间都坐满了人，走廊里也排了不少人，找不到个清静的地方。

"钱姨，找律师打官司的人这么多哇？"

"呔，这年月，城里最热闹的地方，一是股票交易所，二是咖啡厅、舞厅，三么，就是打官司的地方了！走，到我家里去！"

李如意笑着，跟着钱令华出了律师事务所。李如意想拦中巴，钱令华说："不用，何必花那个钱，我们可以边走边聊嘛。"

"钱姨，你打电话找我有急事？"

钱令华笑了笑："方必优找了我三次，今天又打电话来了！"

李如意："他找你，与我有什么关系？"

"当然有关系！"钱令华笑着说。

李如意将脸一板："婚都离了，还有什么关系？"

钱令华："说得简单，俗话说，一日夫妻百日恩，你们离是离了，可人家现在提出要复婚！"

李如意一惊。这是她没有想到的。当初，是方必优首先提出离婚的。

李如意没好气地说："世界上有这种男人，天天都在出尔反尔，要结婚的时候，一赌一串咒，什么终生相爱，永不变心啰；什么爱你的一切，包括全部优点和全部缺点，绝不反悔啦！可后来，提出离婚，又信誓旦旦，说只要能离，一切条件都满足，绝对不走回头路。可现在……"

钱令华笑："什么世界上有这种男人？（她把有字说得重而长）我看，满世界的男人都是这样，谁叫你长得这么标致动人，又有才气，让女人都眼红。"

这些话，逗得李如意一笑，往钱令华身上轻轻一撞："钱姨，你乱说些什么哇！"

钱令华："这可不是我乱说，也是方老的意思！"

"哪个方老？"

钱令华："你当年的公公，方必优的父亲，忘了？"

李如意当然不会忘。方老是当年省委副书记，慈祥耿直，对李如意特别好，后来离休了，说是离休，其实影响更大，头衔更多，对于全省重大的事情，他都有举足轻重的发言权。对方必优提出与李如意离婚，老头子特别意外，也特别反对，曾好长段时间不认这个儿子……

钱令华说："说实话，方老从来都相信你，不容易啊！还有连方必优也明白了，你和宁安是很要好，但也不至于会怎么样，当初他之所以提出要离婚，只是自尊心受不了，离了以后冷静一想，他觉得是自己错了。"

"钱姨，我是喜欢宁安，方必优没有错。"

钱令华："喜欢叫什么？喜欢就是爱情？我看，方必优是很诚恳的，你们俩先前的感情也不错，复婚，也不是不可考虑的。"

"这太突然了。"

"嗯，是有些突然，所以我急着找你。如意，我很为你担心，你妈临走前再三交代我照顾你，这件事，我也应该尽责。"

"钱姨，你的心，我明白，除了妈，这世上我也只有把你当亲人了。"

钱令华动感情地点了点头，叹了一口气："我们这辈子，基本上是老传统，从一而终，虽比更老的一辈多一些选择对象的权力，可走的路子差不多。不像你们，拥有选择的全部权力。你们很幸福，可也有另外的危机，就是同这种权力相伴的风险。"

说到这里，钱令华和李如意都站住了，她们发现一个熟悉的身影骑着自行车超过他们。

"嗨！老头子！"

"赵叔叔！"

赵志德听到了叫声，赶紧停住车，车后的一个大包掉了下来，他慌忙地用手去扶，不料自行车也倒了，于是便无可奈何地望着钱令华和李如意，满脸丧气。

这位赵志德，是钱令华的丈夫，纺织科研所的高级工程师，钱令华和李如意赶紧跑过去，一个扶车，一个扶包。

钱令华关切地问："这么大一包，是什么东西呀？"

赵志德："我设计的无纺布流水线模型。"

李如意:"赵叔,你看,这么沉,也不用汽车运,送到哪里去呀?"

赵志德:"搬回家!"

钱令华:"搬回家干啥?"

赵志德的目光中透出悲哀:"他们说……不要了?"

李如意:"不要了?怎么会!这不是得了省里的发明奖吗?"

"拿了奖又能怎么样?"赵志德的声音里透出怨气,"我哪一项发明不得奖?可拿了奖,就没事了!今天、今天……"

原来,纺织科研所今天为了迎接全国纺织新技术研究会的代表,进行了一次搬家式的大扫除,赵志德发现新布置的成果室里没有自己设计的无纺布流水线模型,到处找也找不到,问所长,所长说,无纺布流水线模型已放了三年多了,这次展示的是新成果,赵志德说,无纺布流水线在国际上也是刚有,这是很好的新项目呀!可所长无动于衷,只轻轻地答了一句,你的模型放脏了,不雅观……赵志德没有办法,只有向所长要模型,所长说,你看看,是不是被收破烂的收走了?赵志德大惊,赶到楼下,从收破烂的手中,抢回了自己辛苦设计出来的模型。

"太不像话了!"李如意有些愤怒了,"国家一再讲,科技是第一生产力,你们所里怎么这样对待发明?告他们!"

"告?我能告谁?"赵志德的步履沉重,"他们让我搞了设计,他们也给我发了奖,他们还让我的模型陈列了好几年,也向社会上推过……是他们不支持?是他们不重视?不,说实话,我就是要告,也不知道应该告谁。"

李如意望了一眼赵志德,又看了看钱令华,大家都无可奈何。钱令华怕赵志德动怒,故意把话挑开:"好了好了,老头子,这是公家的事,何必那么认真!我看哪,你有那么多发明,又是高工,完全可以上班喝清茶,下班多养神,还是多关心关心自己家的事吧!"

李如意怕钱令华说自己和方必优的事,赶紧接话:"钱姨,你——!"

钱令华一笑:"嗨,我是说丛玉!"

赵志德一惊:"丛玉?丛玉有什么事?"

钱令华一笑:"什么事?大事!你的宝贝女儿,苦苦等了六年的心上人,终于等来了。"

赵志德惊奇地望着钱令华。

5

一身风采的赵丛玉依着船舷,一边浏览江上的风景,一边听着小录音机。那是一首凯纳唱的无词流行曲,模仿自然界的各种声音,以一种强烈而又近乎自然的节奏,表达出奇妙的感情,似乎自然界是无可奈何地承受着人类社会,并越来越不乐意了,它疲惫唏嘘,它愤怒抗议,甚至不愿再行付出。

赵丛玉很喜欢这首似乎不像歌的歌。她曾经是流行歌曲的狂热追随者,从朱明瑛、成方圆、费翔到张学友、邓丽君、麦当娜……她几乎会唱他们唱过的每一首歌。然而,近些日子,她的口味变了,她发现这些歌的节奏、程式近乎类型化了,而这种类型化恰恰是现代思维的可悲误区。她认为,一旦最无拘束的流行歌曲,堕入了这种泥坑,生命力的爆发和冲撞,就由有力而变为做作了。不信,你听听那些近乎雷同的旋律、节奏,还有那些表达空虚、失望、企盼的歌词,以及歌星们千篇一律的姿势和令人恶心的煽情表演,你难道能获得新的想象,引出新的激情么?由于这,她开始喜爱凯纳的作品,那里有无尽的想象,有深刻的交流,能激发尽情创造的空间。

赵丛玉的这个星期天很充实。她过江来给一所中学代了三节课,一节课的收入是20块。钱令华曾要她到大学去代课,反对她到中学代课:"一个硕士,到中学去赚钱,算什么?"赵丛玉的回答很简单:"大学代课费一节4块,比20块差远了,那才是'算什么',那才是把堂堂的硕士不当人。"钱令华说:"光为钱,那是糟贱自己。"赵丛玉一笑:"我这是面对市场,在市场上,价低的商品才是糟贱。现代知识分子的重要变化,是把利益和名节同等看待。"钱令华叨叨的,核心是说她是没有灵魂的拜金主义,而她却反唇相讥:"拜金主义比拜权主义进步。"最后,两人谁也没说服谁,钱令华只有不管,而赵丛玉还是走进了中学,给三个班代课:同样的内容,讲三次,挣的钱接近半个月的工资,还有,很充实地打发了一个单身姑娘的星期天。

凯纳的歌唱完了,似乎奇妙的宇宙声也远远地消失了。赵丛玉关了小录音机,发现一个年纪不大的乞丐擦身而过。

"要什么?"

"钱呀。"

"找我要钱?我哪儿有钱!"

"你看你有钱买书,就没钱给穷人?"

赵丛玉顺着声音掉头,见那乞丐正伸手向一个坐着的男人要钱,那男人的身上放着一摞书。

"要说穷,我恐怕比你更穷,你行乞还算个职业,可我连这个职业也没有!"

"那你交几个学费,我教你讨钱!"那乞丐油嘴滑舌。

"请走开,我没钱!"

13

"你要赶我走？"那乞丐开始找茬了，"我在这块地盘好多年了，还从没见过读书人赶我走的！我要是走了，这一趟生意不就……"

乞丐说着，一把夺过那读书人的书，用挑衅的目光看着那人。

那人终于抬起了头，赵丛玉浑身触电般地惊呆了：他不是当年的吴光华么？

吴光华一把从乞丐手里夺过书，嘶啦一声，书破了。

"不给你钱，你就抢书？"

"那你为什么要赶我走？"

两人争吵着，乘客们都围拢来，议论纷纷，乞丐趁势大叫大嚷，耍起无赖，要和吴光华厮打。

赵丛玉摘下耳机，拨开人群，用手隔开了乞丐，厉声地吼："你怎么天天在船上闹事？无法无天了！"

那乞丐一惊，看了看赵丛玉："咦，你是干什么的？"

赵丛玉："城市治安组的，你想干什么？告诉你，你年纪轻轻不劳动，我们对你已经很客气了，你还得寸进尺，想干什么？"

那乞丐一听她是治安组的，赶紧点头哈腰，扔下手中撕破的书，退出人群溜走了。

吴光华赶紧过去把撕破的书拣了起来，对赵丛玉说："这位大姐，谢谢你！"

赵丛玉点了点头，见看热闹的人已经走开了，对埋头整理破书的吴光华说："喂，吴光华，你是真的不认识我了，还是故意装着不认识我了？"

吴光华抬起头，认真打量赵丛玉，才惊喜地叫了："哎呀！赵丛玉！是你呀！你不是硕士毕业了吗？怎么到城市治安组了？"

赵丛玉一笑："看你，还像学校那样，整个一个傻。出了趟国，拿了个洋硕士，怎么连一场戏都看不懂？"

吴光华笑了："你看，我只顾这本书……丛玉，你还是老样子，一点都没变！"

这时，船靠岸了。他们下船，又到了赵丛玉的家，谈了很多很多，唯独不谈一个话题：他们曾默默地相爱过。

从吴光华的口里，赵丛玉了解了他的情况。他们大学毕业分手后，吴光华到美国留学，并获得了硕士学位，本来有很好的工作机会，但他拒绝了，因为，他有两项很有前景的发明项目：人造骨骼新材料和多维脑地图仪。他希望回国来，把这两个项目完成。然而，事情比他想象的要糟糕得多。开始，他很受人们的欢迎，让他好好休息休息，接着，就通知他，到外办去当翻译，人事部门的一个负责人说："你的英语好，当翻译是最好了！这个位置，眼红的人很多，托人走后门送礼,拼命往里挤,说实话,我们就是因为你是出国深造学成归来才破例照顾的,这个位置,一年少说可以出几次国。"这一席话,说得吴光华哭笑不得,他想,我是学高分子的,要的是搞项目开发的条件,我的天,怎么破例照顾我当翻译?让我当翻译,这不是杀鸡用牛刀吗?他无法接受,只有拒绝了。过了一段时间,人事部门又通知他,到畜产品进出口公司去报到,理由是"畜产品与高分子有关","进出口又用得着外语人才",这倒是样样都考虑到了。"说实话,这真是难为他们的想象力了,我只有横下一条心,再次拒绝了这个安排。"吴光华等了很久,再也没有人来过问他的安排问题了,事后才知道,有关部门认为他的事很棘手,"无非是个硕士,怎么这样难办?"在想去的地方去不了,安排的位置不满意的情况下,他只得返回了郊区,来到与他的专业毫无关系的镇卫生防疫站。

"什么?那不是更不对口吗?"赵丛玉惊问。

"嗯。可防疫站的站长对我好,说我可以不上班,可以不承担站里的任何工作,言下之意,只让我挂个名,让我好潜心研究我的项目。"

"那你的经济问题呢?工资、项目费用……"

"这些站里当然都没有,好在,我在国外还积了点钱,还够用。"

"那能有多少,将来花光了你怎么办?"

"也许,没花光项目就成了,要是花光了项目还没成……"

吴光华的目光中透出凄凉。

"这对你,是太不公平了!"赵丛玉有些发怒了。

"还谈什么公平呢?"吴光华说:"我相信,当我的项目成功以后,我会争得公平的。"

"呔,你这是什么话?这是什么年代了,知识分子已经不是臭老九了!"

"正因为年代不同了,我觉得我这样干,没错。现在,成果没出来,再大的知识分子,也当不了老大。"

说实话,吴光华给赵丛玉的印象,是更实在,也更成熟,还更精明。他仍然那样消瘦,高大,只是额头添了几条皱纹。她还仔细问了他的项目。由于同是高分子专业,她敏锐而又准确地掂出了这些项目的分量,一种潜在的激流从心底翻起,她发现,作为一个未婚女人所盼望的命运的转折点到了,长期企盼的太阳,随着吴光华的出现,已经冉冉升起。

赵丛玉送走吴光华的时候,已帮吴光华把被乞丐撕破的书粘贴好了,又打听了吴光华的住址。她说她要去看他,但是她没有说她爱他。可是,她把对吴光华的爱慕之情,告诉了妈妈钱令华。

第二章

6

搬进新居以后,宁安确实激动了一下子,又是设计,又是布置;一间客厅,一间卧室,一个冯茹的工作间,一个自己的工作间,原来两居室的家具,远不够了,只得又买了一张书桌——旧的自己用,新的给冯茹。还添了两个高架书柜,买了几把椅子,一对假羊皮沙发,外加台灯、窗帘等。当一切大体布置好以后,他元帅式地巡视了一番,既说不上满意,也说不上不满意,原因很简单:新居虽宽,风光依旧,恰恰应了"景不同物依旧"的老话。这种感觉一冒出来,就把那已经荡漾的兴奋之情一扫而光,连他马上到机床厂上班的念头都被打消了,一清早,就骑车直奔郊区的乡办厂——红卫机床配件厂。

昨天晚上,冯茹很认真地跟他谈了一次话,讲了邱子希的意思:立即停止在红卫厂开发数显表。他惊奇,也惶惑,但没有反驳,一句话也没有讲。

他是五年前开始数显表研究的。作为一名电脑专家,他深知这个项目的应用前景,隔几个月就向上报告一次,请求列项并给予支持,然而,每次报告都石沉大海,直到两年前碰到李如意,局面才发生戏剧性的变化,他不再寄希望于上级,放下了架子,来到地处郊区的乡办企业——红卫机床配件厂,从事开发数显表的"地下"工作。"靠国家立项?你怕中央知道?对普通老百姓来说,'国家'实际上就是你主管的上级,他们一手遮天了,'国家'就不管你了!"李如意半是讥讽半是愤怒地说,"中国的知识分子都是一个悲剧,既有拳拳报国之心,又缺自立自强的报国之志,自信心不如卖茶叶蛋的,他还能跟工商局的人打游击,你敢?另外,一副臭架子,好像读了些书就是用来拿架子的。其实,像留学生在国外到餐厅打工一样,在国内创业,又有什么不行?"李如意这一串火辣辣的话,让宁安脸红心跳,一腔怨气被冲个精光。他经李如意介绍,来到了红卫机床配件厂,认识了剃着光头、木匠出身的承包厂长黄盼盼。"我不懂什么数显数控,可我懂得一条,乡办厂要办大事,就得要有新招数。如意姐是科技情报处的,她说这玩意行,可以赚大钱,我信!我是乡办厂,钱不多,可总还是个厂,固定资产有几十万,我还有一幢房子,给你试验,搞出样品,总是够的。真成了,我再找银行贷款,把戏唱大!"宁安被黄盼盼的话鼓舞了、感动了,把数显表的开发,也拿到了红卫厂,他把节假日、找医院开病假条泡病号的时间以及可能的夜晚,全都用上了,数显表的开发,也进展迅速……在这种情况下,要他停,他能停?

先是水泥路,后是柏油路,再是黄土路……这条通向红卫厂的路,宁安已经骑了整整两年,他太熟悉、太了解了。在这条路上,他已习惯了风风雨雨,也产生过突破性的灵感;他享受过欢快的情境,也排泄过痛苦的溃淀。当然,还有灰心,还有怨恨,还有沮丧。使他感动不已的是,水泥路虽好,但每到一个接缝就是一次剧烈的跳动,令人不快;黄土路虽然尘土飞扬,但视野开阔,弥漫着浓烈的原野气息。

已到黄土路了,已见到红卫厂了。说是一个厂,充其量,只不过是有几台机床、吊车和旧气锤的作坊。喜庆春节的对联还没退去,刻意装修的厂门与破旧的厂房极不相配,很像穿得很旧的衬衣领上系着一条粗糙的花领带。记得李如意第一次领他来时,他几乎泄气了。这里能搞数显表?要知道,这是要解决全国机床一体化的关键装备啊!然而,随着时间的推移,他的想法变了。他相信,这种看新又旧、看旧又新的厂房里,将会产生新的雷声,一旦高新科技到这里嫁接成功,中国的农民会让世界吃惊。还有,这种不起眼的乡办企业,正承担着对传统农业改造的主要重任。这里将产生有文化和现代生产观念的新农民,将产生改造传统产业的新方式。将铸造包括流通、金融在内的新经济结构……

黄盼盼依然光着头,和李如意埋在封锁起来的现场。这是黄盼盼制定的规矩。他拿出了一间独立的平房,作为数显表的开发车间,并亲自掌管房门钥匙,绝不许闲杂人员入内。

"如意,盼盼,你们这几天还在干?"宁安问。

"嗨,不干还行?"黄盼盼满手油泥,"如意姐在这里督阵,我还敢溜号?"

李如意白了黄盼盼一眼后,问宁安:"家安好了?"

宁安点了点头。

"那还不抓紧享受几天?"

"有什么好享受的?"

"人家都说,住新房,对夫妻来说,就是二次喜庆、二次结婚!"

宁安知道,李如意话中有话,也就不接话了。倒是黄盼盼鬼,将巴掌一拍:"嗨,看你们知识分子,就是讨厌,连醋罐翻了还打哑谜!喂!小英,你来一下!"

听见黄盼盼在叫,在那边当助手的小英走过来,等黄盼盼吩咐。谁知黄盼盼二话不说,将小英一搂,啪的一声,在小英脸上亲了一下,使小姑娘脸上飞红,叫了一声,逃走了。黄盼盼却哈哈大笑:"宁工,如意姐,你们看,我这个大老粗，就是这样，直来直去！"逗得宁安和李如意笑得捂住肚子。几天没见面，宁安觉得李如意脸色苍白，眼神忧郁，仿佛瘦了一圈，眉间的黑痣也显得突出了，饭后，他和李如意在田间散步。

"如意，你好像有什么心事？"

"嗯……有。方必优找我，要求复婚。"

"好哇！"

"你同意？"

"我……说不上。"

李如意不讲话了，慢慢朝前走。

方必优要求复婚，这是宁安没有想到的。他的本心，当然是不同意，然而，一种已婚男人的自尊，又驱使他口是心非。

"说不上？宁安，你虚伪！"

"我虚伪？不，我有一批图纸，还想托你转给方必优呢！你知道，能够把我粗糙的想法变成精确的图纸，只有他。"

"我不想说他！"李如意的声音是愤怒的，"我要问问你，冯茹把你弄进机床厂，究竟是为什么？"

"不，不是冯茹，是邱子希！"

"那邱子希是为什么？"

"因为我有数显表。"

"他们的意思，是不是让我们这里停了？"

"也许……"

"也许，你个人也是要停了？"

"怎么会呢？"

宁安口里这么说，可心里却一惊：这个李如意，真是个精明的女人啊！她怎么会知道邱子希会有停的要求呢？

"怎么会？"李如意面对着他，"你说，你究竟是停还是不停？"

"绝对不停！"

得到了宁安肯定的答复，李如意的脸上，露出了笑容。这是那种会心的、满足的笑容，也是那种让异性激动的笑容。

"很好。宁安，我今天将把你的回答记录在案。"

"可以。"

"另外，还有一个问题，也要你回答。无论是肯定，还是否定，我也将记录在案。"

"说实话，你的这种方式，我很害怕。"

"我这不是黑材料，也不是备案准备将来上法庭，只是对你的良心、道德的一种真实的记录。"

"有那么严重?"

"当然。只有重视良心和道德的人，才觉得有用。"

"好，你问吧!"

"你说说，你同不同意我和方必优复婚?"

宁安只是望着远处，没有回答。

"方必优说，离婚以后，他感到内疚，认识到他冤枉了我，说我和你的关系是正常的、清白的，请我原谅他，希望一切重新开始。"

"你的意思呢?"

"我? 我是在问你!"

这时，一个声音从他们身后传来，是方必优的："如意，这事，不应该由老宁回答。"

7

当一个人的自卑心理消退之后，隐伏着的自信心会剧烈爆发出来，驱使他干出以前想都不敢想的事情来。

方必优正是如此。

在离开红卫厂将近半年以后，他能够突然出现并站在宁安面前表现自己，也是如此。

作为一名干部子弟，从小，他就有一种无形的优越感。那些被常人视为庞然大物的厅局级干部，在方必优家里，几乎全然像个办事员，至多是有点身份的办事员。他们平日的架子和自负全然没有了，有的只是汇报时的谦恭，逢迎的笑容以及近乎乞求的试探和卑微。而方必优的父亲，则落落大方，谈吐自如。这样的环境，使方必优在很小的时候，就领略了官场的气势和风云，有心无心地学到居高临下和居下奉上的双重本事。他从家庭得到的最重要的东西，是深懂权力的分量，而他又得从头开始。很自然，他从上幼儿园到大学毕业，都很顺利。虽然总没有出类拔萃的高分和突出之处，但最好的学校，最好的专业，他是不愁的，正由于这样，他也很顺当地进了本地最大的机床厂——因为是被称为方老的人，当初把这属于165项重点工程的厂搞起来的，并且很顺理成章地与李如意结了婚。他不仅家庭条件好，他的个人条件也很好：长得帅，个头好，有风度，而介绍人正是管李如意的科技情报处处长和科委主任。这种结合，曾让方必优陶醉了一阵，也令方家欣喜了一阵。然而，接踵而来的是一个又一个遗憾：李如意拒绝怀孕，决意过无子（女）的日子；李如意与宁安相逢并发生移情；方必优与李如意大闹而最终离婚……随后，方老退居二线，再后，宁安进厂，几乎压倒方必优。这一连串的变化，使方必优从最自信跌入最自卑的底层，也迫使他进行了任何人都不能命令他干的反思。他曾彻夜不眠或是半夜惊醒，也曾酗酒而企图麻木自己。他深深地感到过去的自信是外在的，或是家庭的，不是自己自有的，而外在的自信是最脆弱的。社会不可能自然给人带来一切，家庭同样如此。父辈的优势必须建立在个人成功之上，否则一切都谈不上。一旦这个道理明白了，他立即意识到失去李如意太不应该了。因为，李如意具有独立意识，有个性，而且大大超过一般女士，很实在又富于独创精神，更何况她又这么美。这样的知识女性，能不吸引任何一个有情感的男人？何况宁安这样与李如意一起长大的人呢？方必优想通了这一点，他几乎是捶胸顿足，后悔万分，决心从挽回婚姻的败局入手，走出人生心灵的最底层。他一下子变得实在起来，也一下子变得很自如、很平稳。他相信，他看到并能走出新的地平线。

在方必优来红卫厂之前，邱子希找他去谈了一次话。这次谈话，是方必优改变自己形象的重要转折。邱子希要方必优通过关系，向银行要技改贷款，方必优立即拒绝，理由很简单，厂里上有厂长、总工，下有科长，我方必优仅仅是一个普通工程师，并无此职责。另外，工厂债台高筑、产品积压，向银行借的贷款拖欠不还，再借是不可能的。邱子希对此一一点头承认，瞪着惊讶的眼睛。当邱子希以恳切的口吻要方必优在搞技改贷款方面发挥"重要作用"时，方必优立即回敬："邱总，你究竟是看中我的作用，还是看中我父亲的重要作用？"弄得邱子希不好作答，既不能肯定，又不敢否定，只得说："小方，你一向有实力，宁安都离不开你，你的作用我们将进一步发挥，明白吗？还有，你有你父亲这样的背景，作用将更大、更重要，因为，在当今社会，能有这种背景的人不多，是巨大的资源……"这些话，方必优一改过去听了高兴的做法，将眉头一皱，要掉头就走，却被邱子希拦住了，并向他赔礼道歉，且赞扬方必优处优不骄的品德。在自尊心得到满足之后，方必优才当着邱子希的面，给省行的何方基行长打电话，给邱子希一个留有希望的结局。邱子希十分高兴，主动动员方必优找李如意，并答应要从中斡旋。

方必优是在这种状况下赶到红卫厂的，在他得知宁安和李如意在村头散步时，他赶到了，并适时打断了宁安和李如意的谈话。

李如意没有想到方必优会来，也不愿与方必优谈下去，先走了。方必优也正好借题发挥，与宁安来了个正面接触。

"宁安，我想……你已经知道了，我向如意提出了复婚的要求。"

"如意告诉我了。"

"我希望这中间不要再出现你的影子。"

"必优，你怎么这样看呢？你曾是我的合作者，如意也是，当初，大家的合作是很愉快的。"

"你认为我和如意离婚是愉快的吗？如果这也叫愉快，那我就不明白不愉快的含义了。"

"其实，你已经传话给如意了，你们当初离婚，是你的失误，是你对我和如意的误会。说实话，闹成这样，我心里也不舒服……"

"不。不是我和如意离婚使你不舒服，而是你和冯茹不融洽。"

"是的，我和冯茹之间是有些误解，但这与你们无关，尤其与如意无关。"

"不，有关。如意我了解，她虽然很理智，但再理智的女人，一遇到感情问题，就往往蠢得不可理喻。"

"必优，你这样说如意，实在是……太过分了！说实话，你不应该把别人想得太龌龊。男人，应该有胸怀，像如意，当然，我也是这样的，把事业看得重于一切，甚至生命。"

"这就是我和你之间有区别的地方了。我方必优把名誉看得重于爱情，把爱情又看得重于事业。"

他们的谈话，终于不欢而散。方必优看不出宁安有什么变化，但确信宁安已经清楚了自己的变化。这一点，方必优就很满足。

他找到了李如意，进行了最直接的表白："如意，钱律师大概把我的意思转达了，但我还是当面提出为好，我希望我们复婚。"

李如意："你认为这样做还有意义吗？"

方必优："有。对你，对我，都有。我请求你再给我一次机会，也请求你相信我对你的感情。"

李如意："感情？你我还谈什么感情？不过是有人有些臆测，你就当众那样羞辱我、奚落我，那时候，你的感情到哪里去了？"

方必优："你的责备，我都能接受。不过，我也请求你的谅解。你知道，我一向很自尊，一听闲言，当然就……我对你体谅不够，关心不够。今后，我将充分尊重你，包括你和宁安的友谊，只要不出格，我绝对没有意见。"

李如意："方必优，你不觉得你说这些话已经太晚了吗？"

方必优："不，并不晚。否则，我今天不会来，也不会说。"

当方必优离开红卫厂的时候,他的心情变得特别开朗,自我感觉也特别好。与邱子希、宁安、李如意三个人的三次相遇,他都认为不错。他相信,世界虽然复杂,但他能应付,并能从被动转为主动。

8

赵志德一夜没睡。

不是烦躁,不是沮丧,不是百般无奈的叹息,是那种平稳的、冷静的、接近他从事设计一样精细的思考。妻子钱令华睡得很好,上床以后,很快就发出女人特有的轻微的鼾声。这鼾声与熄灯后的黑暗,为他的思考提供了很好的空间。好像女儿赵丛玉阁楼的灯亮了很久,但那灯光浅黄、微弱,也为他的思考增添了气氛。

他是一个纺织专家。在纺织科研所,他是紧随总工以后的第二名高级工程师,所里曾经给他安排各种挂名式的职务,都因为他不受理或不会受理而作罢。他根本不习惯也不愿意履行当官的行政程序。然而,他在业务中却光芒四射,几乎年年都有发明和创新,虽然其结果差不多与昨天无纺布模型一样,从获奖、参展开始,到冷落废弃而终。这就使他成为一个名气越来越大而事实上又可有可无的人物。

这是他彻夜思考的中心。

他没有思考外部原因,他认为那是他力不能及的。他只研究自己,毫无疑问,他是忠于职守的,可这种职守是没有什么实际意义的。毫无疑问,他是有上进心的,可这种上进心已与虚荣心毫无二致。毫无疑问,他已功成名就,可这种功成名就又能说明什么呢?想到这些,那种曾经有过的满足全部消失了,过去舔来很甜的岁月,一下变得苦涩了。长期支撑着他、支配着他的某种意志,似乎一下瘫软下来,消退下去,而另一种渴求则越来越强烈地向他袭来。

还不到五点钟,赵志德就早早起床了,拧开了灯,投入了新的设计。他打算从这个新的设计开始,走另一条路。

"志德,天还没亮,你又干什么哇?"钱令华在床上躺着问。

"睡不着。"

"睡不着也睡,这年月,还想不通?"

赵志德不理。

钱令华披着衣服起床,到桌边看了看:"哎,志德,你还搞这些破设计?"

赵志德:"破设计?这是快速牧草脱水机组!"

钱令华："嗨,有什么用?你早起伤身体不说,连灯钱都贴进去了,画出来有什么用?还不是白画!人家都把你的东西扔进了垃圾堆!"

阁楼里,女儿也醒了:"我爸呀,是典型的忠于职守!"

钱令华："谁要他忠了?又有谁值得他去愚忠?那帮子人哄你骗你,拿了你的成果去卖弄,给自己贴金,然后连人带物把你甩了,还看不透?"

赵志德烦了："大清早叨唠干吗呀,还没到做老太婆,就这样!"

钱令华："我叨唠?这是为你,怕你再上当!"

赵志德："这一次,我不会上当。

钱令华："还不上当!上了一辈子的当,没上够?"

赵志德："我这是搞的国际水平的设备,红外线的,给我们自己干的!"

钱令华："嗬,给我们自己干的?"

赵志德："对,我把这个设计完成了,就去卖!"

他的卖字一出口,把钱令华惊呆了。阁楼上,女儿赵丛玉则高叫一声:"太阳终于从西边出来啦!"

阁楼上,传出了节奏现代的音乐声。

是丛玉放的凯纳的无词流行曲。

赵志德也无形被凯纳的声音感染了,放下手中的绘图,坐下了。

他的确想卖。他再也不愿以获奖来证明自己了,他想换个办法实现自己,把设计拿出去卖。他研制快速牧草烘干机的念头,是那年在内蒙古参观时产生的。当时,大批牲畜因为缺少饲料而病倒,而牧民们因为缺钱买不起进口草料。牧区的负责人介绍说,当地夏秋草场茂盛,但无法保存,年年春天缺草,导致牲畜大批死亡。国家曾引进美国的快速牧草烘干机,花了几百万美元,但因技术控制,燃油不能替代,无法使用。赵志德特意研究了那套设备,开始了自己的设计与开发。

赵丛玉从阁楼上下来了,一边梳理头发,一边说:"爸,你说这次设计要卖,我看思路是对了,知识和智慧,其实有很高的商品价值。有牛有羊的地方,就需要牧草。需要牧草的地方,就需要爸设计的这一玩意儿!"

赵志德："快速牧草烘干机组,只要6分钟,优质牧草脱水85%。"

赵丛玉："嗯。就凭爸的这个点子,就够个大价钱!我就卖过这种点子!"

钱令华一惊："你还在外面卖点子?"

赵丛玉："当然。我上个月出差到东北,碰到一家生产一次性筷子厂的厂长,他们的筷子出口日本,一打价是九十多块钱,简直没有什么赚头。我就给他们出了个点子,把出口价从九十块涨到三百块。就这个点子,他们厂就付给我点子费三千块！"

赵志德："你有什么点子，值三千块？我搞无纺布模型，叫重大发明，奖金只一百块。"

钱令华："丛玉，你可不能在外面瞎搞啊！"

赵丛玉哈哈大笑："看你们吓的！我的点子很简单，我让他们在筷子上印上日期，用英文和日文，就这。"

钱令华："就这？"

赵丛玉："嗯。就这，出口价一下涨二百多。你们想想，一次性筷子是配着快餐一起在快餐店出售的，买快餐的人一看筷子，上面印的是最近的日期，不就说明筷子是在保质期之内的吗？快餐店的信誉不就有了吗？"

赵志德恍然大悟："嗯，这个点子好！"

赵丛玉："好？好的还在后头呢。最近，那家厂的厂长又从东北来找我，说是如果有好点子，酬金起码是五千块！"

钱令华："你出了？"

赵丛玉："我已经想好了。我要价一万"

钱令华："一万？什么好点子？"

赵丛玉："说起来好笑，就一句话，可我不会随意说，他要是不先付钱，我绝对不说！"

赵丛玉说完，要去漱口洗脸，被钱令华拉住了："丛玉，在家里说说还不行？"

赵丛玉："要他们在筷子柄上走一刀。"

赵志德："走一刀？"

赵丛玉："拉下来，就是一支牙签。就这，他们一打筷子的出口价，起码又要上涨一百块！"

钱令华想了想，笑了："就这么个小点子，还要一万块，心太黑了"

赵丛玉："不是我心黑，是我有本事想出这点子。不然，你们谁想到了？其实，我要一万块不算多，他们出口批量大，一集装箱要装多少万打？到头来，还是国家得大头，工厂得小头，我那一万只是小零头。"

赵丛玉说完就走了。

赵志德望着女儿的背影，陷入了沉思。说实话，对女儿的新潮，他是了解的，可绝对没有想到女儿会新潮到用自己的点子做生意赚钱。自己想了一夜刚刚想通的事，女儿早就干上了，而且很成功。自己虽已想通了，但仍顾虑重重，而女儿却毫无顾忌、毫无负担、充满自信。这说明了什么？是自己的迂腐还是女儿的过分？要知道，女儿也是堂堂的国家科研人员，正牌硕士啊！

他似乎受到启示，又充满疑问和惶惑。

"志德，"钱令华叹了一口气，"我告诉你一件事！"

"嗯？"

"丛玉已经有了对象，叫吴光华。"

赵志德吃了一惊。

9

邱子希走出工商局的时候，又回头看了看那幢灰色的大楼，似乎百思不得其解，自己为什么会走到这一步。

他来这里，是让工商局出面，强行把红卫厂的数显表开发停下来。

这是他日夜思索后的最佳选择。

像一盘难下的棋，他最近走了几步妙招：以前所未有的魄力，打败了理工学院，把宁安挖进了厂，并协助系统成功地召开了科技大会。这两件事在社会上引起很大的反响，新闻单位也连续报道。他又套住了方必优，利用方老的影响，终于从银行搞到了技改贷款，使全厂又喘过气来，能发几个月工资了。这使全厂职工都钦佩不已。正当他要继续往前走的时候，难题出现了：宁安和红卫厂都不愿把数显表的开发停下来，并提出，考虑到红卫厂已有客户主动订货，能否既照顾到机床厂，也照顾到红卫厂，把数显表作为两厂联合开发的项目。

邱子希当然不同意。项目是宁安的，宁安是机床厂的人，怎么能与乡办厂红卫厂联合开发？但他又不好正面表态。正面表态会伤害宁安。宁安没进厂时，是红卫厂冒着风险拿出钱和场地让宁安开发项目的。宁安不能进了机床厂就忘了红卫厂，那太不仗义。他也不能对宁安下达行政命令。前思后想，邱子希抓住了红卫厂在数显表未经过鉴定许可的情况下拿了订单这件事，找了工商局，工商局完全可以会同新技术局，以红卫厂非法经营为由，让红卫厂停产，从而停止数显表的开发试制……

他是这样到工商局的，而且也取得了工商局的默认。

邱子希从来以一个技术专家自居，他一贯鄙视玩权弄权的政客作风，然而，他现在也走上了这一步。走这一步，对他来说，是经过一番艰巨的思想斗争的。这是维护企业的利益吗？当然。那么，还有没有你邱子希个人的利害在其中？当然，也有。你这样对乡办厂下手，是不是太狠毒了？当然，但这是逼出来的，不然，都不好做人。这样做，与你的为人宗旨不相矛盾吗？有一点。但谁叫你乡办厂过早地去接订单呢？

这样一个又一个尖锐的自问后，他走了这一步。他相信，一旦工商局出面，红卫厂停产，宁安必然会就范，而邱子希就可以名正言顺地让数显表上马。他甚至想好了，一旦他把数显表开发成功，他愿意照顾宁安的面子，将一部分活分给红卫厂，作为合理的弥补。那时候，邱子希从里到外，都将无懈可击。

这是一个久经风雨而又长期从事技术研究的工作者的老谋深算。邱子希在这一点上，从来都是自信的。他20岁进厂，从一个普通技术员开始，干到58岁，成为一名副厂级的总工程师，经过了多少运动，饱受了多少人事倾轧，没有能算能谋的本事，他能有今日的处境和挥洒自如的风度？他遇喜不狂，处惊不慌，每走一步，都有三个以上的方案进行筛选，决不走引起下一步被动的棋，也决不动谁都能看清的招，这是他从不在言语上抢先的原因。他鄙视别人的政客手段，而当他一玩弄这套的时候，他从不愿人看到他那只会玩的手。

他回到自己办公室的时候，立即找来了方必优。

"必优，这次争取技改贷款，你可是有功之臣呀，下一步，你有什么想法？"

面对邱子希打谜式的问话，方必优揣摩着，不急于答话。

邱子希："啊，我想，你是不是应该重新与宁安合作，把数显表搞上去？"

方必优："宁安找我了，他有这个意思。"

邱子希："你的态度呢？"

方必优："正在考虑。"

邱子希："……唔，是不是考虑李如意的事？我好像听说你已经向如意提出了复婚的要求？"

方必优："嗯！"

邱子希："好嘛！这又是你的进步！必优，最近，你的进步很快，倘若能再忘记前嫌，与宁安二度合作，你的前途将是非常可观的！"

方必优笑了笑："可观不可观，倒不是主要的，和如意的事，对我来讲，才最重要。"

邱子希："好，我一定配合你，给你们敲边鼓。来，你作为宁安的合作者，把这份报告书看一看，嗯？"

方必优接过立项报告书，很快地看了看，把目光停在了项目责任人一栏上。

方必优："邱总，怎么第一责任人是你？"

邱子希轻松一笑："嗨，这是厂里的惯例，我的前任的前任就如此，我是总工，技术上的事，我都是第一责任人。"

方必优："也就是说，所有的成功项目，都是你的成绩？"

邱子希看了看方必优一下："你为什么不问失败了呢？是不是第一责任人？小方，这个项目不小，关系我国传统机械工业的改造和机电一体化的前景，有我这个有些影响的老家伙挂牌，上面批起来，不是好办得多吗？"

方必优："宁安他知道吗？"

邱子希："厂长办公会决定的，还没来得及告诉他，会告诉他的。你看，你也是责任人之一，你来厂时间长……"

当邱子希还要往下说时，方必优打断了他的话："我倒无所谓，只是，我想提醒你，宁安可是个功名心非常强的人。"

在方必优走了以后，邱子希把方必优的话回味了很久，又把冯茹找来了，不轻不重地给了几句暗示，然后，找来了宁安。

邱子希："老宁，好像你和红卫厂都提出了和我们厂联合开发的建议？"

宁安："嗯。"

邱子希："很好嘛！如果能这样，你也好，我也好，各方面都好交代，对不对？可是，你没在工厂干过，要把两个厂联合起来，尤其是要把我们这样的国营大厂和红卫厂那样的乡办小厂联合起来，不知道有多难！先不谈具体的东西，像财务啦、人事啦、班子啦……这些不说，就是两个厂的主管单位，又不知道跑多久，磨多久！这样磨，不是把战机都磨进去了吗？"

宁安："这么说，邱总不同意？"

邱子希："这么大的事，我能说同意和不同意？我的意思是，对于一个项目开发人，他不应考虑其他问题，而应将全部注意放在项目上，放在最有利于项目开发的远景上，而不应该舍大求小，意气用事。"

宁安明白了邱子希的意思："邱总，我这不仅仅是意气，而是一个科技工作者的良心和道德。"

邱子希一边笑一边点头："这我当然理解，而且是很能体谅！我决没有让你抛弃红卫厂的意思，只是作为个人不成熟的想法，把你当成一个朋友，提出来，供你参考。你刚刚进厂，厂里对你的期望很大，就算是投桃报李，你也应该有所表示，把数显表这件事处理好，是吧？"

邱子希很诚恳。

他相信，在工商局采取行动之前，他的诚恳是一种不致引起猜忌的铺垫。

10

方必优突然要提出复婚，李如意既感到突然，又不觉得突然。不觉得突然是显而易见的，方必优确实爱她，连大吵大闹要离婚，都使人觉察到这种爱，方必优那种无可奈何的眼神，以又浸透在暴跳如雷里面的乞求，都让李如意感受到这一点。只是她的心早已离他而去，决不愿再拖一天，才不去理会对方的种种暗示。而感到突然，是方必优的主动姿态和行动的方式。他突然改变自己，也不考虑过去看得最重的所谓尊严，向她，向她周围所有的人，甚至向宁安以及方必优身边所有的人，来坦露一切，或是公开的乞求，或是言词尖刻的进攻……

一连三天，李如意都接到方必优的电话，约她老时间到老地点见面。前两天，她都推辞了，今天，她没有推辞。原因很简单，方必优约她谈的，主要是关系到宁安和数显表的事情，并一再强调，很紧急，很重要。

阴天的黄昏，黑得特别早，还不到七点，街边的店铺都亮起了灯。

当李如意走上江堤的时候，感到有点冷。江风很大，卷起黄黄的浪，向堤边扑来，发出了一阵阵悠远的轰响。一群江鸥在风中挣扎着，尖叫着，声音有些凄厉，一会儿出现，一会儿消失。

李如意看了看，方必优没有来。她本想离去，但又打住了，决意等一等。这是当年他们恋爱中从未有过的事。她不是为别的，而是为宁安。这一点，连她自己也感到奇怪。她在方必优面前，毫无疑问是高傲的公主，而面对宁安，她却是那么顺从且心甘情愿。她相信，这是她真情的流露。这恰恰应了一句警语："得到的已不神秘；没有得到的，总是那么神秘，那么有魅力。"

她的肩头，有一件羊毛衫搭上来，她很惊奇，一转头，是方必优。

"如意，我本是早到的，怕你穿少了，去商店买了件羊毛衫。"

方必优很温存，很体贴，脸上露着笑容。

"我就算定了，你的衣服一定单薄，不会自己照顾自己。"

李如意穿上羊毛衫，很合身，色泽也很好，纯黑的。她喜欢黑色。方必优知道。黑色庄重，富有力度。配上她修长的身材，更透出一种特殊的美。

她与方必优沿着江堤走去。脚步声被江涛声淹没，对岸已影影绰绰亮起灯火，夜轮偶尔尖叫一声，冲出江天的宽阔。

"如意，我想了几天，想通过你，转告宁安，我愿意与他合作。"

李如意没有回答。她相信，这些话是方必优复婚攻势的一部分。但她不理解，宁安为什么要死死抓住方必优。

"当然，这是我与宁安的二度合作，我希望这次合作更真诚、更成功，你说呢？"

"你约我来，就是因为这？"

"不用急嘛,有些事,我希望先跟你好好谈一谈?"

"复婚的事?"

"如果你愿意谈,我当然求之不得;如果你暂时不愿谈,我想谈谈别的,也很重要。"

"那好,谈谈别的。"

"嗯。这一次宁安进机床厂,邱总的姿态是前所未有的,不知道你想过没有,这是为什么?"

"这还用问,对外对上,是重用人才,对工厂,是要抓数显表。"

"仅仅是为机床厂抓数显表?"

李如意看了方必优一眼,回答不上。

"我看,邱子希有不可告人的野心。"

"嗯?"

"昨天,我看了邱子希起草的立项报告,你猜第一项目责任人是谁?是邱子希!"

"是他?"李如意惊愕了。

"当时,把我看呆了。明明是宁安的项目,怎么突然变成邱子希的?当时,我就问他,经过宁安同意没有,他回答,这是老规矩,是厂长办公会定的。"

"宁安知不知道?"

"恐怕还不知道,所以我急着找你。"

"你是让我马上转告宁安?"

"嗯。"

李如意半天没有讲话。她断定,在这个重大问题上,方必优是不会撒谎的。他显然在作出某种暗示,他不再怀疑宁安与自己有什么暧昧关系,而是认为宁安是自己真正的事业合作者。

"必优,这个情况,我们应该尽早告诉宁安。"

"嗯,我也是这样想。"

"那我们现在就去?"

"恐怕不合适。"

"为什么?"

"最近,好像宁安和冯茹的关系不大好。还有,冯茹是听邱总的。是不是这样,你去给宁安打个电话!"

李如意马上点头同意。与方必优走下江堤,找到一家公用电话亭,拨通了宁安家的电话。

"喂，宁安在家吗？"李如意拿着电话问，出乎她的意料，对方是一个女人的声音。

"嗯，你是谁？"

"请宁安接电话。"

"你是谁？"

"我是李如意。"

对方放下了电话。很显然，接电话的是冯茹。质问的口气中透出不安和厌恶。

不久，宁安来接电话。

"啊，如意？有什么事吗？"

"有，刚才接电话的是冯茹？"

"嗯，怎么了？"

"没怎么。你告诉她，女人接女人的电话应该更客气点。"

宁安那边笑了："不是，她有事，很忙！"

"我也有事，方必优让我转告你，他同意与你合作，还有，你明天是不是把邱子希的立项报告看一看？"

"什么意思？"

"也许，很有意思。你要特别注意项目第一责任人是谁。"

"是谁？"

"也许冯茹知道！"

"是冯茹？"

"她是你的妻子，你问她！"

说完，李如意放下了电话。

方必优一直站在旁边，显得很平静。

"你应该告诉宁安，明天找邱子希的时候，不要提到我。"

"是吗？怕得罪邱子希。"

"那倒不至于……主要是少些麻烦。"

"什么麻烦？"

方必优不说了，望着路灯下的街道。

天上，似乎有丝般的小雨。

第三章

11

吴光华跟丛玉谈起回国原因，也谈了自己的爱情遭遇。

他出国前，已有了未婚妻，叫丁沁兰。他们曾经相约，吴光华学成回国后，两人就结婚。但是，当吴光华谢绝外国公司之聘，赶回国内时，发现丁沁兰已经变心，与香港商人宋派领了结婚证书。

"光华，你不要怨我，我只不过是想跳出国门。"

"那你为什么不告诉我？我完全可以在国外谋职，带你出去！"

"不行。我不可能学会英语……"

"仅仅是英语问题吗？"

"当然不，还有钱。我很会花钱，已经习惯了想怎么花钱就怎么花钱……"

吴光华再也无话可说了。

他承认他的失败。而这对他无异于一次重大的突破。他曾经有过类似宗教的思维，崇拜英雄，崇拜爱情，崇拜至善而又高尚完满的人格。这种崇拜既不像老辈人那样有纵深，也不像20世纪90年代的年轻人崇拜歌星那么疯狂，似有似无，固且非固。丁沁兰的离去，是对他这种崇拜的致命一击，使他感到社会变化的急速及这种急速给人们的家庭、爱情带来的巨大震动和反弹，从而使他产生强烈的恢复独立人格和自尊的渴望。

他开始鄙视被官方的光环笼罩着的政府职位了，也嘲笑一切依靠某种特殊关系而经营人生的可怜之辈，甚至也嘲笑那些无法证实自己专靠文凭学历去证明自己的人……正由于这样，他远离熟悉他的圈子，把全部学历文件封存起来，到市郊一个不熟悉他的镇，当了镇卫生防疫站的一名普通合同工。他要享受普通合同工的自由，要享受从社会最底层干起冲向高坡全部冒险的惊骇和喜悦。

防疫站与他的专业风马牛不相及，然而，他却帮防疫站翻译了十几万字的外文资料，引起背有些驼的老站长的注意，问他怎么会外语，他没法隐瞒，拿出大学毕业文凭，使老站长大吃一惊。

"光华，你有大学本科文凭为什么不用，在这里当合同工？"

"我想看看自己能不能从头干起。"

"是不是犯过什么错误?"

"不是。"

老站长哈哈大笑:"嗯,好!光华,你有志气!我没什么权力给你落实政策,只能做一条:拿合同工工资,享受干部待遇!"

从此,他可以不坐班,一心一意在家搞自己的科研了。

其实,他的"家",是镇里一家普通土房,房主是个太婆,太婆住外间大房,吴光华住里间灶房。他叫大婆为姑婆,姑婆叫他华子,两个无亲无故的人,倒是过得蛮亲热的。天热了,姑婆给他熬绿豆汤,他替姑婆打井水;天冷了,姑婆说华子砌的炉子烧得好暖和,他说姑婆做的腊八豆又开味又好吃又耐寒。姑婆从不进他的房,说是怕,不是怕别的,是怕他用新材料做的一些标本。那些标本堆得满屋,在灯下反射出寒光。

与赵丛玉相遇以后,吴光华的心境有了变化,一种说不清的涌动,给他一种明白的暗示,几乎与当初结识丁沁兰一样,有爱的冲动。开头,他不相信这种暗示,但当他一次又一次收到赵丛玉的信,直到最后收到赵丛玉寄来的一千元汇款,他才确信,赵丛玉在爱他,他自己也在默默地爱赵丛玉。

赵丛玉在信中说,为了吴光华的事,她找过人事局,科干局新材料研究所,其结果都是一样的,热情地留下关于吴光华的资料,彬彬有礼地强调编制困难,人员超编,不好办。接着,赵丛玉在信中大发感慨,既尖刻地大骂官僚主义是扼杀人才的刀斧手,要他一定不要向旧体制低头,进而,又埋怨他当初为什么想不开要回国,还引经据典,列举许多经过磨难而成功的科学家事例,宽慰吴光华,只要真正是人才,任何恶劣的环境,最终都是压抑不住的,不然,人类历史和科学,怎么能向前发展?最有意思的是信的落款,从"你的老同学"开始,字数越来越少,最后变成一个字:玉。然后,又一个字一个字地增加,变成了"爱你的玉"。

接到赵丛玉寄来的一千块钱,吴光华不知道该怎么办才好。收吗?不行。凭什么收?退吗?恐怕也不行。真退了,赵丛玉会怎么想?

正在他十分为难的时候,赵丛玉从城里来了。

那天,吴光华出去有点事,不在家。赵丛玉来了,在门口找到了姑婆。

"请问,吴光华住这儿吗?"

"吴光华,啊,你是说华子,他不在家!"

"他到哪儿去了?"

"说是马上回,你是谁呀?"

"我是他同学,从城里来的!"

"城里来的？嗯，找华子有事？"

"有事，谈谈工作。"

"谈工作，好，好！华子哇，天天在屋里工作，说是有什么发明，哎，在后间……"

姑婆领着赵丛玉穿过堂屋，来到后间。

"姑娘，你是华子的同学，我才对你讲……他发明的事，他不让我对人讲的！"

赵丛玉点了点头，自己向后间的门走去，轻轻推开门，走了进去，被什么东西将头撞了一下，定眼一看，是一具完整的人的尸骨，吊在中间，把她吓了一跳，再看周围到处都放着人骨头，让人毛骨悚然，她不禁大叫一声，向屋外跑去，正好撞进吴光华的怀里，被吴光华紧紧抱住。

"出了什么事？"

"屋里……！"

"噢，那是我用试验新材料做的骨骼标本！"

赵丛玉惊魂未定，不由将头靠在吴光华的胸上，紧紧地闭上了眼睛。

"亏你还是和我一个专业的，还怕这些？"

吴光华要松手，赵丛玉却紧贴住他的胸口不放，她仰起头来，用火辣辣的目光望着他。他也看着她，感受到她的心跳和她强烈的企盼，他被这种企盼融化着，激励着，燃烧着，也禁不住把她搂紧，将头缓缓向她俯去。

12

事情按邱子希的安排，一步步向前推进。在与宁安谈话以后，他又找了一次冯茹，用命令式的口气，讲了三点：一是宁安已是机床厂的正式职工，必须立即到厂里上班；二是上级已口头批准了数显表开发项目，不允许有第二个点研发；三是宁安如果再坚持到红卫厂搞数显表，就是侵犯机床厂权益，请考虑后果。讲完三点以后，他一再叮嘱冯茹，宁安到企业时间不长，应该好好帮助他。这三点意见，是厂领导的态度，是原则，没有商量的余地。但是，考虑到宁安有一个思想认识过程，冯茹在谈话时，不以厂领导的口气讲，要用自己的话劝说宁安。最后，他告诉冯茹，厂里准备派她去国外考察。

其实，这是他对宁安和冯茹的软硬两手。直觉告诉他，这两手既是对宁安的警告也是对宁安的暗示，是会发挥作用的。

与此同时，工商局也行动了。昨天上午，趁宁安、李如意、黄盼盼在红卫厂，工商局市场科惠科长带队，一行五人，开着工商监督车进了厂，到了厂里，他们兵分两路，一路直奔数显表开发车间，一路来到厂部财务科。到厂部财务科的人，首先查问有无外厂来的数显表订单，当拿到五张订单证据后，便赶到数显表开发车间，交给惠科长。惠科长一看，立即下令查封工厂，冻结财务。这一行动引起红卫厂职工的震惊。

惠科长："你们干什么？真不像话！想搞农民暴动？"

站在人群中的宁安挤出来："大家不要吵闹，有话好好说！"

惠科长："请问，你是……"

宁安："我是宁安。"

惠科长冷笑："原来是你呀，久仰，久仰！"

宁安："你知道我？"

惠科长："怎么不知道？机床厂大名鼎鼎的工程师，放着正道不走，到这里搞地下项目，纵容黄厂长私接订单，非法收取订金，对不对呀！"

黄盼盼一听这个口气，走了过来："惠科长，我是这个厂的厂长，接订单收订金是我决定的，与宁工无关。宁工来厂是指导我们开发数显表的。"

惠科长："开发数显表？我问你，这个项目是谁批准的？你敢接订单，有没有新产品鉴定书和许可证？"

宁安："他们暂时还没有，不过……"

惠科长："我是管市场的，没有批准书，没有许可证，就是非法生产、非法经营，就是地下项目，是违法的，知道吗？"

宁安："我们在这里是搞数显表开发，还是试验阶段。据我了解，工厂里接的订单，是客户主动寄来的，不是红卫厂向外发的。"

惠科长："不管怎么说，接订单是非法的！"

黄盼盼："那我们可以马上把订单退给客户，你不能查封我们厂！"

惠科长："好哇，你有这个态度，也可以嘛，但是，一定要先查封，再进行全面检查，该怎么办，要听候决定！小王、小顾，你们去厂部封账！小李、小林，封门！"

见他们真要动手，厂里的工人们骂的骂，吼的吼，又都围上来了。

惠科长见势不妙："黄厂长、宁工，我对你们讲清楚，你们私接订单收订金的事，已有人揭发，今天，我们是来执法的，要是你们把事闹大了……"

黄盼盼气得眼珠子发红地吼："老子今天就要把事情闹大，你又怎么样？"

惠科长："宁工，你说呢？"

宁安将黄盼盼的肩一拍："惠科长，请你报告你的上司，你们怎么查封，就得怎么启封！"

惠科长："好哇！按上面的命令办！"

李如意冷冷地说："上面？你有上面，我们就没有上面？"

惠科长再也不答理，将红卫厂查封了。

邱子希知道了这个消息，心里暗暗高兴，他也做好了准备：宁安会来找他。冯茹也可能找他，要求助于他，要向他诉苦，更会提出把项目转到厂里来，这时，他就会安慰他们，批评他们，最后再满足他们。当然，也可能会出现完全相反的情况。可是，宁安有什么理由把红卫厂被查封的责任怪罪到他的头上呢？

出乎邱子希的意料，是方必优来找他。

"邱总，听说红卫厂已被查封了？"

"啊？为什么？"

"你不知道？"

"你看，我成天在厂里，怎么会知道？"

方必优在沙发上跷起二郎腿，轻轻地笑了几声，说："也许，事情没那么简单吧！"

邱子希听出了方必优话中有话，但故意不作出反应，他相信，方必优肚中的话，是放不住的。

"必优，究竟为什么查封？"

"听说，红卫厂私接了数显表的订单，还拿了订金！"

"嗨，这就不对了嘛！数显表的立项报告还没批，又没拿到生产许可证，怎么能这样干呢？"

"是呀，可文章就出在这里，工商局怎么知道红卫厂私接订单的事？"

"那还有不知道的，红卫厂虽然小，总还有那么多人嘛！问题还不是出在内部！"

"是吗？据我了解，好像宁工跟邱总你说过？"

"什么？你的意思是我让工商局去查封的？"

"我可没有这讲，只是人们都有可能往这方面想，对吧！"

"不对！怎么能这么想呢？把我邱子希当成什么人了？"

"邱总，别急嘛，啊，还有件事，厂里给上面打的立项报告，关于项目第一责任人的事，不知道宁安晓不晓得？"

"噢，还没通知他。"

"冯茹呢？"

"知道。"

"那你能说宁安不知道？"

"知道了又怎么样？"

"嘿……邱总，且不说别的，宁工会同意吗？还有，他如果把这件事与红卫厂被查封的事联系起来，会不会这样想啊？"

方必优这么一说，邱子希心里咯噔了一下。他望着方必优，不得不承认方必优的精明。然而，他毕竟是邱子希，内心的东西，除了需要，他是决不会表现出来的。

"必优，这么多年，我还没有发现，你很会编故事，啊？"

"生活中充满了故事。"

"哈……生活中的故事，都是真实的。而编出来的故事，除非是艺术，都很拙劣，你说对吗？"

"邱总，请你不要误会，我只是想说说，人们很可能会这么想，这么看。"

"你呢？"

"说真话，我也这么想过。"

"是吗？那就太遗憾了，特别是在我考虑谁来顶替宁安，当数显表开发负责人的时候。"

方必优很机敏地看着邱子希。

无疑，方必优已得了暗示。

这是很合情理的回报。

13

红卫厂被查封，对宁安的震动很大。社会和生活的复杂，远远超出他的预料，他开始全面审视围绕数显表和他自己而展现的世界，那一圈圈的涟漪，一股股暗流，乃至于一朵朵大的小的浪花。红卫厂是黄盼盼承包的，按一年的经济指标，加上数显表的投入，损失在20万元以上。黄盼盼急红了眼，已经做好了把全部存款和房产作抵押的准备，"我爹娘去世了，就我一个，我饿不死，冻不死，全部财产抵押了，我还是可以进城，重操旧业当木匠！可就是这口气咽不下！"李如意则怀疑是方必优从中搞的鬼："这个家伙阴险狡猾，一方面与我们和解，另一方面利用他的社会关系，让工商局来整我们。"宁安不同意这种看法："不要瞎猜。我不相信是方必优使的坏，尤其是他提出要复婚的时候……"

那么，全部事件的背景是什么呢？应当怎样打破当前的困境呢？在骑车回家的路上，他想起了李如意那晚打的电话，要他问冯茹，厂里给上级立项报告中谁是项目第一责任人。他想，兴许，从这里可以理出线头，找到摆脱困境的办法出乎他的意料，推开家门，发现冯茹在抽烟，被呛得大咳不止。

"冯茹，你为什么要抽烟？"

冯茹没有回答，又抽了一口，宁安过去，把冯茹手上的烟夺下来。

"冯茹，究竟发生了什么事？"

"没什么，邱总告诉我，他已向上级推荐了，让我去美国考察。"

"真的？这是好事嘛！"

冯茹苦笑了："好事？作为交换，邱总让我劝你把在红卫厂的试验停下来。"

"你就为这抽烟？其实，红卫厂的试验已经停了！"

"你让停的？"

"不，工商局查封，理由是红卫厂私接订单私拿订金！"

冯茹大吃一惊，瞪着眼望着宁安。

"冯茹，有件事我想问问你。"

"嗯，什么事？"

"厂里向上面送的数显表立项报告中，项目第一责任人是谁？"

"邱子希。"

"怎么会是他？"

"当然是他。"

"这是我的项目！"

"宁安，这是工厂的老规矩，像数显表这样的大项目，只要往上报，第一责任人就是总工，邱总资深望重，报上去批得快、钱也给得快，对项目也好，对工厂也好，都有好处。"

"冯茹，这事，是邱总跟你商量定的？"

"不，是厂长办公会商量定的，我没参加，我知道这事以后，也想不通，专门查了过去上报立项的项目档案，所有项目的第一责任人都是邱子希……"

宁安没有再讲话。冯茹说的这一情况，使邱子希在他心目中的形象，陡然变了。邱子希破例给我房子、电话，甚至让冯茹出国考察，究竟是为什么？

"冯茹，我不同意你这个看法，邱总既然资深望重，他不挂项目第一责任人也是可以办的，他可以向上级介绍、担保……"

"老宁，我已经讲了这是厂长办公会定的，不是邱总个人意见！"

"那他个人可以提出自己的意见嘛，是他自己要当第一责任人的。他就这么凭总工的牌子，坐着小车跑来跑去，把全厂一千多科技人员的血汗成果占为己有？"

"别说得那么严重，事实上，有些习惯的做法，邱总也是无法抗拒的。"

见冯茹这么替邱子希袒护，宁安凄然一笑："你是让我相信邱子希？是因为邱子希推荐你去美国考察？"

"宁安，我还不是这样龌龊的人！"

冯茹又从烟盒里抽出一支，含在嘴里，点燃了，抽了一口，这回没有被呛。

宁安觉察到冯茹的反常，走过去，又拿她手中的烟："我也抽一口。"

冯茹松了手，任他把烟拿过去，望着他。

他抽了一口，也被呛住了。

冯茹苦笑了一下。

"宁安，我想劝你几句，听不听？"

"嗯，你说。"

"现在，既然工商局把红卫厂查封了，你能不能顺水推舟，就此打住？"

"嗯？"宁安吃了一惊。

"你别那么看着我，我不是恶意。你现在已是工厂的正式职工，还要在厂里继续待下去，厂里又花这么大劲把你安顿好，而且也把期望放在数显表上，你就不能依了厂里？"

"这么说，工商局查封红卫厂是厂里做的手脚？"宁安问。

"你看看，你又在胡猜乱想了！"冯茹说，"据我所知，上面已口头同意了厂里数显表的立项，在这种情况下，你硬要在红卫厂搞下去，会有什么好结果？查封红卫厂就是在提醒你！"

"能把我怎么样？判刑？坐牢？"

"眼下，大概不至于……宁安，其实，你手中的项目，远不止数显表一项，你将来需要工厂和上级支持的事，还多着呢，何况，谁不知道数显表的开发人是你，你又何苦把第一责任人看得过重呢？"

"假如我就是要看重呢？"

"其实，厂里说邱总好话的人并不多，你何苦出来挑这个头呢？记得我们俩曾一起看过电影《巴顿将军》，电影最后，巴顿将军说了这样一句话：一切名利和地位都是过眼烟云。你当时，特欣赏这句话，对不对？"

"嗯，我说过。可是，巴顿是在实现了自己成就的时候，才说这句话的。我想，人生起步的时候，如果以此为座右铭，那这个人将一事无成！"

"宁安，我讲了这么多，岂不是白讲了？"

"我都听明白了，但我不会按你说的办，不过，你放心，我不会连累你的。"

冯茹淡淡一笑："那你倒不必担心，你看，我已写了报告，不想出国考察……"

这时电话铃响了，宁安望了望冯茹，冯茹做了个手示，让宁安去接。宁安走过去，拿起了电话。

"喂，我是宁安，啊，德清！有什么事？噢，她在。"

宁安放下电话，向冯茹做了手示，走进里屋。

冯茹走过去接电话。

"我是冯茹，嗯，还好。什么？你也知道了？是的，太不像话！嗯，嗯嗯，刚才，你为什么不对他说？好，我转达。但是，他恐怕不会同意的，我了解他。嗯，好，谢谢，再见！"

她放下电话，长长地嘘了一口气。王德清已经知道红卫厂被查封的事，打电话来，是劝宁安进理工学院。王德清认为，红卫厂被查封的事，绝对与机床厂有关，宁安再在机床厂待下去，是没有好结果的。对不对宁安讲呢？正在冯茹思索时，电话铃又响了，她拿起电话。

"喂，我是冯茹。他在，你是谁？李如意？啊，好！"

她没好气地放下电话，到里屋门口，用手敲了敲开着的门："李如意的电话！"

宁安看了她一眼，似乎要捕捉什么，她意识到了，只是坦然地一笑。

宁安过来，接电话。

李如意："宁安吗？刚才，方必优找了我。"

宁安："好哇！"

李如意："他说他想退出合作。"

宁安："为什么？"

李如意："他没有说。不过，言语中透出一句话，希望你警惕邱子希！"

宁安："嗯，我已经想到了这一点。"

李如意："我和黄厂长商量了一下，为了打破困境，最好的办法是以红卫厂的名义，开一次新闻发布会，把全部真实情况推向舆论界，包括拿订单收订金的事！新闻界思想比较活跃，我们搞科技开发的，要依靠他们！"

宁安听了很激动："嗯，这个主意好！"

李如意："现在，我们等你，马上商量这件事，新闻界的朋友我有。"

宁安放下了电话，恰好冯茹过来了，见他容光焕发，要出门的样子。

"怎么，去约会？"

"不，开会。"

"现在开会？"

"关于红卫厂被查封的事，我们想诉诸新闻界……"

冯茹不说了，见宁安就要出门，她又把宁安叫住了："哎，刚才王德清来电话说，还是请你考虑一下，理工学院对你是虚席以待！"

14

赵志德日夜奋战，终于完成了快速牧草烘干机组的图纸设计。他认为这将是全新的替代进口的新产品，一旦投产，对我国农牧事业的发展将起重要作用。想想看，我国每年都要进口几千吨国外优质草料，每吨200美元，要多少钱？还有，这套机组不光解决大牲口的草料问题，还可以为养鸡、养鸭、养鱼业提供优质草料。我国南方有天然的优质草源，就是北方，夏季草场的草料也很丰足，牲口吃不完，经过快速烘干装置，脱水率85%，并加工成草粉，胡萝卜素含量可达259.6毫克/千克，这大大超过国际优质草粉的标准！

赵志德很激动，也很冷静。他极精细地整理了整套设计说明、设计图纸和产品开发成本、条件及市场前景分析，连同自己一起，开始了市场推销活动。

他找到畜牧局，一位副局长接待他，很认真地听了他的介绍，要他留下全部图纸和设计资料，但他坚持要先签订合同才留，对方不干了，很干脆地告诉他："本地的牲畜冬天也不缺草，你是不是去一下内蒙古和新疆？"他又找到农资公司、新技术局，结果都是碰钉子，最令他尴尬的是，信用社的人说："你如果真想把这个项目搞上去，让国务院给你担保，你相不相信，防空洞的积水装上瓶，就是崂山矿泉水，砖头包一块铝皮，就能当成铝锭卖……"

"爸，你听了不气？"赵丛玉问。

"要不是看那个人年纪跟我差不多，我一定扇他两耳刮子！"

"我倒有个好主意，能保证爸成功。"

"嗯，你快说！"

"你想把项目上上去，对吧，"赵丛玉说，"这就要钱。谁掌握钱？有权人。因此，你就要想办法让掌权的人熟悉你，你得天天围着他们转，取得他们的信任、好感！"

赵志德摇头："这——我办不到。"

"好，还有一条，现在银行也好，单位也好，吃洋人的，最能吃的外国大亨，像卡特、尼克松、布什……你都见过吧？"

"那是在报纸电视上！"赵志德火了。

赵丛玉笑："是呀，跟我一样，爸，你的爸，你的爸的爸……没给我们留个国外钱，吃亏，是不？好，还有一个办法。"

"你说！"

"找记者、造舆论，把你的这个……机组吹上天，把能投资的人吹糊涂，上你的钩！"

果然不假，经过赵丛玉牵线搭桥，有记者上门来找赵志德了。

那天，赵丛玉过江去给中学代课不在家，赵志德和钱令华正在吃晚饭，有人敲门了，是电台的记者。

记者："请问，是赵志德先生的家吗？"

钱令华："嗯，你是——"

记者："啊，我是电台记者，这是我的名片，请多指教。"

钱令华接过名片，看了看，交给赵志德，请这个记者坐。

这是个青年男记者，但打扮很奇怪，脚穿名牌高帮旅游鞋，裤子是黑白条纹的运动裤，上衣却是清朝的对襟褂，无领口，露出一条很粗的金项链，剃着一个大光头，却留着马克思式的长胡，右手腕上有表，左手腕上戴着一个玉石串。

记者说话的声音很尖，像个女人。

赵志德："请喝茶！你怎么知道我的？"

记者："啊，赵丛玉小姐请我来的！"

赵志德："你和丛玉熟？"

记者："嗯，认识。她的歌唱得好，上一次流行歌曲大赛，她得了奖，歌名是《爱上一个不回家的人》！"

钱令华一惊："爱上一个不回家的人？"

记者："呃，我作的词曲……所以，我们就认识了。"

赵志德对他的印象不好，起身要走，被记者拦住了："赵老先生，是不是让我先听一听你的作品？"

"什么作品？"

记者说："丛玉小姐说，赵老先生有那个牧草……草原方面的新作品。"

赵志德和钱令华面面相觑。

记者："丛玉小姐说，你如果去采访我爸爸，就会听到关于当代最激动人心的灵感，那里有浩瀚的草原，有大片大片的羊群、牛群，还有最浪漫的人生和最崇高的人格……我听了丛玉小姐的话，马上报告了部主任，就赶来了！"

钱令华听到这里，大笑起来，赵志德也无可奈何地苦笑。

赵志德："我不懂音乐，我是一名高级工程师，我没有关于草原的音乐作品，我只有一项关于牧草方面的新发明！"

记者一听，连连大笑："哎哟，搞错了！赵老先生，那是不是把你的发明说一说？"

赵志德："发明，我就不说了，如果你是个科技记者，我会说的，我会说我的发明，会给你讲小米草、红三叶、白三叶……江南还有好多好多这样的优质草，这些草的营养价值，比粮食还高！"

钱令华见赵志德又唠叨起来，就打断他："算了算了！念你那一套经，就没个完！现在，谁听你的？"

赵志德呆住了。

记者："赵老，你的发明，是不是没有人要？"

赵志德没答话。

钱令华："不是没人要，是识货的人还没出生！"

记者："嗨，这个事好办，我有一个好办法！"

赵志德："啊？"

记者起身："做——广——告！我帮你，按最优惠价，我也不要提成了。广告词是这样的：本人发明什么……机，居国际领先，属发财捷径，有意投资者，请速来联系，以免被人抢先，要想发财，请赶快来，错过一步，别想发富，一用就灵，灵，灵，灵！"

那记者仿佛在表演，又挥手，又扭腰，将尖尖的声音拖得很长，逼得钱令华禁不住笑弯了腰。

赵志德感到了一种生活的嘲弄和某种不可言状的凄凉。

他终于忍不住了，突然大吼一声："滚！"

这一场闹剧式的"采访"，是赵丛玉没有料到的，作为补偿，她陪赵志德上西餐馆，请他吃西餐。赵志德是第一次到这种地方来，不知道刀叉该怎么用，赵丛玉一面教一面说："爸，不是我说你，你这个样，整个是陈奂生进城。"

"怎么，看不惯？"

"不是，是跟不上潮流。"

"我还跟不上潮流？我连设计都想卖！"

"你那是什么设计？现在，大家都讲眼前，讲短平快，搞短期作为！你不信，你要是发明增高水呀美发剂呀什么的，准保有人投资！再不，你发明肌肉发达器，能够在短期内让中国足球打出亚洲，谁敢不理你？"

15

在商定以红卫厂的名义召开新闻发布会的事情以后，宁安决定去见邱子希。

他需要弄清真相，也坚持明人不做暗事。

事也真凑巧，当他走上办公大楼时，正碰到要下楼的邱子希。

"邱总，我正要找你。"

"宁工有事？哎呀，你看，我这就去小礼堂开个会，能不能换个时间？"

"恐怕不能换。"宁安的口气很坚定。

"很重要？"

"很重要。"

"是不是红卫厂被查封的事？"邱子希预感到了，采取主动进攻。

"嗯，还有别的事。"宁安显得很平静。

邱子希扶着宁安的肩："哎呀，宁安，我早就知道，乡办厂是靠不住的！你那天说他们已接到订单收订金，我就觉得这是乱来嘛！这样干，还有什么章法？"

宁安："邱总，我们就在这里谈？"

邱子希沉思了一下，看看手表："好，那你等我十分钟，我去小礼堂会场应付一下，马上就回，噢？"

见宁安点头，邱子希急匆匆地走了。

当一个人对另一个人的感激和尊敬突然被击碎以后，是很痛苦的。此时，宁安坐在邱子希的办公室，正经历着这种痛苦的折磨。他怎么也想不通，一个很有企业家风度的高级工程师，怎么会那样卑劣地玩弄政客手腕？而得了势的知识分子为什么会这么果断地整治知识分子？这是为什么？他更愿意相信，一切都不是邱子希干的，更相信一切都是误会，然而，预感和已经发生的事实告诉他，不可能。体制造就人，而且是造就更典型、更复杂的人。邱子希也许就是这样一个人。

果然，他坐了10分钟，邱子希就来了。

"准时吧？哈！"邱子希一面给宁安倒茶一面说，"开的门前三包会，也要我这个总工参加，真是！你找我，是不是要我帮忙？"

宁安摇头："不，我是想问问，工商局查封红卫厂的事，与邱总你有没有关系？"

对宁安单刀直入的提问，邱子希是没有料到的，好在他已有这方面的思想准备，方必优曾提醒过。

"与我有关？怎么有关？你的意思是，工商局的人是我指使的？"

宁安不答，冷冷地望着他。

"哈哈……"邱子希大笑几声，"宁安，如果我这个总工能指使工商局，你是不是把我看得太高了？"

"那倒不一定。据我所知,邱总让我进厂,更看重的是数显表。"宁安又进逼了一步。

"那倒不假。可看重数显表本身不就是看中你的价值和才能吗?这又与工商局查封红卫厂有什么关系?"

"很有关系。一方面,你多次要我停下红卫厂的事;还有,厂里已办了数显表的立项。"

"对呀,你能因这来推断我邱某人指使工商局?"邱子希的脸色开始变了,口气中也有愤怒,"既然你这样想,那我也可以直话直说,当我听说工商局查封红卫厂以后,我认为是完全正确的,数显表没有开发出来,也没经过鉴定许可,就接订单,是违法的。再说,上级定点,是批在我们厂!"

"很好,直话直说很好。"宁安把话说得很平和,"我还想问件事,关于项目的。在我们的立项报告中,谁是项目第一责任人?"

邱子希听了这话,口气缓和了,叹了一口气:"你看看你这个知识分子哇,绕了半天的弯子,原来就是问这哇,早提出来不就结了?开厂长办公会的时候,我提出来,项目第一责任人当然是宁安,可大家决定,还是按惯例办。"

宁安:"是你?"

邱子希:"这也是给你垫脚、跑龙套嘛,怎么,你有意见?"

宁安:"你不觉得这样并不光彩吗?"

邱子希被刺痛了,刚刚放松的脸,又紧绷起来,想了一下,很果断地说:"既然你是这样想,这样看,那我就把那天会议定下来的事也都告诉你,如果你拒绝合作,我们将马上采取断然措施,如换人,让方必优主持数显表的开发,现在,钱也到了,不能拖。"

"数显表是我的项目。"

"你是谁的人?不是我们厂的人?"

"我要告你们!"

"你可以告。但请你注意,更有起诉资格的是机床厂!"

见宁安气得手在发抖,邱子希把口气一转,又变得缓和了:"宁安,说实话,为了你的项目,我费了多大的劲,出了多少力?你进厂那么容易?给你三居室和电话那么容易?厂里没有人议论、没有人骂娘?谁顶着的?是我嘛!我这一辈子,大项目小项目上的还少?就缺你这个数显表?我58岁了,还图什么?还不是为了工厂?这一点,你想不到?唉,名缰利锁,这是再有头脑的人也摆不开的诱惑!你未必要的就是这?"

"不,"宁安针锋相对地说,"我要的是公正,要的是科学良心。"

"哈哈……公正，良心！"邱子希说，"对，为这我追求了一辈子！可我坦率地讲，我为你垫底，对我就公正了？连我最重视的人都误解这么深，就算有良心？像我这个年纪的人，有好几种，一种耐得住寂寞，但耐不住贫穷，所以总是要做一些不顾名节的事；另一种，是耐得住贫穷，耐不住寂寞的人，为此常常为了所谓名节而不择手段；当然，也有人既耐得住寂寞又耐得住贫穷，只是这种人少而又少。至于我，属于另一类：既不寂寞，也不贫穷。我的收入不算薄，又有两个儿子在国外，已是白领阶层了。我在事业上也不差，刚才讲了，成果很多，围着我转的人也多，我用得着不顾名节？你应该想得多些的，是体制，是传统习惯，是一些决策者的观念。对吧？"

"这些我都想了。"

"这就好嘛！"

"而你邱总，完全可以让这些东西变一变的。"

"哎哟，宁安，你看你把我又看重了不是？我说起来是个总工，可……"

宁安站了起来："邱总，我不想再谈了。"

邱子希："想通了？"

宁安："不，恰恰相反，更加不通。我该问的问了，也问明了。"

邱子希："那我能问一个问题吗？"

宁安："悉听尊便！"

邱子希："你打算怎样办？"

宁安："我和红卫厂一起，召开新闻发布会，向社会公布围绕数显表的事所发生情况的真相，呼吁舆论界的支持。关于项目第一责任人的事，我将留待以后再论。"

邱子希的脸色变得铁青，也站了起来，用严厉的口气说："那好，我现在就按照刚才与厂领导研究的几点决定，对你宣布：一、你是机床厂的正式职工，必须遵守厂纪厂规，正常上班，否则将给予行政处理并予以追究；二、上级已口头同意定点在我厂开发数显表，再在红卫厂试验开发，就是违法行为，我们将追究其经济和法律责任；三、我们正式任命方必优，还有冯茹为项目负责人，你必须服从他们的领导！"

此时的宁安，则显得放松了。他终于使邱子希露出了真面目。他用手拍了拍裤子上的灰尘，对邱子希说："邱总，想听我的意思吗？"

"说！"

"三个字：我——辞——职！"

第四章

16

李如意已全力投入新闻发布会的准备。遇到的第一个难关,就是要说服乡里同意。

"如意,乡里认为我们这是开的扯皮会,不想支持。"黄盼盼讲。

"那他们能眼看红卫厂被查封,垮台?"

"是呀,我把利害关系说了,乡领导好像还是不肯点头,工厂查封也好,垮台也好,反正是我承包的,与他们关系不大!"

"有这样的领导?"

黄盼盼愁眉苦脸地点头。

李如意想了想,劝了黄盼盼几句,往企业家协会跑了趟,说是给企业家协会领导汇报,实际上去找熟人聊了聊,顺便弄回了一张有企业家协会字样的公文纸,然后,用这张公文纸,起草了一份关于召开新闻发布会的报告,盖上红卫机床配件厂的公章,再在报告的纸眉上模仿领导干部签字的字样写下了"同意召开此会并予以大力支持"的文字,并用根本认不清楚的笔划,写了一个潦草的签字。

"如意,你搞这个东西干什么?"黄盼盼问。

李如意一笑,将做好的这份公文一拿说:"走,我陪你到乡里去!"

黄盼盼恍然大悟,一面大声赞扬点子高一面说:"走,我们那些能吃会赌的乡干部,见了这个文肯定同意!"

他们到了乡政府,乡长正和几个乡干部开会,说是传达农委的文件。黄盼盼给秘书递了两盒烟,终于从会上把乡长拖出来了。

乡长是个五十多岁的人,精瘦,脸黑黑的,穿着笔挺的西装,打着领带,却卷着裤腿。

"乡长,这是我们厂的信息顾问李如意小姐!"黄盼盼介绍着。

乡长盯着李如意,看了好一会儿,伸出手来,把李如意的手一抓,紧紧地握。

"李小姐在哪里发财?"乡长问。

李如意笑着说："科技情报处。"

"黄厂长，你什么时候聘请李小姐为顾问的？我怎么不知道？"乡长问。

"啊，一年多啦！"

"你看你，这么重要的人才，你藏起来，不应该呀，是不是？"

乡长又笑着，把李如意的手抬起来，用另一只手拍了拍。

李如意收回手，红着脸笑了。

"李小姐找我？有什么事？"乡长边问边让李如意坐下。

"乡长，有件事给你汇报。"李如意说着，从口袋里取出那"公文"，递给乡长，"红卫厂被封，是不对的。为了保护企业的合法权益，我代表红卫厂给企业家协会汇报了，他们完全支持召开新闻发布会。"

"是吗？"乡长接过文件，从上衣口袋里取出金边老花镜，看了看，"嗯，这是哪位领导的签字？"

"鲁会长！"李如意说。

"噢，就是原来的鲁副市长？"

"对，鲁会长说，一定要把他的批示交给你。"

"好嘛！有鲁副市长支持，就好嘛！"乡长笑了，又把口气一转，"不过，查封你们厂的是工商局，我们乡的全部企业都在工商局手上，可是得罪不起哟！"

"乡长，你——"黄盼盼有些急了。

"我怎么样？"乡长的脸变了，对黄盼盼训斥起来，"我能为你一个厂要全乡的厂都搞垮了？你知道你这件事影响多大？你还想把影响搞大？怕我们乡的名字不臭？"

黄盼盼低下了头。

李如意站了起来："乡长，你认为被查封是一件坏事？"

"那未必是件好事？"

李如意："从某种意义上讲，可能是好事。当前，数显表的开发进展很好，眼看可以成功，这一查封，让大家知道数显表还没出产就有订户，这是坏事？还有，我们把新闻发布会一开，又进一步宣传了红卫厂和数显表，这怎么又不是大好事？"

乡长点了点头："嗯，可这个会是冲工商局来的，我们这些乡办厂，胳膊拧得过大腿？"

李如意："乡长，总得讲讲是非嘛！"

乡长："是非？我们跟工商局讲是非？"

李如意："那乡长的意思是不开了？我们怎么给企业家协会交待？"

乡长:"我不是说不开,据我了解,鲁副市长在住院,癌症晚期,他不可能到会支持。"

黄盼盼惊骇地望了李如意一眼。

李如意:"乡长的意思,是要我们找个能管住工商局的头头,又能到会的大领导,你就同意开这个发布会?"

乡长点了点头。

李如意:"那好,乡长,有个人你知不知道?"

乡长用疑问的目光看着李如意。

"方老!原省委副书记!"

乡长笑了:"只要方老到会,你们和谁打官司我都支持!"

"方老是我的公公!"

黄盼盼吃了一惊。

乡长先是惊讶,然后朗朗大笑,态度立刻变了,不仅表示支持,还和他们一起研究,请新闻单位的什么人到会,会后招待餐的标准,给参加会的人是发钱还是发纪念品。

事后,黄盼盼很兴奋,要请李如意吃饭,李如意说很累,想一个人散散步,就独自走了。

是的,她很累,主要是心累,她对宁安能表示的,全部表示了,宁安就是没有明确的回应,这让她猜不透,而这又反过来激起她更大的期望和诱惑,使她的心里时时刻刻离不开宁安,总觉得为宁安有做不完的事。而方必优又紧紧地逼着她,不知是因为宁安的原因还是因为别的原因,她又不能太驳方必优的面子,使自己处处对方必优既要防范又不致太冷。

突突突,一阵摩托声传来,在李如意身边停下了,是方必优。

"如意,你叫我好找。"方必优说。

"找我有事?"

"邱总听说你们要开新闻发布会?"

"对呀!是邱子希派你来当说客?"

方必优耸了耸肩:"他是有这个意思,希望你们不要把他弄得太难堪,这样大闹下去,实在对谁都不好!"

"那倒不见得!"

方必优激动地说:"如意,红卫厂是家乡办厂,跟机床厂过不去,实在是不明智,这样硬碰硬,等于鸡蛋碰石头!"

李如意冷冷地说:"那就让红卫厂这只鸡蛋给石头砸烂?"

方必优:"呵,你别误会我,我只是说把事情搞过了,你们自己也会被逼上绝路,再说,邱子希在上面也有背景。"

李如意:"是不是还要加上你的背景?"

方必优急了:"你看你!如意,你怎么用这种口气跟我说?我其实并不赞成邱子希的这种做法,可你们能不能也稍微平和一些?"

李如意:"封了工厂、封了项目,这就是平和?"

方必优的话被堵住了,他推着摩托车,跟在李如意身后。

方必优:"如意,来,我送你回去好不好?"

李如意:"我今天想走一走!"

方必优:"如意,我爸爸想见见你!"

李如意:"嗯?"

方必优:"你知道,我爸对你一直都是称赞的。我爸说,就是作为一个朋友,如意也该看看我了!"

李如意停住脚步:"好,今天我去!"

方必优喜出望外地说:"太好了!"

李如意:"我有一个条件——你得帮我说服你爸出席新闻发布会!"

方必优怔了,想了一会儿,下决心地说:"我曾经对我爸说过,从现在开始,对如意提出的任何要求,我方必优全部满足,来表达我的……爱!"

17

冯茹感冒了。

从北方来的西伯利亚寒流,席卷这座城市,使气温骤然下降,冷雨过后,又是风沙,将街道吹得灰蒙蒙的。

冯茹虽然加了衣服,还是感冒了。先是嗓子疼,接着是咳嗽,有时候简直是要把心肺咳出来似的。浑身酸疼,怎么坐怎么躺都不舒服,骨头像散架一样,身子也一阵阵发冷,有时冷得发抖。头像被针扎,扩散出放射性疼痛,人像被大铅块压着,昏昏的。

她的精神负担也很重。

她按邱子希的意思劝了宁安,宁安不听。她在邱子希面前,为宁安争辩了,邱子希也不听,红卫厂被查封、数显表项目第一责任人,这一连串的事件,使她对邱子希的印象逐渐发生变化,可又很难让她下个什么明确的结论。她在工厂待的时间太长了,对工厂里发生的事情也变得麻木了。她不愿把人看得太好,也不愿把人看得太坏,她认为邱子希完全可以放过宁安一马,也认为宁安完全可以成全一下邱子希。名利既是过眼烟云,也是永恒的动力,但大家应互相忍让宽容才好,才会有更好更大的名利。可是大家很难做到这一点,中庸已成为举世闻名的文化,可越提倡中庸,却越缺少中庸。

这些感慨,不是她真正的重负。她的重负是宁安和李如意的关系,还有王德清虽不讲明,但又再明白不过的追求、纠缠。那天晚上,宁安和自己谈不拢,可李如意一个电话,他跑都跑不赢。冯茹当时没有阻拦,可宁安走以后,自己却流出了凄凉的泪。她想过报复,可又无论如何走不出这一步,对,是传统,她走不出传统。然而,她又认为这不仅仅是传统,而是还有对宁安说不清、道不明、摆不脱的爱,以及伴随着爱的情谊、忠诚。这是不是传统?未必所谓现代意识也要抛弃这种传统?

更令她心烦的是,在这个节骨眼上,邱子希作出了决定,要她当数显表项目开发的负责人,使她和宁安的微妙关系变得更加复杂。在进退两难的情况下,冯茹不得不咬牙拒绝了邱子希,这使邱子希大怒不已,并责备她心无大局,"辜负了厂里的期望"。她强忍着,不加反驳,也决不后退。她想好了,下一步,应该辞去厂技术室主任的职务,彻底从工厂人事圈子里退出来,这将是她至关重要的一步。到这一步后,她可以集中精力开发自己的项目——仿真系统;也可以集中精力当宁安的妻子,甚至答应宁安的要求,给他生一个孩子,这样,也许能将他快要被李如意抓走的心收回来。

宁安一大清早就走了,冯茹病恹恹地躺在床上,看窗外灰蒙蒙的天,看被风撩起的窗帘,思维像凝固了,自己也不知道自己在想什么。

电话铃响了。她爬起来,披上衣,去接电话。

电话是王德清打来的。

"冯茹,你好!"王德清的声音很有感情,"怎么,听你的声音好像病了?"

"嗯,……没什么!"冯茹有气无力地答。

"冯茹,你别瞒我。刚才,我打电话到厂里找你,厂里说你病了,没上班。告诉我,要不要紧?"

"没什么,有一点感冒!"

"宁安呢?他没陪你上医院?"

"他不知道。"

"你在家待着,我马上来!"

冯茹急了:"不,喂!喂!"

王德清已经放下了电话。

不，不能让王德清这个时候来。冯茹心里想着，挣扎着梳理自己，准备出门。

门铃响了。门口站着王德清。

冯茹："你怎么这么快就来了？"

王德清："我在楼下公用电话亭打的电话。"

冯茹一笑："真是……书房里坐！"

王德清不听她的，走过来："冯茹，我今天赶来，是通知你，我为你联系了一家有成套计算机的单位，可以免费供你研究仿真系统了！"

冯茹高兴地说："真的？太谢谢你了！"

王德清抬起手来，在冯茹额头上一摸："我的天，你看，你在发高烧！"

冯茹将头扭开："不要紧，我能扛得住！"

王德清："扛？光扛能行吗？张广厚还不是说他扛得住！蒋巩英还不是以为能扛得住！可结果呢？冯茹，人到中年了，不为自己爱惜自己，也得为国家、为别人爱惜自己。要不，我马上去找宁安？"

冯茹："不，不能找他。"

王德清："怕他对我有误会？"

冯茹："不，他正在开新闻发布会，我不能分他的心。"

王德清："那我送你去医院。"

冯茹："我有药，不麻烦你了。"

王德清："你是怕……有人说闲话？还是怕宁安不高兴？冯茹，这都是什么年代了，你还这样？你现在有病，我作为老同学、老朋友；或者是兄长，帮帮你，送你去看病，总不会是不道德吧？啊？"

冯茹无法拒绝，只有随王德清出门，下楼。楼门口，王德清有一辆小车。

汽车在马路上颠簸着。冯茹觉得一阵昏眩，头向一边滑过去，靠到王德清的肩头。

王德清的脸上露出满足的神情。

冯茹患的是重感冒。透视的结果是已有轻微肺炎。

"你看，你还扛！再扛就更麻烦了！"在医生开了处方以后王德清扶冯茹坐到候诊的椅子上，"我去缴费拿药，你好好坐着。"

王德清急匆匆地走了。冯茹用感激的目光望着他的背影，发现厂办主任夏雨浓正向她走来。

夏雨浓："冯茹，病了？"

冯茹："感冒，你呢？"

夏雨浓在她身边坐下："胃病犯了。噢，对了，有个事告诉你，不过，你千万不要对外人说！"

"什么事？"冯茹问。

"邱总知道今天宁安开新闻发布会，恼火透了！"夏雨浓说，"和几个领导商量了对策，他坚持，如果红卫厂一启封，他就要起诉宁安！"

冯茹一惊："凭什么起诉？"

夏雨浓："理由当然有。上级已批准数显表在我们厂定点，宁安又是厂里的职工，红卫厂搞数显表是侵犯企业利益！"

冯茹冲口而出："太卑鄙了！"

这时，王德清取药来了："冯茹，你在骂谁太卑鄙了？"

夏雨浓赶紧换了一张脸，起身，向冯茹挥挥手，走了。

"冯茹，你刚才骂谁？"在汽车里，王德清问。

"邱子希。他要起诉宁安，说宁安侵犯了机床厂的利益。"

"就是说，邱子希要夺走宁安的项目了？"

"嗯！"

王德清不说话了。冯茹也生气地望着前方。

"冯茹，说实话，在宁安调进机床厂的时候，我就有这种预感，据我了解，邱子希为人一贯如此。"

"我真不敢想象。"冯茹叹了一口气。

"其实，并不奇怪。如果我是宁安，我现在将立即做一件事。"

"什么事？"

"离开机床厂。"

18

一条红色横幅，在红卫厂不大的厂门口飘动，上面赫然写着"热烈欢迎参加数显表新闻发布会的领导、专家和记者"。

已有十多辆小车和一些面包车停在厂中间的空地上。

宁安已经介绍了关于数显表的技术和市场概况，并简要介绍了为什么到红卫厂开发数显表及大概经过。轮到记者们提问了。

一名中年女记者问："据我所知，工商局查封红卫厂是因为厂里违反有关规定，非法收了订单和订金，能说明一下情况吗？"

黄盼盼西装革履，坐在主席台上点了点头："可以。在回答这个问题之前，我想自我介绍一下。我叫黄盼盼，是这个厂的厂长，今年30岁。过去，我是个木匠，见这个厂连年亏损，两年前承包了这个厂。承包以后我发现，这个厂没有过硬的产品怎么办呢？我就找到科技情报处的李如意小姐，当年，她下放时，我家是她的房东，我们很熟。我就向她要有市场前景的项目，正好，她了解宁安工程师正在研发数显表，就把宁工介绍给我。我听了宁工的介绍，觉得数显表有搞头，就全力支持他和李如意小姐进厂研制开发。但我们的资金有限，为了保证研究进行下去，我就想方设法筹钱，跑了不少同类小厂，也写信找了一些关系，希望得到帮助。出乎意料的是，好几家工厂对数显表十分来劲，说是借钱不大好办，不如作预付的订金，先支持把项目弄出来，将来产品上市，他们也可以先买。这就是所谓非法接订单，收订金的情况。也许这样做有些问题，可是，能讲这是违法，就要查封工厂吗？"

　　会上的气氛一下子活跃起来，人们交头接耳、议论纷纷。

　　一名年轻男记者："我想请宁安工程师回答一个问题，你知不知道新产品没拿到许可证是不允许走向市场的？"

　　宁安："知道。"

　　男记者："红卫厂接订单拿订金的事，你当时知不知道？"

　　宁安："晚几天才知道。"

　　男记者："你当时是什么态度？"

　　宁安："当时，我询问了黄厂长，曾经要他退订单，退订金，并讲明这样做是错误的。但是，当他把前后情况讲明以后，我没有坚持退的主张，我认为所谓接订单、收订金，事实上只不过是一种企业间的变通，是客户支持生产厂家开发新产品的一种变通方式。当然，从规则上讲，这种做法是不大好的，更不值得提倡，但是我想，我们正面临着巨大的改革潮流，对于实质上并不违法的方式，尤其是企业间都同意的变通，为什么不能试一试呢？即使是做错了，为什么不仔细分析了解情况就采取这样武断而不负责任的措施呢？"

　　又一名老记者："据我了解，上级已同意在机床厂开发数显表，而且是作为改造机床行业、实行机电一体化的重要项目，宁工是机床厂的，你在红卫厂开发数显表，机床厂是什么态度？"

　　宁安笑了笑："我在这里开发数显表，已经有一年多了。我进机床厂，还不到一个月。关于机床厂对这件事情的态度，我想不该我回答，是不是请各位找一找机床厂，机床厂的总工程师，叫邱子希。"

　　他的话音刚一落，一辆奔驰轿车停到了会场门口，大家一起望去，车门开了，一个秘书钻了出来，又扶出一个满面红光的富态老人，扶着拐杖向会场里走来。

众人议论起来："啊，方老来了！"

方老向迎面跑来的李如意点头，紧紧握着李如意的手，到了会场门口，并没有进来，而是走到被封的车间门口，用拐杖使劲地在封条上敲，一边敲一边说："胡闹！动不动就封！工厂百十来口人靠什么生活？今天不启封，我老头子不走！"

会场里的人都跑了出来，有的鼓掌，有的拍照。流着泪的工人们也围了过来。

新闻发布会由于方老的到来，出奇的成功，这使整个事情发生了戏剧性的变化：工厂启封了，工商局的领导来赔礼道歉，各方面都支持红卫厂继续进行数显表的开发。

"宁工，这一次可是……如意姐帮的……大忙啊！"黄盼盼在小饭馆里喝得酩酊大醉，"她当然是……帮我！可也是真心真意帮你！你懂……不懂？"

宁安看了李如意一眼："当然懂！"

黄盼盼："你……懂？你不……懂！如意姐，这是……爱你！"

李如意顿时红了脸。

宁安笑了："盼盼，你喝多了，不能再喝了！"

黄盼盼："不！今天，也许是我……这一辈子最高兴的……一天！宁…工，你……看，如意姐的头……发乱了，遮住了……脸，你帮她……弄一……弄！"

李如意伸手要去往后抚头发，被黄盼盼挡住了："不！你……不准动手！由宁……工动手！"

宁安被逼得没办法，只有放下酒杯，缓缓地把手伸向李如意的额头，轻轻地给李如意往后梳理头发，由于有汗，他的手指触在李如意的脸上，轻轻滑动。

这时，恰好王德清走了过来，宁安触电似的迅速将手收回。

宁安站起："德清，你怎么在这里？"

王德清："你让我好找！"

宁安："有什么事，坐下说。"

王德清："啊，不坐，冯茹让我来找你。"

宁安的反应很快："是吗？你告诉她，我在喝酒。"

说着，他坐下，拿起酒杯与李如意碰了一下杯。

王德清很平静："宁安，你是不是太过敏感了？你我都是老同学，我也是冯茹的老同学，我还没有把话讲完，你怎么就这样？"

宁安："我怎么样了？我正在喝酒，你看是不是的？"

王德清："冯茹要我找你，有话告诉你！"

宁安："我现在喝酒，不想听！"

王德清火了："宁安，我还以为你是正人君子呢！你太辜负冯茹了！她高烧40度，病得要死，怕影响你开新闻发布会，不告诉你。现在，她听说邱子希要到法院起诉你，完全不顾自己的病，让我派车来通知你，我怕冯茹出事，也陪她来了，是想让你，还有你们早有准备！可你……还用这种态度对待她！你算个男子汉大丈夫？"

王德清吼到这里，掉头就走出小酒馆。

宁安先是一惊，后马上起身，追出酒馆，发现王德清一个人站在酒馆外的场子上，很愤怒，但又很气馁。

宁安走过去："德清，冯茹呢？"

王德清："刚才我出来，看见冯茹在哭，司机告诉我，她看见你刚才在酒店摸李如意的脸……我让她等你，她不等，逼司机把车开走了！"

说完，王德清掉头就走。

宁安追上去："德清！德清！"

王德清站住："对不起，我得走了。今天，是我送冯茹去医院的，她现在还需要照顾，我作为她多年的朋友，想给她送杯开水，送口药，请你不要介意。"

宁安："谢谢你！我现在就回去照顾她。"

王德清："不，你还是先别去，我去好。你放心，刚才酒馆的事，我会做好冯茹的工作的。你现在去，只会加重冯茹的病，你们还是商量一下怎么对付邱子希起诉的事好。"

宁安不做声了。

王德清："噢，老同学，我想讲一句，真心期望你和冯茹幸福，请务必不要多心。另外，孙院长让我给你带句话。"

宁安："嗯？"

王德清："理工大学的门，任何时候对你都是敞开的。"

19

赵丛玉又一次来到吴光华的房间。这一次，她不害怕了，她感到这里很温馨，是她最难以忘怀的地方。在这里，她第一次接受一个她心底钟爱的男人的拥抱和亲吻。那是她最辉煌、最甜蜜的时刻。她的心，系在这里，系在吴光华身上了。

吴光华坐在桌边，借着乳白色的日光台灯在工作。

这些天，跑了好些单位，都没有成果。她心里很烦躁，不仅辞去了给中学代课的事，连班也不大上了，她动员钱令华找熟人、拉关系，也没进展，这使她的情绪更不好，这一切被爸爸赵志德发觉了，再三追问，她才对赵志德"坦白"了。头发花白的赵志德笑着，说我已经走到这个地步了，你怎么又找一个连我的状况都不如的人？她说这是命。她相信命。而且相信有本事有志气的人，一定在经过困苦以后，会有一个辉煌的结果，也就是好命。这既是对吴光华态度的坚定，又是对她爸的鼓励。

她与吴光华是同一专业，正由于这一点，她对吴光华的人造骨骼新材料项目的分量，掂得最准。这种新材料的开发，全然是一种崭新的思路，长期以来，人们都认为人造骨骼材料不应该与人体环境发生化学反应，但吴光华的研究，打破了这种形而上学的看法，他不认为所有与人体发生的化学反应都是有害的，相反，有的还是有益有利的。正由于这一开放性思想，他的新材料从新的角度来掌握这个度，既不能产生某些化学反应，又能在某些方面有一定的化学反应；既能替代骨骼的应有功能，又能借助某些化学反应来使界面完美结合，并保证骨骼的运动和润滑功能。

赵丛玉坚信自己的判断。在这一点上，她将独特的女性目光和崭新的学术、商业目光，天衣无缝地结合起来了。因此，她对吴光华的爱来得主动，来得猛烈，既没有犹豫，也没有反复。她心悦诚服地当吴光华的"奴隶"，也愿意毫不退让地成为吴光华的主宰。

此刻，她站在吴光华的身后，欣赏着吴光华的背面。宽大的后背，时而低下又时而抬起的头，在她看来，都那么富于魅力，是那种让每一个女孩子都倾心、放心的魅力。

吴光华忽然转过身来："丛玉，你坐哇！"

赵丛玉摇了摇头："我想，从背后看你！"

吴光华一笑："背后！有什么好看的？"

赵丛玉："据我所知，叫美术家最难画的，除了眼睛以外，就是后背。"

吴光华一惊："是吗？"

赵丛玉："其实，我认为，人背是很有魅力的。看似平平，可它承受为生命而担起的重负。譬如你，虽然暂时很难被有条件的单位认识、接受……"

吴光华叹了口气，将手一摇："算了，别谈这个，好不好？反正我是不求人了！"

赵丛玉走过去，坐在吴光华身边："我看，你不应该丧失信心！"

吴光华:"不会。对我的项目,我绝对有信心。我劝你,不要像俗人一样,再为我去跑什么单位了!"

赵丛玉:"我只是想为你多创造一点好的条件。"

吴光华:"我很感谢你。但我决不想把自己变成一个东西,让人家问来问去,结果又丢在一边,像个废品……"

赵丛玉:"我很佩服你的志气。可你也应该现实一些。再伟大的发明家,总得吃、总得穿,总得在社会上有一个立足点,像你这样在防疫站,想着就叫人心里难受。"

吴光华:"丛玉,人的生命很短,也不是靠单位来证实的。我不是帝王,也不是神仙,当然我要地位,要钱,要生活得更好些,要创造最好的环境让我的智慧和创造力迸发出来。可是,能找一份好听的工作岗位,又能怎样?你干一辈子,充其量工资总数只十五六万,看看,这就是你一辈子的价值!算什么?在美国餐馆洗一个小时的碗,能收入5美元,可我们这里呢?这叫按劳付酬?我是留学的硕士,就算让我当了教授,一个小时的工资能有多少?真好笑!说实话,你就是找了这样的岗位,我也不去!"

赵丛玉:"那你干什么?"

吴光华:"我干我的发明,一旦成功,让它变成15万的十倍、百倍、千倍!"

赵丛玉睁大眼睛望着他。他不是出小点子赚钱,也不是代课赚钱的人,他想得更远,胆子更大。

吴光华:"因此,我虽然没有好岗位,也没有好收入,但仍然有时间。时间即金钱。"

赵丛玉点头。

吴光华:"请你理解我。好吗?"

赵丛玉:"你也理解我了吗?"

吴光华:"当然!"

赵丛玉扑了上去,长时间地亲吻吴光华。吴光华也渐渐热烈起来,将她接进怀里。

一堆"白骨"被他们撞翻了,他们清醒过来,哈哈大笑。

吴光华看了看表:"丛玉,不早了,不然,你会赶不上夜班车的。"

赵丛玉一笑:"你以为还会有夜班车?今晚,我就在这里帮你,好吗?"

吴光华看着赵丛玉:"我现在还不想犯规。"

赵丛玉脸一红,用手捶打吴光华:"谁让你犯规了?谁让你犯规了?"

房屋里,飘出令人心醉的笑声。

20

邱子希放下电话，往自制的躺椅上一靠，沮丧地闭上了眼睛。

局面完全与他预料的相反，以至他差点来不及采取行动。在他的一生中，有过多次令他难堪的时刻，但都不像这一次，这一次他是居高临下的，而以往，都是人家掌握他的命运。两种难堪，性质大不相同，这一次似乎直接触及他的品质，震撼了他的尊严和自信心。已有职工对他白眼，还有人当他的面把那张登有宁安新闻发布会的报纸扬得老高，大叫："看啦！我们厂的新闻！"在厂长办公会上，已有副厂长提出了质疑："工厂已经这个状况，还能经受这样的打击？究竟是谁的责任？"他当时的反应很冷静，放下茶杯，认真记录，并耐心地将所有发言听完，支持他的话、奉迎他的话和讥讽他、追究他的话。他都听完，记下来。田厂长很老道，不时给邱子希杯子里倒点开水，甚至打断一些人不利于邱子希的发言。这些，邱子希虽然感到温暖，但仍不露于外表。他经过了很多风浪，懂得什么是风度，更懂得应该如何表现这种风度。最后，田厂长要他发表意见，他笑了笑，讲了。讲得很自然，也很有气势和感情。先承认自己有失误，主要是向上级汇报不够，尤其是对方老，方老支持工厂从银行取得了贷款，可是，怎样用这些贷款，却没向方老汇报。另外，工商局去查封红卫厂，也有些过分，我邱子希当时就有感觉，但没有出面做工作，如果当时出面做了工作，事情也不会发展到今天这个地步。其实，考虑到历史的状况和机床厂的现实，我也酝酿过我们厂与红卫厂合作开发数显表的方案，但说句实话，我们这样的大厂这样干，恐怕并不光彩。现在来看，我的最大责任，是对宁安的认识不足。毫无疑问，宁安是有才华的，能提出数显表项目，就能说明这一点。然而，我对宁安的另一面却不了解、不认识，只停留在做思想工作上，或通过冯茹劝他。没有想到，他会有这样程度的虚荣心，会这样求名贪利而不顾一切，更没有估计到他会有这么大的能耐。说实话，我不愿意把一个人尤其是知识分子说得很坏，特别在开始重视知识分子的今天，我尤其不愿把宁安说得很坏。很明显，在数显表的问题上，他没有从我们厂这个全局、这个大局出发，这是我特别不能接受的。我认为，请宁安来厂也好，向上打报告要求立项、请求贷款也好，目的只有一个，就是开发数显表，并借此打开机床厂生产经营的新局面，摆脱我们的困境。我很不甘心工厂这么被动，我们厂应当在机床行业中有地位，因此，我哪怕快到退休的年龄，哪怕在最后会引来许多误会，不理解，甚至非议，我也在所不惜。在这个关键问题上，我认为工厂不应退让，就是数显表的开发，决不能让宁安继续在红卫厂搞下去，坚持这一点，就保护了工厂利益，如果放弃这一点，我马上退休，马上卷起铺盖走。讲到这里，他突然将话停住了，不讲了。会场上顿时寂静得连咳嗽的声音都没有。直到田厂长把和邱子希研究的意见宣布以后，会场才有了生气。这些意见是：通过诉诸法律，维护企业利益；授权总工邱子希，立即组织开发数显表的攻关班子。

会议结束以后邱子希就把自己关到办公室里，什么地方都不去。他问自己，现在是不是可以去找方老？这念头一出现，就被否决了。不行。他了解方老，讲原则而近乎固执，定下的事几乎从不改变。在方老盛怒时去找他，无异于自找没趣。找宁安？大概已不可能了。此刻，他恐怕还在新闻发布会的喜悦中，我邱子希哪怕现在去求他，也不会有用。也许，冯茹是可以的，作为一个长者，作为一位领导，我完全可以不摆任何架子，很好地与冯茹谈一谈，让冯茹向宁安转达我邱子希的关心、要求或者是请求，这也许可以。然而，冯茹病了，没来上班、现在去登门看望，恐怕也不合适。

最后，邱子希想到了方必优，给方必优拨了电话，让他马上来，有事情商量。很快，方必优来了。

"必优，报纸你看了？"

"嗯。"

邱子希离开躺椅站起来，来回在办公室里踱步。

"我真想不到，方老会出席这种会议！"邱子希盯着方必优说。

"我也不知道。我爸的行动，从来也不告诉我们。"方必优回答道。

"是吗？如果你提前把信息告诉我一下，我去给方老汇汇报，也好呀！"

方必优点了点头："可我当时不知道。后来，我才听说，是如意去找的。我爸一向对如意是言听计从的，又加上……我要与如意复婚。"

邱子希："其实，方老去一下，也是可以的，可怎么能那样表态？他的话有分量啊！你瞧瞧这文章，老领导人用拐杖敲击被封的新产品大门，高声问工厂还要不要活！"

方必优："邱总，你是对我爸有意见？"

邱子希："那倒谈不上。只是觉得宁安，有点太忘恩负义了！是不是？"

方必优："邱总，这我恐怕不好说，因为他，我付出了很大的代价……"

邱子希："嗯，这我知道。刚才，开了厂长办公会，已决定起诉宁安，我们应该让他知道，一个堂堂的国营大厂，是不能容他胡来的！"

方必优："这样做好吗？"

邱子希："不好也得走。宁安的选择，只有两个：要么通过新闻界，把数显表的开发权归还我们；要么就同我们对簿公堂。"

方必优："我估计，宁安多半会上法庭的，凭他的性格，就是输，也宁可拼个头破血流的输。"

邱子希冷笑一声："那就让他自己得一次教训，必优，你曾经是宁安的合作者……"

方必优："我早已退出了。"

邱子希："我知道，可毕竟当过他的合作者。你也要有所准备，出庭作证。"

方必优一惊站起："邱总，我这样……你还让不让我和如意复婚？"

邱子希："这事我们考虑过，你出庭作证，会对你们的复婚添一些麻烦。但是，你可以先对如意说清楚，你只需谈出事实，不需表什么态。再说，我们还可以协助你，找科技情报处的领导……"

方必优仍一脸苦相。

邱子希走过去，扶着方必优的肩："必优，我已经老了，我总是要从现在的位置上退出的，我对你有很大的期望，也希望你把握住自己，抓住每一个难得的机会，你懂我的意思吗？……噢，有件事，我正式通知你，作为宁安的妻子冯茹，继续担任设计室主任，有许多不便，也不合适了，厂里已决定由你去接替她的职务，任命书正在打印。"

21

不知道医生用的什么药，冯茹从医院回家以后，就连日昏睡，人也瘦了一圈。

她醒了。窗外有鸟在叫。天依然布满阴霾雨，灰暗地悬在窗前。是睡了一天，还是睡了一年？她说不清。她记得她让王德清陪着，去找宁安的。找了红卫厂，找了李如意的家，最后，才在小酒馆里找到宁安。她挣扎着准备下车，可实在挪不动，由王德清进去了，而她在窗外清清楚楚看到了小酒馆里发生的一切：黄盼盼在发酒疯，李如意投向宁安的目光是含情脉脉的，而宁安却在光天化日之下用手给李如意理头发、摸脸……看到这些，她的呼吸变得快捷、短促，她的喉头似乎被一大块岩石堵住，她的心则失去节制地乱跳，她的自尊心也砰的一声爆发了！如果不是亲眼所见，她是绝对不会相信这一切的，宁安毕竟是一个有知识、有头脑、有节制的工程师，毕竟是一个不以风流著称而以特长闻名的人物，毕竟是一个与冯茹有过至爱，有过山盟海誓的丈夫。

然而，她毕竟是亲眼看到了。她的理智告诉她，王德清也在场，自己应该大度，不能表现出哪怕稍稍让王德清看到的醋意。她也准备这么办的，然而，她看到，王德清与宁安在小酒馆里争执起来了。会争执什么？是宁安要当被告？不，不可能，还会争执什么？……想到这里，她意识到自己再也无法表现大度了，再也不能佯装什么都没看见了。她别无选择，只有大吼司机，让小车送她回家，扔下王德清。她是跌跌撞撞走进家门的，爬进被子，她抱着枕头痛哭了好久，连王德清死劲敲门，她也无动于衷。然后，抓起一把药，吃了，接着，就昏睡起来。

似乎中间有宁安叫过她，可是她没有答理。似乎宁安在床头向她解释了好多好多，她都记不清了，也许，只记住了一句："冯茹，我十多年前就选择了你，从来没有动摇过。"但她没作任何反应，仍然愿意让自己昏睡。

门口有响动。冯茹闭上了眼。是宁安的脚步声，那声音她很熟悉，不那么重，却很实在；不那么快，却有一种特殊的节奏。

是宁安。他来到冯茹身边，用手触摸她的额头，停了一会儿，又用嘴来试了试，这使冯茹感受到一种滚烫的轻吻。他移开了，连呼吸都变得无声无息。

冯茹又睁开了眼，发现宁安还站在床头。

"冯茹，你醒了？"宁安的声音不大，却充满关切。

冯茹有些陌生地望着他。

"冯茹，想不想喝点汤？我熬了鸡汤！"

冯茹仍望着他。

"要不，先喝点牛奶？"

冯茹将头扭向了一边。

"冯茹，你误会了！你不能生气！"宁安用头靠在冯茹的被子上，乞求着。

泪水，从冯茹的眼里流了出来。

"冯茹，为数显表，我日日夜夜，忙成这样，累成这样，社会上有人攻我，厂里也有人在压我，这个时候，我怎么会和李如意……我是对你体贴不够，也关心不够，甚至连你高烧都不知道，可我这并不是对你变心了哇！到现在，我还是要对你说，我和李如意之间，完全是清白的，绝对不会有别的事……"

冯茹长叹了一声，闭上了眼。

"冯茹，你有什么话，一定要说出来，不要闷在心里！"宁安用脸贴着冯茹说。

"我头昏，想睡。"冯茹平静地说。

宁安望了望她，点点头，起身，出去了。

其实，冯茹的头已经不昏了。她知道，烧已退去。只是她不愿在这种时候讲那些猜也能猜到的话。她不是普通女人。

窗外的鸟依然在叫，使她甚至感到那些鸟的自由自在，无拘无束，从高墙飞向电线，又从电线跳上凉台，然后忽的一声跃向蓝天……使她悟出一种超然。是的，你还是一个正当年华的中年女人，连孩子都没有生，你还有分量比数显表重得多的科研项目——仿真系统，你的路还长得很，远得很，也许，是辉煌得很。你怎么能因区区一件小事而颓废？所有的女人，都是夫妻感情的奴隶，难道你冯茹也只能这样？你当年的理想和风格，难道一下子就消失了？

想到这里，她试着动了一下腿，还好，不疼了，又用双手撑着，从床上爬起，穿上了衣服、鞋子，走到镜子面前，端详了自己一会儿，梳理好头发，向厅里走去。

宁安在厨房里热汤，听到声音，出来了。

"你怎么起来了？"宁安赶忙过来，要扶她。她摇了摇头，往外走去。

"冯茹，你要出去？"

冯茹点了点头

"干什么？"

"到办公室。"

"你这样还上班？"

"不，去拿点东西。"

"我帮你去拿"

"不，不能！"

"什么东西？"

"你的数显表的一些资料。他们要起诉你，不能让他们拿走。"

这是宁安完全没有想到的。热泪，一下子冲出眼眶。他冲上去，抱住冯茹，说不出话来。冯茹不说话，让宁安松了手，开门，往外走去。

当冯茹走到自己办公室门口时，看见两个工人正往里面搬办公桌，方必优在后面指挥着，冯茹来了，有些尴尬。

"冯主任，刚才宣布我……"方必优没把话说完，"说你病了，想让你去休养。"

冯茹笑了笑："好哇，有接班的了！"

方必优似乎有些难为情："是这样……我不知道该怎么说，其实，我也不愿意这样，可厂里定了，我又推不掉……"

冯茹："没什么，这是预料之中的。只是我想谈一句体会，这个位子不大好坐，你首先得是一台机器，其次才是你自己。"

方必优："是吗，也许我会改变一下。"

冯茹："我希望你能改变一下，因为你不同。"

方必优："你是指什么？"

冯茹走进办公室，笑着问："这还用说明吗？"

方必优："我明白了，你是说我有家庭背景？我可以告诉你，我爸爸出席了宁安的新闻发布会，还支持了他。"

冯茹："要我感谢吗？不，我看到的事实是宁安要当被告而你却很及时地取代我。"

方必优大度地不加解释。

冯茹对两个工人说："请你们稍等一下，把我的桌子搬到方主任原来的地方去。"

方必优："噢，那倒不必，他们的任务是只搬一张桌子。"

第五章

22

李如意和宁安来到美食城的时候，钱令华还没有到，他们挑一张台子坐下了。

用钢琴弹奏出来的乐声，像潺潺细流，似有似无地在大厅里飘动。人不多，环境很好，他们要了一些饮料，边喝边等候。

是李如意安排的这次会面，她认为，让钱令华当宁安的辩护律师最合适。

李如意："你估计我们这次官司能不能打赢？"

宁安："当然能赢。"

李如意："有把握？"

宁安："我相信法律。"

李如意："有时候法律要听人的，你别小看了邱子希，他既然敢于起诉，恐怕不会不做手脚。"

宁安："那是自然。"

他看了李如意一眼，突然笑了起来。

李如意："你笑什么？"

宁安："……如意，还真是，每当我想干什么事，你也想到了。还正好帮我做了。"

李如意笑了："是吗?"

宁安很真诚地点头。

李如意看着宁安："这是心有灵犀一点通?"

宁安听出了话音，没有答话。

李如意："说实话，这也只有你，除了你，没有人使我这样……"

宁安感激地点了点头。他看见李如意的脸上涌出了红潮，目光里充满了期待，自己的心跳也在加速，手也禁不住缓缓向李如意的方向伸去……但他立即清醒过来，顺势将伸出的手抬起："看，都过半小时了，钱律师不会来了吧?"

李如意："啊，不会吧，我的事，她不会不办。要不，你坐会儿，我打个的，跑一趟?"

宁安："何必呢? 我们坐一坐!"

正在这时，从小包厢里，几个外国人走出来，里面有王德清。王德清走过的时候，和宁安点了点头，过了一会儿，王德清又回来了，坐在宁安旁边，两眼望着李如意。

"宁安，这位是不是李如意小姐?"

宁安点头："啊，如意，这位是我的老同学!"

王德清掏出名片给李如意："王德清!"

李如意接过："我们见过。"

王德清笑着点头："你们好像在等人?"

宁安点头："等律师。"

王德清："噢! 是李小姐安排的?"

宁安点头。

王德清："李小姐的关照，可说是无微不至，难得难得!"

见王德清笑得不自然，李如意也笑了："好像王处长对冯茹的关怀，也很令人感动……"

王德清反应极快："其实，我对宁安，也是如此，老宁，你看你还有什么难处，需要我帮忙?"

宁安："好像没有。"

王德清点了点头："那好，外宾还在等我，你们坐，我先走了……噢，这是一批比利时的客商，想开发仿真系统，你看看冯茹有没有兴趣?"

宁安很不高兴地皱了一下眉头："好像你可以直接问她?"

王德清大度地说："嗯，既然你是这个意思，我看也就……好，李小姐，再见！"

李如意点了点头。

王德清走了。

"宁安，这个王德清对冯茹是不是有点意思？"

宁安看了李如意一眼："我和冯茹结婚之前，他就有意思。"

李如意笑了笑，用手轻轻摇动饮料杯子，黄色的液体在里面转动。

"如意，呆坐着想什么？"

一个声音，让李如意抬起了头，是钱令华。

"钱姨！他是宁安！"

宁安站起来，请钱令华坐。

钱令华："抱歉抱歉！有个委托人突然自杀，亲属非要我到现场去，就来晚了！"

李如意："我刚才还想打的去请你！哎，钱姨就是大名鼎鼎的钱大律师！"

宁安："钱律师，你好！"

钱令华："你好。宁安这个名字，我从如意那里可听到不止一千次了！"

李如意娇嗔地说："钱姨！啊，赵叔叔还好吧？"

钱令华："他搞了个无纺布，让人当垃圾丢了，不甘心，又搞了个什么快速牧草烘干机组设计，到处找买主，就是找不到，还不死心！"

宁安："啊？这位赵……"

李如意："钱律师的先生，高级工程师！比你的遭遇好不到哪儿……唉，丛玉呢？"

钱令华："爱了个留学回国的硕士。"

李如意惊喜："真的？那太好了！"

钱令华叹了口气："好？好听！到外国留学，得了硕士学位，可回国后，连公职都没有，在郊区的一个镇防疫站当合同工……"

李如意："钱姨，你别吓我！"

钱令华："真的。国家管了，可分的工作他不干，和专业不对口，他有科研项目，要走一条拿出成果让社会承认的路！"

李如意："好哇！有志气！"

钱令华："志气？……好，不谈他了。你找我有什么事？"

宁安一笑："钱律师，你看你刚才谈你先生的事，还有留学硕士的事，我都不好开口了！"

钱令华："为什么？"

宁安："你自己家里的事都这样……"

钱令华苦笑一下："自己家里一点事都没有的人，恐怕当不了律师！"

李如意："我补充一句，光为自己家里干事的人，恐怕当不了好律师！"

钱令华、宁安轰然一笑。

钱令华："死丫头！就会贫嘴。来，把你的事说一说！"

宁安："嗯，我这是件麻烦事，打官司，请你费心！"

钱令华："费心？这是我本行，再说你是如意的朋友——对吧？"

宁安："我们也是合作者。"

钱令华看了李如意一眼，对宁安说："既然是这样，我自然要尽心费力。当然，打官司的结果会怎样，那得看事实本身。"

宁安："那自然。"

李如意："事实本身倒不会失败，就怕有人会左右法庭。"

钱令华来劲了："果真是那样，我倒真愿意奉陪到底了！"

他们都笑了。

一个侍者走了过来："请问，你是李如意小姐？"

李如意点头。

侍者："请接电话！"

李如意一惊："谁的电话？打到这里来了！"

她起身，到服务台前接电话。不一会儿，脸色不好地回来了。

"钱姨，宁安，你们谈，我有点事，先走了！"

"谁的电话？"钱令华问。

李如意望着宁安："方必优的，说有重要事情要谈。"

钱令华："不是告诉他了，你不想与他复婚？"

宁安不说话，望了望李如意，就动手从口袋里拿打官司的资料。

李如意走了，宁安把资料送到钱令华面前："钱律师，你看，这是我的有关资料……"

钱令华点头："好，这些材料，等你谈了情况以后再看。"

宁安："嗯，我先把情况谈给你听——"

钱令华打断他："是不是这样，在你谈情况之前，我先提个与案子无关的问题，请别介意。"

宁安："你讲。"

钱令华："你和如意……这个，啊，你知道，如意已与方必优离了婚，理由嘛，是两人感情和性格不合，事实呢，如意告诉我，是因为她死心踏地地爱上了一个人，你知道吗？"

宁安万万没有想到，钱令华会这样单刀直入，显得有些慌乱："是吗？"

钱令华久久地盯着他："我在问你。"

宁安拿起饮料，抿了一口，镇定住自己："我想，如意是一个非常聪明的人，你应该相信她的判断力和理智。"

钱令华点了点头："我只是觉得，如意还不如那个人成熟、老练。"

宁安有些不高兴了，将杯子一放："如果钱律师对这件事的兴趣比对案子的兴趣高，那我就恕不奉陪了！"

钱令华板着脸，轻轻地吼："坐下！我是如意母亲的至交，她母亲去世以后，我就把她当自己的女儿，我有责任关心她，保护她，也担心她一时糊涂感情用事，再次受到伤害。"

宁安："我很理解。"

钱令华："有时候，理解了会更危险。"

23

送走比利时客商，王德清马上赶回理工学院，孙一平用 BP 机呼了他。

这些天，王德清一直沉浸在莫名的兴奋之中，他两次看见宁安与李如意在一起，甚至和冯茹一起看见宁安在小酒馆中的事，也看见冯茹重病的孤独，她和宁安之间的感情裂痕，这一切，都给他莫大的启示，向他发出呼唤："王德清啊王德清，你孜孜以求的机会到来了！你当初为失去冯茹而痛苦，这么多年来为盼她而苦守，是会得到报偿的。只是，你要更谨慎、更大胆、更小心、更高超。"

使他兴奋的事，还不只如此。他领导的科技处，已开发了好几个高科技项目，得到有关方面的重视，连报纸、电台、电视台都采访了他好几次。外国和台港客商也纷至沓来。当然，每次新闻采访也好，每次接待外国客人也好，他都把院长孙一平推到前边，自己只扮演一个办事员的角色。这一点，使他获得更好的口碑和日益高涨的赞誉。

走进孙一平办公室的时候，孙一平刚从会议室回来，一手拿着茶杯，一手拿着老花镜和文件。

孙一平："比利时客人走了？"

王德清："我本想多留他们一天，让他们见一个搞仿真研究的专家的，可来不及通知，就先送他们走了。"

孙一平："项目呢？"

王德清："比利时客人很感兴趣，将再来一次。"

孙一平放下手里的东西，让王德清坐下："好像邱子希起诉了宁安？"

"嗯。"

"还没有开庭？"

"快了。"

"我已给人事处讲了，马上发商调函，调动宁安！"

"孙院长，他们正在打官司，调他……？"

"就是判了刑我也要！"

孙一平将手往桌上一捶。

"孙院长，你呼我是为这？"

"嗯，要你尽量动员宁安来校。"

"院长，"王德清手一摊，"我怕是无能为力了。"

"为什么？"

"我动员这么久了，还到他家去了几次，反而有误解。"

"啊？"

"他好像怕我在争夺冯茹。"

"有没有这样的动机呢？"

"我更希望将他们两口子调来。因为宁安的事，冯茹连厂设计室主任的职都免了！"

"她的处境也不好？"

"嗯，很让人担心！"

孙一平点头，沉思了一下："你能动员他们两口子都来？"

王德清没有把握，愣在那里。

"我看，你更不好开口。这说明，你对冯茹的确更关心，是不是？哈……！好，宁安的工作，我亲自出马。"

"那最好不过了。"

"噢，明天有一个会，是国家和地方两级科委共同召开的，火炬计划新闻发布会，这张请柬，你去交给宁安，作为我们学院的代表参加会议。"

"院长，这样做当然好，可眼下他是被告……"

"我当年不仅是被告，还有过历史罪人的帽子。"

"好，这就亮明了我们的态度，也是对宁安的声援。"

王德清正要起身走，被孙一平叫住了："哎，德清，有个事情通知你，市里正在组建高科技开发区，一定要我选一个主任，是局级，我想了半天，还是痛下决心，让你去！"

"调我走？"

"是的。你是计算机专业高才生，又在学院干了这多年，当处长也不短了，我看完全称职。至于学院嘛，用一句俗话，叫忍痛割爱。"

"孙院长，你的意思是，进宁安，走我？"

孙一平笑着点头。

提升自己，王德清当然高兴。可在宁安调进的时候他走，他心里多少有些不舒服。不过，他惯于自己说服自己，更惯于在尴尬时迅速摆开被动，既然自己的调动已成定局，他拿着火炬新闻发布会的请柬，直奔宁安的家。他希望宁安不在家，即使在家，他也不会有什么不好。

果然宁安不在家。

"宁安去和律师谈情况了，请坐！"冯茹笑着忙给王德清沏茶。

"什么时候开庭？"王德清坐下，接过冯茹送来的茶。

"快了。"

"你见过律师没有？"

"没有。"

"好像是李如意给宁安介绍的律师！"

"我不知道。"

王德清看得出，冯茹有些沮丧，但却在极力掩饰自己。

"冯茹，告诉我，你和宁安之间发生了什么事？"

"……没什么！"

"别瞒我了！冯茹，我了解你，也了解宁安，你们亲密的时候，我见过，你们现在这样，我也看得出！"

"德清，你不要说了！"

"不，我要说。你们都是我的老同学，都是我的好友，我关心你们，关心宁安，更关心你……"

冯茹打断他的话："我求求你，你别说了，我心里很烦！"

"我知道你烦，正因为知道，我就更烦！我不知道该怎样关心你、安慰你，你在厂里的处境，还有在家里的处境……"

冯茹大叫一声："你不要说了！"背过身去，轻轻地抽泣起来。

王德清不说了，看着冯茹的肩在椅背上抖动，禁不住从沙发上起身，一步步走过去，扶住冯茹的肩。

这时，他突然听到钥匙的扭动声，赶紧松手，坐回原处。

冯茹也擦干了泪，正过身来。

是宁安。

"哟，宁安回来了！"王德清笑着，站起身来。

宁安点了点头，看了看冯茹。

"德清，什么时候来的？"

"刚来。"

"有事吗？"

"嗯。"

王德清拿出请柬，递给宁安。

"孙一平院长让我送来的，请你出席。"

宁安看了看："一个被告出席新闻发布会？"

"哈……院里也有人这样说。孙院长火了，大吼'我当年不仅是被告，还有过历史罪人的帽子！'"

宁安的眼里亮光一闪，将请柬递给冯茹："你看，我去不去？"

"当然去！"

王德清笑了："噢，二位老同学，我今天来，还有两件事，一是市里已决定调我去主持高科技开发区工作；二是孙院长希望宁安马上同意办调动手续，到学院工作。"

24

自从方老支持宁安和红卫厂以后，方必优就抓紧了对李如意的攻势。

今天，方必优找了一大圈，都不见李如意，在大街上，碰到了钱令华，才知道李如意和宁安与钱令华有约会，才半途打电话，让李如意出来的。

毫无疑问，李如意对方必优的态度缓和多了。她是个聪明女子，知道方必优仍然是一张可打的牌。然而她已经想好了，不愿与方必优保持一种不明不白的关系，首先应该跟方必优谈清楚，他们之间，只是朋友，仅此而已，不会有其他。作为朋友，大家的交往将会更自然，更得体，也更磊落，就像她和黄盼盼之间姐弟相称一样，甚至更好，才会相安无事。

正因为这样，她才同意接受方必优的邀请，打算跟他好好地谈一谈。

方必优约她在街口会面，当她走来的时候，发现方必优已站在那里，身后停着那辆少见的奔驰车。

"如意，今天你让我好找！"

"有什么急事？"

"我爸爸过生日，我们送了一块大蛋糕，蜡烛也点了，他就是不入席，不吹！"

"为什么？"

"我们问了半天，他才说，如意不到，他的生日不过！"

李如意不相信地看了方必优一眼："你又撒谎胡编！"

方必优跌足叫苦："这是天大的冤枉！如意，我求求你了，别的你可以不管，冲爸这个年纪，还有这份心，现在，你是不是去一下？"

方必优转身，打开了奔驰车门。

李如意沉思了一下，上了车。

这的确是她没有想到的，也是她无法拒绝的。她的计划，一下子给打乱了。

奔驰穿过繁华闹市区，进入寂静的风景区，来往的车辆明显减少，车速也明显提高。李如意突然想起一件事，急忙叫司机停住车。

"什么事？"

"我想我该买点生日礼物送给方老！"

方必优笑了："你来了就够了！"

"不，方老对我们支持很大，我不能空手去。"

"你看，那是什么？"

李如意顺着方必优指的，往后面一看，立着两瓶洋酒，一盒缎面装的人参。

"我已为你准备好了两瓶人头马，一盒百年长白山古参。"

"多少钱？我给。"

"好。我们以后算。"

车又启动了，穿过一段没有任何过往车辆的林间道，进了一个有警卫站岗的小院，到了方宅。

这是一间单门独户的别墅。上下两层，路灯下，可以看见爬满两层楼的绿藤。

厅里亮着彩灯，宽敞、明亮，中间放着一张宽大的红木圆桌和雕功很好的红木靠椅。桌上有一块特制的大蛋糕。

厅里有个女佣，见方必优、李如意进来了，立即从一边的沙发上站起。

"叔叔，阿姨！爷爷奶奶在楼上！"

说着，女佣走了。

方必优指了指桌上的蛋糕："你看，这可不是我编的！"

李如意到沙发上坐下。

71

这个大厅，她太熟悉了。当年，她第一次来这里，她惊骇过，几乎不敢吱声；后来，在这个厅里，方必优把所有人支开，动手脱她的衣裳，使她从少女变成妇人；然后，她成了这个厅的主人，又大吵大闹地跑出这个厅。今天来到这里，熟悉的和陌生的一起出现，她一句话也说不出来，往事淹没了一切，她不知道该说什么。

"如意来了！如意！"

楼梯处传来了方老的声音。她和方必优都站了起来。

李如意走了上去。

方老由秘书和女佣们扶着，下楼进厅里来了。

"方老！祝您老生日快乐！"

方老抓住李如意的手，激动得有些颤抖："你来了就好！给如意上茶！"

李如意扶着方老，让他坐到沙发上，刚要说话，方必优将那两瓶酒和人参捧了上来。

"爸，这是如意送的生日礼物！"

方老的目光一亮，脸上堆满了笑容："谢谢！谢谢！"

"方老，我来不及，这是必优代买的！"李如意笑说。

"一样！一样！必优，我们上桌！"

李如意立即扶方老站起，到桌边，坐下。方必优把一盒火柴递过来。

"爸，生日蜡烛，由你这位寿星点、由你吹！"

方老点头，将火柴拿在手，抽出一支，刚要划，又停住了，递给李如意。

"如意，我请你点蜡烛，好吗？"

李如意站起，看了看方老，又看了看方老的秘书。

"方老，我点合适吗？"

"只有你点才合适！"

李如意明白方老的意思，但她此刻不能拒绝。她接过火柴，划着了，一支又一支点着了，共七只。

"如意，你点着了多少？"方老问。

"70只，您老70大寿！"

方老点头，张嘴笑着。

"方老，祝您老健康长寿！"李如意乘兴，大声地说。

"爸，我祝您老万寿无疆！"

"方老，"秘书也说，"我祝首长返老还童！"

方老笑着，连连点头，也站在那里。

"爸，该你吹蜡烛了！"

方老点头，鼓足了劲，刚要吹，停住了。

不一会儿，泪水也滚了出来，声音也哽咽了。

"如意点的烛，我……不能吹！"

方必优用眼紧盯着李如意。

"方老，谢谢你！你还得吹，不吹，恐怕不完满！"李如意只得劝说。

"那——"方老看了看秘书和方必优，对李如意说，"我们能不能先谈几句话？"

方必优、秘书退走了。李如意扶方老坐下，自己也坐下了。

"如意，你今天来，是我的好兆头！"方老品了一口甜酒，"我本不愿谈你和必优的事，可有一件，我不得不谈。"

"方老，你说。"

"宁安要上法庭，我要在位，是可以管的，可现在……"

"方老，上法庭也是件好事，当被告，不一定就失败。"李如意说话直截了当。

"嗯，话可以这样说，可不这样，不是更好吗？现在，有些人不仅不听我的，还跟我出难题，把冯茹的职免了，让必优接任，还要他出庭当证人。"

这使如意一惊。

"他们想造成一种印象，是我在整你们。必优听说以后，坚决不干，可由不得他，我也不好出面……"

"必优当官是好事嘛，"李如意说，"当证人，也不要紧，只要实事求是，就没什么！"

"嗯，我也是这样想的，"方老说，"可就怕你误会必优。"

"不会的，方老。我看，必优最近长进多了！"

"是吗？你能谅解就好。我们来吹蜡烛？"

"嗯！"

"必优！你们来！"

方老的声音，显得有力而又洪亮多了。

25

宁安坐在被告席上，他看见邱子希坐在原告席上，方必优在证人席上。旁听席上，有计算机所的人、机床厂的人、红卫厂的人。李如意、黄盼盼也来了。

宁安的肩头，被人拍了一下，他掉头一看，是王德清，坐在王德清身边的，是孙一平。

原告的律师正在发言。

"……被告一再声明，他在乡办厂所进行的数显表开发是他进机床厂以前就开始的。但是，我们应该注意下列事实，被告之所以这么快调进机床厂，并得到工厂破例的种种优惠，如分给他三房一厅的住房、配备具有国际国内直拨功能的程控电话等，这都是工厂认定他在数显表上的表现，而且邱子希与被告早已有口头协议，把数显表带进厂，是工厂对他的基本要求，他也同意。然而，被告进厂以后，就违反已达成的口头协议，继续在乡办厂开发数显表，这就侵犯了机床厂的利益。关于这一点，证人方必优可以作证。这里应该强调的是，被告宁安进厂之前，方必优就是他的合作者，是工厂的骨干工程师、工厂设计室主任。至今，方必优还是数显表开发组负责人，宁安口口声声说数显表的开发成果是自己一个人的，事实上，也已侵犯了方必优的利益。"

这时，旁听席上发出了议论声，方必优看了一眼李如意，李如意却把目光投向宁安。

原告律师："我认为很有必要澄清一个问题。被告声称，进厂以后，他坚持不在乡办厂把项目停下来，是因为邱子希企图鲸吞他的项目成果，根据是，在工厂给上级的立项报告中，项目第一责任人是邱子希。对此，本律师进行了详细的调查了解，想说得稍微详细一些。长期以来，我们在范围很广的领域里，对知识分子的个人劳动、个人知识成果和产权，没有给予应有的尊重和保护，这是人所共知的事实。但改革开放以来，这种状况已大大改变。被告以种种理由来为自己的侵权行为辩护，也是站不住脚的。据我调查，把总工列为企业重大项目第一责任人，是合理的，也是普遍的做法。第一，这是总工的职责，这种职责具体一点说，就是风险，至于成功以后的奖励和荣誉，即使总工不挂第一责任人也应该分享。第二，凡是需要国家投资的重大项目，上级审批单位的审批是很严肃、很认真的，都要求有分量的专家权威领衔。被告宁安不具备这一资格，在这种情况下，总工邱子希作为项目第一责任人，事实上为项目的通过做了好事，怎么反而成了要鲸吞被告的成果呢？第三，更为重要的是，由邱子希出任项目第一责任人是机床厂厂长办公会的集体决定，而且在研究时，邱子希也不希望自己挂此名，这并非邱子希的个人主张。试问，被告的理由站得住脚吗？按照被告的说法，岂不是机床厂的全体厂长企图鲸吞他的成果？"

看来，原告的辩护律师是有精心准备的，邱子希的脸上也浮着浅浅的笑容。

轮到钱令华了。

钱令华："我作为被告的辩护律师，很耐心地听了原告辩护律师的发言，很受启发。因为，他无意中告诉我们一个不可辩驳的事实：数显表是宁安在调进机床厂之前就有的项目，这就是说，对机床厂讲，数显表不是宁安的职务发明。大家知道，单位与个人之间，在职务发明和非职务发明问题上的争议屡见不鲜，我们今天讨论的问题，也没有逃出这个圈子。在重点讲这个问题之前，我想先就合作者方必优这件事谈一谈。只要稍有常识的人都知道，发明者和合作者是两个不同的概念，和宁安合作过的，也有科技情报所的李如意，但她从不认为数显表是自己的。即使是证人方必优，恐怕也不敢在法庭上说自己是数显表的发明者。"

钱令华看着方必优。

方必优愣在那里，像座塑像。

钱令华："宁安进机床厂之前，是向邱子希表示过愿把数显表带到工厂来。请注意，这是用带来二字。是全部带来？还是部分带来？还是扩散式地带来？或者是在红卫厂试制成功以后用别的方式带来？原告和被告之间，并没有明确的契约。更有甚者，双方都知道红卫厂在试验开发，宁安进厂之前，邱子希也没有提出过让红卫厂停止开发的要求，并不以此为宁安进厂的先决条件，因此有什么理由说宁安进厂之前干的事是合法，而进厂以后继续干这件事就是非法呢？"

钱令华讲到这里，又停了一下，看着邱子希。

邱子希脸上没有表情。

钱令华："关于邱子希是否应该挂项目第一责任人的问题，本律师认为，这不仅仅是一般惯例不一般惯例的问题，而是一个要不要尊重和维护知识产权的重大法律问题。第一，邱子希从未进行过数显表的设计，把他列为项目第一责任人是错误的，这项决定，无论是邱子希个人做的，还是工厂领导班子集体做的，都是对数显表发明者宁安发明权的侵占，是违法的；第二，据本律师了解，工厂给上级的立项报告，至今还没有给项目发明人宁安过目，更谈不上征求他本人的意见，这种做法是符合情理的吗？人们不禁要问，这究竟是为什么？如果我们任何工厂把企业的职工视为己有而不予尊重，这又是合法的、正常的吗？第三，被告宁安进厂以后，的确得到了工厂许多高于常规的照顾，虽然这种照顾还远远不够，但他仍对工厂十分感激，提出了希望工厂和红卫厂联合开发数显表的要求，但被邱子希当面拒绝，随后，发生了工商部门查封红卫厂的事件，接着，工厂对宁安提出起诉，两天前，还解除了宁安妻子冯茹的职务，这一切，又是正常的吗？假如将全部事件与项目第一责任人的问题联系在一起。难道不令人深思吗？

因此，鉴于如上事实，本律师认为，原告对被告的起诉，正如原告的种种做法一样，都是企图将一项非职务发明演化为一项职务发明，企图鲸吞宁安的创造性劳动成果！"

讲到这里，钱令华的声音戛然而止。大厅里静了片刻，突然爆发出一阵热烈的掌声。

宁安的眼睛潮湿了。

法庭宣布休庭以后，李如意走了过来，拉着钱令华，与宁安握手。

"我妈真棒！"

黄盼盼点燃一小挂鞭。噼噼啪啪地在厅里炸响了，一个法警过来，把鞭踩熄了，批评几句以后，要罚款。

黄盼盼从口袋里掏出几张100元的票子，交给法警。

"我认罚！如果有多的，请给法官、陪审员们买点烟或者饮料！"

众人哈哈大笑。

宁安突然站起身来，向旁听席最后一排走去。

那里，坐着冯茹。

"冯茹，我没有想到你会来……"

"我应该来。"

她走到宁安身边，亲昵地为他整理衣领。

26

从法庭出来，孙一平就用小车把宁安接到理工学院，在校园的路上边走边谈。

理工大学已有近百年的历史，最早曾叫理工学堂。如果说这个城市像一个盆子，理工学院则在盆子的边缘高处，大部分校舍、办公楼、寝室公寓在半山腰里，有一条小河蜿蜒曲折地流过校区，河上有近十个水泥桥或铁桥，使整个校园依山傍水，景色秀美。校区绿化很好，山上林涛声声，山下翠草茵茵。巨大的足球场上，正在进行一场非正规的球赛，喊的、叫的、踢球的声音远远传来。

"宁安，对这里不陌生吧？"

"好多年没来了！"

"有什么感触吗？"

"……说不上，校内和校外是两个世界。"

"嗯，在这个问题上，有不同主张的流派、不同主张的争论，大概还要进行下去。"

宁安点点头。

孙一平："说实话，当年你们毕业的时候，我对你的印象一般。"

宁安："我对你的印象也一般，或者说不大好。"

孙一平："啊？"

宁安："你给我的鉴定上写的批语是：希望戒骄戒躁，没想到，这顶帽子几乎给我戴了一辈子。"

孙一平："这是知识分子最普通、最合适的帽子，我头上也有，好像知识分子不应该有棱角，尤其是新见解……"

宁安："你这样看？"

孙一平："别人怎么看这个结论，我说不清楚。我这样写，只是希望提醒我的学生，不能像我，在政治运动中太惨，太惨。"

宁安点头，沉思了一会儿。

"其实，这不太可能。"

"像你就做不到，现在没政治运动，可你还当被告。"

两人笑了。

"宁安，你真的不想回校？"

"怎么回答呢？在计算机所干了，又到机床厂，都是这种结局……"

"其实，不光你一个人当了被告。"孙一平叹了一口气，"还有那个红卫厂的黄厂长……"

"黄盼盼。"

"对，据我所知，他的职务也要免了。"

"啊？为什么？"

"你想想，新闻发布会给工商局丢了多大面子？作为一种平衡，乡里也得这样。不会有人说黄盼盼有什么问题，也不会有人讲明这一层用意，而且，他们要给黄厂长在乡政府里安排一个位置。"

"就这样？"

"这就是官场权术。现在，还没有宣布，连黄厂长也不知道，好像一时还物色不到合适的接替人选。"

"那数显表的试验不就完了？"

"所以，我希望你到学院来，当高科技开发公司总经理，数显表是一个项目，由公司和红卫厂联合开发，才保得住。"

第六章

27

冯茹今天特意打扮自己。头发到美发厅做了，蓝黑色的旧外衣已经脱去，换上时新的橘红色外套。她在镜子前端详自己时，都感到吃惊：镜中的美女，竟是一个中年妇女？

宁安一大早就去参加火炬计划发布会了。

中午，宁安不会回来。

冯茹昨天已约好了李如意，请李如意一个人来做客，坐坐、玩玩、聊聊。

她做了几道拿手菜：清蒸鳊鱼、瓦罐烧鸡、家常豆腐、口蘑菜心，还有常年都吃的小碟泡菜。

请李如意，这是冯茹当初想都不敢想的。李如意是她的情敌，是外来的干预者。冯茹走这一步，是经过算计的，也是一场内心痛苦斗争的结果。过去只把自己的智慧用在科研上，现在她将在生活中小试锋芒，她相信自己。

李如意进门的时候，多少有些不自在。

"冯茹姐，你找我有什么事？"

"没有事不能请你来玩玩？"

"哎哟，看你说的，只要冯茹姐一声令下，我绝对把天大的事都放下！"

两个有心计的女人都笑了，似乎笑得都特别开心，特别真切。

一边笑，冯茹一边上菜，给李如意斟酒，自己也倒了一杯，是长城白干。

冯茹举起酒杯："如意，你帮了宁安那么大的忙，我感谢你！来，举杯！"

李如意举起杯子："我是宁安的合作者，帮他的忙其实也是帮我自己的忙，来，干！"

她们俩都话中有话，谁也不示弱，一口把酒干了。

"如意，随意吃菜。"

冯茹给李如意边夹菜边说："宁安平常总是在我面前夸你，说你如何如何热情，如何如何诚恳，如何如何有事业心……"

她看也不看李如意，只捂嘴笑了："你可不要生气，那天，我臭了他一句：'你是不是对李如意动了心？'你猜他怎么说？"

这完全是李如意没有想到的，睁大眼睛望着冯茹。

"他说：'除非世界上没有你！'这个鬼东西，就是会骗人！"

见冯茹一下又变得如此残忍俗气，李如意的紧张反倒没了。

"我很佩服宁安，从他的事业心到他的为人。"

李如意说得很坦然。

"我也是。"冯茹望了李如意一眼，"他不是这样，我连看都不看他一眼。就是这一点，我才一辈子不离开他。哈！来，尝尝清蒸鳊鱼，是我特意为你做的！"

李如意放下了筷子："冯茹姐，好像，你今天有什么话，是不是明说了？"

"嗨，你我之间，不是在说话吗？有什么明说不明说？来这清蒸鳊鱼凉了不鲜！"

"我没有口味了，你不说，我就走。"

李如意站了起来。

冯茹停住筷子，收了笑脸，望着李如意。

"好，既然你这样痛快，那你先坐下。"

李如意坐下。冯茹放下筷子，从一边拿出烟，抽出一支点燃了。

"有件事，我想求你。"冯茹说着，吐出一圈烟。

"现在，邱子希不放宁安，说是只要我邱子希在厂里一天，宁安就休想调走。"

冯茹讲这件事，是李如意万万没想到的，她想到的是，为宁安，冯茹可能和自己摊牌。

"好像宁安说了，万一不行，他就辞职！"

"哼，说得轻巧！"冯茹抽了一口烟，"真辞职，那十几年的工龄不白丢了？还有，工作怎么办？生活怎么办？万一将来上面的政策变了，又怎么办？"

李如意："我好像听人说过，现在，只有发不了财的，没有被饿死的！"

"话是这么说，不到万不得已，不能走这一步。中国知识分子的特点，这当然可悲，也很可爱。"

见冯茹的笑里泛出淡淡的辛酸，李如意叹了口气："那你说怎么办？"

"有办法，只有求你，也是宁安的意思。"冯茹将烟摁熄在桌上。

"啊？"

"你带我去见方老。"

"我带你去见方老？"

"你只介绍一下，其他的话，由我来说，准行！"

"我早就不去方家了！"

冯茹笑了："我知道，方家认你。"

"假如我不答应呢？"

"不，你会答应的，为了宁安，也为了我，我们这个家。"

确实，李如意只能答应，她领冯茹去了方家，见了方老。方老听了冯茹讲的情况，当场给市机械局领导拨了电话，发了脾气，要他们放宁安走！

"冯工，你的职务好像给必优接替了？"打完电话以后，方老问。

"嗯，必优比我更合适！"

"真是胡来！"方老又用拐杖捣地，"你看，要不要我再说说？"

冯茹一笑："不，方老，其实，按必优的能力，当设计室主任都委屈了。再说，这样的小事，你管得太多，恐怕不好。如意，你说对不对？"

李如意完全被冯茹今天的表现惊呆了，白了冯茹一眼，站起身来，冯茹也起身。

"方老，打扰你了！你早点休息，我们改天再来看你！"

当两个女人走出方宅的时候，他们心里各自都回味着，不讲话，也不笑，只有脚步声，时快时慢。

"冯茹，"在一个岔道口，李如意停住脚，打破沉默，"说实话，我今天很佩服你。"

"是吗？"冯茹微微一笑。

"佩服什么？"

"你很有心计。"

"我是一个很好的工程师。"

"还有，你也很有手段。"

"刚想到这一点。"

"改天，我想请你一次。"

"作为回报？"

"当然。"

"我想问你一句。"

"请讲。"

"今天这一切，你好像说过，也是宁安的意思？"

"你不相信？"

"有点。"

"那你去问他。不过，我想提醒你，所有的男人都会演戏。"

"宁安不会对我演戏。"

"我也这么相信过他。"

她们分手了，一人走一条道。

28

宁安走进火炬计划新闻发布会会场时，会议已经开始，他迟到了。

这是一个中型会议室。有几十个记者坐在里面，有的在记录，有的在拍照，两台摄像机在不停地移动，白炽灯照得通亮。

主席台上，坐着一排领导模样的人，孙一平也在台上。一名头发花白、瘦瘦的人正在发布新闻。

已经没有座位，宁安靠着墙边。

新闻发布人："……归纳起来说，火炬计划的宗旨是高新技术成果的商品化，高新技术产品的产业化，高新技术产业的国际化。而这，既是我们当前经济和科技工作的致命弱点，也是我们经济和科技改革发展的基本要求。"

一记者问："按照火炬计划的要求，必然要以全新的观念来办好高科技企业，这些人从哪里来？"

新闻发布人："这个问题很重要。高科技企业一定要高科技企业家来领导，外行肯定不行，这些人从哪里来？我认为，主要是从科技队伍中来。市场经济逐渐在发育完善中，新体制和旧体制之间，还有一个艰巨的交替更迭过程，我们的科技企业家，就会在这个过程中受到教育，得到磨炼，经受风险，逐渐成熟，可以肯定的是，有一些人，会被水淹掉，但一定会有一批中国的高科技企业家，出现在世界经济舞台上，可以这样说，他们的企业，将是21世纪主导我国经济的支柱，他们本人也是21世纪参加国际经济竞争的主力。"

宁安听得正有兴趣，他的肩，被人拍了一下，他掉头一看，是一个西装革履、手持大哥大的青年人。

"你是——？"他一时认不出来。

"哎呀，宁工，你怎么把我忘了？"

宁安笑。

"我是林小年！"

啊，宁安记起来了这个林小年，曾在计算机所当过公务员，后来辞职不干了，离开了计算机所。

"你现在干什么？"宁安问。

"开了一间太平洋高技术公司，当总经理！"

"你开高技术公司，当总经理？"

"当然，你看！"林小年将全身上下一亮，"像不像？"

宁安不敢点头，只是笑。

"我虽然只初中毕业，"林小年说，"但可以当老板，做项目，可以雇人！"

宁安点了点头："你来参加发布会？"

"嗯，没有请柬，说是国家科委谭副主任的亲戚，混进来的！"林小年笑。

"谁是谭副主任？"宁安问。

"发布新闻的。"

"你胆子真大！"

"这种会，要听，做生意，就靠信息。"

他们相视笑了笑，又听会。

一记者："现在，对科技人员办公司议论很多，有的说是拜金主义，有的说涉及人格问题，请谈谈你的看法。"

谭副主任："我相信，提这个问题的记者先生，已经有了自己的答案，这里，我讲一个真实的笑话，有一位老同志，从老区突然到了深圳，头一天看下来，竟嚎啕大哭，说革命了一辈子，怎么会搞成这个结果？也就是说，三十亩地一头牛他接受，但高楼大厦汽车股票他受不了。过了三天，他看遍了，听多了，想通了，也明白了，他的脸上有了笑容，说了一句很了不起的话，老百姓都富了，才不白干。这个故事说明，人的认识有个过程，科技人员经商办企业，也是一样，有个观念问题，重要的不是别人怎么议论，重要的是自己怎么认识。"

林小年小声问："宁工，你怎么看？"

宁安："我？还没想。"

林小年："要想一想。"

宁安："为什么？"

林小年："你的经历、处境，我在报纸上都见了。"

宁安看了林小年一眼，他想不到，当初一个毛毛糙糙的小青年，几年不见，就变成这个样子。

另一记者："当前，社会分配不公，这是众所周知的。造原子弹的不如煮茶叶蛋的，这涉及科学家尤其是科技企业家的待遇问题，请问，你有什么评论？"

会场上顿时鸦雀无声。

谭副主任转动着手上的签字笔："这个问题提得很好，我想问一问，在场的各位中，有没有从事科技研究的？"

众人互相打量着。

台上的孙一平笑了："有。站着的那位，他叫宁安，正在开发数显表，这一项目对我国机械行业的发展十分重要！"

大家的目光一齐投向宁安，有人鼓起了掌，渐渐地，掌声越来越大。

孙一平："因为这种事，宁安前天刚刚上了法庭，当了被告。"

记者们惊了。

宁安很紧张。

谭副主任："如果大家同意，我们请宁安先生到主席台上来，好吗？"

会场上，顿时爆发出一阵热烈的掌声。

宁安走上了主席台，被谭副主任拉到身边坐下。

谭副主任："你看，你也太随便了嘛，穿西装，怎么不打领带？"

众人笑。

谭副主任："你有几条领带？"

宁安："一条。"

谭副主任："太少了！"

众人又笑。

谭副主任："仅从一条领带看，社会分配不公的问题，就看清楚了。那么科技企业家应该有几条领带呢？"

宁安答不上来。

谭副主任："我看，起码得一打。"

众人又笑了。

谭副主任："我再问你，假如你是一个科技企业家，应该有什么样的待遇？先谈工资。"

宁安："……一个月大概400块，差不多了！"

谭副主任笑了："400块？那是沿海合同工的起点工资，还不包括奖金，科技企业家才值这点钱？太不像话了嘛！我再问你，房子呢，该有多大？三室两厅？"

宁安点头。

谭副主任："这三室两厅，大概要20多万照顾价才能买到吧！再说，该不该有辆汽车坐？一年两年该不该出次国？出差出国该不该住稍好一点的地方？他的家里，该不该装台直拨电话、联网的电脑、电传及复印设施……大家算算，这要花多少钱？我认为，这就是他们应有的待遇。"

会场上，大家又鼓起了掌。

谭副主任："那么，我就要问了，这样的待遇，与艰苦奋斗的传统是否有违？

还有他们究竟是属于先富起来的部分，还是变质分化了的那一部分呢？"

众人虽然大笑，但气氛却十分严肃。

谭副主任笑了："我想，这些问题已没有可争的必要。随着改革的深入，所有的偏见最终可以纠正过来。眼下的关键，是要大胆地走进科技经济市场，全身心地投入。"

这个会对宁安的震动很大，会议结束以后，林小年拦住他。

"宁工，怎么样，想不想下海？"

宁安笑而不语。

"要不，先帮我做笔生意？"

"帮你？我不行！"

"嗨，没那么复杂，你到我公司里，只坐着，不必讲什么话，按我的眼色点头就行了。我这几年，先是摆小摊子，五角钱一个的气球，打了气一块钱一个，一个要赚多少？一倒手就是钱，关键是点子。点子越高，钱来得越快，来得越多，最高的点子，就是高科技！"

到了林小年的公司，上了二楼，进了林小年的办公室，有一个人背朝门坐着。

林小年进门就叫："哟，徐老板，抱歉，让你久等了！"

那人转身，看见宁安，呆了。

宁安："徐中！"

徐中："哎，宁安！"

他们大声笑着，抱着："老同学哇！"

林小年："你们是老同学？"

宁安："初中老同学，几十年没见了！"

徐中的腿有点瘸："你不是当工程师吗，怎么在这里？"

林小年："我的公司顾问！"

宁安不好点头，只好笑笑。

徐中："林老板，你真有本事，把宁安请到了！中学时候，他是学校的尖子，他老是第一名，我老是倒数第一！"

宁安："你看你，还是老样子！"

林小年："其实，徐老板在这条街，也是有名的人才，做生意绝赚无疑！哈哈……徐老板，你找我好像是谈那笔生意？"

徐中点头，给宁安递烟，又递给林小年一支，自己口里含一支："对方只让我搞罐装，不愿意和我们联合。"

林小年用高级打火机把烟点燃:"一样一样,只要这就成了!"

徐中:"这叫成了?"

林小年:这叫第一步,协作生产,然后,高价买通对方的人,把配方搞到手,然后,起草两份文件,一份是合作生产协议书,一份是起诉书,先谈合作生产,谈不成就起诉他们!"

徐中睁大眼睛,拍着瘸腿,哈哈大笑:"高!高!林老板的点子高!"

宁安听出了他们的意思,他们的生意,原来是算计人。

"你们搞什么产品?"宁安问。

"保健药:盖世雄。"林小年说。

"国家体委做过试验可以大大提高运动员的水平。"徐中很兴奋。

"有没有激素?"宁安问。

"绝对不含。"徐中笑答。

"你们这样做是想逼对方就范?"

徐中笑了:"一个副教授研制的,既没有钱建厂,又没钱搞生产,还不去登记专利,我们帮他,他多少还可以赚点钱。"

宁安:"你们这样太不道德了!"

徐中拐着站起:"老同学,生意场上的最高道德是赚钱!等你自己做生意的时候,我除了祝贺你,还可以给你上一课。"

林小年笑了。

29

当赵丛玉来到牛角镇的时候,已是夕阳西下了。她走进那幢小土房的时候,姑婆正一个人在那里发呆。

"姑婆,在想什么心事?"

"我还想什么心事,姑娘,姑婆在想你!"

"想我?"

"华子病了,在医院!"

"什么病?

"倒在地上,像死人!"

赵丛玉的头嗡的一响。

"快,去医院照顾他!"姑婆的眼里有泪,"这伢,除了你,连个亲人也没有!"

赵丛玉急忙赶到镇卫生院，吴光华孤零零地躺在一张病床上，脸色苍白，没有血色，嘴唇发紫，瘦了一圈。

"光华！你怎么了"

"老毛病。低血糖。昨天起床，眼一黑，就栽倒了！"

"要不要紧？"

吴光华无力地摇头："打了葡萄糖，好多了！"

"为什么不打了？"

吴光华没有回答。

"为什么不打了？"

"我不让打的，可以省点钱。"

"你没有钱了？"

"不，我有。"

"那为什么不用，是钱要紧，还是命要紧？"

"我想，项目要用钱。"

听这话，赵丛玉马上去找医生，缴了费，带着护士，给吴光华输液。

吴光华感激地望着她。

"光华，你什么时候开始低血糖的？"

"留学。打工累，还要省钱买书买资料，就有了。"

"后来不是有钱了，为什么不注意保养？"

"回国的时候，有一万多美金，被以前的……女朋友拿走大半，嫁给港商了，余下的，买了些资料、材料和试验用品，剩得不多！"

"单位不管？"

"管了。我是合同工，补了20块！"

这些话，把赵丛玉说得发酸，眼也潮湿了："我有钱，我有不少钱，你以后一定要吃好的，把身体保好！"

大约是输液有了效果，吴光华一激动，脸色好多了。

"嗯，谢谢你！"

"这次，我给你留2000块，搞项目也够了吧？下周，我再送！"

"你不要送了。"

"为什么？"

"三天前，镇联防队搜了我的房！"

"为什么？"

"镇里有人盗墓，盗窃国家文物。有人检举，说我房里都是死人骨头！"

"嗨，你那是人造骨骼！"

"他们哪里知道？"

"你跟他们说嘛！"

"说了。没人听，也听不懂。把我的东西都搜走了，还说人家盗文物，你更邪，盗尸骨！连仪器都用上了！差点把我关起来。"

"你不会找镇长？"

"我准备去，犯了低血糖！"

"那，我现在就去！"

"不，你去，别人会问，你是吴光华的什么人，说不清。"

"我有办法！"

说完，赵丛玉将吴光华被子掖了掖，转身就走了。

她到卫生院办公室里，打听了镇长姓童，也摸清了住址，就高一脚低一脚地直奔童镇长的家。

童镇长50多岁，背有点驼，吃完了饭，正靠在躺椅上剔牙抽烟。

"请问，你是童镇长？"赵丛玉很有礼貌地问。

见面前来了个打扮入时的年轻女人，童镇长连忙起身。

"我是。你是——？"

赵丛玉将准备好的名片一递，童镇长看了，脸上堆满笑让座。

"哟，省电台的成记者！你坐！你坐？"

其实，那张名片，是电台一个姓成的记者送给赵丛玉的。

童镇长端过一杯茶来："成记者，吃过饭没有"？

"在街上吃了！"

"嗨！街上有什么好吃的！要不今晚住下，明天我请！"

赵丛玉接过茶杯："谢谢！"

童镇长拉过一张小凳，坐下来。

"成记者，是不是有什么急事？"

"嗯，好像你们镇防疫站，有个叫吴光华的人吧？"

"嗯？噢！有。这个人很怪，本来是大学本科毕业生，非要来当合同工，连文凭都不敢露！"

"不，他不光是大学本科毕业生，还是留学美国的硕士！"

"真的？"童镇长惊呆了，"那他这样做，是不是有什么别的目的？

赵丛玉笑了："有什么目的？你不知道，英国有个博士到原始部落生活了20年，澳大利亚一个女专家，什么都不要，跟森林的猴子猩猩过日子！"

童镇长笑了:"那人家是搞科研!"

赵丛玉:"对了!这个吴光华,也是在搞科研!"

童镇长:"真的?"

赵丛玉:"人的骨骼!"

童镇长想了想:"嗨!我记起来了,联防队收了他的仪器和从墓里挖的死骨!"

赵丛玉笑:"那不是死骨。"

童镇长:"我看过了!明明白白的死骨!"

赵丛玉:"那是用新材料做的人造骨骼!"

童镇长:"还有人造骨骼?"

赵丛玉:"我今天来,就是专门采访他的。他这是国家的重大科研课题,如果成功,在世界上都是第一。"

童镇长:"真的?哎哟,成记者,你别在这里唬我!"

赵丛玉:"真的。是上头要我来的,还嘱咐要保密!"

童镇长:"上头?市里?省里?"

赵丛玉用手往上指。

童镇长:"还上头?啧啧啧!"

赵丛玉:"你刚才说,把吴光华的仪器和东西都收了?太不像话了!"

童镇长:"真是,好,我马上要下面还!这些人,一点文化都没有。"

赵丛玉见目的达到了,笑了笑,喝了几口茶起身走了。送她的时候,童镇长千嘱咐万嘱咐,不要把收吴光华东西的事向上汇报。

来到吴光华床前的时候,她把这件事讲了,吴光华笑出了眼泪。赵丛玉照顾了吴光华一夜,吴光华也恢复了,第二天出院,赵丛玉也赶回城里上班。

过了几天,当赵丛玉再看见吴光华的时候,发现吴光华根本不搞研究了。

"光华,为什么不搞了?"

"没办法搞。"

"又出了什么事?"

"童镇长来了一次,他说,已把我的户口办好了,还准备落实我的政策,在正式干部手续没办下来之前,先拿合同工的工资外,每个月再加10块钱。"

"这叫落实政策?"

"镇里能这样,也说得过去。他对我说,像我这样的人,莫说镇里没有,县里、市里怕也不见得有。"

"不错嘛,很有眼光嘛!"

吴光华苦笑："因此，他认为我肯定待不长，肯定要被上面挖走，他采取了两条对策，第一，我每天的科研成果和各种记录，都要交由专人保管，以便保存和保护。"

赵丛玉："真的？"

吴光华点头："第二，如果上面要挖，他让我配合，一定要上面给人才补偿费。"

"多少？"

"没说。"

"这才是小农！"赵丛玉感叹一声。

30

黄盼盼果然被免职了。乡里安排他去农校学习，准备将来重用他。他拒绝了，要进城开木匠铺。李如意给他出了主意，开木匠铺还不如开家具店，连名字都取好了：华丽家具店。

他和李如意在城里租了一家门面，大约20多平方米，后面还可以搭个加工车间，年租金3000块，一平方米只有10块钱左右，划算，就订了合同，忙了几天，就绪了，开张。

开张蛮热闹。放鞭、送烟、喝酒，闹了大半天，人都走了以后，店里就剩李如意和黄盼盼两个，黄盼盼见李如意有气无力的样子，端了一杯茶，送到她面前。

"如意姐，今天热闹是蛮热闹，不知怎回事，好像差点什么，啊？"

李如意瞟了他一眼，没答话。

"噢，我想起了，差一个人！"

"差谁？"

"宁——安！是不是？"

李如意瞪了黄盼盼一眼：

"他不管你了，你差他？"

"不，怕是有一个人心里想他！"

李如意立即起身来，用拳头捶黄盼盼。黄盼盼任她捶了几下，把她的手捉住，眼神也特别怪："如意姐，只要你不嫌我文化低，我……我……！"

李如意吓了一跳，甩开了黄盼盼的手，正色说道："黄盼盼，你要是再这样，我也不来了！"

黄盼盼似乎醒了，扬起手，就打自己。

"如意姐，你看，我错了！我改！我再也不乱想了！"

李如意一笑："别打了，我还来！"

黄盼盼也笑了，显得尴尬。

这时，宁安拿着一块匾，走了进来。

"哎呀，我来迟了，有罪有罪！"

黄盼盼像见了救兵，赶紧起身接过匾，放一边说："刚才还在说你，怎么还不到，如意姐都等急了！"

李如意白了黄盼盼一眼："谁说的？我是等方必优等急了！"

宁安看了李如意一眼，笑了："我确实有事，学院让我去谈组建科技公司的想法，早一分钟都不让走。"

如意看也不看宁安，对黄盼盼说："盼盼，隔壁是不是有电话？"

"嗯，有。"

"你去给方必优打个电话，让他快点来，我等他。"

黄盼盼知道李如意在生宁安的气，一边点头，一边给宁安使眼色，转身就走了。

"如意，生我的气了？"

"我凭什么生你的气？"

宁安笑了："你看你，有时候很成熟，有时候又像个孩子！"

"是呀，我像个孩子，经常被人家愚弄！"

"谁愚弄你了？"

"你心里明白！"

"我？如意，你这不是冤枉我？"

"冤枉？我问你，你的调动，邱子希的口气是不是松动了些？"

"厂人事科长说。邱总从坚决不放，已改成考虑考虑了。"

"邱子希为什么会松动？"

"冯茹说，是你陪她去求方老，方老给机械局打了电话。"

"谁出的这个主意？"

"不是你？"

"我？……噢，我是对冯茹讲过，这个姓邱的，恐怕非得要方必优的爸爸讲话，他才会乖乖的。"

"这还不清楚！伪君子！"

"清楚什么？当时，我这是句牢骚话！"

"是呀，牢骚话……"李如意笑了，"你们两口子，就这么样……把我当成了什么人？"

"如意，是不是冯茹对你——？"

"冯茹？我只问你对我！"

"我对你怎么不好啦？"

"你自己知道！"

说完，李如意就往外走。

"如意！"宁安大叫一声，"有什么事，你也没说清楚哇！这么不明不白，叫我怎么想？"

"你还会怎么想？宁安，我现在才明白，我李如意确实做了很多糊涂事！"

宁安走过去，扶着李如意的肩："你这究竟是为什么嘛？"

李如意甩脱了："为了我的尊严。"

这时，黄盼盼进来了。

"如意姐，电话我打了，没人接，方必优不在。"

黄盼盼的话音还没落地，门口传来一阵摩托声，是方必优来了，也抱着一块匾，停住车，把匾送进来了。

"黄盼盼，来迟了，对不起，祝贺你开张大发！"

黄盼盼笑着接匾："谢谢！"

方必优："老宁也在？如意，有件急事，我爸让我来接你。"

如意的脸立刻变了："宁安，我们好像也有事要商量，对吧？"

宁安迟疑了一下，点了点头。

方必优："现在，省里想搞一个高科技农业园，爸知道你是农大高材生，想找你去谈一谈，明天，他好发表意见！"

宁安："如意，既然是这事，你是不是就去？我们改天再谈？"

李如意的目光，从哀怨变成愤怒，想了想，将牙一咬："好，我去。"

方必优高兴地笑了，转身出店门，将摩托车发动后叫道："如意，快来，坐后面！"

李如意白了宁安一眼，到了门口，骑上摩托的后座。

"如意，坐好，抱好我的腰！"

李如意抱住了方必优的腰。

方必优扬了扬手，带着李如意走了。

宁安的心里不是滋味。

黄盼盼："宁安，你就忍心看着方必优把如意姐拉走？"

宁安没答话。

黄盼盼："要是我，我一定会骂这个方必优：去你妈的方老！你这安的不是好心！"

宁安仍呆站在那里。

黄盼盼："你看看如意，你开口让她去，她只有去，你的心，太狠了！"

宁安咚的一声，坐到椅子上，用手压太阳穴。

黄盼盼："如意姐为了你，什么都做了，她的心你不知道？你是个石头？你对得起如意姐？你……"

宁安终于开口了："盼盼，有酒没有？"

黄盼盼点了点头。

宁安："拿酒来，我要喝！"

黄盼盼："那，我到餐馆点几个菜？"

宁安："不要菜，只要酒。"

黄盼盼从柜子里拿了一瓶酒，又到后面去了，后面还有几盘剩菜。当他端出剩菜的时候，发现那瓶酒已被宁安喝了一大半，他赶紧上去，把宁安手里的酒瓶夺下来，宁安随身一歪，已醉倒在地，脸色煞白。

31

赵志德几乎跑遍了他认为可能的单位，结果都令他沮丧，没有人对他的快速牧草烘干机组感兴趣，更谈不上投资。

"多跑一些单位好。"女儿赵丛玉用调侃的口气说，"就是没有一个投资者，也不是白跑。起码，爸会对社会增加了解，就像当年大学生到农村，下边疆一样，会更快成长！"

"胡说！没大没小。"妻子钱令华喝着稀饭说，"还跑？别说人累了，还要生气，就是路费、车费，要贴多少？关设计室、吃大锅饭的命，何必做这出力不讨好的事？一家家说，一家家劝，是要饭的还是化缘的？"

赵志德耷拉着脑袋听着。不想回话，也不能回话。他自己也在想，这样跑下去，究竟有没有必要。

妻子和女儿上班去了，屋里只剩下他。他把一大堆图纸放到桌上，又一张张打开，审视着，欣赏着。他仿佛看见那台梦寐以求的机组已矗立在面前，鲜红鲜红的，在乳白色的车间里，显得很突出也很壮观，他将电门一按，成吨成吨的青草进入机组，被暗红色的红外线炙烤，一阵白色的蒸气升腾起来，然后，脱水的青草被加工成颗粒状的草粉，被规范地包装、封口，一包包地从里面出来，进入呼呼转动的传送带……

一阵敲门声，把他惊醒了，他无奈地收起图纸，去开门，门口站着那个剃着光头、留着长胡须的电台记者，望着赵志德点头哈腰，满脸是笑。

赵志德一脸不高兴："你又来干什么？我不做广告！"

电台记者："啊，这次，我不是要你做广告。给你送一封信。"

说着，记者从胸前的大口袋中取出一张特制烫金的请柬，递给赵志德。

记者："昨天，我在一次宴会上，认识了一位搞高科技开发的老板，介绍了你的设计，老板很感兴趣，请你务必和他谈谈！"

赵志德把请柬打开，上面写着："赵志德先生钧鉴，久闻阁下在科技界大名，近又得知你又有重大建树，特专邀先生于明日十时整，到敝公司洽谈协商合作前景事宜，万望拨冗！太平洋高科技开发公司总经理林小年。"

赵志德的眼睛一亮，请那记者进屋里坐，记者说有事，以后再来，就走了。

赵志德关上门，又把请柬看了两遍，脸上终于露出了笑容。不，我没有白跑。我不会出力不讨好，而是还没到讨好的时候。我相信，社会既然有不公正的方面，就必然有公正的方面。只要有真本事，只要你真是人才，再不好的环境，再不公正的条件，最终，都不可能把你压死的。社会总是要接受先进、接受创新的，虽然社会还同时有某种排斥创新的惯性……

想到这里，他拿起那个旧包，装上一些说明资料，出了门。

天，似乎敞亮多了。

正如那个记者所说，林小年是在昨天的一次宴会上得知赵志德及他的快速牧草烘干机组的。他读书不多，当年，他倒药材，曾到过山区，曾为漫山遍野的沃草所陶醉，也曾经幻想该怎么把这些草变成数不尽的票子。当地的政府官员曾十分鼓励他的这个设想，许诺如果林小年有这样的设计，愿意求上级拨款联合开发。在宴会上，他立即写了请柬，并立即行动，进行布置，找了几个像学者的工作人员，准备与赵志德会谈。

林小年把自己的办公室进行了彻夜整理，借来电脑和传真机，把大哥大往桌上一放，显得很有高科技企业家的气派。他相信，摆设是资本和声誉的标志。他还派人到纺织科研所摸了赵志德的底。

"赵老，你好像是学纺织专业的？"林小年西服革履，陪赵志德坐着，笑问。

赵志德连连点头。

"据我所知，有几十项发明都得了奖嘛！"

赵志德边笑边点头。

"那一年，是不是设计了太阳能联动驱动装置，好像登了报！"

赵志德："这你也知道？"

林小年："当然，我是搞高科技的嘛，这方面的信息，我是绝不会遗漏的。"

赵志德："林总经理年轻有为，前途无量！"

林小年潇洒地一笑："哪里哪里，说实话，赵老先生是老前辈，也是国家的宝贵财富，我认为，社会必须为你创造尽量好的条件，不能再像无纺布模型那样做了！"

赵志德感到心里热辣辣的，他没想到，一个这样的年轻人，竟讲出这么有分量的话。

林小年："今天，本当该我登门拜望您老的，但一大早已有安排，要送几个港友，只得冒昧请您老了，实在抱歉！赵老，我们是不是谈谈正题？"

赵志德连声说好，立即从包里往外拿资料，林小年也到门口一招手，一个戴眼镜的中年人和一个满头白发，很像学者的老头进来了。

林小年："啊，我介绍一下，这位，是高级工程师赵志德先生！这位，是我们公司科研部的李部长，这位是投资部的王部长！"

赵志德与两人握手后，坐下，将资料拿在手中。

"林总，我先介绍一下？"赵志德说。

"嗯？赵老，你不用谈。"林小年说。

"为什么？"赵志德问。

"你把资料给李部长和王部长，他们去进行设计评估，我想，我们俩再谈谈正题。"

"这不是正题？"赵志德拍打图纸资料问。

"当然是。"林小年笑了，"我和你商量的是，该怎么投资合作这个正题。"

赵志德简直不敢相信，一见面不谈项目就谈投资合作，天下有这么好的事？

林小年笑了："赵老先生，我这样做，你有些奇怪，对吗？我想，既然我对你过去的设计那么了解，对你的这个项目，总不会全然不知吧！哈哈……要知道，为了今天的洽谈，我已做了多少准备？"

赵志德被惊呆地望着他。

林小年："我们做高科技生意，绝对保持着一种超乎常规的快节奏、高效率，哪怕从知道你的项目到约你洽谈仅一夜工夫，就足以完成常规一月或者一年要做的准备。就像高速计算机的运算速度是传统机器的几十万倍一样。"

赵志德被震撼到了。他在科研单位工作了一辈子，这些日子在外面跑了那么多单位，还是第一次见到这样的年轻企业家，这样办事情的高科技企业。虽然他觉得不那么踏实，但他仍有种预感：真正的合作者，就在眼前。成功的日子，不会太远了。

他把关于快速收草烘干机组的介绍材料和设计简图交给了那两个人，待那两个人走出去后，就与林小年进入"正题"。

林小年似乎并不那么急："赵老，我最近读了一本书，很有意思。说外国有一条河的堤岸塌了，经检查，是因为堤岸上的树全枯死了。而树枯死了的原因是树根上长了虫。虫呢，又是河里滋生的。为什么会滋生这种虫呢？原来，这条河里有一种特殊的藻类。这种藻类又是由于河边工厂排放的污水造成的。你看，从污水到藻类到虫到树根枯死到河堤倒塌，一个环节又一个环节，都给人类提出一个生存与环境的问题。"

赵志德莫明其妙，没有做声。

"当然，我这是打个比喻。"林小年说，"你的快速牧草烘干机组，也是一个道理。看起来是牧草的处理，常人也不关心。可是，要按设计搞成功了，牲口冬季还会缺饲料？它的用途，又何止牲口？还有鱼、鸡、鸭、鹅……都用得上。你看，从草到禽畜又到人到社会，这多么重要！"

这一下，赵志德明白了，连连点头称是。

林小年又说："所以，我认为，你的项目，事关重大，虽然有风险，但一定要大搞！"他看了看赵志德，叹了一口气，继续说："不过，我这个公司，说实话，投的项目不少，一时还抽不出更多的钱，所以，我的想法是，找一家合作者，由你、我、他，三家合作，行不行？"

赵志德点了点头。

第七章

32

冯茹最近的心情很好。她略施小计后，看到了成果：邱子希的口气似乎松动了。李如意也不找宁安了。方必优与李如意的关系也好像亲近多了。

只是宁安病了。那天喝酒太多，是空肚子喝的。吐出来的全是酒和胃液。最后，胃出血，差点出大事。

她相信自己的直觉。从来不喝酒的宁安，会喝这么多酒，也许与自己的那个小计有关，也许李如意与宁安大吵大闹了一场，他们的关系可能破裂了……假若真是这样，虽然冯茹对宁安胃出血有些心疼，但还是要谢天谢地。冯茹仍然是胜者。她始终坚信，自己是有才智的，也是漂亮丰满的，事业上可以干出成就，家庭爱情方面也绝对应该成功。

想到这些，她为自己曾经有过的沮丧、灰心和自暴自弃感到好笑。女人是什么？是天使，是靠竞争活着的天使。假若不是这样，还称得上女人？就像那些没有阳刚之气的男人！女人，可以退出官场，也可以退出舞场，但是，不能懦弱得不像个女人。

宁安住了几天院，止住了血，昨天已经出院，冯茹以从未有的精细照料宁安。她知道，她过去对宁安关心不够，生活上也太粗糙。她将弥补这一切，虽然这样会使她分心，不能把更多的时间和精力用在仿真系统的研究上。她不会放弃仿真系统，但她更想拿点时间来先解决家庭面临的危机。

第二天出院，是冯茹提出并坚持的。

"不行，今天一定要出院。"宁安说，"明天是你的生日，不能在医院过！"

冯茹听了，心里一热，既感激宁安，又产生了灵感。她特意做了精心安排，不单单是物质的，更重要的，她走怪"棋"：给王德清打了电话，请他来。

王德清还没来。

冯茹走进卧室，到床前，宁安正闭着眼在养神。她摸了摸他的前额，他睁开眼。

"感觉怎么样？"她问。

"好多了！"

"菜都准备好了，不准喝酒。"

他点了点头，拉过她的手，贴在脸上。

她会心地笑了。

他们互相望着，目光变得越来越柔和、温情。

"等你养好了，我答应你的要求。"

"嗯？"

"给你生个孩子！"

他笑了，点头。

"我已经到医院把环子取了。"

"嗯！"

"我也很想有个孩子！"

"嗯！"

"我们的孩子一定是最棒的!"

"嗯!"

她的脸上泛起红晕。

他张开手。

"来!"

"干什么?"

"我想抱着你!"

"现在?"

"嗯!"

"你的病——?"

"我好了!"

她驯服地投向他。

过了好久,他们听到了敲门声。她赶紧起身,穿上衣服,理了理头发,给他递了一条毛巾。

"看你,出了一身虚汗!"

他笑了笑,要她擦。

她给他擦汗,从额头、脸上到胸背。

又响起了敲门声。她给他掖好被子,出去开门。

是王德清,拎着一块大蛋糕。

"看你,请你来,还买东西干什么?"冯茹笑着说。

"你的生日,这蛋糕我当然要送!宁安呢?"王德清笑着说。

"在里屋!"

王德清放下蛋糕,进了卧室,与宁安点了点头,坐在床沿上,拉着宁安的手。

"老宁,好些了?"

"嗯,谢谢!"

"我记得,你可是从来不喝酒的,这回怎么会——?"

宁安看着王德清:"人总是会变的。你看,你这不是当了开发区的大主任了!"

王德清打起哈哈:"什么大主任,大听差一个!连办公室都是用人家的旧仓库!啊,老宁,你调动的事办得怎样?"

"听说,邱子希的口气有些松动,这几天住院,没去办。"

"松动?"王德清笑了,"邱子希没有得到报偿他会松动?"

"啊？什么报偿？"

"可你的调动，不仅孙院长出了马，方老也出了马，考虑到邱子希的面子，已决定把他调到市微机办当主任，他从副厂级一下子跳成了正局级。"

"这种人还升官？"

"你看你，又书生气十足了吧！"王德清站起来，边走动边说，"这种人升官的事不少，不然，官场怎么会那么复杂？还有，他的这次升官，就是个名誉好，微机办，是个什么单位？谁听他的？下面连个脚都没有！"

冯茹给王德清端来一杯咖啡。

"唉，冯茹，你坐下，有件事，我想当你们两口子说说！"

王德清喝了一口咖啡。

"上次老宁看到的，我接待了一批比利时客商，他们想到这里投资开发仿真系统，是不是？"

宁安点了点头。

王德清："这家公司的老板，是我舅舅的朋友，你们知道我舅舅在美国。当时，我就想介绍冯茹和他们谈，但考虑到冯茹的研究还没完成，就没介绍，送他们走了。昨天，我舅舅专门从美国来电话，说比利时朋友更希望项目在开发中就投资，以表示合作诚意和共同承担风险。我今天来，想听听你们的决定，再给对方回话！"

冯茹望着宁安。

宁安望着冯茹："这事，得你自己定！"

王德清："我到开发区才晓得，该是有多少人有项目没人投资！做梦都想！更不用说有外资了。冯茹，你有外资，还有我在开发区给你创造条件，一定会成功！"

冯茹站起身来，走到床边，拉起宁安的手，过了好一会儿。

"德清，现在，我不想。"

"为什么？"

"我想先给老宁生个孩子！"

她的声音不大，但很果决。王德清呆呆地站在那里。

宁安："冯茹，我看，这是个好机会！"

冯茹："我相信，好机会还会有的。"

王德清呆了半天，终于转过气来。

"既然是这样，我也无能为力了！啊，我还有好些事要忙，先告辞了！"

说着，王德清就往外走。

"德清！你吃了饭再走！"宁安在床上说。

冯茹追出门来。

"德清，你生气了？"

王德清："我确实有事！"

冯茹："替我谢谢你舅舅！"

王德清："嗯。我希望你还是好好想想！"

冯茹："我早就想过了。"

王德清："那好，再见！"

王德清走了。

冯茹关上门，走进卧室。

"冯茹，你真的不想和外资合作？"

"不，不想引进麻烦……"

宁安望着冯茹。

冯茹深情地望着他。

电话铃又响了。

他笑了："王德清的电话！"

"你去接！"她说。

"不，还是你接！"他说。

她去了，接电话。

"喂！我是冯茹，李如意？你好！宁安在，嗯，昨天出院，参加我的生日宴会。你来不来？真来不了？要不要宁安来接电话？喂喂！"

那头，李如意把电话挂了。

33

李如意去找黄盼盼，黄盼盼不在，她又去找钱令华，说钱令华出去处理案子了，也不在。她一个人孤零零地走在街头，有一种举目无亲的感觉。

这些天，她特别想找个好朋友谈心，特别想把心里的话倾吐出来。她有太多太多的疑问、感慨和苦闷，可是却无处诉说。

宁安究竟是怎么回事？是不是像冯茹讲的在"演戏"？她既不相信，又相信。他明明知道我和方必优离婚是为了什么，可是却从来不愿自己往前走；他完全可以更洒脱、更坦然地表达内心对我李如意的爱，却每一次都走向了冯茹。他是冲不破旧的传统，还是企图恶劣地脚踩两只船？那天在家具店气过宁安以后，她看出了宁安的震惊，后来，又听说他喝闷酒胃出血住院，她的心确实软了，也有些后悔，到医院去看他，他已出院，打电话到他家里，冯茹说他在给冯茹庆祝生日……她的心又酸了。世人都说女人的心猜不透，她认为，倒是宁安这种男人的心才猜不透。

方必优还在进攻。那天，他把她带去见方老，差点把她说动了。方老手上有个大项目，5000亩地的农业科技园，光投资就好几亿，外商很感兴趣。方老的意思，是让她去挑头，说这是自己的心意。她当时很感动，差一点点头同意了。可当她看见方必优惊喜而又贪婪的目光时，又清醒了。方老的用意很清楚，希望通过项目让她再次投入方必优的怀抱。明白了这一点，她觉得一阵恶心。与捉摸不透的宁安相比，方家的人简直是一目了然，令人感到浅薄至极，乏味至极。

还有让她恼火的事。她的工作单位——情报所已经对她提出了最后通牒：是立即来上班，还是马上辞职？那天，瘦瘦的倪所长把她召进办公室，狠狠地批评了她一通，说她长期不上班，拿着单位的工资在外搞项目，已在全所造成了恶劣影响，现在，马上就要搞科技新体制，断皇粮是迟早的事，大家都要自谋生路，谁还能养吃公攒私的人？你再不来上班，优化组合肯定会被优化掉，只有自谋生路！她自知理亏，没有反驳，硬着头皮听。

她知道，从个人问题到工作问题，她都面临着重大抉择。

街上，依然那么嘈杂。卖什么的都有，吆喝什么的都有。

唯独没有与她沟通的人。

她想了想，终于咬咬牙，到电话亭，拨通了宁安家的电话。

"喂，宁安吗？"

"嗯，我是。如意，你好！"

"我现在要见你！"

"噢，有什么急事？"

"你等着，我来。"

说完，李如意放下电话。她不愿在电话里多讲，也不问冯茹在不在家。

在做出最后决定之前，她宁可冒险，去摊牌。

她迅速赶到宁安的家。

"冯茹不在？"她问。

"去工厂了。"他答。

"病好了？"

"早好了。有什么急事？"

"看看你。"

"谢谢！"

"调动的事办得怎样？"

"准备明天找邱子希。"

"他不会再作梗吧？

"大概不会。我走，他也走，当市微机办主任。"

"你们各得其所。"

"他当然高兴，我嘛，难说。"

"为什么？"

"赤手空拳办公司，人和钱都没有。"

"你会有办法的。"

"谁知道……反正走一步看一步。啊，如意，你怎么样？"

"挺好。"

"那天方老找你有什么急事？"

"让我搞一个大项目——农业科技园。"

"当头？"

"总经理。"

"好嘛！答应了？"

"没表态。"

"为什么？"

"想听听你的意见。"

他不回话，望着她，不知是感动还是在判断。

"你不想对我的事发表意见？"她问。

"那倒不是。"

"那你为什么不说。"

"我觉得你应该自己做主。"

"可我非要听你的意见！"她近乎愤怒地叫。

"我不好说。"

"为什么？"

"你和方必优……"他避开她的目光，转身，面对着墙。

她愣住了。她从他的语气中，感受到不可言状的痛苦和十分矛盾的心态，而这，恰恰是她眼前最需要得到的。她站起来，一步步向他走去，把脸贴在他的背上。

"这些日子没见到你，"她动情地说，"我过得好寂寞，好孤独！"

他站着不动，扬起了头。

她先是用手抚摸他的后背，渐渐地，向下滑去，伸向他的腰，从背后搂着他。

"只要能跟你在一起，要我干什么，我都愿意！"

她的声音有些抖动。

他终于被感染了，转过身来，望着她，伸开手臂，用双手搂住她，很有力。

门锁发出了声音，有人在扭动。

他赶紧松开手，她却不动。

门锁又转了一圈。

他终于从她的手中挣开。

门开了，冯茹出现在门口。

她望着冯茹。

他也望着冯茹。

34

市里已找邱子希谈了话，即将正式宣布他的任命：市微机办主任。

他正在办公室里清理文件，屋里乱糟糟的，光工作日记簿就有几十本，很像机床厂的编年史。从当年中央确定"156项"到今天，他都在这个厂。对这个厂，已有了很深的感情。厂里的每一个车间，每一间办公室，甚至每一个角落，都有他的脚印。在这个厂，他有过辉煌的时刻，也有痛心疾首的时刻。他曾经发过誓，一定要在这个厂干到底，哪怕是退休以后，也还要到厂里来，来干什么都可以，包括看大门、当顾问。然而，也曾经有过马上离开这个厂的时刻，发出一种无可奈何的感慨：一个领导干部绝不能一辈子待一个地方，水不流则死。然而现在他终于确定要离开了，他却感到舍不得并留恋起来：怎么事情竟像做梦一样，过去的事会迅速消失？说走就要走？

他觉得自己对工厂是无愧的。无论是有关产品的或是技术的，还是有关人事的和干部的。经他的手，拿出过一批又一批新机床，也成长了一茬又一茬技术干部。因为这，他获得了荣誉，也引起过非议。"一手遮天""任人唯亲""重才不重德"……经他提起来的人，先是感谢他，而后又背叛他。他都经过了、顶住了。其结局也大多令他满意。至今回忆起来，他不觉得遗憾。有些事，即使往往在他心里留下一些疙瘩，便随着时间的推移，也逐渐被他遗忘或变得淡漠。

唯一使他耿耿于怀又不安的，是数显表，是宁安。尽管这件事他不是为了自己，而是为了工厂的利益，但他仍感到自己的尊严和人格受到了挑战。他甚至敏锐地觉察到自己的调动，可能与宁安这件事有关系。照常规，法庭的审理并没结束，作为原告代表的他，是不应该调动的。一调动，官司怎么打？官司还打不打？如果不打了，舆论又怎么交代？现在，理工学院在拼命调宁安，被他卡住了。把他调开，是不是上面为放宁安做的手脚？

他与市里谈话时，曾想捅破这层纸，但是，他没有。几十年的经验告诉他，上级一旦定了的事，尤其是这样的事，是不可能变的。一变，又会涉及组织的权威性，更会涉及种种微妙关系的平衡。其结果，自然不会对自己有利。何况上面给了很大的面子，给他安排的是正局级位置。有意思的是，上级跟他谈话时，连宁安的边都不沾。既然给你九九了，你何苦非要十足？

想到这些，他笑了。他不是那种鼠目寸光的人，他看到了上级的破绽。微机办是干什么的？是管全市涉及计算机所有行业的，当然也包括你的数显表，包括机电一体化，你宁安跳得过去？看到了这一点，他决定在临走之前，大度地处理好宁安的事。

他吩咐冯茹，请宁安来一次。

"好歹，我当过他几天的领导，年纪也长他不少，就是要分手，也该好好谈一谈，对不对？"

冯茹被他的真诚感染着，连连点头。

宁安来了，用疑惑的目光望着他。

"宁安，坐嘛！你看我这里，乱糟糟的！"邱子希笑着说，给宁安沏茶，送到手上。

"谢谢！"宁安很有礼貌地说。

邱子希在宁安对面坐下来。

"最近在忙什么？"

"等你同意我调动。"宁安单刀直入。

"是吗？哎呀……宁安，看来，你对我的误会很大嘛！好，好，我现在通知你，我对你完全开绿灯！"

"谢谢。"宁安从口袋中拿出一张表格，"请你签字！"

邱子希接过表，看了看："我现在就签？"

"当然。"

"何必那么急呢？有些话，我想谈一谈，再签，好不好？"

"我觉得除了你签字，我们之间大约没有什么好谈的。"宁安板着脸。

"你看你，年纪也不轻了，何必搞得这么剑拔弩张的？"邱子希仍轻松地笑着，"我们之间，除了原告和被告，就没有其他关系了。"

"早就没了。"

"宁安，你不要一下子把话说得太绝了啊，这不好，啊？"

"是你把事情做绝了！"

"真的？那我倒想听听。"邱子希耐着性子，依然表现得很大度。

"我现只想说一句：请你签字。"

邱子希望着宁安，脸色也慢慢变了。

"假如我不签呢？"

"是吗？"宁安望着邱子希，玩世不恭地笑了，"我觉得你不会不签，因为，你即将得到报偿！"

"什么意思？"邱子希问。

"任命。新的正局级的任命。"

邱子希恼羞成怒，拍着沙发："住口！你太不像话了！"

宁安笑了："吼什么？你刚才的大度到哪儿去了？你这是耍总工威风，还是微机办主任的威风？"

邱子希："你……这样，还想我签字放你走？"

宁安："当然，你必须签！"

邱子希："除非，你把数显表拿回工厂。"

宁安："绝对办不到！"

邱子希："我绝对不给你签字！"

宁安："你不怕后果？"

邱子希："我宁可不离开机床厂！"

宁安："好哇，我很钦佩你的决心。"他从桌子上拿过那张表格，慢慢地撕掉，揉成一团，扔到地上说："那我就不再麻烦你了，10分钟以后，请你到办公楼前的公告牌前，那里将会有一张辞去公职的公告。当然，我会讲承蒙邱子希总工程师的关照，才使我断绝了再抱铁饭碗的念头。"

宁安说完，就走了。

果然如宁安所说，10分钟以后，在厂前公告栏前，围了一大群人，在看宁安的辞职公告，议论纷纷。

邱子希站在窗前，感到胸口发闷，他试图坐下来，到了沙发边，眼睛一黑，咚的一声，栽倒在沙发上。

35

最近,冯茹感到身体有些异样,口味不好,老是感到恶心想吐,有时一股酸水涌出,禁不住浑身抽搐。

她到医院检查,医生说,你有了。

这就是有了?才那么一次就有了?她不敢相信,又不得不信。是的,她是有了。她真希望马上去告诉宁安,但是,她没有去,后来见了宁安,她也不讲。

她不愿讲。

原因是,她那天进门,发现宁安和李如意的神色不对。他们站得那样近,李如意的脸上,洋溢着女人兴奋时特有的红晕。宁安的脸色煞白,目光却很紧张。

他们当时在干什么?

冯茹没有问,她很会掩饰自己,也不愿像普通女人那样浅薄外露。像没事一样说,一样笑,一样欢迎李如意,一样给她送茶,使李如意待不下去,很快就走了。

李如意走了以后,宁安似乎要跟她讲什么,还想跟她亲热,她拒绝了,把自己关进书房,说是要研究仿真系统,其实是无声痛哭了一阵。

她承认,她是败者。

然而,更令她沮丧的是,在这个时候,竟为宁安怀了孕。

这是报应,还是什么?

她曾经有过刮掉的念头,又很快打消了。自己已经30多岁了,不能不要一个孩子,还有,孩子也不是宁安一个人的,孩子是无辜的,不应该太残忍。更何况,有朝一日宁安知道要做父亲了,会怎么样呢?

出于一个知识女性的自尊,她暂时还不需要用怀孕来打动宁安。

恰恰是知道自己已经怀孕,她更加急迫地感到要加紧仿真系统的研究。她很清楚,生孩子对女人意味着什么,也许是三年,也许是更长,她的时间不是属于自己的,而是属于孩子的。

她已不是设计室主任,已不可能随心所欲使用电脑了,只有找王德清,打电话。

"喂,德清,我是冯茹!"

"你好!有什么事?"

"我想请你帮忙,借个计算机室用。"

"不是早就给你找好了吗?你没去?"

"嗯，没去。"

"好，我领你去。"

王德清把冯茹领到一家研究所的电脑室，有几十台电脑，由她用。

"冯茹，你的脸色怎么这样难看，是不是有什么病？"

"没有。"

"去医院检查没有？"

"唉，不要！"

"我看你是太累了！要注意呀"

"还好，没关系。"

王德清给她留了一瓶进口奶粉，走了。她晚上七点钟干起，到第二天凌晨四点才回家。

"冯茹，你干什么去了？"宁安睡眼惺忪地开门。

她将一大堆资料往桌上一放："我能干什么？你看！"

"搞了一夜？"宁安惊问。

"嗯，大半夜。"

"你这样，还要不要命？"

"跟你的数显表一样，这也是命。"

宁安要给她弄点吃的，她摇了摇头，冲了个热水澡，到床上睡了。

她不能吃，也不想吃，她闻到了油味就想吐。在宁安面前，她不愿吐。

按她的计划，白天休息，晚上去电脑室。这样，不会出什么问题。后来，发现宁安白天都不在家，那个电脑室白天也有空位置，有设备可用，她就把白天和晚上都用上了，泡进了电脑室。

每天晚上，王德清都来电脑室，有时带来水果，有时带来一些点心，每次，都看看坐坐，也不谈什么，就匆匆走了。这一天，不知为什么，王德清坐在那里，没有要走的样子。

"德清，今天晚上没有会？"她问。

"有。"

"还不去？"

"时间已经过了。"

"啊………什么会？"

"扯皮会，不想去。"

她笑了。

他也笑了。

"你是主任，不去还行？"

"主任不去，还好些。"

"为什么？"

"他们像一群孩子，没大人管，可能还能自理。"

"这倒是新观念。"

"我认为，最好的领导，是不管；最累的领导，是管多了的领导。"

她又笑了，很佩服。

他也笑了，很得意。

她开了机。

他伸手，把机器关了。

"冯茹，有件事，先谈一谈。"

"什么事？"

"舅舅又来信了。"

她望着他。

"舅舅说，比利时的朋友还是希望合作，资金绝对没有问题，外地抢都抢不到，你为什么不干？"

"我想自己先干出来，再……"

"先干出来？像你这样干？连一个助手都没有！你看你，瘦成什么样了！"

"我感觉还好！"

"感觉还好？冯茹，一个人对自己的价值要有充分的认识，对方认为项目好，愿为项目承担任何风险，不惜一切代价，这种机会多么难得！这正是你实现自己价值的时候……"

"我……"

"你什么？你是怕宁安怀疑我，对不对？你是怕我有什么其他的要求，对不对？你错了！不错，我对你是有……可你也知道，我是理智的，尤其是我在现在这个地位，我又会怎么样？"

"德清，不是那回事！"

"是这回事！只要你同意，为了你，我可以对宁安说清楚，只要让你更快成功，宁安有什么要求，我都答应！包括，向上级提出，把我调走！"

"不，德清！"

"是的。只要你的项目能得到外资，只要能搞成中外合资。宁安让我调走，我决不留此地！"

"德清，你让我想一想……"

"好，只要你有这句话，就行。我不打扰你，你忙。提醒你一句，不要搞得太晚！"

他走了。

她想了好办半天，上机工作。

然而，她的思想老集中不起来，总是回到王德清提出的问题上。

王德清说得不错。一个人对自己的价值要有充分的认识，尤其是一个女人，更要对自己的价值有足够的认识。好妻子，应该；好母亲，应该；发明家、合资企业的领导人，应不应该？这与好妻子、好母亲相矛盾吗？尽管为宁安做了这么多，可他还与李如意在一起，甚至……既然如此，为什么还把自己搞得这么苦，而拒绝与外商的合作呢？

她叹了一口气，不再往下想了。上机，投入仿真方案的设计。

按她的本心，她不希望自己搞得太晚。但是，她一投入，时间就不知不觉地过去了。当她觉得有些累，抬起手来看表，已是清晨七点钟，她又干了一个通宵！

她从座椅上下来，走到窗前，将金丝绒窗帘拉开，金亮的阳光，立即倾泻进来，照得她的双眼发花，她眯了一下双眼，举起双手，要伸懒腰，突然觉得肚子一阵剧痛，触电般地让她弯下腰，捂住肚子，双眼冒着金花，额头流出汗水，"啊——！"她大叫一声，发出痛苦的呻吟，向地下倒去。

当她醒来时，发现自己正躺在医院的病床上。床边，站着宁安和王德清。

"她醒了！"是王德清的声音。

她点了点头。

"冯茹，你感觉怎么样？"宁安俯下身，摸着她的脸。

她感到自己的下身在疼。

"发生了什么事？"她问。

宁安想说什么，掉头望了望了王德清，王德清点了点头，又向冯茹点了点头，走出病房。

宁安："冯茹，你小产了！"

冯茹一惊："什么？"

宁安俯下头，将脸贴着冯茹："我真蠢，不知道你怀了孕！"

冯茹闭上了眼，一滴眼泪从里面流出。

"冯茹，你不该这样没日没夜地干。"宁安的声音中，有懊悔，有责备。

冯茹感觉到了，宁安也在流泪。

冯茹不睁眼，不说话。

她觉得自己没有什么话想说。

"冯茹，你怀孕了，为什么不告诉我？你为什么不告诉我？……为什么？"

宁安伏在冯茹的身上，抽搐着。

冯茹只默默流泪。

36

赵丛玉拎着一大包东西，敲王和家的门。王和是新技术局的副局长，钱令华的老同学，曾经向钱令华提过亲，他的儿子看上了赵丛玉，被钱令华拒绝了。

如果不是为了吴光华，赵丛玉是绝对不会再敲王家门的。

门开了一道缝，露出王和滚圆的脸。

"哟，丛玉！"王和的声音较尖。

"王叔叔！"赵丛玉笑着。

门很快打开，王和笑着，往里面叫："康康，你看谁来了！"

赵丛玉拎着东西进门，看见从里面屋出来的康康——王和的宝贝儿子。康康跟他一样，又矮又胖，但比他爸气派：穿着双排扣进口西装，领带是红黑相间的，头发油光水亮地向后梳着，戴着一副金丝眼镜，很像一个香港商人。

"丛玉小姐，稀客！"康康笑着过来，把赵丛玉往客厅里引。

"你看你，到我这里来还买东西！"王和一边笑一边说，在赵丛玉对面的沙发上坐下来。

客厅很大，铺了地毯，宝丽板镶嵌的墙壁，一面是从底到顶的玻璃镜，一面是从半空架起的吊柜，上面摆着一些古玩和工艺品。

"是我妈让我送给你的。"赵丛玉笑着回答。

康康冲了一杯咖啡，递给赵丛玉："丛玉，还在研究所？"

"嗯。"

"没出来发财？"

"发什么财？"

康康笑了："想不想发财？"

"想啦，没办法。"

"要不要我帮你？"

"干什么？"

"炒国库券！"

"炒国库券？"

见赵丛玉吃惊的样子，王和笑着制止康康："康康，你胡说什么！丛玉，你爸爸妈妈好吗？"

"都好。妈整天忙案子，爸也泡在设计里面。"

"你们家好啊！"王和感叹道，"都是读书人。忙事业，不像我们这个家！"

"爸，我们家怎么不好？"

"好？"王和一笑，"我整天忙着开会，你整天不务正业。"

"嗨！爸，你看你，"康康整整领带，"老观念了不是！你们这一代人的正业，就是把命运交给别人安排，逆来顺受。我们这一代人的正业，就是尽可能掌握自己的命运，想哭的时候就哭，想笑的时候就笑，谁的脸色也不看，丛玉，你说对不对？"

赵丛玉笑。

"你炒国库券也是掌握自己的命运？"王和质问康康。

"当然！"康康坐到赵丛玉身边，"我用的是自己的钱，赚的是各地国库券的差价，担风险也是心甘情愿的，谁的都不听！像你们升官要门路，升级靠施舍，分房靠关系……"

"胡说！"王和恼了，"越说越不像话！你看看丛玉，哪一点像你？"

赵丛玉一笑："我看康康蛮好，我可赶不上！"

"那也不是，"康康说，"你是没有干，你要真干，我十个康康也比不上！"

赵丛玉笑了，王和也笑了。

"丛玉，你今天来，是不是有什么事？"王和问。

"嗯，有。"她说，"王叔叔是新技术局的领导，我想给你推荐个人才。"

"啊？"

"是个留学回国的硕士，叫吴光华。"赵丛玉边说边拿出材料，递给王和，"专业是高分子，正在搞重大课题，可他还是牛角镇卫生防疫站的合同工！"

"真的？"康康惊奇地问，"他在国外留学，还回来干什么？"

王和横了康康一眼，边看材料边说："哎，不错嘛，硬件不错，学历很硬，年纪也轻，又是学成归来的……他怎么会去当合同工？"

"回国以后，分的工作不理想，他一气之下就下去了，"赵丛玉说，"想走一条自我实现的路！"

"高！"康康竖起大拇指，"这才是现代人的气派！"

"像你？"王和又吼康康，"人家下去也是搞科研！不像你！"

"其实，搞科研，倒国库券，本质上是一回事！"康康说，"你说是不是？"

赵丛玉笑着点头。

"你是说要我想办法安排这个吴光华?"王和问。

赵丛玉笑着点头。

"好的。第一,他的确是人才;第二,你丛玉开的口,我能不办?"

王和很豪爽地应承了,又接着问:"啊,丛玉,这个吴光华和你……"

"老同学。"赵丛玉答。

"就是同学关系?"

"他是我的……男朋友。"赵丛玉的脸红了。

"真的?"王和一惊。

赵丛玉点头。

"好,那我更要快办!"

说完,王和起身,让康康陪赵丛玉玩玩,他要出去开个会先走了。

王和一走,康康就笑了:"丛玉,你以为我爸会给你办?"

"嗯,他不是答应了。"

他笑了:"他答应了?据我的经验,凡是他爽爽快快答应的,他从来都不办!"

"我不相信!"

"这是事实。你不找他,他没有感觉,找他了他不答应,显得没有人情,答应了的他就办,他还有什么权威?"

"这是什么意思?"赵丛玉不理解。

康康笑:"反正,我也说不清,他就是这么回事,你看,连你的材料他都不收,放在这里,他给你办?"

赵丛玉这才醒悟,果然,材料还放在沙发前的茶几上。

"要不这样,我给你想个办法?"康康拿起材料说。

"你有办法?"

"当然。这个年月,怎么会没办法?"康康笑着说。

"你说,什么办法?"

"用钱,买!"康康将手一甩。

"买?"

"不要你出钱!有个科研所的头我认识,他出了500块钱,让我代他炒国库券,我炒了一个月,交给他7000块,他高兴得像发了大财似的。他最近,又要我帮他炒,我没答应,如果我答应他,提出进人的条件……"

"你是说,作一次交换?"赵丛玉问。

"不过,这个人很狡猾,如果我提出让他安排人,他一定会要高价。"

"我想办法补！"

"嗨，这还要你？你有几个钱？上次他是按40％获利，这次会更高！"

"多少？"

"起码60％！"

"他的本钱打算出多少？"

"一万。"

"那不是要纯利6000块？"

"嗯。最近，国库券行情下跌……好，为了丛玉你，多高的利我也答应他！"

"要是赚不到那么多呢？"

"我贴！"

"你贴？"

"当然，你看看！"

说着，康康从上衣口袋里掏出一只皮夹子，里面有两张信用卡，一张金色，一张银色。

"大不了6000块，毛毛雨啦！"

赵丛玉感激地望着康康。

"这件事，如果成了，你可要感谢我呀？"康康指着赵丛玉的鼻子，笑着说。

"当然！"她认真地应承。

"你打算怎样感谢？"

"你说！"

"真的？"

赵丛玉点头。

康康的手搭到赵丛玉的肩上，笑了："其实，只要你常来，就是感谢了！"

赵丛玉已感到了康康的用心，但又不好让开，为了吴光华，她愿意容忍一下康康。

康康见赵丛玉没有退让，胆也大了，顺手向赵丛玉的腰间伸去，一下子，把她搂进怀里。

"丛玉！我……"

"康康，你不要这样！"

"我想吻吻你！"

"不！"

康康还是把脸凑了过来，吻她的额头、脸，又移向她的嘴，她躲避着。

"康康，你不能这样！"

康康不听，压住了她的嘴，手也不老实地动了起来，她实在不能容忍了，开始挣扎。康康用手哗的一声，撕开了她的上衣。

赵丛玉怒不可遏了，猛一用劲，将康康的手指捉住，用力一掰，康康痛得叫了一声，将手挣脱开，又向她的胸前扑去。她只得抡起巴掌，啪的一声，打到康康的脸上。

康康终于松手了。

"丛玉，我只要一次！"

赵丛玉气得流出眼泪，扣住撕开的上衣。

"流氓！"

"你不想调你的他了？"

"不！"她抓起茶几上的材料，咣的一声，冲出门去。

第八章

37

冯茹小产后，宁安在家照料了一些日子，就投入公司的筹建。

他首先要人。到人才交流中心走访以后，中心的人告诉他，有一个人才交流会，下午就开张。人才不能光在旧圈子里找，要在市场上找。他听了觉得好笑，不是说劳动力不是商品吗？

走出人才交流中心不远，他看见前面好像站着徐中，就走过去，果然是徐中。

徐中："哟，老同学，你来了！"

宁安："路过，你住这里？"

徐中："不，这里是公司！"

宁安一看，果然是公司——三和公司，像个日本名字。

宁安："你怎么站在门口？"

徐中："有人送钱来，还不站门口？"

宁安："赚了？"

徐中："小赚。"

宁安："有赚就行！"

徐中:"唷,还挺在行嘛,下海了?"
宁安点头:"正在筹备。"
徐中:"恭喜恭喜!我记得我说过,你下海时,我给你先上课?"
宁安笑:"好哇,我愿洗耳恭听!"
徐中:"那是我买单,还是你买单?"
宁安大方地说:"当然是我啰!"

徐中哈哈大笑,进公司招呼了几句,就出来,把宁安引到附近新开张的菜根楼,找了一个单间,二人坐下来,边喝茶边谈。这菜根楼是据《菜根谭》之名而取的,宁安说过,他很欣赏书中的一段话:"龙可豢非真龙,虎可搏非真虎,故爵禄可饵荣进之辈,必不可笼淡然无欲之人;鼎镬可及宠利之流,必不可加飘然远引之士。"徐中听宁安背了这段文字,连连摇头说不懂。宁安解释道,这段文字的意思是,可以喂养的龙,不是真龙;可以捆住的虎,也不是真虎。官位和奉禄可以引诱好利的人,而无法引诱志高的人;刑罚可以吓唬浅薄的人,绝不能吓唬志坚的人。徐中听了大笑,说前面几句说得蛮对,后面几句像样板戏的台词。说穿了,写这些话的人,一定是官场失意的家伙,不然,他不会发神经,说这种话。

过了一会儿,服务小姐过来,递上一本精制菜谱,宁安指了指徐中,服务小姐把菜谱交给了徐中。

徐中:"我点菜?"
宁安:"自然,我做东。"

徐中接过菜谱,看了看,还是把菜谱交给宁安,说忘戴眼镜了,有点眼花,看不见。宁安点点头,接过菜谱,翻了翻,惊了,菜贵得吓人,身上仅带200元钱,只够点两个中档菜。他放下菜谱,只得对徐中说老实话,徐中哈哈大笑,对服务小姐说,按1000块,你给我们两人配几样菜。小姐一走,徐中就说道:"老同学,这就是我给你上的第一课,人没钱不行!龙也好,虎也好,人格志向,统统如此,没钱,都是空话!"

这话说得宁安脸上一热:"老同学,你这是在臭我?"
徐中笑:"不是。这是我活一辈子的体会。"
宁安点头,不说话了

菜很快上了。有荷叶叫花鸡、蒸螃蟹、紫鸡煲、荷兰豆,还有酒。徐中给宁安倒了一杯酒,自己也上了一杯,说是为宁安接风,非要干了,一杯酒下肚,徐中的话匣子打开了:"我看人的本性有几条,一是喜新厌旧,一是好逸恶劳,一是野心勃勃。这些东西谁没有?你承认也好,不承认也好,谁都有!不然,就不是人。要消灭这些东西,消灭得了?你看看刚出生的孩子,有糖绝对往自己嘴里放,你去夺,他就哭。我不是讲这些东西都好,是讲它们客观存在。你说这些东西都不好,太霸蛮了!这些东西引出来的,有很多好的,也有很多不好的,就看社会发展了!不然,我做生意干什么?赚钱干什么?"

宁安不愿听他的这一套,让他谈谈生意该怎么做,他笑了。

"好,我讲三条。第一条,生意人该怎么对付那些为难你的当官的。我说哇,叫作是既把他们当人,也不把他们当人!嘿……有意思吧?他有权,要乱用,你不把他当人还行?为了你自己的生意,你没有办法,只有打发他,赔笑、送礼、请客、花钱,就是他要女人,你也得给!这样做,就叫作既把他们当人,也把他们不当人,他是贪官,只抵几个臭钱!"

宁安笑着摇头:"其实,也不都是贪官!"

徐中:"我分得清?来,喝!"

宁安抿了一口酒,徐中却干了,接着又倒了一杯。

"第二条,生意人该怎么对手下的人?我的做法是开始不用能人,只用奴才。为什么?能人不是圣人,也不是全人,有一能或二能往往以能压我,那还行?只有生意做大了,谁都动不了你,再用能人不迟。古书讲,用人不能疑,是不?嗨,哄人的屁话!用人就要疑,权都交给他们,要我这个老板干什么?来,干!这杯酒,你一定得干!"

宁安无法,只得干了。

"第三条,生意人怎么对自己。记住,你不是接班人,千万别用官场那套把戏难为自己。既然不是救星,也不是魔鬼。任何人,都有好念头,也都有坏念头,说人坏就坏透了,我才不信!讲人好,就好到头,那才是鬼话!做生意的人,切切不要虚名,也一定不能放纵自己。我是什么都不想,既不大喜,也不大悲,绝对不做活100岁的梦,也绝对不吓唬自己明天就会死!"

说到这里,徐中哈哈大笑,说见笑见笑,"课"进完了。宁安见徐中从脖子到脸都喝得通红,也不讲话,赶紧起身,说要去赶人才交易会,于是便告辞了。

走出菜根楼,徐中的话一直在宁安耳边响。他回味了下,觉得好笑。这不是商业大课,至多只是一个二道贩子的雕虫小技。难怪难得出世界级的大商人,传统文化的某些东西和小生产的经营之道,就是这样结合的。既奇妙有魅力,又让人忍俊不禁。

他赶到人才交流中心,发现交流会已经开始。会标、彩旗和彩球在空中飘动。交流台围着一个很宽的露天空场,长龙似的摆开,每张台子上都有单位的旗帜和标牌:钢研所、动力公司、房地产公司、水产养殖公司、制药厂……标语中最醒目的是"现代化呼唤人才"。有好多宣传画：星火计划的、丰收计划的、燎原计划的、火炬计划的……有一张画很有意思，一架表现现代化的飞机，被巨大的发动机推动着，发动机上有两个字——"人才"。

汽车的鸣笛声、自行车的铃声，招揽客户的喇叭声和流行音乐的轰鸣声，混成一片。

人很多。

宁安挤在人群中，想自己是不是该租个台子，又不知道一张台子租金多少，怕自己带的钱不够。他掏出烟，发现身上没带火，想找周围的人借火，只见一只手伸了过来，打着了塑料打火机，为他点烟，他回头一看，是计算机所的所长陈广全。陈广全身边，还站着一个年轻人。

宁安惊奇地问道："陈所长？你也来广招人才？"

陈广全："嗨，我是来找你的！"

宁安："找我？我离开所里的时候，所里的东西都还了"

陈广全笑："还提那些事干什么？我现在不是计算机所的人了！"

宁安一惊："真的？

陈广全："说来惭愧，民主选举把我选掉了，我干脆辞职，学你在机床厂的样子……"

宁安笑了笑，点点头。如果不是陈广全亲口说，他是不会相信陈广全会走到这一步的。当初的陈广全是何等威风，今天也居然落到这个地步！

陈广全："下来后，虽说是无官一身轻，可脑袋总得想一想呀！我想了好久，觉得自己不是没有能力，也不是得不到人心，而是被集体培养坏了……"

宁安连连点点头："你能这样想，我很佩服！说真的。"

陈广全："你从机床厂辞职，好像是到理工大学办公司？"

宁安："嗯，这不，我来这里，就想找人才……"

陈广全看了看身边的年轻人："宁安，如果你是个不计前嫌的人，你看，我加入你的公司，怎么样？"

宁安一惊："你？"

陈广全把宁安拉到一边："我想，我对你可能还是个有用的人。"

宁安点头："我当然相信你的能力。只是，你从我的上级变成我的雇员，你能接受？还有，我的公司还在初创阶段，一穷二白，条件也很艰苦……"

陈广全："我既然辞职下海，当然不怕艰苦，再说，办公司也是先苦后甜……"

宁安高兴地说："好！我同意，欢迎你加盟！"

趁着和宁安握手，陈广全把身边的年轻人拉过来："老宁，我给你介绍个人，齐立东。大学本科生。刚分配到我们所当秘书不久，也不愿在所里混了。"

宁安一看，齐立东身材修长，目光中透出灵气。齐立东赶紧递上自己的资料说："宁总，这是我的简历和有关材料。我虽然是学中文的，但我选修了经济学、市场学和商业管理。"

宁安想了想，说："如果你不介意的话，我想考考你。"

齐立东点头。

陈广全："现在？"

宁安："现在。"

齐立东："考考好，我先后找过四家公司，都要考。有的让我去，我一了解，不是做生意太黑，就是没生意可做……"

宁安点头："到这里之前，我遇到一个小老板，他说有钱才有人格，你是怎样看？"

齐立东："我同意。但要补充一点，作为一个公司的整体来看，钱只是结果，而不是全部或者最重要的部分。"

宁安："最重要的是什么？"

齐立东："创新意识和风险意识。记得，一家美国公司的总经理曾讲过，过去几年他把他的三位副手送进医院，而他的四个高级职员中有三个离婚，他还发现，他的孩子突然长大了。他认为，当一个有成就的企业家，恐怕至少要少活十年！这些都不是钱能替代的。"

宁安满意地点头，笑了。

38

冯茹坐在立柜镜子前端详自己：虽然目光忧郁，但不乏昔日的魅力。年过三十，皮肤依然细腻、白皙。眼角似乎有细纹但不特别注意，是很难发现的。

她几乎把脸贴近镜子，又缓缓离开，渐渐地越离越远，又猛然贴近，细细地端详自己，连眼都不眨一下。突然，她伸出双手，将梳理得很好的头发弄乱，向下铺来，遮住脸，停了一会，又缓缓将头发拨开，露出很秀丽的眼，眼中含有泪。

突然小产，是她万万没有想到的。如果知道会有这种结局，她是绝对不会去找王德清，去日夜加班搞仿真系统的。她需要孩子，就像她需要宁安对她的专一一样。她是一个女人，她也和所有女人一样，把做母亲作为自己最神圣的时刻，在被医院告知已经怀孕以后,她为自己和孩子编织过许多许多令人激动的梦:从甜甜的催眠曲到银铃般的笑声,从给孩子喂奶到孩子长大成人……而这一切,竟然会因伸一个懒腰,就消失了、破灭了。

这次小产,她看得出,对宁安的震动很大,开头,宁安总是追问,为什么不把怀孕的事告诉他,后来,就再也不问了。还有,只要王德清一出现,宁安虽不直接表现出反感,却又让人感到尴尬:他要么离开,要么不讲话,去忙厨房里的事,他的确尽了丈夫的义务,很细心地照料她,又看得出,他仅仅是尽自己的责任,而无其他。夫妻间的冷漠,不是常态所能形容的。她知道。

王德清来得也勤了,只是不像以前那样张扬,也不再提通过他舅舅与比利时的人合作的事,更不谈仿真系统。他似乎觉察到宁安对他的怨恨。如果不是他联系人安排了机房,她会那样没日没夜地干,会小产?因此,王德清每次来,都很谨慎,在尽量与宁安亲近的前提下,给冯茹一些安慰、问候或投来关切的目光。冯茹对这种局面无可奈何。

她对仿真系统的研究也停了下来。她设计了众多的模型,如果不能上电脑,是无法得到证实的,因此对其的组合、控制,也无从实验。而这一项目又不时地刺激着她,使她突然产生一些联想,甚至产生种种莫名的渴望:她不是一般的女人,她将是一名令人崇敬的科学家……

小产以后,冯茹恢复得很缓慢,精神不大好,胃口也不行,体力总感觉不够,有时还头晕、怕风。有人说是营养问题,有人说是休息不好,还有人说是年纪偏大的关系。而她自己最清楚,最主要的问题,是时时涌来的精神重负及解也解不脱的内心矛盾与纠葛。她很羡慕那些会大声笑、大声哭又能大声骂的女人。她相信外露的女人比内向的女人活得长,知识女性往往活得更累,好像西方人讲的,对哲学懂得太深的人往往会堕入宗教。宗教不会让人超脱。

昨夜一夜失眠,白天想睡,又睁着眼睡不着。什么书都不想看,就走到镜子面前看自己,觉得自己也不好理解自己。

有人敲门。她赶紧用梳子梳好头发,抹去眼角的泪花,去开门。

是一个很年轻、很有港澳风度的男子,西装革履,文质彬彬,笑容满面地站在门口。

"请问,这是宁安先生的家吗?"来的人讲着一口流利的粤语普通话。

冯茹点头:"是。请问你是?"

那人递过来一张名片:"我是宋派,香港宋氏实业有限公司!"

冯茹看了名片一笑:"啊,宋总经理!宁安不在家!"

宋派:"是吗?太不凑巧了。你是宁太太?"

冯茹："啊，冯茹！"

见宋派没有要走的样子，冯茹只得请他进屋来。宋派进屋后，既不坐，也不喝茶，只是笑容可掬、毕恭毕敬地站着。

宋派："对宁先生和宁太太，小弟久仰大名！今天冒昧造访，实在是不好意思！"

冯茹："宋总经理，不知有何贵干？"

宋派："不敢不敢！我先自我介绍一下，我出生在香港，18岁到美国加州大学学习，与宁先生学的同一个专业，现在到大陆开展业务，早就听说宁先生大名，很想拜望拜望啦！"

见宋派仍站在那里，冯茹只有自己坐下了。

宋派："早年，我立志搞科研，可是，家父不幸去世，我也只有经商。虽然当科学家的愿望成了泡影，但对科研的兴趣却日渐浓厚，决心赶上潮头，就把父亲留下的布庄改为实业公司，把投资的重点，放到大陆……"

冯茹："宋总经理年轻有为，很有眼光，很有气魄嘛！"

宋派："宁太太过奖了！宁先生开发数显表的经历，我已从《法制小报》的文章中读到，使我十分佩服！他在那样困难的条件下，研究了日本的索尼、南斯拉夫的火花、美国的安地拉姆等公司的资料，并突破性地向前大大推进，真了不起！"

冯茹："哪里哪里。不知宋总经理的意思是——？"

宋派："噢，拜会之余，想与宁先生、宁太太谈谈，能不能合作？方式嘛，请你们定，卖专利，可以，合作开发，也可以！"

冯茹不露声色地听着。

宋派："如果宁先生、宁太太愿意合作，我可以出资，专门为数显表登记注册一家公司，公司注册的当天，小弟就交两样东西给你们，一是公司的营业执照，宁先生的法人证书；二是以你们的名义在银行存款的20万元存款单，作为风险保证金。"

冯茹："是吗？"

宋派："当然。如果还觉得不够，我也可以把公司注册在香港……"

冯茹笑了："谢谢！"

宋派："这就是说，宁太太你同意了？"

冯茹："不。宁安的事，我是从来不插手的，不知道宋总经理读《法制小报》的文章时注意了没有？"

送走了宋派，冯茹的心情好多了。宋派留下了住址，留下了手提电话的号码，一再嘱咐希望和宁安面谈，要请他们夫妻小聚。作为妻子，她为宁安高兴。她知道宁安需要外来的支持。她甚至预感这个宋派可能会对宁安的公司发生作用。

晚上，她打起精神，做了一桌好菜，甚至把许久不用的音响都打开了，从里面流出斯特劳斯富有个性的乐章。

她又坐到镜子前，端详自己，等宁安回。依然是那张脸，依然是那双眼睛，已变得光彩多了。

电话铃响了。

她赶紧过去。

是李如意的电话，询问宁安。她说宁安不在家，出去了没有回。

李如意放下了电话。

冯茹吁了一口气。

她刚走开几步，电话铃又响了，她又折回身，接电话："喂……是的。宁安不在，有什么事？"

是个男人。没有再讲话。很像方必优，但又不像。是不是邱子希？邱子希会给宁安打电话？

她很奇怪，索性站在那里不动，果然，电话又响了，她拿起电话，问对方是谁，对方只听着，不讲话，她大声地叫了几下，对方将电话挂断了。

她判断，可能是邱子希的电话，想直接与宁安讲话，听说，邱子希病了几天，还是离开工厂了，最近经常回厂，一家一户与曾反对过他的人谈心、家访。

她估计不会再有电话来了。挂上电话，离开，刚走两步，电话铃又响了。她无可奈何地折回去，拿起电话："喂，你是邱总？……啊，德清？"

是王德清的电话："冯茹，你找邱总？"

"不，我以为是邱总！"

"你是不是又有什么事？"王德清关切地问。

"不，我很好。做了一桌好菜！你听，还有斯特劳斯的乐曲！"

"冯茹，我舅舅又打长途，说比利时客商最近想来！你拿定主意没有？"

"我……"冯茹想了想，"我想，再休息几天……"

"嗯，我希望你赶快做决定。宁安呢？"

"他累了，喝了点酒，在休息。叫他接电话？"她撒了一个谎。

"是吗？冯茹，你什么时候学会哄人了？"王德清笑着说，"我住的地方，就在宁安办公室对面的楼，他的办公室，还亮着灯，李如意也进去了！"

"那——你为什么明知故问？"冯茹生了气。

王德清笑着："好，好！我是给你开个小玩笑。喂，请你转告宁安，他的公司，已被列入我们开发区的范围，开发区将全力支持他，有什么事情，让他直接找我！"

"谢谢！"

"你多保重！"

她放下了电话，刚刚好转的情绪，又变得沉重了。这里的世界令人烦躁。

39

出乎赵志德意外的是，他与林小年第二次见面时，他的快速牧草烘干机组，已经找到了合作伙伴，马上可以投入样机生产。

"赵老，这半个月，我是白天黑夜地干，终于找到了大老板，西部地区农垦局！他们对你的项目是一见钟情，打包票，找国家要钱！"

在办公室里，林小年显得十分激动。

赵志德："真的？"

林小年："实话对你讲吧，合同已经签了，一切条件都已具备！"

赵志德一惊："跟谁签的合同？"

林小年："西部地区农垦局和我！"

赵志德："和你？"

林小年："呃，赵老，看你急的！你听我说，这件事，我先该向您老道歉，没征得您老同意，我先办了，其次，我再跟你谈情况。我与他们谈时，提的是你和我，可对方说，你是发明个人，不是个单位，建议把我们两合成一方，时间又来不及，我怕对方变，就做主了。"

赵志德不语。

林小年："其实，把你我合起来更好。您老作一方，当然可以，可您老能承担风险？一台样机几十万，摊到你名下是多少？和我合起来，风险由我担，用我的牌子干事，不好？"

赵志德无话可说。

林小年从桌上的公文包中取出一个精制红布聘书和合同副本，递给赵志德。

林小年："这样，我就先斩后奏，说你是本公司总顾问兼高级研究员，和对方签了合同，喏，这是你任职的聘书，这是合同书，请你过目。"

赵志德接过来一看，果然不错，聘书写得很工整很清楚，盖有公章，合同书也很规范，由太平洋公司拿出设计并组织生产样机，负责到西部山区建立牧草加工试验基地和产品经销，西部山区提供全部经费。

林小年："赵老，你看行不行？"

赵志德："经费问题好像要写清楚。"

林小年笑："这你不用担心，我们有成本预算专家……噢，如果没有其他问题，我想跟你商量一下待遇问题！"

赵志德："国家给我有工资。先不说这，等成功以后再说！"

林小年笑："那不成。我们这里，一不吃大锅饭，二不占别人的劳动所得。我想，既然是总顾问兼高级研究员，月工资先定2000块，少不少？"

赵志德吓了一跳："2000块，还少？"

林小年："如果觉得可以，我马上给你兑现。还有，赵老设计这个机组，好像从酝酿到成图，是用了两年时间吧？"

赵志德点头。

林小年："这里，有几笔费用：一是项目发明设计费。我估计，这要成为将来技术投资，至少占总成本的二成五到三成。二是成果经营效益费。就是说，将来这种机组成功了，大批量生产赚钱了，你要占赢利中的一定比例，也可以叫项目提成，大概在一至二成。三是设计阶段的劳务补偿费，既不能算得太长，也不能算得太短，我估计了一下，拿8000块，你看够不够？"

这个数字一出来，又把赵志德吓了一跳：在纺织科研所，莫说设计拿8000块补偿费，就是大奖，也只有百把两百块钱。林小年笑了，从抽屉里拿出一大包钱，用双手推过来："如果赵老没有意见，这是10000块。2000块的工资，8000元的劳务补偿，你数一数。"

赵志德点了点头："签不签字？"

林小年："我们这里，用不着签字。钱不数了？那您老回去数。现在，样机的加工厂我已经联系好了，你回去以后，马上出总图和零部件的加工图纸！"

赵志德一惊："上级不用审了？"

林小年一笑："我是法人代表，你是高工，我们定了，还要谁审？"

赵志德："总图我不给。零部件加工图我负责提供。"

林小年一惊："好！好哇！赵老，我真佩服你！姜还是老的辣！哈哈！……"

离开太平洋公司时，一抹夕阳已挂在城市的西头，街道也变得朦胧了。

赵志德的心情很好。出门的时候，林小年用个公文包把10000块钱给他装好，又包了一大袋子吃食，叫了一辆的士，专程送他回家。

他走进屋里时，钱令华正在系围腰，准备做饭。

钱令华："回来了？"

赵志德："嗯。"

钱令华："又白跑了一天？"

赵志德："嗯。"

钱令华："叫你不要干，你偏要干！叫你不要跑，你还要跑！人家发明家爱迪生是你这个样？没钱，没后台，连胡子都白了，你还不服气？"

赵志德任她责备，从林小年送的包里往外拿：电烤鸡、罐头、青岛火腿、面包、果酱、蓝带啤酒……

钱令华："你这是——？"

赵志德笑了："我的项目，有人买了！"

钱令华："真的？"

赵志德把一包钱往桌上一放："10000块，这是第一笔收入！"

他又拿出合同书和聘书："这是合同！这是聘书！"

钱令华接着合同和聘书，手微微抖动，贴到胸口。

赵志德："我算是明白了，天底下，除了老婆和女儿，还是有人认我！"

钱令华点头，向赵志德走来，把头靠近他的肩膀，抽搐起来。赵志德用手轻轻抚摸钱令华的肩。

"哟，爸，妈！"赵丛玉从外面进来，看见这一场面，伸了伸舌头，"我来的真不是时候！"

钱令华和赵志德赶紧分开，望着女儿笑。赵丛玉一看桌上的东西："哇！买这么多好东西，有什么喜事？"

钱令华笑："你猜！"

赵丛玉："不是生日，是不是爸和妈的结婚纪念日？"

赵志德和钱令华摇头。

赵丛玉："是不是妈给我找了个外国……阿舅？"

赵志德笑。

钱令华："鬼话！"

赵丛玉撕了一块鸡肉，放进嘴里："要不，就是爸倒了批白面！"

钱令华笑。

赵志德："没一句正经话！"

赵丛玉趁钱令华冷不提防，从她的怀里把聘书和合同书抢了去："哇！爸成功了！"

说着，冲进赵志德的怀里，亲了赵志德一下："爸，祝贺你！卖多少钱？"

赵志德："先生产样机，到西部进行试验，今天，给我10000块。"

赵丛玉："才 10000 块？"

赵志德："10000 块还少？"

赵丛玉："当然少！爸，你这钱打算怎么用？"

赵志德："问你妈！"

钱令华："存起来，一年的利息就六七百块！"

赵丛玉："要是我哇，不存。"

钱令华："干什么？"

赵丛玉："投资，让钱生钱！"

赵志德："我的项目已有人投资了！"

赵丛玉："我这里有个项目，爸，妈，投不投？"

"什么项目？"

"跟爸的一样，是高科技项目，人造骨骼新材料⋯⋯"

"嗨，你是说吴光华的？"钱令华问。

"我那没过门的女婿的？"赵志德问。

赵丛玉点点头，把 10000 块钱拿了过来，从口袋里掏出一张纸："我来写一张投资收据⋯⋯"

赵志德和钱令华面面相觑。

40

陈广全、齐立东加盟以后，宁安加紧了公司筹备的步伐。与红卫乡乡政府协商，让陈广全出任红卫机床配件厂厂长，主抓数显表的开发。齐立东则主要办理公司执照登记注册等手续。另外，请来了应山海和刘星，及另外五人。

应山海跟宁安年龄相仿，也是机床厂的，在大学学的经营管理，到工厂却当了食堂总务。"我虽然每天有吃有喝，小日子过得还舒服，可心里却别扭得慌，再不出来闯，专业也算白学了！"这是他的自荐演说。

刘星年轻，戴一副眼镜，自报家门："我叫刘星，28 岁，大学自动化专业本科，毕业后在自动化研究所工作。与同辈人比，我是幸运的，首批评职称就是工程师，还有幸进入三梯队的行列。要说不想当官掌权，那是假话，可自动化所的干部，有什么当头？要说我专业不行，那也不符合事实，我有好几项成果也得了奖。那么，我为什么要进公司、下海？我认为，中国不缺职业政客，也不缺一般的或好点的专业人才，最缺的，是懂科技的经营人才！因此，我来了。我愿当公司的创业者之一，也一定要在将来独当一面地工作。"他这样说，就这样做了，既不搞调动，也不办停职留薪，自动辞职。进公司的当天，把自己的大学毕业文凭也烧了，用他的话说，不留后路。

孙一平拨给他们一老式洋房，作为公司本部。这是一栋英式别墅，上下两层，用花岗岩砌起来的，很结实，楼梯在一楼厅的中间，雕着花纹，很典雅。宁安让人在最醒目的地方挂上两条标语："科技是第一生产力""创新观念、创新主体、创新技术、创新产业"。

楼的外边，是学院宽敞的草坪，再前边，是院门口繁华的大街。

齐立东办工商执照很顺利。工商局的人说，高科技企业，全部优先办理，一路绿灯到底。眼看执照就要拿到手了，宁安说，拿执照的那天，一定要请工商局的人吃一餐，以示谢意。齐立东说，公司就孙院长拨来的200块钱，用来请客不划算，由他找一家好餐馆赞助，他有关系，餐馆老板是哥们。

其实，齐立东并没有这个关系。倒是他在外面做了一笔生意，他想把做生意赚的钱拿来，到一家餐馆订一桌，说是餐馆赞助的。这既给公司省了钱，又在宁安面前表现了自己。

齐立东的那笔生意，是和徐中做的。他来到徐中家，徐中从保险柜里拿出一大叠钱，递给齐立东："齐先生，这是你那150台彩电的介绍费，每台200块，合计3万块，你数一数！"

齐立东不数，装进包里："徐老板赚得更多吧？"

徐中一笑："生意人，只要有赚就行，不在乎多少！"

徐中递过一个小本子："请签个字。"

齐立东一看，是个收据，他抽出笔签上自己的名字。徐中看了他一眼，把收据装进保险柜："齐先生，还有没有生意？"

齐立东："最近，我不想做了！"

徐中："啊，也好。齐先生，有件事，我想问问你。"

齐立东："什么事？"

徐中："那150台彩电是不是走私的旧彩电？"

齐立东："不可能！"

徐中："不是旧的，怎么要退货的占70%！"

齐立东："哪能呢？"

徐中："我卖的还有假？跟你讲，仅此一项，我就要贴七万五！让我倾家荡产哇！本当这介绍费不给你的，可又一想，我们是朋友不是？将来真要退款，齐先生，我们是不是各承担一半？"

齐立东愣住了。他想退掉收到的3万块钱，徐中不要，还说有收据在我手里,退钱也没用,除非再拉一笔彩电生意来,否则就到法院去对簿公堂。

"徐老板,我现在进了理工大学办的公司,这样做,不是堵死了我的路?"齐立东用乞求的声音说。

"理工大学的公司?是不是宁安的?"

"是,他是我们的老总!

徐中大笑:"那太好了!宁安是我的老同学,我现在,就给他打电话!"

经过好求歹求,徐中没有打电话,给齐立东半个月的期限,不再弄一批彩电,就……

从徐中那里出来,齐立东的腿都是软的。这是他第一次做生意,没想到会这样。他知道,凭老同学的关系,宁安迟早总会知道的,倒不如主动对宁安讲了,看宁安有什么反应,然后再说。他赶到公司,把事情对宁安讲了,宁安先是惊,后大笑,说徐中这是敲诈,当晚,就让齐立东带他到徐中家。

徐中的家在旧城区,是那种很老的水泥楼,从外表看,可以说是危楼。楼梯很窄,木质的,连盏灯也不安,黑咕隆咚的。他们摸到三楼,进了徐中的家,仿佛到了另一个世界,猩红色的地毯,墨黑的家具,在华丽的吊灯下,显得很豪华、很气派。

招呼宁安坐下以后,徐中看了一眼齐立东:"齐先生,你领老同学来,是不是为了那笔生意的事?"

齐立东有些尴尬。

宁安则喝咖啡,不动声色。

徐中:"齐先生,有件事,我先说清楚。在生意场上,只认钱,亲娘老子都不认的,不要讲老同学了。宁总,我们虽是老同学,可现在,只是两句话:柜台上谈生意,桌子上喝酒!"

宁安笑着点头。

徐中:"齐先生那笔旧彩电的事,与你宁总无关。如果你愿意,我现在去叫几个菜,我们喝酒吹牛谈天?"

宁安:"谢谢。可齐先生现在是我公司的人,他的事,当然是我的事。"

徐中沉思一下:"也好,那我也把话说白了。当初,齐先生介绍这笔彩电,心狠嘴也狠,说每台少于200块,他决不给我,还说如果我赖他的账,他决不客气,黑天黑遭殃,白天白遭殃!"

宁安:"哦?"

徐中:"还有,这150台彩电,销得倒是很快,可没过几天,七成的人要退货,连工商所的杨所长都晓得!你介绍人没责任?没责任拿3万块钱做什么?他一听，不想想我该怎么办，只说把那1万块钱退给我，他想拍屁股溜，太他妈不仗义了！"

宁安："看你，说就说，骂人干什么？"

徐中火了："这叫骂人？我没把他倒走私旧彩电的事告到法院，算是便宜他了"

宁安："既然是这样，那好，徐老板，你这里有没有电话？"

齐立东一惊。

徐中从古玩架上，拿过一台手提电话："有，大哥大！"

宁安望着电话："哟，你这个洋玩意儿，我还不会用，老同学，你替我要个号！"

徐中："好，什么号？"

宁安："881901。"

徐中拨号，拨了一半："呃，这是工商所杨所长家里的电话，你找他干什么？"

宁安："你刚才不是说，那150台彩电退货的事，杨所长知道吗？这个杨所长，是我一个朋友的弟弟，我也熟，我想问问彩电退货的事。"

徐中惊了，不拨号了。

宁安一笑："不和杨所长通话，也好，请徐老板再拨一个号：882756。"

徐中不动："哪个单位？"

宁安："管你们这片的税务所的头儿，姓刘。"

徐中："干什么？"

宁安："既然这150台彩电是走私的旧彩电，我想问问交税的情况。"

徐中板着脸："什么意思？"

宁安笑："我相信，徐老板一定是遵纪守法，合法经营的！"

徐中愣住了，头上渗出了汗水，想了片刻，露出一张笑脸。

"哎呀呀！老同学，真想不到，你这个工程师，还有这一手哇！"

宁安也笑了："不然，我敢办公司！"

徐中大笑。

齐立东这才醒了过来。

"徐老板，你这样蒙我，太不仗义了吧！"

徐中笑："还不是想让你继续拉生意？哈哈……老同学，我在菜根楼给你上了一课，今天，你给我上了一课，平局！哈哈……"

趁徐中大笑，宁安把手提电话拿过来，拨了个号。

徐中:"你还要打电话?是不是找派出所所长?"

宁安笑:"找一个朋友。"

电话通了。

宁安:"嘿,找你们的陈广全厂长!广全吗?我是宁安。情况怎么样?"

陈广全:"已经成功了!"

宁安:"……什么?成功了!完全符合设计要求!太好了!请代表我向大家表示祝贺!尤其是乡政府和红卫厂的全体职工!"

陈广全:"现在完全具备正式投产的条件,关键要组织资金!"

宁安:"对,还有生产许可证。这由我来办。你们现在的任务,一是休息,二是总结,三就是保密,明白吗?"

陈广全:"知道了!李如意特别兴奋,催我给你打电话……"

宁安:"你也谢谢她!她有什么要说吗?"

陈广全:"她不在现场,她刚才说了,一定要进我们公司!我想你绝对不会有意见,就代表你答应了!"

宁安:"什么?你答应了?"

陈广全:"对!"

宁安:"不,不能答应!"

陈广全:"为什么?"

宁安:"请你转告她,关于她进公司的事,我还要想一想……"

第九章

41

为贷款的事,应山海跑断了腿,银行也不表态,逼得宁安不得不想办法亲自出马。他决定要大摆一次排场,借来孙一平的皇冠轿车,让齐立东以私人秘书的身份跟着他。经过这段时间的准备,他决定公司就叫"三A集团"。三A是"FA""OA""HA"的缩写,取国际上通用的工厂自动化、办公自动化、家庭自动化的"三A革命"之意。人不足10个,账上只有2万块,连小公司都不如,为什么叫集团?他说,我的公司将是集多项高技术产业的实体,发展方向是跨国公司和财团,叫集团,不为过。

数显表试制成功，为公司带来了好兆头。他一方面要陈广全做准备，把红卫厂改造成中试和批量生产基地，又要刘星去跑许可证，自己则组织应山海，集中力量跑银行贷款，按他的预计，只要贷款一到位，数显表就可批量投产，并大规模组织用户，一举打开市场。

为这件事，他近来沉浸在一种莫名的兴奋之中。人们常说，创业艰难，而从他的感受看，一旦他掌握了数显表和企业的开发权，事情的进展，比想象的要顺利得多。

然而，银行像关得紧紧的铁门，提示他，一切仅仅只是开头，就是开头，也不一定会顺利。

坐在皇冠车里，他俨然像一个大老板。齐立东刚刚从照相馆租来的双排扣西服，很气派地穿在他身上，色彩很鲜的领带，配上一个有金丝的领带夹，让人感到少有的华贵。刘星准备结婚用的意大利老人头牛皮鞋，恰好合他的脚，铮光闪亮。身旁的齐立东拿着孙一平的大哥大。这一切使他的身份骤然间令人捉摸不透。

他的眉头是紧锁着的，他没有想到，自己会给自己导戏。

"宁总，到工商行？"齐立东问。

"不，到建行！"宁安答。

"我们是在工商行开户……"齐立东有些迷惑不解。

"我知道！到建行！"他果断地说。

车到了建行，他自己并不下车，让齐立东拿了他的名片找到建行的领导，先行通报，他才在建行行长秘书的迎候下下车、上楼，直接拜望建行冯行长。

冯行长胖胖的，是年过四十的女人，见宁安衣着端庄，气质不凡，就很有好感，特别客气。

宁安："冯行长，我们三Ａ公司刚刚组建，在金融界，我是头一个拜望你，可谓是久仰大名，慕名而来呀！"

冯行长哈哈大笑："哪里哪里，宁总太客气了，三Ａ生意不错吧？"

宁安："刚刚起步，好在我们有背景，有项目，一般公司和我们是不好比的。冯行长，这里是高新技术开发区，过去是市郊，你们建行是刚进来吧！"

冯行长点头："对，我们刚进来几个月，目的是想和高新技术企业联手，一来是要支持高新产业发展，二来也是自己需要发展！"

宁安连连点头，笑着称："冯行长真是有眼光有气魄呀！"

冯行长高兴地说："这里高新技术产业区，金融前景看好，我们不抢也不行。"

宁安:"是啊!我记得有个叫山下高志的日本人说,高新技术的产业回报往往是很高的。唉,齐秘书,把那份亚洲开发银行的资料给我!"

齐立东从公文包里,取出一份英文资料,宁安递给冯行长看:"这是日本银行统计日本、澳大利亚,还有新加坡、马来西亚、印尼等各国科技产业投资效益之后,做的统计说明,你看,你看……"

冯行长似乎不懂英文。

宁安:"齐秘书,回去翻译一份,给冯行长送来。他们的结论,与冯行长讲的可是英雄所见略同啊!"

冯行长一惊:"真的?我只是凭分析得的结论。啊,宁总,你们在工商行开户?"

宁安:"那是因袭惯例。我想还准备找一家银行,也开个户,北京中关村的几家大公司没有一户是守着一个银行的,不能把脖子吊在一棵大树上啊!"

冯行长连连点头。

宁安:"齐秘书,工商行对我们怎样?"

齐立东:"还不错。昨天,他们还有人透风给我,怕别的银行跟他们争……意思是,他们对一些死的东西也准备放活。"

宁安笑了:"他们一定听说我想拜望冯行长!"

冯行长笑了:"我们现在也活得很哪!"

宁安将手一举:"冯行长,我只想问一件事,对外来的资金,你们是不是非要银行周转一段时间再给用?"

冯行长:"对你们,我们可以破例!宁总,你们的外资是……?"

宁安起身笑:"好,有你破例这句话,我就放心了,具体情况我回头来找你!"

冯行长无奈:"好,也好!"

宁安看看表:"哟,还有10分钟,我要告辞了!冯行长,今天认识认识,打搅了!"

冯行长:"有急事?"

宁安:"与外商谈判合资事宜!"

冯行长点头,说本意要留他吃饭,只有等下次了。

从建行出来上车以后,齐立东"噗"地笑了:"宁总,我真佩服你,你演得真好!"

宁安板着脸,不笑,要车去交通银行。交通银行行长姓惠,是个花白头发的老先生,宁安在寒暄后,希望交通银行为三A冲出国界做后盾,并愿改日请惠行长亲临三A，调查数显表项目和资信，这一下子就把惠行长的胃口调起来了，要他定日子，他却说："今天，我只是拜望，暂不谈此事，告辞之前，我只想讲一句话，在与各行的关系中，我们将优先照顾交通银行，因为，你们的牌子老，机制活，是唯一的商业银行！"

离开交通银行，他们又去了农业银行。在农行，宁安大谈深圳、上海的股票市场，表示今后在三A实行股份制和进行金融融资，将优先考虑农行，使农行的行长笑得合不拢嘴。

接着，他又驱车去了信用社和中国银行。出来后，齐立东说："宁总，现在去工商行？"

他沉思了一会儿，摇摇头。

"不去？为什么？"

他笑了，不回答。

"那我们去哪里？"

"回三A。"

他的算盘打得很清楚，遍访各行，突破工商。他打了一个哈欠，将打得很紧的领口松了松，靠在背后的沙发上，闭上了眼。现在，他愿意当一个准备起网的渔翁，因为，网绳已在手，只等收网。他回三A后，只须向应山海交代句"坐在电话边，工商行的电话来了，就会有钱"。赚钱有学问，借钱也有学问，就看谁有本事了！

为这个活动，他构思了几天，已有几个夜晚没睡好。他累了。

他现在，也许可以稍稍睡一下了。

忽然，车呀的一声，急刹车停下，把宁安惊醒。

"什么事？"宁安问。

司机指着前面，不说活。

车前，站着一个女人。

"李如意！"宁安叫了一声，赶紧下车。

"如意，你怎么——？"

"我知道你借了这辆车！"

"来，上车！"

"不，宁总，我还有事！"

说着，李如意将一个信封交给宁安：

"这是我进三A公司的自荐表！"

"自荐表？"

"对，请你过目！"

说完，李如意走到路边，跨上一辆自行车，就沿小路走了。

宁安想叫，但在大街上，他没有叫，回到车里，从信封里抽出一张写得工工整整的自荐表：

自 荐 表

　　李如意，女，26岁，夜大学农业经济系本科毕业，学士，在科技情报所任助理工程师。本人自愿申请加入三A集团，希望为高科技产业贡献全部才智，为此，已辞去原单位公职，无论三A同意与否，本人自送交自荐书之日起即开始为三A工作。

自荐者：李如意

42

方必优一上班，就接到邱子希的电话，让他马上赶到市微机办，有重要事情商量。

他马上要了一辆车子，直奔微机办。

邱子希和宁安两人离开工厂，对方必优来讲，是求之不得的。邱子希曾经是他掀不动的山，宁安也是挡道的石。现在，他作为设计室主任，数显表和全厂的新产品，都拿在他的手中，加之又有很好的背景，他知道，他的价码正在上升，离总工或者更高的位置，已不远了。

在数显表的官司中，他处于特殊的位置，既是宁安的合作者，又被邱子希作为证人，还不能得罪李如意，照理讲，他是很尴尬的，几乎没有什么活动余地。然而，他处理得恰到好处，不仅没受到伤害还受了益。有时候，他自己也惊奇，最好的机遇往往会发生在看似没有机遇的时刻，只是一般人并没有抓住。

他很耐心又自然地恢复了与李如意的联系，虽然她还无意与他复婚。这一点，他很得意，他毕竟了解她。她好强，又讲义气，虽然不乏女人的狡黠，但仍然被感情所左右。正因为如此，他时刻提醒自己，对她，千万不要急，要慢慢来，只要满足她的好强心，最终就会获得她。

"必优，我听厂里人讲，数显表你好像没有抓？"

在邱子希办公室，邱子希开门见山地问他。

"啊，邱主任，厂里缺电脑专家。"方必优笑着回答，"你知道，我是学机械专业的。"

"请不到？"邱子希盯着他问。

"请？当然请得到！可谈何容易！且不讲要从设计思想上沟通，就是给的待遇也……"

"厂里给不起？"

"当然给得起！1万、10万，都可以给，"方必优苦笑着，"可财务上通不过，总会计师不批，拿不到钱，也走不了账！这方面，邱主任你过去讲过，是体制和制度，国营不如集体，集体不如个体。"

邱子希点点头，沉思了一下："我还以为，是必优你又想在这个问题上捞份呢！"

"邱主任，是什么意思？"

邱子希笑了笑："你接了项目，是不得罪厂里；你按兵不动，是不得罪宁安……"

方必优笑了："可惜，我还没聪明到这个地步！"

邱子希把口气一转："我看宁安倒是更聪明！"

方必优："啊？"

邱子希："他已经派人到我们这里申请许可证了！"

方必优一惊："他们开发成功了？"

邱子希："听口气，是差不多了。不然不会申请许可证的。假若他真成功了，对我倒没什么，我已经离开工厂，对你，必优，可就不同啊！"

方必优："对我？不，邱主任，我倒是无所谓，我并不是项目第一责任人。"

邱子希哼了一声："所以，我找你来，是吹个风，希望你抓紧，不要搞被动了！"

方必优点点头："宁安那边？"

邱子希："给许可证那么容易？还要核定生产条件，技术条件和能力，他们一下子通不过……给你三个月，够不够？噢，还有件事，我也想告诉你。"

方必优："什么事？"

邱子希："科技情报处告诉我，李如意已交了辞职报告，好像是要加盟宁安的三A！"

方必优大惊："真的？"

邱子希笑了："好，我有个会，就谈到这里。"

方必优只好起身。

离开邱子希的办公室，方必优与来的时候已大不一样，显得焦虑不安。宁安的进展那么快，他没想到，李如意进三Ａ，他更没想到。这意味他方必优将是两头踏空啊！他让司机到科技情报处跑了一趟，证实了邱子希的话以后，直奔工厂，找到了正在办公室看杂志的冯茹，把李如意辞职进三Ａ的事，对冯茹讲了，虽然冯茹并没表示什么，但他看得出，冯茹是故作镇定，在掩饰内心的惊骇、不安。

他认为不能再等了，决定去见宁安。

宁安不在，方必优决定坐在宁安的位置上等。

办公桌很宽大，转椅很气派，房间也很讲究。这个当了被告的人，很厉害。他是靠什么在社会上站住的？他是靠什么把李如意从我身边夺过去的？是才华，还是魅力？为什么他总能在倒霉和不顺中获得一切？而且比一般人获得更多？

方必优越想越气。

宁安进来了，看见方必优脸色不好。

方必优："好难等啦，大总经理！"

宁安："忙得够呛！对不起！"

方必优："忙什么了？李如意呢？"

宁安："你找如意？我没见到她啦！"

方必优冷笑："你没见？宁总经理，好像你并不会演戏哇！"

宁安："我演戏？"

方必优厉声地说："对，你演戏！你辞职了不算，你还要如意也辞职，你有自己的家，有冯茹，你为什么还要害如意？"

宁安终于忍不住了，他盯住方必优："必优，有件事我要告诉你，自我出任三Ａ集团总经理以后，我就宣布了一条规定，任何人进我的办公室，无论是我的上级还是熟人，都不准坐我的位置……"

方必优鄙视地笑了，坐着不动。

宁安："所以，你得马上起来！"

方必优仍不动。

宁安走近，大吼："你让开！"

方必优起来了，坐到另一张椅子上。

宁安坐到自己的转椅上，将腿翘到桌上，点燃一支烟："现在，我回答你刚才提出的问题，我从来没有害过李如意，第一，如意辞去公职的事，当初我并不知道，也不是和我商量的，是她个人的决定。第二，如意的确提出进三Ａ工作，我已经正式决定，不采用她。第三，当初，她的确为数显表作了巨大贡献，我们将在今后条件具备时付给丰厚的酬劳。"

方必优大惊："是这样？"

宁安将烟摁灭："要我下逐客令吗？"

方必优立即改变了脸色，谈话的声音也变了："老宁……啊，宁总，刚才我的话，请你不要往心里放。我的确是爱如意！"

宁安厌恶地说："好了！请走！"

方必优悻悻地转身，往外走，刚走两步，又转过身来。

"宁总，今天的事，请你不要告诉如意，好吗？求你了！"

宁安将椅子一转，背对着他。

43

冯茹有一种被抛弃的感觉。

宁安已有三天没回家，说是公司的事很忙，她并不在意，还叮嘱他注意身体，不要公司一上马就跨了。当方必优告诉她，李如意也辞去公职进三A的时候，她才猛然醒悟，宁安在"忙"什么，为什么不回家。

她是不愿在方必优面前流露这种感觉的。她善于隐藏自己，尤其是哀伤的东西，她更愿意把这些东西留给自己慢慢消化。方必优说完就走了，她仍然坐在自己的办公桌前，看报纸，喝茶，有一种内心和谐、恬淡宁静、怡然自足的神情，不细心体察，是很难发现被掩盖着的忧郁和压抑的。她是那种"水静则深"的人，只有她自己知道，某种爆发似乎就要发生。

她提前下班，回到家里，往沙发上一瘫，一动也不动。只有在这个时候，她的忧郁才显露出来。她的眉头紧锁，眼里闪着泪花，不断用手拍打沙发，只是没有嘶声叫喊。她有什么对不起宁安的吗？没有！没有！没有！是宁安对不起她！她从来专一，从来自重，不理会外来的引诱，从来不做对不起他的事，哪怕是对自己特别有利而又可能损害他的事，她也绝对不做，可这一切换来的是什么？是他更大胆的欺骗和无所顾忌的放纵。

有人敲门，"咚！咚！咚！"声音不大。

她仍躺着，不愿搭理。在这种时候，她不愿见任何人，不希望任何人打扰她。她要尽情品味发生的一切，尽情流露自己深藏的一切，而后，静静地思索怎么办。

门还是被轻轻地敲着。

看来，来人知道她在。

她从沙发上坐起来理了理头发。整了整衣服，看了看门，决定起身。

是李如意。

"冯茹，你睡着了？"

"没有！"

"那你是不是身体不好？"

"没有哇！"

"那你的眼……怎么又红又肿？"

冯茹淡淡一笑："眼里进了沙子！"

"要不要我帮你弄弄？"

"已经好了！你有什么事？"

冯茹在李如意对面坐下，将双臂抱在胸前，不冷不热地问。

李如意沉思了一下，脸微微一红："有件事，我想求求你！"

"啊？求我？什么事？"

"我想了很久，最后下决心，辞去公职，想进宁总的三Ａ集团！"

"是吗？"

李如意点头："是的，我已经给宁总送了自荐表，我不知道他同不同意！"

"所以来找我，是吗？"冯茹笑了，很放纵而又很尖刻地笑。

"冯茹，你？"李如意似乎感觉到什么。

"我很奇怪，"冯茹突然收住笑，"这件事，你为什么要来求我！"

"我——"李如意一时语塞，似乎有些话一时难以启齿。

"你是怕我从中作梗？还是怕我会——"冯茹觉得"吃醋"两个字说不出口。

"我怕你产生不必要的误会！"李如意说。

冯茹："是吗？什么不必要的误会？"

"其实，我只是佩服宁总的为人……和才华！"李如意说，"并没有其他的意思。"

"这我就不理解，"冯茹笑，"你说的其他意思是什么？"

李如意不回答。她不愿意回答，从进门开始，冯茹就在嘲弄她，她意识到，如果她再讲，等待她的是冯茹更恶劣的嘲弄。

两个女人就这样对坐着，对坐着。

这时，电话铃响了。冯茹过去接电话："喂，我是。啊，德清！我在干什么？家里有客人，李如意！她认为宁安为人好，有才华，辞去了公职，要进宁安的三Ａ集团！哈哈……是呀是呀，很现代！嗯，什么？好！我马上来！"

冯茹很潇洒地放下电话，发现李如意已经板着脸站在那里。

李如意："冯茹，我没有想到，你会是这样！"

冯茹："可我想到了，你一定会这样！"

李如意："你以为这样我就害怕、退缩吗？"

冯茹："不，我觉得你挺勇敢！"

李如意笑了一声，往外走。

冯茹："如意，这就走？也好。我希望你一步步走好。"

李如意停住："放心！三A我进定了！"

冯茹突然哈哈大笑，直到李如意出门，将门咣的一声关上，她才停了下来。

这是冯茹一生第一次这样对人，冷酷、嘲弄、讽刺、凶残。连她自己都不理解，自己为什么能这样，怎么会这样。

王德清打电话是请她去开发区办公室，说有要事，不能等，一定要来。要在这件事情之前，她是不会答应的，但是，她现在一口答应了。她已经失去了丈夫，现在，她不能再失去自己。结婚以后，她曾经以为，可以在相对安定的环境中度过一生，然而，事实并非如此，现实生活已经出现了奇怪的、意想不到的问题，迫使她重新调整自己的价值观，是依附于人、迁就于人，还是保持独立的人格，想到这一点，就像获得设计突破的新灵感，她不应该拒绝那个比利时老板的要求，应该独立地走自己的路，让社会，让自己，也让宁安在新的水平上重新认识自己。

她梳理了一下自己，就上了街。

大概是心境变了，她觉得街景也有了变化。消失多年的三轮车，现在又载着搂抱着的青年男女，叮叮当当地出现在街头，老太婆涂口红，老头子穿花衬衫。报刊杂志的封面上有几乎全裸的明星照片。机关报的头版一整版是大型广告……这一切，都在提醒她，你也该变了，对你来说，也许待惯了的工厂太小，家也太小。

然而，离开发区越近，她的步子似乎越慢，快到门口的时候，她反倒停了一下，是没有往前走的决心，还是突然有返回原状的念头？也许，都有。对她来说，突破无疑是艰难的。她毕竟是女人。

开发区设在一栋老楼里。楼顶有一个特有的火炬标志。冯茹站在远处，盯着这个标志犹豫了很久，直到她把一切都想好了以后，才快步走进楼里。

楼里，一片繁忙。她好奇地看了一间办公室，一个年轻女人正在接电话："中试产品的免税规定？好，我明天就给你们寄来！"靠近这间办公室的，是一间教室，有一个秃顶的老师在讲课："……关于高科技企业的管理体制和经营机制问题，一定要打破传统企业的模式，按照市场经济的规律，与国际市场接轨……"黑板上横写竖写了一些字：实业型、市场型、综合型、外向型。再往前走，一个干部模样的人正在交代："对，八点接机，美国客人！"

再前面，是开发区主任办公室。

门关着。

冯茹走过去，敲了敲门。

里面传来王德清的声音："请进！"

她推开了门。

王德清从办公室桌上抬起头，一见是她，异常高兴地站起来。

王德清："冯茹！太好了！请坐！"

她坐下。

王德清拿出一瓶矿泉水打开递给她，坐到她身边："我知道，你会来的。"

她笑了笑："比利时方面有消息？"

"嗯，等你的决定。"王德清说。

"我同意与他们洽谈！"

"好，我马上回答他们！"

"我的意思，"她说，"希望在特区合资开发仿真系统！"

"特区？哪里？"

"最好在深圳。"

"好的！"王德清笑，"上次他们来，就有这个意思！那你去深圳？"

"嗯！"

"老宁会同意？"

"今晚，我跟他谈！"

说到这里，她到办公桌前找电话，通了。

冯茹："喂，老宁吗？我是冯茹！"

宁安："啊，你在哪里？"

冯茹："厂里，今晚你回不回家？"

宁安："回，回来吃饭！"

冯茹笑："那就早一点，我请你出去吃饭！"

宁安："出去吃饭？"

冯茹："对！好，我等你！"

她放下电话。

王德清："晚上，不请我？"

冯茹摇了摇头。

44

由于林小年的安排，赵志德的设计，已从图纸走向了工厂，按照他的要求，一个个零部件已被加工出来，有的已经装箱。

赵志德站在一台铣床边，观察铣刀的走刀情况，操作铣床的是个青工，见赵志德不放心的样子，笑着说："赵工，放心！精度保证100%！这个齿轮马上就加工好了，下面是什么活？"

赵志德："图纸交给你们班长了！"

青工："我们这是加工的什么怪机器？"

赵志德："你干活，别讲话！"

青工："保密？"

赵志德："嗯，保密！"

青工一笑："什么年月了，还这样！"

赵志德不理，去看别的铣床。

林小年跑来，把赵志德一拉，附在他耳边说："赵老，特大喜讯！"

赵志德："什么特大喜讯？"

林小年："西部地区农垦局的加急电报：北京已批准你的项目，列为扶贫重点，已拨款350万！"

赵志德笑："真的？"

林小年把电报交给赵志德："那还有假？走，我们去商量商量，车都派好了！"

赵志德跟着林小年出来，上了轿车。车里响着欢快的音乐。

"小年，我们去哪里？"

"去酒店，商量去西部地区的事！"

"去酒店干什么？"

"庆祝庆祝！"

赵志德笑了。是的，他的项目国家批准了，是该庆祝庆祝。

他们来到一个大酒店，点了几样高级菜，一边喝酒吃菜，一边聊开了。

"赵老，现在，国家批了，款拨了，您老也该发了！"

"我发？"

"我不是讲了，你的设计要作为技术投资，至少占总成本的二点五到三成，这是多少？"

"这又不是现钱。"

"那将来还少得了？还有，产品成功赚钱了，你还会有一定比例的收入，起码不少于一至二成，还了得？"

"你的公司呢？"

"我的公司，只能淋毛毛雨啰！"

"多少？"

"纯利润的一半。"

"这还是毛毛雨？从设计、制造到销售你一分钱也没投！"

"我没投？你上次拿的10000块是谁的？我的！每个月支付你2000块不说，还车来车往，不是大饭店进出？还有电传电报电话，都不是我在用钱。"

"我听说西部地区是一边上报项目向国家要钱，一边从银行借款给你了嘛！"

"嗨，那只是过过账，钱都给加工厂了！你的设计你知道，要动多少人力、物力？要添多少工夹模具？你都看到了。不给钱，工厂给你干，工人给你干？不是你在厂里督阵，他们的工期还得拖，拨来的钱够用？我贴都贴了好几万。"

"这……我不管。马上，加工就完了，我准备带机器走，到西部去建草场，一边安装试车，一边收购优质草……"

"嗯，我也是这样想的，不能把机器交给山里人，只要你赵老大驾动了，我就放心了！不过，有件事，想跟赵老商量商量！""

"什么事？"

"你看这次去西部，该带多少钱？"

"至少20万！"

"这么多？"

"多？怕不够！安装机组带建立牧草加工试验基地，要多少钱？还有，要大范围收购牧草，又要多少钱？国家不是拨了款吗？"

"嗨！我的赵老，同意拨款，和钱到账，完全不是一回事！说是给350万，还不知道什么时候能兑现咧！"

"得自己先垫？"

"对了！我垫！你知道，我这公司牌子大，但摊子也大，除了你的项目，还有其他项目。再说，已经贴了好几万，眼下，银根就有些紧了。你说的20万，其实不多，到了西部，他们总得先解决一半吧！"

"你是说，你只给我10万？"

"怕一下子也拿不出来。"

"多少？"

"5万！"

"只一半？"

"嗯。先给5万。然后，再电汇5万！"

"不行！"

"哎哟，我的赵老！项目不光是你的，也是我的嘛！你急，我就不急？你在西部为钱跳脚，我就好过？你放心，我一定给解决！来，干一杯！"

赵志德无话可说，干了一杯，就要告辞。林小年见徐中来了，就把赵志德送上小车后，又回到桌边来，招呼徐中坐下。

徐中："林老板，你这个赵公元帅，赚了多少？"

林小年笑："小赚！小赚！"

徐中："小赚？据我所知，为这台样机，西部农垦局投40万，你把活包给工厂，只花25万，还小赚？"

林小年惊："你怎么知道？"

徐中笑："生意场上，哪有不透风的墙？怪不得人家说，这条街上高科技骗子多！"

林小年不在乎："骗子？你知不知道，高科技附加值高！骗！你骗骗试试！"

徐中抿了一口酒："你这次让老头去，准备给他多少？"

林小年："答应10万，先给5万，5万电汇！"

徐中冷笑："你小子心太黑了！"

林小年："徐老板，你看你这是活天冤枉。"

徐中："对方拨来25万，是不是？"

林小年："哟，徐老板，你怎么像我肚子里的蛔虫，什么都知道！"

徐中阴下脸冷笑："小老弟，我在生意场上已打了好几个滚，你才出道！实话告诉你，我让你发，你一夜就发；让你垮，也容易！"

林小年只得赔笑脸："那是！那是！"

徐中："你明白这，就好。今天我来找你，就是给你送发财机会的！"

原来，上次林小年和徐中的那件事，徐中已有了进展。他把罐装盖世雄营养液的活揽到手后，拿着两份文件去找那个副研究员。一份是合作协议书，一份是起诉书。那个副研究员不同意合作，他立即到法院起诉。由于那个副研究员没登记专利，打了个平手，双方都能生产盖世雄营养液。

"这么说，你徐老板硬是强打恶要，把盖世雄的生产权搞到手了？嘿嘿，该你大发啰！"

徐中点头："订单多的是，连台湾、香港、新加坡都抢！现在，是批量上不去，差点钱！"

林小年："徐老板还缺钱？"

徐中："其实，也就是想找你合伙！"

林小年："我？你看我……"

徐中："厂房钱你出，配方我出，机器我出，人工我出，销路我找，你只出流动资金的一半。"

林小年："多少？"

徐中："30万！"

林小年："徐老板，你开玩笑！"

徐中："我决不开玩笑。你出了，一切都好说，大家和气生财；你不出嘛，也就一句话，这个码头的风浪……"

林小年知道徐中是个心黑手狠的人，在这条街上，谁都怕他，自己得罪不起，想了一下，就狠狠心说："好，我合伙！有一条，一切按法律程序办！"

徐中："痛快！我们是亲兄弟，明算账。该立字据立字据，该订合同订合同，该公证的公证！来，干杯！"

45

宁安和冯茹到了一家西餐厅的包厢。点了猪排、咖喱牛肉、土豆沙拉和一些青菜。冯茹还特意要了长城干白。

西餐厅很雅静，以白色为基调；窗帘、桌子和装饰都是淡青色的，服务小姐穿的是浅蓝色的裙子，白色衬衣，在宁静的钢琴声中走动，别有情调。

冯茹特意打扮了自己，到理发店做了头发，深蓝色的上衣领口配上有暗花的白衬衣，描了眉，连嘴唇都浅浅地涂了层口红。

"宁安，今天，你对我有什么印象？"她拿着有酒的玻璃杯，望着他。

他一笑："很好。"

"谢谢！干！"

他拿起酒杯，与她轻轻碰了一下，干了一口。

"你没感到我变了？"她问。

"嗯，好看了！"他说。

她淡淡一笑，从他面前的烟盒里抽出一支烟，含在嘴里，他赶快啪的一声，把打火机送上去，让她抽着了烟。

"我是问你，我变了没有？"

他只得点了点头。

"你知道我为什么变吗？"

他摇头。

"我终于想通了，仿真系统，应该和比利时人合作。"

他一惊："通过王德清？"

她点头："比利时人马上来，我让王德清转告对方，我希望把项目放在深圳。"

"你要去深圳？"

"嗯。"

"冯茹！"他有些急了。"你不要说，也不要阻止我。"她说，"你知道，我一旦决定的事，是谁也改变不了的。当初，我决定嫁给你，虽然有人反对，我也没回头。"

"冯茹，你这样做，是不是对我有意见？"

"不，你是自由的。我也应该自由，你不用担心王德清，我到深圳，也离开了他。"

他望着她，不知该说什么好。

"你看，这里的环境不错吧？"她问。

"嗯。"他答。

"说实话，这里……使我想起了一张画。"

"什么画？"

"《最后的晚餐》。"

他大惊："冯茹！你……"

她眼里似乎有东西在闪，却笑了。

"也许，我不久就要走了。"

"可你现在没有走哇！"

"一样，我希望你还是像这几天一样，住办公室，让我一个人在家，清静几天。"

"为什么？"

"不要问为什么。我已给你作了准备，都装在这个包里，吃完饭，我回家，你去办公室。"

她的身边，放着一个包。

他望着她："冯茹，我不！"

"你如果不，我就走。"

"那你这究竟是为什么？"

"我讲了，不要问为什么，噢，还有件事，我也想问问。"

"什么事？"

"李如意是不是给你递了自荐表，要求进你的公司？"

他终于明白了："冯茹，你是不是为这件事？我没同意她进公司！"

她笑了："为什么？"

他一时不能回答出来。

"你太胆小了。怕影响，是吗？怕失去你这个总经理的威信是吗？"

"李如意是学农业的！"

她笑的声音大了："这是理由？不，宁安，你不要遮掩了，数显表项目，她与你合作得很好。其实，李如意比你勇敢，也比你光明正大，她敢与方必优离婚，也敢辞去她的公职，我很佩服她！"

他急了："冯茹，你说这话是什么意思？"

她的脸顿时冷了下来："我是说，你已经冷淡了一个女人，现在，就不要太狠心，又拒绝一个女人！"

"冯茹，你怎么这样看我？"

"不，你不用紧张，也用不着辩解，你想不想吃？我不想吃了！"

她站起身来，往外走去。

他拎着包想追，但又停住了。

他了解她。他知道她一经认定后，是不会改变主意的。她并不是与他最后分手，她也许需要一个人清静些日子，也许会经过思考后能改变主意。他不能逼她，逼的结果更糟。

他很沮丧地来到三A小楼，来到自己的办公室。他不开灯，一个人靠在转椅上，闭上眼睛，静静地思索。

冯茹突如其来的变化，他是没有料到的。也许有王德清的作用，但王德清绝对左右不了冯茹，他完全清楚，那么，只剩下自己和李如意了。肯定是这个原因，冯茹说得不错，自己拒绝李如意进三A，并不是自己对如意不好，而是怕影响。他知道一个成功的企业之所以会突然垮台，很重要的一点，是被社会舆论打倒的，而这种舆论，往往又集中在"作风"二字上。他怕这种结局，这是他狠心拒绝李如意的本来原因。

突然，电话铃响了，把宁安吓了一跳，他顺手开了台灯，拿起了电话。

电话是李如意打来的。

宁安："如意，你怎么知道我在这里？"

李如意："你家里没人接电话。"

宁安："啊？你有什么事？"

李如意："宁总，这两天，我跑了一些大专院校，找了些熟人，他们都说，各所院校这些年搞项目都有一些沉淀资金……"

宁安眼睛一亮："你等一等！"

那边，李如意停下了。

宁安在思索着。突然，他笑了。

宁安："如意，你是不是说，我们可以把各个院校组织起来，把他们的沉淀资金集中起来？"

李如意高兴地说："对！据我初步对十一家大专院校摸底，少说有千万元！"

宁安有些激动了："我们和银行一起，组织一个高科技开发的互助会，在银行单列一个户头！"

李如意："对！对！"

宁安："由互助会对项目会审，决定投资，一方面参股提息，一方面广泛收集项目，既调动社会的闲散资金，又聚合了社会科技成果，将来，可以像美国硅谷，发展成高科技风险投资公司！"

李如意兴奋地说："太对了！我可没想这么多，这么远！"

第十章

46

聪明的人只需要小小的提醒，方必优正是这样，离开宁安的办公室以后，他责备自己不该在宁安面前失态，也庆幸宁安拒绝李如意。宁安有一千条一万条理由接纳李如意，但他为什么要拒绝她？是终止他们的暧昧关系，还是企图更隐蔽地发展那种关系？是他观念上的退守，还是迫于舆论的压力？方必优想了很多，很难得到准确的答案，但他的聪明就在这里，从没有明确的答案里可以找到明确的感觉。这些明确感觉是：宁安的地位已经变化，他在处理与李如意的关系上也变了，而这种变化，又反过来和李如意发生了冲突。

有了这种感觉，方必优很激动。因为，这客观上给他创造了机会，他可以充分利用这个机会,把失去的分——扳回,最终,夺回李如意。他甚至已经想好,要用出乎常规的大度,在李如意面前与宁安形成对比。他这次找她,对她的辞职和进三A的选择表示理解,但又劝她不要对宁安逼得太紧,要给宁安时间。

"如意,以前我不是领导,处理问题就简单,现在,就不同了,宁安也是这样,他会考虑更多……"

"如意,我认为宁安对你绝对是负责的,他一定要考虑你的,不能只看眼前……"

"如意,你不管宁安怎么安排你,仍坚持主动帮助他,支持他的公司,我认为完全应该,也很有必要……"

他的这些话,使李如意惊讶不已。他这是虚伪吗?不,好像看不出。她深知他的虚伪,那种假笑,那种没有热度的温情,那种言不由衷的逢迎……眼前的他,不是,完全不是,从他的目光到他的言语到他的动作到他的态度,不像是虚伪,也许这是更高超的虚伪,但她不愿这样想,也不相信他能造化到这一步。

那么,他是理解她,理解宁安了?

她有些惶惑。

"如意,有个情况你知不知道?"他问。

"什么情况?"

"冯茹正在调动。要去深圳,办合资公司。"

"啊?"

"是开发区安排的。好像开发区主任王德清,过去是冯茹的恋人。"

"真的?"

"千真万确。"

方必优知道,自己讲这个情况,是在冒险,是在赌博。闹得不好,会使李如意和宁安的关系进一步往前推动,出现他不愿看到,使他无法接受的结局。

然而,他相信自己的判断。宁安的家庭虽然出现危机,但不可能破灭。无论是李如意,还是王德清,都不具备使那个家庭瓦解的力量。

基于这种估计,方必优敢冒险,也敢赌博。他更愿意让李如意在听到以后,再到宁安那里去碰一次壁,再受一次教育。更愿意让李如意明白,你不是宁安的真正寄托,宁安有比你重要得多的东西,哪怕在爱情上也是如此。他不相信自己会输。

李如意意识到冯茹的调动,可能与自己有关。她找过冯茹,逼过冯茹,与冯茹有面对面的较量。冯茹当她的面和王德清通话,讲李如意对宁安的崇拜,讲李如意已辞去公职要进三A,还在电话中与王德清约会……她印象很深的是冯茹一反常态的潇洒和明白无误的灰心。

她给宁安家去电话，冯茹告诉她，宁安晚上不回家，已有好多天了。

晚上，她到三A，推开了宁安办公室的门。

"如意，你怎么知道我在这里？"伏在办公室桌上的宁安抬起头问。

"冯茹告诉我的。"她答。

"你去我家了？"

"不，打电话。"

他让她坐，给她泡茶。

"如意，你那个利用各大专院校沉淀资金的意见真好！"

宁安的桌上堆着一大堆外文资料，他一会儿翻出这一本一会儿又翻出那一本，激动地说："我研究了好些资料，你看，这是法国的。自从法国召开全国科学讨论会以后，法国科技界、银行界、工业界和整个社会对高科技产业从极度关注进入积极投资，资金不仅来自政府、银行，还来自大学和民间，高达几百亿法郎。还有你看，是这样写的：美国加州的金融业更乐于对高科技企业的风险投资，民间也如此，微电子器化公司总裁桑德斯形象地说，要发展莴苣和柏树战略，快速见效的是莴苣，未来领先的是柏树。你看，这里还有新加坡、韩国、日本的情况，高科技企业的资金来源，除政府、银行以外，就是民间……这份资料说得更深刻，说这种投资格局的新变化，事实上表明高科技企业的发展也引起了金融业的革新和变革！"

宁安念得很有激情，讲得也很生动。

"你天天晚上都研究这些？"她问。

"天天晚上？"

"冯茹在电话中告诉我，你已有好几天没有回家了！"

他望着她："你还知道什么？"

"冯茹要去深圳？"

他点了点头。

"是开发区王德清安排的？"

他点了点头。

"你同意冯茹走？"

他愣住了。

"你为什么不回答？"

他闭上了眼。

"宁安，你没有王德清勇敢，连方必优都不如！"

他用双手捂住头。

"我李如意只是要进公司，还没有提出其他的……你就胆怯了，退却了。"

她低声地吼着，是哀怨，是发泄，又充满感情："我李如意辞职自荐，是为了什么？是表明我愿意承担一切！可是你——"

她有些哽咽了。

他抬起头，见她低着头擦眼泪，就站起来，走了过去："如意，你这是怎么啦？"

她的哭声大了。

"如意，别……哭！"

她突然起身，用拳头在他的胸前捶打，一边打，一边说你真坏，然后，伏在他肩上，又抽搐起来。

"如意！你……别这样！"

她不听，反而紧紧地抱住他，他终于抵挡不住，也抱住了她。

"如意，我是一个男人，我懂你的心，可是，我不能让你也来三A，我怕……"

他喃喃地说。她用嘴堵住了他的话，过了好久，当她移开后，他又说："如意，请你……理解我……原谅我！"

"不"她变得狂热了，"我一定要进三A！我一定要帮助你！"

当她又要拥紧他时，电话铃响了，他们吓了一跳，迅速分开。

一声、二声、三声……

他稍稍镇定以后，去接电话："喂，我是宁安。啊，孙院长！我在查一些资料。嗯，是的，早点回家！"他看了李如意一眼，又说："什么？香港商人？他说他去过我家？叫什么？宋派？没见过。嗯嗯嗯，好，我马上来！"

他放下电话："孙院长让我现在去他家。有一个港商叫宋派，他想投资数显表，孙院长的意思是让我明天做东，花点钱，这也许对突破银行和办大专院所互助会有好处。"

李如意望着他。

47

昨天晚上，宁安和孙一平研究了整个形势，认为只有迅速突破，三A才有新局面，数显表投产才有可能。因为，宁安遍访各家银行后，已有了初步回应，有的银行已来人了解三A的数显表情况，有的银行也打电话来说希望合作，但都是口头热情，行动谨慎，一提到贷款的事，都支支吾吾，避而不谈。跑各个大学的情况也是如此，大家对高科技互助会、把沉淀资金用活的主意很赞成，又觉得三A的基础太差，底子太薄，不敢贸然行事。

在这个骨节眼上，宋派出现了，为这种突破提供机会和可能。

孙一平为宁安提供了皇冠车。宁安做好了安排，去国际俱乐部，喝茶打球，再进餐。"院长，我宁安绝对不过求人的日子！但不打好宋派牌就办不成互助会，喝茶打球就餐的钱，我付！"

孙一平笑着点头。

国际俱乐部是豪华酒吧，环境十分宜人，宁安和宋派对看着，已点好饮料和酒。

宁安："上次宋先生亲临寒舍，扑了个空，实在叫人过意不去哇！"

宋派："哪里哪里。上次不遇，实在是我办事不周，过于唐突，没有和宁安先生联系好，望多多包涵！"

宁安："实不相瞒，当时，我在工厂的处境不大好，我太太当时又……"

宋派点头笑："自古英雄多磨难，现在，宁先生不是自己创办了公司，当总经理了吗？"

二人哈哈大笑。

宁安："我听孙院长讲，好像宋先生也是电脑专家？哈哈，我们是同行呀！学的是同行，做生意也是同行，这是什么？"

宋派举杯："缘分。"

二人碰杯，饮了一口。

宁安："不知道宋先生找我，有何指教？"

宋派："不敢，我的意思，上次给宁太太讲了，不知宁先生意下如何？"

宁安笑："宋先生，今天，我想先陪你喝酒，打球……"

宋派："打球？"

宁安："宋先生年轻有为，不仅做生意大名鼎鼎，而且台球球艺高超，我能不知？"

宋派："你怎么知道？"

宁安："报纸已作过多次报道！"

宋派："好，佩服宁安先生信息灵通，那我们先试试台球？"

宁安点头。

宁安起身后笑："有人说，生意人打球，往往是心不在焉！"

宁安补充道："其实，喝茶又何尝不是？"

台球室里，有专门小姐侍候，码好球，送上杆，备好饮料，帮他们脱下外衣，就退出去了。

宁安开杆，他看了看，故意打了个臭球。

宋派笑："看来，宁先生的球技，不如你的发明！"

宋派瞄了瞄，起杆欲打。

宁安："数显表仅是一项，还有几项大一些的想法……"

宋派："啊？什么大项目？"

宁安："现在打球。改日我再登门求教。请！"

宋派的心，已不在球台上，一杆上去，也没有打好。

宋派："见笑见笑。宁先生，数显表我们能否合作？"

宁安拿着杆："宋先生对我的公司并不了解，就谈合作？"

宋派笑："不了解。还能做生意吗？啊，请！"

宁安要露一手了。打了一球，进了，又打一球，又进了，再打一球，也进了。

宋派："看来，我是打不过宁先生了！"

宁安又打，不行了。

宁安："这叫事不过三。宋先生，请！"

宋派笑，看了看台上的球："宁先生，我有一比喻，你看，这是二号球，我好比就是二号球，你现在的处境，很需要用这个二号球，去碰三、四、五号球的任何一个，只要我一动，三、四、五号球就都动了，可以得大分！"

宁安吃惊地望着球台。

洞口围着三、四、五号球。二号球被宋派轻轻一打，果然，三个球先后进洞了。

宋派哈哈大笑，将杆子一横："宁先生只要你愿意认真考虑下一步和我合作的事，目前，我愿意当这个二号球，帮你一把。"

宁安："什么意思？"

宋派从口袋里掏出一张支票："这是我放在你们账上的10万港币，我希望能帮你把资金盘活，可以吗？"

宁安大惊："谁让你来帮我的？是孙院长？"

宋派摇头："不是孙院长，是……噢，我以后会告诉你的。"

宋派的10万港币，的确帮了宁安的大忙。往工商行的账上一进，工商行的人马上松口，贷30万、50万都没问题，随时都可以办。宁安反倒不急于开口，只提出一条，请工商行与三A共同发起组织各大专院校的高科技经济互助会，工商行立即同意,并迅速起草了互助会章程,举行了隆重的签字仪式。

就在宁安取得突破的时候,由王德清一手安排,冯茹也与从比利时赶来的客商比尔进行了紧张的谈判。冯茹提出了仿真系统开发规划书和初步预算,以及按照美国 MITRE 公司方式所做的技术评价预估等文件,比尔也就此拿出了投资计划和对市场的初步预测及营销方案,王德清也拿出了中比合资合作的规划意见,双方很快统一了认识,达成协议:第一,由开发区和比利时比尔公司合作,成立中比仿真技术开发公司;第二,公司资金由比方出,中方提供技术和开发课题;第三,公司设在深圳;第四,公司成立董事会,比尔任董事长兼比方总经理,王德清任副董事长,冯茹任总工程师兼中方总经理。比尔很兴奋,协议签订,就马上往深圳赶,说是要先行一步,给冯茹打好前站,并叮嘱冯茹要尽快到深圳上任就职。

送走比尔,冯茹就要回家,王德清把她留下了,说还有事情要谈。

"你的关系我们已经在办……噢。到深圳去的事,你跟老宁谈了吗?"

"谈了。"她答。

"他同意?"

"我想……他会同意!"

"你想?嘿嘿!你们两口子是不是在闹别扭?"

她不回答。

"如果你们闹别扭,我又把你拉到深圳,宁安会不会恨我?"

冯茹:"那你把我当成什么了?"

王德清笑:"那倒不是这个意思,我希望你能主动一些,走之前,把家庭关系处理好。这样,对宁安,对你,都好。"

冯茹点了点头。

王德清:"其实,宁安现在也挺难的。不过,我已想办法帮了他一把,只是担心他自尊心太强,没有告诉他。"

冯茹:"什么事?"

王德清:"你上次病了在家,是不是有个香港商人宋派拜访过?"

冯茹想了想,点头。

王德清:"宋派是我的远房表弟。宁安的数显表已经研制成功,缺乏资金,银行又不愿贷款,说他的底子太差,我找宋派,把 10 万港币打到宁安的账上,银行就松动了!"

冯茹:"你表弟的 10 万港币是不是合资?"

王德清:"不是,宋派不愿在大陆和公家单位合资,只愿和私人搞……啊,这事你千万不要对宁安讲，嗯？"

冯茹望了他子一眼。他很敏锐，冯茹的目光是感激的。

送走冯茹以后，王德清很兴奋。长期希望冯茹做的事，已做成了。作为平衡，他也帮了宁安。他曾经审判过自己，你这样做，是不是在拆散一个家庭，他否认了。他认为，一个家庭不是外力所能拆散的，除非自己拆散了自己。更何况，宁安和冯茹之间，只是闹别扭，还谈不上散，那么，你究竟有没有个人企图？他回答，有，很早就有，我一直没结婚，就是证明。现在这样做，只是期望，不一定能达到，但是，有一点是可以肯定的，我企图获得某种安慰，哪怕是短暂的安慰，譬如刚才冯茹最后那感激的目光，而这又不是通过道德败坏、公德破坏换来的，这恰恰是很正常，很合理的……

想到这里，他拿起电话，拨了个号，通了："喂，宁安吗？我是德清！"

宁安："啊，王大主任，有什么指示？"

王德清："你看你，怎么这样叫呢？"

宁安："该怎么叫？"

王德清："啊，好像你们办互助会的事成功了？"

宁安："成功了。啊，我忘了给王大主任汇报！"

王德清："我代表开发区祝贺你！这是一项很有意义的创造！我们马上向上级报告！"

宁安："向上报告？好哇，那也请你把微机办卡我们许可证的事也报一报！"

王德清："谁卡？"

宁安："邱子希！"

那边，宁安扔下了电话。

48

的确，三 A 数显表的生产许可证，被市微机办卡住了。

由于互助会的成立和银行口子的松动，三 A 在资金方面不成问题，红卫厂的培训工作和生产线已经拉开，批量生产的架势已经摆好。据经销方面的反映，仅本地市场，如果一年只拿下 5%，就能盈利百万元以上……然而，这一切都被许可证卡住了，倘若许可证拿不到，一切都是白干。

"现在的关键，还在市微机办。不经他们许可，我们的数显表是进不了市场的。我把申报书送去，他们问我，你们号称集团，员工有多少？我多报了一些，说 20 人。他们大笑，天下有 20 人的集团？他们又问我，你们的生产基地在哪里？我说在红卫厂，他们又鄙笑：用乡办作坊搞高科技产品，天下奇闻！还质问我懂不懂什么是高科技产业。他们还问我，固定资产和自有资金是多少？我说，楼房一栋，资金2万，他们把桌子一拍，你们这是开什么玩笑？最后，他们又问，你们总经理的被告身份解除了没有，你知不知道你们总经理已经侵犯了机床厂的权益？"

刘星在会议上，满肚子气地讲述着，引起到会人的愤恨。

"什么微机办，完全是官僚衙门！"

"像什么话！"

"欺人太甚！"

"这完全是仗势欺人！"

应山海吼了起来："告他们！"

齐立东："对，告他们！国家的火炬计划就是要求扶持高技术产业，他们这是对抗！"

刘星："宁总，我已经去了九次了，每次去，我都做了纪录，完全可以告他们。不告，我看是冲不出来的！"

大家一起望着宁安。

宁安在抽烟。

应山海："宁总，把上次你的辩护律师钱令华请来，告！"

宁安摇了摇头。

刘星："不告？"

宁安笑："请钱律师可以。但我不想告。上告要费多少精力？我一想就累。就算告赢了，我看会得罪更多的人。我们面对的市场，不光是经济因素，还有很大的超市场意志的因素，比如权力、人际关系和查不清、道不明的所谓舆论……这些我们三A不得不看到。我们应该有骨气，也要有雅量，甚至不怕难堪，不到万不得已，大官小官清官贪官昏官，都要拜，都要让，他们的气，都要受……"

刘星："微机办，我还要跑？"

宁安："你说呢？"

刘星："任他骂，任他臭，任他攻击你，我也要跑，要赔笑脸？"

宁安板着脸："对，赔笑脸！"

刘星："太窝囊了！我干不了！"

宁安："干不了也得干！"

刘星："不！"

宁安："不？不干就请便！"

刘星赌气地站起，愤恨地望宁安。转身，一步步向外走，走了几步，停下来站住了。

宁安："不想走？"

刘星站在那里。

宁安起身，走过去，拍了拍刘星的肩，叹了一口气："我是三A的总经理，我不愿让三A的任何一个成员在外面受气。可是，我相信，任何一个有所成就的企业家，都受过一些气，没受过气的企业家，天下大概还没有。现在，数显表成功了，许可证一时拿不到手，当然不好。可是，我希望大家看到，这又恰恰给我们提供了一个机会，让我们可以趁机对市场进行一次具体的了解和分析。而这一点，恰恰是我们的竞争对手，譬如机床厂所忽略的。"

刘星眼睛一亮："宁总，你的意思是让我用跑微机办，把对手的目光引向别处，然后，我们抓住时机把市场搞好？"

应山海："来一个明修栈道，暗度陈仓！"

宁安笑了。

刘星脸上出现笑容，回到座位上。

宁安："这一点，我想提醒各位，我们公司不是官商，我们不能靠国家指令计划养活。我们一开始就面对市场，有本地市场也有外地市场，有全国市场也有国际市场，有现实市场还有潜在市场。这些市场，我们不能分割。如果只盯住本地，那还是作坊经济，是成不了气候的。"

刘星："我们做了一些市场研究，但还不够。"

宁安："你们有几个人？"

刘星："三个人。我，一个刚来的大学生，还有一个是退休的工厂经营科长。"

宁安："太弱了。这样吧，你马上从社会上找几个人，主要是懂产品、懂市场的总工程师、总经济师、总会计师，还有专门主管设备更新改造的高级工艺师、研究员，由他们组织一个智囊团，花一些钱，找一个好点的地方，请他们进行一次高层次的市场论证和经销策略咨询！"

按照宁安的要求，关于数显表的论证咨询会，在假日山庄举行了。假日山庄是外资修的旅游别墅。请来的专家有省机电公司原总工曾灏教授，是全国人大代表；有机电部原九所总工艺师何鸣，是女专家，有四部专著；有审计局总经济师屈尚玉；还有原东北新技术局退休的高级研究员、副局长刘先觉，是刘星的父亲。

宁安："……可以说，今天是群贤毕至，高朋满座，本人深感荣幸。关于三

A 公司的情况，我想各位大体了解，我不想多讲了。在进入会议主题之前，我想先请教各位专家、前辈一个问题：我们的政府，很重视高科技的运用和推广，有不少部门和机构，例如科委、科协、经委、经协委，还有一些专门机构如新技术局等。但是，高新技术的推广，还是很难。按国际标准，手工作坊的人均生产率是千元级，传统工业是万元级，而高科技是几十万上百万元级，政府、企业和科学技术人员都知道，但是，为什么高新技术的推广，还是特别困难呢？"

大概是他的问题提得太猛，专家们也没有思想准备，一时都愣住了，互相望着。

过了一会儿，曾灏打破了僵局："我看，关键是体制，僵化的官僚体制。这个问题，我在人代会搞过三个提案。"

何鸣满头白发："嗯，不止这些，企业的素质也是问题，我管了一辈子工艺，也到国外考察过，我们职工的平均文化水平太低……"

屈尚玉说话的声音有些抖："人的积极性也不行，干与不干一个样，说是按劳分配，其实是照顾懒人，谁还有劲干呢？"

刘先觉仪表堂堂，很有风度："市场也不行。低水平的工资和消费，本质上是对知识含量高的产品的排斥，不承认失业，不承认竞争，不承认破产，也不承认知识产权。"

宁安不断点头，笑了："各位专家都说得对，这些都是重要原因。我想把事情说得具体点，举个例子：我发明了这个杯子，小刘他是生产厂家，能生产杯子。我拥有发明，他有生产手段，我和他都需要对方，可谈来谈去，就是不能合作，我发明的杯子总成不了市场上的商品，这又是什么原因呢？"

大家在思考着。

宁安："我认为，很直接的原因，就是发明者我和生产者小刘，都不愿承担市场责任，不仅不承担，还把市场推给对方，除非上级同意立项给钱，否则，什么也干不成！"

这时，应山海进来了，在宁安身边说："宁总，夫人来了电话。"

宁安小声："我在发言。"

应山海："她说有急事！"

宁安："告诉她，等 10 分钟。"

应山海点头退出了。

宁安："发明者和企业都不愿承担市场风险，这就具体而又集中反映了我们体制的、分配的和其他诸方面的弊端。现在，我们已有了数显表，这是个好东西。我们三 A 愿承担市场风险。但是，应该怎样承担？同在座的各位比，我是学生,也是晚辈,但我也要直话直说,我们愿意拿出 10 万元,请大家拿出个数显表在国内和国际市场上的产业设计和行销方案,目标是如何用最小而合适的投入,获得最大的市场效益。我们应该遵循的原则,就是大家都要承担市场责任,你们的方案做好了,我们实施后实现了,我愿拿出所获利润的 5%~10% 给大家,如果我们照办了,失败了,在座的各位也得承担包括这 10 万元以及我们所投入金额的 5% 的损失,行不行?干不干?请各位讨论,我们公司的人现在全部退出,等你们回答,如果同意,我们立即签合同公证。如果不同意,我请大家吃餐饭,派专车送各位回家!"

宁安领着公司的人退出后,专家们的争论很激烈,有的说,我搞了一辈子方案,没搞过这样有刺激性、有风险的方案;有人讲,全国闲置的固定资产高达 1000 亿以上,这说明,有许多立项报告,可行性报告也是技术伪劣品。这能怪写报告的人?不能。是领导授意的。他们要报告是为了存项目,为了要钱,项目到手,钱到手,就再也不负责了!说实话,现在突然一转,也要我们承担市场经济责任,真还是有点怕……

宁安和刘星他们在别墅外的草坪上,静静地等着。

应山海过来:"宁总,你来一下!"

宁安走过去。

应山海:"刚才,夫人让我转告你……"

宁安:"嗯?"

应山海:"她到飞机场去了,马上飞深圳!"

宁安咬了咬嘴唇,皱起了眉头。

应山海:"车已经准备好,你去机场送一送?"

宁安看看手表:"算了,专家们如果发现我不在,怕不好。"

应山海点点头。

49

她觉得她睡了一个又长又不安的觉,直到街上的汽车乱叫才醒来。记不得做过什么梦,也不知是做了梦还是没做梦,反正头有些痛,曾经想很早起来,但就是起不来,或是根本不愿起来。她盼望听到那很熟悉的脚步声,盼望看到那即使她满足过又使她痛恨过的身影,然而,眼一睁,没有。

冯茹从沙发上起来,已是上午九点。

沙发边，是她昨夜清理好的东西，装了一大旅行包。

王德清给她订的飞机票，是十一点。

和比尔谈判成功后，她很想见宁安，把消息告诉他，和他谈谈心，听听他的意见，然后和他……她甚至感到后悔，当初就根本不应该撒娇，和他分手后，将他撵走。然而，她与其他女人一样，保持着一种特有的骄矜。她希望宁安主动，无论是白天，还是夜晚，突然闯进来，突然出现在她的身边或者床前，突然蛮横不讲礼地将她搂在怀中，想到这些，她很是激动了一阵子，只把门关上，不上内插销，有时半夜醒来，在黑暗中注视那扇门，等待着、盼望着。

看来，宁安也不愿走第一步。

未必，这也是男人的娇气？

王德清说十点钟来车接她，还有一个小时。还等宁安主动？不行。去找宁安？来不及了！就这样走？她犹豫着，坐也不是，站也不是。屋里该整的地方，她整了；该洗的东西，她也洗好放好了。她的唯一挂牵，就是他。

他在干什么？当然会忙公司，可他是不是和李如意在一起？是白天还是白天加夜晚？他已是公司的老板了，该是有多少这类老板的桃色传闻，他会不会也那样或者例外？李如意是现代很开放而敢作敢为的女人，她为了宁安，可以辞去公职，尽管宁安却不收她，她仍坚持，仍忠诚地追逐，宁安能经受得住？李如意，真是一个在开放中沉淀厚厚传统的奇异女人。那么我呢？我忠于他，但是，在李如意的追逐中，我撵走了他，从他身边走开，我是什么样的女人？我很传统，可我又大度得特现代！看看，这就是李如意和我！世界上竟有这样两个女人既那样相像，又那么不同。

她下意识地拿起电话，拨到三Ａ公司，公司回话，宁安在假日山庄开会，她又把电话打到假日山庄，说宁安在讲话，不能来接电话，她终于恼怒了，留了一句马上到飞机场去深圳的话，把电话扔了。

看来，宁安过得并不空虚，起码，比我要充实。他有公司，有会，有人簇拥，也有李如意……他想过我吗？他知道我给他打了电话，连讲话都不愿停一停！

一股被冷落的感觉，顿时浮上她的心头。她感到鼻子一酸，眼一热，轻轻抽泣起来。

有人敲门。

是王德清。

"冯茹，都准备好了？

"嗯。"

"就一个包?"

"够了!"

"这是机票,还有300块钱!"

"我有钱。"

"有钱也带着,深圳不像内地。"

王德清笑着,忙着,还嘱咐她不要把钱放在身上,也不要放在女式手包里,干脆,放在她的大旅行包中。

"冯茹,你是不是哭了?"

"怎么?"

"你照照镜子,看看自己的眼!"

她走到镜子前一照,果然,眼红红的,发肿,目光也失去常有的光泽,显得暗淡,显得茫然。

女人能遮盖一切,可就是遮不住伤感的双眼。

她对着镜子将眼眨了两下,想将忧郁驱散,让双眼注入精神和活力,可是,那充满活力的东西,仅出现一下,就迅速消失殆尽。

她就这样站在镜子前,挣扎着、调整着,她的这一面和她的那一面,交替出现。

王德清的手,搭到她的肩头。

她从镜子里看到,他正从侧面望着自己,眼动都不动。

"冯茹,宁安还没回?"

她摇了摇头。

"你要走的事,打电话告诉他了?"

她点了点头。

"他知道了,也不来送你?"

她闭上了眼。

屋里像凝固一样,过了好半天,她觉得有只手在给她拭泪

王德清的手好热、好轻、好烫!

"冯茹!"

随着王德清一声抖动的呼叫,他那双手将她搂得紧紧的,他的脸也贴到她的腮边。

她痛哭了。

这是王德清几乎盼望了一辈子的时刻，他爱冯茹，爱她的存在，爱她的神秘，爱她的高傲，爱她的冷酷，爱她的才华和她天然就有的一切，因为，只有从她那里才能看到他自己具有的一切，和这一切的意义。他曾经丧失过信心，曾经绝望过，也曾经想找个另外的女人过算了，但他终究还是战胜了自己，也使自己变得果断了，成熟了，甚至对事业，对工作更投入，当然，手段也变得高超了。

她有些恍惚，毫无疑问，他来得突然，也很笨拙，他的脸仅停在她的腮边，虽然热烈，却不动，仿佛凝固着，手也是一样搂得很紧，但没有诉说。假如不是他，而是宁安……想到这里，她心头一颤，轻轻地挣脱了他。

"冯茹！"他脸红红的望着她。

她不看他，只看看表。

"啊，十点了，该走了。"

见他仍不动，她拎起旅行包。这时，他才醒过来，走过去，从她手里接过旅行包。

下楼。上车。

他们都没讲话。

他注视她，她不看他。

"冯茹，到机场给宁安打个电话？"

她点了点头。

车，向机场驶去。

熟悉的房屋，熟悉的街道，熟悉的城市和天空，还有熟悉的他……我就要走了，很主动又很无奈，很果断又很忧伤。我会怎么样？我追求过平静，追求过孤独，我希望在这个熟悉的环境中完善自己、实现自己，包括爱情、家庭和一个知识分子的创造发明。现在，我改变了。我出走，到另一个地方去，那里很打眼，也很神秘，等待我的是什么？也许，我还会变，变得连我自己都不认识自己……可是此刻，我最大的心愿，是见一见他，哪怕只有一眼，哪怕只能说一句：或是等你，或是再见……

搭这一班机去深圳的人很多。她办好了验关手续，进了候机厅，就去打电话，还是打假日山庄，电话通了，说三A会散了。又拨三A，三A回话，宁总还没回。

她彻底失望了。

王德清在候机厅外看到了这一切，高声地叫："回头，我告诉宁安！"

"你到了深圳，给宁安打电话！"

王德清看着她走出候机厅。看着那架银色的飞机向远方飞去。他很激动。在冯茹从他怀里挣脱以后,他曾想说几句道歉的话,但他没有说,他不愿意说。他承认那是真实的自我,也是坦然的自我,没有必要虚伪,没有必要掩饰,更没有必要请求她的谅解。而且,她当时并没有拒绝他,后来也没有责备他。

他对以后充满信心和更大的渴望。

他驱车来到三A。

恰好,宁安也刚回,而且情绪很好。

"老宁,有什么高兴事?"王德清问。

"我按市场经济的原则,组成了一个很高档的智囊班子。刚才,签了合同,办了公证!"宁安一边说,一边给王德清泡茶。

"邱子希还卡你的许可证?"

宁安一笑:"我宁可不相信这是个人责任,是体制!"

"很深刻嘛!"王德清笑。

"在这种体制下,很容易把体制和个人混在一起,像魔方一样,使人际关系变得越来越复杂!"

宁安坐在转椅上,叹息着。

王德清感到了宁安的变化。这是一种男子汉的成熟和经过磨难后的老练。毫无疑问,他更有魅力了,难怪李如意卜那么大的决心追他,冯茹刻骨铭心地恋他!

"王主任,你找我有事?"宁安问。

"啊,我来告诉你,冯茹……半个小时前走了,去深圳。"

宁安目不转睛地盯着他。

"她走之前,在机场还给你打电话,找不到你,让我转告你。"

"什么?"

"她……希望你多保重,有空,去深圳玩一玩!"

王德清不知为什么,编了几句。

宁安淡淡一笑,低头想了想,又抬起头:"啊,德清,真该谢谢你!"

"谢?为什么?"

"你帮了冯茹。"

王德清摇了摇头。

"不过——"宁安又一笑,"我谢不谢你,这是另外一回事了。"

王德清的目光变了。

第十一章

50

快速牧草烘干机加工完毕以后,赵志德忙了几天,到火车站装车发货,累得贼死,回家休息了两天,准备出发。

天渐渐热了,一大清早,就有点闷。

钱令华本想陪他去西部地区的,但有几件官司摆不脱,只有不去,忙前忙后,给他做准备工作。

钱令华:"志德,这里放风油精、安定片、感冒清、救心丸、黄连素片,这里装手纸,记住了?"

赵志德心不在焉地点头。他现在什么都记不住,只记得两件事:等林小年送五万块钱来,再就是看看丛玉。丛玉前天去牛角镇,说好了今天回来给他送行的。

街上,上班的人已不多了,只有来来往往的行人,用铁架子搭起的百货摊,生意也开始兴隆。

"志德,相机带不带?"钱令华拿着相机问。

"不带不带!"赵志德有些不高兴了,"要带,把丛玉的立体音响带去,是我们家最贵重的!"

钱令华一笑:"我们家最贵重的是你!啊!丛玉说了,山区早晚还是冷,那件薄羽绒服还是要带!"

赵志德:"带羽绒服?"

钱令华:"那有什么?我听说,有首长到那里早晚还穿棉衣棉裤哩!"

赵志德没好气地说:"那你干脆把棉裤给我包上!"

钱令华一笑:"你看你,吃了火药?多带一件薄羽绒服,也累不着!等会儿来车送你,上了火车也不用你拿,下了火车又有人接!"

赵志德:"什么接,什么送,到现在,人不来,票不送来,钱也不送来!"

钱令华加了一句:"还有丛玉也没回来!"

赵志德望了钱令华一眼。钱令华用手捂住嘴笑了:"志德,说赵丛玉,这丫头也怪,怎么特像我当年一样,好看的、有好位置的一个也看不上眼,发现这个吴光华，就跟鬼迷心窍一样，就贴心跟上了！"

赵志德没心思跟钱令华逗趣，只说了一句："这是命！"

钱令华笑了："是命！没错，是命！按说丛玉这个样，找个像模像样的过好日子，还成问题？可这……每天跑得累死不说，还硬贴上一万！"

赵志德："这才是我的女儿！"

钱令华："嗯！一对牛。呃，知道不，丛玉用这一万块钱，打发了一个镇的领导，硬是让吴光华的研究重新搞起来了！你要是拿回来十万，丛玉不把一个省打发了？"

赵志德哼了一声。

门开了，赵丛玉回来了。

"爸！就要走？"

赵志德点了点头。

"看你，再晚点回，恐怕你爸就走了！"

钱令华笑着埋怨。

"不会！"赵丛玉把手上的小包一放，到桌边端起一杯茶，大口喝了，"我不回来，爸舍得走？"

赵志德："要是车票和钱送来了，我早就走了！"

赵丛玉笑："嗨，我不回来，车票和钱能送来？"

钱令华笑："贫嘴！"

赵丛玉："爸，光华本当来送你的，我把他拦住了！"

钱令华："为什么？"

赵丛玉："他搞研究，好几个夜晚没睡，我都陪他熬了两个通宵！"

钱令华："两个通宵？就你们俩？"

赵丛玉害臊地说："妈！你看你，想到哪里去了！我帮他搞科研！"

赵志德看了钱令华一眼："就像你当年帮我一样！"

钱令华冷了赵志德一眼，把赵丛玉拉到一边，小声地说："丛玉，你可不能做傻事啊！"

赵丛玉一听，哈哈大笑："妈，你放心！没那么便宜！"

母女的对话，赵志德其实听清了，装着没听见，到窗口往外望。

赵丛玉："爸，说好几点钟来车接你的？"

赵志德："八点半。"

赵丛玉："哟，九点差一刻了！"

钱令华："真的，我还真有点信不过那些人！"

赵志德:"信不信,反正图纸变成了机器,谅他们不敢骗我!"

赵丛玉:"我看啦,不来是小骗子,来才是大骗子!"

钱令华:"为什么?"

赵丛玉:"你们把钱花了,机器造了,装车发了货,能不来?只有来!来了,可以拿住爸,让爸给他们赚大钱!啊,爸,光华说,你献身科学,百折不挠,使他受到很大的教育。"赵志德将手一摆:"算了!别致悼词!我受不了!"

钱令华:"下一次他再不来,我就不许他进我家的门!"

这时,窗外传来了刹车声,一辆桑塔纳停在门口,从车里跳出一个年轻人。年轻人下车就叫:"赵工!赵老!"

赵丛玉反应最快:"来了!大骗子来了!"

赵志德在窗子里应了一声,钱令华去开门,那年轻人进来了。

年轻人:"赵老!赵师母!你们好!"

赵志德、钱令华点头。

年轻人:"你们这里真难找!我们的车,围着转了半个钟头,才找到!"

赵志德:"林总没来?"

年轻人:"他本当来的,出发前,来了一个美国代表团,说是非要见他,他实在分不开身,叫我替他……噢,这是火车票,软卧,十点四十五分发车。还有一封信和钱……"

赵志德接信:"多少钱?"

年轻人从公文包里取出一扎钱:"一万五,你点点。"

赵志德一惊:"一万五?不是讲好五万?怎么变成一万五?"

年轻人:"我听林总早上发脾气,也是你这些话,会计说,银行不让取那么多钱,取一万五都是通融的。把林总气得够呛!林总说,信里都写了,让你看。"

赵志德打开信:

  赵总顾问:因外事商谈,不能送行,致憾!又:银行不让一次提取五万现金,先奉上一万五,余额本人保证一周内送上,敬请原谅!

林小年

赵志德急了:"这一万五,够干什么?"

钱令华:"钱不够也好,志德,他什么时候把钱准备好了,你就什么时候走!"

年轻人:"哎哟,赵师母,你可不能这么说!林总怕的就是这一点!……"

赵丛玉:"你说,你们林总说话算数?"

年轻人:"管公司外的事,林总不行,这是公司的事,他的话,就像皇帝的圣旨!"

赵丛玉冷笑一声后说:"爸,我看这样,反正样机运走了,手上也有一万五,先去用着再说,如果姓林的说话不算数,你就住在那里避暑,反正这些钱避暑也够了。再不,你就买张软卧票回来!"

年轻人:"对对对!赵小姐说得对!赵老,你是不是填张收据?"

赵志德在他的收据上签了字,赵丛玉走过去,把那张收条拿了过来,不放心地看了看。

年轻人:"赵小组,你这是——?"

赵丛玉一笑:"这个年月,君子小人分不清,都得防!"

年轻人点头:"对对对!赵老,这是你的东西?走,上车!"

钱令华又絮叨起来:"志德,千万记住那些药,还有,早晚冷,多穿点!"

赵志德:"我知道。我现在不放心的是他会不会送钱!"

赵丛玉大声地说:"爸,那笔钱的事,你放心,我替你督办!有人敢欺我爸,我赵丛玉绝对不放过!"

钱令华:"你?你有三头六臂?能把人打趴下?你看你几根细骨头!"

赵丛玉:"说到骨头,就更不在乎了!我们光华是干什么的?专门造骨头的!断一根,能再造一根!造一根,他能让断一根!"

那年轻人惊异地望了她一眼。

51

邱子希逼机床厂抢数显表,作为现任项目第一责任人的方必优,却把项目卡住了。原因,一是他不懂电脑,二是他认为有文章可做。

他特意把李如意请到家里。

"如意,这是你最喜欢的带子:卡拉扬的《罗马的松树》。"

他往收录机里装带子,一按,放出来的是中国西北苍凉的西北风歌曲:《一无所有》,他笑了。赶紧换磁带。

"别换,就听这个,感觉很好!"李如意说。

他只好放《一无所有》:

> 我曾经问个不休
>
> 你何时跟我走
>
> 可你总是告诉我
>
> 一无所有……

"我曾经很喜欢这首歌，可后来觉得太伤感了！"方必优说。

李如意："不是伤感，是苍凉，觉得唱出了……啊，喊出了人生。"

方必优点头："嗯，很准确。"

李如意："你找我有什么事？"

方必优看看表："等一会儿，我爸就回来了，你应该见见。"

李如意："为什么？"

方必优："我觉得有一件事，你应该向我爸开口。"

李如意："啊？"

方必优："那一边，宁安的数显表开发出来了，邱子希不给许可证，这一边，厂里又逼我上数显表，宁安很为难，我也很为难，恐怕你出出面，找我爸，能解放两个人……"

李如意吃惊地望着他，深感他的变化太大太大了。

"你是让我开口求方老，让方老发话，指令邱子希给宁安开绿灯？"她问。

"嗯。"他点头。

"你为什么要这样做？这样做，事实上对你并不利！"她说。

"这还用问吗？"

"我想问。"

"我不想多讲，只讲两句：你支持宁安的事业，而我又支持你。够不够？"

她没有讲话。

她还能讲什么呢？他已与过去的方必优大不相同。他大度，他宽宏，他没有一点儿小家子气，也更通情达理，他懂她的心。

她按他的话做了。在方老回来之后，把情况向方老作了汇报，代表三A请求方老支持，方老立即指示秘书，传达他的意思，责令邱子希写出文字材料，把围绕数显表的情况作一个全面报告，并拿出处理意见。方老的这个指示，虽没有明确表态，但倾向性的东西，是明确的。

迫于方老的干预，邱子希在微机办召开了一次处级以上干部会议。

邱子希："刚才，传达了方老的意见，可见方老对数显表的重视，也是对我们微机办工作的支持。最近，我听说，三A开发数显表已经成功了，而且一直在申请办理许可证，不知道为什么不给他们办？大家说说。"

他环视了一下到会的人："迟处长，你先说？"

迟处长有一肚子的火："三A那帮人，活动能量也太大了点！动不动就往上头告！说实话，我最烦这种人了！要说他们的数显表，我让处里的人去看过，避着他们自己去的，不看则已，一看叫人寒碜，说起来真让他们没面子！我们是管理机构，是凭科学按制度办事的，找再大的领导也没用！"

邱子希："把话说清楚具体点，何必动感情？"

迟处长："他们公司叫集团，可全部人马只有二十个，顶不了别人一个生产班组，像这样的搞法，全国该有多少个集团？"

邱子希："有话好好讲，不要用讽刺性语言嘛，啊？徐处长，你也了解情况的，讲一讲，啊？"

徐处长："他们把一个乡办小厂定为中试基地，连生产基地也没有，充其量只是一个小作坊，笑话！陈副处长，你说对不对？"

陈副处长："嗯。我派人了解了他们的资金情况，一座旧楼，二万现金，还有十万港币，是香港宋氏公司存在他们账上的，至今分文不敢动，说不定是搞的花招！"

会场上，笑声、议论声顿起。

邱子希沉思了一下，说："我说在座各位，你们说的情况就算全部是事实，可现在是改革开放的年代，你们是不是用老套套、旧框框去看待三A呀？我听说，沿海一带的许多高科技企业，在创业阶段，并不具备很全面的条件，但主管部门和机关，还是全力支持，予以扶持，为他们开绿灯……"

迟处长："邱主任，支持、扶持是一回事，条件不具备不发许可证，又是另一回事，对吧？再怎么搞改革开放，批项目发许可证，总还得讲实事求是，尊重科学，对吧？不讲规矩，不顾长远，只要打高新技术的旗帜，就一律开绿灯放行，这就对了？不行嘛！"

几个处长也连连点头、附和。

邱子希想了想："好，再研究研究吧。今天的会议记录，小刘，你原样复印一份，给方老送去，看方老有什么指示，嗯？"

邱子希做得天衣无缝，方老看了会议原始记录，也无法表示支持三A，只得让方必优把情况转告李如意，看李如意有什么办法。

"如意，邱子希来这一招，我爸也难住了，也不好硬批支持三A！"方必优叹息着。

"这么说，三A没戏了？"

他点了点头："邱子希很老练，说三A既不是立项定点单位，又不具备条件，那就只剩机床厂这一家了，他催厂里快上，实际上是把宁安推上绝境。"

"这就看你的了！"她说。

"我？"他笑了，"现在还没问题。不过，能压多久，我不敢说。还有，要是厂里动真格，把我撤出项目，那局面就难说了！说实话，这日子我也不想过，实在是进不得、退不得，太没意思啦！"

"你现在知道没意思了？"她说，"我看，数显表，你们也是搞不下去了！"

"也可以这么讲。"

"那你有没有什么打算？"

"有哇。这要看你是什么态度了！"

"我？怎么与我有关？"

"当然。我希望你能帮我一把，给我一个机会，让我一切从头开始！"

"你说的是……复婚？"

"不，我不提复婚。爸讲了，你的确是个人才，我只有得到你的帮助才行！我想让你跟我一起合作，办一个公司……"

她感到很突然："眼下，不能！"

"只要你认真考虑……"他补充说，"眼下，我有一个想法，能不能说服宁安，在数显表这个事上，三A与机床厂合作，名义上是合作，实际还是三A的，这样，让邱子希和机床厂都有一个台阶好下。"

她思考着，不做声。

"在这一点上，有些事，要说清楚，项目人，还是宁安，别人不能分享，我担保做到，我爸也愿意出来保证。还有，经济利益，属三A的，机床厂绝对不沾。这一点，也可以保证。只要这些做到了，宁安应该会同意的。对不对？"

"恐怕没那么简单。"她说。

"对了！你说得太对了！正因为不简单，就更看你的了！"

"看我的？"

"只有你才能影响宁安，说服宁安！"

他的话很真挚，也很恳切。

52

专家们很严肃很认真地拿出了数显表的产业设计和行销方案。宁安认为这个方案几乎是从一个侧面描绘了对机床行业进行改造、实现机电一体化的灿烂前景。

这对公司是很大的震动。

按照这个方案，宁安决定，一边抓紧办许可证，一边进行小批量试生产，采取用户试用的变通方法，敲开市场的大门。

"一九七三年，我国生产了老式数显表，也就是现在机床普遍采用的。"在红卫厂，宁安首先接待了一批客户，"传统数显表，采用分离元件，一个坐标五千多块钱，不仅价格高而且功能少，故障率也高。我们把数字显示和数字控制糅合在一起，制成了新一代有数控功能的数显表。电脑的运用，使普通机床上了一个大档次，具有一定的智能化功能，把加工数据全部输入以后，操作者只要记住四个零，你们看……"

他亲自动手操作，显示屏上出现四个零，即自动开始工作。

宁安："这样就可以实现全面自动控制：什么时候加速，什么时候减速，和什么时候停车，呃，能保证一百个到四百个加工点，还能修正多点加工产生的累计公差，自动进行线性补偿……"

一个客户："你们用的什么计算机？"

宁安："阿贝误差计算机，能修正机床导轨不规则曲线……"

又一客户："一台卖什么价？"

宁安："我们在试用试销期间，实行优惠，不超过四千八百元，低于传统数显表。"

另一个客户："你们的产品已成功，为什么还试用试销？"

宁安："我愿意把真实情况告诉大家，所以试用试销，是因为我们还在办许可证。"

又一客户："噢！那就是说，你们不是国家定点的？"

宁安："国家定点单位拿不出来，而我们拿出来了！怎么，有什么问题吗？"

用户们不说话了，抽了好长时间的烟，才告诉宁安，试用试销，他们也不敢干，因为，他们用于企业设备技术改造的经费，也是上级批准的，如果用了非定点厂家的产品，影响了定点厂的事业，上级会制裁他们，下一步再争取改造经费，就难了。

看来，这一条路也走不通。

"找一个大单位，奉送白用！"

孙一平听了宁安的汇报，将桌子一拍，站了起来："走，我有一个老朋友老庞，是钢铁联合公司的老总，他们机修中心的机床就有上千台，去见见？"

宁安缓缓站起身来。

孙一平走过去，拍了拍他的肩："有人跟我说过，知识分子做生意，不仅要读《三国演义》，还要读《记西游》！"

宁安："嗯？"

孙一平笑："唐僧到西天取经，是九九八十一难啊！哈！……"

他们驱车来到健身中心，有许多人在里面健身，跳舞的、做操的、练器械的。

"孙院长，庞总不上班？"宁安问。

"人家公司今天休息！"孙一平答。

孙一平领着宁安来到一个蹬自行车运动的白发老者身边："庞总，你能不能停一停？"

庞总在车上笑："不行，我的指标还有半小时！"

孙一平："我今天给你带来一个机床自动化专家，帮你们进行机床改造！"

宁安向庞总点头。

庞总："啊？什么单位的？"

孙一平："三A集团公司！"

庞总："我没听说过！"

宁安笑，递过去一张名片："我们集团刚刚成立，是理工学院的。"

庞总看看名片："我们的千台床子，都要改造，已经挂牌，来了四家公司，本地的、上海的、东北的、外国的……"

孙一平笑："好哇，那他们正好比试比试，打打擂台，保证夺第一。"

庞总："孙猴子，你别王婆卖瓜了，你当院长的，想拿介绍费呀！"

孙一平笑："想啊，就是不敢拿。"

宁安说："庞总，我们装数显表，不收任何费用，成功了，让你们高兴高兴，失败了，我们愿意赔偿你们花费的十倍费用！"

庞总一听，马上将脚停下，跳下健身车。

孙一平："哎，老庞，你只蹬了五分钟，怎么就停了？"

庞总哈哈大笑："你这个专家气度不凡，我敢不下来？"

经过与庞总协商，三A在钢铁公司机修中心试装两台数显表，与国内外四家同行竞争。

宁安终于找到了突破口。

齐立东进三A之前，在计算机所无事可干，不仅倒倒彩电，还结交了一些社会朋友，其中，有一个老广，叫陈阿大，从尼龙袋到机械，什么生意都做。

齐立东约了陈阿大，想通过陈阿大把数显表推出去，自己也好在公司露一手。

在咖啡厅，齐立东把一份数显表简介交给了陈阿大："阿大兄，这种数显表，在我国是第一流的，这是刚印好的产品简介。"

"好哇好哇！"陈阿大一边看说明一边说，"好兄弟，我过去就是专做机械生意的，我知道港佬们就靠这个东西发的财，一台普通机床买过去，加个这个玩艺，再转手，往海外卖，一台少说赚十万、二十万啰！这东西是你们公司生产的？"

齐立东笑："当然。你算是懂行！我就是想照顾你，这个东西还没投放市场呐！"

陈阿大："真的？太好了。为什么还不投放市场？

齐立东："在办许可证！"

陈阿大："没有许可证？哎呀，这就更好啦！"

齐立东一惊："啊，为什么？"

陈阿大："那我就有生意做啦！"

齐立东："你做？不怕政府管？"

陈阿大笑："哎呀，你看你，真是，这些年了，有一条经验，是政府越管你越干，越干就越发财！"

齐立东："还有这事？"

陈阿大："政府越管，说明这东西越缺，是不是？越管，做这个生意的人越少，是不是？还有，他的价格会越抬越高，是不是？这不就看你的了？搞成一笔不就大赚了？"

齐立东："啊，还真是！"

陈阿大："这东西没许可证，也就是没定价，对不对？"

齐立东："物价部门没定。"

陈阿大："公司没开个价？"

齐立东："开了。"

陈阿大："多少？"

齐立东："五千八！"

陈阿大："这么高？"

齐立东："这还高？这是电脑！老式数显表也要五千八！"

陈阿大想了想："好吧，就五千八。不过，你我这都是给公家干，五千八中间，得有一千是不进账的！"

齐立东："不进账？"

陈阿大笑："这一千，是我们的水钱啦，二百，是我们喝酒喝咖啡的开销，余下八百，你我五五分成！"

齐立东："这样做不合适吧！"

陈阿大："嗨，公家得大头，个人得小头，你我出了力，流了汗，能白干？"

这样，两人达成协议，陈阿大马上返回广州，不出几天，就飞过来，心急火燎地找到齐立东。齐立东估计有了些进展，故意把架子拿大了点。

"阿大兄，有什么急事？"

"哎呀，急！"陈阿大说，"我回广州，赶紧给家里报告，老板高兴得直跳，马上拍板要十台！"

齐立东："才十台？别人一订是五十台以上。"

陈阿大："开个头，先下毛毛雨啦！以后生意就旺啦！喏，这是支票，十台，四万八，看看！"

齐立东一看，不错，可项目不对："哎，你是买数显表，怎么开来料加工费？"

陈阿大笑了："你不是没有许可证吗？不开来料加工费，你做得了账？做了账，不怕工商部门查封你？"

齐立东高兴地说："哎哟，阿大兄，你想得真周到！"

陈阿大："就是想把生意做下去嘛！啊，还有！"

说着，陈阿大又从包里取出一叠钱，交给齐立东。

齐立东："这干什么？"

陈阿大："你这是真忘了，还是故意装哇，这是你的水钱，一台四百，十台四千，你数数！"

齐立东不数，笑了："阿大兄，你老实讲，你只赚这么多？"

陈阿大："天地良心！我要是多一分，就被车压死，雷劈死！"

齐立东做成了这一笔生意，心里很高兴。但他不愿声张，他希望让大家最后高兴高兴，不希望把数显表已卖到广州的事张扬出去，给宁安带来麻烦。他知道，宁安正带队在钢铁公司机修中心苦干拼搏。他拿的那份水钱，他不想独吞。

53

机修中心车间虽然高大宽敞，但也封闭，四层楼高的墙壁上只在沿顶有一条玻璃窗，从外面采进一缕光线，漏出一丝风，还不时被过往的行车堵住。

不知当年俄国人是不是按监狱设计的。

宁安他们干得很苦。与四家竞争对手相比，他们的两台床子几乎塞在角落里，中心不给他们送解渴的汽水，也没有排风扇。而外国公司、上海公司和东北公司和本地大公司的情况就不一样了，地点很亮，也通风，还有排风扇伴着……与他们相比，三A的人没有陪同人员，更没有上下班接送的小车或客车。

"他妈的，都围着外国公司和大公司转，几天了，他们连招呼都不跟我们打一个！"一个助手边干，边恶狠狠地骂。

"宁总！我干了这半辈子，可还没受过这种气！"刘星满脸都是油泥，"我们不收他们的钱，他们不管吃不管喝，连个排风扇也不给，还没一张笑脸！"

宁安苦笑一下，点头："我相信一句话，'天将降大任于斯人也，必先苦其心志，劳其筋骨，饿其体肤，空乏其身……'"

刘星苦笑后大叫："是哇是哇！'行拂乱其所为，所以动心忍性，增益其所不能！'"

那个助手听不懂："你们这是在念什么经？"

刘星："中国人的圣经！"

他们哈哈大笑。有一种凄凉，也有一种狂放。

助手："还圣经，你们看看几点了，半夜两点！圣经能饱肚子？"

他们被提醒了，确实有点饿。几家大公司的人早走了，那些人已装好，明天要试车。只有他们，赶点晚，今夜不装好，明天不能登台唱戏，除了只能当观众，还要按规定，负责赔钱。

静极的车间，由远而近，传来一阵脚步……

齐立东来了，怀里抱着一大包东西。

齐立东："各位各位！吃的来啦！"

大家看了他一眼，互相望着。

齐立东："你们不饿？"

刘星："不饿？肚里早唱空城计啦！说实话，现在又不想吃！"

助手："就是！你不用打开纸包，我就知道是馒头、咸菜外加酸菜汤，都三天三夜了！"

齐立东一笑："好哇，既然各位不吃，那我就不客气了。"

说完，他将大包往地上一摊，如数珍宝般地一件件往外掏，边掏边说："温州电烤鸡！夹心面包！牛肉馅包子！健力宝！美国蓝带啤酒！"

众人都惊呆了。

宁安皱着眉头过来："齐立东，你这是干什么？"

齐立东："慰劳三军，改善改善！"

宁安："谁让你干的？"

齐立东："还有谁！我齐立东！"

宁安："你？你有什么权力花这么多钱？我们的每分钱都是贷的，都要背利息！"

齐立东笑了："利息？那点利息算什么？现在，是有本事的借钱，没本事的还钱!"

宁安一听,火了,大吼:"你一混蛋!"

齐立东一震,他没想到,宁安会骂他。

齐立东:"你骂我?你才混蛋!"

宁安气极了:"你——滚!"

齐立东站起来:"宁安,好,我滚!在我滚之前,我要骂你几声,你官僚!你军阀!你独裁!你混蛋!"

骂完之后,齐立东转身跑了。

宁安似乎被骂醒了,追了上去:"小齐!立东!"

车间门口,宁安追上了齐立东,一把将还在跑的齐立东抱住。齐立东猛一挣脱,将宁安抛倒在地。

齐立东站住了。

宁安在地上忍住疼痛:"立东,你真要走也可以,但你要听我讲几句!我们在这里熬夜、拼命,让大家吃冷馒头就咸菜,你以为我高兴?不!可现在……我们还得这样。老百姓说,国家不怕吃,几亿人,吃了几十年,吃不垮,听着这话,我心里不舒服,我们公司也不能这样干!"

齐立东打断他:"你少给我上大课!我买这些东西,是我自己掏的钱。"

宁安:"你自己的钱?"

齐立东:"我自己赚的钱,请大家一次,还不行?你凭什么要骂、要撑?"

宁安从地上爬起,握着齐立东的手:"我还是要骂你,你为什么不早给我报告?"

正式试车开始了。连同三A,一共是五家公司,十台机床。人们将机床围得水泄不通,由机修中心组织的干部、专家和工人组成评审组,一台一台地试机、检测,做着各种记录。

孙一平也来到钢铁联合公司的总经理办公室,与庞总一起,站在宽大的窗户前。

孙一平:"测试结果什么时候出来?"

庞总:"还要一个小时。"

孙一平:"你们是不是择优选型?"

庞总望了他一眼,含着雪茄,回沙发边,坐下:"从理论上讲,是择优选型。"

孙一平:"从理论上讲。"

庞总笑了:"孙猴子,我这是十几万人的大型钢铁联合企业,我是老总,能管得了那么多、那么具体?"

孙一平:"噢?"

庞总把手一摊:"外国公司,能提供出国机会;外地公司,有旅游机会;本地大公司,还有照顾人照顾物的机会。而且,他们都有绝对查不出来的好处费、回扣费。你们的那个三A公司,能办什么?听说,他们干得很苦,但没有人同情,中心也有人说,三A太抠门,甭说回扣、出国,连一餐交朋友的酒都不请!这能不能算平等竞争。真正做到择优选型,我可不能保证!"

孙一平不安了:"也就是说,靠不正当的手段,就是产品不行,也可能取胜?"

庞总:"这是今天才有的事吗?"

孙一平连连摇头,声音也有些悲怆:"这样下去,不是逼良为娼吗?你这个老总,为什么不管?"

庞总:"问得好!问得好!……这件事,今天我管了,已经下了命令,绝不许打人情分、礼品分。可我管得了今天,管得了明天?管得了一件事,又管得了每件事?"

孙一平:"只要管,就行!谁搞歪门邪道,就用最严厉的手段罚谁,直到开除。"

庞总叹了一口气:"这些,我做过,也罚过,可有时候,被处理的人背景大,关系多,不是银行的,就是税务的,我这个大总经理也无可奈何!"

孙一平:"你怕?"

庞总:"我这把老骨头,还怕什么?可这是十万人的企业,几十万人要吃饭、要住房、要结婚、要让孩子上学!"

孙一平理解地点了点头。

庞总深深地吁了一口气:"啊,孙猴子,我想先给你打个招呼。"

孙一平:"什么事?"

庞总:"今天,即使你们三A夺得了第一名,是优中之优,我们也不能订他们的产品。"

孙一平:"为什么?"

庞总:"他们还没拿到许可证。"

孙一平不说话了。

庞总:"不过,今天,我们将只公布成绩,不进入商业谈判,我要他们等一等。"

孙一平感激地点了点头。

测试的结果出来了，果然三Ａ独居榜首，各项性能指标，都大大超过竞争对手。

正当宁安和大家高兴的时候，应山海赶来了，把宁安从现场拉了出来。

"老应，什么事？"

应山海："刚才，学院监察处来电话，齐立东出了事！"

"啊？什么事？"宁安问。

"他以来料加工的名义，把十台数显表卖到广州，广州的中间商企图走私东南亚，被抓了，供出了齐立东！"

"什么问题？"

"拿回扣！"

"多少？"

"数不大，四千。这事，银行已经知道了，要冻结我们的资金。"

"为什么？"

"广州方面正在追查，他们发现我们的数显表没有许可证！"

54

冯茹到深圳最大的感觉，是海的气息。大约是有海的湛蓝，天才显得更亮，云才显得更白，地上才长出更多的榕树，房屋也更洋气，人们的穿着也大不相同，在正规场合就正规得近乎伪装，而在一般场合却更接近自然，连女人都是这样，更短、更宽、也更薄……她迷惑不解，人类的现代文明，怎么会和海连在一起，而海又和钱连在一起。在这里，政治并没有消失，但钱却是赤裸裸的，炒楼、炒地、炒股……可以变钱生钱的，都炒，人际关系也似乎简单多了，赚了发了进了得了，谁说出口都不脸红，别人也不眼红，不知是政治稳定经济，还是经济在稳定政治、稳定社会。

她从内地走出来了，先是用内地的目光审视这里，新鲜、惶惑、理解、认同乃至习惯了、同化了。反过来，又用这里的目光审视内地，熟悉的东西变得陌生，认同的东西出现了疑问，依恋的东西觉得在心理上有了裂痕……她有时觉得好笑，人怎么这么奇怪，老是被变动着的观念和心理所捉弄。

她到过国外的日本和东南亚地区。她并不像土佬一样，为深圳有几座高楼、几条好路、几处照搬国外的豪华而叹服。她叹服的是这里的当年和十几年后的现在。当年的穷渔村，当年的出逃偷渡之路，今天，会造出一座足以令世界惊叹的大都会，海外的冒险家来了，内地的打工仔来了，连她这样曾经清高，曾经把头埋在家庭、埋在实验室的文化人也来了。这还不够意思？

比尔的前站打得很好。在蛇口给她买了一个别墅，公司也设在蛇口。从窗口望去，可以看到香港，也可以看到对面山上的铁丝网，那是边界。那边界留着历史痕迹，又即将变成新的历史痕迹。

公司很气派，是花了近千万美元买来的，是国际上通用的很舒适很正规的标准厂房、标准研究所、标准实验室。光线足够又恰到好处，她的研究室里有足够她使用的电脑，是世界上最知名最新式的电脑。有好些助手、秘书，像仆役、像孩子，只要她一挥手，都能满足她的要求。

她再也不需要借用人家的实验室了。她可以为所欲为。她要什么资料，只要写几个字或讲一句话，立刻就可以拿到。美国的、日本的、德国的……竞争对手的、公开的，或可以推算到的东西，她都能拿到。她感到，海使她呼吸到世界的气息。她的视野一下子从机床厂、从那个小小的三室一厅或是小小的内地开发区，迅速扩充到全球。

毫无疑问，她兴奋过，也曾经不适应，甚至怀疑过。一天、两天、三天，她迅速安定了。这是真实的。"你获得了从没想到的，一切都看你的了，不然，你会失去一切。"她下着决心。

她终于把过去的一切，都放下了。然而，只有宁安，她放不下。

一进她的别墅，她就天天往家里、往三A打电话，可是，她没有一次与宁安通过话。要么是打不通，要么是他不在。

他在干什么？他的公司办得怎样？他是不是还和李如意在一起？想到这里，一丝悲切总是浮上心头。她仍然爱他，她情不自禁地将他与这里的男人相比。无疑，他更纯、更聪明、更有男子汉风度。他比这里的男人有风度，他不俗气，不视钱如命。他会变得很有钱的，那不是他炒来的，而是他干出来的。她相信。

她觉得很孤独。这种孤独使她在仿真系统的研究上取得一个又一个突破。

"冯茹吗？你好！"

在一个宁静的深夜，她接到了王德清的电话。

"你好！"她躺在床上接电话。

"我是德清！还没睡？"

"嗯，刚睡！"

"几点了，刚睡？"他的声音既是责备更是关切。

"三点。"她笑了。

"身体还好吧？"

"嗯，谢谢，很好！"

"项目怎么样?"

"进展很好!"

"你适应吗?"

"适应。"

"国家科委对仿真系统很重视,火炬办希望你去一趟北京,让我打电话问问你。"

"什么时候?"

"你定,希望在近期。"

"好,等我和比尔商量以后再回话。"

"嗯。你给宁安打电话了吗?"

"要么不通,要么他不在。"

"你们还没通一次话?"

"嗯。"

"你写信给他!"

"是的,想写。"

"一天一封,最好。啊,宁安搞得不错,与国内外四家公司竞争,他的数显表名列前茅!"

"真的?太好了!"

"有什么话让我转告宁安吗?"

"你把我的电话告诉他。"

"好的。你还有什么话?"

"没了。"

"祝你晚安!我很想你!"

她吓了一跳,没有讲话,把电话放下了。

第十二章

55

无垠的山峦。有的山头郁郁葱葱,有的山头怪石嶙峋。赭黄色的山坡,螺旋形地从顶上转下来,记录着风暴的盛怒、洪水的肆虐和干旱的恐怖。

西部山区，气势恢宏。

赵志德戴着草帽，手持一根树干，一步一步往上爬。这不是那种常见的山路，而是那种无阶的布满碎石的山路。

他气喘吁吁，已经好多年没爬山了。

大阳当顶，很毒。他来到一棵树前，看了看身后，陪他的地区农垦局魏路局长落了好远，走得很艰苦。魏路很瘦，脸上长满络腮胡，穿着老式的咔叽中山服，领口被头油浸黑了，发出阵阵汗臭。

魏路终于赶上来了。

赵志德："魏局长，瓦片崖还有多远？"

魏路把中山服脱下来："山顶。不远了！你要的草，上面有，叫……"

赵志德："三叶草。每公斤含胡萝卜素三百毫克，比粮食还金贵。魏局长，你们农垦局一年到这里几次？"

魏路笑："几次？我是'文革'被打倒下放才到这里的，嗨，一晃又是十多年了！"

赵志德望了魏路一眼，没说什么，又支起"拐杖"，向山上攀去。

魏路是被打倒下放才到这山里的，如果没有被打倒，他来不来呢？这一次，是陪我来的。如果我不来，他会来吗？山区的农垦干部不进山，在城里干什么？

他再也不等魏路了，一鼓作气，爬上了山顶。一到山顶，他简直不敢相信自己的眼睛，这里竟奇迹般地斜躺着一大片平原，向前延伸，再延伸，一直延伸到山头的另一边，中间，有几间茅草房，间或有一些菜地和粮田……

"这就是山顶平原瓦片崖！"

魏路也赶上来了，指着这片平原，喘着粗气说。

突然，刮来一阵凉风，将赵志德头上的草帽吹落了，他俯身拾帽，惊奇地发现，脚下踩的都是他做梦都想的三叶草，肥肥的，青青的，海浪般地向前延伸。他激动地拔起一棵，观赏着、惊叹着："这就是我要的三叶草！"

他情不自禁的赞叹声，在山间回荡。

魏路笑了："这就是？嗨！山里多的是！走，先到村里歇一歇！"

他们来到村里，一个晒得发黑，身穿打满补丁的旧布衣裳的中年汉子迎了上来："哟，魏局长！你怎么来了！"

魏路点头，介绍说："这是村长，我是带高级专家赵老来看草的！"

"看草？"

赵志德点点头，将手中的三叶草扬起："就是这种三叶草，国家最需要！"

魏路："赵老设计了一种新型机器，把三叶草加工成粉，能卖大价钱，还可以出口！"

村长高兴得直点头，把他们迎进自家小院，坐在石板边上，倒了两杯混浊的水，递过两把扇子。

村长："这种草，除了冬天，都长得旺，肥得很！"

赵志德："国家曾进口八套草处理加工设备，花了五千万元，都不行，只有到外国买草粉，一吨一千多美元，太贵了！牧民买不起，养鸡养鸭太贵。自己搞了设备，最重要的，就是要草源、草场，你们这里，真是好！"

村长："赵工，你那个……好机器，是不是放我们村？"

赵志德笑："放山下，大机器，搬不上来，这里又没电！"

村长："那我们割了草往山下送！"

赵志德和魏路点头。

村长："我们这里，交通不便，水没有，电没有，连个读书的娃也没有！如果草能变成钱，全村人都会供奉你魏局长，还有你赵公元帅。"

赵志德："我是赵公元帅？"

村长点头，魏路笑了。

他们的笑声，引来一群看热闹的孩子，赵志德吃惊地发现，这群孩子都一丝不挂。

"村长，孩子们不穿衣服，是天热？"他好奇地问。

村长叹了一口气，摇头，没回答。

他感到心头一紧，向外走去，他看见一个满脸皱纹没有门牙的老太太正从岗下背一个桶上来，脚上没有穿鞋。一个石匠叮叮当当刻着石板，上身晒成古铜色，一条短裤也是破的。他进了一家茅草房，除了一架歪床，基本没有家具，一个女人迅速躲到一张破布帘后面，只伸出一张脸出来，目光是惊恐的。床头，有一盏泥做的灯台，仅有浅浅的残油，一个骨瘦如柴的架子猪，瘫了似的躺在那里……

赵志德惊呆了！

魏路不吭气，有些尴尬。

村长的脸色麻木。

赵志德再也不忍心看了，走到崖边，望着远处黑森森的峻岭，半天说不出话来。

"赵老！"魏路终于叫了他一声。

赵志德："告诉乡亲们，他们的穷日子快到头了。他们交的草，还有劳力费，我一律按高价收！"

他的声音有些颤抖。

当晚,他与魏路回到地区宾馆。地区办公室主任在房里等他们,说地区领导要给他接风。他的心情不好,推辞了好久,还是被拉进了宴会厅。

宴会厅门口,挂着一个古色古香的牌子,叫蟠桃园。据说,北京的领导人、省城的干部,大都领略过蟠桃园的风光。

大约三百平方米的宴会厅里,只在中间摆了一张桌子,灯光恰到好处地照在桌上,其他地方只有一些壁灯点缀,显出那桌酒席的隆重和尊贵。

赵志德进来的时候,桌上已坐了不少人,只留下两个位置:他和魏路的。

办公室主任给大家介绍了他,也把大家介绍给他:有专员、副专员,有科委主任、经委主任、农委主任……

地区专员微胖,脸红红的,手很白,大约五十多岁。

专员:"赵工,今天上山辛苦了!听说收获很大?"

赵志德笑着点了点头。

科委主任是位中年女士:"像瓦片崖这样可以当草场的,我们地区多!我们这里,就是山多、草多,还有山里头埋的宝多!"

众人很骄傲地应和着,笑声不绝。

一位漂亮小姐端着一盘菜来了,边放边报菜名。

"龙王寿星!"

赵志德一看,嚄,足有一点五公斤的乌龟,是可以揭去盖子的。

接着一道又一道菜,都上了,共十六大盘,外加一个煲和一个火锅,天上飞的、水里游的、树上结的、地上长的,够得上珍品的,都有。

"不仅有山珍,这鱼翅也是你们的特产?"赵志德问。

魏路一笑,不说了。

上齐菜后,专员端起酒杯,站起来说:"来,我们一起,给赵工接风,敬酒!"

其他人都站起来了,举起酒杯。

赵志德仍坐在那里不动。

魏路:"赵工,专员和各位领导给你敬酒!"

赵志德望着一大桌子菜发愣。

女科委主任出来打圆场,笑了:"魏局长,赵工累了,是不是?赵工,我们山里的规矩,对财神爷,总是要敬的!你少来点,意思意思,好不好?"

经委主任年轻些,说:"少来点?不行!感情深,一口闷,这是山里的规矩!"

正在大家笑着争论的时候，赵志德讲话了："我那台样机到了没有？"

办公室主任笑着："嗨，我的赵工，样机早到了，我们都组织人精心放好了，你放心喝酒吧！"

赵志德："试验场地定了吗？"

农委主任："呃……还没定！"

赵志德："为什么？"

农委主任："地方倒多的是，就是经费缺，没办法！"

赵志德："国家不是拨了三百五十万吗？"

农委主任："这钱……"

魏路："嗨，现在谈什么钱！喝酒，喝接风酒！"

赵志德："不，我要问。"

专员的脸色不快，要放下杯子。

女科委主任反应快："赵工肯定累了，他就免了，魏局长带头，来，我们先干！"

有了台阶，大家就干了。专员没干，放下酒杯要走。

赵志德："对不起，专员，请你先别走，国家拨了三百五十万专款，为什么没钱？"

专员站在那里。

副专员站了起来："专员有个会，不能陪赵工了，有什么我在！"

专员愠怒地走了。

副专员："赵工，你是说上级拨的三百五十万，对吧？嗨，那是扶贫款！"

赵志德："不，是拨给这个项目的专款，是把这个项目列为科技扶贫的。"

副专员笑了："你说的是不错。可你知不知道，我们地区穷，对上是到处要，回来捆着花，今年有干旱，全地区几百万人，一人还摊不到一块，不解决当前喝水的事，会干死人、干死牲口的！"

赵志德呆了。

农委主任："还有地里也要水，不用钱，哪来的水？"

赵志德："这么说，我那台设备，是没钱投了？"

副专员："其实，我们也打了一些款子给你们的！"

赵志德："钱马上汇来，可还不够！像你们这样，试验基地还办不办？机器还装不装？"

魏路扶着赵志德的肩："我担保，明天，一定开始安装，就是砸锅卖铁当裤子，我也要把这事干成！"

不知是魏路这句话起了作用，还是心里涌出了酸楚，赵志德突然拿起酒瓶，给自己倒了大半碗，端起碗，咕咚咕咚往肚里灌。

他的眼里布满血丝。

56

林小年美美地抽了一支烟，哼着信口而出的曲子，准备下楼检查装修情况。

这些日子，他的生意像牌桌上有火，怎么打怎么和，怎么要怎么顺。用赵志德赚西部地区的钱不说，前天，徐中告诉他，盖世雄投产顺利，客户像疯子一样赖在厂门口，不吃不喝不睡也可以，只要货，虽然修了个仓库，可产品一下流水线就装箱打包，被"抢"走了。

徐中对他说："伙计，晓得是这个局面，当初悔不该让你姓林的投资三十万，不然，还不是我徐某人一个人赚？"他笑，反问徐中："有多大赚头？"徐中说："这是高科技，免税，投一赚二，两个月打个滚，三十万变六十万！"他说："岂止？"徐中急了："嗨，人心不足蛇吞象，到时候你查账！"他把手一挥："算了！你那个账有什么查头？"现在，连国营企业都做假账！狗肉账，查得清？仅这一笔，又是六十万。他是大发了。当年，他在这条街是怎么起家的？一分一角地抠，现在，眼看是个"百万富翁"了，了得？

于是，他下决心要重新装修，从门面到内部，从一楼到二楼。什么是生意人的信誉？老板身上的包装，还有公司的包装，不信你看看，哪一家银行的楼不是新的、洋的、阔的？不那样，你进去取钱、存款放心？还叫银行？

从楼梯下来，一楼已经修葺一新。大理石的地面，茶色玻璃镶的墙面，线条流畅的吊顶，还有铝合金的自动门，上面有繁体字写的绿色大字：太平洋高科技开发公司。

几个员工跟在他的身后。

林小年："照我的这个设计水平，当一个装饰公司的总设计师怎么样？"

员工连连点头恭维。

"那还用说！"

"绝对盖了！"

"当然是第一流！"

林小年到当中的经理桌前，坐在转椅上，试了一圈，望着员工问："你们知道我现在有什么感想吗？"

一个年轻人："真是好极了！"

林小年将脸一沉："是吗?"

那年轻人点头。

林小年叹了一口气，把腿放到桌上："我想，是不是该炒你的鱿鱼!"

那个年轻人愣了。

林小年："我辞去公职，从摆地摊起家，走到如今，是挨骂看白眼走过来的，可不是听恭维话走过来的!我记得，第一次我卖气球，刚刚赚到五元钱，就被工商的人没收了，说我是无证经营，我哭了一个小时!也长了好几岁!你们左一句第一流，右一句真是好极了，把我当成什么人了?"

那几个员工被他训得木头木脑。

他从容不迫地点燃一支烟，抽了一口："我问你们，只会恭维老板的雇员，叫什么?"

几个员工你看我，我看你，答不出。

林小年："答不出?你们好好想想，想好了，回答我，答得好，我给奖，答得不好，别怪我无情!啊，钱秘书还没回?"

门口，摇摇摆摆进来一个女郎。头发做得很精致，脸上也化了妆，穿着很时髦。

是钱秘书。

那几个挨了训的员工知趣地走了。

林小年："钱秘书，那件事办好了?"

钱秘书一笑，从小包中抽出一张汇款凭证："林总，你看西部地区农垦局转赵志德三万五!"

林小年："真汇了?"

钱秘书："这年月，什么单据不能买，还真汇?"

林小年笑着点头："好!等一会儿，赵小姐来了，这个单据只能让她看看……"

钱秘书："只要你老板见了漂亮小姐不糊涂，我决不会糊涂!"

林小年伸出手，将钱秘书一搂，笑了。钱秘书将他一推："你真坏!"

林小年笑了。

前两天，赵丛玉来过，逼林小年汇款，林小年答应了，让她今天来看汇款凭证。

赵志德到西部地区以后，又是电报，又是电话，一直在催林小年汇款。说是机器已经落地安装，培训工作也已展开，马上就要收草加工，急等钱用。

赵丛玉来催林小年，也用了些心思，找公安局的朋友借了辆蓝鸟警车，开到林小年公司的门口，称自己男朋友的父亲是公安局副局长，把林小年镇住了，不敢怠慢。但是，他又不愿寄这三万五千块钱，西部地区有上级三百五十万的项目款，还解决不了这区区几万的小事？会让你姓赵的拉不开闩？所以，他决定能拖就拖，能赖则赖，哪怕能哄也行，到时候，你赵志德不提了，事也办成了，找个借口搪塞一下，打几个道歉的哈哈，不就了事了么？

赵丛玉果然按时来了。她推门进屋时，林小年正站在门边迎候。

林小年："欢迎！赵小姐！请坐！今天为了等你驾到，我把其他的应酬都推了！"

赵丛玉发现屋里变了，在大厅里走了一圈："不错嘛！生意越做越发，赚了嘛！"

林小年笑："哪里哪里！赵小姐真会说话，像广东人见面一样，不问你好，也不问吃了没有，只问赚了吧！哈哈……钱秘书！"

楼上，钱秘书答应一声，迅速下来了。

林小年让赵丛玉坐下，吩咐钱秘书："给赵小姐上咖啡！"

钱秘书点头转身，很快端过一杯咖啡，送给赵丛玉："赵小姐，请！"

赵丛玉接过："谢谢！"

林小年："赵小姐，款子我们已经汇出了，是不是看看汇款存根？"

赵丛玉："好哇！"

林小年："你没别的事？"

赵丛玉："顺便看看公司的装修！"

林小年："哦？怎么样？"

赵丛玉笑："不敢恭维！"

林小年："是吗？"

赵丛玉："大理石地面和茶色玻璃的墙，是不配套的，像西装裤和马褂集于一身，本想更华丽更有身份，却闹了个四不像！"

林小年"哦"了一声，又将屋里看了一通："怪不得，今天我总觉得有什么不得劲呢！要不是赵小姐指点，我还……哎，钱秘书，你等会儿告诉他们，这笔装修费，我拒付！不重新搞好，别想赚我一分钱"

赵丛玉："林老板，不是你自己设计的吗？"

林小年："这种事，还要我管？赵小姐，你刚才这一指点，将使我们公司的门面提高一个档次，按公司的规定，该给你付一笔钱……"

赵丛玉："啊？多少？"

林小年："最高三百，少不少？"

赵丛玉："也不算多！"

林小年："啊？赵小姐，我这钱，是不入账，不要收据，还不用签字的，既讲按劳付酬，又不留尾巴！"

赵丛玉哈哈大笑："如果你把价提到三千，我可以提一百条管用的建议！"

林小年："好哇！三千就三千！钱秘书，付钱！"

赵丛玉收了三千元："现在，请林总把汇款存根给我看！"

就这样，赵丛玉不仅看了汇款存根，而且拿到手就不还了。林小年告诉她，说要做账。她说，得等到赵志德收到款子准信儿以后再送来。

赵丛玉从林小年那里出来，就直奔牛角镇。在那里，她遇到了新的挑战。

十天以前，吴光华原来的未婚妻丁沁兰回牛角镇了。说是省亲，实际上是找吴光华。

"光华，她找你干什么？"赵丛玉问。

说是要拿一笔钱，和我合办房地产开发公司。

"多少钱？"

"一百万港币。"

"她有这么多钱？"

"和港佬离婚了，法院判给她的……"

"那好哇！你可以补缺了！"她没好气地说。

"丛玉，你把我当成什么人了？"他大吼一声，把她吓了一跳。

她当然相信他，他不会是那种见钱眼开的人。但是，那个丁沁兰，可是他当年的未婚妻，不是一般的年轻女人。

赵丛玉决心迅速排除这个威胁。

她赶到牛角镇时，已是黄昏。太阳已经沉下去，余热将西边烧得通红。

吴光华还关在小屋里，做着试验。

"光华，晚饭还没吃？"她问。

他点了点头。

"我想请你一次客！"她说。

"啊，为什么？"

"你累，我也累，放松放松！"

"好哇，到哪里？"

"镇宾馆！"

"嗨，那里太贵，宰人！"

"不！我要！"

他拗不过，只有随她，到了镇宾馆。

牛角镇虽穷，但毕竟靠近大城市，还是修了座相当于二星级的宾馆。赵丛玉已打听好了，丁沁兰住在这里。

宾馆有大餐厅，也有小餐厅。小餐厅是专门招待贵宾的，价也要高出一倍多。

赵丛玉挽着吴光华进来时，她感觉到吴光华的脚步犹豫了一下，也看到中间的台子上坐着一个珠光宝气、面目娇娆的女人，那个女人正惊奇地望着他们。

她判断，那个女人就是丁沁兰。

"哟，光华！"丁沁兰笑着站起，迎了上来。

"这位是你的女友？"

吴光华点了点头。

丁沁兰笑着，递过来一张名片。

"幸会幸会，多指教！"

赵丛玉接过名片，也顺手递过去一张名片。

丁沁兰看了名片，大惊："哇！这么年轻漂亮的女硕士！"

赵丛玉彬彬有礼地说："光华，我们请丁小姐？"

吴光华："呃……"

丁沁兰笑："哪里哪里，我请！当然该我请！"

赵丛玉："为什么？"

丁沁兰："我是归来客嘛！"

赵丛玉："归来客？去香港多久了？"

丁沁兰："呃……请！"

很显然，丁沁兰有些尴尬，也感到赵丛玉来者不善，坐下以后，不像刚见面那样主动了。

赵丛玉："丁小姐，你这次回来，是省亲还是投资？"

丁沁兰："都有啰！"

赵丛玉："想投资什么？"

丁沁兰："正在看啰！"

赵丛玉："有合伙人吗？"

丁沁兰："也在找……"

赵丛玉："好哇，你看我，怎么样？"

丁沁兰："赵小姐？哎呀，你是大硕士，我怎么敢！"

赵丛玉笑："丁小姐的意思，是想找一个男士合伙？"

丁沁兰笑："那倒不一定，当然，有个先生，可能办事更……"

赵丛玉："更方便些？好哇，光华，你与丁小姐合伙怎么样？"

吴光华吃惊地望着赵丛玉。

丁沁兰："吴先生，当然好！而且，我们也熟。"

赵丛玉笑："就是！那这是珠联璧合了！哎，小姐，点菜！"

女服务生送过一本菜单，交给赵丛玉，赵丛玉将菜单递给丁沁兰："丁小姐，请！"

丁沁兰欲接，又收住手："我做东，请赵小姐点！"

赵丛玉："是吗？好！"

她随手翻了翻，又把菜单放下，吩咐女服务生："算了，不点了！你们按两千块配菜！"

吴光华一惊。

丁沁兰也望着赵丛玉。

赵丛玉："贵不贵？"

丁沁兰一笑："没关系！"

女服务生点点头，走了，过了一会儿，又来到桌前："对不起，刚才对餐厅主管讲了，你们点菜金额大，要先缴一半作押金。"

赵丛玉不动。

丁沁兰翻了翻手包："啊，请等一等，我回房间去取！"

赵丛玉将手一扬："算了！我出！"

说着，她从手包中拿出一叠钱，往桌上一扔："看够不够？"

女服务生将钱一数，多了一千。

赵丛玉："算了！多的钱送给你们！"

吴光华实在看不过了："丛玉！"

赵丛玉："光华，你舍不得了？不瞒丁小姐说，我这个硕士，已经习惯了会花钱也会赚钱！"

丁沁兰的脸色变了："赵小姐，你今天的意思是——？"

赵丛玉："请丁小姐！如果丁小姐的先生来了，我会再请一次！"

丁沁兰气极，拿起手包，冷了吴光华一眼，走了。

赵丛玉坐那里，冷笑了几声。

吴光华兴高采烈地笑了。

"丛玉，你哪来那么多钱？"

晚上，吴光华问她。

"赚的。"

"赚的？"

"一个点子，五千！"

"什么点子？"

"保密！"

吴光华抱住她。

"丛玉，你真聪明！"

"嗯？"

"这个丁沁兰，再也不会找我了！"

"你想她来找？"

"不。她一定以为是我的主意……我很感激你！"

"嗯……"

他很动情，开始解她衣服的扣子。

她挣脱了："现在……绝对不行！"

他冷冷地问："为什么？"

她望着他。

他歇斯底里地吼："为什么？"

她笑着扣衣服。

她知道，作为一个科学家，他喜怒无常。

57

那支烟几乎烧到他的手了，他赶紧扔掉，又换了一支。

宁安望着应山海。

应山海正在接电话："……宁总……不在。什么？各学院要抽走资金？不要那么轻率嘛，不是那么回事！嗯？不行？……可以，等宁总回来以后，我们一定给大家满意的回答！对！好！再见！"

应山海精疲力竭地放下电话，躺到沙发上，用手按自己的太阳穴。

宁安："谁来的电话？"

应山海："建筑学院，互助会成员听说了齐立东的事，已经决定从银行抽走自己的资金，我们借贷的部分，要我们限期归还，连本带利！"

宁安："事情怎么会闹到这个地步？"

应山海："银行一冻结，还会不知道？怕我们非法经营，参与走私，受牵连，把他们存在互助会的钱也没收了。"

　　宁安："齐立东呢?"

　　应山海："他不好意思见你,自己走了,临走时他说,他拿的八千块回扣,除了给公司添置了一些办公用品,买夜宵请大家吃了,剩下的,已交公了!"

　　宁安点了点头。

　　应山海："其实,小齐是好心。"

　　宁安又点头。

　　一工作人员进来："宁总。开发区王主任有个电话通知。"

　　宁安："王德清?"

　　工作人员点头："让你马上去科技园工地,有重要活动。"

　　宁安恼怒地说："你回话,我没有空!"

　　工作人员点头要走,被应山海叫住了。

　　应山海："宁总,王主任那里,你恐怕得去,如果不去,开发区那边闹起来,就不好了!"

　　宁安想了想,点头。

　　工作人员走了。

　　宁安把烟头一扔："老应,我去科技园工地,你做两件事:一是马上到银行去说明情况,争取尽快解冻,必要时,花钱请他们;二是动员公司员工,尽量借给公司一些钱,以保障公司能运转,公司也不是白借,利益嘛,按月息百分之十!"

　　应山海："这不是高利贷?"

　　宁安："这个时候,你借点高利贷试试! 这是我的五百块,你记个账!"

　　说完,他走出办公室。

　　钢铁公司的一场苦战,三A的数显表夺标,他原本是很激动的。没有想到,齐立东会给他捅这个漏子,还引出这种结果! 他读过《子夜》,也读过《日出》,他知道老板被逼到绝路时,会跳楼的。现在,有一种接近绝路的感觉,如顿起的风暴,似乎正在铺天盖地地扑来。我会是一个跳楼的总经理吗? 也许是,可好像还没到时候。齐立东开的价并不高,四千八,对方给的四百块酬劳,他也没装私人腰包,不会有问题,不仅没问题,还反映数显表在海外有市场,不然为什么会走私? 是呀,好好的产品,被逼得走私,根子还在许可证,还在微机办,还在邱子希⋯⋯

　　他冷笑了一声。

　　如果因此跳楼,你宁安太不值了! 想到这里,他的精神又振作起来,并引发出一些新的设想。这是一个环山抱水的好地方，方圆一百亩，是开发区正在兴建的高科技工业园。四周建了围墙，几台推土机正在并排平整土地，旁边，几幢标准厂房已经在建。

王德清正站在一个小坡上给宁安介绍。

"……这一百亩地，分三个区。A 区，那边，是生产区，建标准厂房，八栋六层楼，按火炬计划的六大领域配置；B 区，那边，是研究所区，将集中本地和引进外地最有开发价值的项目和人才，啊，还有外国的；那边是 C 区，主要是生活、会议服务区，有够水平的会议中心和娱乐中心，还有别墅、学校、游乐场、运动场……你看，这是图纸！"

宁安："德清，你找我来是要我买房？"

王德清笑："如果你要，我优惠！我们现行的卖房制度不规矩，看好了，谈好了，卖方什么都没做，就要买方付百分之百的费用，等于买方没任何主动权嘛！我们按国际标准搞！"

宁安："啊？"

王德清："买卖双方签了合同，买方分十次付款，开始，付百分之十的订金；地打了桩，再交百分之十；下灰，百分之十；立柱，百分之十；下面就类推，砌墙、盖顶、装门窗，都是百分之十……还剩百分之二十，装电线、盖瓦、拿质量合格证、交房契，每次百分之五！"

宁安笑："堂堂开发区主任，像个国际地产商啊！这是企业职能，还是政府职能？"

王德清笑："或许，是一种混合职能，向企业过渡……不像你啊！"

宁安："我？逼上梁山！"

王德清："逼上梁山！你这总比混官场强多了！说句不好听的话，老鼠爬楼梯是带响的，猫却无声无息！"

宁安："那你是什么？"

王德清看了看宁安："老同学，好像你的公司遇到大的麻烦，要不要猫或者老鼠帮帮什么忙？"

宁安镇定地说："什么麻烦？"

王德清笑着摇摇头："看来，我们之间，还有好多痕迹没有消除啊！好，不说了，我今天约你，是想让你见一个人，这个人当初帮过你，是我的表弟！"

宁安："啊？"

他按王德清指的方向一看，在 A 区已建的半截楼墙中间，走出了宋派。

宁安："宋派是你表弟？"

王德清大笑："远房亲戚。"

宋派笑着走了过来："宁总的生意做得不错嘛！"

宁安与宋派握手："哪里哪里，上次我能很快起步，多亏宋先生帮忙！"

宋派笑："要感激得感激我表哥！"

王德清："只要不怪罪我，也就心满意足了！哈哈……"

宋派指着他刚才看的楼基："这幢楼，我已定购了，宁总，你看怎么样？"

宁安："宋先生有眼力、有气魄！"

宋派："如果宁先生愿意合作，这幢楼，外加一栋别墅……"

宁安哈哈大笑："谢谢错爱！"

宋派："不想合作？"

宁安："不，只是时机还不成熟。"

宋派点点头："宁先生，眼前，我有一事相求，不知你能不能支持一下……"

宁安："请讲。"

宋派："其实，也不是什么大事，你看，我定购这幢楼，还有些其他项目，手头有些拮据，想把放在你账上的十万港币取出来，先周转一下。"

宁安站住了，望着王德清："王主任，你表弟这笔钱的利息，该怎么给？"

宋派："朋友嘛，谈什么利息！"

王德清看了宁安一眼，对宋派说："表弟，我看这十万港币，就先不动了吧！宁先生最近也有些紧张……"

宋派："啊？遇到麻烦了？"

宁安笑："没什么大麻烦，很快就会过去的！"

宋派："没大麻烦就好。如果十万港币能再帮你一次忙，我很乐意！只是，希望宁先生的数显表将来在国外销售时，优先考虑我，当个代理！"

宁安："好哇！"

宋派："痛快！"

宋派笑着先走了。

宁安："德清，这出戏是你导演的？"

王德清："表弟他要求的。"

宁安想了想："你还有什么事？"

王德清摸出一张纸条，递给宁安："……啊，冯茹要你跟她打电话，这上面是电话号码。"

宁安接过纸条。

王德清："你们公司的这种状况，我们开发区很担心。"

宁安："是吗？"

王德清："看来，你还得稍稍注意稳妥一些，把各方面关系搞好，尤其是微机办……"

宁安："是邱子希在玩弄权术，故意卡我们三A！"

德清："这我知道。据我了解，他最近的态度，已有变化……"

宁安："什么变化？"

王德清："我不愿中间传话，你最好还是直接找他。我只劝你一句，猫爬楼梯是不响的。"

第十三章

58

促使邱子希态度变化的，是方必优。

围绕数显表发生的一切，每天都在教育方必优。李如意对他态度的软化，也在鼓舞方必优。这个世界需要圆滑，用台面上的话说，是从各个角度去化解矛盾。他明白这一点太迟了，但又不能说已经无用，不，从某种意义上讲，也许恰到好处。他已是设计室主任，有了这个位置，明白了这一点，很有用。这让他能很自如地看通全盘，也能很有分寸地处理种种关系。有时可以糊涂，糊涂得像真的，糊涂得没把柄，糊涂得令人谅解。有时，可以大度，是那种超然的、宽宏的、令人从心里佩服的大度，不仅挑逗的话不在意，就是一时有伤尊严也不在乎，因为他的大度将最终挽回一切。大家都活得够累了，何必要斤斤计较？因此，他很有策略。他不愿自己做干磨的齿轮，更愿当润滑油。可以拐个弯的，就不要直来直去……当然，他不是那种无能之辈，正如他对李如意讲的，他希望先把数显表——宁安这件事处理好（实际是和李如意的关系），然后，再走自己经看准了的一步。他的预感是，那一步将更辉煌。

李如意对他的想法，虽然没有明确表示同意，但他认为已默认了。

于是，他果断地开始行动。

"邱主任，最近很忙吗？"

方必优到微机办拜访邱子希，特意带了两支长白山人参，说是方老送的，令邱子希感动不已。

"忙啊！"邱子希指着桌面上的文件，"你看，年底在这里开机电一体化的一条龙会议，全国的，我们当东道主，你说忙不忙？说是会议，实际上以经销为主，是数显数控的大型展销。"

方必优点头："那是忙，预计交易也不小吧？"

邱子希："嗯，起码几个亿，有可能超过两位数。"

方必优："啧啧，不小嘛！"

邱子希点头，停了一下说："会议的一般性准备工作虽然量大，但好办！最难的，是看我们能不能给展销上好菜，把成交额搞上去！"

方必优："有没有？"

"有倒是有，估计不一定行，"邱子希沉思了一下，"说实话，我们把希望寄托在你们机床厂了！"

"啊？邱主任是指数显表？"方必优问。

"对呀！怎么样？"

方必优苦笑，摇头。

"不行？"

"肯定不行！"

邱子希愣住了。

"不行的原因，我想邱主任是知道的……"方必优看到时机已到，就直接切入主题，"就凭你和宁安的那一笔官司，也不行！"

"为什么？我又没有败诉！"

方必优笑了："可你也没胜诉，对吧！现在，你不继续起诉，宁安也不反诉，好像是不了了之，其实，在各界都有影响……邱主任，在这种情况下，你让机床厂谁去抓数显表？谁又敢抓？"

邱子希被他问住了。

"在这种局面下，你把期望寄托于机床厂和我，无异于……"

方必优嘿嘿地笑了，靠在沙发上。

邱子希瞪着眼望着他。

"我看，邱主任不如及早另想办法。"方必优加了一句，"这是我爸让我带的话。"

"啊？"邱子希一惊，"方老也是这个意思！"

"嗯。"

"什么另外的办法？"

"与宁安合作。"

"啊？我与宁安合作？"邱子希一惊。

"不，是机床厂与三 A，你是微机办主任，是牵线人。"

"宁安会同意？"

"这就看工作了。"方必优站起，"第一，承认宁安是项目发明人，不安排另外的人；第二，充分尊重保护三 A 在数显表上的经济效益；第三，以合作开发的名义，发给三 A 和机床厂生产许可证。邱主任，你看怎么样？"

邱子希的眼一亮，没有讲话。

"好，邱主任，你忙，我不打扰了！"方必优轻松一笑，走到门口，又转过来，到邱子希身边，"啊，邱主任，我爸问，你今年好像五十九、快六十了吧？"

邱子希点了点头。

方必优走了。

毫无疑问，方必优的这一席话，给邱子希带来的震动是很大的，尤其是最后的年龄。这是提示，是明白无误的提示。你已五十九、快六十了，即将退休，时间不多，应该把数显表的事处理好。你与宁安的官司，已造成了全局性的影响，如果在全国性一条龙会议上没有作为或作为太小，你是有直接责任的，也不好交代。现在，一切都取决于你了，继续僵持下去，不会有好结局。如果你改变一下，会来得及。你现在不是机床厂的总工，而是市微机办主任，你应该从原告的位置上跳出来，让宁安和机床厂合作，既给机床厂下台的台阶，又保护宁安的实际权益……他想到这里，顿时感到轻松而又开朗了：嘿嘿，这方家父子，真给我送来了上好人参！

长期在工厂工作，使他养成了说干就干的习惯。他给孙一平打电话，孙一平不在，到北京开会去了。又拨电话给王德清，把想法谈了，希望王德清从中多做工作，三 A 总是你开发区的企业嘛！

于是，就有了王德清找宁安的事，就有了王德清的那句话：邱子希的态度，已经有变化。

由于王德清没有讲明，宁安想了许久。邱子希的态度，会有什么变化？承认他当初起诉是错误的？承认他卡三 A 的许可证是错误的？还是……宁安不大相信邱子希有这种突变。倒不是把邱子希想得太坏，也不是想得太死，而是一个在那种环境下生活惯了的人，积累了几十年被人捉弄又捉弄人的经验的人，变，也不太容易。至多，只会缓缓而来，抑或不走向极致。

他决定拜访邱子希。

"邱主任，宁安来了，见不见？"微机办的迟处长问邱子希。

"见！"邱子希很高兴。

"见？邱主任，我想没有必要！"迟处长的脸色不好。

"为什么？"

"没有许可证，让广东人搞去走私，产品被扣押了，银行也冻结了他们的资金！"

"我知道。"邱子希脸色平静。

"知道你还见？"

"迟处长，你是不是管多了？"邱子希笑着，显得很轻松。迟处长是个老处长，当了二十多年，由于脾气不好，说话又冲，老不能提升，对邱子希来当微机办主任，有一肚子想法。这一点，邱子希知道，但他很大度，一般不正面触动迟处长，刚才那句"是不是管多了"，只是想提醒迟处长，不要凭资格老，来左右我。

宁安来了以后，邱子希仿佛见了一个多年未见的朋友，端茶送水让座，问寒问暖，形成了一种很融洽的气氛。

"小宁，好像你们公司出了点事？邱子希靠近宁安问。

"噢，我正想给邱主任汇报！"宁安的态度也很祥和谦逊。

"嗨！汇什么报！"邱子希爽朗地一笑，"不用了，我都知道！有什么大不了的事？无非是没领到许可证嘛！可三A要生存，要过日子，也是被逼的嘛！犯不着大做文章嘛！"

这番话，叫宁安吃了一惊，他感激地望着邱子希。

"听说银行冻结你们的账号？还有互助会也在闹？这是毛病！听风就是雨！不是老讲实事求是吗？好，回头，我愿意出面，帮你做工作！嗯？"

"谢谢邱主任！"

"宁安，我跟你讲，"邱子希兴致很高，"你千万不要因为这背什么包袱，有什么想不开！我可是有教训。有时候，就好像泰山压顶，没出路了！可过去了，回头一看，嗨，不就那么点事嘛？哈哈……"

邱子希的笑声爽朗，还不时拍拍宁安的肩，宁安也不停地点头。

"啊，还有一点，也是我的经验，"邱子希补充说，"在这些问题上，千万千万不要记恨人，不要把人往坏处想，不要把个人责任想得太大。如银行冻结你们，你恨行长？不行。他也不了解详细情况，也只不过按规定办事，是不是？这一条有了，再加前面一条，在黑了天时能顶住，就绝对不会有问题！就是成熟了！"

"邱主任，我按你说的办！"宁安很诚恳地点头。

"嗨，个人意见，只供参考。"邱子希说，"你今天不来，我还想找你呢！"

"啊？什么事？"

"我有一个想法，不知你同不同意？"

"邱主任，你说。"

"考虑到过去的情况，也是为了突破你当前的局面，我想，是解决你们数显表许可证的时候了！"

宁安惊喜地站起身："邱主任，太谢谢你了！"

"你先别谢！"邱子希将宁安的肩一拍，"你知道，市里已给机床厂立了项……"

宁安的眉头皱起了。

"你看你，就听不进了？你听我说完。你们三A，尤其是你，可以不管市里给谁立项，可我能不管？能不顾市里的面子？不行吧！因此，我建议，你大度一些，给各方一个台阶，同意与机床厂进行数显表的项目合作！"

宁安："又回到原来？"

邱子希摇头："不。绝对不是那个意思。首先，你宁安是数显表唯一项目发明人、责任人；其次，名义是合作开发，但全部实际利益，归发明人和三A，我们微机办担保。你看行不行？"

宁安思考着，没有讲话。

"我前思后想，当前，你们只有这样，才能突破困境，变被动为主动。"

宁安望着邱子希，耳畔响着那句"突破困境，变被动为主动"的话，情绪逐渐从感激中回来，渐渐变得冷静，又变得震惊。王德清说得不错，邱子希是变了，变得更有手段，更高明了！他正在抓住最有利的时机，也充分利用他手中发放许可证的权力，企图迫使我宁安就范，三A就范！把他在法庭上办不成的事办成……

嘿嘿，他是这样变！

59

赵志德进行得很顺利。

经过魏路的努力，烘干机组已落地安装，是占用地区农机厂的地。操作工的培训也已开始，是他亲自考试挑选的，原理课已经讲完，准备考试，操作课的机器安装完毕后进行。同时，也挑选了一些学员，办了一个优质草栽培收购讲习班，这将是保证烘干机组发挥效益的重要力量，他已讲了十课，还有五课，就可以结业。同时，他还和魏路一起，又考察发现了好几个有前途的优质草场，将来，可以作为基地。他甚至由此产生个更宏伟的设想，从抓草开始，对西部农业进行深度开发，科技开发，把粮食、果茶和养殖业推上一个新台阶，使西部山区在市场上异军突起。这些，都得到地区农垦局局长魏路的支持，魏路感慨地说："伙计，我们真是相见恨晚哪！"

赵志德很累。他睡得很少，成天有忙不完的事，哪一个环节都少不了他，他也不习惯发号施令，以一个高级工程师的精细，事必躬亲。这是一种开创性的累，也是沉浸于兴奋的累。全身有时精疲力竭了，可躺下以后却不能入睡，不得不求助安定。平常只吃二片，现在，有时三片四片。吃下后，居然睡不了一会儿，又醒了，就再也睡不着！有时他问自己，怎么搞得像年轻时候那样了？

他心里不高兴的是林小年的钱还没汇来。丛玉打长途电话告诉他，已经查了，钱已经汇出，三万五。可他没收到，农垦局也没收到。他又打长途电话问林小年，林小年反问，为什么还没收到？怎么这么慢？银行一定又拿去周转了！不像话！他要林小年派人再送钱来，林小年说不行，没有了。让他请西部地区农垦局想办法解决。他没办法，只有请地区出面，派人到银行查林小年"汇出"的那笔钱。

他决定开始收草。利用地区农机场的空场子，搞了个临时收购站，有过磅的，有记账开单的，也有付款的，也有分类归堆的，他自己把第一道关：检查草的质量。由于有了培训，送来的草大多符合标准，他也很高兴。突然，他看见一个年轻人背着像山一样的草过来了，赶紧过去一看，不行，是杂草，不能作牧草。

赵志德："你怎么送这种草？"

年轻人脸色苍白："呃，我们村长说行！"

赵志德："这种草，牲口不吃，不行！"

年轻人将草放下："那——我白背了？"

赵志德："找你们村长！"

旁边，魏路走了过来："不合格？"

赵志德："你看，不行！"

魏路："就是，你看看，别人送的草！"

那年轻人蹲在地上，抱住头："这种草，我爹说过……那年灾荒，他吃过！"

赵志德一听，心里不是滋味，走到年轻人身边，掏出五元钱，蹲下来："给，这是送草费。"

年轻人："你个人给的？"

赵志德："以后，不要送这种草！"

年轻人接过钱，高兴地点头，起身把草背走了。

赵志德点点头，站起来，突然，他感到一阵昏眩，被魏路抱住，赶紧往地区医院送，一检查，是劳累过度，营养不良，低血糖，心脏也有些不好。

经过抢救后，他住院了。

"赵工，医生说你劳累过度，要打吊针，躺几天，就好了！"魏路在他病床前说。

他点了点头。

"赵工，要不要打电话通知你的家人？"

他摇了摇头。"啊，到银行的人查了，太平洋公司的林老板根本没汇款！"

"真的？"他大吃一惊，就要起身，被魏路按住了，"你女儿来电话，我们把情况说了，她说她去办，就是逼也要林老板汇款！"

他这才点头，躺下了。

赵丛玉听说林小年根本没汇款，气极了，一口气跑到太平洋公司，见林小年在喝茶，就走了过去。

"林老板，打着冷气，喝着香茶，舒服得很嘛！"

林小年一看她来势汹汹的样子，知道情况有变，赶忙起身："赵小姐驾到，快！请坐！"

赵丛玉坐下，将那份假汇款存根往桌上一拍："林老板，这个东西是假的，还是真的？"

林小年一看："嗨，这还有假？"

赵丛玉把存根一收："好哇，既然不假，林老板，那你就跟我走一趟！"

林小年一惊："走一趟？到哪里？"

赵丛玉："先去银行，然后，再去我男朋友爸爸那里！"

林小年："男朋友爸爸那里？"

赵丛玉："公安局！"

林小年："我去公安局？"

赵丛玉："伪造汇款凭据，贪污项目款项，破坏经济秩序……还嫌不够吗？"

林小年笑了："赵小姐，你别吓唬我了，我林小年也不是吓大的！"

"既然不是吓大的，那好哇，请吧！"

赵丛玉的"请"字刚一落地，两个警员走了进来："请问，哪个是林小年？"

林小年奇怪地说："我就是。"

警员："我们是检察院的，请你跟我走一趟。"

林小年："为什么？"

警员递过来一张拘留证："签字吧！"
林小年一看："我卷入了徐中的诈骗案？"
警员："怎么，要我们动手吗？"
林小年额头上沁出汗珠，签了字，被警员带去了。
赵丛玉大吼："混蛋！我爸爸要汇款！"
消息马上传到西部地区医院，赵志德大呼受骗上当，魏路知道地区没钱继续维持，只有将所有的工作停下来，对应付款进行了一次大清盘：计五万六。赵志德把带的一万五交了以后，还差四万一，急忙打电报给钱令华，想尽一切办法凑足四万一，赶紧汇来。钱令华和赵丛玉只得把银行的存款全取了，又将彩电、冰箱、音响和全部值钱的东西卖了，不足三万，倒是吴光华起了作用，不仅取出了存款，还把试验购置的仪器仪表也卖了，凑足一万五，很快给赵志德汇来，总算把该付的钱付了。

"好在，欠农民的钱还清了！"

他叹了一口气，趁着天晚了，魏路回家的机会，走出了招待所。他决定回家。不惊动地区任何人。在一个路灯下，他摸出自己的钱包，发现只一块钱，就急了，从西部搭火车回家，少说也得三十多块钱的车票，一块钱怎么够？他找了半天，包里、身上都没钱，只有一块老式劳力士金表，这是父亲留下来的，是珍贵的纪念品。他摸着表，想了半天，终于咬咬牙，决定卖掉它，可这么晚了，又是山区县城，哪里有卖表的地方？他看了看，发现街上还有一处亮着灯，是卖烟的，就走了进去。

店主是个年轻人："啊，买烟？"
赵志德摇头。
店主："那你要点什么？"
赵志德："我想卖……手表！"
店主："卖手表？我是卖烟的！"
赵志德："我知道。我出差，把钱……丢了，卖了表，赶火车回……家！"
年轻店主看了看他，不像骗人的样子："你是教书的？"
赵志德："不……是工程师！"
店主点了点头："好，我破例，看看表！"
赵志德从手上取表递了过去："瑞士金表，劳力士！"
店主一笑："这么旧，还金表？"
赵志德："金表。年代久了，旧的。"
店主："卖多少钱？"

赵志德:"你看着出个价吧!"

店主:"好吧,救人一难,积德一世,一百元,够不够?"

赵志德看了看店主,点了点头。

年轻店主把表收起,边数钱边说:"老先生,再出差,要把钱放在贴身的地方,现在,可是要当心点,有偷的,有抢的,还有骗的……"

赵志德收了钱,出小店,向通往火车站的巷子走去,一只狗挡在前面,他从口袋里摸出茶缸,向狗狠狠砸去,那狗汪汪叫着,夹住尾巴跑了。

他步履蹒跚地走向火车站。

60

宁安拖着沉重的步子开门,走进屋里,啪的一声开了灯。

没有人收拾的家,不仅零乱,还布满灰尘。

他顺手放下包,走进卧室,开了灯,从镜子里看到了自己,一股陌生感涌了上来:眼圈发黑,抬头纹深了,眉宇间笼罩着什么,啊,苍老了,阴沉了,似乎变得狰狞凶残了!

他不忍心再看,走到书房,开了灯,将音响打开,传出一阵悲壮的乐声,是贝多芬的《第九交响曲》,有一种被压抑已久的迸发和呼唤光明胜利的呐喊……他愣住了,将音量放大再放大。忽然,他产生一种在黑暗中体验这首悲壮乐曲的渴望,迅速从这间房跑到那间房,将一盏又一盏灯熄灭,回到书房,静静地坐在沙发上,听那震人肺腑的乐曲声。

室外的路灯,透过薄薄的纱帘,投来一股蓝光,射向他的双眼:眼里,有承受重压的积怨,有近乎灰心的挣扎,还有不可言状的刚毅及困兽般的呼喊……

他离开邱子希办公室的时候,终于克制住自己,没有发作,没有反击,一句话也没说,就走了。要在以往,他会发作的,你邱子希想利用三A出现的困难,给自己找台阶下,还要分掉我们的成果?休想!今天,他没有发作。他已经不习惯那种骂街似的处事方式。他更愿意用外露来遮盖自己的不外露,更愿意等待时机、创造时机,以具体的行为来回答对方。

那么,我应该怎么办呢?他不断地追问自己。

电话铃响了。他听了几声,缓缓起来,开了灯,接电话。

"嘿,我是宁安!冯茹!你好!我很好!在听音乐刚才还喝了酒!喂!喂!喂!"

显然,电话断了。

  他重重地扔掉电话，歇斯底里地笑了，笑着笑着，停下来。
  电话铃又在响。他又拿起电话。
  "喂，是的，不知电话为什么断了！是你挂断的？你是谁？啊……如意！"
  他愣住了。刚才，他把李如意当成冯茹。
  "什么？你马上来？喂喂！"
  李如意又把电话挂了。
  他刚刚把音响一关，李如意就进来了。
  "怎么，不想听了？"李如意往沙发上一坐，问他。
  他一笑："如意，这些日子你忙什么？"
  "我能忙什么？无职无业的待业公民！"
  "如意，你看你，又来了！"
  李如意噗嗤一笑："我忙什么，我在替你着急！"
  "替我着急？啊，公司的事，你都知道了？"
  "半个市的人都知道，我还能不知道。宁安，你想怎么办？"
  "你说呢？"
  "我说？我说你听？"
  "你的好意见，我哪次不听？"
  "我要进公司，你听了？"
  "那是另一回事……"
  "好，不提了，我继续等！"
  李如意把方必优的想法，用自己的话，很有感情地说了出来，中心意思，是退半步进一大步，和机床厂名义上合作，把许可证拿到手，再说。
  宁安一面听，一面吃惊：怎么李如意的意见与邱子希的完全一样？
  "如意，这是你的意见？"等李如意讲完了，他问。
  "对呀！"
  "不是别人的意见？"
  "和方必优商量过……"
  "方必优？还有没有邱子希？"
  "可能，方必优找过邱子希……"
  他不说话了。他怎么也想不到，在这个时候逼他的，竟然还有李如意！他想了一下，到桌边。拿起了电话，照王德清给他的纸条，拨号。
  不通。他又拨，还是不通。再拨。
  "你给谁打电话？"李如意问。

"冯茹。"

李如意本能地站了起来。

"我在跟你谈话,你怎么给她打电话?"

"她是我妻子!"

他的声音虽然不大,但脸色是冷的。

李如意缓缓走了几步,她知道,这无异于在撵她走。她突然快速开门,咣的一声,走了。

他扔下话筒,站在那里。其实,他并不是现在就要和冯菇通话,是做给李如意看的,作为一种态度,一种回答。

他知道自己做得很冷,也不高尚。

电话铃响了。一声、两声、三声……

他望着,思忖着:"接不接?也许是李如意的,也许是冯茹的,接不接?"

他拿起电话,是应山海来的,说各位老专家连夜到了公司,希望见他。

他到了公司。四个老专家,还有应山海、刘星、陈广全,都来了。

他一进屋,专家们都用关切的目光望着他,他很奇怪。

"各位老前辈,有什么急事?"他问。

刘星见都不讲话,就说:"我把公司这两天发生的事,给他们讲了,他们说非要来,一定要连夜见你——"

"啊?是怕我趴下,还是怕我……"

几个老专家笑了。

曾灏打趣地说:"说实话,账号冻结,互助会逼款,机床厂要来吞并……我们是有点担心,怕你这个老板跳楼!"

宁安:"哦?跳楼!说实话,差不多快要想到了……"

众人看他风趣的样子,笑了。

曾灏站起,在屋里踱圈."我们曾家有跳楼的记录。我出身世家,我父亲当年开布庄,后来搞股票,就是跳楼死的……那是民国二十五年,是一九三六年,我父亲买了一大笔南洋公司的股票,眼看,就可以控股了,而南洋股票还在下跌,父亲咬咬牙,把布庄和家产抵押了,将南洋股票吃进,他这一行动,被对方发现,就操纵股市一面买入散股,一面压价抛售,终于,使我父亲破产,就……其实,老人家只要再坚持几天,也就挺过去了,可他老人家挺不住,等不住……唉,惨哪!"

宁安听后:"曾教授,你的意思是让我一定要顶住,一定要坚持。"

曾灏轻轻点头。

何鸣："当然应该坚持。不过，曾教授，曾老先生当年的生意，和现在是不能比的。我们现在，严格说是混合经济，说是要发挥计划和市场两个方面的优势，殊不知，也同时要承担两个方面的弊端，对一个企业家来说，就更难了！像宁安，既不是手工作坊的师傅，又不是当年林家铺子的老板，更不是上海滩上洋人的代办，也不是官商、奸商、个体户，他一手拿着科技产品，另一手却空空的……"

刘先觉："问题就在这里，这只手不能抓市场，逼你去抓官场！"

何鸣："不，还是要抓市场。官场，当然不能不要，那是一双脚，官场无脚，恐怕就难办了！所以，我们今天来，想帮宁安解决一下脚的问题……"

宁安："帮我经营官场？"

曾灏："不错。譬如我，有全国人大代表的牌子，马上就可以建议组织对三A的视察！"

何鸣："好哇！我眼下第五本经济专著出来了，省市领导要我开课，讲市场学，我绝对可以以三A为例，引起他们对三A的重视。"

刘先觉："我在东北，与此地无什么关系，不过，我作为东北新技术局的原总工，可以在东北给你拿到订单。"

众人活跃了。

刘先觉："如果宁总愿意，把设计图纸和全套文件给我，带着样品，我还可以帮你在东北办许可证！如果半个月内办不成，拿不到两百个坐标的订单，我先跳楼！"

大家情不自禁地鼓起掌来。

宁安见屈尚玉一直稳坐不动，就问："屈老，你是大名鼎鼎的审计专家，不知有何高见？"

屈尚玉一笑："我在政治局有个亲戚，不知你想不想用用？"

宁安："好哇，你写封信给我拿着。"

屈尚玉："干什么？"

宁安："我正想马上去趟北京！"

屈尚玉："真闯政治局？"

宁安笑："当然，不到万不得已，不会去。"

说着，他站了起来，向老专家们深深鞠了一躬："我宁安，深深感谢各位老前辈。大家出的主意都好，我都同意。刘老在东北的事，我希望能抓紧，力争半月内有成果。屈老嘛，我想单独谈一谈，好不好？"

大家走了以后，宁安把屈尚玉留下了。要以审计专家的名义，对机床厂的财产、债务等全面摸一次底,要做得越细越好,但又不要惊动工厂和上级。

"你要我窃取经济情报?"屈尚玉惊问。

"也算是吧!"宁安点头。

"干什么?"

"只要局面稍稍一变,我就想——"宁安伸出大手,把桌上的杯子一抓。

"你要吃掉机床厂?"

"不,兼并!"

屈尚玉大惊地望着他。

他充满自信地笑了起来。

61

从宁安屋里出来,李如意终于克制不住自己,眼泪流了出来。她万万没有想到,宁安会这样对待她,会把事情做得这样绝。

她感到万分委屈。为了宁安,她付出了太多太多,从家庭到公职,以至于身誉、影响,可获得的是什么?是他刚才那冷冰冰的眼色,不怀好意的追问,还有嘲弄的笑声,以及当她的面给冯茹打电话,故意冷落她、羞辱她!他这个人太难以琢磨、太深不可测,也太狠毒了!真他妈的是个混蛋!

一股深深的怨气和怒气,从她心底升起。她相信,假若刚才不走,她一定会不顾一切,大骂他一阵子,把一切脏话、丑话、鄙视的话都用上!然而,她刚才没有……她觉得自己太软弱、太无能、也太窝囊。

她有些厌恶明亮的街灯、喧闹的夜市,她专门挑黑黑的巷子走,东拐西拐,哪里没有灯,就往哪里走。她希望找一个没有亮也没有人的地方,好好地哭一场,好好地发泄一通,好好地深思一下,想一想。

城市很糟糕,没有让人安静的地方。大排档越来越多,连偏僻的巷子里,也都有小摊子。卖烟、卖酒、卖饮料或是夜宵。去公园?去江边?都不行。那里是另一种夜市。情侣们、情人们聚会、幽会,也没有安静,比闹市还要放肆。倒是这样不停地走还可以,在喧闹中移动,不投入喧嚣,也是一种安静。

我和宁安是一种什么关系?是朋友,是情人,还是恋人,或是某种意义上的对手?似乎都不是。他很真实,也很隐蔽。我只凭女高中生的朴素冲动爱他,追求他,而他早已成熟得令人眩目了。我重新遇到他时,他几乎每天都处在一种需要人同情的境遇,而我每次都尽力帮助他,让他更快摆脱困境,而这一切,并没有填平我和他之间的壕沟。我离婚了,他却没有。我为什么不清醒地认识这一点？我早就应该强烈地认识这一点！我对他的同情太多，理解太多，包括不应该理解的都理解了，而事实是，无论我多么爱他，无论他多么独一无二，无论他与我有多少千丝万缕的联系，可他几乎没有主动过一次，也没有为我果断过一次，更谈不上关键时刻给我必要的让人兴奋的回应了……

这应该怪谁？怪他？不，应怪我自己。怪我这个貌似聪明而蠢之又蠢的女人。冯茹说得对，看起来我很现代，而骨子里却又传统。什么传统？最旧的最不该有的那种为他不顾一切，犹如那些树了贞节牌坊的旧女人。太可悲了！我一直自欺欺人地相信，只要我坚持，只要我主动，主动权就还在我手中。可该死的宁安，并不是这样的人！

"如意！"一个声音，从后面传来，打断了她的思绪，她一看，是方必优。高高大大的身材，在路灯下，闪来关切的目光。

她站住了。

"如意，你一个人走得太久了！"他走过来，关切地说。

很显然，方必优一直在跟着她。

"你看看，前面还有路？"他笑着说。

她一看，是的，前面是一堵高墙。这是一个死巷子，没有路。

然而，这个地方她熟悉，是她的单身宿舍，有一间房，是她的。

她原来是下意识地回家。

"如意，我看得出来，你到宁安那里，好像不愉快？"在她的房里，方必优问。

"他心情不好！"她淡淡一笑。

他点了点头："这个时候，我觉得应该理解他——"

"啊？理解什么？"她故意问。

"他的公司，应该说……很惨。当然，还有家庭。事实上，他和冯茹这个样子，比离了婚还痛苦。"

她看了他一眼，他很诚恳，似乎没有做作。

"说实话，冯茹上次小产，无论对冯茹，还是对宁安，都可能是致命的打击。冯茹这么大的年纪，还不知道能不能再怀孕……"

她被他的话震撼了。

"有时候我想，"他继续说着，"假如我像宁安这样坎坷，我能不能像他一样挺得住，说老实话，还很难说。"

"好哇，宁安这个时候，最想听你这些话！"

他笑了。

"我这不是奉承,你知道,我并不善于奉承!"

"可你这就是奉承,而且是当着我的面奉承,你安的什么心?"她有些气恼了。

"其实,我只安了一颗心,希望你理解宁安。作为一个科学家,又作为一个企业家,在这种时候,往往会有些怪,反复无常……"

"那你当初为什么不理解?"她逼问了一句。

"当初?"他坦诚地笑了,"你看,世界的今天,比当初,就变了,进步了。"

她不再说话了。他也不说话。屋里,一下子静了下来。

她觉得男人们都这么奇怪。宁安变得那样,而方必优又变成这样。最亲的变得疏远,最恨的又有些令人同情。

她觉得他在走近,走近,一只手已搭到她的肩头,她想摔脱,但没有。他的另一只手,又搭到了她的另一个肩头。

"如意,你也应该振作!"他的声音很有感情,"眼前,我们一定要帮宁安,然后,你再帮我……"

她抬起头,几乎不敢看他的眼。那是一双她从来没有见过而又特别熟悉的眼,眼里有火,有温情,有说不清的柔情。

"你就这么相信宁安。"

她突然从他的双手下挣脱了,大声地叫喊。

"我相信。"他的声音很肯定。

"甚至你也不怀疑他对我礼貌不礼貌?"她又叫。

"宁安不会。"他依然很平稳。

她咬了一下嘴唇,突然冲向他,用双拳在他的胸口猛捶:"你坏!你坏!"

他用双手紧紧地搂住她:"不,我不坏!"

她顺从地躺进他的怀里。

第十四章

62

如果说宁安前几天还在为公司的生存而挣扎的话,那么,现在情况已大不相同,他在认真思考兼并机床厂的事了。银行的钱还没解冻,互助会会员们保持着压力，开发区、微机办仍催他们和机床厂搞项目合作……情况，依然没有变化。变化的是他，是他已洞察到即将发生的一切及需要他主动的一切，在被动中他已暗暗地稳操胜券。他像一个老练而狡猾的商战虎将，总是处险不惊，冷静应对，于不知不觉中改变局面，让人们大吃一惊。

他对自己的这种状况也感到吃惊。没有人教，也没有经验，靠身心的投入，靠悟性，靠灵感，也靠胆量。他相信，一旦使企业真正成为自己的，一旦自己的命运和利益与企业真正联系起来，一旦那种逼迫你只有调动全部智慧和潜能才能生存的环境形成，一旦你走的每一步都不会被人所夺取或占有，真正好的企业家，就会自然而然地走出来。不言而喻，好的企业也会出现。像他的三A一样，仅靠两万块钱，近二十个人，可以在很短的时间里，就能张开口去吞并一个有三十多年厂龄、有三千多人的国营企业。

火车在摇晃，很有节奏地发出钢轮的滚动声。他坐的硬卧车，用借的钱买的车票。车厢里人很多，大大超员，过道上、座位前，都坐满了人，还有人在地下躺着。他还好，有个座位，靠窗子，从窗缝中流进的新鲜空气，使他不致被车厢的污浊气体笼罩。他靠着睡着了，几乎没有做梦。只是偶然在脑袋里出现冯茹、李如意两个女人……他觉得脚被什么东西压木了，一看，一个戴草帽的人正靠在他的脚上睡觉，他本不想叫醒那人，但脚太难受，发麻，只得轻轻拍那人的肩，那人没有反应，又推了两下，那人醒了，哼了一声说："推什么？你有坐的，地上还不让我坐？"

宁安赔笑："我的脚压木了，对不起！"

那人没好气地说："你不会把脚移开？"

宁安没有办法："我看，我们是不是换换？"

那人不说了，将草帽揭开，转过头来，啊，是林小年！

林小年也认出了他："宁工！"

宁安："小年！哎呀，怎么是你？"

林小年笑着站起："宁工，你是个大发明家，听说办公司了，怎么还坐硬座？"

宁安笑了笑，给林小年让座，林小年忙制止："不，不！我年轻，什么地方都坐过了，刚才睡了一下，站站也好！"

宁安从上到下看了看林小年，虽不是破衣烂衫，但已大不如当初。一件磨得起毛的裤子，衬衣领也有一些黄垢，凉鞋也是塑料的，显得寒碜多了。

宁安："你不开公司了？"

林小年："嗯。"

宁安："干什么？"

林小年："给别人打工。"

宁安不想再问了。

林小年："宁工，听说你离开机床厂了？"

宁安："嗯。"

林小年："在办公司？"

宁安点了点头。

林小年："当老板？"

宁安："总经理。"

林小年叹了口气："宁总，人啦，真像车窗外的风景，变来变去，啊？"

宁安一笑，感到车身突然一抖，将林小年扶住。

"车加速了，你站好！"

"餐车开始供应了！"一个女乘务员走了过来，通知大家去进餐。

林小年："宁总，走，到餐车用餐！"

宁安点头，起身跟林小年走，他想，小年可以好好坐坐，我也可以伸伸腿，另外，也可以谈谈。

大概是天热的关系，餐车里的人不多。宁安点了几个菜，要了啤酒，和林小年谈了好久，他才知道，林小年既上了诈骗主犯徐中的当，自己也诈骗了人，由于他退赔主动，认罪态度好，罚了些款，被释放了。

"被你骗了的高级工程师叫什么？"宁安问。

"赵志德。啊，赵工的妻子叫钱令华，好像当过你的辩护律师！"

"啊？对！赵工开发的是什么项目？"

"快速牧草烘干机组，用途可大呢！"

宁安点了点头。

"这个项目，你们公司要不要？"林小年问。

"你又想骗。"宁安戏谑地问。

"不，我觉得，你们公司应该搞这样的项目。这次，我把赵工害苦了，听说，他离开西部地区时，家产都卖了，连手表也卖了！"

宁安皱着眉头，不说话。

林小年喝了一些酒，眼都红了："我现在……给别人打工，先学会……做人，再学会做生……意！赚了钱，我要还赵工……的债！宁总，你要是……能帮赵工一下，我林小年一辈……子要供奉你！"

说着，林小年就要下跪，被宁安扶住了。

到了北京，宁安和林小年分手了。林小年要去找客户，他现在的老板，就是他和徐中当年敲诈过的副研究员——盖世雄的发明者。分手的时候，林小年一再要求将来回去以后，请宁安去见赵志德，既是他向赵工赔礼道歉，也想介绍宁安和赵工见面。

宁安答应了。他觉得林小年与过去不同，经过曲折，林小年扎实了，也正派了，在走正道。也许，将来还是一个成功者。只要好好干，只要能总结。

宁安直奔国家科委火炬计划办公室，由于孙一平事前已给这里打了长途电话，火炬计划办公室主任立即带宁安去见国家科委谭副主任。

"谭副主任？"宁安问。

"嗯。火炬司令。在等你！"

当宁安走进办公室时，谭副主任哈哈大笑，走了过来。

"宁安！我们见过！你今天来，打领带了！哈哈……"

宁安："谭主任，你上次新闻发布会讲了，我只好照办！"

"嗯！来，我看看！"

谭副主任让宁安站着，认真打量了一番："嗯，比上次瘦多了，好像精神还可以，对不对？哈哈……你看，你这个领带，打成什么了？像红领巾嘛！"

宁安要动手拆，谭副主任走过来，帮他把领带解开，然后一个动作一个动作地教，最后，很漂亮地给他打好，扶正，拉宁安到镜子前看，问好不好。

宁安刚点头说好，谭副主任上来，又把他的领带拆开，要宁安自己打。

谭副主任："你们搞高科技企业，将来要在国际市场上唱大戏，连领带都不会打，怎么行？呃，这次打对了！可以，回去多练练，嗯？"

宁安点头："谭主任，我把我们的情况，给你汇报一下。"

谭副主任："情况，你们孙院长已经给我讲了，我都知道，就不必再讲了。数显表的资料，孙院长也寄来了，我已批了，同意立项，给低息贷款三百万，再多，我也没办法。老实话，总理也缺钱。今天，我只见见，我马上要去开会，先给你出两个题目：一是你认为加速发展高科技企业，国家在分配政策上应该采取什么新举措？二是高新技术企业的自主权限应当怎样从法律上得到保障？"

宁安点了点头。

谭副主任："记住，你回答这两个问题，不准讲套话，不准讲假话。但是，可以讲错话，明白吗？啊，我给你安排了，让你到中关村参观参观！"

谭副主任走了以后，他就到了中关村参观，看了很多企业。但是，他脑子里想的，却是谭副主任提的两个问题，他希望，在分配政策上让高新技术发明者、创业者高于歌星就行了。至于法律上如何保障高新技术产业的自主权，他希望让政府职能部门归位，别越权，只管自己该管的事就行了。我们的好多领导，总把自己看得太高明，太全面，太有水平，什么东西都懂，什么东西都敢点头、敢卡，世界奇闻！法律能不能治住这一条？

当他参观完毕回到火炬办时，一个处长告诉他，你们开发区的主任王德清也在北京，还有一个女工程师，叫冯茹。

"他们在哪里？"宁安问。

"在梅迪亚宾馆！"

宁安叫了出租车，赶到梅迪亚，但扑了空。王德清和冯茹已经结账走了，服务台工作人员讲，好像坐飞机去青岛。

63

王德清与冯茹的确是坐飞机去了青岛。

冯茹是按王德清的要求到北京的，国家火炬办为仿真系统进行了项目会审，批准立项，作为国家级重点项目。会议一结束，就电告比利时的比尔，比尔很高兴，要他们直飞青岛，比尔也要到青岛来，商量重要事情。

在青岛，他们进了崂山黄海宾馆——这是比尔指定的地点。出乎冯茹的意料，是王德清的舅舅威廉·彭迎接他们。

威廉·彭虽七十已过，但看样子要年轻得多，面色红润，说话中气很足，走路步履轻捷，只是头发雪白晶莹，可配上那副金丝眼镜，却别有风度。

"德清，你舅舅在这里，为什么事先不说？"冯茹问。

"啊，我是想让你吃一惊。"他笑。

"比尔呢？"

"很快就会来。"

威廉·彭对冯茹很好，一见面，就送了一条很重的金项链，还有一块华贵的瑞士金表。

"小冯，你记不记得，15年前，我们见过面？"威廉·彭笑着问。

冯茹点头。她当然记得，那时候，她和王德清很好，王德清邀她见"国际友人"，她去了，原来"国际友人"就是威廉·彭，她还叫了他一声舅舅……

"你当时叫我什么？"

冯茹的脸红了，直笑。

"能不能再叫一次？"威廉·彭问。

"对不起，彭先生！"冯茹为难了好一会儿，才喃喃地说。

威廉·彭笑了,叹了一口气:"我在美国生活了大半辈子,国内,就德清一个亲人,人老了,就总想有人按中国亲人的称呼叫我……可以理解吗?"

冯茹点头,威廉·彭哈哈大笑。

王德清也笑了。

很显然,这是一个很有人情味的老头,据王德清讲,威廉·彭是个银行家,在加州硅谷也有产业。正因为这样,一听说冯茹在开发仿真系统,就特别惊喜,特别支持。

"他和比尔是什么关系?"在威德·彭离开以后,冯茹问王德请。

"他是比尔的老板。"王德清答。

"啊?那就是说,深圳的……是你舅舅投的资?"

王德清点了点头。

"你为什么不告诉我真相?"她问。

"我舅舅的意思……怕你误会。"

"我误会?"

"嗯。还有宁安……"

"难道这不是你的意思?"

王德清不回答了,只是望着她,默认着。

天哪,出面的是比尔,出钱的是威廉·彭,而控制一切的,是他,王德清。

"你为什么要这样?"她避开他的目光,走到窗前。

"为了你的才智和能力。"他的声音很恳切。

"还有呢?"

"还有……"他向她走来,她突然转身,用冷冷的目光望着他。

"还有你个人不可告人的目的!"她恨恨地说。

很显然,突然间,她对他的感激消失了。存在的,是她那被刺伤、被愚弄的心。

"我……不想否认,"他说,"不过,这要由你决定。我早就想把一切对你讲的,可是一直没有机会。"

这时,威廉·彭进来了。

"德清,什么没有机会?"威廉·彭问。

"啊,舅舅,我们是在谈仿真系统的未来市场问题。"王德清看了冯茹一眼。

威廉·彭笑:"小冯,你的系统,在市场上大有机会!我的市场研究所提供了一份报告,结论是很乐观的!"

冯茹应酬地点头,笑了。

威廉·彭谈兴很浓:"可以这样做个比较,你的这种系统,在美国刚开始有人思考,在日本还没有老板投资,在德国是当神话传说,至于英国嘛,像大多数国家一样,很愿意提供市场!"

"在我们这里,"王德清补充了一句,"差点当作业余爱好被忽略。"

"所以,我很喜欢和佩服我的外甥!"威廉·彭笑着说,"他要是在我的公司,一定是一个很精明的管理者和创新者,你说是不是,小冯?"

冯茹点了点头。虽然她对王德清的做法不快,但她不得不承认,他只能这样做,也应该这样做,倘若当初他就把一切说得明明白白,她是不大会走到这一步的。

何况,他并没有强迫她,而是那句很中肯的话:这要由你决定。

事实上,她走到今天,也是自己决定的。

"小冯,今天,我可以告诉你,过去,我一直动员德清到美国去,去接我的班的。"威廉·彭坐下说,"现在,我改变了。他应该留在中国,或许,将来我的美国公司,要由他在中国主持!"

"是吗?"冯茹高兴地问。

威廉·彭点头:"我在美国的两个儿子,都……"

老人的眼里,罩着一层乌云。

冯茹也不回,她听王德讲过,威廉·彭的两个儿子,一个吸毒,另一个颓废,没有任何事业心,也不愿留在家里,放弃良好的家庭和事业环境,当酗酒的流浪汉……

"舅舅,"王德请企图把气氛变一变,"不谈这些了,谈一谈你对仿真系统下一步的想法,好吗?"

冯茹点了点头,拿出了记事本,掏出了笔,准备记。

威廉·彭点了点头:"下一步,我想请小冯到美国去……"

"啊?好哇!"王德清高兴地叫。

"是考察?"冯茹问。

"不,"威廉·彭说,"不仅仅是考察,我想,像小冯这样杰出的科学家,应该到条件更好的地方去生活!"

"你是说——让冯茹到美国定居?"王德清惊异地问。

冯茹也睁大了眼。

"对。绿卡,没有问题。资金和生活,还有研究条件,我都保证,你看,行不行?"

威廉·彭站起来,问冯茹。

这是冯茹做梦也没有想到的。她一时竟不能回答。她几乎没了主意。

"舅舅，冯茹一个人去……恐怕不行！"王德清看了看冯茹说。

"为什么？"威廉·彭问。

"她还有丈夫。"王德清很坦然地说，"除非，让他们两口子一起去。"

"这，我就很难了！"威廉·彭耸耸肩说。

"舅舅，冯茹的丈夫，也是很好的发明家，发明数显表，也是一流的。"

威廉·彭没有直接否定，只是说："小冯，看你还有没有别的办法？"

冯茹望着威廉·彭。他是什么意思？别的办法？什么别的办法？是让她离开宁安？

"舅舅，不可能有别的办法？"王德清的口气很坚定，在屋里走动，"冯茹的丈夫宁安，是我要好的学友，他们的家庭生活很幸福，绝对不应该分开！"

威廉·彭微微吃惊："是吗？那好……我们先不决定，都想想，好吗？"

威廉·彭回自己房间去了。

屋里很静。

冯茹觉得王德清变得很陌生，也难理解了。她提出，如果没有什么事，她想早些走。

64

赵志德已经回家半个月了。他瘦了许多，也老了许多，头上的白发，更多了。

项目搁浅了。家当赔光了。连未进门的女婿吴光华也受到连累，把自己的项目停下了。

他回家的那天，家里没有人埋怨他。丛玉说，爸，这算什么？科学的道路不会平坦！像吟诗。妻子虽说是律师，一见他进门，泪水就流了出来，说，老头子，只要你好好回来就行啦！这比什么都好！听了这话，他的鼻子一酸，往床上一倒，默默地流起了泪。

这三天，他想了许多。不错，自己是受了林小年的骗，事没办成。可这事能都怪林小年？不，自己也有责任。没经验，已感到林小年不地道，没引起警惕。一开头，他不经过自己，就与西部地区农垦局把合同签了，你为什么不警惕？到了西部，碍着面子，不查西部给林小年多少钱，这不是你的漏洞？想到这些，他觉得窝火，恨自己，恨自己把项目扔向了市场，却仍把自己圈在技术业务上，没有牢牢地抓住根本——经济的控制权。这当然很容易被心术不正的人欺骗、耍弄。

说实话，他有些灰心。对自己，也对社会。在单位，他虽然职称不低，可没人重视他的发明。在社会，又是这样的结果。路，究竟还走不走呢？

好像妻子和女儿都商量好似的，这三天，都不像以往，无所顾忌地跟他谈话，倒像对客人一样，很谨慎、很礼貌，也很拘谨。不是说天气如何如何，就是讲一些不着边际的事，像外星人在英国的麦田里画怪圈……他们把我当成什么了？未必把我当成一只受伤的狼狗，不愿刺激我，给我一些时间，让我一个人静静地舔治自己的伤口？

他终于憋不住了，召集了一次家庭会议，参加人是自己、妻子、女儿。议题是作为高级工程师的赵志德，在一次惨败后，怎么办？

三个人坐了半天，都不说话，你望着我，我望着你。

"好，我说！"赵丛玉毕竟年轻，终于打破僵局，"爸爸回家以后，妈本来有一肚子话说的，但始终没说出来，为什么？怕刺伤爸的心！"

钱令华："丛玉，你讲就讲自己的，讲我干什么？"

赵丛玉笑："你不好讲，还不让我替你讲？妈现在对爸的期望，是希望不甘寂寞的爸从这次失败中吸取教训，一是别背包袱，二是要爱护身体！"

钱令华点头。

赵丛玉："三么干脆，循规蹈矩去上班，别再胡思乱想了！人生么，就像看戏，该是最末排最边号，绝对不要往前边挤，中间坐，要认命。"

钱令华："我只是说让先放一下，可不是你这个意思，宿命论！"

赵志德："放一下？我不干！机组都造出来了，就缺几个钱，放坏了，锈了，怎么办？"

钱令华："怎么办？你说怎么办？"

赵志德："我还是要想办法把项目搞成！"

钱令华："还搞？这个家里，除了老婆，还有女儿没卖，你还想卖什么？"

赵志德："反正……我一定要干，就差一步了，我不能停！"

钱令华的气也来了："好哇，那你再去找个林小年！"

赵志德："不，我自己当老板！"

钱令华："你自己当老板？"

赵志德："对，我自己当老板！"

钱令华笑了，拉着赵丛玉的手，笑弯了腰："哈哈……果然是十亿人口九亿商，再加一个你来当啰！你靠什么当老板？算贷款？谁给你？靠倒？你倒什么？你还没倒，别人可能把你给倒掉了！靠骗？你能骗谁？只能骗我！"

赵志德被逼急了："我去摆地摊！"

钱令华的笑声充满嘲弄："高级工程师摆地摊？卖女人的连裤袜还是卖胸罩？你又不是不拿工资，这是……颓废、堕落！"

赵志德被妻子堵住了。

赵丛玉突然从手边翻开一本书："你们看，书上是这样写的，我们人格中的自我压缩性，反映了整个文化是属于弱者的文化，狄更斯的《大卫·科波菲尔》一书描写希普一角时，他总是对人说：'我是很卑贱的……'"

钱令华："丛玉，这个时候，你还拿你爸开心！"

赵志德已被母女的话激怒了，他站起来说："你们教训我也好，拿我开心也好，我都不在乎！冷漠，我受过了；欺骗，我经过了；打击，我也承受了！还能有什么？我确实要摆地摊，用我的发明，从一分一厘开始，积累钱！你们看！"

说着，他顺手从桌上拿起报纸，两次对折，而后从中间撕开一个圆块，再将报纸摊开："你们看，这能干什么用？"

赵丛玉、钱令华看了，摸不着头脑地摇头。赵志德像孩子一样笑了："现在，全世界都害怕艾滋病不是？有钱人住高级宾馆连公用马桶都不敢用不是？这张纸，就是放在坐式马桶上预防艾滋病传染的！"

"啊？"

"真的？"

钱令华、赵丛玉哭笑不得，望着赵志德。

赵志德："这纸用卫生材料纸做，这个中间的圆圈压暗齿，用薄塑料包装，请人加工，然后卖给宾馆，你们说，这东西谁能不要？用的时候，将塑料膜去掉，将中间的圆形撕掉，铺在马桶面上，就可以用了，中间撕掉的，还可以擦屁股用，一次性的，好不好？"

他说得详细，也很激动，连脸上都有红光，仿佛在向世界宣告：一项新的伟大的发明，已经诞生了！

钱令华笑得前仰后合，赵丛玉却咬着嘴唇，皱着眉头，望着父亲，目光中透出同情、理解和说不清的酸楚。

赵志德："你们说，这发明行不行？"

赵丛玉点头："妈，我看挺好，啊？"

钱令华："好？有什么好？高级工程师，纺织机械专家，要摆地摊，卖防艾滋病的擦屁股纸！"

赵志德发怒了："你觉得丢你的脸了？你觉得你没面子了？那好……你可以不跟我一块过！我已经老了，不能再等了，你们不同意，我……同意，老婆离婚！女儿改姓！"

他脖子上的青筋鼓起，脸涨得通红，声音也颤抖着。

钱令华哇的一声，捧住自己的脸哭了。赵丛玉走到赵志德身边，把头靠在赵志德的肩上："爸，你舍得我？"

赵志德的眼红红的。

这时，传来了敲门声。

赵丛玉去开门，门口站着林小年。

赵丛玉一惊："林小年！"

赵志德、钱令华也惊住了。

确实是林小年，装束已变了，神情也变了。

林小年赔着一副笑脸："赵老！钱律师！赵小姐！"

赵丛玉一个箭步冲上去，抓住林小年的领口："你这个骗子，你来干什么？"

林小年："呃……我来，给赵老，给你们全家赔罪！"

赵丛玉气极："赔罪？好，我让你赔！"说着，抡起手，打了林小年一巴掌。"不准打！"赵志德把桌子一拍，"放手！"

赵丛玉放下林小年，林小年进门来，扑通一声，在他们面前跪下了。

"赵老，这次我被抓进去……受到很大的教育，我不该用非法手段哄你们、骗你们……还有，我也受了徐中的骗，我的家产、资本……也都赔进去了！"

钱令华："你这是罪有应得！"

赵丛玉："我这辈子，除了在电影、电视剧中看到骗子悔过下跪的，今天，居然在家里看到了！可惜，照相机卖了，不然，我给姓林的留个影，岂不是很有意义的纪念！"

赵志德气得闭上眼睛。

林小年从上衣口袋里掏出一叠钱："赵老，我骗你，让你们家把值钱的东西都卖了，我林小年一定还，这是我还的第一笔：两千块！"

赵志德一惊。

钱令华："我们不要你的脏钱！"

赵丛玉走过去，把两千块从林小年手中抽出来："谁说不要？我们当然要！姓林的，你是讲钱都还？好，我告诉你个数，四万一。这是两千，还欠三万九，不算利息。呃，这两千，是不是给你写张收条？"

林小年："写也可以，不写也可以，我记得！"

赵志德："你这钱是哪里来的？"

林小年："我给老板打工，到北京推销，超额了，老板发的奖！"

赵志德命令他："起来！"

林小年站起："呃，赵老，今天，我来……除了赔罪还钱，还有件大事……"

赵志德："嗯?"

林小年："我过去的一位朋友，是个老板，我跟他讲了你的项目，他答应可以帮助你！"

钱令华："姓林的，你又想骗我们?"

林小年："不，我不是骗！这次，我只介绍……钱律师，这个老板你认识，你当过他的辩护律师！"

赵志德："谁?"

林小年："三A集团总经理宁安！"

65

宁安从北京返回之前，把国家科委批准数显表立项，给三A低息贷款的事，电传给孙一平，孙一平立即向新闻界披露，局面迅速扭转：银行主动给三A解冻，互助会"死"而复活，连钢铁公司的庞总也在考虑是否该冲破框框，在三A拿到许可证之前，就批量采购他们的数显表。

宁安，乘飞机回来了。

"宁总，这段时间，我们对社会上的非职务发明进行了一次调查。"在宁安的办公室，应山海正在汇报，"我们已经筛选了十五项，排队结果已初步出来了，这是一览表。在这十五项中，只需少量投入即可见大效的，五项；投资较大、周期也相对长一些的，十项。当然，有一些可能还有技术纠纷。从这个情况看，从社会上寻找有市场的高科技选题，是很重要的。我建议，公司全体成员，都要把联系科技人员、从社会吸纳科技项目，作为一条基本职责和任务，凡推荐了好项目并经过论证有价值者，公司应立即给予奖励……"

宁安点头："不光是给高奖励，还要给发明者和推荐者一定的原始技术股份，既让他们承担风险，更让他们获得效益。"

刘星："我父亲从东北打长途电话来，已经拿到了三百个坐标的订单，现在的主要问题，是红卫厂的生产能力跟不上。"

宁安："你父亲不是说设法到东北搞数显表生产许可证吗?"

刘星："嗯，他说了，估计问题不大，就这两天，应该就会攻克。"

宁安笑了。

陈广全："屈老把机床厂的底也摸清了，这是屈老造的表，亏损加债务，已接近六百万，屈老的意思是，要下手，现在时机最好。"

宁安："你的意思呢？"

陈广全："据我的经验，像机床厂这样的厂，账面上欠款六百万，实际恐怕不止……"

宁安点头。

陈广全："要兼并这个厂，债务的问题就很大，我们要背……恐怕难。"

宁安："资金问题由我解决。"

陈广全："嗯。不过，像我们这样的公司，要兼并这种大厂，怕各级领导不一定同意……"

宁安站起："这个问题，我已经考虑了，肯定有阻力。怎么冲破阻力呢？我想，不外乎两条，第一条，耐心做有关方面的工作，特别是机床厂方面的。广全，你先去摸摸他们的态度，多做做工作，嗯？第二条，由我出面，起诉邱子希。"

大家都惊了："起诉邱子希？"

宁安点头冷笑："兵法云：'奇出于正，无正不能出奇，不明修栈道，则不能暗度陈仓。'全国一条龙会议在即，机床厂产品积压，在数显表的问题上，我这个被告变成原告，邱子希当然被动，机床厂的日子又能如何呢？"

大家一起"唔"了一声，连连点头。

宁安沉思了一下问："最近，李如意来了没有？"

应山海："一直没来。"

宁安："前一段时间，公司处境困难，李如意虽然主动要求进来，我没有同意，现在看来，再不能把她拒之门外了，她是我们三A的有功之臣！我想，任命她为三A集团的副总经理兼公关部长，各位有什么意见？"

大家都不约而同地点头。

宁安："刘星，你没表态？"

刘星："我了解，李如意已另有高就了！"

宁安："啊？"

刘星："她比我们抢先了一步，在方老的支持下，联络了各家银行，组建了高科技风险投资公司，她任总经理！"

宁安："真的？"

刘星点头:"注册资金不少,两亿,她的公司就这两天开业……"

宁安觉得头嗡地响了一声,马上宣布散会,把自己一个人关在办公室里。

重用李如意,是他在北京想好了的,准确说,是在他知道王德清和冯茹双双进京、双双去青岛以后,下的决心。他认为,冯茹说得对,自己已经冷落了一个女人,就不该冷落另一个女人。冯茹既然决心分居,决心出走深圳,而且长时间不主动和他通话,连与王德清到北京、去青岛的事都不告诉自己,这说明了什么?自己为什么还冲不破老的框框,还有什么可留恋的?又有什么理由折磨人家李如意?……他觉得自己对不起李如意,有愧于李如意,尤其是那天晚上还要当面羞辱李如意……为此,他在北京骂自己,恨自己,责备自己,也就很自然地得出了重用李如意的决定。他想从这个公开的决定开始翻开自己生活的新一页。然而,李如意却离开了自己!

她当初多勇敢,多磊落!她为什么变了?这还用问,完全是你自己拒绝她、冷落她、羞辱她!你这个蠢蛋!什么公司当初困难,什么考虑影响,全是站不住脚的鬼话!是自欺欺人!……

他一支又一支地抽着烟,反省自己。

有人敲门。

"进来!"他叫了一声。

门开了,是邱子希。还是那个样子,笑容可掬,深不可测。

"邱主任!"他强装笑脸,"什么风把您老吹来了!"

邱子希笑着进来,坐到沙发上:"送三A扬帆的东风!哈哈……"

宁安看了邱子希一眼,马上起身,倒了一杯茶,送了过去。

邱子希:"听说你这次北京之行收获很大?"

"邱主任消息这样灵通!"

"三A的事,别人不关心,我这个微机办主任还能不关心?"

"谢谢!"宁安笑了。

"啊,王德清从青岛来了电话,说到处打电话找不到你,要我转告你,冯茹这几天就回来,要你准备准备。"

"准备什么?"

"嗨,我这个老头子,要我说什么?说久别如新婚?哈哈……"

宁安望着邱子希,没有笑。

"宁安,还有件事,我也要讲一讲你们许可证的事,已经快了,不要急,最多十天,行不行?"

"邱主任，我们已经办得差不多了！"

"啊？在哪里办的？"

"东北！"

邱子希一下子站了起来："真的？"

"真的！"

"哎呀，宁安！你们这样干，还让不让我这个老家伙混了？你明明是我们市的公司，怎么到东北去办？"

"这就要问你了！"

"对对！"邱子希变得很快，"臃肿的官僚机构！拖拖拉拉的衙门作风！别说不如沿海，连东北都跟不上，这怎么行？宁安，东北那边，你能不能停下，我们马上给你办？"

"邱主任，今天，我想跟你谈这件事！"

"啊，谈什么？"

"我想，把我们两的位置换一换！"

邱子希一惊："你要来当微机办主任？"

宁安笑了，吹掉烟头上的灰。

邱子希笑："我……是老了，这把椅子，当初，我就不想坐，现在，也不愿坐到被别人撵走。你宁安如果愿意，我当然可以向上头推荐，不过，对有野心的人，上头就是再糊涂，恐怕也……"

宁安把他的话打断了："我是说，我和你把当初原告、被告的位置换一下。"

邱子希一愣："啊，你要告我？告什么？"

宁安："我们之间的官司，还没打完。"

邱子希听明白了，爽朗地笑："嗨，什么完不完，你离开机床厂了，我也离开了，谁也不再提了，还有什么完不完？"

宁安："现在，是我不让完。数显表的第一项目责任人，究竟是我，还是你？"

邱子希："那是厂里定的，与我有什么责任？"

宁安："当初你是原告，没责任？"

邱子希："宁安，这样做，对你的公司，恐怕不好吧！"

宁安潇洒地站起："邱主任，你应该知道，法庭的广告作用是很大的。我们的项已立了，许可证也有了，再到法庭上把新闻单位请来，做不花钱的广告，不是很好吗？可以说，是极好的商业机会，对不对？"

第十五章

66

当一种旧的平衡被打破,被束缚的能量会突然释放出来,就会惊人地改变事物的运行轨迹。人也是这样。那天,她终于让方必优如愿以偿,躺在他的怀里,她的一切,迅速出现巨大的变化。

她已经组建了高科技风险投资公司,出任总经理。

她重新搬回了方家大院。

"如意,宁安从北京回来了,听说没有?"

方必优从洗澡间出来,一边用浴巾擦着头发,一边问。

李如意穿着睡衣,正在看录像,是美国影片《克莱默夫妇》,很聚精会神。

方必优扔掉浴巾,走到镜子前,对着镜子梳理头发。

"听说宁安在北京大获全胜,一回来,三A的局面就变了!嘿嘿,我们这个国家,只要北京点了头,什么事都……"

说到这里,他发现李如意并没理他,就放下梳子,到李如意身边,把红外线控制器摁了一下,录像机停了。

"你干什么嘛!这片子太精彩了!"李如意要开录像机。

"如意,我有重要事情对你说!"方必优望着李如意。

"什么重要事情?"她望着他。

"宁安从北京回来……"

李如意打断他:"我对你讲过了,不要再谈宁安!我不听!"

方必优伸出双手,扶住李如意的肩:"不,今天你要听!"

"为什么?"

"宁安从北京回来后,三A的局面彻底改观,他不甘罢休,对邱子希提出起诉!"

"还是为数显表的事?"

"嗯,说邱子希从当初写立项报告,到后来到法院起诉他,都是企图窃取他数显表的发明权!"

"他这是要报私怨?"

"不那么简单。"

"那他要干什么?"

"名义上是告邱子希,实际上是搞机床厂!"

"嗯,他是想——?"

"想兼并机床厂!"

"呵呵,这倒是一招好棋!"

"如意,对宁安,当然是一招好棋,可是对我……"

"这与你有什么关系?"

"当然有!前几天,局里已经找我谈了话,准备让我接手,把机床厂抓起来!"

"让你当厂长?"

"嗯!"

"我怎么不知道?"

"本来,我想等任命宣布了,再让你高兴高兴的,可宁安这一告……"

李如意想了想:"嗨,我看宁安告也好,他告了,反而会加快班子调整的步子,你不就更……"

"恐怕没这么简单。你想想,宁安为什么在这个时候告?"

她沉思着。

"宁安在东北拿到300个坐标,钢铁公司机修中心的近千台床子,也要用他的数显表,他靠一个小小的红卫厂,能生产得出来?"

"你是说,宁安这是要吃掉机床厂?"

"对!他是敲山震虎,通过起诉邱子希,达到兼并机床厂的目的!如果真是这样,那我的事……"

李如意点了点头,从沙发上站了起来,在屋里走动,思索。

"你的意思是说,如果宁安兼并了机床厂,就会任命他信得过的人,不会任命你了?"

方必优点头:"你想想,我和你现在这样,他还会用我?"

"你的意思,是让我去影响宁安?"

她质问道。

他点了点头。

"不,我决不干!"

突然,她吼了起来。

"如意,你这是为了我,也是为了你,你手上有个公司,我手里有个大厂,你看看，能办成多少事！"

他走到她身边，将她的腰抱住。

她闭上眼："不，不行！我说过了，我今后，决不和宁安打什么交道了！"

"为什么？"

"我会听他的……"

"不，我不相信！"

"会的，会的，肯定会的！"

"现在不会了！"

"为什么？"

"因为，我已经变了，不是过去那个方必优！"

她想了想，脸上露出了笑容。

第二天，她就坐车到三A，找到宁安。

"如意，听说你组建了高科技风险投资公司？"他问。

她点了点头。

"任总经理？"

她抽出一张名片，递了过去。

他接到后看了看。

"听说注册资金两个亿？"

她点了点头。

他不再问了，望着她。

她也目不转睛地望着他。

他终于醒了过来。

"如意，你好吗？"

"嗯，好。"

"和方必优恢复关系了？"

"嗯！"

"什么时候结婚？"

"不会多久。"

"祝贺你们！"

"谢谢！你好吗？"她问。

"谢谢，好！"

"冯茹呢？"

"她……这几天回！"

李如意不说话了，她想起了宁安那天夜里当她面给冯茹打电话的事，一下子变得冷静了。

"宁总，如果我猜得不错，你起诉邱子希，是另有所求！"

"啊？"

"兼并机床厂，对不对？"

他笑了。

"我想，这一招棋，你很可能赢！"

"是吗？"

"上级，会支持，因为这是用高新技术改造传统工业。职工也大概不会反对，因为只有兼并以后，他们才有新产品，有活干，也有钱赚！"

"如意，我很佩服，你真聪明！"

她一笑："我要是你，也会这样干的。"

他点了点头。

"如果不保密，我希望了解一下，对机床厂的班子，你有什么考虑？"

他一愣："如意，有什么话，你说！"

她笑了："有些话，也不好怎么说……前几天，上面已找必优谈了话，意思是，想让他把机床厂抓一抓！"

"啊？让他当厂长？"

"可能是这个意思！"

他望着她，想了想，突然淡淡一笑。

"李总经理，要我谈感想吗？"

"嗯？"

"你变得真快！几乎我都不认识了！"

"是吗？"

"变得我都不能想象……"

"是吗？"

"是的。你是想让方必优当厂长？"

"……"

"你很直率。不过，我可以告诉你……"

"请讲！"

"我现在只是一个原告！"

他的目光是冷的。

她从沙发上起来，冷笑一声。

"如果你今后求我……"

"怎么样?"

"请你记住你今天讲的话!"

67

林小年谈宁安可以帮助赵志德以后,赵家阴云密布的天气,有了好转。赵志德又开始伏案工作。这一段在西部地区的生活,让他对设计有了新的思考,快速脱水除了用于牧草和饲料之外,似乎还可以用于葡萄的加工,这对酿酒业将是新的推动。还有,能否利用红外线系统,进行大批量的红薯条、土豆条的加工处理……极大的新的产业前景,使他激动不已。赵丛玉也突发奇想,能不能让宁安也关心关心吴光华,为吴光华的项目提供条件?为此,她主动当赵志德的助手,以便利用赵志德,接近宁安。钱令华的要求不高,只要丈夫不要出洋相,不到街上摆地摊,她就满足了。

下班了。钱令华一进门,发现屋里乱糟糟的,把包一放,坐到丈夫和女儿身边。

"妈,累了?"赵丛玉问。

"嗯!"

"累了就歇着。"赵志德从老花镜下抬起眼睛。

"歇?你们看,都几点钟了,两个大活人在家里,什么事都不做,连上午吃的碗都不收拾,等谁来侍候?"

父女俩看了她一眼,不说话。

"你们天天这样!呃,跟你们讲,我是个职业妇女,是律师,不是老妈子!我在外面忙,又在屋里做,人受不受得了哇?"

赵丛玉抬头:"妈,你今天是不是输了官司?"

钱令华:"我输了?我这个辩护律师什么时候输过?"

赵志德:"那倒不错。我的老伴,是不会输的。世界上的女人,有最坏的女人,最恶的女人,最鬼的女人,最脏的女人……我的老伴,是最富于正义感的女人!"

钱令华见赵丛玉笑,就反唇相讥:"就是!我说你呀,是世界上最懒的男人!"

赵志德一笑:"其实,我认为最懒的男人并不坏。"

钱令华:"还不坏?让你女儿评评!"

赵丛玉放下设计尺："让我评？可以。我同意爸的看法！"

赵志德高兴地笑："是不是！"

钱令华举手要打赵丛玉："鬼丫头！拍你爸的马屁呀！"

赵丛玉用手一挡："妈，你先别打，我有道理！"

钱令华："还有道理？"

赵丛玉点头："第一，据有关方面统计，世界上男人的寿命，一般来说，比女人平均短10年左右。如果妻子真爱丈夫，就该让丈夫多保重点，少做点家务，做多了，累狠了，死早了，妻子一个人留下干什么？未必改嫁？"

赵志德张开嘴大笑，连连点头。

钱令华："鬼话！你这是大丈夫主义！"

赵丛玉："呃……妈，这可是报纸上登了的！第二，一般女性都喜欢丈夫高大威武，尤其在气质上要有阳刚之气，不能说话办事像个姨娘样，对不对？如果丈夫在家里大事小事都做，成习惯了，在外面会不会是一副娘娘腔？"

这话把钱令华惊住了。

赵志德拍手叫好："太对了！"

赵丛玉："还有。一般来讲，男士在社会上的工作和心理负担，要比女士重一些，这是当今社会的特征之一。既然是这样，妻子是不是应该让男士在家轻松轻松，多休息些？"

赵志德把绘图笔一放："哎呀，丛玉，你这真是讲到家了！"

钱令华白了她一眼："现在，你还有什么社会负担？"

赵丛玉："哎，妈！爸回家到现在才几天，你就忘了？"

这句话，倒把钱令华提醒了："好好，我斗不过你们父女俩！反正，我是做的命！"

赵丛玉把袖子一卷："是的，我哇，这辈子也肯定是做的命！妈，我帮你！"

钱令华把女儿一推："去去，你帮？你越帮越忙！"

赵丛玉："妈，你没去找那个宁安？"

钱令华："打了个电话，他说这两天来！"

赵丛玉："真的？要是他也能帮帮光华，就好了！"

钱令华："你以为他是救世主？我听说，他那个公司的钱，只两万！"

赵志德："真的？"

赵丛玉："起家两万，也不少。关键是他会做生意，能借别人的钱赚钱！"

赵丛玉正说着，宁安已经到了门口。

"请问，钱律师在家吗？"

钱令华从厨房里出来："哟，宁安！"

一听说是宁安，赵志德、赵丛玉都起身，又是让座，又是送水，好热情。

"钱律师，我想求你件事，不知你答不答应？"宁安笑着问。

"还是上次的官司？"钱令华问。

"我们公司研究了，想请你出任三A的全权法律顾问！"

钱令华很平静地望着宁安。

宁安从包里取出一本资料："这是我们三A的基本情况，你好好看看，然后把决定通知我。"

钱令华接文件点头。

"如果你同意，我眼下就想请你帮我打一笔官司！"

"啊？"

"我要起诉邱子希！"

钱令华一惊："上次他起诉你，现在你要起诉他……为什么？"

"还是数显表。他从打立项报告，到起诉我，都是企图占有我的发明权！"

"嗯，有道理。不过，这里面还涉及一个机床厂的问题。邱子希所做的，都是厂领导集体的决定，官司打起来，恐怕麻烦。"

"钱律师，"宁安说，"我就是希望把机床厂裹进去！"

"那不是你希不希望的事，机床厂本身就在里面。我知道，机床厂经营状况不好，银行连贷款都不给了，上级会不会考虑，你再打官司，会把他们打垮了？"

赵丛玉笑了："妈！你看你说的！要我是宁总这个位置，我就希望他机床厂垮，正好兼并他！"

宁安眼睛一亮："是吗？钱律师，请问这位是——？"

钱令华："啊，我女儿，高分子专业硕士！"

宁安："怪不得语出惊人！请问，这位是赵志德先生吧？"

赵志德："哎，我是！"

宁安笑着伸出手来："赵老，你是不是有一个快速牧草烘干机组的项目？"

赵志德连连点头："是的！"

宁安："林小年对我讲了，我认为很好！我们公司研究了，想把样机和西部地区的草场买下来，在那里搞一个示范区，请国内外客商来看样定货！"

赵丛玉："宁总的意思，是拿这个项目当摇钱树？"

宁安点头："给国家，也给自己。"

赵丛玉："你自己？"

宁安："首先是你父亲！"

钱令华："他？他已经赔了一次！"

宁安笑："我知道。那是上当受骗。"

赵丛玉："谁能说不再受骗？"

宁安："这次不会。如果赵老同意，你的发明本身就拆成20%基本股，在此基础上，组成项目分公司，你自己做分公司经理。"

赵丛玉："听你的？"

宁安："大的方面听我的。分公司的全部活动赵老具有全权。"

钱令华："哎，这事慢慢再谈。宁总，就在这里吃饭？"

宁安："不，我还有事，下次我请你们全家，尤其是赵小姐，好不好？"

赵丛玉："好哇！啊，宁总，假如我也有好项目呢？"

宁安："如果赵小姐看得起，我们希望先提供资料。"

赵丛玉："那当然。不过，要拿我这个项目，得首先解决我的合作者的问题。"

宁安："什么问题？"

赵丛玉："调他进城，创造好的科研环境，这个项目就一定能成功，也肯定有市场！"

宁安望着赵丛玉。

他想，敢要大价的，如果不是骗子，就一定是奇货可居。

68

果然不出所料，宁安要起诉邱子希的事，使机床厂震惊不已。机床厂厂长叫俞斌，年龄已超过60岁，长期生病住院，得知这一消息后，不得不回到厂里，恰好遇到进厂摸底的陈广全。

"宁总的意思，让我来给厂里通报一声，对起诉邱子希，厂里应有所准备。"陈广全说。

俞斌苦笑："先礼后兵？"

陈广全不正面回答，做出要走的样子，俞斌做了个手势，让他先不要走："有一句老话，想要人聪明，最好先让人糊涂，老陈，明白吗？"

陈广全笑了："我看，俞厂长并不糊涂！"

俞斌点点头，拿起电话，递给陈广全："请你给宁安要个电话，就说，我这个被告，想跟他这个原告做笔生意！"

陈广全接过话机，又放了下去："我能先听听吗？"

俞斌点点头："兼并!"

陈广全故作震惊："兼并?"

俞斌咳了几声："兼并。由你们三A兼并机床厂……我虽然心里不服,但兵临城下,只有走这条路,为了扭转工厂被动局面,我努力过,也曾想大刀阔斧……但刀是钝的,斧是泥的。我曾经免过一个车间主任,但车间主任的表弟是税务局的,到厂里逼税……我只有恢复那个车间主任的职务。机床厂鼎盛过,当过皇帝的女儿,当时,我是个有争议的人物。后来,我消沉了,老道了,圆滑了,工厂也……我倒听不到对我的争议了,怪不怪?可笑不可笑?"

这一席话,引起了陈广全的许多共鸣。他自己,也有类似的经历,他看着苦笑着大咳的俞斌,同情之心油然而生。

"俞厂长,这么大的事,你是不是先向上级报告一下?"陈广全关切地说。

"不能请示报告了……怕来不及!"

"为什么?"

俞斌沉思了一下："我要抢在他们换我之前,先斩后奏,把这件大事办了!"

陈广全一惊："要免你的职?"

俞斌点点头："我已过了60岁……我想这也许是我为机床厂做的最后一件好事。这一次,不仅仅是个争议人物,恐怕是被人当卖国贼骂!"

说完,俞斌拿出一份打印好的意向书,递给陈广全："现在我还是法人代表,我怕事情有变,就先搞了个三A兼并机床厂的意向书,这是和几个副厂长商量了的,你们拿回去看看,同意就签字。啊,我的字已经签了,厂里的印已盖好!"

"俞厂长,这太不符合常规了!"陈广全拿着意向书说。

"对机床厂也好,对你们三A也好,我看,这都是难得的机遇,要按常规,恐怕干不成!"

俞斌说完,又提着包,住进了医院。

"广全,俞厂长真是一个有开拓精神的老企业家!"在听完汇报以后,宁安对陈广全说,"这份意向书写得很好,几乎是无懈可击,我完全同意!"

当宁安在意向书上签好字、盖好章,正要抢先向新闻界披露的时候,从机床厂传来了消息:俞斌的厂长职务已经免去,由方必优出任厂长。安宁带着意向书,决定去机床厂。

方必优接任厂长位置之后,就发现了这份意向书,十分窝火,立即向上级反映了情况。认为这是一份没有法律效力的文件,是他无法接受的。但是,上级却并不这样看,他们说,俞斌当初的做法虽然有些不对,但心情完全可以理解,他是为了机床厂,也是为了保护接任厂长职务的人,因为,像机床厂这样的大厂被兼并，终究会给人不光彩的印象，尽管这种兼并是一条新路，是对传统企业实行改造的好方式……

"那你们还任命我当厂长干什么？"方必优急了。

上级笑了："方厂长，方老身体好吗？"

很显然，他们是要他回去问自己的父亲。

"必优，祝贺你荣升厂长！"在进了方必优宽大的办公室以后，宁安紧紧握住方必优的手。

"是祝贺我，还是祝贺你？"方必优板着脸问宁安。

宁安不回答，到沙发上坐下来，点燃一支烟，望着方必优。

"我有一个强烈的感觉，我是在错误的时间、错误的地点错误地接受了厂长这个职务！"

方必优板着脸说。

"是吗？"宁安依然是那么漫不经心地笑着。

"同样，我也认为，你也是在错误的时间、错误的地方做出了一个错误的决策！"

方必优的声音变得有挑战性了。

"是吗？"

"真没有想到，你会这么快！"

"必优，其实，你也不慢！"

"假如我不承认这份意向书呢？"

"没有用。你上任的日期，在意向书签字之后，对法律而言，你承不承认，没有任何影响！"

"这只是意向书！"

"意向书也是法律文件！"

"你知道我要接任，为什么还抢先这样做？"

"我决定这样做，比知道你要接任厂长早，还有，任何人接任，也不能改变我！"

大约是宁安的回答尖锐有力，方必优不再讲了，只是端坐在厂长位置上，久久地望着宁安。

其实，对和宁安的这场冲突，他是早有准备的。他希望以先发制人的办法，来击退宁安。看来，已达不到效果。

方必优突然一笑，将口气一变："宁安，你想过你吃得下这个厂吗？"

"想过了。"

"你以为光靠数显表,就能解决几千人的问题?"

宁安笑了:"必优,你又错了,我是个高科技集团公司,我的项目,绝不止数显表一个项目。"

方必优点了点头:"很好,你不止一个项目。可退休职工待遇问题、待业子女安排问题、设备改造问题、机关干部问题,你想过吗?"

宁安笑:"不仅想过,还有方案,但绝不是用传统的方式解决,有一个前提,就是机床厂必须与原主管单位脱钩,包括地产在内的固定资产,我们将分期偿还给国家。我们的目标,是集团化、多元化、股份化,干部制度、用工制度、分配制度,都要全面改革……"

方必优:"我想,有一个难题,你可能解决不了!"

"是吗?"

"机床厂的债务?"

宁安笑了:"不是500万吗?"

方必优笑:"500万?我接任以后,查了查,何止500万!这个厂……为了能从银行搞到发工资的钱,还为了能发一点少得可怜的奖金,公开的赤字,是500万。可实际上,他们还有另一本账!"

宁安一惊:"多少?"

方必优:"1200多万!"

宁安愣住了。

方必优:"说实话,按照国际标准,这个厂事实上已经破产了。你们三A才成立多久?你宁安账上有多少钱?你们在银行里能贷到多少钱?你用贷款填机床厂这个窟窿,能不能还得起?就是填了这个窟窿,工厂的整顿还要用多少钱?2000万就够了?这里有多大的经济风险!你想过吗?"

一连串的问题,把宁安问住了。

"说实话,现在,我都有些后悔了,不该接任厂长这个职位的!"方必优很动感情,在屋里走动,"可是,我已经上任了,我只有走下去!会有什么结果?我自己都难预料……而你,为什么要插一只脚来?"

宁安望着方必优。

"宁安,你一定要好好想想!是不是这样,想好了,我们再谈?"

69

赵志德又一次登上了到西部地区的火车。这一次,他的身份是三A集团绿色公司总经理。已经给西部地区农垦局打去了足够的资金。宁安到他家以后，他把全套设计图交出了，经过会审，通过了。宁安兑现了诺言，给他成立了公司，拨了专项款，使他拥有管理分公司的全权。他终于发出了深深的感慨，社会，终究还是公正的。

赵丛玉也得到宁安的口信：请吴光华把项目设计报一个概要，一经论证同意，也将满足全部要求。这当然使吴光华很兴奋，他说，这次回国总算没错，虽有坎坷，但终究还是老婆事业双丰收。

"丛玉，当初镇里收我，还是不容易的，我能就这样走？"吴光华问。

"不这样走，该怎样走？"她问。

"我的户口在这里，起码得经过他们，让他们点个头！"

赵丛玉觉得也对，就到牛角镇，找到了童镇长，童镇长还是老样子，吃完晚饭以后，靠在躺椅上剔牙、抽烟。

"什么，你们电台要调吴光华？"童镇长还是把她当成省电台记者。

"不是电台调，是高级科研单位要！"赵丛玉说。

"那怎么行？你上次介绍了吴光华的情况以后，我把镇里管干部的领导找来了，狠狠批评他们一通，我们镇有几个国外承认的硕士？又有几个留学回来的专家？吴光华一个嘛！你们不了解他，我了解嘛！可他还只是个合同工，像不像话？要是新闻单位捅出去了，不是大笑话、大典型？最近，他们告诉我，要破格重用……"童镇长很兴奋地讲。

赵丛玉："怎么破格重用？"

童镇长："先提拔吴光华当防疫站副站长？"

赵丛玉听了一笑："副站长？有多大权？"

童镇长："防疫站的三把手，专管科研，每年科研经费5000块！不少咧！"

赵丛玉哈哈大笑："是，是！好重的担子！"

童镇长："下一步，我想，把他再转成国家干部，到镇机关来……"

赵丛玉不想听这些话了："童镇长，考虑到吴光华的情况，上级还是希望安排得更好些，让他专业对口……"

童镇长："他是什么专业？"

赵丛玉："高分子。"

童镇长："那……我们镇没这个专业。"

赵丛玉："所以，想听听镇领导的意见，是不是让他调走。"

童镇长："那好哇……呃，既然是上级要调，我们就服从。可是，吴光华这样的人才，我们培养起来，容易吗？"

赵丛玉："那是不容易！"

童镇长："所以，调吴光华的单位，是不是该给我们一些补偿？"

赵丛玉："多少？"

童镇长："3万！"

赵丛玉一惊："3万？"

童镇长："我们这里穷，这又是上级要，3万还多？"

对这个价，赵丛玉认为是太离谱了，镇里狗屁钱都没花一个，凭什么要3万块的补偿？吴光华说，不多，就算试一试宁安的诚意，也该要这个价。他不仅把人造骨骼新材料的资料给了赵丛玉，还把在研究的二维脑地图仪资料也给了，说宁安是学计算机的，二维脑地图仪他一看就知道项目分量。

在宁安的办公室，赵丛玉把图纸一张张展开，让宁安看，看着看着，宁安兴奋了，不时发出"好！好！"的赞叹声，就伸手去翻，但图纸被赵丛玉压住了。

宁安："脑地图仪……看了一半，还要保密？"

赵丛玉："知识产权问题，全世界都很关注，吴光华还没调到你的公司。"

宁安点燃一支烟："赵小姐既然提出知识产权……是不是先开个价？"

赵丛玉笑："除了脑地图仪，还有新型人造骨骼材料，据我所知，是国内首创，国外没有的！"

宁安点头。

赵丛玉："价格嘛，我已经说过，吴光华进你的公司，你提供必要的开发条件……"

宁安："没有问题！吴光华在哪里工作？"

赵丛玉："在牛角镇！"

宁安："我们公司负责调！"

赵丛玉："现在，有好几家公司在抢他，镇里也知道留不住，就把人才补偿费抬高了！"

"多少？"宁安问。

"3万！"

宁安愣在那里，望着赵丛玉。

"不给3万，镇里不放人！"

听赵丛玉加了这一句，宁安突然笑了，边笑边摇头，那笑充满苦涩。

"宁总，你笑什么？"赵丛玉问。

"我笑什么？留学归来的硕士，还有这么好的项目，才值3万！"宁安将桌子一捶。

"你说太少了?"赵丛玉惊了。

"太少了!"

宁安斩钉截铁地吼了一句,从座位上起来。他似乎克制不住自己,在房里大步走动,一个来回,又一个来回,突然,面对墙壁,用拳在墙上又捶。

"3万!3万!我们的人才,太不值钱啊!"

他转过身来,像吵架一样,望着赵丛玉说:"你知道美国硅谷有个仙童半导体公司吗?仙童公司的产品很出名,为什么它的产品出名?因为他们有个很出色的专家叫霍根。霍根原来在摩托罗拉公司,仙童公司要霍根,你知道开的什么价?付12万美元!另外,还借给霍根540万美元低息贷款,让霍根在仙童公司占有9万股份,每股是60美元,你算算,总共有多少?这就是世界上流行的购买人才的霍根单位!"

宁安拍着桌子:"可是我们这里,像吴光华,才3万元!"

大约是他又喊又打的原因,应山海也进来了。

"宁总,你——?"

"老应!你马上通知财务,开张3万元支票,交给赵小姐,办吴光华的调动!啊,把我这间办公室腾出来,让吴光华先用,作为过渡……"

赵丛玉感激地说:"谢谢宁总!"

她随应山海下去了。

这时,电话铃响了。

是王德清的。

"宁安吗?我是德清!"

"你在哪里?"

"啊,前一段,我和冯茹去了北京、青岛,今天,我坐早班机回来了,冯茹的飞机,是下午的!"

宁安"嗯"了一声,将电话扔了,在桌上捶了一拳。

身后,传来了敲门声。

他一转身,是李如意站在门口。

70

黄昏的时候,冯茹拎着旅行包回到家。

她本来希望宁安到机场接她的,因为她告诉过王德清,让宁安去接。

但是,下了飞机以后,不是宁安来接她,而是王德清。

"老宁老忙，让我代他来接！"

王德清在小车里对她说。

"李如意组建了高科技风险投资公司，当总经理，突然约老宁谈问题……"

冯茹不想听了，将挡风玻璃摇开，窗外的喧闹声和风声，打断了王德清的话。

屋里很乱。桌子上有好久没洗的菜碗和筷子，油迹黄黄的，有一层的霉。地也没扫，烟头很多。沙发上丢着一件件脏衣服，还有有味的袜子。床上的被子没叠，枕巾上有发黑的污渍。

她叹了一口气，放下包。

在青岛，她用沉默回绝了威廉·彭要她去美国的邀请。她知道威廉·彭的用意，而这种用意是王德清定好了的，也全部是为她的。她不愿意走这一步，她还深深地爱着宁安。他和她之间当然有隔阂，当然不融洽，事实上已经分居了，但她认为自己离不开他，也不应该永远离开他。她之所以提出与他分居，甚至远远地离开他到深圳去工作，没有别的意思，只有一条，将来和他更密切地生活在一起。她绝对不会放弃事业，也绝对不会放弃他，并坚信这是自己命运的价值所在。她事实上对他一无所求，只知道他终究离不开自己。他仍需要她，尽管世界上有个李如意。

她拒绝威廉·彭，当然使王德清大失所望。这一点，她看得很清楚。王德清的情绪已远不如当初那么高涨，有时候，似乎有什么话总想讲又讲不出来。但是，她只当不知，以女人独有的方式，聪明而又得体地与他保持微妙的距离。她有时很奇怪，王德清为什么这么固执，明知道得不到的东西，他竟能那样耐心而又不甘心地等待。这或许对他是一种极好的收获，使他比一般人更能在复杂的人世中周旋，尤其是在更为复杂的官场。无怪乎他总是在人们不大注意的时刻，一步又一步地稳步上升。他或许还有更加辉煌的时刻，但她不可能爱他，至多只是尊敬，或是佩服。即使是那样，也还有某种心理上的戒备。

她忙了两个小时，终于把脏乱的房间清理、打扫干净了。快七点，不见宁安回来，就到厨房里忙活，不错，冰箱里有蛋、鸡肉、香肠，还有香菇、青菜和面条。她想了想，打算做几样菜：香肠炒蛋、红烧鸡肉、面条、香菇菜心。她看了看，啤酒没有了，打算下楼，去买几瓶啤酒。

她想陪宁安喝点酒，好好谈一谈。

这时，电话铃响了，是王德清打来的。王德清告诉她，市长在等她，要她谈一谈深圳的情况。市长对仿真系统很重视，对她的出色表现很惊奇，一定要见一见科技界的"女强人"。王德清已派了车，马上就到。

她没办法拒绝,赶紧到卧室里换了件衣服,整了整头发,出来给三A公司拨电话,但没人接,只有留一张条子,放到桌上,刚放好,楼下有人叫,就走了。

宁安确实在和李如意谈事情,在云雀夜总会幽静的咖啡厅。

"你真的要兼并机床厂?"李如意问。

他点头。

"方必优你打算怎样安排?"

"还没考虑。"

"我现在就要求你回答!"她逼问。

他笑了,摇着头。

她也笑了:"这么说,你是要扒掉他了?"

"我说过了,这还没考虑……"

"看来,我过去把你估计得过高了!"她长长地吁了一口气。

"是吗?"

"过去,我以为你很有男子汉气概!"

"我想,你没估计错!"

她轻蔑地笑了:"错了!你的心眼很小很小,气量也很小很小!"

"谢谢你的提醒!"他言语婉转,但却是针锋相对。

"我不会为方必优的事求你,你放心。我只想提醒你,你不应该错过最佳组合的机会。"她说。

"你是说我和方必优?"

"对,还有我。"

"你?这与你有什么关系?"

她放纵地笑了:"以后,你会看到的。"

说完,她站起来,结了账,先走了。

宁安坐了好半天,不明白李如意最后讲的是什么意思。

他回家的时候,已是夜晚十点钟,他这才记起,王德清通知过,今晚冯茹要回来。他快步跑上楼,开了门,拉开灯,发现屋里被清理过了,就叫冯茹,但没人应,最后,在桌上看到了冯茹留下的便条:

宁安:德清刚才通知,市长有一个重要会议,我必须参加,饭菜没做,对不起!

茹

又是王德清!宁安头里嗡地一响。他想起了白天王德清的电话,回味王德清那得意而又神秘莫测的音调,不禁怒从胸起:你们一同去北京、深圳还不够?连一个夜晚都分不开？既然回来了，什么时候不能给市长汇报，偏偏要安排在这个时候？

他气愤地将那张便条揉成一团，散架般地瘫在沙发上。

这是过的什么日子？这也是个家？

他突然将灯一灭，走出门，将门咣的一声带上，下楼。

走到大街上的时候，他看了看表：十点半。

夜市仍在。夏日的夜市，比平日长。

他漫无目的地在街上行走。有几个年轻人坐在露天餐桌上碰撞杯酒，似乎都醉了，用嘶哑的嗓子吼："干！干！这年月，要干！不干还是男人？不干是混蛋！……"

他有点想喝酒了。他曾经醉过，是结婚的时候，被人灌醉的。醉了很难受，也很好受。心里是明白的，但一切都可以发泄出来。哭、骂、笑、吼、打……那天醉的时候，他记得，既是高兴，又是痛苦，因为，他们结了婚还不知道该住在哪里，没有房子。

没有人陪他，他又不想喝。他想了好久，还是回家。

乳白色的路灯使绿树变了色，有的地方发黄，大多数地方发黑。

一条人影很长，渐渐缩短。

他来到自己家的楼下，往楼上望，屋里的灯，还没有亮。

他借路灯的光看了看：十一点半。

冯茹还没回。

他刚准备向楼道口走的时候，一辆轿车从街上开来，他退到暗处，估计是冯茹回了。

轿车在楼道口停下，门开了，王德清从车里出来，跑到另一边，开了车门，将冯茹从车里接了出来。

王德清握着冯茹的手："明天我去送你！"

冯茹点了点头，进楼。

王德清一直站着，直到看见楼上的灯亮了，才进车。

车开走了。

宁安还站在黑地里。他看见了、听见了刚才发生的一切，痛苦地闭上了眼。

过了好久，他看了看表：十二点十分。

他打了个寒噤，向远处黑黑的街上走去。

冯茹坐在沙发上，看见地上被揉成团的便条，她明白了：宁安回来过，但是，又走了。

她的目光茫然。

第十六章

71

　　冯茹在家只住了一夜，第二天一大早，就飞往深圳。

　　这一夜，她是在沙发上过的。

　　宁安把她昨晚留的便条揉了、扔了，她很惊愕。他知道她回来了，为什么要走？为什么揉了便条走？她坐在沙发上等他，坐了很久很久，一直到三点，她坚持不住了，才躺在沙发上睡着，做了一个梦，梦见他回来了，听自己谈在深圳的感受，听自己讲仿真系统研究的进展，听市长接见时的鼓励和表扬，甚至听自己诉说夫妻离别之情……宁安依然像当初那样，粗暴、野蛮，喘着粗气，扑向自己……自己也喘着粗气，喃喃地说，宁安，人不是抽象的，我需要你。他说，你的肩膀太细嫩，怎么能一个人承担那样的重任？自己说，所以，我需要你的支撑。他说，我的心，还有我的根在这里。自己说，过去我也这样想这样看，现在我觉得自己的心，自己的根是自己。他说，这我同意，但那里太陌生。自己说，人来到世上就陌生。他说，那我也得把起了头的事干完。自己说，那我等你。他说，我还是想要个孩子，儿子女儿都可以。自己说，我给你，我是圣母，我会有的。他说，那我现在就要。自己说，那我现在就给你……她感到幸福，终于流泪了，热热的泪。

　　她惊醒了，是一个甜蜜的梦。宁安依然没有回来，已是早晨六点钟。沙发的靠背上，有自己流的泪痕。

　　她刚刚梳理好，王德清就来了。

　　"宁安呢？"

　　"他有事，走了！"

　　"他不送你？"

　　她没回答，提着旅行包，跟王德清下楼，钻进车里。

　　"冯茹，你的眼睛怎么了？"

　　她将头朝向窗外。她知道，自己的眼都哭肿了。

　　"冯茹，你和宁安是不是又闹别扭了？"

　　她觉得眼睛又在发酸。

"冯茹，宁安昨夜是不是……？"

她终于止不住："……他昨夜，没回来！"

泪水如破堤的洪水，冲了出来。

"没回来？我打电话通知他了，他是要回的呀！"

她的嘴唇在抖动，用双手捂住脸。

王德清递过一条手绢，她接过，擦泪。

"他这么忙？太不像话了！冯茹，回头，我找他算账！"

送走冯茹以后，王德清果然直奔三A，到了宁安办公室。

宁安"睡"在转椅上。桌上有一个平躺着的空酒瓶。很显然，昨晚他喝酒了。

"宁安，你昨晚为什么不回家？"王德清盯着脸色苍白的宁安问。

"不是有你陪吗？"宁安也吼了起来。

"昨晚，市府办公室临时通知的，市长要连夜听取冯茹那边情况的汇报！我陪什么？"王德清从口袋里掏出一张电话记录，往宁安桌子上一拍："这是电话记录，你看！"

宁安一愣。

"我陪？我陪冯茹去参加会议！我是开发办主任，我能不陪？"王德清气愤地说。

"你怎么知道我昨晚没回家？"宁安抬头反问。

"冯茹今天一早就飞深圳，只在家住一夜！刚才，是我送的，她的眼睛都哭肿了，我能不知道？"

宁安一惊："她走了？"

王德清很动感情："宁安，……你太不应该了！你这样，把冯茹当成什么人了？又把其他人当什么人了？像你这样的气度，能办好一个公司？能成就一番大气候？"

大约是被王德清吼醒了，宁安将衣服整了整，以嘲讽的口气说："够了，王大主任，你不要给我上大课了！"

王德清："我给你上大课？你这样做，让冯茹在深圳怎么能安心工作？未必你一点都不担心？"

宁安走到门口，向楼下大叫："应山海！"

应山海在楼下应了一声。

"马上通知，请各部门负责人来，"宁安大声说，"开总经理办公会！"

王德清知道，这是下逐客令了。他一跺脚，走了。

这当然是下的逐客令，但也是宁安昨天安排好的，只是提前了半小时。

"宁总，关于数显表出口的问题。"刘星在给宁安汇报，"按你当初答应的，我们已全权委托给宋派先生，宋派先生的态度也很积极，只是价格方面可能会出问题。"

"什么问题？"宁安问。

"宋先生说我们的数显表是第一次上市，要在国际上打开市场，价格方面，要多让一些，不然……"刘星答。

"我们不是让了10%吗？"

"他知道，但还嫌不够，因为，作为中间商，他要花大量的精力做市场推广工作，还有广告……我们只让10%，恐怕……"

"他要多少？"

"再让一成！我答应他了！"

"嗯，我同意！"宁安看了看应山海，"老应，齐立东你找到没有？"

"找到了！"应山海答。

"他在干什么？"

"准备开一家精品屋！"

"卖服装？"

应山海点头。

"他不愿回公司？"

"暂时回不来。"

"嗯！"宁安想了想，"小齐有没有什么困难？"

"好像资金方面有点紧张。"

"你了解一下，看能不能帮他一下！"宁安一边说，一边站起来，"各位，你们知道，齐立东是给公司捅了娄子离开的，他捅的娄子不算小，差点把公司搞垮，我也差点要跳楼。可是，我现在还要找他……为什么？因为，齐立东捅娄子的动机不是为个人，而是为了公司，因为他知道，没有公司，就没有个人。从这里，我认为，他是我们公司的好员工。有的人，工作勤勤恳恳，也没在工作中出任何错误，可就是没有创造性，永远平平淡淡，把这种人和齐立东让我选，我宁可要齐立东！为什么？最好的游泳健将，也会喝几口水……"

讲到这里，他点燃一支烟："广全，银行那边的情况怎样？"

陈广全："根据概算，兼并机床厂所应承担的债务有1200万，另外，还要准备一笔钱作为调整、转型用。"

"多少？"

"至少800万,加上清欠债务1200万,总计2000万!"

"差不多。"

"考虑到有的债务可以稍稍推迟或分期归还,我找银行开口,1500万。"陈广全说。

"嗯,怎么样?"

"他们都摇头。"

"为什么?"

"因为我们公司开业至今,无论是用于红卫厂也好,还是用于其他项目,都是贷款或是从互助会借支的,数额太大了!"

"不就是900万吗?"

"还有你上次到北京要的低息贷款300万,总额已有1200万!而我们除了有一些项目外,基本没有什么还款保障,连可以用来抵押的土地也没有。"

"这是工商行的意思?其他银行呢?"

"工商尚且这样,其他银行……"陈广全没有说下去。

"有没有其他办法?"

"银行的一位朋友告诉我,办法只有一条……"

"什么办法?"宁安问。

"找高科技风险投资公司,肯定能筹措到钱!"

宁安一惊:"李如意?"

72

邱子希已有好多天不上班了。

有人说他有病,也有人说是宁安告他的结果。其实,他没病,很硬朗。宁安告他,他当然恼火了一阵子,但很快,他从烦恼中跳了出来。他毕竟经过了几十年风雨沉浮,有很出色的控制力、自省力和能自我保护的自慰力。

好多天,他不看报,不看电视,也不听广播,不许老伴在耳边唠叨,更不愿走出大门,去经受喧嚣闹市的煎熬。

我这一辈子都干了什么?不错,两件事:管工厂的技术,管微机办的事业。这一切又是从哪里开始的?技术。自己是学机械的,曾经很出色,设计过精密机床、超大型机床,还有几十个动力头异型工件加工的流水线……后来呢?航线偏离了,像一个僧人还俗,走到了所谓领导岗位,组长、副科长、科长、副总、总工、微机办主任……这是一条偏离原有专业的曲线,很陡地上升和平稳地上升,而后，只是沿水平线移动，而后，又很陡地下滑，滑到当原告，又当被告，不知下一步，还会滑到什么地方，会有什么结果。

记得有一个很时髦的名词：知识熵，是表示知识因子游离度的。人的知识熵越高，知识因子的游离度就越大、越生动活泼，知识因子间就越容易化合出新知识成果来，创造力和成就也会越大。如果那些与基本知识因子毫无关系的乱七八糟的东西越多，则会抵消人的知识熵，从而降低或断送人的专业创造能力。

我的这两条曲线，又说明了什么呢？毫无疑问，我是后者，而不是前者。虽然我有一些社会虚名。

想通了这一点，他暗自嘲笑自己，也十分庆幸自己。我当然已经习惯了拿着权力的思维方式，但我也能摆脱这种习惯和方式。我是邱子希，毕竟不是职业政客。还有没有时间和可能把当初那条曲线接上去？说实话，信心不一定很足，但身体尚好，精神也尚好，最重要的是，思维能力尚好。

由此，他从新的角度来看宁安了。他开始羡慕宁安、佩服宁安了。宁安也要权力，但他把权力用于事业，而不是把权力视为事业。

"老伴，今天中午吃什么？"

他坐在躺椅上，突然问。

老伴有风湿病，正在用电针灸灸关节。

"墨鱼烧海带，冬瓜海带汤！"

"怎么都是海带？"他问。

"清火！"

他笑了。这是老伴的习惯。一旦他遇到难事了，一旦他关门闭户发愁了，老伴总要做海带，为他消火。

"我不想吃海带！"他像个孩子一样，用挑战的口吻说。

"吃什么？你说！"老伴放下电针灸器，过来问。

"四川火锅！"

老伴一惊："四川火锅？"

"对，四川火锅！"

"你发疯了，这么热的天！"老伴斥责着。

他笑了："这算什么？你到重庆朝天门看看，气温40度，重庆的女人穿着背心，吃倒满红辣椒油的火锅，还喝50度的烧酒！"

"不行！绝对不能吃火锅！"

"那好……中午的饭，我免了！"

老伴没办法，只得去忙活做四川火锅。他打开了音响，又打开了电视机，还打开了报纸，使安静了好多天的屋里，顿时变得热闹了。

"老邱，你这是干什么？"老伴从厨房里进来，惊奇地望着他。

他望着老伴，沉思了好久，用手捂住嘴，轻轻地笑，又放声地笑。

"你发的什么神经？"

他站起来，扶住老伴的肩："不，我没犯神经，我想通了，我……要退休！"

"什么，你退休？"

"对，不退休就离不开官场，那里，实在太吵人了！"

老伴似乎明白了他的意思，迟疑地点了点头，把他搭在肩上的手一打："干什么！老不正经！"

老伴走了，他不笑了，在沙发上坐下，望着电视机，是一个香港武打片子，皇帝能飞檐走壁，太子能刀枪不入，秀才能九死一生，和尚可以花天酒地……

这个世界真是变了！

门铃响了几声，有人来了。

会是谁？可能是微机办的人，他们很关心我，只要我不上班，就会送很多吃的东西来，使我无法处理。也可能是领导来，怕我为宁安告我的事背包袱，选择一些令人哭笑不得的词语安慰我……

门铃又响了。

他去开门，大吃一惊，是笑容可掬的宁安！

"邱主任！"

"宁安！快！请进！"

邱子希很兴奋，立即把宁安迎进屋里。宁安提着一大堆水果，放到桌子上。

"邱主任，听说你病了，我来看看你！"

"嗨，谁说我病了？我好好的！"

"没病？那就好！"

"来就来嘛，何必破费！"

"应该的！应该的！"

他们打着哈哈，看似彬彬有礼，实际都互相观察着对方。

"邱主任，今天来，除了看你，我还想把公司的情况汇报一下。"

"啊？"邱子希似乎一惊。

"我们兼并机床厂的事，其他都问题不大，但也还有不少困难……"

"还有什么困难？"

"主要是经济上的事情……说实话，我都有些动摇了！"

邱子希笑了："宁安，这还行？第一声锣是你敲的，幕布也是你拉的，你还动摇？那天，市领导专门讲了，给你们很高的评价嘛！啊，我这里有记录！"

说着，邱子希戴上老花镜，从公文包里取出笔记本，翻到一页："呃，对，是这样讲的：用兼并的方式，将高科技和老骨干企业嫁接起来，使新的企业机制和市场协调起来，对传统工业进行结构性的全面改造，是一项带方向性的试验，一定要快办、办好！市领导给这样高的评价，开了这么关键的绿灯，还有什么不好办的？"

宁安点了点头："照理说，应该是问题不大，可实际办起来，却很难！"

"那倒是的。有什么事情要我办吗？"

宁安点了点头："邱主任，前一段，我对你不够尊重，望你多多谅解！"

"是吗？"

"譬如，我甚至要起诉你……"

"你不愿起诉了？"

"现在看，也许用不着了！"

邱子希哈哈大笑："宁安啊宁安！当初我就明白，你抓我，是醉翁之意不在酒！"

宁安笑了："我现在，主要是集中精力解决兼并的一些紧迫问题，至于下一步，兼并以后，企业应该怎样搞，我还想听听邱主任的意见……"

"听我的意见？"

"邱主任是机床厂的老领导，又主持了市微机办的全面工作，所以，我们想聘请你当三A集团的高级顾问。"

邱子希一惊，沉默了一会儿，突然笑着摇头："宁安，你真是太会走高招儿了！我告诉你，在你来之前，我告诉我的老伴，我准备退休，重新拣起过去的技术专业，再也不到权力市场上玩把戏了！"

宁安一惊，望着邱子希。

"这些天，我关门闭户在家翻来覆去地想，我一辈子最得意的是什么？最不得意的又是什么？最不应该失去的是什么？最应该舍去的又是什么？发现，我最得意的是当年当技术员、工程师，最不得意的是后来当官。最不应该失去的是普通人身份，最应该舍去的是虚的名声……"

"邱主任，你这是拒绝我们的要求？"

邱子希笑了，大声地问："老伴，四川火锅好了没有？"

厨房里传出回话："马上好！"

"邱主任，这么热的天你吃四川火锅？"

"我想也请你吃一吃！"

"好!"

他们俩哈哈大笑起来。

73

赵志德的项目在西部地区进展很顺利,他花了200块钱,到那个小烟铺里,把手表赎回来了,具体事情让魏路负责,找了几个农学院的助手,自己又赶回家,想给宁安谈一谈关于在西部地区办农业科技园的事。

一大早,钱令华忙家务,做早点,与往日不同,丛玉也起得早,还动手来帮忙。

钱令华:"嗨嗨,今天是咋回事,太阳从西边出来了!"

赵丛玉:"妈,说什么哇?"

钱令华:"往日,你是个懒觉虫,今天怎么变勤快啦?"

正在凉台上打太极拳的赵志德探过身来:"你喳喳什么?"

赵丛玉笑着说:"妈在赞扬我,说我也懂事了,起早床做事,心疼她!"

钱令华笑:"心疼我?屁!是心疼那个吴光华!"

赵志德进来:"心疼吴光华?好哇!继承了你的光荣传统!"

赵丛玉:"就是。吴光华也该心疼!"

钱令华:"该心疼?我看,他是个喝了洋墨水的呆子!头一次来见我们,手上都是空的,连你爸当初都不如!"

赵丛玉:"妈,爸当年看老亲爷手上提了什么?"

钱令华:"嗨嗨,拣了两个空酒瓶子,装了两斤老白干!"

赵丛玉笑。

赵志德:"我看,这个吴光华比我强,他是带着两个国家水平的发明项目来的!"

赵丛玉:"对,那才是无价宝!"

钱令华嗔笑:"活宝!"

赵丛玉见早点做好了,就装了三份:"妈,从今天开始,早点、午餐、晚餐,吴光华的都由我送,到三A,和他一起吃!"

"你拿这么多?"钱令华问。

"光华饭量大!"

说着,赵丛玉就走了。

吴光华就住在宁安的办公室。这个办公室大,有40多平方米,既是他临时睡觉的地方，也是他的试验室。4台电脑一线排开，还有一些辅助设施，很齐全。

他已是三A集团的重要成员。

丛玉骑着自行车进理工大学，恰好一辆轿车停在那里，一个女人的声音在叫她："赵小姐！"

赵丛玉停住车，下来一看，是丁沁兰。

"哟，丁小姐！"

丁沁兰笑了笑："赵小姐，你住在学院？"

"嗯，还有吴光华。"

"光华调进学院了？"

"嗯，三A集团！"

"赵小姐，我真佩服你！"

"丁小姐到这里有事？"

"不，我要回香港。"

"投资项目选好了？"

"不选了，再也不选了！"

赵丛玉发现，丁沁兰的目光灰暗，充满失望。

这时，从轿车里，出来一个男人的声音："沁兰，和谁在讲话？"

"啊，一个朋友！"

赵丛玉小声地问："是你的先生？"

丁沁兰："过去是，现在离了！"

赵丛玉向轿车望去，从车里，钻出了宋派，一见赵丛玉，脸上就堆满笑："沁兰，这么漂亮的小姐，不给我介绍介绍？"

丁沁兰："这位是宋派，香港宋氏集团总经理！赵丛玉小姐，高分子硕士，赵小姐的男朋友，也是留学美国的硕士。"

赵丛玉得体地与宋派握手。宋派掏出名片，递给赵丛玉："这么年轻的硕士！佩服佩服！赵小姐在哪里发财？"

"发财？不，发不了财！"赵丛玉笑。

"丛玉，宋先生是问你在哪里高就。"丁沁兰说。

"啊，在三A集团公司！"

"是吗？跟宁安先生在一起？"宋派兴奋地说，"他的数显表，在海外由我包销！"

"是吗？"赵丛玉笑着点头。

"我和你们的宁总,是老朋友啰!"宋派说,"赵小姐到三A,一定有好项目?"

"呃……"赵丛玉没说什么。

"保密?好,好!真正的好项目,一是要领先,二是要保密,三嘛,将来要垄断!哈哈……沁兰,我们是不是快点,起飞时间快到了!"

丁沁兰点了点头:"你上车,我对赵小姐讲一句话!"

宋派点头,与赵丛玉告辞后,钻进车里。

"丛玉,请给光华捎一句话:祝他幸福!"

"沁兰,谢谢你!"

丁沁兰眼一红,转身上车,车启动开走了。

赵丛玉骑车到三A,拿着早点,进了吴光华的门。吴光华已在电脑前操作。

"光华,来,吃早点!"她叫了一声。

吴光华没动。

"哎,你这个人,给你送来放好,请你还请不动!"

吴光华调头一笑:"别忙,马上来,这是20例,马上完!"

赵丛玉笑了。是的,吴光华进城后,由于条件具备,先上脑地图仪,已做了第二十例脑癌判断。

宁安上班来了,一进门就叫:"哟,好香哇,有什么好吃的?"

吴光华恰好做完了,关了机,走过来。

桌上,有稀饭、肉包子,还有一只烧鸡。

宁安:"哈哈,烧鸡!我也参加一个!"说着,就动手抓鸡脚。

赵丛玉把宁安的手一打:"哎,宁总,君子不能夺人之好哇!过去,生活水平不高,都抢着吃鸡大腿,现在你也赶时髦,一上来就吃最贵的凤爪?"

宁安还是把凤爪掰了下来:"我还以为是下水货哩!下次改!下次改!"

三个人哈哈大笑,吃了起来。

赵丛玉:"宁总,有个香港老板宋派你很熟?"

宁安:"是呀!你认识?"

赵丛玉点头:"刚才碰见的。"

宁安:"他人呢?"

赵丛玉:"送个客人走了。"

宁安点了点头:"光华,这里又是宿舍又是工作间,还方便吧?"

吴光华点头:"蛮好!你把办公室都给我了!就是……你的电话多!"

宁安:"让他们今天就牵出来!"

赵丛玉："还蛮好！不知道我有多累！连个食堂都没有，一日三餐得我送，你看，我都成阿姨了！"

三人又笑。

赵丛玉："哎，宁总，你当初讲的那个霍根单位，就这样了？"

吴光华笑："在这里讲什么霍根单位！"

宁安："我们研究了，从光华的项目成果看，我想搞点震动性的大动作。"

赵丛玉："就是，别的不说，解决一套三居室的房子，总不过分吧！"

宁安："不光是房子。只要项目一成功，我先为你登记国际专利……"

吴光华："国际专利？要很多钱吧？"

宁安："我了解，9000美元，公司出，是给个人专利。另外，我们将向上报告，作为有特殊贡献的青年科学家，要破格给高级职称，还有相当一笔奖金。"

赵丛玉："多少？"

宁安："你说呢？"

赵丛玉："至多还不是不香不臭的千把块钱！"

宁安摇头笑："太少了！"

赵丛玉："太少了？多少？"

宁安："我不想承诺，你们猜，到时候，看猜得对不对！"

三人哈哈大笑。

"眼前，我的中心，是为兼并筹钱，这一步走好了，什么事都好办！"

这时，应山海来了："宁总，风险投资公司李总回了话，同意见你。"

宁安："什么时候？"

应山海："明天。噢，还有份电报，深圳的。"

宁安接过电报，撕开一看，惊了。

是冯茹病重住院的电报，要他速去。

他想了想："老应，准备车，我马上去开发区！"

74

这一段时间，方必优倒显得超脱了。

接任厂长位置的喜悦早已过去，被宁安兼并的惊骇也早已过去，到各方游说的奔忙也早已过去，他觉得他反倒自由了，所剩下的只有一条：争取职工的民心。

"爸，我记得庐山会议以后，你坐过一次冷板凳?"他问父亲。

方老哈哈一笑："嗯，何止坐冷板凳！差点打成罪人！"

"那时你是怎么过的？"方必优问。

"下乡。跟农民交朋友，农民饿肚子，我也饿肚子，农民骂娘，我就……偷偷地骂！"

父亲笑了，他大声地笑。

是的，看来，宁安兼并机床厂是抵挡不住的。各级领导表了态，前任的意向也签了。自己硬顶，不仅没有用，还可能带来不好的影响。

"必优，你这不成了看守内阁了?"方老关切地问。

"对。"

"那你可得看守好！"方老很中肯地提醒他。

是的。不能不干。不干，工厂乱了，大几千人，放鸭子，要是出了问题，或是闹事，责任还是自己的，也不合算。

他没有想到，自己认为最得意的时刻，也是自己最狼狈的时刻。

"狼狈？不见得！"李如意对着立镜，正在打口红。

"现在虽然你不可能做什么事，但是，你也没有什么责任。因为，谁都知道，你这个厂长，什么都不可能抓……以前的亏损，与你无关；以后的问题，也不由你负责！"

李如意真聪明，她说得不错。

但是，有一条不能忘记，要职工的民心。

每天上班，他都穿一般工作服，不进办公室，直接到车间，烧一会儿电焊，开一会儿机床，指挥一会儿行车，或是找没活干的工人聊天。

"厂长，这月的工资发不发?"工人们问。

"发！"

"这个月的奖金呢?"

"你们说呢？"

"当然发！"

"嗯，想办法发！"

"厂长，生产的东西没人要，靠什么钱发？"

"靠我面子去借！"

青工们高兴了，将他扳倒，抬起来往空中抛，抛一下，"嗬"的齐声叫一次。是的。他有本事借钱。因为，他有父亲的面子。

"必优,你怎么搞的,又用我的话找银行借钱?"

有一天,方老在饭桌上,板着脸问。

"爸,谁说的?"他支吾着。

"还谁说的!人家都给我来了电话,说方老,你吩咐借款的事办了!我什么时候吩咐的?"方老吼着。

他不吭气。他清楚,父亲骂一次,也就算了。毕竟有个当厂长的儿子,骂也是爱。

反正,工厂很平静。这是上级最关心的。只要平静,就是他的胜利。

"必优,你当初为什么那样小气?"如意在他的怀里,娇滴滴地问。

"当初?当初我还尿裤子呢!"他逗了她一句,把她放下了,到桌边,点了一支烟。

是的。他有过很多很多的当初,有值得回味的当初,有令他后悔的当初……现在,他一一扳回,他已经成熟,不仅成熟,还很老练。他已去一个又一个银行进行了拜访,还请了一桌又一桌客人,宁安是不可能从银行弄到钱的,只有一个口子开着,那就是李如意的风险投资公司,而一旦宁安进入这个关口,事情就会发生令方必优激动的变化。

"必优,宁安已经派人来请我了!"如意一回来,将高跟鞋一脱,就兴高采烈地叫。

"是吗?干什么?"

"他想从我这里要贷款!"

"太好了!"

"有什么好?"

"你当然会帮助他!"

李如意见他这样说。顺手拿起一只高跟鞋,佯装要打他的样子:"你坏!你坏!我……不见他!"

他笑了:"你不见他?你更坏!"

"我坏什么?"

"你用钱逼宁安就范!"

"就什么范?"

"宁安要是让我留任,你就贷,不然,你就拒绝他!"

李如意望着他。

"而如果宁安任命我当机床厂厂长,事实上,你手里既有投资公司、机床厂,还掌握了他们三A！"

李如意笑了，笑得很得意。

"如意，我可能做过很多错事，"方必优走到李如意身边，搂住她，"可是，重新夺回你，我没做错！"

李如意不说话了，只是嗔笑。

第十七章

75

王德清从深圳下飞机后，匆匆叫了一辆出租车，直奔蛇口中比纺真技术开发公司。

昨天，宁安到开发区找到他，说自己为兼并机床厂寻找贷款实在不能离开，冯茹是开发区的成员，现在深圳病重，请开发区先派人到深圳照料，如有必要，宁安将随后赶来。王德清曾考虑派一名副手到深圳，但又觉得不合适，最后决定自己前往。

车速很快。燥热的空气中弥漫着海水的湿润。冯茹会有什么病？为什么宁安不自己来？王德清无心欣赏路边的景观，只考虑这两个问题。他曾预想过宁安知道自己到深圳后会有什么反应，以及这种反应会引起什么结果，但他不愿多想，他只希望尽快看到冯茹，只希望冯茹能尽快痊愈。

"哟，王主任，你什么时候来的？"在中比纺真技术开发公司，一名办公室职员问王德清。

"刚才。你们冯总呢？她住哪个医院？"王德清关切地问。

"冯总住院了？"男职员有些惊异。

"我们收到了电报！"王德清说。

"冯总早晨还来了的，刚走一会儿，没听说她住院哪！"

"她去哪里了？"

"别墅。"

王德清的心松了一下，马上和办公室的人告辞，坐车直奔冯茹的别墅。

这是一幢西班牙式别墅，红色砖墙垒起的两层楼前，有宽大的草坪，还有露天花圃，喷水池中央，有一具裸体女神的雕像。

一楼的门没有关。王德清走进去以后，四处找了，没见到冯茹，但听到二楼好像有她打电话的声音。

他顺着中间的楼梯上楼，中间卧室的房门没关，冯茹的声音，是从里面传来的。

王德清想敲门，犹豫了一下，没有敲，走进去，看见冯茹正背对着门，坐在床头靠窗的办公桌前打电话。

冯茹："……嗯，嗯嗯，牌价多少？50元一股，嗯，外面呢？150！这是什么价？噢噢。60元。嗯！好，马上进200股，抛300股！对！就这样，要快！你的手续费照旧！嗯！好！再见！老地方！"

打完电话，冯茹很得意地放正电话，几个指头在桌上轻轻敲着，很高兴。

王德清早已坐在门口墙边的沙发上，欣赏她的背面，那匀称的身材，那秀发。

冯茹高兴了一会儿，从桌上拿起杯子，喝了一口饮料，起身，转过身来，发现王德清坐在那里，吃了一惊。

"德清，你怎么来了？"

王德清哈哈大笑："你搞什么鬼！没病说住院，我能不来？"

冯茹捂住嘴笑了："电报是给他的，我以为他会来！"

"宁安？"他问。

"嗯。我要是没事请他，他不会来的。打电话找他，不是打不通，就是没人接……"

"你不会半夜打？"

"他白天累，晚上要休息。我就想了这个病，逼他来……"她的神色有些失望。

"那我……不该来的！"

"不，王主任来也好，作为副董事长，检查检查工作也好！"

王德清："检查工作？大概不用了！副总经理兼总工在炒股票。"

冯茹耸耸肩，往对面沙发上一坐："不错，像普通深圳人，一边打工搞项目，一边给自己炒股票……不对？"

"我感到意外。"

她笑了："你觉得不好？"

"我说了，只感到意外！"

冯茹起身，从冰箱里取出一瓶饮料，打开了，递给他："我到深圳以后，一个朋友让了一千股内部股票给我，一元一股，没几天，我就学会了炒股。现在，我已有了一个可靠的中间人，炒股不用我出面。刚才，我炒成了一笔，购进12000元，抛出31500元，有19500元的赚头，扣除给中间人的20%，是3800元，我净赚15700元！只一个电话，就成了！怎么样？"

王德清大惊。

冯茹口气一转："我的项目，进展也很好，国外已有10台订单，比尔高兴得要举行酒会！他预测，这个公司不出三年，定让全国都震惊！"

王德清无话可说。

冯茹到窗口，叹了口气，又转过身来："作为一个妻子，我现在最大的愿望，是让宁安过来……哪怕是只来几天，走一走，看一看，体验体验，我相信，我和他的一切误会，所有隔阂，都不会再存在了！什么数显表的发明权，什么李如意，什么机床厂……都会忘得一干二净！我们会发现，我们已有新的契合点，我们能够和好如初！他无非是有一点小小的理想主义，无非是有一点出大名得小利的功利主义，可这一切又有什么用呢？只要他在这里待上几天，他会变的，他就不会再离开我的！"

她很真诚，也很激动，完全没有注意，王德清的目光中，充满着对她的陌生、惊异甚至惊骇。

"德清，既然是宁安让你来的，那你赶快告诉他，我的病很重，一定要他马上来！"

王德清站起，没有讲话。

他知道，宁安正处于关键时刻，如果按冯茹的话办了，宁安会很恼火的。

这个电话，他不能打。

冯茹很快安排他见了比尔，检查了公司的工作，晚上，陪他进入豪华卡拉OK歌厅。整个歌厅是蓝色的底子，点缀着微型彩灯，犹如一个巨大的夜空，布满群星。除了乐池那边的灯光变幻色彩外，每个台子上都亮着一柱彩烛，一个漂亮的女歌手正在唱歌。

"德清，你点不点歌？"她问。

他摇了摇头。

"等一会儿，我点一首！"她说。

"啊？什么歌？"

"《莫斯科郊外的晚上》。"

"是呀，《莫斯科郊外的晚上》……"

她苦笑了一下："来杯咖啡？"

"不，柠檬茶！"

她招了一下手，女招待过来了。

"我要糖！"他说。

"咖啡不要糖！"

他不解地望着她。

咖啡和柠檬茶送来了。

他品了一口："冯茹，你唱《莫斯科郊外的晚上》，会使我想起当初的……"

"啊？哪一段？"

"我和你的……那一段！"

她手一挥，淡淡一笑："不，我总是会想起宁安，当初的他，几乎没忧愁，没精神负担，没左顾右盼，也没一丝胆怯……"

他大度地点头。

"可是，现在他……变了！"

"你也变了！"

"我变得世俗了，对吗？"

"不，很开放，很新潮！"

她笑了，长长的低声笑。

"也许，宁安来了，会接受不了！"

"你呢？"

"我这不是在陪你吗？"

她大声地笑了。

一个打扮很现代的年轻女人走了过来："冯总！"

冯茹一见，立即介绍："啊，蓓丽，来介绍一下，这位是我们开发区的王主任，她是蓓丽小姐！"

蓓丽笑着与王德清握手，坐下了。过来一个侍者。

冯茹："要什么？"

蓓丽："咖啡，不放糖！哎哟，累死了！"侍者走了。

蓓丽似乎要讲什么，用征询的目光望着冯茹，冯茹一笑："讲讲白天股票的情况？"

蓓丽点点头。

冯茹："王主任，我们习惯在这里结账！"

王德清点头："请！"

蓓丽从小包中拿出一个信封，交给冯茹："这是你今天赚的！冯总，你看得真准，我进了就赶紧抛，抛出不到半小时，就大跌了！"

冯茹笑："我是搞系统论的嘛！"

蓓丽："冯总，你要是放大钱炒长股，或者是搞国际期货贸易，绝对大发！"

冯茹："德清，你看呢？"

王德清："呃……这……"

冯茹大笑。

蓓丽喝了几口咖啡，就起身："冯总，我先走了，看看行情！王主任，失陪了！"

见蓓丽走远了，王德清问："冯茹，你赚这么多钱干什么？"

"你说呢？"

"办一家冯氏公司？"

她摇头。

"出国？"

"那用不了几个钱！"

"那你——？"

"我想，给宁安好好养个孩子！"

他不说话了，停了一会儿："冯茹，点歌吧，《莫斯科郊外的晚上》……"

"不，我买单！"

她站了起来，他也站了起来。

她安排他住一家四星级宾馆，进房以后，她觉得燥热："冯茹，你冲个澡？"他问。

她摇了摇头。

"你为什么不唱《莫斯科郊外的晚上》？"

"情绪不大好。"

"为什么？是为宁安？"

"嗯，也为了你。"

"为我？"

"德清，你说真心话，为什么还不成家？"

他苦涩地一笑，望着她。

"为什么？"她问。

他终于鼓起了勇气:"除了你,还有谁能占有我的心?"

她避开他的目光:"这么多年了,就是因为这个?"

"嗯,只为这个……我改变不了,只爱你!"

她突然笑了:"德清,你怎么这样傻呀!"

"不,我不傻!"

她叹了一口气:"男人,应该实际点,不该有你这多的浪漫!"

"专一是很独特的浪漫。"他说着,很动情,"我只尊重我最初的选择,当然,我很矛盾。我既不想打扰你和宁安的……又不想放弃我自己的初恋。"

"别这样!"她说,"德清,这样过,会太苦了你自己!"

"找一个替代者就不苦自己吗?"

她无法回答了,她很感动,望着他。他一步步向她走来,伸手揽住她,把她的头靠在自己肩上。

"冯茹,你还像以前一样,我永远忘不了的气息!"

她靠着他,默不作声。

他渐渐低下头,寻找她的脸、眼、嘴。她突然惊醒了:"啊,不行,这样不行!德清!"

"冯茹,你!"

她终于从他怀里挣出来:"德清,对不起,现在,我还要去实验室!"

"干什么?"

"上班!"

"这么晚了,还上班?"

"这就是我的生活!"

她对他说了声晚安,走出套间。

76

事实上,吴光华的人造骨骼新材料,已基本成功。他现在的目标是,迅速把脑地图仪突破,将两项成果端出来,作为进三A的献礼,看宁安给个什么价。

他夜以继日,已经连续工作了一周,赵丛玉跑医院,取来资料,他按自己的设计进行试验。

显示屏上,二维的脑地图分离,又重合。

吴光华:"丛玉,你看,那是一个肿块!"

赵丛玉过来:"嗯,是不是癌?"

吴光华:"再来一次!"

他又重新开始。

电话铃响了。

赵丛玉跑过去接电话:"嗯,对,三A,宁总?宁总不在……你是谁?"

是宋派来的电话。

"我是宋派!请问你是赵丛玉小姐吗?"

"我是,宋先生您好!"

"这么晚,赵小姐还没下班?"

"啊,有些事……"

"是搞项目吗?"

"嗯……"

"哈哈,保密!就一个人?"

"不,还有合作者!"

"好!赵小姐,请转告宁先生,关于数显表的出口价格问题,我希望和他谈谈,要他给我电话!"

"好。天歌酒店,815房……嗯,号码也记下了!再见!"

"谁的电话?"她回来时,吴光华问。

"宁总的国外代理商。"她本来想讲丁沁兰的,但话到口边,没有讲。

吴光华熟练地扭动电键,屏幕上又出现刚才那幅脑地图,变成二维,分开,聚合……一个明显的外表毛糙的肿块出现了!

吴光华:"癌!肯定是癌!"

赵丛玉:"马上打电话去核实?"

吴光华点头,飞快起身,拨通了电话:"喂,肿瘤医院?我是三A集团的……对,吴光华,请将我的检查核实一下,登记号是Ca10038。我判定左脑恶性肿瘤。好,我等你!"

赵丛玉也焦急地站在他的身边。他闭上了眼,等待着。这样的查证已150多例了,这是第156例,例例成功。

对方回话了,吴光华睁大眼睛:"喂,什么?我的判断完全正确?死者叫刘笑?嗯,左脑恶性肿瘤,已去世一年……"

他兴奋地放下电话:"丛玉,156例脑地图完全成功!"

赵丛玉扑向他。

背后，传来了咳嗽声，赵丛玉赶紧分开，一看，是很有风度的宋派。

"宋先生！"

宋派笑着过来，主动给吴光华递来一张名片："我叫宋派，赵小姐，给我介绍一下？"

赵丛玉："吴光华先生！光华，宋先生是香港宋氏集团总经理。"

宋派在屋里看了一圈："赵小姐，吴先生，没有想到我会来吧，哈……我在美国留学，也是电脑专业。是对专业的好奇，还有某种预感让我来了……"

吴光华赶紧关了设备。

"我猜，是二维脑地图仪？"

宋派接着说："这种脑地图仪是医学界最先进的测试设备，人们将再也不用打开脑颅取样鉴定脑肿瘤的性质了！对吗？"

吴光华："宋先生，未经许可，你来这里，是什么意思？"

宋派笑了："纯属好奇！望不必见疑！吴先生、赵小姐，我祝贺你们！"

吴光华冷冷地问："什么意思？"

宋派："你们成功了156例，应该说，这个数字，是可以向新闻界宣布的。二维脑地图仪已经研制成功！"

吴光华、赵丛玉望着宋派。

"我还猜想，吴先生是赵小姐的……"宋派将两手的大拇指合在一处，高兴地笑了。

"这一点，我也祝贺你们！吴先生，据我所知，你也是留学美国的硕士，我们应该说，是同学，有空，能好好聊聊吗？"

吴光华点点头："现在，我们正在工作！"

"好！我告辞了！"宋派知趣地与他们分别握手，转身走了。

送走宋派回来后，赵丛玉问："光华，这个宋派来，会不会偷走我们的项目？"

吴光华笑："如果看一眼就可以偷走，我这还叫发明？"

"那他来是什么意思？"

"也许，对我们的项目感兴趣。"

"可我们对他不感兴趣！"

"丛玉，那你对什么感兴趣？"

"现在，我最感兴趣的是宁安兑现诺言！"

"什么诺言？"

"第一，登记国际专利；第二，给三房两厅；第三，按有特殊贡献的青年科学家，给你重奖……！你说呢？"

"我对这些都不感兴趣。"

"光华，你对什么感兴趣？"

"我……？"他的眼里喷着火，"我现在就想和你结婚！"

"现在结婚？"她一惊。

"马上结婚！"

"马上？连结婚证都没办！"

"我的项目成了，什么手续办了？"

吴光华向她走来，将她拥在怀里，狂热地吻她，手也颤抖地扯她的内衣。她被融化在他的吻里，任他摆弄。

突然，他停了下来，喘着粗气："不行，我们不能在这里，我要马上去最好的宾馆，开一个高级客房！"

赵丛玉："你疯了？"

吴光华："对，我疯了！我是疯了！"

说着，帮她整理扯乱了的衣扣，拉着她的手，关了灯，向外跑去。

"丛玉，你上次拒绝我，知道我怎么过的吗？"他问。

"不知道。"

"我差点寻死！"他哈哈大笑地说。

"真的？"

"真的！那天夜里，我用手扶住电门……"

"别吓我了！"

"可当晚停电了！"

他哈哈大笑。

她相信，他一定是这样干过的。他不会说假话。

他们在天歌宾馆包了一间房。

"光华，我们在这里……"她有些紧张。

"怕什么？"

"别人会不会说……"

"我希望他们来抓！"他哈哈大笑，"然后，到三A去查！"

她会心地笑了。

柔和的灯光里，她已脱了衣服，躺在薄单中。有柔和的音乐，有适宜的温度。

她知道，自己作为一个女人的时刻，即将到来。这个时刻，从她刚刚成为少女时，她就似乎在等待，那是一种朦胧而又带有恐惧的企盼。

　　洗澡间里，有水的冲刷声。他在冲凉。一个她久久等待，似乎一出生就注定属于他的等待即将到来。她听着那阵阵水声，振奋着、激动着……

　　不一会儿，洗澡间的门开了，他从里面出来，光着上身，下面围着一条浴巾，向她走来，一步一步，越走越快，一头扎到她的怀里。

　　"光华！"她醉了般地呻吟。

　　"丛玉，我们成功了！终于成功了！"

　　他的眼里，含着泪。

　　"光华，我祝贺你！"

　　她将他紧紧搂着。

　　他用劲太大，将她拉到床下，两人滚到地毯上，哈哈大笑。

　　"光华，你看你！"

　　"丛玉，我总觉得156例太少……"

　　"我们不谈这……"

　　"我应该做300例、500例！"

　　"光华，你！……"

　　他似乎歇斯底里地站起来，光着身子叫："对！300例！500例！"

　　她抱着他的腰叫："光华！你疯了！"

　　他不顾她的叫喊，慌慌忙忙地穿衣服。

　　她大惊："光华，你干什么？"

　　"我……想出去一下！"

　　"干什么？"

　　"一会儿就回！"

　　她迅速从地上爬起，用毛巾被裹住身子："你要干什么？"

　　"还有一个数据，我没有记！你等着，我马上回来！"

　　他已穿好衣服，迅速开了门向外跑去。

　　屋里只有她。

　　一个疯子！真是一个让人又生气又好笑的疯子！

　　她回到床上，躺在那里，嘤嘤地哭了起来。她隐隐感到，对他来讲，一个数据，要比第一次得到她更重要。

　　未必这就是科学家的特性？

她不懂。她自己也是科学家。她不认为这有普遍性。

时间似乎过得很慢，过得很长。她开头将音乐放得很大，后来，又把电视打开，然而，屏幕上都是白花点，全天节目早已结束。

已是凌晨一点。

她再也无心等待了。下床，穿衣，拿起小包和房门钥匙，走出包间。

走道上空无一人。

前面，有一间房门开启着，当她路过时，里面传出了叫声："丛玉！"

她站住了。

是吴光华。他的身边，站着宋派。

"宋先生！"她一惊。

"刚才，吴先生路过这里……"宋派笑着说，"我们就聊了聊！"

什么？他在这个时候，将我冷在房里，竟和这个港客聊上了？

她愤怒地看了吴光华一眼，疾步走去，被吴光华拉住了："丛玉！对不起！刚才，宋先生确实是有重要事情！"

"你们的重要事情，与我无关！"

"丛玉，我们正想去找你！"

她被他们拖进房里，才明白，他们两人确实在商量大事。

宋派说："据我所知，宁安确实将吴先生的事迹向上报告了，但是，没有一项被批准。登记国际专利，他没有外汇，而且当前连兼并机床厂的贷款都没弄到。还有，授予吴先生有特殊贡献的青年科学家称号的事，有关部门也不批准，说全市365行，不能只批一个。宁安希望重奖20万，银行认为没有先例，无法走账……"

"你怎么知道的？"赵丛玉问。

"我想，我没有必要说清来源。"宋派笑，"明天，啊，就是今天，你们可以问到。"

"太不像话了！"吴光华有些火。

"这个机制，还不能如宁安的愿。"宋派点燃一支烟，"因此，我愿意成全吴先生，还有你，赵小姐！"

"啊？"

"给吴先生的发明办国际专利，另外，交一个10万港币的存折给你们，作为酬劳。最重要的，我将开办一个以吴先生名字命名的光华新脑公司，注册资金1000万，由我们三人各占1/3股份，属香港宋氏公司在大陆的子公司……你们看，行不行？"

赵丛玉不做声。

吴光华："丛玉，你的意见呢？"

赵丛玉："……这样做，恐怕对不起三A，对不起宁安！"

宋派笑了："你们的忠诚，我很佩服。但是，假如这样做，能使你们的政府得到某种震动和启示，意义也许更大！"

吴光华和赵丛玉对望着。

77

"哟，宁总！你怎么亲自来了？"

在李如意的风险投资公司，黄盼盼似笑非笑地迎接他。

"盼盼！你怎么在这里？"宁安问。

黄盼盼笑着，给身边的秘书样的年轻女人递了个眼色，那年轻女人立即递过一张名片给宁安，他一看，黄盼盼已是风险投资公司的总经理助理兼生活部长。

"黄部长！"宁安高兴地与黄盼盼握手。

黄盼盼点了点头，引他进了办公室。

办公室很气派。有冷气，有冰箱，还有电传。

"不开木匠店了？"宁安问。

"那是哪年的黄历！你不也当老总了？"黄盼盼西装革履，坐在高大的转椅上，俨然一副企业家的风度。

"找李总？"黄盼盼问。

"嗯！"

"她很忙，今天，有两个项目要拍板。"黄盼盼说着，翻起烫金边的记事簿，"明天，接待美国客商，由外经委人员陪同。后天，参加光纤公司的剪彩。大后天……"

"也就是说，如意不打算见我了？"宁安打断黄盼盼。

黄盼盼笑了："至于吗？她太忙！"

"未必连一个小时也抽不出来？"宁安有些气了。

黄盼盼看了他一眼，耸耸肩："这要看什么人、什么事了！对当年她主动辞职都不愿同情的人，恐怕……"

"她这是报复我？"宁安问。

"我想，如意姐还不会报复人。如果她真要报复，恐怕早就报复了！"

"那她是什么意思？"

"宁安，你很聪明，如意姐的意思，你应该明白。"

"我不明白！"

黄盼盼嘲弄地笑了："你很明白！"

是的，宁安很明白。只要他兼并机床厂以后，仍保留方必优的厂长位置，李如意的贷款，就能很快解决。

他跨出李如意的公司，一头闷坐在小车的后排，闭上了眼。

"宁总，到哪里去？"

过了好久，他才发狠地吼："到机床厂！"

最近，舆论又有新的变化，说三Ａ"吃"机床厂的条件不具备，已造成机床厂的被动局面，如果不是方必优尽量维持，早就出事了，有关方面也对宁安提出了疑问。更重要的是，除数显表外，还有几个项目无法铺开，不立即兼并机床厂，把能力搞上去，声誉、影响和市场都可能失去……

宁安的压力很大。银行贷款的门，封得很紧。李如意与他捉迷藏，躲着他。

他已没有别的选择。

厂长办公室里，没有方必优。

机关科室里，也没有方必优。

"你找方厂长？"一个秘书小声对他说，"在新技术室！"

新技术室，事实上是一个封闭的车间。这里，集中了全厂最先进的设备和器材，与厂区隔离，进行种种新技术试验和开发。

宁安来到新技术室时，几乎惊呆了：两条流水线，已经拉开，与他的红卫厂一模一样；生产数显表的一些零部件，已经购回了不少，很有条理地摆在那里。

这种景观告诉他：数显表的批量投产准备工作，已经接近完成！

这是谁搞的？

难道是他——方必优？

新技术室里空无一人。

他沿流水线一个工位一个工位地看着。

"宁总！"

身后，传来了方必优的声音。

他转身，看着方必优：一身工作装，手套上有油泥。

"必优，你在干什么？"宁安问。

"为你兼并以后做准备！"方必优边走过来边说。

"我知道你会来的！"

"啊？为什么？"宁安问。

"我了解你！"

"仅仅是这？没有别的？"

"我不管别的。"方必优指了指，"作为当初的合作者，你看看，这可以吧？"

宁安耸肩笑了："嗯！"

"别的项目，只有等你们来了！"方必优将双手一摊。

"你为什么要主动做？"宁安问。

"我们还将合作！"方必优充满自信，"你说对吗？"

"保留你厂长的职务？"宁安板着脸问。

"大概……只有这样选择！"方必优也毫不示弱。

"假如我不呢？"宁安恶狠狠地问。

方必优看了他一会儿，哈哈大笑："除非，你放弃兼并这个厂的方案。"

宁安气极了："我放弃！"

"好哇！"方必优板着脸，"请！你没有资格在这里参观！"

宁安大吼："你混蛋！"

方必优大吼："你混蛋！"

宁安一甩手，往外走去。

方必优望着他。

他快走到门口，又停住了。

方必优大吼："你走哇！你快走！"

宁安没有动，瓮声瓮气地说："我同意，由你继续担任厂长！"

方必优："什么？说清楚！"

宁安："兼并以后，由你方必优继续担任厂长！"

方必优站了一会儿，轻轻地说："宁总，今晚八点，美丽宫，李如意单独见你！"

宁安转过身来，望着方必优。

方必优脸色红润，目光已变得柔和，站在那里，既友好又潇洒地笑了。

宁安去美丽宫的时候，已八点过五分。当然是忙，来迟了。更重要的是，他有一种渴望：一定要李如意等我。

李如意一个人坐在小厅里等他，打扮得很入时，藏青色的薄料套裙，里面衬着绣有花纹的丝质衬衣，一个金项链垂在白嫩的颈项上，坠着一颗闪着悠光的蓝宝石，发式简单，化着淡淡的妆，既清秀，又很庄重。

"点什么菜？"李如意笑着问。

"吃过了！"

"啊？不想陪我吃了？"她问。

"来点酒！"他说。

"好的！什么酒？"

"二锅头！"

她笑了："要度数高的？"

他点了点头。

"伏特加？"

"嗯！"

"噢，这里没有。"

她扬了扬手，侍者过来了。她问："烈性酒有什么？"

侍者："五粮液，茅台。"

"要哪种？"她问他。

"你埋单？"他问。

"当然。"

"XO，两瓶。"他说。

她笑了，向侍者点头。

很快，两大瓶XO送了过来。

她举起杯："是品，还是干？"

"干！"

"好！"

她与他碰了一下杯，先干了。

他也干了。

好苦涩，冰冷的。

"你恨我？"她笑着问。

他笑了："我佩服你！"

"是吗?"她仍笑着,"这是商战。"

"很丑恶!"他咒了一声。

"不错,"她还是笑着,"为了2000万元的贷款!"

他见她又斟了一杯,就拿过来,一口饮尽。

"好,我陪你!"她给自己倒了一杯,也一口喝光。

她的脖子也红了。

"还喝吗?"她问。

"当然。"

"你是要灌醉我?"她问。

"你可以不喝!"

她无可奈何地笑:"我请你,能不喝?"

她先给自己倒了满满一杯,又给他倒了满满一杯。

"干?"她举起杯子。

"干!"他也举起杯子。

他们又是一口干了。

他觉得头有些木,胃里似乎在发涌。

她手上的杯子,咣的一声,掉在桌子上。他赶紧帮她拿,她把他的手按住了:"宁安,你太坏了!"她的声音在抖动,泪水也滚了出来,"你既然不接受方必优,为什么当初你要拒绝我?"

他一惊,望着她。

"我当初爱你、爱你、爱你!你是知道的!可是你……"她已泣不成声,"你懂得一个女人的爱,懂得一个女人的尊严吗?亏你还是一个有知识的男人!亏你还是一个企业家!"

他收回自己的手。

"你把手伸过来!"她大声地吼着,"我躲着你,不愿见你,你以为是报复你,是为了方必优吗?不!我也不敢见你!"

"如意,为什么?"他的声音也颤抖着。

"其实,我很想见你!天天都想,时时都想!可是……"

她伏在桌上痛哭起来。

"如意,你不要这样,这样不好!"他劝着她。

"我……不怕!"她依然哭着,"你既然要把我灌醉,怎么又怕了?"

她抬起头,用手巾擦去泪,拿起酒瓶,又要斟酒,他大惊,夺过酒瓶。

"不喝了?"她狠狠地问他。

他不回答,将酒瓶打开,仰起脖子,用瓶子灌。

她大吃一惊,夺过酒瓶:"宁安,你不要命了?"

"要!"

"要,你还这样喝?"

"我要你给的贷款!"他板着脸。

她点点头,从袖珍包里取出一张支票:"2000万,低息。"

第十八章

78

"你这是干什么?"

王德清突然站起,望着宋派。

"做生意。"宋派看了他一眼,显得很轻松。

"你这是挖宁安的墙脚!"

王德清大吼一声。

"表哥,"宋派将手一摊,"在香港,炒老板鱿鱼的事多得很!"

"这是大陆!"王德清拍着桌子。

"大陆?大陆又怎么样?"宋派的声音也大了,"大陆现在也讲人才流动!"

"吴光华他们这样做,太不仗义了!"

"竞争,讲不得仗义。"

"宁安知道你是我表弟!"王德清的脖子上已冒出青筋,"你绝对不能这样做!"

宋派站起:"王先生,我想提醒你,你现在面对的是香港客商!"

王德清:"我绝不批准你们搞光华新脑公司!"

宋派:"好哇!中国很大,欢迎投资办厂的很多,地方有的是!"

王德清:"宋派,你想想,你把吴光华他们挖走了,对宁安的打击会多大!宁安为他们花了多少心血……他会受不了的!"

宋派笑:"表哥,在生意场上,笑声也好,哭声也好,赢家是不会管的。要说，我对宁安也是费心了，那 10 万港币……为他向国外卖数显表，在价格上他寸步不让，给我赚了吗？"

"宋派，这个我知道，你赚的有 10% 以上！"王德清说。

"一成的小利，要我做？开玩笑！"

王德清："这个问题，我可以出出面，做做宁安的工作，好不好？你只要放弃挖吴光华、赵丛玉！"

宋派摇头。

"没有任何商量的余地了？"

"没有了！再见，表哥！"

说完，宋派咣的一声，关了王德清办公室的门。

王德清想追，但他没动。他万万没有想到，宋派会如此狠心，让他无法向外交待，更无法向宁安交代。他从深圳回来后，很期望和宁安调整关系，一种新的方案已在他的脑中形成。他估计，宁安和冯茹的关系，已不可预测，像一具变幻莫测的魔方，不协调地转动……

在这同时，赵家也闹得翻天覆地。

"光华、丛玉，你们这是对宁安的背叛！"赵志德大吼着。

吴光华低着头。

"爸，这样当然对宁安不大好，但不能说是背叛……"赵丛玉辩解着。

"不是背叛？"赵志德从椅子上起来，"就是背叛，是我们整个赵家对他的背叛！"

赵丛玉："你这是封建意识！"

赵志德把桌子一拍："狗屁！你们这是新观念？当初，是谁到我们家来看我、安慰我，又替我担风险上项目？是那个屁港商？不是！是宁安！还有你，连见都没见你，就为你叫不平，说你的项目好，花钱从牛角镇把你请出来！连他自己的办公室都给了你！你们这样做，对得起谁？让我们能见得了人？"

钱令华见赵丛玉要争辩，将手一扬："丛玉！光华！你爸说得对！我们赵家的人，要活得有骨气，要对得起人！"

赵丛玉："妈，别人宋先生说得对，我们这样做了，可能会伤害宁安，可对政府是一个震动，对社会是有好处的！"

赵志德："光华，你说说，你是不是还要干！"

吴光华抬起头："爸、妈！我……我开始，也觉得不太好，可后来……又一想，我手头还有几个大项目，如果条件更好些，会更……快，我认为，我的每一分钟都不能拖，都不能浪费……"

赵志德站在那里，手微微地颤动起来，突然捂住自己的脸，发出愤怒的哭声。

"爸！"赵丛玉走上去，扶住赵志德。

"爸！"吴光华也上去了。

"志德！"钱令华也站了起来。

赵志德边哭边低声地乞求："光华、丛玉，爸在这里求你们了！啊？"

赵丛玉流出了泪，吴光华愣在那里。

"我，还有你们的妈，求你们了，啊？"

赵志德声音沙哑："我和你妈，都老了，看到你们两个有成就，都很高兴，也很为你们骄傲！可是你们这样……你们能不能给我和你妈一张脸？让我们在晚年好见一见人？"

赵丛玉哭出了声："爸，妈！我们已经……"

"嗯！已经什么？"钱令华问。

"已经……和宋先生签的合同已经公证了！"

赵志德一惊，抓住吴光华："是你签的？"

吴光华迟疑了一下，点头。

赵志德啪的一声，打了吴光华一巴掌："你给我滚！"

"爸！我也签了！"赵丛玉护住吴光华。

赵志德眼里冒出火花："你也滚！"

"爸！"吴光华叫着。

"爸！"赵丛玉叫着。

赵志德猛地将桌子推翻："你们滚！永远别来见我！"

赵丛玉只得拉着吴光华走了。赵志德也晕倒在地，钱令华把赵志德抱上床，拍了好半天，赵志德终于缓过气来。

"令华，他们这样没良心，叫我怎么见宁安？"

赵志德仍老泪纵横。

"我去对宁安说。"钱令华说，"让他早点想办法！"

赵志德点头，催钱令华快去。钱令华怕赵志德又发火，只得动身。

她打电话给三A，三A说宁安不在公司，也不知道上哪儿了，她只得一人在街上转了一会儿，又赶回家。

此刻的宁安，在医院干部病房，陪着俞斌。是俞斌要他去的。

俞斌瘦得只剩一把骨头，见宁安来了，把在床边照顾他的家人都支走了，只留宁安一个人。

"听说，你给我送了聘书？"俞斌问。

"三A公司的高级顾问……"宁安答。

"你要我出席兼并仪式？"俞斌问。

"你是老厂长，意向书也是你签的字。"宁安答。

俞斌苦笑了一下，点头："如果我们俩换个位置，你能够接受？"

宁安笑着点头。

"不许来假的。你要是我这个位置，你会接受？"

宁安迟疑了。

俞斌拍了拍宁安的肩："你看，你犹豫了吧！我当然拥护、支持兼并，可心里是什么滋味？是苦的、是酸的！"

说着，俞斌剧烈地咳嗽起来，最后，吐出一口带血的痰。

"俞厂长，你吐血了！"宁安有些惊骇。

俞斌摇着头："没关系，咯血……天天都有！"

"你是什么病？"

"医生们从来不讲，"俞斌的目光是惨淡的，"我知道，是肺癌！"

"肺癌？"

"搞一辈子工厂，是在火上烤……"俞斌说，"着急、受惊、怄气、挨骂……没日没夜地抽烟……"

"俞厂长，你躺一下！"

俞斌摇头："宁安，你说说，我有脸出席兼并仪式？"

"俞厂长，你怎么这样看！"

"我能怎么看？"俞斌说，"毕竟是我亲手签被兼并合同！我……光彩吗？仪式以后，要见报，要上广播，要上电视，甚至国外也会有反应！毕竟机床厂是个大厂啊！"

宁安见俞斌很动感情，就倒了一杯水，递给俞斌。

"你放着，我不想喝，只想对你说说。我老伴在机电公司，还没退休，她对我说，机电公司的人在背后指她的脊梁骨，骂她的老伴是出卖工厂的厂长！是败家子！我读大学的儿子，也被同学们围着问，好好的工厂，你爸为什么同意工厂被兼并？是不是没本事？有个老职工来看我，送来一兜苹果，什么话都不讲，临走，只说一句，有人问他，你们厂的厂长是不是笨蛋？"

俞斌的眼圈红红的，呼吸越来越急促，宁安赶紧扶他躺下，轻轻地给他抚胸："俞厂长，你冷静一下……别说了！"

"宁安，这些话，我只能对你说！"俞斌咬着自己的下唇，脸上的肌肉抽搐着，"我现在不知道全厂职工……都面对什么样的社会舆论压力，有的人，也许能够理解我……可更多的人，会咒我骂我！"

说着，又是一阵更为剧烈的咳嗽，最后，吐出了一大摊殷红的血，宁安急得一边按急救电键一边大叫："医生！医生！"

一大群医生护士赶来，将俞斌送进了急救室。

只剩下宁安。他心情沉重地坐在急救室外。

他理解俞斌，也为俞斌担心，当然，也深深地感叹，一个企业家会有这种结局……

想到这里，他心里一抖，这是不是一个预兆或者提示？

79

欢快的音乐，使酒店的婚宴显得更为热烈、更为隆重。方必优、李如意佩着印有新郎、新娘字样的胸花，站在厅口，迎接每一个到来的客人。

"欢迎光临！"

"谢谢你们！"

方必优红光满面，李如意的笑也很甜。

黄盼盼在跑前跑后地张罗着。

来客很多，规格也很高。摆满28张台子的大厅，已经坐满了。寒暄声、欢笑声、喊叫声此起彼伏，几乎将乐队的演奏声淹没。

李如意注意到，宁安没来。她给黄盼盼一个手势，黄盼盼跑来了。

"盼盼，宁安的请柬送到了？"

黄盼盼："当面送给他的，他说他一定赶来！"

"怎么还没来？"李如意有点急。

"那——我打个电话催催？"

李如意点点头，黄盼盼向服务台跑去，那里有电话。

黄盼盼还没回话，宁安已经向大厅走来了，身后，跟着应山海，捧着两束色彩斑斓的花。

"宁安！"方必优眼快嘴快地大叫了一声。

李如意觉得脸上的血一冲。

宁安笑着走了过来，握着方必优的手："祝贺你！"

方必优："谢谢！"

宁安又笑着向李如意伸手："如意，祝贺你！"

李如意与他握手："谢谢！"

宁安松手后，向应山海示意，应山海将两束花分别送给新郎、新娘。

宁安："我代表三A全体员工，祝新娘新郎新婚快乐，白头偕老！"

旁边的人也凑兴鼓掌。

侍者送过来三杯酒，宁安、方必优、李如意一人接过一杯。

宁安举杯："来，为你们的幸福干杯！"

三人碰杯。宁安一口干了。李如意也干了。方必优只抿了一下。

方必优正要引宁安进大厅，发现孙一平到了，立即迎上去："孙院长！"

孙一平笑着走过来，一面祝贺，一面和宁安打招呼。

宁安正要叫孙一平，被孙一平身边的秘书拦住了："宁总，孙院长现在已是副市长，主管大型企业和高科技！"

众人鼓掌："欢迎孙市长！"

孙一平笑："我今天来，一是来讨方必优、李如意的喜酒喝；二嘛，也想向新郎报告一个好消息！"

方必优："啊？"

孙一平："干部部门已同意我的意见，调方必优到市府，任副秘书长！"

"这是喜上加喜！"

"真叫双喜临门！"

……

在人们的欢呼声中，方必优微皱着眉头，望着宁安。

李如意的目光中也泛出了猜疑，望着孙一平，又转向宁安。

这时，一个服务员过来，附在宁安耳边："宁总，你的电话！"

宁安点点头，走到服务台接电话："喂，我是宁安！呵，刘星，什么事？……啊？吴光华和赵丛玉拿着项目不辞而别了？"

他似乎被雷击了一下，顿时呆了，手上的电话也掉了。

应山海："宁总！你——？"

宁安："走，马上回公司！"

应山海赶忙放好电话，又对方必优、李如意告了辞，陪宁安走出酒店。

轿车在路上疾驶。宁安闭着眼，不回答应山海的任何一句问话。他认为吴光华是最有才华的发明家，赵丛玉是很有培养前途的新型企业家。他对他们倾注了巨大的期盼和热情。他甚至设想过，将来的三A会在他们的手上大步发展，让全国吃惊、让世界吃惊……然而，他们竟不辞而别了！

进入理工学院，车速减慢了。到三A楼前，车一停下，宁安就从里面钻出来，往楼里一看，全是黑的。

"吴光华！"

"赵丛玉！"

宁安突然大叫。

没有人应声。

"吴——光华！"

"赵——丛玉！"

宁安的声音，是颤抖而又带泪的。

"人呢？"

"人——呢？"

他突然眼里一黑，向后倒去，被应山海扶住了。

他住进了医院，是突发性心脏病。

当他醒来时，床头挂着吊瓶，还有氧气瓶，站着许多人：孙一平、王德清、方必优、李如意、应山海、陈广全、刘星、黄盼盼……

"吴光华和赵丛玉呢？"

应山海："他们……走了！"

宁安闭上了眼。

孙一平伏过去说："宁安，你要好好养病，不要想得太多……"

宁安点头，但泪涌出来了："他们为什……么要走？不该走……啊！"

刘星过来："宁总，你这时还想他们，真是！我们研究了，要起诉他们！"

宁安睁开眼："嗯？"

刘星："进三A时，跟他们签了合同，还有，为吴光华，我们还付了3万补偿费！"

宁安很痛苦地闭上眼："不，不要这样，不能这样做！"

刘星："为什么？"

宁安："……我一辈子都希望，有人能宽容我……"

应山海："宁总，兼并仪式……已决定推迟到你好以后！"

宁安摇头："不……要早,市场……不能等!"

孙一平点头："对,兼并仪式由我和方秘书长主持!"

方必优点头。

王德清走过来："宁安,我已给冯茹去了电报,她马上赶回!"

宁安点头,望着李如意。

李如意将脸一捂,抽泣起来。

门响了一下,大家转身,都惊住了:是拎着水果的赵志德、钱令华。

胡大楚 著

胡大楚文集 ❷

剧本卷（上）

武汉大学出版社
WUHAN UNIVERSITY PRESS

图书在版编目(CIP)数据

胡大楚文集.2,剧本卷.上/胡大楚著.—武汉:武汉大学出版社,2021.3
芳草文库
ISBN 978-7-307-21710-2

Ⅰ.胡…　Ⅱ.胡…　Ⅲ.①中国文学—当代文学—作品综合集②剧本—作品集—中国—当代　Ⅳ.I217.2

中国版本图书馆 CIP 数据核字(2020)第 153544 号

责任编辑:李晶晶

出版发行:**武汉大学出版社**　(430072　武昌　珞珈山)
(电子邮箱:cbs22@whu.edu.cn　网址:www.wdp.com.cn)
印刷:武汉中科兴业印务有限公司
开本:720×1000　1/16　印张:17　字数:312 千字　插页:3
版次:2021 年 3 月第 1 版　　2021 年 3 月第 1 次印刷
ISBN 978-7-307-21710-2　　定价:138.00 元(全 3 册)

版权所有,不得翻印;凡购我社的图书,如有质量问题,请与当地图书销售部门联系调换。

《芳草文库》序

刘醒龙

  武汉有一批年纪不算太老,但肯定不再年轻的作家,既往作品每出无不风行江汉,后来平淡了些。二〇一五年年初,恰逢一场小聚,其间有老朋友提议给这些在文学创作上颇有成就的作家出版文集,且当场做出关键决策。老朋友提及的作家也是我的朋友,他们的处境很有代表性。

  世事流逝到今天,说一点不残酷是不真实的,说太残酷似乎也不科学。值此宁翔雁前羞跟牛后世风,普天之下莫不借口追求日新月异,其实是乡下俗语说的,人人都想一锄头挖出一口井。宁肯臭名远播,哪管丑态百出。忘却不该忘却的,强化不该强化的,是世情中一大不敬。这几年为一位已故作家出版文集,好不容易才成,一来二往之间,见识了足够多的现世生态。似这等才华出众的作家,若非上苍失察,弃之英年,敢不是当今文坛大旗一帜?同理,那些在喧嚣背后悄然尘封的作品,谁能说不是日后人有所诵的典范?天地同根,不是没有高下之分,而是天有天的高度,地有地的厚重。

  常住武汉三镇之人,最能体会大江东去、流水落花深意。也是体恤的缘故,又于旷野之间留下高山流水千古知音,以为勉励,兼作念想。朋友提议,饱含诗情,深藏灵性。没有太多商量,三言两语之间,就达成共识,以《芳草》杂志名义,逐年排选,将这批作家的代表性作品编成文集出版。只是由于执业所限,本套书只能以《芳草文库》相称,名头虽小,相信分量不轻。

  哲学教会人们认知正确与错误,自然科学是要让人懂得成功与失败。然而,短短人生,包罗万象,其善其美,何止兴衰胜败!文学的存世与流传,其意义正是超然前二者,不以成败对错为目的,也不以卑微尊贵定价值。人非草木,却如同草木,这是文学理由之一,生命不能永恒,却绝对永恒,这是文学理由之二。文学根本理由是,协助芸芸众生在庞杂得无可把握的宇宙间,在神与鬼、灵与欲、虚与实等一切冲突与对立之间,寻找适合每一个体的美妙平衡。

二〇一五年十月十五日

胡大楚文集

剧本卷（上）

目　录

死因不明　　　　　　　　　　　　　　　／ 275
门　　　　　　　　　　　　　　　　　　／ 278
一九八四·中国劳工　　　　　　　　　　／ 281
聂耳传　　　　　　　　　　　　　　　　／ 323
海南媳妇　　　　　　　　　　　　　　　／ 448

死 因 不 明

救护车的顶灯在夜色中闪动着,驶出区政府大门。

电传打字:"半个月前,区政府门房老吴突然发病,头部剧痛,送进医院……"

脑电图的示波器,有一条异乎寻常的曲线。医生虽然戴着口罩,但一双眼睛却闪出不安的神情。

电传打字:"经医院检查,在老吴的大脑中发现肿瘤。"

手术室里无影灯下,医生的额头似有微汗,给老吴做脑部手术。

电传打字:"经医生对老吴进行脑部切片检查,发现有鸽子蛋大的肿瘤,良性。"

病房内,老吴的头部被包着,坐在病床上,显得安宁。

门被轻轻推开,是行政科科长老孙,手里拿着两斤鸭梨和一个山楂罐头。

老孙:"老吴,你坐着别动!"

老吴:"孙科长,看,还买什么东西!"

老孙:"小意思,这回,真把我吓得够呛!知道不,听说你脑袋里的那块肉疙瘩有鸭蛋大咧,乖乖,好在是良性的。"

老吴:"真怪,紧邦邦的脑袋瓜儿会长那么个小东西!"

老孙:"好了,好了,良性的,没事!吃梨!"

老吴将一个梨擦了擦,咔吧一声,咬了脆脆的一口,笑了。

电传打字:"行政科孙科长探望老吴时,情况良好。"

又一天,病房内。老吴头上的绷带已经拆下,他的精神很好。门被轻轻推开了,进门来的是行政处处长,手中也拎着一兜鸭梨和一听山楂罐头。

老吴起身,迎过去:"处长,你工作忙,占你的时间……"

处长:"别这么说,看我这个人,现在才来看你!你快躺下,多住些日子,等病好了再说,不要惦记工作,呵?"

老吴:"说是把脑子里的瘤子取掉了?"

处长:"还没有,是切片检查,结论是良性的。医生说,你恢复得很好,这,你自己有感觉吧?"

老吴一怔:"感觉?嗯,有……"

处长:"这不结了,医生还会弄错?放心老吴,这个医院是一流的,瘤子不大,也就是个土豆大小,没事!以后我生病,也到这地方来躺躺,多清静,呵,老吴,吃梨!"

老吴接过梨,拿在手中,目光中充满疑惑。

电传打字:"处长探视之后,老吴的情绪变了。"

又一天,老吴躺在病床上,一块毛巾搭在头顶。

门开,是区政府秘书长,手里捏着一兜鸭梨和罐头。

老吴要坐起来,秘书长赶紧过去,按住他,给老吴背后塞了个枕头,让他靠着。

老吴纳闷:"秘书长,你怎么也来,工作多忙……"

秘书长:"是呀,是忙,不然,我早就要来看你了!听说,是有个小苹果大小的良性瘤子?"

老吴:"听老孙讲,鸭蛋大的。"

秘书长:"噢,没事,良性的,别胡思乱想,噢?"

老吴:"秘书长,你不会瞒着我什么吧?到底是鸭蛋大的,还是小苹果大的?"

秘书长笑了:"差不多嘛,反正都会拿掉嘛,还有什么想法和要求?"

老吴痛苦地摇了摇头。

秘书长:"老吴,给,天津鸭梨,听说你最喜欢吃!"

老吴有点厌恶:"不,这梨圆圆的,我……"

老吴将送过来的梨推开。

电传打字:"区政府秘书长探视之后,老吴的病情又复发了。"

又一天,病房内,老吴躺在床上,吊针,氧气急救包。

门被轻轻地推开了,是区长来了。他身后,跟着我们已经见到过的孙科长、处长、秘书长。他们的手中都拎着一袋鸭梨。

老吴一见来的是区长,想支身坐起来,立即被众人按住。

老吴:"区长,你怎么也来?"

区长："我有官僚主义作风呀，你住院这么多日子，昨天我才知道！"

老吴："区长，知道什么？"

区长："你病了嘛！医院告诉我，你的检查做得不错，再住些日子，手术完了就可以出院了，我对院长说，老吴是区里最老的同志，几十年如一日守门房，默默无闻地做贡献，不简单呵！要多养一阵子！"

这些话，对老吴刺激很大，他抑制住自己，摇着头："感谢领导和同志们。不过，我的病情，你们就直接告诉我吧！人，反正都得有这么一天，我……也好早点安排一下。"

区长："老吴，你想到哪里去了？是良性脑瘤，就像鸭梨大的瘤子，手术好做，有手术记录和化验单，我都看过了！"

老吴望着区长，痛苦地闭上眼睛。

区长："老吴，你怎么了？"

老吴睁开眼，闪动着泪花："区长，据我所知，我病了，你们是头一次这样看望我，这原因，我知道。"

区长、秘书长、处长、科长面面相觑，呆在那里。

电传打字："一天以后，老吴去世了，死因不明。"

门

高大的古罗马式建筑。

六根粗大的大理石主柱，列成前二后四两排。

后四根主柱之间，形成三扇门。

中间的门是玻璃门紧闭着，右边门也紧闭着。

只有左边的小门开着。

门口，站着一位颇似威严的老头。

罗马式建筑正门顶，巨大的老式钟，七点五十五分。

上班时刻。

挂在左门墙边的天气预告牌。

今日天气：阴，最高温度25℃，最低温度20℃，西风。

长长的台阶，一群男女的脚步拾级而上，周围有汽车声、脚步声、街上的流行音乐声。

人们都不约而同地拥向左边的门。

左边的门口，立即排了长长的一队。

那位颇似威严的老头友善地看着进门的人，有的是熟人，点点头。

移动的长队。

一位服饰时新的女郎在队尾，看似有些着急，向中间的那扇门走去。

人们惊愕地望着她。

她走到中间的玻璃拉门处，推了推，又拉了拉，紧锁着。

她无可奈何地转过身来。

人们似乎同情又似乎嘲笑地望着她。

远处，一辆小车停住，从车后排钻出一位有身份的人来，他是新局长。

他望着长长的上班队伍，又望着那位站在正门口的女郎。

在他身后，站着秘书。

新局长："怎么像《天仙配》董永唱的，大路不走走小路？"

秘书："局长，这是几十年的规矩。"

新局长沉思。

时钟，又指向七点五十五分。

上班的人又拥来了。

今日天气：阴转晴，最高气温28℃，最低气温24℃，无风。

大家习惯地向左边门拥去。

颇似威严的老头站在左边门口，笑容可掬地用手指向正门，大家吃惊地发现，中间两扇紧闭的门开了。

汽车声、脚步声、音乐声，又多了一样——人们开心的笑声，似乎还有诙谐的谈话声：

"门户开放了！"

"真是新官上任三把火！"

那个女郎带头向正门走去。

新局长站在远处，似乎仍在沉思。

又是一天。

起风了。

今日天气：第八号台风袭击本市，最高温度11℃，最低温度2℃，五级北风。

黄叶、纸条在风中打旋。

时钟：七点五十五分。

古罗马式建筑的长长台阶上，又拥来一批上班的男士、女士。

人们散成一排向台阶上走去，走着走着，大家都抬头惊愕地停住了脚步。

中间的那扇门，又紧紧地关上了。

世界似乎一下子又失去声音，久久地静寂。

只有左边的门开着，那里站着颇似威严的老头。

上班队伍立刻又变成了一条长龙。

人们的脸上失去走中间门时的欢快。

远处，站着那位局长，他脸色木然，望着长龙，沉思着，从口袋里摸出一支烟，找不到火柴，身后的秘书，为他点燃了。

左边的小门又恢复了堵塞的现象。

新局长的目光移动着。

当初的那位女郎加了一件风衣，红色的，也挤在上班的队伍中，又时不时看看表，似乎很焦急。

正面的大门紧闭着，没有一个人。

静场。

突然，传来了一声声的上台阶的皮鞋声，大家惊愕地向右边望去，是新局长和他的秘书，他们正向正门走去。

新局长走着走着，忽然停下来，向那位穿风衣的女郎招手。

女郎惊，半晌，走到新局长身边。

新局长笑了，做了一个请的手势。

女郎向正门走去，新局长和秘书跟在她的身后。

女郎走到关着的玻璃门口，停住了，回身，示意门锁了。

新局长一笑，走上前去，用手一推，原来，门没有锁，只是关着。

门推开了。

女郎一阵兴奋，向在一边排着长龙的队伍瞟了一眼，又庄重地向新局长致意，大大方方地走进门去，玻璃门来回晃动。

排在长龙队伍里的人们惊异不已。

新局长仍笑容可掬地站在门口。

人们仍举足不前。

新局长走向天气预告牌，翻了一个面。

天气预告：台风今日过后，本市天气转晴，气温将恢复正常。

人们似乎明白了什么，向大门拥去。

一九八四·中国劳工

电影资料：灰黄色的大海波光闪烁，一条古老的远洋帆船，像一头黑色的巨鲸，阴森森地浮在海面。

衬着英语的画外音，快速响起：

A：民法典第 99 款：作为奴隶劳动的报酬，雇主应给他们以食物和保护，患病期间应予以治疗。

B：中国苦力不能享受这种权利。

A：民法典第 101 款：雇主未经奴隶同意，不能出售他们。

B：至于中国苦力，他们的愿望是不被考虑的。

A：民法典第 104 款：在遭到肆意虐待的情况下，奴隶有权选择雇主。

B：中国苦力不能享受这种保护。

对话中，镜头缓缓拉开，监视器屏幕下边的放像框上跳动着绿色字码。

一只毛茸茸的手按了一下红外线控制键，屏幕上的图像消失。

顺着那只手往上看，是克劳森毫无表情的脸。在他旁边，坐着他的女儿安妮。

安妮："太可怕了！"

克劳森："那是历史，1873 年！"

他又按了控制键，屏幕上出一些苍老的脸，很明显也是老的电影资料。

老人："我的子孙要们记住，我的父亲，也就是克劳森二世，就是死在中国苦力之手！"

安妮惊叫了一声："啊，曾祖父！"

屏幕上的图像又消失了。

安妮："爸爸，这就是你执意去中国招雇华工的动机？"

克劳森阴沉的脸，眼里布满血丝。

在一条远洋货轮泊岸下锚时，出片名："1984·中国劳工"。

第一集

1. 突尼斯港。拥挤着各国船只。

周鼎的画外音:"桂枝,你好,出国以后,这是我写给你的第一封信。经过半个月的航行,我们的货轮已到达了突尼斯。由于国际性的经济萧条,航运业受到了剧烈冲击,在这里,几百条没有活干的巨轮准备当废钢铁卖掉。"

2. 挂着巴拿马国旗的维多利亚号。

周鼎的画外音:"我工作的维多利亚号,满载排水量二万五千吨,是一艘较为灵活的杂货船,远比吨位更大的散货船优越,特别是在国际性海运萧条时期。"

3. 站在指挥塔上的克劳森。

周鼎的画外音:"我们的船长叫克劳森,荷兰籍。他是一个精于生意、脸上从来没有笑容的家伙。据说,他们克劳森家族最早是海盗世家,后来,又从事贩卖奴隶的勾当。他是第五代克劳森,他拥有一支数量可观的船队,从他冷酷的目光中,我感受到他对中国人有某种明显的敌意。"

4. 希腊大副布郎昐咐二副安德逊敲响了钟。

周鼎的画外音:"我们在突尼斯港靠岸时都来不及上岸,就又要离港出发了。"

5. 各色人种的船员奔向自己的岗位。

周鼎的画外音:"我们船上共有二十八个人,来自荷兰、葡萄牙、希腊、印度、巴基斯坦、坦桑尼亚和中国,可以说,是一个水上世界。在二十八人中,我们中国劳工占一半。按船上的规矩,钟声一响,船上的船员就取消了一切自治权。"

6. 水手张之和另外两名加油工被二副安德逊带到扫气箱门前。

周鼎的画外音:"桂芝,你还记得瘦个子张之吗?对,就是到处找不到对象的舵工小张,他和另外两位都当了加油工。现在,他们必须钻进三米深、两米宽的扫气箱里,用柴油和小刀清除二十厘米厚的油污,每人要清理三个扫气箱,这种活，平常得干两天两夜，但是，大副却命令他们必须一天一夜完成，因为船马上要起航。"

7. 水手长顾阿龙正和外籍水手一起推动大缆车。

周鼎的画外音："啊，还有顾阿叔，他是船上的水手长，别看顾阿叔瘦瘦的个子，可各国的船员都称他是没有架子，是最称职的水手长。"

8. 大副布朗用恶毒的目光望着顾阿龙，嘲笑地吹着口哨。

周鼎的画外音："当然，也有人怕顾阿叔，就是大副布朗，这个希腊人很坏，怕顾阿叔夺了他的饭碗。"

9. 吴国良正在打扫船长室。

周鼎的画外音："啊，还有一位你不认识的，叫吴国良，是个知识分子，曾在我国远洋轮上当过见习船长，现在是我们的负责人，他当了杂工，专门负责打扫船长室的清洁。这种情况，在国内，是不可想象的。"

10. 周鼎跪在地上擦甲板。

周鼎的画外音："至于我，现在，正跪在这里擦甲板。桂芝，我按照你的要求，尽量把信写得长些，写得细些，写得具体些，不知道这封信及不及格？我真想你，想得要命，如果梦中见不到你，我会觉得那是没有睡好。"

11. 突然，一双女人的脚来到周鼎眼前，他一惊，往上望去，是穿着白色连衣裙的安妮，海风，撩起了她的裙子。

安妮望着周鼎强壮的脊梁，笑着。

周鼎望了安妮一眼，转了一个方向。

安妮又走过来，扔下来一双高跟凉鞋。

安妮："周先生，能给我穿上吗？"

周鼎的自尊心受到莫大的刺激，但强忍住了。

安妮翘起脚尖，在周鼎眼前晃动。

周鼎拿起那双凉鞋，站起身来，盯着安妮，没有说话。

安妮："……"

周鼎将双手一扬，那双凉鞋被扔进了海里。

安妮并不生气，在周鼎面前一转："周先生，你也能把我扔到海里去吗？"

周鼎微微地冷笑，将抹布往海里一扔，转身走了。
安妮感到受了羞辱，呆呆地望着转身走去的周鼎。

12. 周鼎沉重地脚步声。
周鼎的画外音："桂芝，有些事，我不能在这里写得太具体了。不过，桂芝，有时候我想哭，也想打架，想让整个大海都听到我的声音：桂芝，我周鼎没给你丢脸！"

13. 船长克劳森冷着脸，挡住了周鼎。

14. 周鼎仍一步又一步往前走。

15. 克劳森凶狠的目光。

16. 周鼎若无其事地吹起了口哨。

17. 克劳森凶狠的目光。

18. 周鼎轻松的口哨。

19. 越走越近，两人对峙。

20. 安妮笑着跑了过来，突然搂住克劳森的脖子，笑着，解了围。
安妮："爸爸，你昨天和我一起读雨果的诗句，还记得吗？"

21. 周鼎抱着胸走了过去。在他身后，传来了安妮的声音："世界上最宽阔的东西是海洋，比海洋更宽阔的是天空，比天空更宽阔的是人的心灵。"
周鼎的心，似乎一震。

22. 克劳森："周！"
周鼎站住，转身。
克劳森："走，跟白加利吊大梁！"
安妮耸了耸肩。

周鼎转身向船头走去。

23. 黑人水手白加利正光着脊梁吊起大梁，周鼎走了过去。铁链在绞盘中有节奏地滚动。

24. 扫气箱内，张之已是满面污垢。

25. 顾阿龙满头汗水，推动着大缆车。

26. 吴国良在船长室的书架上发现了一本英文书——《双曲线导航系统》。他如饥似渴地翻动。

叠出中文字幕（快速打字）：

"台卡：低频，连续波，定位精度很高。

"奥米加：使用至今不过十年，甚低频……

"卫星导航系统：研制于1958年，1964年初正式使用……"

在字幕消失的瞬间，一只毛茸茸的手按住了吴国良手中的书，是克劳森。

克劳森用英文说："你懂英文？"（字幕）

吴国良不搭理。

克劳森用英文说："你想当船长？"（字幕）

吴国良不搭理。

克劳森用英文说："你上船之前是什么职业？"（字幕）

吴国良仍不搭理。

克劳森："China，你懂？"

吴国良目光一闪用英文说："荷兰佬，你懂？"（字幕）

克劳森一惊，脸上似乎有一丝冷笑，但立刻收住了："吴，你是我的勤杂工，不许乱翻我的任何文件、书籍！"

吴国良走了出去。

克劳森跟在身后。

克劳森："吴，你看见那桅杆了吗？"

吴国良点头。

克劳森："爬上去，换那上面的灯泡！"

吴国良："没有工具包和灯。"

克劳森命令："去，爬上去！"

吴国良跪到前甲板，一步一步向上爬去，越爬越快。

克劳森的目光。

吴国良脚似乎一闪，不，他爬得更快了，到了桅顶，又沿着下来。

吴国良站在那里。

克劳森："去，换灯泡！"

吴国良："灯泡没有坏！"

克劳森转身走了。

周鼎的画外音："很快就是中秋节了。桂芝，我虽是个粗人，但我记得你抄给我的诗句，是苏轼的'但愿人长久，千里共婵娟'。我盼望两年之后，那将是我们会见的日子，那时，你将成为我的妻子，我们将永远不再分离！"

27. 平静的海面，一轮夕阳，把远处的云层撕破，洒出血红的光。

28. **闪回**：海滨，夕阳下，海浪拍击着沙滩，小桂芝扎着鸦雀辫坐在沙滩上，望着在浪中拍击的小周鼎。那海浪一层又一层涌来，每一层足有三尺高，小周鼎见浪来了，就猫腰钻进浪肚里，被浪推向岸边，接着，又被退回去的浪头拉进海里。

小桂芝咯咯地笑。

好久，小周鼎从海里走来。

小周鼎："桂芝，你说，我是什么？"

小桂芝："你是海！"

小周鼎往沙滩里一滚，踢蹬着，高兴地叫着："啊，我是海，我是海啊！"

小桂芝将手放在背后："鼎哥，你说，我是什么？"

小周鼎："我妈说，你是海的媳妇！"

天真的小桂芝："不，我是抓海的人！"

小周鼎："抓海？"

小桂芝将手从背后伸出，一手抓着一只彩贝："你看，这是大海的耳朵，我抓住了大海的耳朵，像你妈妈拧你的耳朵，就抓住了大海！"

29. **虚焦叠显**：现实中的桂芝，大学教师，正在图书馆的书架上查找资料，端庄秀丽。

桂芝的画外音："周鼎，你的来信收到了。在路上用了一个月，就像十年那么长，不，有一个世纪。要真是一个世纪，你我都成什么样了？我喜欢写长信，寄快信，这是我妈妈的遗传。所以，我也希望你写长信。我们是爸妈被撵下乡在海边认识的，过了好久好久，直到我读了大学，当了教师，我才知道，我爱上了你，拧住了你的耳朵。你是属于海的，我是属于你的，就像我爸爸和妈妈一样。我爸爸出海了，妈妈就要爸爸写长信，而且要写得像看得见，摸得着那样，怪不？开始，爸爸就按妈妈的意思写，写着写着，不知怎的，爸爸的信竟越写越短了，后来，只寄明信片，再后来，连明信片也没了，这一下，我妈急了，干脆给爸爸的海船发电报，问爸爸的行踪，这下行了，爸爸的回电只两个字：'健在！'哈哈，多有意思！"

30. 桂芝终于找了一堆资料，出来，上了两层楼，来到自己的办公室。
桂芝的画外音："接到你的信，我的孤独感就消失了，也更强烈。中秋节早就过了，苏轼说过，人有悲欢离合，月有阴晴圆缺，此事古难全。我想，我们会没事的，现在，离你我结婚的日子，只剩下一年零十个月了，快了，是吗？"

31. 办公室里空无一人，下班时间到了，桂芝正在收拾衣物，忽然发现窗户对面的树下站着一位潇洒的男人。
那男人望着窗口的桂芝。
桂芝若有所思，复又坐下。

32. 又一天，桂芝换了一件衣服，还是下班时刻。
窗口对面树下，又站着那个男人，急躁地来回走动，望着桂芝的窗口。
桂芝仍不动声色，坐在那里。

33. 再一天，下班时刻，桂芝办公室的电话铃响了。桂芝拿起了电话，没说话，放在一边，走近窗口，对面树下，那个男子站在电话间里，望着她。
桂芝的画外音："周鼎，我再说一遍：你是属于海的，我是属于你的，我抓住了大海的耳朵！"

34. 又闪回儿时海滨的镜头，两个孩子赤脚在海滩上爬着，望着被海水冲平了的沙滩，里面有一只彩色的海贝。

35. 台灯下，桂芝正在写信，停住笔，望着周鼎照片前的彩贝。
她的画外音："时间是流动的河，空间是静止的山。周鼎，席勒说过，过去静止不动,未来姗姗来迟,而现在,箭一般逝去。我们都应该珍惜现在,为此,我将做出一件你想不到的事情,让你和你的同事们都大吃一惊,是什么事呢?你能猜一猜吗?你会猜得到吗?"

她的脸上,泛过一阵虽看不见但能让人觉察得到的笑。

第二集

1. 航行的维多利亚号。

2. 高高的船顶上,克劳森和安妮仰在躺椅上,凉的海风,吹散了甲板上的燥热。

3. 克劳森用望远镜观察着甲板上的海员。

4. 望远镜中的白加利,正光着脊梁在那里玩钱币,将一个个美分,往空可口可乐的盒中丢去,叮咚叮咚,有的丢进去了,有的滚落在甲板上。

5. 望远镜中两名中国水手和印度、巴基斯坦水手在玩扔套圈,几步以外,高矮不齐的酒瓶子立着,他们轮流用绳子捆成套圈,向瓶口扔去,几乎没有一个人有套住瓶口。

6. 望远镜中,水手周鼎用塑料软管在吹肥皂泡,一串又一串的小泡,向空中飞去。

7. 望远镜中,顾阿龙孤独地坐在缆墩上,望着远方,叼着烟斗。

8. 克劳森放下望远镜。
安妮:"孤独的职业,常常使人变态。"
克劳森一震。
安妮:"爸爸,你呢?"
克劳森将手一挥:"布朗,奏乐!"
大副布朗快速跑下舷梯。

长长的汽笛声在空旷的海空响起,一声、二声,一直长鸣了十声。
安妮:"孤独的国王,连他的乐队都常常是远离理智的。"

9. 顾阿龙回过头,望着躺在船顶的克劳森父女。
顾阿龙的画外音:"阿毛吾儿,你们都好吗?我们现在在大西洋上航行,这里除了海就是天,我们的活动天地就是这条宽二十二米、长一百六十二米的船甲板。我已经习惯了这种孤独,但荷兰籍的船长耐不住了,他用汽笛声证明他的存在。你们的新楼盖起来了吗?临离开你们的时候,阿香没有开口讲什么,但我知道,她想办个家庭养鸡场,但买设施的钱不够,这钱,由我出,我已积攒了八百美元,再过一年,我想攒够两千美元,一定可以买一套现代化养鸡设备,到那时,我该退休啰,我自荐当养鸡场顾问,行吗?阿香,就当老板!"
烟斗里冒出一缕青烟,从顾阿龙脸上飘过,古铜色的脸上泛着红光。
一群海燕飞过。

10. 船身抖动了一下,机器的轰鸣声消失了,仅靠惯性,在慢慢滑行,停住了。

11. 克劳森知道发生变故,急忙从躺椅上站起:"布朗!"

12. 布朗刚才还在偷看安妮,听到叫声,立即反应过来,向机舱跑去。在甲板上玩的人也涌向机舱。

13. 机舱里,印度籍轮机工维利神色紧张,柴油机发生故障,已经停止运转,他连续发动几次,都未成功。
最早赶到机房的是水手张之。
维利神色紧张:"张先生,我完了!"
张之:"……"
维利:"按照规定,我将被解雇!"这时,张之见布朗出现在舱口,将维利往边上一推,自己站在值机岗上。

14. 布朗以为是张之值机,不怀好意地绕瘦小的张之走了一圈,盯着张之。
张之的双手揉动着纱团。
突然,布朗吼道:"为什么停机?"

张之:"主机出故障。"

布朗:"为什么不报告?"

张之:"……"

布朗突然将右手一扬,准备打人。

但是,他的手被捉住了,是周鼎。

布朗望了望周鼎铁塔般的身材,又望了望周围愤怒的眼睛,将手收回了。

布朗收回手,傲慢地走到另一边,背对机器:"发动机器!"

张之拧动启动柄,机器轰轰几声,停了下来!

布朗仍背对机器:"再来一次!"

张之又发动一次,柴油机吼了几声,又停了下来。

布朗点燃了一支烟,傲慢地吐出一股青烟,仍背着机器:"将第三缸喷油嘴调大三丝。"

张之调了三丝。

人们的目光中有些惊奇。

布朗:"将第四缸喷油嘴也调大三丝。"

张之照办了。

布朗:"将柴油滤清器拆下清洗!"

张之照办。

布朗:"发动!"

张之发动。

柴油机主机轰的一声,运转起来。

大家不由暗暗叹服布朗的本事。

布朗此时才傲气十足地转过身来,露出一阵不出声但十分逼人的笑容。

布朗:"张,你服了吗?"

张之:"……"

布朗:"按照规定,船到下一站,你将被除名!"

张之咬着腮帮。

维利此时咚的一声,跪在布朗脚下,泣不成声:"布朗先生,这不能怪张先生!"

布朗:"怪你?"

维利:"……"

布朗阴险地笑了,冷冷地吼:"除名!除名!张先生,懂吗?就是解雇!"

他转身欲走。

维利已泣不成声，抱着布朗的脚。

布朗一边将维利蹬开，一边骂："猪猡！"然后扬长而去。

无声的愤怒，塞满了机舱。

15. 船尾，涡轮搅动着海水，发出沉重的隆隆之声。

16. 远处，无边的大海。

17. 夜，张之的卧室，他的情绪很坏。

张之茫然地拿着周鼎的空罐头盒，肥皂泡在空中浮动，降下，落在地上，破了。

门吱的一声被推开，是维利。

维利："张先生！"

维利跪在地上，手里捧着一个小包。

张之一惊，扶起维利。

维利："你代我受罚，救了我一家！这是我一年的积蓄，收下吧！"

张之打开小包，里面有一叠美元，更多的，是积攒的一堆美分。

维利："我的家，在印度旁遮普邦，父亲是无业贱民，有六个兄弟，三个姐妹，他们的生活，除了乞讨，打零工，就靠我了。我上这条船，就是靠我的大妹妹陪布朗睡了两夜，不要钱，才……"

维利已是泣不成声。

张之的心里交织着同情和气愤。

维利扑进张之的怀里："我的中国兄弟，你，你这是救了我的全家呀！"

张之将钱包好，塞给维利："维利兄弟，不要再说了，我被辞退，是没有什么影响的，我没有家，我是个孤儿。"

维利："伟大的中国恩人！"

维利扑向张之怀里。

18. 正向张之房间走来的周鼎，看见张之门口有人影，闪在一边。

19. 那人是安妮。她听见有人的脚步声，急忙闪开，向船尾走去。

20. 周鼎尾随。

21. 在船尾舷梯处，随着一声口哨声，布朗挡住了安妮。

安妮一惊……

布朗："安妮小姐，您是在欣赏这海上的夜色？"

安妮："我想，大概是的。"

布朗："是呀，今天的月色很美，对我们来说，浏览，只是生活的瞬间，而征服，才是航海家的天职。"

安妮："是么？可惜，你今天却征服错了！"

布朗："你是说那个中国人？"

安妮："他是代人受过！"

布朗似乎心里也知道："这我知道，我早已看出来了，但我还要处罚他！"

安妮："是因为印度的那个姑娘？"

布朗厚颜无耻地点了一支烟："不。那只是我婚姻的悲剧。我惩罚那个中国人，是因为，我知道有个克劳森二世曾被中国劳工杀死！"

安妮一震。

布朗急忙上去扶住安妮。

安妮："布朗先生，你喝醉了！"

布朗："不，我是克劳森五世的奴仆，我为我能惩罚中国人而兴奋！"

安妮："放开我——布朗！"

布朗："安妮小姐，我爱你！"

安妮："不！"

布朗："你父亲老了，他没有儿子，他已经许诺要把你交给我，把船交给我了！"

安妮挣扎着，也惊呆了。布朗像一头野兽，将安妮按倒。

正在这时，周鼎冲了上来，将布朗扳倒在一边，安妮赶紧在一边披头散发地整理扯开了的裙子，护住自己的胸部。

布朗似乎醒了，从地上爬起，走近周鼎，左右开弓，打在周鼎的脸上。

周鼎的嘴里流出了鲜血，眼里喷着火。

布朗整了整衣冠，转身走去。

周鼎气极地站在那里。画外音："我们规定，外出海员，与别国人员发生冲突的，骂不还口，打不还手！"

安妮一步一步走向周鼎，流着泪用手替周鼎擦嘴角的血，慢慢地顺势伏在他的肩上。

周鼎木然。少许,醒悟:"请自重,安妮小姐!"
安妮反而搂着他、吻他。他大吼一声,将安妮推开,安妮跌坐在地上。
远处,克劳森看见了,气得浑身发抖。

22. 晨,维多利亚号缓缓进入了港口。
布朗脸上缠着绷带,站在甲板上指挥着。
有的船员在系缆绳。
有的船员在绞动转车。
有的在放舷梯。

23. 克劳森走了过来:"布朗,千斤钢丝为什么没换新的?"
布朗:"白加利!"
黑人白加利跑过来。
布朗:"重绕千斤钢丝!"
白加利为难。
克劳森:"布朗先生,按规定,这是你的事,大副!"
布朗:"白加利,搬架子来!"

24. 前甲板上。布朗神气地镶吊大梁的千斤钢丝。
顾阿龙站在一边打量着。
看来,布朗是好久没干这活了,松松沓沓的,汗流满面。
布朗:"水手长,你看怎么样?"
顾阿龙不屑一顾地笑了。
布朗:"不行?"
顾阿龙:"又松又难看,大副先生,你不怕大梁会倒下来么?"
布朗自己心里也有数:"水手长先生,那你来镶?"
顾阿龙:"不!"
见顾阿龙要走,布朗追上去:"你镶,给你算五十个加班,现金美钞!"
顾阿龙摇头。
布朗:"那你要什么?"
一中国海员:"要你叫他爹!"
布朗:"Ok!水手长先生——爹!"
那个中国水手:"大副先生,你知道中文爹是什么意思吗?"

布朗："我到过上海，知道——爸爸！"

众人哈哈大笑。

布朗："爹，你来镶吧？"

顾阿龙摇头。

布朗无可奈何地又叫了一声："爹——！"

顾阿龙："张之！"

张之跑过来。

顾阿龙："镶千斤钢丝！"

布朗："不，这活只能水手长和大副才能干！"

顾阿龙："我们中国的规矩，水手长只要动动嘴，哪一个水手都能干，小张，是我的第三代徒弟！不过，布朗先生，张之先生倘若镶得比你好，你还开除他吗？"

布朗："当然不！"

25. 张之熟练地镶千斤钢丝，他的镶法明显与布朗的镶法不同。

布朗："镶错了！No！No！"

张之："错什么？你的镶法是三三法，我是二四法！你镶的是单花，早淘汰了，我这是双花法！"

布朗吃惊地望着张之的手。

26. 一根新的千斤钢丝镶好了。布朗拿在手里左看右看翘起大拇指："Good！再镶一根怎么样？"

张之站起身来，点燃了一支烟。

布朗："我想学，有什么条件！"

张之："你说呢？"

布朗："我叫你一声——爹！"

张之摇头，众人哄笑。

张之："加班工资五十元，现金美钞！"

布朗无可奈何地点头。

张之："这是技术输出费！"

27. 舷梯下面，一外籍海员激动地跑了上来。

外籍海员："周先生，国际邮件！"

周鼎不动声色地望了她一眼。
外籍海员将一个小盒子交到周鼎手里。
周鼎看了看，是自己的："谢谢！"
外籍海员高兴地跳着走了。

28. 夜。在船员休息厅里。
中国海员们都围在录像机前，周鼎打开了邮匣，从里面取出一盒录像带："各位师傅，这是我的未婚妻送给我的，也是送给大家的礼物，她说她是拧住大海耳朵的人。她是个大学老师。她还说，在现代社会，由于科学技术的飞速发展，世界缩小了，空间也在缩小，亲人们虽然相距千里万里，但却是可以见面的！"
说完，他将录像带放进机器，屏幕上立即出现彩条，接着，出现一行字："献给工作在维多利亚号的中国亲人们！"
画面出现中国江南农村，推进，是一幢新房，还没有完全盖好，在房顶上，站着一个青年小伙子，还有一个青年女人，张开双臂。似乎在呼叫什么。
顾阿龙一惊："阿毛！阿香！定住！让我多看看！阿毛，我的儿子！阿香，我的儿媳妇！看，他们的新房子快盖好了！娘的，好气派啊！"
他的眼里潮湿了。
别的海员不让停。
屏幕上又出现一个女人，拿着一个小碗，喂一个又白又胖的小男孩。小男孩一只手含在口里，一只手抓住自己的小麻雀。
"定住！"一个胖乎乎的海员突然大叫，"这是我那婆娘，奶奶的，狗娃儿都这么大了，那手从小就不老实！"
在哄堂大笑中，他老婆在屏幕上说话了："山狗，我很好，你的信也收到了，写得我都不敢找人念，什么时候你学会说情话了，叫人听了心里发慌，脸也没处搁。啊，狗娃儿都半岁零七天了，今天称的，十斤一两一钱，双眼皮，比一般大的孩子矮点，像你一样，什么都好，就是手不老实……"
厅堂里又是一阵哄堂大笑。
山狗："这娘们，她的手就老实？"
厅堂里的笑声更响了。
在哄笑声中，张之含着眼泪，悄悄退出屋。

29. 厅外，海风瑟瑟。张之点燃一支烟，在甲板上漫步，隐隐约约可以听到厅内的哄笑声。

30. 张之在甲板上漫步，路过大副布朗的窗口，窗开着，布朗似乎喝醉了，手里拿着一架照相机，坐在铺在地上的一块兽皮上，无意识地按快门，咔嚓一下，咔嚓一下，一脸茫然。从里面传出一阵在西方流行的节奏疯狂的《五匹野马》的歌声，浑浊而粗野：

"……

五匹失去控制的野马，

横冲直撞把车乱拉。

架车人，

也正是你……

五匹失去控制的野马……"

31. 张之又往前走，是一名巴基斯坦海员的卧室，那个海员似乎在顶礼祈祷："……恶魔不局限在地上和靠下面的几层天，要诅咒哈鲁特和乌鲁特，她们是堕落的天使。我的妻是凡人之女，让她永葆圣洁，不要再被财主的钱袋所勾引……"

32. 甲板上，张之仍在漫步，突然，他听到一片划水声：有人泅水而来。

张之赶紧扔下一根绳子。

拉起来的是一个脸上带伤的中国人。

那人："你是中国人？"

张之点头。

那人扑到张之怀里，大哭不止，昏了过去。

这时，传来了吴国良的叫声："小张！张之！"

吴国良跑过来，帮张之架着那人，往休息厅走去。

33. 休息厅里。泅水者躺在椅上，海员们围在他身边。

周鼎："小张，带子里也有你女朋友！"

张之一惊，不相信。

周鼎："你看，你看！"

果然，屏幕上出现了一衣着入时、长相秀丽的女青年魏春花。

魏春花："小张，你好吗？老实讲，我们在一起的时候，我是打定主意要跟你吹的，但是，你走了这么久，我不知怎的，还老是想到你……"

张之眼里潮湿了。

魏春花："我觉得，你不应该理解错了，想你，还不一定是爱。爱，也许是另外一件事，还很遥远。你的来信我已收到，我正在考虑，应该给你写什么，因为，在你临走的时候，我的要求，都已讲清楚了。"

周鼎一伸手让画面定格了。

"小张，她讲了什么条件？"

海员们也一哄而上，嬉闹着：

"带回八大件是不？"

"莫在外国拈花惹草是不？"

"讲啊！"

"曝光啊！"

张之反而变得严肃了，似乎很激动，也很压抑。

张之："她……"

吴国良又摁了录像机，屏幕上的魏春花又讲了起来："小张，我并不是那种浅薄的姑娘，一些有相当地位的男孩子追我，但我看不惯他们，虽然我有时也不得不应酬一下。我对社会、对人生，是困惑的，像有人讲的，老是在门槛内和门槛外徘徊。我不愿看大报，那上面充斥着说教，像板着脸的爹，但从一些小的报刊上，我发现海外是一个新奇的世界，这个世界你肯定是看到了的。你虽然是一个孤儿，但是，你比我幸福，我很羡慕你，我只想提醒你，一定不要忘记我的要求，记住了吗？在临结束这次讲话时，我想向你提出一个问题，你一定要回答我，赶快写信回答我：西方，怎么样？那里果真是自由的吗？"

屏幕上定格了。

大厅里，海员们的兴奋劲全都没有了，人们都沉默着。

突然，那个泗水者大声地哭叫着："我能回答！我能回答！我能回答！"

声音凄厉、深沉，震撼着人们。

人们都沉默着。

第三集

1. 甲板上，吴国良与张之并行着。

吴国良："小张，这个魏春花是干什么的？"

张之："……"
吴国良："你不知道她的单位?"
张之："只知道——她的家。"
吴国良："她对你有什么要求?"
张之："……"
吴国良："不能对我讲吗?"
张之犹豫了好久，终于站住了："她希望我找机会留在国外!"
吴国良一惊："作为跟你结婚的条件?"
张之点头。
吴国良："你同意了?"
张之支吾："当初，我是——同意的。"
吴国良："现在呢?"
张之："现在?!"

2. 甲板上，两人无声地走了好久。
吴国良："你们是怎么认识的?"
张之："我们是一次偶然的机会……"

3. 闪回：上海。大街上熙熙攘攘，身穿海员服的张之在人群中走着。
张之的画外音："这次出国前，我下了很大的决心，都二十六岁的人了，一定要把对象找好，即使当时不能结婚，也要为两年后结婚创造好条件。"

4. 闪回。一家不太宽敞的房间，经人介绍，张之与一位姑娘见面。
介绍人是一位胖胖的女人，唠唠叨叨地介绍着："阿之这孩子，我是了解的，他家世代海员，现在孤身一人，漂洋过海，已是有八年工龄的好海员了，国内工资一百多存起来不算，在外边，一年光美元都是好几千!"
张之掏出手绢，有些紧张地擦汗。
那女孩不讲话。
胖女人："阿之读过海员技校，还会讲一口漂亮的英语……"
此时，那女孩子起身，很有礼貌地说："阿姨，我还有事，我先走了!"
介绍人感到很突然，跟着女孩子走到门外："靓妹，你有什么看不中?"
女孩子："海员，我怕……靠不住!"
张之的画外音："海员的职业，是没有女孩子向往的。"

5. 闪回。公司的湖边，垂柳依依，落日的余晖，在湖面洒下金辉。

一串笑声响起，一对恋人的影出现了，是张之和另外一位姑娘。

张之："我给你妈送的礼，她高兴吗？"

姑娘："什么礼？"

张之："一台日立双卡机，三条三五牌的烟，还有你……"

姑娘笑："可你送什么给我？"

张之用手搭在姑娘肩上，欲亲："我送我的一切，还有吻……"

姑娘佯作忸怩，挣脱了："我妈讲了，要送礼就全送，包括我爸、三个哥、三个嫂、还有两个舅、一位叔，还有……"

张之吃惊了。

姑娘："不然——"她多情地用肩撞了张之一下，"她就不同意我和你好！"

张之的心冷了，站起身来，茫然地独自向公园草地上走去。

张之的画外音："愿意跟我交朋友的却都冲着钱和海员带回的外国货。"

6. 闪回。郊外的公共汽车站，长长的站棚下，只有张之一人等车。天下着大雨，不时，还有隆隆的雷声滚过。

张之焦急地等车。

张之的画外音："想不到的是，在我极端孤独、沮丧的时候，我碰到了她——魏春花。"

7. 闪回：显然，张之对还会有公共汽车来是失望了，只得冲进雨里往前走。走着走着，他忽然发现头顶上出现了一张彩红色的伞，惊奇地向这边望去，魏春花那张美丽的脸，望着他笑。

张之很过意不去："你……"

魏春花："我邀请你共伞，行吗？"

张之望着魏春花入时的打扮："太谢谢了！"

张之："可这张伞——看，你也被雨淋了！"

魏春花："遮两个人的脑袋，总可以的！"

张之笑了。

8. 闪回：两双脚在雨点中走过布满青苔的古石桥。雨声中响着二人的对话。

魏春花："你是海员？"

张之:"嗯!你呢?"

魏春花:"给你打伞,奇怪吗?"

张之:"呵……不,你心好!"

魏春花:"不,我仅仅是想冒险!"

张之:"是呀,在这荒郊野外,要是遇到一个坏人什么的,可就麻烦了!"

魏春花:"你到这里来寻找孤独,对吗?"

张之:"你呢?"

魏春花:"这里有自由!"

她的笑声,接着,又是他的笑声。

9. 吴国良和张之仍走在甲板上。

张之:"我们就是这样相识了,她给我的印象是好的,可以说,抓住了我的心。她大胆,但又得体,她开放,但又不俗气,我向她表白了爱情,她始终保持着分寸,只向我提出一条,要我想办法在国外定居,然后,她才和我结婚,我……"

吴国良:"答应了?"

张之:"……答应了。"

吴国良:"你有什么打算呢?"

张之:"曾经想过,找一个机会,离船!"

吴国良:"潜逃?"

张之:"嗯!"

吴国良:"现在还想吗?"

张之没回答,显然,他动摇了。

10. 闪回:昨晚休息厅里的情景。

泗水者哭泣着说:"我能回答!我是一年前,从一出访团潜逃的。我是一个热动力工程师,他们看到我还有用,就收留了我,让我写出了我所知道的中国热动力工业的全部情报资料,还包括我所知道的核工业情报,后来,他们对我厌倦了,抛弃我了,我没有住处,没有工作,流落街头,甚至走进了卖血者的队伍。在这个时候,我才恍然大悟,也才痛感自己对祖国、对人民犯下罪过,也才真的羡慕做一个现代中国人的尊严和骄傲!现在,我连卖血的资格都没有了,我像乞丐般沿街乞讨,每天都站在港口里等祖国来的船,想看一看五星红旗,看一看我昼思夜想的同胞,我几乎等了一个月啊!今天,我终于看到你们了,我已经服用了自杀药剂，我也可以安心地闭上眼睛了！"

众人："你——?"

泅水者："几分钟，我将死去，我见到了你们，我可以安心地死去！……不过，请你们告诉刚才的那个姑娘，把我的遭遇，告诉那个姑娘！……"

泅水者猛地一阵抽搐，死去。

众人眼含热泪，呆呆地站在那里。

张之深有触动。

屏幕上的魏春花又动了，她的声音："西方自由吗？西方自由吗？"

张之冲过去，关了录像机。

张之走过来，抱起泅水者的尸体，走出厅外。

他们按海员的规矩，进行了隆重的海葬。

11. 甲板上，吴国良和张之的步伐都很沉重，突然，张之冲着一群飞翔的海鸥，"啊啊"地大叫着，用奇特的方式，表达着一种特殊的心境。他似乎在哭。

海鸥翻飞着。

海浪涌动着，荡起一阵阵的回声。

12. 港湾之夜，海浪平静，偶尔响起几声发闷的汽笛，雾气很浓，很深沉。

13. 维多利亚号通向岸口的钢桥上，一排脚在走。

船的甲板上，站着叼着烟的布朗，他用色眯眯的眼睛，盯着被称为"野鸭子"的妓女们。

14. 布朗搂着一个"野鸭子"，朝自己的房间走去，周围响着放荡的调笑声。

那个"野鸭子"："亲爱的，有妻子吗？"

布朗："呵，我的妻子是全世界的女人！"

15. 吴国良卧室。他仍在灯下抄录着一份资料。

这时，有人敲门。

吴国良开门，门口站着一位金发女郎，坦胸露乳，不容分说，飞着媚眼就挤了进来。

吴国良很有礼貌地站在一边："您找谁？想喝茶吗？"

那女人摇了摇头，一扭一摆地走到他跟前，柔柔地问："Do you like me?"

（字幕：你喜欢我吗？）

　　吴国良耸了耸肩："什么意思？我们素不相识！……"

　　女人做了一个下作的动作。

　　吴国良将脸一板："No！No！"

　　女人推开双手，大感不解："Why？"（字幕：为什么？）

　　吴国良厌恶地转过身，顺手推开了门。

　　那女人又走到吴国良面前："No money？"（字幕：你没有钱？）

　　吴国良："……"

　　那女人："Just a little money！"（字幕：我只要很少的钱！）

　　吴国良仍不答理。

　　那女人："I do not want money！"（字幕：我不要钱！）

　　那女人张开双臂，闭着眼，等待着。

　　良久，她发现没有人拥她、吻她，睁开眼，屋子里已经没有人了。

　　吴国良早已离开。

　　那女人无可奈何，做了个不可思议的动作。

　　16. 顾阿龙睡得正香，忽然，被灯光照醒了，睁开眼，原来，床头站着一个女人。

　　看得出来，顾阿龙是有经验的，他立即从枕下摸出一副老花眼镜戴上，用沙哑的嗓音问："孩子，你找谁？"

　　那女人一见是个干瘦老头子，始一惊，然后厚颜无耻地说："找你，睡觉！"

　　顾阿龙一阵大笑："你不怕我夫人？"

　　女人一惊："你带了夫人？"

　　顾阿龙："不错，她马上就到，你愿意等她吗？"

　　那女人只得摇摇头，一扭一摆地走出门外。

　　17. 顾阿龙翻身起床，穿好衣服，刚要出门，又被另一个妓女拦住。

　　妓女媚笑着，顾阿龙用手一推："对不起，我要到机房换班了！"

　　妓女走进屋来："我等你。"

　　18. 甲板上。顾阿龙一步紧一步地走着。

　　大副布朗的房间里有下流的调笑声。

　　维利似乎也被一个女人缠住。

白加利的房间里，有放荡的笑声。
船员休息厅里，也有……
前船甲板上，也有……

19. 通向机房的楼梯，顾阿龙走了下去。他发现，已有中国船员在机房里了。

接着，一阵又一阵下楼声，下来的，都是中国船员，人们心里都明白，没有说话，互相观望着。

突然，一中国船员："张之呢？小张没来！"

另一名中国船员："坏了！这小子，连个对象都还没——"

一海员："嗨，见了外国金发女郎，他会经得住？"

一海员："走，我们上去抓！"

这时，在机房的角落里，传来了物件的撞击声。

周鼎："谁？"

吴国良："出来！"

一只脚走了出来，又一只脚走了出来，头露出来了，是张之！

众人："呵，小张！"

张之有些愠怒："你们——？"

众人一拥而上："好样的！你小子，来得好早！"

大家将张之抱着，高高地抛起，又接住，抛起，又接住，发出一阵阵笑声。

张之的眼里也含着泪花。

20. 机房里。十四个中国海员围在一起，有的拿出了罐头，有的拿出了啤酒和饮料，有的撒烟，仿佛成了一次特殊夜餐恳谈会。

一个身体很棒的海员："狗娘养的，那个洋女人，一进了我的门就要脱衣服，把老子吓了一跳！"

又一个海员："到我房里的那妖婆子，化妆倒像个样，一笑，起码脸上有十几条皱纹，少说一点，有四十多岁了，怕比我妈大八九岁！"

另一个海员："可别说，这些洋婆子，把大腿一撩，还真白！"

一海员："你想了！"

一海员："我想？我想还会到这里来？我是什么人？中国海员！"

说到这里，大家沉默了，不约而同地拿起了啤酒瓶、罐，高高举起："为我们今晚在这里聚会的中国海员干——杯！"

啤酒瓶从一个人手中传到另一个人手中,一个又一个传着,庄严、隆重。

当酒最后转到张之手中时,他一口咕咚喝了半瓶,似乎有些醉了,笑着说:"哥们,我张之说句老实话,我都二十六了,真……真有些想女人!我,我还没沾过一个女人的边啦!"

人们沉寂地望着他。

张之:"你们,有的结了婚,有的,有了对象,能不能——呵,给我谈谈你们的女人?山狗哥,你——你先谈!"

憨厚的山狗庄重地站起来:"好,我先谈,谈谈我那娘们!我跟她,就见过三次面,马上就办喜酒啦!我呀,是个跑海的,有钱,请了十几大桌人,还用上海轿车到山里去接她,街道委员会批评我,山狗呵,你咋摆阔气,搞铺张浪费?我说,我一不收财礼,二不借债,喜庆喜庆,古今中外,哪有办喜事不喝酒的?头天晚上进洞房,我那婆娘真他妈混,门关不到一会儿,她就拼死拼活跑出去啦,哭着、闹着,找到居委会,硬要把她送回去,还说结婚不好!你们猜,为什么?"

众人面面相觑。

山狗继续说:"咳咳,她说哇,我山狗不老实,动手动脚的,脱她的衣裳!"

众人哄堂大笑。

张之:"周鼎,归你说!"

周鼎推脱:"我——还没结婚!"

山狗:"讲讲和桂芝的恋爱!"

周鼎:"恋爱,不就是看看电影,逛逛公园,写写信,有什么说的?"

一海员:"看电影、逛公园,就这些?哎,我不信,你们这个样没有?"他做了一个拥抱的动作。

又一海员:"那还用说的,肯定有,八十年代,听说,北京、上海、广州都开放得很,见两次面,就动手动脚的!"

山狗:"小周,你说呀!"

周鼎:"我们——亲过,就一次,我主动,她说我坏!"

一海员:"女朋友说你坏,那是在表扬你呢!"

周鼎:"桂芝是个大学老师,她也确实表扬了我。"

一海员:"怎么表扬的"?

周鼎:"她说,亲了她一次,就好比——嗯,好比得了诺贝尔奖!"

众人笑了:"比得好!到底是知识分子,有水平!"

周鼎:"桂芝还说,这诺贝尔奖,该我得一辈子!就是,胡子太扎脸!"

张之:"好,轮着讲,该顾阿叔讲了!"

顾阿龙:"咳,混小子,我老伴都去世好几年了,讲什么?"

张之:"讲讲当初!"

顾阿龙从别人手里夺过烟,抽了几口,说:"好,我讲讲当初!我顾老头今年五十七,跑海船整整跑了四十年,你们猜猜,我跟我老伴一起,总共过了多久?"

众人望着他。

顾阿龙:"总共才六年,她活活给我守了三十多年的寡呵!"

屋内的气氛顿时沉重起来了。

顾阿龙:"可是,她说得好,阿龙,你别看我是个女人,你为国家跑海轮,争面子,我值!"

说着,老眼发红,声音也哽咽了。

顾阿龙:"话虽然这么说,但,我,还有她,总是活生生的人呵,怎么会不想呢?有一次,她对我讲,半夜里,她梦见我了,像头野兽,把她扑倒了,惊醒了,手里,竟抱着一个大枕头,这梦,怎么也跟我做的一个样,怪怪的,命定的,她就该当我的婆娘!"

众人含着泪,轰然大笑了。

张之正要往下点名接着讲,突然望着通向上面的机房铁梯不动了。

铁梯上,站着克劳森。

21. 克劳森一步又一步走下铁梯来,板着脸,在机舱中间来回走了两圈。

克劳森:"鉴于布朗招来妓女上船,我将最严厉地处罚他,而你们,深夜在机房聚酒,违反本船规定,也将受到处理!"

第四集

1. 早晨,船长室。

克劳森坐在转椅上,不动声色地抽着雪茄,零乱飘逸的烟雾,似乎显得不安。

大副布朗有恃无恐地靠在书架边。

克劳森:"大副先生,我是一个航海家,海上的风景和残酷的商业竞争,使我不大会用哲学家彬彬有礼的词句来表达愤怒,这一点,你能理解吗?"

布朗："由于我已跟随你十余年，大体上我也成了与您一样的人！"

克劳森："这很好。当然，我在表达愤怒之情时，常常愿意选择某种特别的，也许是人们难以想到的而又具有海上冒险者性格的方式，你懂吗？"

布朗："也许，我稍稍懂一点。比如，您的曾祖父曾说过，克劳森二世就死在当年的华人苦力之手，为此，你特意招进了这批华工，然而，您又不急于报复——"

克劳森打断布朗的话："我可以明确地告诉你，对于你昨晚把一批'野鸭子'引上船的行为，我将进行处罚。"

布朗："妓女们上船过夜，这是海上的惯例。"

克劳森："这一次不同！在你们与'野鸭子'们胡闹时，没有一个中国人沾边，他们打破了这种惯例，他们的尊严，即使我震惊，又使我这个西方人的自尊心受到巨大的挑战。现在，有一条毒蛇在我的心里爬动着，迫使我必须进行报复。"

布朗："对谁？"

克劳森："对所有的人，对你，对中国人，也许，还有我！"

布朗："还有您？"

克劳森："还有我！你知道，我只有一个女儿，我也曾私下许诺，将安妮嫁给你，但是，你同样也知道，安妮并不同意我的这种安排，她爱上了一个中国人。"

布朗："谁？"

克劳森："周鼎！"

布朗："呵！不可思议！"

克劳森："安妮现在已经病了，因你的无礼，她的腿已扭伤，躺在床上。"

2. 安妮的卧室。安妮躺在床上，想动一动身子，脚立即发出一阵剧痛，又躺下了。

3. 船长室。

布朗："克劳森先生，您的意思是——？"

克劳森打开抽屉，从里面拿出两支老式的手枪。

克劳森："为了安妮，我将看到你和那个中国人之间的抉择。"

布朗："……倘若那个中国人赢了……"

克劳森："这当然就是对我的——报复！"

布朗疯狂地吼道："不，应该得到报复的，只能是中国人！"

克劳森："如果真是如此，我的女儿，还有我的这条船和所有家产，都将归你！"

布朗走过去，选了一支枪："克劳森先生，假如那个中国人不参加决斗呢？"

克劳森："会有人来的！"

布朗："我将接受任何人的挑战！"

克劳森从桌上推过一张协议，布朗拿笔签了名，旋即走出船长室。

4. 空空的船甲板，布朗慢慢地走向船头。

5. 船长室。

克劳森坐在转椅上，周鼎站在那里。

克劳森玩弄着手中的雪茄。他的心声："这个强壮的家伙，为什么偏偏是中国人呢？"

周鼎从口袋里抽出一支烟。他的心声："如果他当上国王，一定是一个暴君。"

克劳森："周先生，在我们西方，有一个古老的游戏——决斗，你知道吗？"

周鼎："听说过，那是为了争夺情人，贵族骑士们常常如此，斗剑。"

克劳森将古枪拿出来，吹了吹枪口："更多的，是用枪，你会打枪吗？"

周鼎："在国内当民兵啊，学过。"

克劳森："成绩怎样？"

周鼎："不错，用中国的古话说，可以百步穿杨！"

克劳森："很好，周先生，你一定记得，在我们签订的劳务合同里，写明了你们到了这条船上，将一切服从我的指派。"

周鼎："那是讲工作，并不包括其他的活动。"

克劳森："当然。不过，现在我们之间的关系，已远远超过了合同的范围。"

周鼎："是什么意思？"

克劳森："安妮爱上了你，要嫁给你！"

周鼎："不。我很尊重安妮小姐。船长先生，如果您不介意的话，我想顺便告诉你，我的中国未婚妻，是一位大学老师，也许，比安妮小姐还要美丽！"

克劳森被刺了一下，顽固地说："那与此无关。现在的情况是，一方面安妮爱上了你；另一方面，为了安妮，大副布朗先生提出了要求，要与你决斗，喏，你看！"

6. 甲板的顶头，站着气势汹汹的布朗。

7. 船长室。
克劳森："周先生，你也知道，布朗是一个贪婪、卑鄙而又凶残的家伙，将我的船队、心爱的安妮和全部家财交给他，那会是我们克劳森家庭的耻辱。"
周鼎："克劳森先生，对此，我根本不感兴趣！"
克劳森："不，你应该有兴趣！"
克劳森给周鼎推过去一杯咖啡。
周鼎接过咖啡，用小匙缓缓地搅动着："你是指金钱、美女、权势吗？"
克劳森："当然。"
周鼎轻轻一笑，将咖啡往地上一倒："不，这一切，都没有一样东西重要！"
克劳森："什么？"
周鼎："我！"
克劳森："你胆小？"
周鼎笑了："不，我是——中国人！"
克劳森笑了："No，我的祖先也见过！"
周鼎严肃地往桌上一捶："记住，克劳森先生，我是现代的中国人，绝对不是鸦片战争时代的中国人，何况，就是那个年代，也还有——呵，关于这一点，在克劳森家族史上，已有记载！"
克劳森一惊："你也知道？"
周鼎："布朗先生讲的。"
说完，周鼎扭头就走。
克劳森呆呆地望着他走去。

8. 船长室。克劳森忽然惊醒，望了望窗外甲板上站着的布朗。
他的眼里布满血丝。
他拿笔，在决斗协议上签了字。
他拿起枪，一步又一步走出船长室。

9. 甲板上。克劳森一步一步走来，板着脸，与相距百米之外的布朗对峙着。

10. 船头甲板上。布朗大惊，他不敢相信，与他决斗的，竟是克劳森。

11. 这边，克劳森举起了枪。

12. 那边，布朗："克劳森先生！"

13. 这边，克劳森瞄准。

14. 那边，布朗也被迫举起了枪。

15. 此时，路过此地的张之被这种景象惊呆了。

16. 镜头交替出现克劳森和布朗手枪瞄准的画面以及两人各自睁开的一只眼。

17. 眼看两人都要扣动扳机了，张之迅速冲向克劳森。

18. 两人都扣动了扳机，布朗倒下了，张之和克劳森也倒下了。

19. 听到枪声，全船的人都跑了出来，原来，布朗胳膊打伤，张之掩护了克劳森，肩头负伤，而克劳森仅是在被推倒时腰部跌伤。
被众人抬着的克劳森："开除布朗！将张先生送医院抢救！"
他的眼里，浮泛着泪水。

20. 受了伤的布朗，挣扎着从地上爬着，一寸一寸地向前移，最后，够着了甲板上的那支枪，用没受伤的手举起来，对准自己的脑袋，正要扣动扳机时，被突然打过来的手推向了一边，枪凌空啪地一响。
布朗抬头，是周鼎，还有吴国良。
周鼎："你不想活了？"
布朗哭丧着脸："我——被解雇，就走投无路了！"
吴国良："送医院治疗！"
布朗："不！我——没有钱！"
周鼎："你的钱呢？"
布朗："上岸后，都花……光了！"

吴国良："在妓院？"

布朗羞愧不语。

吴国良："送医院，克劳森不出钱，我们捐助！"

布朗热泪纵横，嚎啕大哭，用一只手紧紧抱住周鼎的脚。

21. 行进中的维多利亚号。

22. 吴国良仰面躺在甲板上。

吴国良的画外音："爱莲，这就是发生在我们这条船上叫人惊心动魄的一幕，现在，半个月过去了，我们又开始了新的航行。那个叫布朗的希腊籍大副，被辞退了。张之同志肩部的子弹也已取出，看来，伤得不轻，需要较长时间的疗养，船长克劳森的腰伤也很重，是倒下去的时候，在钢板上砍伤的。写到这里，我不禁想起上次回国时的情景。"

23. 叠转（闪回）：一条狭窄的旧式里弄，穿着海员服的吴国良拎着包兴冲冲地走着。

24. 闪回：他越走越慢，显然，由于激动，离家越来越近了。

终于，他到了家门口。

25. 闪回：他一步接一步跨上吱吱作响的旧式木板楼梯。

26. 闪回：三楼，他轻轻地敲了几下门。门开了，是他的妻子——已是中年妇女的爱莲。

爱莲惊喜："国良！"

吴国良："爱莲！"

中国久别的夫妻重逢，是不拥抱的，但爱莲的目光中闪出异样的光，手也微微发抖，伸出双手，接过吴国良手中的包，赶紧让他进屋。

爱莲："累了吧！"

吴国良："不！"

爱莲："饿了吧？"

吴国良："不！"

爱莲："不走了吧？"

吴国良："不！"

爱莲："那——"

吴国良："还有什么问的？"

爱莲方醒，往椅子上一坐："没有了！……呵，还有，出国时，我讲的话，你记得不？"

吴国良："记得！"

爱莲："说说！"

吴国良："保重身体——你个死鬼！"

爱莲："嗯。"

吴国良："别在外国被洋婆子叼了去！"

爱莲："嗯！"

吴国良："别看坏电影！"

爱莲："嗯！还有呢？"

他故意说："好像——没有了！"

爱莲不信，赶紧拉开他的包，里面有好多书，还有烟，几件衣服和一些小玩艺儿。

爱莲："我让你带什么东西，记得不？"

吴国良："记得！"

爱莲："什么？"

吴国良："微波炉。你还说，这微波炉，仅在美国，一九八五年微波炉的年销售额就有三十亿美元，平均每两个家庭，就有一家用上了微波炉，你还说，要微波炉，不是讲排场，是因为要上班，回家后用起来省时间、方便，用微波炉一热，回家就可吃现成的。"

爱莲："那你为什么不带？"

他似乎有难言的苦衷，迟疑着。

她扫兴地叹息了一声，又问："还有，孩子要你带的东西呢？"

吴国良："什么？"

爱莲："想一想！"

吴国良："……想不起来了！"

冷不防地，她轻轻地抽泣了，哭声越来越响，浑身抖动着。

吴国良："孩子让我带什么？"

爱莲："你还是孩子的爸爸吗？我们有几个孩子？你竟然忘了，你竟然忘了！"

他惶恐地呆呆站着。

27. 闪回：他们家的门，被轻轻地推开，一张中学女生的脸，伸了进来，这是他们的独生闺女囡囡。

28. 闪回：爱莲伤心地哭诉："多少年了，你没有管过孩子，可孩子她争气，听话，在学校，门门成绩都好，当了三好学生，还画了一手好画，你看墙上，都是她画的！"

不大的屋里，到处都挂着漾满童心的国画，有小猫、大象、金鱼、顽皮的猴子、墨竹、鸡鸭……

爱莲："囡囡的画，还在市里得过奖。她向你要照相机，不是为了玩，而是为了画！可你——你，竟忘得干干净净了，你是个当爸爸的吗？"

他的眼里似乎有泪，也有些愧色。

这时，囡囡冲了进来。

囡囡："爸爸！"

吴国良："囡囡！"

他将囡囡抱了起来，吻着，转着。

爱莲仍在轻泣。

囡囡忽然叫："妈妈！妈妈！"

爱莲抬起了头。

囡囡："妈妈，爸爸带回东西了！"

爱莲不明白地望着。

囡囡用手指着吴国良的额头："妈妈，你看，爸爸带回了皱纹，一、二、三，比去年多了一条，好深好深的皱纹！"

爱莲心里一惊。

吴国良心里一热。

囡囡："妈妈，我要用手把爸爸额头的皱纹抚平，还要亲，亲平！"

吴国良眼里，也滚出了热泪。

然而，爱莲依然哭着，突然，将吴国良带回的东西，全都塞进箱包里，往屋外一扔，严声说："你走！你走！这不是你的家！"

尽管囡囡仍死死地搂住他，但他仍然无声地走出门外。

门呼的一声，关住了。

他孤零零地前行在街头。

他孤零零地走在黄浦江边。

雨水,打在他的脸上……

29. 维多利亚号甲板上,吴国良依然躺着。他的画外音:"爱莲,上次离开家时,我曾发誓,给你们买微波炉,买高级一点的照相机,呵,还有,我们家还是用的黑白电视机,应该带一台彩色的二十寸的了,可是,现在,看来又难以实现了。这一次,我把所有的存款,都捐赠给了那个希腊大副布朗了。"

30. 顾阿龙和周鼎在走象棋。

吴国良的画外音:"顾阿龙原来存了八百美元,想再存点,准备回国后买套鸡场设备的,现在,也落了空。周鼎同志也是,把准备办喜事的钱也捐了。这都是那个希腊大副做梦也没有想到的,他哭得好惨好惨,只能说一句话,Chinese是世界上最好的、最有人情味的人。爱莲,你觉得,我们做得对吗?"

31. 张之躺在床上,肩头被绷带包着,身体虚弱,嘴唇泛白。

吴国良的画外音:"爱莲,还有件事情,请你一定办一办,你去找找周鼎的未婚妻桂芝,她是大学老师,去学校一问就问到了,让桂芝带你去见一位姑娘,叫魏春花,把小张的情况,告诉小魏,现在,张之最需要她的体贴,最需要他的来信,如果愿意的话,还应该有对他的爱。我们认为,张之是值得她爱的……"

第五集

1. 雷雨之夜,一道闪电划过长空,波涛汹涌的海面上,维多利亚号影影绰绰地航行着。

2. 克劳森的卧室。他的腰伤显然没有好,经过了那场惊心动魄的场面后,他的内心也受到了巨大震撼,不安地睁着眼睛,躺在床上。

克劳森:"吴!吴!"

吴国良入。

克劳森:"去叫二副!"

吴国良出。

3. 安妮的卧室。她的腿伤似乎好了一些，企图起床来，但又一阵疼痛难忍，只得咬紧牙关，挣扎着爬起来。看来，她也知道父亲和布朗决斗的事情，心里也十分不安。

4. 克劳森的卧室。吴国良带着二副——葡萄牙籍海员安德逊入，吴退出。
克劳森："安德逊先生，我祝贺你，从现在起，你就是维多利亚号的大副。"
安德逊："谢谢您，克劳森船长。"
克劳森："吴！吴！"
吴国良入。
克劳森："大副先生，我们的前面，就是著名的九号海域，又称魔鬼的航道……"

5. 暴风雨中的海面，波涛汹涌。
克劳森的声音："这个海域，是大西洋七号潜流和大西洋八号潜流汇合处，海面看似一般，但海里暗流湍急，有几个危险的漩涡区。还有，这里航道狭窄，暗礁有几十处……"

6. 克劳森卧室。
克劳森继续说："大副先生，在我病重期间，我把这条船的命运交给你，由你代行船长职权。"
安德逊受宠若惊："船长！"
克劳森："祝你幸运，我的大副先生！"
安德逊退出。
吴国良："克劳森先生，你找我……"
克劳森目光似乎很复杂，停了一会儿说："没有什么，请休息去吧！"
吴国良似乎揣度到了什么，缓缓退出。

7. 维多利亚号驾驶室。
大副安德逊站在指挥位置上。
安德逊："前进三！"
安德逊："左转舵！"

8. 船头。呼啸的海风，掀起巨浪，一阵又一阵拍击着船面。

9. 过道上，一阵沉稳的脚步声由远而近，是一个船员走到了船长卧室门口，停住了。敲门声。

10. 克劳森的卧室。
他听见了敲门声："进来！"

11. 推门而入的是周鼎。
克劳森感到意外："周！"
周鼎笑着："克劳森先生，你的腰好些了吗？"
克劳森摇了摇头。
周鼎："我想，也许我能帮一帮你的忙！"
克劳森："哦？"
周鼎坐下，递给克劳森一支烟，自己也点着了："你知道中国的针灸术吗？"
克劳森："呵，听说过，那是东方神奇的针！"
周鼎："如果愿意的话，我想用针灸治一治你的腰，可以吗？"
克劳森意外地叫了一声："你是专门为此事而来？"
周鼎一边取出银针，一边点头。
克劳森被感动了："周，你的胸怀，比海还要大！"
周鼎笑了："不，克劳森先生，有时，我的气量是很小的，说实话，有的时候，我很想骂你，甚至——"
克劳森举起了拳头。
周鼎点头笑了："对，对！狠狠地揍你，还有那个布朗！"
他笑了，克劳森也笑。周鼎笑得前仰后合，忽然发现克劳森的眼里含着泪花。
周鼎："不过，我们的政府有规定，要骂不还口，打不还手。说实在的，对这种规定，有时候我想不通，在遇到挑衅的时候，我们总不能像满清时代的中国苦力一样是洋奴呵！"
克劳森有很深的触动。在他接受周鼎为他做腰部针灸的时候，交替地出现两种画外音：
第一个声音是苍老的："我的子孙们要记住，我的父亲，也就是克劳森二世，就是死在中国的苦力之手！"
第二个声音是周鼎的声音："记住，克劳森先生，我是现代的中国人，绝对不是鸦片战争时代的中国人!"

12. 一根又一根银针扎在克劳森的腰上,周鼎的手一会儿捻动,一会儿弹拨。

13. 在两种画外音的交替中,出现克劳森醒悟的脸,抖动的唇,缓缓流下的泪。

14. 周鼎的手在拧动银针。
他的声音:"克劳森先生,我可以告诉你,我家是海员世家,我的祖先曾描述过当年被欺侮的情景……"

15. 在拧动的银针画面上叠映着当年海上劳工在皮鞭下服苦役的情景。
画外音:"受雇佣者,恳求皇天,泣告后土,而哀诉徒劳无济。当其身迫于蛮荒,昼夜被迫劳役,几无余隙阖眼,死亡乃其独有之解脱……呜呼!生为我炎黄之子民,死作异域鞭下之游鬼!噫!苍天在上,我善良之百姓,竟遭如此之摧残!……"

16. 银针已经取出,周鼎的双手,正在克劳森的腰上为他做按摩。
周鼎忽然发现克劳森的身子在抽动,赶紧说:"不要动,放松!"
然而,克劳森的身子放松不下来。
周鼎无奈,只有停下按摩的手。

17. 克劳森转过身来,用惊恐的目光望着周鼎:"周,你的祖先是什么年代在海外?"
周鼎:"就是你们克劳森二世遇害的时代!"
克劳森:"他参加了杀害……"
周鼎笑了:"不。历史还没有那么凑巧。"
克劳森松了一口气。
周鼎:"不过,如果我的祖先当时要遇到你们的克劳森二世,我想,他也会干同样的事情,你认为呢?"
克劳森一抖:"周,你作为一个雇佣者,你不认为给我治病,也是受另一种方式的奴役?"

周鼎笑了："我虽然是一个海员，但是，我仍然要用彬彬有礼的语言回答你，否则，我是要骂你的。"

克劳森："怎么回答？"

周鼎："我是在拯救一个虚弱的躯体和空虚而又变态的心灵！克劳森先生，这像你们教堂里神父们的语言吗？"

克劳森："不，我现在不是一个心灵空虚而又变态的人！我将用行动回答你！"

18. 门口，站着扶墙抽泣着的安妮。

克劳森："安妮！"

周鼎一转身。

安妮："周先生！"

安妮扑了过来，周鼎扶住她，她扑到克劳森的身上恸哭不止。

19. 周鼎收拾了针具，准备离开。

克劳森："周！"

周鼎站住。

安妮："您能为我扎扎针吗？"

周鼎沉思了片刻，点了点头。

20. 安妮坐着，周鼎在她的脚踝上扎针。

安妮望着周鼎，她的画外音："我亲爱的人，我对你表示的全部的爱，除了是对你高尚人格的敬慕尊重之外，还有化解我们家族与你们之间的历史冤仇的愿望，你知道吗？"

周鼎抬头望了望安妮，又埋下头去，用手拧动银针。

周鼎的画外音："天真而又单纯的安妮，你也错看了早已自立于世界民族之林的中国人了，你懂吗？"

21. 这时，船身似乎有点晃动，窗外，炸雷滚过。

大副安德逊跑了过来："克劳森先生，船已进入第九海域……"

克劳森："你跑来干什么？"

安德逊满头大汗："我指挥……我没有把握……"

克劳森一急，欲起身，但剧痛立即使他又倒下去了。

安德逊："克劳森先生，你看，是不是另外请一个人指——挥这条船？"

22. 船头，海浪如山，海风嘶吼。

23. 克劳森的卧室里，安德逊已瘫倒在那里。

24. 桌上的钟，急促地跳动着。
平衡仪上的针，也快速地摆动着。

25. 克劳森紧张的脸，他无可奈何地闭上了眼睛。
忽然，他大声地叫："吴！吴！吴！"

26. 走道上，吴国良快步地走着。

27. 克劳森："吴！"

28. 吴国良走进克劳森的卧室。
安德逊一见吴国良："吴先生，克劳森船长请你——"
克劳森："代表我，行使船长职权，闯过魔鬼的航道！"
吴国良："船长，我只是一个给你清理房间的帮工，你放心吗？"
克劳森微微一笑。

29. 闪回：吴国良在克劳森房间里仔细观看航海图。

30. 闪回：在指挥舱里，吴国良站在门边，用心地观察着克劳森。

31. 闪回：吴国良在自己的房间里研究航运沙盘。窗口，站着窥看的克劳森。
克劳森："你有什么要求吗？"
吴国良："只有一条，今后，除了清理你的房间外，还当你的学生！"
克劳森："想当维多利亚号船长？"
吴国良笑了："不，回国后，当挂着五星红旗的中国远洋轮的船长！"

32. 指挥舱里，吴国良站在指挥位置上："水手长顾阿龙！"
顾阿龙："在！"
吴国良："把舵！"
顾阿龙："是！"

33. 克劳森的卧室里，他伸手打开了监听器。
监听器里传来了吴国良指挥的声音。
吴国良："前进二！"
顾阿龙："是，前进二！"
吴国良："右转舵！"
顾阿龙："右转舵！"
吴国良："左转舵！"
克劳森似乎一惊。
吴国良："左转舵！"
顾阿龙："左转舵！"
船长似乎一震。
吴国良："右转舵！"
顾阿龙："是，右转舵！"
船身平稳了，克劳森的眉宇也舒展了。

34. 维多利亚号终于顺利地通过了九号海域。船头，浪头小多了，远处的天边，露出了微曦。

35. 指挥舱里。
吴国良已精疲力竭，对安德逊说："大副，现在，该你指挥了！"
安德逊激动地拥抱吴国良："谢谢你！"
吴国良："应该谢谢他！"
安德逊也抱住了顾阿龙："谢谢你——爹！"
众人哈哈大笑。

36. 门口，维利跑来："吴！克劳森先生请你去！还有你，顾先生！"
吴国良："不！你告诉克劳森先生，我要看电视，现在（看了看表），将产生本届奥运会的第一块金牌!"

说完,带着顾阿龙一起走出指挥舱。

37. 张之的卧室,中国船员们都围坐在电视机旁。

电视机屏幕上,奥运会的射击比赛正在进行,英文解说很快。

许海峰沉着地举起枪,砰!砰!砰!⋯⋯

屏幕上一阵欢呼声。许海峰拿到了本届奥运会的第一块金牌。

海员们一阵欢呼,有人拿出了酒,正在欢饮时,屏幕上升起了五星红旗,各国选手和观众都站立在那里,响亮的国歌奏起了。

海员们都自动站立起来。

38. 门口,突然出现了克劳森,他被人扶着,安妮也来了,他们全部肃穆地站立着,望着屏幕。

39. 屏幕上的国歌奏毕,船舱里立刻出现雷鸣般的欢呼声,山狗向众人发啤酒罐,大家都啪啪地打开啤酒罐,举杯。

克劳森也举杯。

安妮也举杯。

40. 周鼎冲出室外,在甲板上飞跑着,边跑边叫:"许海峰,够哥们呵!"

41. 一个中国海员激动得流泪了,另一个海员用拳头擂了他一下:"别流泪了!有泪,回去给娘们流去,再不,到天安门广场上,拍拍自己的胸膛,大声地喊:'China,我没给你丢脸,像许海峰一样,是中国的硬哥们!'"

42. 山狗也激动地掏出儿子的照片:"儿子哟,你看人家许海峰,一枪就把国旗升起来了,全世界的人都站在那里,龙种呵!你长大了,可别给老子败兴!"

43. 张之的床前。

克劳森:"张先生,为了报答你的救命之恩,我将把这条船的产权交给你。"

克劳森:"那么,你有什么要求!"

张之平静地:"有!"

克劳森:"我将全部满足你!"

张之："请你立即发电：中国上海环球路119号，魏春花，你爱我吗？"
克劳森和安妮一惊。
克劳森："立即发电！"

44. 嘀嘀嗒嗒的电波声中，天已大亮，维多利亚号在平静的海中行进。

45. 一群海鸥翻飞着。

46. 又是一阵电波声。时值中午。

47. 张之的卧室。
克劳森无可奈何地将回电交给了张之。
张之目瞪口呆地望着回电。
画外音："维多利亚号张之，中国上海环球路119号魏春花已离去，走前留话，她不认识张之。"
张之似有泪水，似有愤怒。

48. 克劳森："张先生，如果你愿意，我将把安妮嫁给你！"
张之木然。
克劳森："同时，我将立即送你到德国最好的医院治疗，然后，与安妮一起，周游列国，欢度蜜月！"
张之木然。
克劳森："好，那就这么办！"
突然，张之："不，克劳森先生，谢谢你，我……我……要回国！"
克劳森："回国？"
张之："对，回国！"
克劳森："不可思议！"
张之："回国！"
克劳森："好，我满足你！"
克劳森吩咐身边的人："立即送我到船头甲板上去！"

49. 船头。
人们全在甲板上，张之与克劳森并坐着，旁边有安妮等。

克劳森："安德逊，拿来！"
安德逊从一个精致的盒子中，取出一张证书，交给克劳森。克劳森转交给张之。

张之打开证书。

画外音：

"致中国有关方面：

我们谨介绍张之先生，他与我们合作期间，优秀真诚，我们谨欢迎他在其他项目上与我们合作……"

张之看毕，微微一笑，又递给克劳森。

克劳森大惊。

外籍船员们大惊。

安德逊："张之先生，你不要？"

克劳森："张之先生，你应该要，这就是美元，美元呀！今后，在世界上的任何地方，你就可以凭此证书，在我的商船队里供高级职务，领取优厚的报酬！"

张之友好地笑着，摇头。

克劳森惊诧且感动，庄重地命令："升中国国旗，奏乐！"

五星红旗冉冉升起。

长长的二十四声汽笛声，在辽阔的海空响起。

全剧终。

聂 耳 传

片头：

1. 资料：日本天皇的代表在投降书上签字。

字幕："1945年8月，日本无条件投降，第二次世界大战结束。"

2. 资料：华盛顿，美国白宫。

字幕："美国国家广播音乐指挥伏尔希斯向美国国务院提议，在盟国胜利之日，电台应预定音乐节目进行广播，以作各国凯旋之歌。"

3. 资料：华盛顿，美国国家广播公司播控室。一只手挥动，唱盘转动。

字幕："随着英文出现中文字幕：美国的凯旋曲《美丽的美利坚》，作曲：巴斯特。"

4. 资料：伦敦。又一首凯旋曲在回响。

字幕："随着英文出现中文字幕：英国的凯旋曲《哈里路亚大合唱》，作曲：亨德尔。"

5. 资料：莫斯科。伴随着乐曲声出现英文字幕和中文：苏联的凯旋曲《第六交响曲》，作曲：柴可夫斯基。

6. 资料：巴黎。伴随着乐曲出现英文字幕并传电文：法国的凯旋曲《马赛曲》，作曲：李斯特。

7. 资料：长城。《义勇军进行曲》响起。中文字幕：中国的凯旋曲《义勇军进行曲》，作曲：聂耳。

8. 画面转播成聂耳的照片并叠映《义勇军进行曲》五线谱手稿。

字幕："谨以此剧纪念中华人民共和国国歌作曲者、人民音乐家聂耳。"

出片名：《聂耳传》。

第一集

成春堂的黑白照片。

隐隐传来婴儿的啼哭声。

字幕：一九一二年二月十五日晚九时，聂耳（原名聂守信，字子义）出生于云南昆明甬道街成春堂中药铺。

小儿哭声转化为妇人的悲泣声。

纸做的"金童"拿着旱烟袋，纸做的"玉女"拿着一杯茶，供上了灵堂。

中间，是黑边的聂鸿仪遗像。

聂鸿仪的棺木在堂中置放。

聂母扶着棺木抽泣。

聂氏三兄弟哭拜在棺木前。

小聂耳抬头，睁开布满泪痕的眼。

云南特有的送葬乐曲和舞蹈。

聂耳的泪眼。

字幕："聂耳四岁，父聂鸿仪病故。聂氏三兄弟（二哥聂守诚、三哥聂守先及四弟聂守信）跟着母亲彭寂宽（傣族），开始了艰难的人生跋涉。"

泪眼转化为扑闪有神的黑眼。

聂守信正在用小手拨动石狮口中的石珠，企图将石珠抠出，总不成功，他眉头紧皱。

聂母在一边笑："想拿出来？"

聂守信点头。

聂母："拿不出来？"

聂守信："为什么？"

聂母："你想想！"

聂守信想："狮子不张口！"

聂母大笑："石匠师傅不让狮子张口！"

聂守信："为什么？"

聂母："你再想想！"

聂守信："做的时候，就放进去了！"

聂母:"噢?怎么放?"

聂守信想了想,用手挠挠头,摇头。

聂母笑:"这珠子不是放的,是石匠师傅刻狮子的时候刻的!"

聂守信"噢"了一声:"我知道了!石匠师傅刻的时候故意让石珠子比狮子嘴大一点!"

聂母笑着满意地点头。

聂守信用手拨动狮嘴中的珠子,那珠子滚动着,发出清脆的响声。

石珠的响声变成沥沥的雨声。

已是小学生的聂守信伏在窗沿上,凝神地望着窗外的雨丝。

忽然,他惊喜地叫了起来:"二哥!二哥!你们快过来听!"

聂守先走到窗口,侧耳:"什么也没有呵!"

聂守诚故作正经地点头:"嗯,我听见了,老师才讲的,随风潜入夜,润物细无声!"

聂守信兴奋地点头:"二哥,你说对了!你快说,是什么声音?"

聂守诚:"嘀嘀嗒嗒,嘀嘀嗒嗒……"

聂守先:"这有么听头!"

聂守诚:"四弟,你听到什么声音?"

聂守信:"我听到了鸡叫声、鸭叫声、鸟叫声,还有牛叫声、斗狗声、猪拱声!"

聂守诚、聂守先感到惊异:"真的?"

聂守信:"不信?你们站出去听!"

二人出教室门,静听。

果然,传出了鸡啼鸭鸟叫和狗斗猪拱的声音,二人听着奇怪,掉头往教室里看,原来是聂守信在那里在惟妙惟肖地表演。

聂守诚:"四弟!你真鬼!"

聂守先:"还真像!"

聂守信哈哈大笑。

三人疯作一团。

突然,聂守信停住了:"你们听?"

聂守诚、聂守先停住。

一阵哀怨的笛声穿过雨帘,飘了进来。

聂守信听了一下,带头往外冲去。

笛声哀怨，叫人断肠。

小雨中，聂守信在旧街的石板地上跑着。

两个哥哥在后面跟着他。

旧街很窄，里面都是昆明特色的老宅。

他跑到一个街口，停下了。

笛声似乎没有了。

两个哥哥气喘吁吁地跟上来。

聂守诚支起纸伞。

聂守诚："四弟，都淋湿了！"

聂守先："走，回家去！"

聂守信："不，我明明听到的！"

聂守诚："我们也听到了！"

聂守先："现在没有了！"

聂守信不无遗憾，站在伞下。

聂守诚："四弟，走，回家去！"

聂守信刚要转身，他又敏锐地听到什么，用手制止两个哥哥。

那哀怨的笛声又传来了。

他判定方向，向右边的街面跑去，两个哥哥也跟在他身后。

他越跑越快，又拐了一个弯儿，终于在胡同口站住了。

远处，是一个破城墙的残境。从石缝里，揉着几根竹竿，上面飘动白幡。

雨中，坐着一个破衣烂衫的老人，满身污垢，胡子拉碴，在沥沥细雨中吹着横笛。

聂守信站在胡同口，静静地倾听。

老人的脸上，不知是雨，还是泪，尽是水。老人忽然站起身来，围着白幡，边跳边吹，仿佛跳丧，跳着跳着，猛然将竹笛啪的一声往地上砸去，用脚一踩，竹笛碎了，老人狂笑着走了。

胡同口。聂氏三兄弟被这一景象震撼了，见老人消失在烟雨中，才缓缓走过去，白幡下，是破笛和一张写满悲愤文字的白纸，字迹被雨水冲得模糊。

画外音："吹笛者告天下人：时事艰难，军阀混战，民不聊生，水火煎熬，子媳孙亡，仅余孤魂，何处是家？何处有亲？何处觅食？何处寻衣？天理何在……"

黑压压的云层下。聂守信呆站在破城残垣处，手里拿着那支破笛，白幡已经退去，仅剩两支光光的竹竿。

又一个黄昏。聂守信坐在破城砖上,用手缓缓撕一张白纸,而后张开,向空中撒去,白色的碎纸被风扬起。

他的身后,残阳如雪。

屋内。

聂守信大汗淋漓地从梦中醒来。

聂母关切地问道:"信儿,醒了!是不是做恶梦了?"

聂守信:"妈,外面是不是在下雪?"

聂母惊异:"嗯,是在下雪。"

聂守诚、聂守先进屋。

聂守诚:"妈,我们上学去了!"

聂守先很兴奋:"四弟,外面下雪了!听人说,昆明几十年都没下过雪!"

聂母点头:"你们去吧!信儿刚刚发出些汗,病还没好,今天就不去了!"

聂守信穿衣下床:"妈,我要去学堂。今天是王老师上第一节音乐课。"

聂母:"音乐课。"

聂守信从桌上把八音钟挪过来,拨动,八音钟里响起了叮叮咚咚的悦耳乐声。

聂母笑了:"这是你爸爸留下的遗物。"

聂守信:"妈,你听!这就是音乐!"

校园。

为数不多的学生,着冬装匆匆步入教室。

教室内。

聂守信看见戴着眼镜的王老师走进教室,便站起身:"老师好!"

王老师点点头,见教室里只有聂守信一个学生,想了想:"你回家吧,不算你旷课!"

聂守信站得笔直:"不。"

王老师:"你让我只给你上课?"

聂守信:"一个学生和一个班学生是一样的!"

王老师一惊,随后冷冷地说:"对你一样,还是对我一样?"

聂守信不好回答。

王老师:"好,我再问你,饿着肚子讲课和吃饱了穿暖了讲课,一样不一样?"

聂守信站在那里。

王老师从讲台上下来歇斯底里地问:"我还要问你,一个被整个社会排挤又得不到尊重的人,在这么大的课堂上,只能得到你——我不知道你为什么要上音乐课,也不知道你究竟喜不喜欢音乐——的所谓的尊重,而其他学生根本对这个人就不屑一顾,他的感受会好吗?"

聂守信的眼中,有了泪花。

王老师突然惨淡地笑了:"你看看窗外,四季如春的昆明,竟然下了雪,是一样的吗?"

聂守信望窗外,碎雪花飞扬。

王老师的手突然扶住聂守信的肩,聂守信转过头,王老师的样子显得更加惨淡恐怖:"看见你这个样子,我就想起了我当初,喜欢音乐,简直入迷,连做梦都……可后来呢?后来呢?!……"

王老师的眼里,有一股泪花在闪:"音乐究竟是什么?是什么?我终于明白了,音乐是军阀政客等权势手中的玩物,是让那些麻木者更加麻木的迷魂剂!"

说完,将聂守信一按,让聂守信坐下。

王老师:"你趴在桌上!趴上!对。闭上眼睛,静静地听,静静地静静地听……你会听到音乐的,有轻歌曼舞,百鸟齐鸣,有花前月下,也有慷慨激昂,然后,有政客的屠刀,有铁蹄践踏,有人肉盛宴,有冤魂哭号……"

少顷,聂守信缓缓抬起头,他看不见王老师,只见讲台上站着周老师。周老师在背后的黑板上,写了七个音符。

周老师:"聂守信同学,你现在上课!"

聂守信站起:"周老师好!"

周老师做了个请坐的手势,指了指身后的黑板:"这上面写的是什么?"

聂守信:"这是1、2、3、4、5、6、7!"

周老师:"对,是数字。但对音乐而言,就不是了,代表七个音符:哆,来,咪,发,唆,拉,西。不要小看这七个音符,人类的全部感情和世界的一切声音,都是由这些音符和它们的变化组成的,它们与文字一样,组成了人类文明的历史长河。在我们云南,有源远流长的花灯,有不计其数的民歌民谣,也有常盛不衰的滇戏,还有新兴的音乐运动,处在水深火热中的中华各个民族,在运用音乐,显示自己的觉醒……"

聂守信举起了手。

周老师:"聂守信同学,请讲!"

聂守信站起："周老师，这个教室，只我一个学生，你——？"

周老师乐观地笑了："我相信，只要有了第一个学生，就会有更多的学生。"

聂守信的眼里射出激动的光芒。

周老师："来，跟我唱：哆！来！咪……"

聂守信："哆！来！咪……"

在那种特有的"哆来咪"学唱声中，聂守信正站在树下，由周老师辅导吹笛。

仍在那种特有的"哆来咪"声中，聂守诚、聂守先各手执一笛，按聂守信教的，正兴致勃勃地吹笛。

还是那种特有的"哆来咪"声中，聂守诚吹笛，聂守信拉二胡，聂守先弹着月琴，似乎在演奏什么乐曲。

拂晓，窗前。

聂守信的横笛已吹得不错，一曲《百鸟朝凤》委婉动人。

字幕："1925年，聂耳高小毕业，获学校一等奖状。1927年，聂耳初中毕业，考入云南省师范高级部外国语组。此期间，他又投入"五卅惨案"后援会，宣传抵制日货洪流。"

翠湖畔。

清晨，雾气还未散去，聂守信手持一本英文书边走边读。

忽然，一阵悠扬的《安魂曲》从林间飘来，引起了聂守信的注意，他顺着琴声走去。

湖边，是那个戴眼镜的王老师在拉小提琴，聂守信如痴如醉地听着。

王老师发现聂守信，停住琴，望着聂守信："又是你！"

聂守信："当年是一个学生，现在是一个听众。"

王老师苦笑。

聂守信："王老师，你还在教音乐？"

王老师："不教书了，在舞厅拉琴。"

聂守信："舞厅拉琴？"

王老师："达官贵人要舞女，少爷小姐要情人……"

聂守信似乎叹息了一声。

王老师："你在鄙视我？"

聂守信摇头。

王老师："那你是同情我？"

聂守信望着他。

王老师哈哈大笑："同情……同情！同情什么？同情音乐！中国——容不下音乐！我天天来这里拉安魂曲，为中国的音乐拉安魂曲！你听！"

说着，王老师又拉起了安魂曲，刚拉几声，又停住了。

王老师："你听到了吗？这是安魂曲的旋律，悲怆、苍凉，像一个无家可归的孤魂，在荒凉的地狱里飘荡，在阴森恐怖的地狱中嘶喊、寻找……"

聂守信："老师，这是什么琴？"

王老师："西洋乐器，小提琴。"

聂守信："可以让我试试吗？"

王老师连连摇头："不，这琴是我终生唯一伴侣，任何人都不得动它！"

聂守信看了看王老师，掉头就走。

王老师："喂，你是我学生，你可以摸一摸！"

聂守信站住，笑着摇头："我也会有一把琴的！"

街头。

聂守信在橱窗中寻找小提琴。

乐器柜前。

聂守信站在柜外，看着一把价格很高的小提琴。

售货员："先生，你是要买小提琴？"

聂守信迟疑地摇头。

他悻悻转身，走出店外。

屋内。

聂守信在灯下写着什么。

聂母从外面进来："信儿，这么晚了，还不睡？"

聂守信放下笔："妈，几点钟？"

聂母："我都睡了一觉，还几点钟！"

聂守信："你看看钟嘛，几点了？"

聂母遮掩："不用看，快睡！"

聂守信起身，到桌前看八音钟，脸色突变："妈，八音钟呢？"

聂母："我嫌它吵，拿去当了。"

聂守信："真当了？"

聂母点头。

聂守信："妈，八音钟是爸爸生前最宝贵的东西，是我们全家的宝贝，你每天都要擦亮好几次！"

聂母："那……等以后，我再去当铺把它赎回来！"

聂守信想了想："妈，你当八音钟的钱，是不是给我缴了学费？二哥、三哥都同意？"

聂母："傻孩子！他们都说，只要老四有出息，就是把成春堂卖了都可以！"

屋内。

聂守信在床上翻来覆去，索性坐了起来，往桌上望去。

月光透过窗口，照在桌面上，桌上空空如也。

他的声音："妈，你当八音钟的钱，是不是给我缴了学费？"

他痛苦地闭上了眼。

米线店。

聂守信来到米线店门口，问胖老闾："老闾，我会做过桥米线，要不要晚上帮工的？"

胖老闾："晚上帮工？白天干什么？"

聂守信："我在上学！"

胖老闾："你白天上学，我白天饿肚子，知不知道？"

纸铺店。

聂守信走进柜台，问戴老花镜者："请问先生，我的毛笔字写得好，要不要写对子的？"

戴老花镜者："我一天还写不上一副，你还要来抢生意？"

火车站货运场。

人来人往，在搬运场外，有两个年轻女学生在写生，是春晖和春蓉。

她们站在写生架前，正在画搬运工的场面。

春蓉："姐，你看，人和火车的比例我总画不好！"

春晖："你多观察一会儿再画！"

春蓉观察了一会儿，耐不住了，将画纸一收："姐，我们回去吧！"
春晖正在用铅笔勾草图："不，我要画完了再走。"
春蓉："那……我先走了！"
春晖点点头。她目视着前方，聂守信走进她的视野。

火车站货运处。
一群搬运工扛着麻包袋，送进货车内。
聂守信走上前去，问工头模样的人："大哥，需要人手吗？"
工头打量他一下，摇头："毛头小子，这活你吃不消！"
聂守信："让我试试！"
工头打量他一下，踢了脚边两百斤的麻包，调侃道："你能把这麻包扛进车厢，我赏你一块大洋！"
聂守信："行！"
说完，他就吐了口唾沫在手上，准备扛麻包。
工头："慢。要是这包货你扛不到里面码好，那你就要在这个车厢爬一个来回，你听清楚没有？爬过去，爬过来！"
聂守信接受挑战，点点头，弯下腰，抓起麻包，用力，但麻包纹丝不动。
工头笑了："小子。扛不动吧？男子汉说话算数，来，你给老子乖乖地爬过去，再爬过来！"
聂守信冷冷一笑，弯腰，抓起麻包，猛一发力，大吼一声，将麻包扛到肩上，站起，一步步往车厢走去。

远处。
春晖将一切都看在眼里，她将笔放下，向聂守信这边走来。

运货场。
聂守信扛着麻包，一步步艰难地向前走。
工头目瞪口呆。
几个工友围了过来。
春晖也走了过来。
一工友："小兄弟，犯不着斗气，你年轻，别伤了身子骨！"
聂守信仿佛没听见，一步步艰难地向前移动。
两青工："坚持！加把劲！"

聂守信咬紧牙关，终于把麻包扛到车厢，众人高兴地欢呼。

工头没想到结局会是这样，转身欲溜，被春晖拦住了："先生，想这样溜？男子汉，说话要算数！"

工头："唷，小姐，你是他什么人？老婆？还是情人？"

春晖脸一红，发怒："我是他同学！你说的话，要算数！"

工头油腔滑调地从口袋掏出一块银元，往空中抛了抛："你是说我该付给他一块银元，是吧？那好，只要你对我甜甜地笑上这么一笑，呵！"

工头刚要伸手往春晖脸上摸去，被聂守信的手捉住了。

工头："你！"

聂守信："实不相瞒，我是学过功夫的，我扛得动两百多斤的麻包，就打得了百把斤的活人！"

工友甲响应："人要有良心，说话要算数！"

工友乙："有钱不能欺负穷学生！"

工友丙："你要是说话不兑现，老子们今天就把你揍扁了！"

工头见众怒难犯，无奈地说："算老子今天栽了！"

说完，将那块银元往地上一扔，扬长而去。

聂守信和春晖都去捡银元，两只手碰在一起，两人你看我，我看你，笑了。

滇池边。

"我叫聂守信。"

"我叫袁春晖。"

"我在省立师范读。"

"我是市区小学本堂教员。"

"我四岁那年，爸爸去世了！"

"我父亲去世时的面相，我都忘了！"

……

谈着这些话时，聂守信和袁春晖双双走在美丽的滇池边。

聂守信："你说，这块银元，我是去买把旧小提琴呢，还是去当铺赎八音钟？"

袁春晖想了想："去当铺赎回八音钟！"

聂守信："你是说我不买小提琴了？"

袁春晖："不，我家里有把旧提琴……"

聂守信喜出望外："真的？"

袁春晖脸红了，露出羞色，点点头。

成春堂。

聂母在吃力地碾药。

聂守信兴冲冲地进来："妈，我带回一样东西，你猜猜，是什么？"

聂母看了看，摇头："妈怎么猜得着！"

聂守先闻声过来："我来猜，肯定是书！"

聂守信摇头。

聂守先："那……就是英语单词卡片！"

聂守信往桌上一放，又摇头。

聂母笑："算了，别猜了，快打开看看！"

聂守信得意地打开了，露出了八音钟。

聂母和聂守先惊呆了："八音钟！"

聂守信拨动八音钟，出现了美妙动听的叮当声。

正当聂守信高兴时，聂母把脸一沉："信儿，妈对你们兄弟的家规忘了？"

聂守信："妈，没忘！"

聂母："你说说！"

聂守信顽皮地说："每天要早睡早起，要按规定时间读书写字，对人要和蔼真诚，做人要有志气骨气，不准说谎话，不准打人骂人，不准喝酒抽烟赌博，不准拿别人的东西。"

聂母："还有呢？"

聂守信："噢，差点忘了，要人穷志不穷，不准接受别人的赠予，不准拿别人的东西，不准占小便宜！"

聂母："那你拿什么到当铺去赎八音钟的？"

聂守信："当然是钱！"

聂母："哪里来的钱？"

聂守信："妈，你想到哪里去了，当然是我靠力气去赚来的钱！不信，你看看我的肩膀……"

说着，聂守信脱去上衣，露出肩膀。

肩膀已红肿。

聂守先："四弟，你去扛大包了？"

聂守信点头。

聂母心疼地抚摸聂守信红肿的肩膀："妈错怪你了！你身子骨还没长结实呢，

我怎么对得起你们死去的父亲……"

聂母的泪水已淌下来了。

聂守信："妈，没事，你看，我这胳膊上的肌肉！"

聂母噙着泪花点头："信儿长大了！"

八音钟清脆地响了，是聂守信拨的。

八音钟变成小提琴演奏声。

在袁春晖家，一个音乐教师在教聂守信拉小提琴，聂守信仔细观察着。

袁春晖送来一杯水，递到聂守信手上。

公园黄昏。

聂守信拉小提琴，袁春晖哼着曲谱，偶尔，她制止他，指出他拉错了，他看看曲谱，笑着点头，又拉。

春晖家。

聂守信正在拉一首小提琴练习曲，袁春晖坐在一边，翻着聂守信随手带来的一摞书。

袁春晖："《共产党宣言》《共产主义ABC》《东方杂志》……聂子，这都是你读的书？"

聂守信边拉琴边点头："这是我们读书会的书。"

袁春晖："这些都是禁书！"

聂守信："禁书？真理禁得住？"

他笑了，袁春晖也笑了。

门外，那个教小提琴的老师急匆匆地跑进来："聂子，春晖！"

聂守信停住琴。

袁春晖："有什么急事？"

老师："你们省师的代课老师段老师被抓了！"

聂守信："为什么？"

老师："说他是共产党！"

聂守信："共产党就要抓？"

老师点头："国民党清党……"

袁春晖赶紧将聂守信的那包书包起来。

老师："听说，关在死囚监狱里，还要枪毙！现在，各个学校都有人被抓，大家也组织起来了，能躲的就躲，避避风，其他的人，要想办法援救被抓的人，成立了济难会……"

聂守信再也待不住了，他往外冲了几步，复又转身，将那包书拿走。

袁春晖："聂子！你小……心点！"

省师操场。

一同学悄悄递一张字条给聂守信。

聂守信看完后，将字条撕成碎片。

街上。

聂守信匆匆而来，走进一家糕点铺。

糕点铺。

聂守信在柜台前："一斤蛋糕！"

店员点头，称了一斤，正要包扎，聂守信从口袋里拿出一张字条，递过去："包在里面。"

店员一看，笑："想你，想你？就这两个字？是给情人的？"

聂守信："快包！"

他把钱递了过去。

街头。

聂守信拎着那包蛋糕，匆匆走来，拐过路口，向城郊走去。

模范监狱。

铁门紧闭，岗哨林立。

聂守信从远处走来，还有一些其他探监的人也走了过来。

他们在铁门外排成队。

不一会儿，铁门开了，人们鱼贯而入。

监狱内。

"犯人"和探监的人中间，隔着一个巨大的柜台。

聂守信到处寻找，不见他要找的人。

聂守信："段老师！段老师！"

狱内看守:"你找省师姓段的?"

聂守信:"嗯!我是他学生!"

看守:"那边,重罪犯!"

聂守信往看守指的方向,进了又一道门。

重罪牢。

这是显得更有杀气。

段老师手上、脚上都有铁链,站在铁栏里面。

聂守信:"段老师!"

段老师冷冷地问:"你是——?"

聂守信:"我是高级部外语组英语班的,是你的学生!"

段老师仍然是冷冷的。

聂守信:"我姓聂,叫聂守信,是你的学生!"

段老师突然吼:"我不认识你!我没有你这个学生!你滚!"

聂守信大惊,委屈地喊:"段老师!"

段老师:"我的学生多呢,谁记得!你不读书,来这是干什么?"

聂守信:"段老师,你的学生多,是很多!很多很多的学生,凑了钱,买了蛋糕,来送给你!"

看守过来,将蛋糕和两个银元拿过去:"给我,检查!"

看守把东西拿到一边,将一个银元装进口袋。

见看守不在了,聂守信低声:"段老师,外面让我转告你,正在千方百计营救你!"

段老师点头,眼里有一丝泪花:"噢,聂守信,你读小学时是不是有个周老师?"

聂守信点头。

段老师:"你要转告周老师、张师傅,让他们马上转移。"

聂守信点头。

看守:"探视时间到!"

小学操场。

聂守信:"周老师,张师傅是谁?"

周老师:"进步作家。"

聂守信:"作家?"

周老师:"想见见?"

聂守信点头。

周老师:"走!"

见两个特务样的人进来了。

周老师机警地问:"呃,守信,《小乖乖》那首民歌是怎样唱的?"

聂守信大声地哼:"小乖乖来小乖乖来,我们说给你们猜,什么长,长上天?……"

周老师也跟着哼唱,两个特务样的人从身边走出校门。

"他们要抓我张天虚?"

张天虚爽朗的笑声。

张天虚:"我有什么?一个人,加一支笔,一张纸,有什么好抓的?"

周老师:"他们怕你进步的大脑!"

张天虚:"进步的大脑?不,不……至多,只有一点反叛和一个作家的良心!"

聂守信崇敬地点头。

张天虚:"正好,我已经安排好了,马上去玉溪。"

周老师点头:"呃,守信,好像玉溪是你的故乡?"

聂守信:"是我妈妈的老家。我妈妈是傣族,虽然没进过学校,但从小陪我大舅,也读完了《百家姓》《三字经》和《增广贤文》,嫁给家父后,随家父习文习医,不仅能读经论符,还能切脉看病制药。"

周老师:"玉溪出才女,又会出像守信这样的音乐天才!"

张天虚:"呵?聂先生钟情音乐?"

聂守信:"仅有爱好!"

张天虚:"那我们一起跑一趟玉溪,好不好?那里简直是歌舞的海洋,就说傣歌傣舞吧,就叫人流连忘返!"

聂守信:"张老师,我还在读书。"

刚说完,一个学生慌忙地跑进来。

学生:"周老师,特务……刚才到学校,到处找你,要……抓你!"

聂守信愤怒地将拳握紧。

巷中。

细雨蒙蒙。

聂守信在巷中行走。他停了停,向上望去。

街上。
依然是细雨蒙蒙。
聂守信在雨中行走。
他忽然看见有人围着看告示,走了过去。
是一个招兵告示。
他眼睛一亮,向左边望,恰是兵营,兵营门口有一引导牌,上面写着:"招兵报名处在内。"
他思考片刻,果断地向内走去。
字幕:"1928年春,聂耳加入中国共产主义青年团,同年底,报名加入了滇系十六军学生军。"

第二集

片头同前。
旷野。
夜色中,一列运兵车在行驶。

车厢内。
闷罐运兵车内一盏马灯挑着,车里乌烟瘴气。
灯下,几个下级军官在行酒令。
军官甲:"这样喝酒有个述意思,我们来个金莲杯!"
军官乙:"啥叫金莲杯?"
军官甲:"来,把你的鞋脱了!"
军官乙脱一鞋,放在中间。
军官甲:"你们看好,这只鞋,就好比昆明名妓菲菲的香鞋!"
军官乙:"屁,老子成妓女了?"
众军官笑了。
军官甲:"你以为你比妓女强?当兵打仗,猪狗一样,老子要能当妓女,绝不穿这不干好事的黄狗皮!"
说着,军官甲将酒杯往鞋中一放,边说边比划:"你们看好,妓女在鞋中放酒杯,再斟满酒,这叫金莲杯,也叫摘星贯月,然后,投骰子,比点数,谁中了,谁喝,喝的时候,要捧着妓女的花鞋喝……"
众军官淫笑。

远处。
聂守信靠在车厢板上,目睹这一切,痛苦地闭上眼睛。

某车站。
夜,运兵车停在远处。
新兵们歪歪倒倒地靠在站台上。
军官乙:"聂守信!"
聂守信站起:"到!"
军官乙递来一个大罐子:"去,搞点酒去!"
聂守信过来,接过罐子:"排长,搞酒的钱?"
军官乙:"嗨,当兵吃天下,谁敢要钱,你就毙了他!"
聂守信站立不动。
军官乙动怒:"你去不去?"
聂守信:"没钱,我去不了!"
军官乙真动怒了,要起身揍聂守信,被军官甲拉住了:"算了!你看看,还没长成的娃娃兵,给,这是钱,去打满满一罐子酒!"
聂守信接钱,往车站外走去。

站外。
夜雾很浓,一条十分破败的小街。
聂守信抱着罐子从外面走来。
小街很冷清。
他看见不远处有一个亮灯的店子。
他向店子走过去。
走近,他才看清,不是酒店。门口,有一人站着,是个伙计。
伙计:"长官,进去过过瘾?"
聂守信:"什么?"
伙计做了个抽大烟的手势:"……要不,长官进去看看?"
说着,拉开门帘,让聂守信进。

店内，有两排床，昏暗的灯光下，可以看见躺在床上的大烟客，几乎都是军人。

伙计："长官看看，今晚的生意，都是长官的同事！我们这都是上等云土！"

聂守信沿着各床走了一遭。

伙计："长官，你看，这还有空位置！"

聂守信终于忍不住了，大吼："你这是杀人！"

各床位烟客大惊。

聂守信悲愤地转身，穿过门帘，走出门来，刚走两步，被一竹竿挡住。

他一看，有个乞丐，正向他磕头。

乞丐："求求老总，行行好！赏我……点……烟钱！"

聂守信闭着眼，强忍怒火。在乞丐的乞求声中，他慢慢睁开眼，向乞丐望去，那乞丐破衣烂衫，双足无鞋，浑身颤抖。

在乞丐身侧，有一水龙头，靠在水龙头边，有一个布袋，布袋口，露出小提琴盒。

聂守信大吃一惊。他弯下腰，将乞丐的脸抬起，发现，竟是当日的王老师。

乞丐闭着眼。

聂守信："王老师！"

那乞丐一震，松了手。

聂守信："王老师！我是你学生，我是聂守信！"

乞丐："老总，你叫……谁是老师？我……不，不是！"

聂守信："你不是？你不是？"

说着，聂守信从水龙头边，将布袋里的小提琴抽出："你看看，这是你最心爱的小提琴，你不是王老师？"

王老师："那个……王老师……已经……死了！老总……行行好，给我……一炮云土的烟钱！不然……我也会死的！"

聂守信的眼中，已有泪水流出，他将小提琴盒放在乞丐面前，从口袋里掏出军官给他的钱，放在小提琴盒上，乞丐拼命地磕头，抱着琴，亡命地冲进大烟店。

聂守信孤零零地站在街头。

少顷，他打开自来水龙头，将酒罐子装满。

泪水也滴了下来。

站内。

军官乙将"酒"一吐，大叫："聂守信！"

聂守信从一边站起："到！"

军官乙捧着酒碗："你尝尝，这是酒吗？这是水！"

聂守信："这是酒店老板给的！"

军官乙："去，让他换！狗日的，假酒卖到老子头上了！"

聂守信迟疑了下，将酒罐抱起，往车站外走去。

身后，传来军官乙的吼声："他们不换真酒，老子拿枪崩了那个狗日的！"

街上，聂守信向大烟店走来。

大烟店。

一具尸体被抬了出来。

恰好聂守信走过来，他发现抬出来的是王老师，他迎上去。

聂守信："他……怎么了？"

伙计："嗨，穷光蛋一个，渴了几天的烟，一上床，几口烟就过去了，差点烧着了！"

聂守信："他的小提琴呢？"

聂守信扔掉那个酒罐，接过小提琴，扣在已死去的王老师身上，痛哭。

伙计："嗨，刚才听你叫，他是你老师？"

聂守信点头。

伙计叹口气："他教你拉过琴？"

聂守信点头。

伙计："罪过！太可怜了！那你该拉个曲子，送送你老师！"

聂守信慢慢抬起头，打开琴盒，取出提琴，站在夜色中，拉起了提琴。

是一曲《安魂曲》。

夜雾朦胧。

字幕："聂耳的满腔热忱，被军阀的丑恶和腐败驱散了。1929 年 5 月初，他结束了军旅生涯，返回昆明省师继续就读。"

昆明街头，夜。

聂守信拎着行李，走入人群中。

成春堂。

聂母正在用脚踩石碾子碾药,听见有人敲门,停住脚起身,走去开门。

打开门,见是聂守信。

聂母:"信儿!"

聂守信:"妈!"

聂母:"信儿!"

聂守信扑上去,哽咽地叫道:"妈!"

母子俩依偎着,都流出了深情的泪水。

西山。

聂守信与袁春晖正在往龙门爬去。

袁春晖:"走的时候,你不是说上的是军事学校吗?"

聂守信:"什么军事学校,那是宽慰你们的话,是真正的当兵,是最底层的兵。吃饭要抢,抢不到饭抢锅巴,睡觉,是三把稻草加一床毯。"

袁春晖:"报上说的是革命军!"

聂守信冷笑:"革命军?屁!打着革命旗号的土匪。开始,我也以为是革命军,可一看,不是抢劫就是吸毒,再就是贪污嫖妓赌酒,理想变成了水中月,镜中花!"

袁春晖:"这半年,你一封信都不写给我!"

聂守信:"我写了,天天都写,都没有寄。"

袁春晖:"为什么?"

聂守信:"在日记里。"

西山头石板上。

聂守信翻动日记:"你听,这天的日记是:无情的暴雨哟,你那冰冷的雨滴,无情地打到孤旅途中的他,同时又打到我忧郁的心里、惆怅不已的心里……"

袁春晖:"这个他是谁?"

聂守信:"我的理想。"

袁春晖:"未必有两个你?"

聂守信:"嗯,一个现实中的我,一个灵魂的我。"

袁春晖:"你太伤感了!"

聂守信:"你看,还有这首诗。"

这个卑鄙污浊的荒岛上，
　　站立着一只初离母巢的孤雁！
　　他那细长的头颈，不住地转向后看，
　　看不见他可爱的故乡；
　　他那细长的头颈，又不住地伸向前看，
　　只望见他的前途茫茫。
　　渐放光明的东方，
　　突起一轮通红的太阳；
　　残暴怒吼的洪涛巨浪，
　　一阵阵涌上他的身旁。
　　他知道这是他的穷途末路，只好挣开他那柔弱的翅膀……

袁春晖："那他怎么办？"

聂守信："他……失败了。但他的灵魂不甘心，他终于拼死回到了母巢，坐到了他最知心的春晖小姐身边。"

袁春晖嗤笑，击了聂守信一掌："你真坏！"

聂守信："暑假到了，我想去玉溪采风，你去不去？"

袁春晖："怕不行，家母生病，我怕脱不开身，再说，家母也不会同意。"

聂守信："为什么？"

袁春晖："她要我多交本分的朋友。"

聂守信不语。

昆明湖塘。

一条特制的木船出水了。这是那种渔家木船，船尾有两个船工划木桨，一长者掌舵，船的左右两边各有一船工用竹竿撑船，不断发出独特的啊呀声。

船上，坐着一些乘客，其中有聂母和聂守信。

水面开阔，碧波万里。

远处，渐见大观楼。

聂母："信儿，大观楼到了！"

聂守信点头。

聂母："大观楼上的长联有多少字？"

聂守信："180字，是清朝乾隆年间昆明寒士所作。要我背吗？"

聂母笑："不，只将上联和下联的前四句背背。"

聂守信笑："上联前四句：五百里滇池，来眼底。披襟岸，喜茫茫空阔无边！

下联前四句：数千年往事，注到心头。把酒凌虚，叹滚滚英雄谁在？"

聂母："嗯。这上联写景，下联论史，可惜的是，下联借史发意，有些低沉。信儿，懂吗？"

聂守信点头领会。

昆南县。

行船靠岸。

聂氏母子下船。

山道上。

聂母乘滑竿。

聂守信前行，嘴含叶皮，吹着特有的花灯小调。

山脉连绵，蔚为壮观。

山镇小店，夜。

聂氏母子正在房中喝茶，屋外传来阵阵鼓声。

聂母："信儿，快出去看彝族歌舞。"

聂守信惊喜，随母出门。

火前。

鼓乐阵阵，一群彝族男女正伴着鼓声载歌载舞。聂母被店主招呼坐下，聂守信被一彝族青年人邀请，进入歌舞群中。

聂守信兴奋异常，学跳学叫。

跳了一会儿，鼓声大作，一队长发彝族少女出来，跳起了十分动人的甩发舞。

聂守信以特有的音乐灵感，在揣摩鼓声节奏和甩发动作。

他的目光仿佛着火。

依然是他惊喜的目光，他在看傣族姑娘的舞蹈。

傣族女儿挽高筒包头，上穿紧身衣，下着花格筒裙，佩着银质头饰、胸饰，正在跳舞。浓郁风格的音乐令人荡气回肠。又一群傣雅支系（花腰傣）的小伙子出场了，着黑色土布对襟衣，穿长管裤，别有风度。

聂母止不住地跟着哼起来。

山寨。

傣氏竹楼上。

外公、外婆正和聂母说着什么,笑成一团,聂守信从下面上来。

聂守信:"妈,有什么喜事?"

聂母:"外婆刚才唱了一首山歌。"

聂守信:"啊?山歌?教我唱唱!"

外婆摇头不唱。

聂母:"这山歌叫小白菜,我唱。"

> 后娘娶了三年整,
> 生个弟弟比我强。
> 母亲做碗龙须面,
> 弟弟吃面我喝汤,
> 端起碗来泪汪汪,
> 母亲问我心何伤,
> 我说碗底没有面,
> 后娘怎么狠心肠,
> 桃花开了杏花开,
> 我想亲娘心发慌,
> 唱支山歌声声血,
> 想娘想娘想亲娘……

聂守信鼓掌:"太好了!"

正当外公、外婆和聂母大笑时,聂守信一字不差地唱了起来。

聂守信仍在唱那山歌,他与袁春晖并肩走着。袁春晖听入了神,突然,聂守信停住了。

聂守信:"你听,这是什么声音?"

袁春晖侧耳听,传来了钢琴声,是贝多芬的《热情奏鸣曲》。

袁春晖:"好像是教堂的管风琴。"

聂守信:"不是,肯定不是管风琴,管风琴的音没有这么清脆。"

聂守信顺着钢琴声走进一个巷子,走到一家洋房前。

聂守信站住,看英文牌。

袁春晖:"噢,我记起来了,这里住的是个外国人,叫白希文,他义务教中国孩子学英文,听说他母亲是广东人。"

钢琴声从里面传来。

聂守信："我们进去看看？"

袁春晖："我妈等我，我先回去了。"

聂守信仿佛没听见，轻轻推开门进去。

白希文宅。

这是一个复式二层楼。

聂守信进来后，四处张望，轻轻爬上楼梯，走进了二楼厅里。

厅内。

白希文正忘情地演奏着。

一曲终了，他下意识地抬起头，发现听得入神的聂守信："怎么，你喜欢这首曲子？"

聂守信点头。

白希文："你喜欢音乐？"

聂守信点头。

白希文站起："过来，请坐！你会什么乐器？"

聂守信指了指桌上的小提琴。

白希文过去打开琴盒，取出小提琴，交给聂守信："可以给我演奏一下吗？"

聂守信点点头，接过琴，拉起了白希文刚才演奏的钢琴旋律。

白希文："停。你演奏的什么曲子？"

聂守信："你刚才弹的。"

白希文："你知道是什么曲子吗？"

聂守信摇头。

白希文："你以前听过这首曲子吗？"

聂守信摇头。

白希文惊异："你只是刚才听我这个曲子？不可能，绝不可能！"

说完，白希文站在钢琴前，又弹了一个旋律："你能把这个旋律拉出来吗？"

聂守信准确无误地拉了出来。

白希文不动声色地再弹了一个旋律。

聂守信又准确无误地拉了出来。

白希文用双拳往琴上一砸，出现了轰隆隆的回声。

聂守信也用琴弓在小提琴上一抖，嗡地发出巨响。

二人哈哈大笑，抱在一起。
白希文："奇才！奇才！"

翠湖畔。
张天虚与聂守信紧紧抱着。
张天虚："听说你当兵当得很苦？"
聂守信："不仅仅是生活苦，是精神苦。嗨，不提了。"
张天虚："是不是有些破灭的感觉？"
聂守信："是幻灭。"
张天虚："好！很好！"
聂守信一惊："这还好？"
张天虚："像我们这样的人不幻灭几次是不行的！我就幻灭过多次。"
聂守信惊奇地望着他。
张天虚："爱情，幻灭过；书生的妄想，幻灭过；还有，想当然的野心……都幻灭了！"
聂守信："那你——"
张天虚："我站得很实在了。在人间，在人间的中国，在中国的这块土地上。我这次到玉溪待了半年，又走遍了周围的矿区和山寨，我和农民一起逃荒，甚至到大烟馆跑堂，妓院送茶，我……终于站在这块充满苦难的土地上了。"
聂守信："那……你不继续当作家了？"
张天虚："不，要当，而且要当好。我马上要到北平去，到那里去完成长篇小说《铁轮》。你还喜欢音乐吗？"
聂守信："当然，可是……"
张天虚："可是音乐没什么用，是吗？哈哈……别忘了，中国还没有《马赛曲》！"
聂守信深受启迪地望着张天虚。

成春堂。
清晨，聂守信在拉小提琴。

白希文宅。
聂守信在弹着钢琴，白希文站在一旁指导着。
白希文："对！对，对！好，我们歇一会儿，喝一杯咖啡！"

聂守信点头，收手，接过白希文递过来的咖啡。

白希文："聂先生，你有灵敏的耳朵和极好的乐感，你应该成为一个很好的音乐家，可是，恕我直言，在中国，是不会产生真正的音乐家的。"

聂守信："为什么？"

白希文："正像中国不会产生真正的现代科学一样，因为中国太落后、太愚昧、太封闭。"

聂守信："难道不能改变？"

白希文："当初，我也是这样想的，我血统中的一半，是中国，所以，我想回来改变他，但是，我失败了。"

聂守信："为什么？"

白希文："这里的整个社会文化只信奉一条，要吃饭，吃饱了就好，吃饱了就可以有女人，有享受……"

聂守信站起："你是说中国人没有尊严，没有理想？"

白希文："噢，对不起，也许我的话挫伤了你的民族感情，让我们回到刚才谈的音乐话题，你愿意出国吗？"

聂守信望着白希文。

白希文："我认为，你应该到维也纳、巴黎、米兰去接受真正的音乐熏陶。"

聂守信："谢谢。我还没有这个条件……"

白希文："我给你创造条件！"

聂守信："再说，我正在接受中国这个环境的熏陶！俄国产生过高尔基。"

白希文站起来，围着聂守信看了一圈："聂先生，如果我猜得不错，你信仰共产主义？"

聂守信不语。

白希文："可惜！"

聂守信放下茶杯，站起，转身往楼下走。

白希文："站住！"

聂守信站住。白希文严厉地说："你的钢琴课还远没有结束！"说着用手势做了个"请"的动作。

白希文："世界上，信仰不同的师生很多，是吗？"

聂守信笑了笑，回来。

白宅。

朝阳射入。

聂守信弹琴，白希文拉小提琴。

白希文停住："你刚才的节奏错了！当当当当——当！嗯？"

聂守信点头。

忽然，白希文捂着胸口，脸色苍白地扶住钢琴。

聂守信站起，扶住："白先生，你哪儿不舒服？"

白希文摆摆手："你继续弹！"

话音未落，白希文倒地了。

病房。

白希文躺在床上，慢慢张开眼，看见聂守信坐在床边，用手抓住聂守信，声音微弱地说："谢谢你陪我。这几天，你还在弹琴吗？"

聂守信点头。

白希文："你很坚强。"

聂守信："我带来我妈熬煎的药，你等会儿喝下去会好的！"

白希文微微一笑："刚才，我做了一个梦……好像，我去了维也纳，在金碧辉煌的音乐厅，各国最著名的音乐家和音乐评论家都去了，他们在为一个伟大的音乐家欢呼……"

聂守信："是吗？那个音乐家是谁？"

白希文："我觉得我很熟悉，可又很陌生，我记不得了，可他竟然……认识我！"

聂守信："是吗？"

白希文："聂先生，我希望是你。我希望你以后用它演奏你自己创作的曲子，记得我这个信仰不同的朋友！"

聂守信拿过小提琴："我会的，一定会的！"

白希文："我知道，我的生命已经走到尽头。你……不要伤感。天国是幸福的，你能为我拉一首《梦幻曲》吗？"白希文指了指床边的小提琴。

聂守信含泪，拉起了《梦幻曲》。

白希文安详地合上了眼睛。

《梦幻曲》中，神父为白希文致了悼词。

白希文的灵木落入土坑。

一束束鲜花放在棺木上。

众人离去。只有聂守信伫立，他身边站着袁春晖。

林间。

聂守信和袁春晖在林间漫步。

聂守信:"这个白先生教我的作曲基础知识,使我产生一个欲望。"

袁春晖:"呵?"

聂守信:"我想尽最大的可能,把云南的、贵州的、四川的民歌民谣都收集起来,加以整理、创作……"

袁春晖:"你想当一个作曲家?"

聂守信:"为什么不行?"

迎面,来了一个同学:"聂守信!你还不快点去?"

聂守信:"到时间了?"

同学:"早过了!"

袁春晖:"干什么?"

聂守信:"排演话剧《雷雨》,我演鲁贵,你演不演?"

袁春晖:"我演什么?"

聂守信:"我看,你可以演四凤!"

袁春晖:"才不!我不跟你演两代人物!"

同学调笑:"对!你们应该演这个呵?"

那同学用两个大拇指往拢靠。

聂守信望着袁春晖笑。

袁春晖羞得满脸通红,低下头。

成春堂屋里。

聂守信和聂母坐在桌前。

桌上的饭菜和碗筷都放好了。

聂守信:"妈,姐出嫁了,二哥又在外面,三哥要不回来,家里就冷清多了!"

聂母感慨:"是啊,儿女都大了,我也老了!"

聂守信:"妈,你没老,还是个女才子!"

聂母一笑:"没大没小的!"

聂守信笑。

聂母:"你也不小了,该成家了!"

聂守信:"是吗?"

聂母："不是吗？你心里早就有了人，还装什么？"
聂守信："我心里有人？"
聂母："春晖姑娘！"
聂守信不语。
聂母："要不，妈到袁家去提亲？"
聂守信："妈，你可千万别去，我还不到岁数……"
聂母："都十八岁了，还没到岁数？按老家的规矩，你早抱儿子了！"
聂守信："妈，现在和你那时不同了。要是不到二十岁结婚，人家会笑话的。"
聂母："笑话？谁会笑话？要不，先把两家的亲事定下来？"
这时，聂守先进来了，神色有些不对。
聂母："来，守先，你四弟这个岁数，你说说，该不该把婚事定下来？"
聂守先："呃……这……四弟，你来一下，我有话对你说！"
聂守先带聂守信要进里屋，被聂母制止了。
聂母："你们有什么话，不能对妈说？"
聂守先迟疑了一下："妈，外面又在抓人，小学的周老师也被抓了！"
聂母："未必要抓到我家来？"
聂守先："我一个朋友在警察局长桌上看到了，要抓的人中，有四弟！"
聂母大惊，一个趔趄，聂氏兄弟赶紧过去，将母亲扶住。

昆明市街。
夜色中，一列警车开过，发出尖叫。

某一民宅。
夜，门被闯开，几个警察冲进屋去。

监狱门口。
夜，一辆警车开来。几个被抓的人拖着脚镣下车，在枪口下，走向监狱。

聂宅，灯下。
聂守先："你最近是不是演了《雷雨》？"
聂守信点头。
聂守先："你们剧组是不是有个剧务失踪了！"

聂守信点头。

聂守先："那是当局派进来的。"

聂守信："特务！"

聂守先："你们里头还有叛徒！"

聂母从外面进来："那信儿赶快到玉溪老家去躲一躲！"

聂守先："玉溪还不是在云南，躲得了？要不这样，四弟明天先向学校请个假，换了地方住，我再想想办法！"

街头。

一队警察直奔聂家而来。

聂宅。

门被撞开，警察持枪而入。

聂母装病躺在椅上，头上搭一块毛巾。

警官："搜！"

警察们到各房间。

警官："你儿子聂守信呢？"

聂母："他……住校，没回！"

云南远东皮毛公司。

聂守先从外面而入，上楼，进经理办公室。

经理室。

聂守先进："卢经理！"

卢经理抬头："嗯，守先，我正要找你，日本大阪的信来了，那里的皮毛行情下跌，你不要去了！"

聂守先："呵？"

卢经理："我想了想，想派人去上海，办一个商号，从上海进联珠牌烟，到云南卖，有赚头，你去记账，行不行？"

聂守先："好是好，可我要结婚，恐怕一时走不开！"

卢经理："呵，你要结婚？怎么没听说？"

聂守先："嗯，卢经理，我推荐一个人，去上海，包你满意！"

卢经理："呵？什么？"

聂守先:"省师范的高才生,专攻英语,又懂会计。"
卢经理:"谁?"
聂守先:"我四弟,聂守信。"

聂宅。
聂守信:"你们经理同意了?"
聂守先点头。
聂守信:"这么说,我可以去上海了!"
聂守先点头。
聂守信:"太好了!我早就想去上海、去北平!"

八角亭。
袁春晖低着头:"聂子,你还会回来吗?"
聂守信:"我当然回来!"
袁春晖:"……可我昨晚做了个梦,梦见你飞了,飞得好远好远,我追不上……"
聂守信:"春晖,我看,你也和我一起去上海吧!"
袁春晖:"我跟妈说了,我妈说没结婚的姑娘,怎么不明不白地走……要不,我们先结婚?"
聂守信:"先结婚,那警察不抓我了?"
袁春晖:"那……我等你!"
聂守信点头,热情地抓住袁春晖的手。
袁春晖:"呵,我有个表姐叫黄春蓉,在上海法租界,你可以去找她。"
聂守信点头。
两个依偎在一起。

聂宅。
八音钟响了。
聂守先从里屋出来,聂母从另一屋出来。
聂母:"守先,你送信儿……转告他,到上海,要走正道!"
聂守先点头,走出门外。
天上,星光闪烁。
字幕:"1930年7月,带着组织介绍信,聂耳离开昆明,取道越南、香港到达上海。"

第三集

外滩。
旧上海的剪影。

亭子间。
聂守信从枕下抽出一封信:"常熟路 661 号……"

常熟路。
聂守信顺着门牌查号。
590 号。
他往前走。
641 号。
他往前走。
"660……661"

这是一家普通住房,门紧闭着。
聂守信敲了两声门,没人应,推门,里面有一个小天井,有一老太太睡在躺椅上,聂守信笑着走过去。
聂守信:"呃……老太太,请问,这里有没有一位姓黄的先生?"
老太太本来是闭着眼的,听到"黄先生"三个字,立刻睁开了眼。
聂守信:"叫黄子生的黄先生!"
老太太突然坐起,十分紧张地说:"没有!"
聂守信:"我知道,黄先生是住这里!"
老太太故作神秘:"你……快走!"
聂守信:"我从外地来,就是要找这位黄先生!"
老太太小声地说:"黄先生已经被抓了,他是共产党!"

聂守信惊:"被抓了?"
老太太嘘了一声,突然大声地说:"呵,侬找错了,裴先生住 860 号,侬好走，呵？"

老太太神秘地往后一指："后面有密探！快走！"

聂守信连连点头，迅速走出。

四川北路。

聂守信走进一个胡同，找对了门牌号码，敲门，门开了，一个着长衫的男人出来了。

男人："你找谁？

聂守信："请问，这里有一位建华中学的钟怀仁，钟先生吧？"

男人："曾经有过，搬走了。"

聂守信："搬哪儿去了？"

男人冷冷地说："不知道！"

说完，男人就折身要关门。

聂守信："哎，先生，我是远道而来的，他的朋友让我一定要找到钟先生！"

男人："那你到警察局去找！"

聂守信："钟先生被抓了？"

男人冷笑："被抓？他抓人有功，当科长了！"

说完，男人将门咣的一声关了。

外滩。

夜色中，聂守信沮丧地走在沿江的铁栅栏旁边。

夜市。

这是那种上海小吃夜市。守信在馄饨摊站了一会儿，摊主请他入座，他摇了摇头。

他穿过汤圆摊、包子摊……

他掏钱买了两个烧饼，放在包里，他漫无目的地走出夜市。

忽然，他耳畔响起了袁春晖的声音："呵，我有个表姐叫黄春蓉，在上海德租界，你可以去找她！"

聂守信赶紧从口袋里掏出一张字条，上面有"德租界"的字样。

德租界租界口。

夜灯下有两个印度"红头洋人"站岗。

聂守信远远走来。

附近，有几个人围着卖唱的。是一个瞎眼的老人在拉胡琴，给他小孙女伴奏，唱的是凤阳小调。

说凤阳，道凤阳，

凤阳是个老地方，

自从出了个朱元璋，

十年就有九年荒……

聂守信也站在围观者中。

这时，一辆小轿车驶来，被卖唱、听唱的人挡住了路，猛按起喇叭，见老人和孙女没让道，从车里跳出一洋人，拿着文明棍，用德语大叫着，并用手杖打了老人一下，聂守信冲了上去，架住了德国人。

聂守信："你为什么打人？"

德国人用德语大声吼着。

聂守信："这是中国的领土！"

这时，一名中国警察上来了，一面对德国人点头哈腰，一面大吼聂守信："干什么？你反了不成？"

聂守信："他动手打人？"

警察："打人？该打！卖唱卖到租界来了，还要挡道！"

警察将聂守信领口一抓："你想干什么？"

聂守信："我主持公道！"

警察："你主持公道？你主持公道我吃什么？你是干什么的？"

聂守信："我叫聂守信，来上海谋生的。"

警察："从哪里来？"

聂守信："云南！"

警察："云南？是贩烟土的吧？走！"

说着，就要抓聂守信。

"慢！"一个穿着华丽旗袍的年轻女人，制止了警察。女人挽着那个德国人。

"你叫聂守信，从昆明来的？"女人问。

"聂守信。"

"你认识昆明的袁春晖？"女人问。

聂守信点头："你是——？"

女人："我叫黄春蓉，春晖是我好友！呵，我介绍一下，这位是我丈夫容克先生，这位，是我表妹的朋友聂守信先生！"

容克彬彬有礼，伸过手来，聂守信没有伸手，很吃惊地打量黄春蓉。

黄春蓉："聂先生，春晖给我写信，说你早就到上海了，要我帮助你，你是来找我的吗？"

聂守信很累地摇头，向后退去。

黄春蓉："春晖来信说你肯定要找我！你不找我，找谁？"

聂守信指身后："找他们！"

说完，掉头去追卖唱的。

黄春蓉："找卖唱的？"

容克无可奈何地摊手。

街角。

有几个人蜷靠在墙角里。

聂守信走近，凑近一张张脸看，都是要饭的，没有卖唱的祖孙二人。

他向四周寻找。

浦江边。

聂守信从远处走来。他看到沿江的台阶上似乎有人，向那里跑去。

沿江台阶。

聂守信跑近，下台阶，果然是卖唱的祖孙二人。

小孙女正在给老人头上揉伤。

聂守信："小妹妹，这是刚才那个洋人打的？"

小孙女点头。

聂守信："出血了？"

小孙女摇头。

聂守信气愤地说："混蛋！"

老人："嗨，这还算好的，我们卖唱的，挨打受气是家常饭。"

聂守信："小妹妹，吃了饭吗？"

小姑娘摇头。

老人："唱了一天……一个子儿也没人给！"

聂守信下意识地摸口袋，发现有两个烧饼，立即掏出来，分别给老人和他的孙女："我这里有两个烧饼，来，垫一垫肚子！"

祖孙二人致谢，被聂守信制止了："快，别谢！要谢得谢你们，你们唱的小曲真好听！这是什么地方的小曲？"

老人："安徽。"

聂守信："你们是安徽人？"

老人："从安徽凤阳逃荒……"

聂守信点头："小妹妹唱得真好听！"

老人："先生喜欢听？小红！"

正在吃烧饼的小红，赶紧放下烧饼，清了清嗓子，准备唱，老人也架起了琴。

聂守信："不！不不！你们还饿着肚子，先吃！"

老人："先生！我们凤阳人卖唱，有一个规矩，只要遇到爱听的人，别说饿肚子唱，就是死了也得唱！"

说着，老人的二胡已经拉响，是一曲《七仙女下凡》。小孙女也唱了起来。

浦江上。

流水潺潺，岸上的夜灯点点，小女孩的歌声和胡琴声飘过，委婉凄厉。

石阶上。

一曲终了，聂守信鼓起了掌。

聂守信："唱得真好！你们吃！我学学，看像不像！"

说着，他自拉二胡，自唱起来，惟妙惟肖，学得很像。

聂守信："你们看，像不像？"

老人连连点头："先生好才华！"

小女孩："好听！"

老人："先生愿意听，我们可以唱几天几夜！"

聂守信："太好了！那我就做你们的学生！"

老人："先生哪里的话，我们这些土调调……"

聂守信："土调调？这是最有生命力的音乐！"

说着，他从口袋里取出钱："老人家，这一块钱，是我预交的学费！"

老人："这……怎么行？"

聂守信："如果你们还记得我这个学生，隔几天，就到这个江边来！"

老人、小女孩点点头。

聂守信伸出手，对小女孩说："小红，来，拉钩！"

小女孩也伸出手，与他拉钩。

这时，远处传来叫聂守信的声音，他答应了一声。

聂守信高兴地站起，要走。

老人："谢谢你，先生！"

聂守信："先生？我不是先生！说不定哪天，我也会像你们一样！"

他走上台阶，见高瑞昌向他跑来。

聂守信站起。

高瑞昌："这上十天你跑哪里去了？害我到处找！"

聂守信："有什么事？"

高瑞昌："我们的云丰商号明天开业，你们昆明家里也来电报，问你到了没有！"

聂守信："我的朋友，一个也找不到！"

高瑞昌："你吃饭没有？"

聂守信摇头。

高瑞昌："没钱？"

聂守信："只剩八个铜板，不敢用。"

高瑞昌："走，我请客！今天打麻将，我赢了！"

上海街景。

清晨，聂守信买了大饼油条，边吃边走进一家不起眼的店面。

店牌写着"云丰申庄商号"。

聂守信的画外音："春晖，你好！你能理解我不见你表姐的行为，真是太感动我了！在仅有八个铜板而又走投无路的情况下，我只有到云丰申庄商号上班了。说实话，人在这个时刻，才体会到绝望是什么味道了……"

店内

戴瓜皮帽的范老板正翻账本打算盘，见聂守信进来，将一张提货单递过去："聂守信，你今天去精华烟厂提货，这是提货单，要看清楚，是英国牌子香烟，联珠牌！"

高瑞昌也在吃早点。

聂守信端详着提货单。

范老板："提到货，直接去王洪记邮局，瑞昌在王洪记等你！"

聂守信："36 件，能寄？"

范老板："不是让瑞昌去打点吗！"

聂守信:"为什么要邮寄?"

范老板不搭理。

高瑞昌:"要是办货运,你还能吃上这大饼油条?税高得吓死人!"

聂守信:"我们邮寄是逃税?"

范老板眉头一皱。

高瑞昌:"这就叫做生意:无商不奸!"

精华烟厂门口。

聂守信拉着一辆板车出。车上,放着一大堆货。

聂守信的画外音:"春晖,你好!你懂得一个学生变成一个板车夫的变化吗?反正我懂了,我懂得了拉板车能拉回一日三餐,能拉回一月15块钱……"

王洪记邮局。

高瑞昌一边恭敬地给邮局人递烟,一边用手势招呼聂守信将烟箱往邮局里送。

聂守信的画外音:"春晖,离开你越久,我越想你,特别是晚上,真想哇!我们店本来就小,房子也挤,可老板和同事们每天晚上打麻将,吵得人心烦意乱,我只得强迫自己把心静下来,练英语、学日语,说也奇怪,日子久了,我居然不怕他们吵了!……"

街头。

聂守信拉着空车,用毛巾擦汗。他发现一家书店,把车停好,走进书店。

聂守信的画外音:"春晖!前天,我买到了丰子恺先生的《音乐入门》,高兴极了!我一口气就读完了。你猜猜我学到了什么?我学到了一条,过去拉小提琴,我是手指分家用弓,现在才知道,要合起来,过去我不曾用小指,现在才知道,小指绝不是多余的!"

书店。

聂守信从书店出来,手里提着一捆书,又拉起了空板车,向街上走去。

聂守信的画外音:"春晖,我今天真幸运,碰到了一大批好书,不能都买,只买了达尔文的《物种起源》、杰克·伦敦的《革命论集》、弥尔顿的《失乐园》,还有莎士比亚的戏剧和刊物《拓荒者》,说实话,本来有些绝望的我,顿时燃起了灵魂之火……"

街头。
拉着空板车的聂守信从远处走来。他发现一群人围着什么，停下车，钻进人群。
瞎眼老人躺倒在一张破席上，孙女小红正跑着向人群哭求："大叔大婶大哥哥大姐姐们，求求你们，我爷爷怕不行了！……"
有的人往地上丢个把铜板，更多的人只是摇头，还有的人不屑一顾。
警察冲过来，挥动警棍："干什么？快走！"
聂守信拨开人群，对警察说："先生，你看这老人病了！"
警察："这我不管，不能堵塞交通！"
小红："先生！"
聂守信点点头，过去用手摸老人额头："你爷爷高烧，得赶快进医院！"
警察："他还有钱进医院？"
小红："先生，只要买点药就行了！"
聂守信："不行！走，我有板车，马上送医院！"
说着，他抱起老人，将老人放上了车。小红拿着胡琴跟在车边。
警察笑他："嘿，这年月，还真有善人哪！"

医院病房。
瞎眼老人躺在病床上，已经在打吊针。他伸起另一只手，颤抖着摸聂守信的脸："先生，你是我的救命恩……人，我这把老骨头，真不知该怎么……谢你！"
聂守信："谢我？"
说着，他又唱起了凤阳小调。
小红："唱得真好！"
聂守信："你们看，我又学会了好多首歌，要谢，我聂守信该谢你们！"
老人百感交集地流着泪："小红，你……给聂先生……跪下！"
小红要跪，聂守信把小红拉住了："小红！"
小红不听，还是跪下了，磕头抽搐："聂先生！你是我们的大恩人！"
聂守信一把扶起小红："小红！像我这样的人很多……人人都有落难的时候，是吧？呵，小红，住院的钱我交了，医生说，明天可以出院，这点钱留给你们，我明天忙，不能来，我先走了！"

云丰申庄宿舍。

聂守信推开门，将书往床上一扔，叹了口气，倒到床上，闭眼。

聂守信的画外音："春晖！给老人缴了住院费和钱以后，我才知道，我已经不可能买把旧提琴了！说实话，我有点后悔，你是知道的，我是多么期望自己有一把心爱的小提琴啊……"

这时，门口忽然出现了一个人影，聂守信睁眼一看，是小红，手里捧着她爷爷的二胡。

聂守信惊起："小红！"

小红："聂先生，我爷爷说，我们没东西报答你，要我把这把胡琴送给你！"

聂守信大惊："小红，你爷爷是不是——"

小红摇头："爷爷很好！"

聂守信吁了一口气："你们把二胡给我了，不卖唱了？"

小红："爷爷说，我们再卖唱，也没人听，听了，也没人给钱！"

聂守信："那你们怎么过？"

小红："爷爷说，让我来报答你！"

聂守信："报答我？"

小红进门，将门关上："爷爷说，聂先生是天底下最好最好的人，一定要报答。"

聂守信："怎么报答？"

小红："我刚才，洗了澡，擦了身子……"

聂守信惊疑地问："你？"

小红顺手一拉，拉开了衣衫，身上仅有一条红腰兜："我只有用我的身子报答你……"

小红闭上了眼。

聂守信："小红……你……胡说！"

小红："我不是胡说，我的身子是干净的，我虽然年纪小，可我懂，我愿意给你！"

聂守信急了："快穿上！小红，我帮你们，救你爷爷，是不错，可我难道就是图你这样的回报？"

小红平静地说："爷爷还说，我们送上门来，聂先生一定会看不起的，但是，我小红一定要……哪怕先生看不起，我也高兴！"

说着，小红向聂守信走来，一步步走近，最后，抱住聂守信动手解他的衣扣。

聂守信惊了一会儿,突然爆发,打了小红一嘴巴。小红不哭不叫,仍解他的衣扣,他猛地将小红推倒在地。

聂守信大吼:"你们把我聂守信当什么人了!"

小红在地上抽泣。

聂守信站在那里喘气。

有人叫门:"聂守信!"

聂守信:"有什么事?"

外面:"租片公司来人找你!"

聂守信:"马上来!"

云丰申庄门外。

租片公司的人站在门外。

聂守信引着小红出来。

租片公司的人:"聂先生!"

聂守信用手势制止:"小红,你先走,我还有事,告诉你爷爷,别胡思乱想,好好养病,明天出院,呵?"

小红点头。

聂守信:"好,你走。"

小红走了几步,又回转身来,跪在地,向聂守信磕了个头,起身后,红着眼跑了。

来人:"哟,这么大的礼,老弟,这是怎么回事?"

聂守信脸色不好,做个制止的手势。

来人:"不让我问?嗨,聂老弟,倒真还是看不出来,你还真是不简单啦,你看,那小妞,倒是有色有形也蛮有心的!怎么样,是不是有那么点意思?"

聂守信:"你是不是没事找事?没事,那我走啦!"

来人:"哎哎,可别!聂老弟,你上次给我讲的那件事,我给老板说了,我们老板同意了!"

聂守信:"什么事?"

来人:"看看,这小姑娘一来,你就把什么都忘了不是?你不是说,昆明逸乐电影院愿租我们公司的电影片子么?老板答应了!"

聂守信:"真的?有什么条件?"

来人:"条件么,很简单:一是都是上海放了两个月以上的片子,价格优惠,八五折;二是定期归还,不许损坏,以旧片换新片。不过,我还有自己的一条。"

聂守信："你自己的条件？"

来人："那打的折扣，归我！"

聂守信想了想，点头："行！"

来人："你想过没有，你赚什么？"

聂守信："我？我这是帮朋友忙，我赚什么？"

来人："你是真的还是假的呀？"

聂守信："随你怎么看！"

来人："好！好！我佩服你，聂老弟！那好，明天，你就到租片公司提货！"

租片公司。

聂守信提着两箱子电影片子从里面出来，那个人也着提了两箱子出来，往板车上放，捆绳。

那人："老弟，你要真是没赚的，打的那个折我们对半分好不好？"

聂守信："我说过的话答应的事，是不会改的。"

那人："那等对方的钱一到，我请你吃南京路、玩大世界！"

聂守信笑着点头。

捆好了，他拖着板车就走。

云丰申庄。

黄昏，聂守信拖着空板车走来，将板车架拆下，在门口锁好，扛着车轱辘进屋。

屋里，范老板、高瑞昌正和邮局的两个人打麻将。

范老板："守信回来啦？"

聂守信点头。

范老板："吃了没有？"

聂守信："不想吃！"

聂守信往边上放下车轱辘，在洗脸盆洗脸。

范老板："胡了！"

高瑞昌："我又放了铳？"

范老板："该你包！哈哈！"

高瑞昌："这手气！守信，来，帮我换把手气！"

聂守信："我不会，也不想！"

高瑞昌："你看你，你看你！出了力，跑了路，回来就关在房里，不是看书，就是唱叫人听不懂的歌，就是不合群！"

聂守信："今晚，我不看书，也不唱歌，出去！"

他走里屋，穿了件衣服，从床上把小红送的二胡一拿，出来，向众人点了点头，往外走去。

范老板见聂守信走了："他，你们别说，这个守信，就是心好心善，这不，送上门的嫩肉不仅不吃，还要去给老瞎子还胡琴！"

医院门口。
夜色已浓，聂守信拿着胡琴进门。

病房。
聂守信进来，见一护士正在整理床位。
聂守信："小姐，病人呢？"
护士："下午已经出院了！"
聂守信："一个人还是两个人？"
护士："两个人吧！"
聂守信："他们上哪儿去了？"
护士摇头。
他想了想，转身就跑。

街上。
聂守信拿着胡琴跑着。

浦江边。
江浪轻轻拍岸，偶有船鸣。聂守信从远处跑来，往台阶上一看，那里似乎有两个人影。他十分高兴，轻脚轻手地向台阶走去。

走到那两个人的身后，他突然唱起了凤阳小曲："说凤阳，道凤阳——"
那两个人一惊，站起，原来是谈恋爱的一对青年男女，聂守信大惊。
男的："你干什么？"
聂守信："呃……我以为你们是我的朋友！"
女的："唱什么烂污，吓死阿拉了！"
男的："你找你朋友？你要流氓！"
聂守信："不不，你们千万别误会！"

那青年男的要动手，被那女的拉住了："算了，算阿拉倒霉。撞见鬼啦！我们走！"

他们走了。聂守信在台阶上坐了下来。

台阶上。

聂守信拿着二胡，在最上面踱步，四处张望。他似乎在回忆与卖唱祖孙两代人的往事。

台阶上。

聂守信抱着二胡坐在那里，睡着了。

东方已经发白。

一只手搭向他的肩，他醒了，抬头一望，是范老板。

范老板："等了一夜？"

聂守信苦涩地点头，揉眼。

范老板："真是难为你有一片心！"

聂守信苦笑。

范老板："我看这一老一小不会在上海了！"

聂守信："嗯？"

范老板笑了笑："他们真走了也好。只是，你还有点想，对不对？"

聂守信点点头："有点担心。"

范老板："昨晚到现在，还没吃饭？"

聂守信笑了笑。

范老板拿出一袋包子："昨晚打牌，我赢了钱，你沾点光！"

聂守信笑着接过，大口吃了起来。

范老板："你还有一张汇票，电汇。"

聂守信不明所以地望着范老板。

范老板从口袋里拿出汇票："昆明逸乐电影院寄来的，一百块，写明了，是给你帮他们在上海租电影片的酬劳！"

聂守信接过汇票，仔细地看，高兴地笑了："哇！——"

叫着，他把二胡交给范老板，又笑又叫地往街上跑。

范老板："你干什么去？"

聂守信："我要干大事！"

邮局。

聂守信从营业窗口取出钱,数了数,兴奋地走向汇款处,要了一张汇票,刚要填,又停住了,想了想,向外跑去。

旧货店。

聂守信正在试拉一把小提琴,他不满意,又换了一把,满意了,将琴放进已破的皮盒里,盒盖上的标价:五十元整。

邮局。

聂守信正在填汇款单。

单上的收款人为彭寂宽,钱数是五十元整。

填完,他兴奋异常地将单子交进柜台,钱也已准备好了。

柜台上,放着他刚买的小提琴。

聂守信的画外音:"春晖,我真想你!有空,你一定代我谢谢逸乐电影院的两位经理,他们寄来的钱,我收到了,也派上了大用场……"

房中。

聂守信正在拉小提琴。

聂守信的画外音:"春晖,那一百块钱,一半寄给了我母亲,她老人家终于可以收到远方儿子寄的钱了!另一半,我买了一把虽然旧但已成我心头最爱的小提琴了!我已每时每刻离不开这把琴了,如果不是要上班,我会不吃饭、不睡觉、不分早晚地拉下去的……"

传来了敲门声。他停住了。

高瑞昌:"守信,范老板叫你!"

他答应了一声,收起琴,开门,走向店堂。

店堂。

聂守信从里屋出来,见范老板晦气地坐在那里,高瑞昌也抱着头。

聂守信:"出了什么事?"

范老板和高瑞昌都不讲话,唉声叹气。

聂守信走到高瑞昌身边:"嗯?"

高瑞昌不说。

聂守信走到范老板身边,见杯里没水了,拿起杯子,去续水,将茶杯送到范老板面前。

聂守信："范老板，你不是找我吗？"

范老板叹了口气："守信，你手头还有钱吗？"

聂守信："有！"

说着，将口袋里的零钱都搜了出来，放到桌上："哦，我床头还有！"

说着，跑进房，从枕头下取出仅剩的几块钱，拿了出来，放在范老板面前："你看，全部家当，八块五。够不够？"

范老板摇头。

聂守信："不够，我去找朋友借！呵，干什么用！"

范老板："罚款……"

聂守信："罚款？谁罚我们款？"

高瑞昌："税务局！"

聂守信："税务局？为什么？"

范老板："税务局发现我们寄回昆明的香烟，是偷税漏税。"

聂守信，"税务局怎么会知道？"

范老板："王洪记邮局的人写黑信揭发的！都怪我！"

聂守信："都怪你？"

范老板："怪我每次打麻将都赢他们钱，他们说，我们每次去寄烟塞给他们的钱，还不够我赢回来的！"

高瑞昌："这一次，我们云丰申庄真得破产了！"

聂守信呆站在那里。

房中。

夜。聂守信躺在被窝里，高瑞昌从被窝里钻了出来，走到聂守信床边，小声地说："守信，过两天税务局就要来查封店子了，你有什么打算？"

聂守信摇头。

高瑞昌："我有个朋友开馄饨铺子，差一个跑堂的和一个记账的，你去不去？"

聂守信："我去干什么？"

高瑞昌："你读书多，你记账，我跑堂，哎，一碗馄饨来啦！"

聂守信苦笑。

马路上。

聂守信和影片出租公司那人在边走边谈。

那人:"聂老弟,你给我们公司拉的那笔租片生意,让我们老板赚了一笔,老板尽称赞你,说你是人才!"

聂守信苦笑。

那人:"其实,我早就想讲,只要你愿意,我去给我们老板提,老板一定会收你当业务员的,老板早就想有专门人做西南租片业务。现在,你们的店子快垮了,只要你点个头,我这就去办!"

聂守信:"你看行吗?"

那人:"嗨,那还有不行的!凭你在老板脑子里的印象,还有我的面子……业务员好呐,工资二十五块不说,每笔生意还有提成,外加出差费、交际费,还有对方给的好处费……"

聂守信:"那我还能读书练琴吗?"

那人:"读书、练琴?呵,我的好老弟,这个世道,不认书,也不认字,只认一个字:钱!你的饭碗砸了,还读什么书哇琴的?"

这时,一个卖报的过来,问聂守信:"买报吧,先生?招生专号!"

那人驱赶报童:"去去去!"

聂守信掏钱:"不,来张报!"

他拿过报纸一看,先是眼睛一亮,后拍着报纸笑了:"哈哈!机会来了!"

那人吃惊地问:"啥个子机会来了?"

守信:"大音乐家黎锦晖先生主持的明月歌舞班招生!一录取,包吃包住,还发月薪!"

明月歌舞班。

聂守信走向了报名处。

字幕:"1931年4月,19岁的聂耳在彷徨之际,以聂紫艺之名,走向上海的文化圈。"

第四集

报名处。

一张"初试通知"张贴在那里,几个人站在通知前观看,聂紫艺也在其中。

初 试 通 知

凡已办理报名手续的同仁,请于四月一日上午八时到此按号参加初试。

联华影业公司歌舞班

与聂紫艺年龄相仿的王艺君,恰好站在聂紫艺身边。
王艺君:"你是报考歌舞班还是音乐班?"
聂紫艺:"音乐班。你呢?"
王艺君:"我们是竞争对手。"
聂紫艺笑,见王艺君与另一边的人讲话,聂紫艺退出人群。
他正要沿街走去,对面传来女人的叫声:"聂守信!"
他抬头一望,街对面,站着黄春蓉,穿着华丽,后面,停着那辆小车。
他不愿搭理,但黄春蓉又叫了一声,穿过马路,跑了过来。
黄春蓉:"不想搭理我?"
聂紫艺不说话。
黄春蓉:"是因为那天我丈夫容克打了那个卖唱老人?"
聂紫艺冷冷地望着她。
黄春蓉:"太好了!你的性格太令人尊敬了!那天回到家,你知道容克怎么说?他说,他从聂先生的身上发现中华民族也有与德意志人相通的伟大品质!"
聂紫艺:"这就是他的道歉?"
黄春蓉:"不,德国人从不道歉!"
聂紫艺:"你是哪国人?"
黄春蓉:"我?……哈哈,好,我们不应该作政治讨论。我表妹写信告诉我,你失业了?"
聂紫艺望着她。
黄春蓉:"我好着急,到处找你!有一个机会,告诉你!"
聂紫艺仍望着她。
黄春蓉:"有一家德国公司,需要一名对外联络代理,待遇很好,一般人抢都抢不到,我说动了容克,容克卖了力,给你争到了!这是公司的资料,我的名片也在里面,你同意,晚上找我!"
说完,黄春蓉将一包东西往聂紫艺手中塞,转身走,马路那边的小车,早就在鸣笛催她。她跑了几步,又转身:"呵,差点忘了资料袋里有一本书,你一定要看。公司说,让你任职的唯一条件,就是你同意那本书的观点!"

说完，她跑过街去，上了车，车发动了，开走。

聂紫艺从袋中取出书一看，是希特勒著的《我的奋斗》，他惊又气："让我赞同法西斯？"

他气愤地将书扔在地上。不料，被一只手捡了起来，他一望，是王艺君。

王艺君："不赞成法西斯，不一定不研究法西斯，对吧？那包东西嘛，倒是可以扔掉。"

聂紫艺笑了。

王艺君："今天一清早，我就听到有喜鹊在叫，一定有好事！这不，真灵验！碰到一位值得尊敬的朋友！"

说着，王艺君用肩撞了撞聂紫艺，聂紫艺也用肩撞了撞王艺君。

王艺君自我介绍："王艺君，湖南人。"

聂紫艺："聂紫艺，云南人。"

王艺君："都是南？"

聂紫艺："难者，不难也！"

两人哈哈大笑。聂紫艺忽然发现身边还有两个女子的笑声。

王艺君："呵，我介绍一下，聂紫艺先生，考音乐班的。这位，王人美小姐，这位，路丽小姐。二位小姐，是考歌舞班的。"

他们互相点头问候。

亭子间。

聂紫艺在拉小提琴练习曲。

王艺君："不对不对……543……这里的指法是这样的，你错了！"

聂紫艺："是这样？"

王艺君点头。

聂紫艺改过，继续拉。

王艺君不时皱眉头，终于无法忍受了，过去将聂紫艺的弓按住。

王艺君："你在哪里学的小提琴？"

聂紫艺："自学的。"

王艺君："没人教？"

聂紫艺摇头。

王艺君："难怪了！那你明天考试，不要拉小提琴！"

紫艺："为什么？"

王艺君："你完全没有弓法和指法！你不能再乱拉了，必须从正规训练开始。

从现在起，我教你！"

说着，王艺君接过小提琴，架在肩上。

考场。

聂紫艺提着二胡进了考场。他有些紧张地望着主考台。

主考台上，端坐着一些男女，正中，有一张主考牌，上写：主考黎锦晖。

四十岁的黎锦晖很有风度地端坐中央。

黎锦晖："你叫聂紫艺？"

聂紫艺："聂紫艺。"

黎锦晖："你带二胡干什么？"

聂紫艺："参加考试。"

黎锦晖："你不知道参加考试必须拉小提琴？"

聂紫艺："……知道。"

黎锦晖："知道为什么不执行？"

聂紫艺："我……"

黎锦晖："你不会拉小提琴？"

聂紫艺："我……会拉！"

黎锦晖："我现在告诉你，我们的歌舞班，不是一般的歌舞班，是与联华影业公司合办的，既要商业演出，又要拍电影，为电影配乐，搞音乐，以小提琴为主，你懂吗？"

聂紫艺："懂！"

黎锦晖坐在那里，不说话了。聂紫艺到一边，放下二胡，取来小提琴。

黎锦晖从夹中取出一张乐谱："给，拉这个练习曲。"

聂紫艺接过乐谱，放在架上。

黎锦晖："什么练习曲？"

聂紫艺："C调16分音符。"

黎锦晖："拉高音部位！"

聂紫艺点头，试了两下弓，拉了起来。他很紧张，又重复了一遍，有中断，也有间歇。

台上有些考官皱眉、摇头。

黎锦晖面无表情，向聂紫艺做了个停的手势，从夹中抽出一张乐谱："再拉这首，B调四折简谱。"

聂紫艺接过乐谱，架上，拉了起来。这一次拉得较好。

黎锦晖闭目聆听。

聂紫艺拉得平静自然。

黎锦晖闭目，伸出一个手指。

旁边的一个考官："停！"

聂紫艺停住，望着黎锦晖。

黎锦晖仍闭目，那伸出的手指摇了摇。

旁边的考官："聂紫艺，你可以走了！"

聂紫艺非常尴尬地转身。

黎锦晖睁眼："不，请你演奏一首钢琴曲！"

聂紫艺高兴地点头，放下小提琴，走到钢琴旁。

聂紫艺不服地仍站在那里。

黎锦晖睁开眼，望着聂紫艺。

聂紫艺："……你们就这样决定不录取我了？"

黎锦晖不答。

众主考人面无表情。

聂紫艺："……我知道，我拉小提琴，无论指法，还是弓法，都不规范……可是你们知道吗，我这都是自学的！"

众主考人讥笑地交换眼色。

黎锦晖似乎目光一亮。

聂紫艺："我自学……小提琴，是这家借我拉拉，那家让我弄弄……只是到了上海，才省吃俭用……买了一把。"

黎锦晖："你到上海多久了？"

聂紫艺："去年七月从昆明来，不到一年。"

黎锦晖："除了二胡、小提琴，你还会演奏什么乐器？"

聂紫艺："三弦、琵琶、月琴、京胡、坠子、笛子、箫、扬琴，还有……"

黎锦晖："都是自学的？"

众考官笑。

聂紫艺走到钢琴边，突然情绪激昂地弹奏起来。

众考官惊奇地望着。

黎锦晖将手一扬，聂紫艺停住。

黎锦晖向左右问："你们认为呢？"

有的考官不语，不少人摇头。

黎锦晖缓缓站起："录用！"

聂紫艺异常兴奋，眼中闪出泪花。

聂紫艺在王艺君的指导下练小提琴。
叠演出海报：联华歌舞班大献演。
聂紫艺参加乐团演奏，王艺君是首席演奏，他是二席。
叠：黎锦晖站在乐池边满意地点头。
聂紫艺与王人美、路丽有说有笑。
叠：王人美、路丽在台上有歌有舞，而乐池中，聂紫艺正在演奏……

剧院后台。
聂紫艺和乐队成员还在做演出前的准备。
王艺君："聂紫艺，听说没有，美国费城交响乐团要到上海演出两场，这可是千载难逢的机会！"
聂紫艺："真的？那我们一定去听！"
乐队成员："算了吧，你一个月才10块钱，吃饭都不够，买得起演奏会的票？"
另一乐队成员："听说，费城交响乐团在美国的门票，就要十几美元！"
舞台监督过来："快准备，第一个节目是《桃花江》！"
王人美已装扮好了，跑下来："聂紫艺！"
聂紫艺："有事？"
王人美向路丽招手："路丽，你来！"
路丽也下来了。
王人美："路丽说，你的耳朵会动？"
聂紫艺笑。
王人美："我试了好几次，耳朵动不了，你的耳朵真的会动？"
聂紫艺点头。
王人美："你表演表演！"
聂紫艺："那你看好！说一个广东人到了上海，开着一艘游艇，要进黄浦江，就问身边的游客，（学广东话）你们上岸到哪里玩啦？山西人说，（学山西话）去大世界！山东人说，（学山东话）走城隍庙！四川人说，（学四川话）个老子到南京路！日本人说，（学日语）看曹家帮！英国人又说，（讲英语）占外滩！天津人说，（学天津话）咱们去听美国费城交响乐表演！那广东人叫了一声好咧，就加大油门，开着游艇进港。这时，众人一起扑上去，要拉刹车，广东人问，为什么？众人说，你没看见，港口没打进港的旗语。广东人哈哈大笑，你们仔细看看，那港口上站着一个人，正在打进港的旗语？众人一看，港口上确实站着一个人，可手中并没有旗帜，就说，没打旗语。驾船的广东人说，你们再仔细看看，再仔细看看，看他的耳朵、耳朵……"

王人美、路丽和乐队的人，一起顺着聂紫艺的手势，看他的耳朵。的确，他的耳朵正有前有后地动着。

众人大惊。

聂紫艺哈哈大笑："于是，那船就安全进港了……"

王人美："他的耳朵真的会动！"

路丽："干脆，把名字改了，叫聂耳，四只耳朵！"

聂紫艺："太好了！我就叫聂耳！"

宿舍。

熄灯的房内，双人铺靠双人铺。所有的床上都挂着蚊帐，唯独聂耳睡的床没有蚊帐。

黑暗中，聂耳不停地打蚊子，无奈，只有用薄单将全身裹住。又热不过，将单子揭去，扇扇子。

一同事："聂耳，明天该去买蚊帐了！"

聂耳不语。

当铺。

聂耳将一件夹衫送进柜台。

伙计："这件旧衣也当？"

聂耳点头："这是我最好的衣服。"

伙计："值不了几个钱……"

聂耳："想买床单人蚊帐。"

伙计："……最多，四块钱！"

聂耳："不能多点？"

伙计摇头，将衣送出。

聂耳："当了！"

杂货店。

聂耳走进店里。

店里有鞋、帽等物，他走向另一边，有蚊帐卖。
店老板："先生，是想买蚊帐？"
聂耳点头："单人的。"
店老板："哎呀呀，我这里专门卖单人蚊帐，都是上好的罗纹纱帐！"
说着，拿出一床蚊帐："你看，这是上好的罗纹纱！"
聂耳："多少钱一床？"
店老板："原价十五块，卖十块，跳楼价！"
聂耳一听："不能再便宜些？"
店老板："再便宜？全上海这种货卖十块，你哪里找？一斤白菜多少钱？十块钱能买几斤白菜？不好再便宜了！"
聂耳也不好再说，欲转身，被店老板抓住："哎，先生，生意嘛，好好商量商量，你是我店今天的第一个客人，我图个吉利，跳楼再加大出血，你说，你出多少钱？"
聂耳："……我当了衣服，只四块钱。"
店老板："四块？你这是给我吉利，还是叫我破产哇？"
聂耳无奈："老板，你知道哪儿有卖旧蚊帐的？"
店老板："我只知道有卖旧棺材的。"

街头。
聂耳拿着一大盘旧式蚊香走来。
聂耳的画外音："春晖，我天天都想你！那床蚊帐，我终于没有买成。但是，我已找到了最好的办法，赶那贪得无厌的蚊虫！"

凉台上。
夜。那旧式蚊香像蛇一样张开，点燃了，冒起青烟。
聂耳躺在地板上。
聂耳的画外音："春晖。说实话，生活的艰难，我可以忍受，而这里的演出内容和中国正在发生的大事，使我异常痛苦，百思不得其解……"

一群女演员在跳《桃花江》，大腿舞动。
报纸："日军制造万宝事件，中朝发生民族纠纷。"
一个名演员正在舞台上脱掉上衣，灯光打到她几乎坦露的胸脯。
报纸："日军代口中村大尉遇匪失踪，调七大军进入东北。"

舞台上，一排女演员在音乐声中转过身去，翘起一排屁股，摇动着。

报纸："9月18日，日军炮轰沈阳城；19日，沈阳沦陷，日军分兵进攻安东、本溪、营口、长春等地；22日，日军东进吉林，进攻黑龙江……"

饭厅。

其他职员吃完晚饭纷纷出去了。

饭桌上，只剩下聂耳，他正在看报。

一碗饭没有动。

黎锦晖走过来，打量了一下，在聂耳旁边坐下。

聂耳："呵，黎老师！"

黎锦晖："有什么好消息？"

聂耳："气人！"

黎锦晖："呵？"

聂耳指报纸："你看看，明明是日本人蓄意侵略中国，强占东三省，可南京政府在《告全国军民书》中说，这不过是下级警民的冲突，日本政府对中国是没有一点敌意……这是什么话？他妈的！自欺欺人！"

黎锦晖："因为这，你连饭都不吃了！"

聂耳："气都气够了，吃得下饭！"

黎锦晖笑："嗯，热血青年！嗨，当年，我也和你一样，是热血青年。为了反军阀，我写了好多革命歌曲，民国十四年孙中山先生逝世，我几天几夜不吃不睡，写了《总理纪念歌》。后来北伐，我几乎跟着北伐军的脚步走，写了《同志革命歌》《欢迎革命军》《解放军》《当兵保民》……呃，你听过没有？"

聂耳："听过，也会唱。"

说着他哼起了《同志革命歌》。

黎锦晖笑了，将手一摇："……在回想起来，虽然也会有些激动，可仔细一想，大部分也有些幼稚。"

聂耳："幼稚？"

黎锦晖："嗯，幼稚，凭感情的冲动，政治感情支配了艺术感情……你别吃惊。以后，你到一定时候，也会懂的。"

聂耳："可我现在不懂。"

黎锦晖突然恢复了严肃："这饭是我给你吃的，不是政府和别人给你吃的，你懂不懂？"

聂耳："黎老师！"

黎锦晖："你叫我什么？"

聂耳："黎老板！"

黎锦晖："记住，黎老板我叫你吃的是艺术饭！"

聂耳望着饭。

黎锦晖："你吃不吃？"

聂耳拿起筷子，端起碗，又停住了。

黎锦晖："吃！我要看着你吃！"

聂耳勉强地扒了一口饭，味同嚼蜡地难受。

黎锦晖："快吃！"

聂耳慢慢加快了吃的速度。

黎锦晖："你看看，艺术饭你能吃，能吃！我可以告诉你，艺术饭更难吃！它要超越政治，超越意识形态，超越庸俗的政治冲动，进入最纯真也是最原始的精神境界，这里是人类的精神之峰，也是自然界最纯之境……它犹如最美的女神，让一切艺术都追求她，而别离国界、别离政治……"

聂耳停住碗筷，噗的一声，将口里的饭菜吐出。

黎锦晖已经走了。

聂耳一看，黎锦晖留下了一张宣传广告：美国费城交响乐团即日将在沪演出。

音乐厅售票窗前。

聂耳看了看票价，最低20元。

他失望地离去。

宿舍。

王艺君见聂耳无精打采地进屋，就问："聂耳，没买到票？"

聂耳："钱不够！"

王艺君："差多少？"

聂耳："我只有当衣服的四块钱。"

王艺君想了想，从枕头下取出钱："我这里有些钱，给，这是十六块！"

聂耳："这怎么好，要你的钱？"

王艺君："这是借给你的，你以为送给你呀！告诉你，你一定得还！"

聂耳："可……我什么时候才还得了！"

王艺君："三个月还不了，半年；半年还不了，一年，一年半，两年……"

聂耳笑了，接过钱。
王艺君："你还不快去买票？"

联华歌舞班门口。
聂耳从里面出来，碰上从外面进来的王人美和路丽。
王人美："聂耳，急匆匆上街去？"
聂耳点头："买费城交响乐团演出票！"
路丽："钱凑齐了？"
聂耳："王艺君借我十六块，够了！"
王人美："王艺君借的钱？那他……"
聂耳："他怎么了？"
王人美不好讲，路丽将聂耳拉到一边："王艺君已经联系好了，要去北平发展，他的钱，是当衣服的……"
聂耳恍然大悟："那……我……！"
路丽："嗨，为什么非要去听！听了又有什么用？真要听，用你四块钱买张唱片，听听留声机！"
王人美："我看，你还是去买票，反正，王艺君当衣服的钱也不够，大家再想想办法！"
聂耳："也好！"

宿舍。
聂耳走进，从口袋里将钱取出，放在王艺君枕下。

音乐厅外。
夜已深了。
聂耳徘徊在厅外。
里面传出隐隐的交响乐声。
他的表情随乐声变化，时而深沉，时而亢奋，双手不停地打着节拍。
路人有些奇怪。
他毫无感觉。

音乐厅外。
散场了，人们陆续走出剧场。

听音乐的人都走了。

聂耳还沉在乐曲中。

音乐厅的老板送黎锦晖和42岁的田汉出门。

老板："黎老板、田先生,走好!"

两辆人力车过来,停在黎锦晖和田汉面前。黎锦晖正要上车,发现了聂耳。

黎锦晖:"聂耳!"

聂耳的思绪被打断:"呵,黎老板!"

聂耳走过来。

黎锦晖:"听了音乐会?"

聂耳点头:"嗯……在门口听的!"

黎锦晖:"没买上票?是呀,票都卖光了!你怎么不早点买?"

聂耳:"不是……"

黎锦晖:"没钱?"

聂耳点头。

黎锦晖:"嗨,那你找我嘛!这才是真正的艺术!以后,有这样的事,就找我,呵!"

聂耳点头。

黎锦晖:"呵,给你介绍一下,这位,是大名鼎鼎的戏剧家田汉!"

聂耳:"呵,田汉老师!我读过你的好多文章,还演过你写的戏,我叫聂耳!"

黎锦晖:"我们联华歌舞班的乐师!"

田汉:"好年轻嘛,多大了!"

聂耳:"20。"

田汉:"站在门口听的音乐会?"

聂耳点头。

田汉:"好嘛!黎老板,你真是慧眼识才哇!现在,像这样追求艺术的年轻人不多,不多!尤其是上海,充满……"

黎锦晖抢着说:"充满人欲和铜臭!……哈哈哈,田汉兄,你呀!"

田汉:"反正,我不搞你那个唯美主义。"

黎锦晖上车:"田兄,请吧!"

田汉:"黎老板先走,我想和这位演过我的戏的聂耳先生谈谈!"

田汉挥手,让那辆黄包车离开。

路灯下。

田汉扶着聂耳的肩,向远处走去。

聂耳的画外音:"春晖!你猜猜我今天认识了谁?是大剧作家田汉先生,我演过他写的戏——《咖啡馆之夜》。他搂着我的肩,几乎陪我在上海街头走了一夜。他说他一见我就知道这是真朋友。他问了我的一切,包括家庭、经历和恋爱,当然,我们谈得更多的,是侵占中国东三省的日本,我们都有预感,日本人的胃口不仅仅是东三省,他们想吃掉整个中国……"

一张张报纸的特写。

画外传来猛烈的枪炮声。

字幕:"1932年1月28日,日本帝国主义武装侵犯上海。"

资料:十九路军英勇抗击日寇和上海人民声援十九路军的情景。

字幕:"在上海及全国人民的支持下,十九路军英勇抗击来犯的日寇。"

排练厅。

"大家都想支援十九路军将士的心情,上峰是很理解的。"歌舞班的一个领班,正在讲话,"但是,我们是拿枪的战士吗?我们是能救死扶伤的医生护士吗?我们是能拿得出钱粮的巨富商贾吗?都不是!我们是唱歌跳舞拉琴绘景打灯的艺员!"

歌舞班的男女都东一团、西一伙地坐着或靠站在那里。

领班:"我们不仅不能拿物去支援别人,我们连开工资都困难了!因此,我宣布,全体人员,要抓紧排练,准备到南京、武汉、重庆、成都的演出,这是节目通知单。"

男演员:"这个时候离开上海,是不是临阵脱逃?"

众人冷笑。

又一女演员:"我们没有钱没有物,我们可以给前线将士唱歌跳舞,鼓舞士气!"

领班声色俱厉地说:"胡说!我现在宣布,拒不服从者,即刻除名!"

这句话,引起了公愤。

一演员:"我们找黎老板去!"

又一演员:"支援就炒鱿鱼?"

众人:"太不讲理了!"

……

正在闹闹哄哄时，黎锦晖出来，他在门口一站，众人都停住了。

黎锦晖慢慢走过来："很好嘛，大家有这股子劲，我很高兴！抗击侵华日寇是爱国行动，绝不开除，应该奖励！"

众演员鼓掌。

黎锦晖："武汉去不去？去！当然要去。武汉、南京、重庆、成都，我们都应该去，我还打算领大家到美国去演，不是临阵脱逃，而是国家和社会需要。大家知道，我黎锦晖是从来不管政治的，但是，我爱两条，一是爱艺术，二是爱国。演出，就是这两条的统一。我黎某绝对尊重大家高尚的爱国热情，刚才，我跟联华影业公司商量了一下，立即抽一些人参加战地放映队，到十九军抗战前线去！"

众人鼓掌，拥了上去。

总经理室门口。

聂耳敲门。

屋里传来"请进"的声音后，门开了。

聂耳："黎老板！"

聂耳进去。

室内。

黎锦晖坐在那里，望着聂耳。

聂耳："黎老板，战地摄影队为什么没有我？"

黎锦晖："是吗？你想去？"

聂耳："想。"

黎锦晖："那……好嘛，等下一批！"

聂耳："我想这一批去。"

黎锦晖点头，表示理解："其实，我当初也想到过你，可是，后来一想，王艺君想走，他一走，你就是第一小提琴手，我怕你去了，万一发生意外……"

聂耳："黎老板，你现在让我演奏《桃花江》《毛毛雨》，我恐怕不会安心……"

黎锦晖："呵？"

聂耳："软绵绵的，都是大腿歌舞，这和抗战的气氛对吗？"

黎锦晖厌恶地闭上眼，少顷后站起，面向窗思忖片刻后："聂耳，这个时候，我不希望就你的话题说什么。我对你说过,我激烈过,也冲动过,可那又能怎么样?"

他转过身来:"聂耳,你是很有才华的人,在艺术上很有前途,我寄希望于你!你以为我愿意从一个音乐家变成一个老板?我只是希望用我的牌子、用我的积累,让你们更好地从事艺术,真正属于艺术的艺术!你能理解吗?"

聂耳只是站在那里。

黎锦晖从桌上拿出两本刊物:"这有几本刊物,有几篇文章,你看一看。你这个年纪,你所处的地位,激烈,是很自然的,也能理解。可人世间的事,都是这样,激烈过后,总会冷静下来。从某种意义上讲,激烈只是破坏,不是创造,对吗?"

聂耳伸手去拿那两本刊物,发现旁边有一架照相机,灵机一动:"黎老板,照相机能借我用一用吗?照几张相,给母亲寄回去看看!"

黎锦晖:"好哇!"

屋中。

一上海市区图铺在床上。

聂耳将灯拉下,指着地图:"艺君,打仗的地方是这个区域吗?"

王艺君看地图:"对!"

聂耳:"这里是美国使馆区,你看,是不是紧挨日本使馆区?"

王艺君看图点头:"是呀,你要干什么?"

聂耳的手抓住照相机:"冒一次险!"

王艺君:"冒险?"

黄浦江畔。

美国使馆区,有两个美国兵站岗。

聂耳远远地走来,胸前挂着相机。

聂耳用英文:"嗨!我能从这里经过吗?"(中文字幕)

那两个美国兵对能说英语的小伙子感兴趣,其中一个说:"能,现在不是戒备时间。但不能超过防线,防线那边是日本人的管区。"(中文字幕)

聂耳:"我即将与我女朋友结婚,她特别崇拜你们美国,希望在结婚的新房里,有我在你们这里留影的照片。"(中文字幕)

那美国兵:"是吗?太可爱了!你的未婚妻也应该来留个影。"(中文字幕)

聂耳:"她正在忙于打扮自己!"(中文字幕)

美国兵:"嗨!那就更可爱了!"(中文字幕)
聂耳:"谢谢!那我就……"(中文字幕)
美国兵:"可以!不过,请你一定当心,日本兵不好惹!"(中文字幕)
聂耳:"谢谢!"

堤岸边。
聂耳快步向前走,发现那边有日本工事,拍照。
有几处被帆布遮住的东西,其中一处,露出炮口。
聂耳拍照。
远处,还停泊着日本舰只。
聂耳拍照。
渐渐地,他超过警戒线。
一辆荷枪实弹的日本摩托驶来。
聂耳拍照。
冷不防,那辆摩托在他面前停下,几个日本兵跳下车来,用枪指住他。
日本军官:"你在干什么?"(中文字幕)
聂耳:"拍风景照片!"(中文字幕)
日本军官:"你为什么拍我们的军事设施?"(中文字幕)
聂耳:"你们使馆还有军事设施吗?"(中文字幕)
日本军官见聂耳已退到警戒线外,恶狠狠地说:"你过来!"(中文字幕)
聂耳:"对不起,我已经回来了!"(中文字幕)
那两个美国兵过来了。
美国兵:"嗨,照片照好了吗?"(中文字幕)
聂耳:照了几张,能请你们帮我照张相吗?"(中文字幕)
美国兵:"乐于效劳!"(中文字幕)
聂耳把照相机交给美国兵:"背景是这里,对!"(中文字幕)
美国兵给他照相。

歌舞班宿舍外。
众人兴高采烈地将聂耳抬起。
一演员:"欢迎我们凯旋的英雄!"
王艺君:"这个家伙,昨晚说冒个险,就是冒这个险!"
另一演员:"我们把他抬上楼,到里面开庆功会,好不好!"

一片响应声，众人抬聂耳走。

聂耳急叫："当心照相机！里面可有揭露日军侵华野心的底片！"

路丽："我替你拿着，放心！"

路丽接过相机，抱在怀里。

字幕："聂耳把这一经历记录下来，写下了《一个冒险的摄影故事：一·二八的回忆》。不久，上海被日军攻占了。第二天，联华影业公司解散了联华歌舞班。

第五集

夜。

聂耳抱着小提琴从马路走来。

夜灯下，有几个妓女在拉他。

他逃脱妓女的纠缠。

字幕："在上海，聂耳参加了党领导的进步群众组织'反帝大同盟'，他已参加了多部电影的演奏和拍摄，成为'中国电影文化协会'骨干。"

大门外。

联华影业公司歌舞班的牌子被摘下，换上了"上海明月歌剧社"的牌子。

字幕："上海明月歌剧社的颓废歌舞，在武汉等地的演出连连遭到失败……"

演员宿舍，夜。

一个男演员正在做变钱游戏，从空中不断抓出一张张钱，几个喝了酒的演员瞪大眼睛望着他，他抓一张钱就叫一声："来钱！来钱！再来钱！六个月不发工资，我给你们发！"

一个已烂醉趴在桌上的演员，扬起手在空中摆动，嘟哝着："……他妈的……你和老板一样……都是骗子！"

演员宿舍，夜。

一个装疯卖傻的女演员叫："开留声机！"

另一个女演员将留声机打开了，是一首软绵绵的有挑逗性的乐曲。

那个女演员在乐曲声中进行挑逗性的表演，她脱掉外衣，又脱掉衬衣，仅剩胸罩。

几个女演员惊奇地望着她。

她的双手，抚摸大腿，停在腰带上，将腰带解开，一只腿一只腿地脱去外裤，仅剩一紧身内裤……

众女演员惊叫起来，一只手将留声机关掉了，制止了她的表演。

那个女演员："不许关！我还要演！看看这样演，老板发不发工资！赚不赚钱！"

她嘶吼着，眼里似有泪花。

琴房。

黎锦晖正在钢琴前演奏，如醉如痴。聂耳在一边记谱。

黎锦晖停住："记下没有？"

聂耳点头。

黎锦晖："下面这一段很重要，是第三位男声的。"

聂耳："黎老板，已经是一女二男的三角关系了，怎么又有一个男声！"

黎锦锦，"这场歌剧，有点诙谐滑稽，不仅三角，还让女主人处在四角、五角、六角的爱情漩涡之中……"

说着，黎锦晖又演奏起来，他回了一下头，发现聂耳并没有记谱。

黎锦晖："聂耳，为什么不记？"

聂耳放下笔，想说什么，黎锦晖一挥手，将他制止住："好，我知道你要说什么，现在，前方在抗战，后方有大批工人失业，农民面对人灾和人祸……对不对？"

聂耳点头。

黎锦晖用双手在键盘上一击："可我这是艺术，艺术！懂不懂？"

他痛苦地吼完，将头抬起，站起身来，走到桌边，端起了杯子："聂耳，你看，我杯子里装的什么？"

聂耳："茶叶水。"

黎锦晖："我过去是喝咖啡的，现在，喝国产茶叶了，你懂不懂？"

聂耳望着黎锦晖。

黎锦晖："我们的歌舞，在武汉等地演出失败，被观众喝倒彩，被军人拒绝……不光是你们痛苦着急，我也触动很大……我也突破了自己，这部《芭蕉叶上诗》，里面除了有伟大的恋爱，有精确的穿插、有美艳的歌舞，还有激烈的战争和伟大的爱国精神，未必你们还觉得不够？"

聂耳："我记了两个小时的曲谱，我的感觉至多……"

黎锦晖："至多什么？"

聂耳："你让我直说？"

黎锦晖："何止直说，你甚至可以写文章登报！"

聂耳："至多是穿靴戴帽，依然是香艳肉感，旧调不改！"

黎锦晖似乎被击一闷棍，惊愕地站在那里，少顷，他笑了。

黎锦晖："天真！聂耳……你太天真了！我们剧团改名换姓了，你不知道？大家得靠侯老板发钱，你不知道？你说，我该听你的，还是听侯老板他们的？"

这时，电话铃响了，黎锦晖过来接电话："喂，我是黎锦晖！呵，侯老板！是吗？决定了？太好了！什么？蔡楚生的本子不拍？我还没来得及读，为什么不拍？你认为下流？噢，嗯，嗯嗯，好，我马上告诉她！"

放下电话，黎锦晖得意地坐在靠椅上，望着聂耳。

聂耳也望了黎锦晖一下："蔡楚生的剧本，能不能借我读一读？"

黎锦晖点头，从抽屉里取出剧本，推到聂耳面前。

聂耳伸手拿剧本。

剧名：《都会的早晨》，导演：蔡楚生。

黎锦晖："我的作品，侯老板决定拍成有声有色的歌舞片。"他指聂耳记谱的那部作品。

聂耳不语。

黎锦晖："你……似乎该祝贺我。"

聂耳："我的母亲是傣族，傣家人从不愿讲违心的话。"

二人对视后心情不同地笑。

黎锦晖："噢，你通知路丽，半小时内，侯老板的车来接她，带上行李！"

聂耳警觉地问："侯老板想干什么？"

黎锦晖："他是路丽的干爹！"

房间。

王人美激动地质问："你什么时候认他做的干爹？"

王艺君和聂耳站在房中。

路丽坐在床上："三个月了，那天演出后，侯老板约我去大世界跳舞……"

王人美感到愤怒："哈哈……他先是赞扬你，说你舞姿好、歌喉好，上台就靓，纯情，有天分，简直是仙女下凡，是即将升起的大明星对不对？"

路丽摇头："他只是说我有潜力，有前途。"

王人美："这更高明！然后，然后就塞钱给你，对不对？"

路丽不语。

王人美："然后，就认你当女儿，就动手……"

路丽终于忍不住了："不是这样的！在舞场上，他不跟我跳舞，连指头都没碰我一下，一文钱也没给我！"

王人美："你是说这个侯老板很高尚？"

路丽："他只是说，我有可能成为一个很好的歌星、影星，他愿意尽力帮助我……我是一个孤儿，没有父亲！没有母亲！侯老板说那些话的时候，我感受到诚恳，感受到父爱……你们知道，我从来没有成功的机会，当时，我觉得连在阴间的父母都鼓励我，让我抓住这个机会……我主动地叫了他一声：'干爹！'"

王人美大惊："是你主动认的干爹？"

路丽点头。

这时，外面传来汽车喇叭声。

路丽触电似的站起，急匆匆地清理自己的衣物。

王人美："路丽，你这是搬到侯老板那里住？"

路丽边捡东西边点头。

王人美发疯似的上去制止："不！"

路丽："侯老板给我请了个国际著名歌唱家，专门辅导我。"

街头。

路灯下，聂耳和王艺君漫步街头。

聂耳的画外音："春晖，那天晚上，我和王艺君在上海的街头，几乎走了一夜。路丽走了，使我们的心都悬在那里。王艺君也要走，是去北平另谋出路，说实话，我也想走，可王艺君连到北平的路费都不够，我怎么能走呢？"

当铺。

聂耳走来，抚摸了一下自己心爱的小提琴，然后把琴递进柜台。

当铺老板戴上眼镜，仔细看了一下："嗯，德国造。给你这个数怎么样？"

看着当铺老板的手，聂耳点头："行，当期三个月。"

当铺老板摇头。

聂耳："那……至少也要两个月，不然，我弄不到赎琴的钱。"

当铺老板还是摇头："最多十天，这个年月，一块钱十天以后就不值钱了！"

聂耳犹豫了一下，将琴推进去。

屋内。

王艺君看着桌上的钱："聂子，你好几天只吃一餐饭，这是哪里来的钱？"

聂耳："天无绝人之路，这钱是哪里来的，你不要管了，反正，不是偷来的！"

王艺君打量聂耳的床位，发现放小提琴的地方，已被一条单子盖住，他走过去，将单子一拉，下面是一摞书，不是琴。

王艺君："聂子，你的小提琴呢？"

聂耳："琴……"

王艺君："老实告诉我，你是不是把小提琴卖了？"

聂耳不做声。

王艺群："你好糊涂！聂子，我们是搞音乐的，砸锅卖铁当裤子，也不能卖琴！"

聂耳："我看你去北京的钱不够，就把琴当了！我可以十天之内把琴赎回来的！"

王艺君："你这是自欺欺人，别说十天，半年你都弄不到这些钱！"

聂耳："我想过了，我可以卖血！"

王艺君大惊："你为了我，要卖血？"

聂耳点头，脱掉上衣："你看，这身体多壮！前些日子，我试了试，跑十几条街，气都是均匀的。那天，有个举碾子的，要单手举一百五十斤的碾子，我上去试了试，虽然没有举起来，可我硬把碾子提得离地一尺……"

王艺君被聂耳的真诚所感动，眼里流出了泪花。

火车站。

聂耳和王人美在焦急地等待着。

王人美："这个艺君，怎么还不来！"

聂耳："是不是去看路丽去了，他对路丽倒是满好的。"

王人美摇头："艺君对路丽好？我看，倒是路丽对你好！"

聂耳："王人美，这事你可别胡说？"

王人美："我胡说？……好好，算我胡说。我只问你一句，路丽搬到侯老板那里，谁最关心，谁最难过？"

聂耳被问住了。

站台的铃声响了。

王艺君提着小提琴和行李与蔡楚生一起跑来。

聂耳："哎呀！快点，车快开了！"

王艺君跑近："快，聂耳，给你带来个朋友！蔡楚生！"

聂耳惊喜："蔡楚生？大名鼎鼎的蔡导！"

年龄比聂耳大得多的蔡楚生，操着广东话："我来送艺君，艺君说有一个为他卖血的朋友正在骂我的剧本！"

聂耳："不是我骂，是侯老板骂，说你的剧本下流。"

蔡楚生："你也认为下流？"

聂耳："这要看怎么理解下流了，如果把描写社会下层生活的作品称为下流，我倒期望这种下流作品快快到来。"

蔡楚生感动地握住聂耳的手，聂耳"哎哟"地叫了一声，他的手被捏痛了。聂耳："楚生，你可不是书生出身啦！"

蔡楚生："广东渔民！"

二人哈哈大笑。

这时，又响起了铃声。

王人美："艺君，快，车要开了！"

王艺君将手中的小提琴递过来："聂子，我把你的宝贝小提琴赎回来了！"

聂耳大惊："真的，你哪里来的钱？"

王艺君："你想卖血，还不如我先卖血！"

聂耳："真的？"

王艺君笑："楚生借的！"

蔡楚生点头。

王艺君似乎还在等人。

聂耳走过去："艺君，上车吧！回头我去看路丽！"

街头。

黄昏，聂耳沿街走去。前面，是侯家别墅，有仆人守门。

聂耳对仆人说了两句，仆人让他稍等，进去通报。

华丽大厅。

路丽正在练声，一外国老女人为她弹奏钢琴。

外国老女人突然停住："不，不，路丽小组，这里的声音应该更委婉些，你听，是这样，这样！"

路丽听着，点头。她望了旁边一眼，那里坐着正在品咖啡的侯老板。
仆人进来，在侯老板耳边说了几句，侯老板点点头，仆人转身。
侯老板起身，向路丽点点头，往外走去。
他穿过走廊，进了花园，迎面，碰见了进来的聂耳。
侯老板："聂先生！"
聂耳："侯老板！"
侯老板："路丽小姐正在练唱，想看看吗？"
聂耳点头。
侯老板："她的外国老师要求很严，教学时间，是不许打扰的，你们就在窗外看……"
聂耳点头，随仆人从窗外往里看。
路丽正背着身子练声。
聂耳刚想叫，仆人用手势将聂耳从窗户处引开。
侯老板："聂先生，请！"
聂耳："侯老板？"
侯老板："我领你去看看路丽的卧室。"
聂耳随侯老板走。

门推开。
是一间女人的卧室，两张床。
侯老板给聂耳介绍："这是路丽的卧室，与她的老师同住一房。"

又推开一扇门。
是一间教室。
侯老板给聂耳介绍："这是路丽读书的地方，主要学习英语，还有西方音乐史，你看看课程表，从早到晚排得满满的！"

再推开一扇门。
四面墙都镶着镜子，还放着一台钢琴。
侯老板介绍："路丽的练功房，我也为她专门请了形体老师……"

花园曲径。
侯老板与聂耳从远处走来。

侯老板:"怎么样,看了这些……聂先生该放心了吧!"

聂耳:"我有一个疑问,不知道该不该讲。"

侯老板:"呵?请讲?"

聂耳:"侯老板,剧社那么多演员,你为什么单单对路丽这样关心?"

侯老板:"问得好!一方面,她最有才华,值得重点培养,还有嘛,她是我的干女儿,聂先生不知道?"

聂耳:"我想和路丽谈一谈。"

侯老板:"这件事,大概不行……呵,聂先生,路丽已经有一封信,给了黎老板,你是不是先看一看再说?"

黎锦晖办公室。

聂耳拿着信在看。

路丽的画外音:"……黎老板,我在侯老板这里生活得很愉快,也真正进入了音乐神圣的殿堂,说实话,我觉得我过去的幼稚很好笑。我将聚精会神地在这里学下去,请转告我的同伴们,让他们千万不要来看望我,我是不会见他们的……"

聂耳望着黎锦晖。

黎锦晖:"路丽长大了。她很欣赏我的那部《芭蕉叶上诗》,她说她过去……其实并不懂什么是真正的艺术。呵,聂耳,补发的薪水领了没有?那可是侯老板的关心!"

街上。

聂耳在雨中走着。

聂耳的画外音:"春晖,看了路丽的信,又听了黎老板的那一番话,我简直不敢相信,这个社会竟是这样黑暗、这样腐败!侯老板口口声声是教育,黎老板又口口声声讲艺术,我再也忍无可忍了!"

床上,夜。

聂耳躺在那里。

聂耳的画外音:"说到侯老板,那种政客和奸商的面目,不必多提。可是黎锦晖呢?他可是中国当代歌舞的鼻祖,他又在干什么?"

他突然从床上起来。

排演厅。
巨大的排演厅里，只有聂耳坐在灯下奋笔疾书。
文章的题目：《中国歌舞短论》。
他快速签上笔名：黑天使。

舞台一角。
几个演员正在读聂耳的文章。
聂耳的画外音："黎锦晖先生的作品，并非全是一塌糊涂……然而，我们所需的不是软豆腐，而是真刀真枪的硬功夫，否则，今后的歌舞，如果仍是为歌舞而歌舞，那么，根本莫想上艺术之途，再跑几十年也罢，还不是嘴里进，屁股里出！"

报亭。
一些人在争买刊有聂耳文章的《电影艺术》。
聂耳的画外音："香艳肉感……以及被麻醉的青年和儿童，这便是他几十年所谓歌舞的成就……"

房中。
黎锦晖在躺椅上读着聂耳的文章。
聂耳的画外音："……亲爱的创办歌舞的鼻祖哟，你不要以你有反封建的意识为满足！你要向那群众深入，在这里面，你将有新鲜的材料，创造出新鲜的艺术……"
黎锦晖猛地起身，将刊物扔在桌上，他伸手从桌上将烟缸拿起，误以为是茶杯，拿到嘴边才发现，当的一声扔在地上。
烟缸碎了。

剧场。
舞台监督在铃声响过之后，从幕布间拉开一个小缝，观看台下。
台下空落落的，不到十个观众。
一工作人员过来："监督，打不打铃？"
舞台监督："不打了，退票！"
一演员："又退票？都怪那个黑天使！"
另一演员："写文章反驳他！"

又一演员："这个黑天使究竟是谁？"

乐池。

乐队的人已收好了，纷纷离去。聂耳拎着小提琴刚要走，见黎锦晖站在门口。

黎锦晖："这是第几次退票了？"

聂耳："第三次。"

黎锦晖："早知道，我今天就不该来了！"

聂耳："可你……还是来了！"

黎锦晖似乎笑了一下："对，还是来了，呵，这部歌舞……当初，我是不是让你向我表示过祝贺？"

聂耳点头。

黎锦晖："你没祝贺，还说……是怎么说的？"

聂耳："我们家乡人……不讲假话。"

黎锦晖点头，沉思了一下："聂耳，你知道为什么我会问这段话吗？"

聂耳点头："其实，你不用问，我会告诉你的，我就是那篇文章的作者：黑天使。"

黎锦晖点头，又沉思了一下："你很坦荡，我也应该坦荡……"

聂耳："我知道，我应该辞职。"

说完，聂耳就走。

黎锦晖："聂耳！"

聂耳站住。

黎锦晖："……昨晚，我做了一个梦，有一个人，点燃了一片火，那火烧哇烧哇，好凶，成了火灾，结果，得大家来扑来救，救来救去，就是要救那个点火的人，你知道那个人是谁？"

聂耳："未必是我？"

黎锦晖摇头："我一看，那个人的鼻子，那个人的眼，还有脸……是我！"

聂耳惊："黎……先生！"

黎锦晖闭上眼，严厉地说："你走吧！"

剧社门外。

路灯下，聂耳提着箱子和小提琴，与王人美等人告别。

他抬头望去，二楼黎锦晖的窗口，布帘被拉开，露出黎锦晖的脸。

聂耳向上面招了招手，转身走了。
字幕："1932年8月初，上海明月歌剧社在报上发表启事，以劝其退社的名义，将聂耳正式除名。"

巍峨的长城。
雄伟的故宫。
字幕："1932年8月中旬，聂耳到达北平。"

四川云南会馆。
桌边，张天虚给聂耳介绍："陆迈，北平进步戏剧的活跃分子！"
聂耳与陆迈握手。
陆迈："你在上海的事，我们都很佩服。"
聂耳："说实话，写文章批评黎锦晖，我也是犹豫再三。"
陆迈："肯定对黎锦晖会有帮助。"
张天虚："来来，豆腐干、花生米，算是给老乡接风！"
三人举杯，喝了一口。
聂耳："天虚，你的《铁轮》写完没有？"
张天虚："已经在结尾了。"
陆迈："天虚写小说，真像发疯，整天面对稿纸大饼，要不是你来，他会见谁？"
三个人大笑，王艺君进来了。
王艺君："聂子！"
聂耳："艺君！"
两人紧紧拥抱。
聂耳："艺君，我的小提琴老师请到了没有？"
王艺君："当然请到了，洋鬼子，叫托诺夫！"

洋房厅堂。
托诺夫本注意聂耳拉琴，他示意聂耳停下："聂先生，你的基本功不错，特别是你的左手。"
王艺君："你是说同意录取他了？"
托诺夫做了个OK的手势。
聂耳很兴奋。

王艺君："托诺夫先生，我想说明一下，聂耳刚到北平，工作还没有找到，学费能不能减免……"

托诺夫："不，不行。学生交学费，是对我的认可；如果不交，我算什么？请原谅，这是我们西方的标准。"

聂耳："我能理解。"

屋内。

聂耳忘情地拉着小提琴。

忽然，他感到一阵昏眩，忙靠在墙上。

门外有人："开饭啰！食堂开饭了！"

聂耳似乎镇定了，看看桌上的空饭盒，咽了几口口水，又拉起了小提琴。

门被撞开了，张天虚端着饭从外面进来："聂子，快，趁热吃！"

聂耳："我吃过了！"

张天虚："你的眼睛比嘴巴诚实。"

聂耳："你这个作家的眼睛，太厉害了！"

二人哈哈大笑，突然，聂耳捂住肚子。

张天虚："你怎么啦？"

聂耳："今天早晨起来肚子就隐隐作痛。"

张天虚扶聂耳坐下："要不要看医生？"

聂耳："可能是水土不服，过几天会好的……"

他话音未落，就地吐出口口清水。

医院门口。

张天虚扶着聂耳出来，张天虚手上拿着药。

张天虚："还水土不服！上吐下泻，差点脱水了！"

聂耳："没事，我身体底子好……哎哟，我今天还要去上小提琴课！"

张天虚："都病成这样，还拉琴？"

聂耳："不行，我非去不可！"

洋房厅堂。

聂耳汗流满面地拉。

托诺夫伸手制止："……你怎么会拉这种不该有的音？"

聂耳点头，欲继续拉。

托诺夫："聂先生，你脸色苍白，看上去很虚弱，是怎么回事？"
张天虚："他病了！"
聂耳倒在地。

医院病房。
聂耳正在吊点滴，他已昏睡。
张天虚对医生说："医生，病人的住院费，能不能缓交？"
医生摇头。
张天虚脱下自己的手表，欲交给医生，被托诺夫制止了。托诺夫看了看治疗账目，掏钱代交了。
托诺夫见医生走了，到床边，关切地问："他还没找到工作？"
张天虚摇头。
托诺夫："他是我最好的学生，病了，住院，钱我可以代付，但是，学费仍然一分钱不能少，这是我教学的身价。"
张天虚点头。

屋内。
张天虚正在埋头写作，王艺君带两个人进来。
王艺君："大作家，在忙？"
张天虚："呵，艺君！"
王艺君："这是几个搞音乐的朋友。"
张天虚："请坐！"
王艺君："《铁轮》快写完了吧？"
张天虚："完了，再回头看一遍。"
王艺君："聂耳呢？"
张天虚："哎呀，你看，他病了我都忘了通知你！他在住院！"
王艺君："哎呀，快带我们去看看！"
这时，聂耳出现在门口："不用，我回来了！"
张天虚："你才住两天，怎么就出来了？"
聂耳："不吐不拉，能走能动，不出来干什么？刚才在门口，听说你们找我？"
王艺君他们没说什么。
聂耳："有事，就快说，不然，我去练琴了！"

王艺君等人："……别，你坐下，也让大作家参加，看看我们筹备的一个方案！"

说着，将几张写好的方案递到聂耳面前。

聂耳："关于筹建北平左翼音乐家联盟的方案？好！太好了！"

聂耳认真地阅读起来，不时拿起笔划掉些什么，又加上些什么。

字幕："1932年10月，聂耳参加了北平左翼音乐家联盟的建立和演出活动，并任执委。"

云南会馆门前。

看门老头叫住他："聂耳，你是不是还有名字叫聂守信，嗯，聂紫艺？"

聂耳点头。

老头："给，两封你的信！一个人怎么叫三个名字！"

房中。

聂耳躺在床上看信。

春晖的画外音："守信，我已经好久没给你写信了，不是我不愿写，而是感到无从下笔，我们已经分别两年多了，我时时刻刻都在想着你，我知道，你是无法回昆明了，而我也要照顾母亲，离不开昆明，我们这样下去，算什么事呢？昨天，妈妈又和我吵了一夜，一定要我嫁人，她老人家都急昏了，我不得不流着泪点头同意……"

聂耳大惊，从床上坐起。

窗前。

聂耳在读信。

春晖的画外音："紫艺，半个月前，我已经结婚了，我已经永远失去爱你和得到你爱的机会了，你忘了我吧，永远忘掉我吧！……"

聂耳瘫软地扶住窗门。

他的眼中流出泪水。

这时，张天虚高兴地进来："聂子！告诉你一个好消息，我的《铁轮》要出版了！"

张天虚见聂耳没反应，将聂耳扳过身来，发现聂耳眼里挂着泪："怎么，你哭了？"

聂耳把头埋在张天虚的肩上，剧烈地抽泣起来："天虚……春晖和别人结婚了！"

　　张天虚："真的？"

　　聂耳连连点头："天虚，你……还有稿费吧，我想……喝酒！"他抱起了小提琴。

　　小酒馆。

　　聂耳已经喝醉，张天虚不让他再喝。

　　聂耳："你……不让我喝？我父亲……母亲……从来就不让我喝，我偏要……喝！酒……是个好东……西！好东西！喝了就把一切……忘了！忘了！哈……哈！呃……怎么，我就忘不了她……她……春晖？呵，我知道，她……她是要听我拉……琴！"

　　他歪歪倒倒地拿起小提琴，流着泪水拉起了悲惨的乐曲。

　　乐曲中，聂耳被张天虚扶上床。他已烂醉如泥。

　　乐曲中，聂耳正在写信。

　　聂耳的画外音："春晖，你的两封信我已收到，说实话，我哭了，也第一次喝酒并且喝醉了，我不敢相信这是事实，但我已经能勇敢面对这个事实了。我祝福你，春晖……"

　　这时，陆迈和张天虚进来了。

　　陆迈："聂子，在写信？"

　　聂耳点头。

　　张天虚："给谁写？"

　　聂耳："春晖。"

　　张天虚："你还给她写信？"

　　聂耳："她虽然跟别人结婚了，但是她是坦诚的，我应该坦诚。"

　　陆迈："作家，这也是一部很美的小说题材，对不对？"

　　张天虚："充满坦诚和无奈的爱情悲剧。"

　　聂耳将信装进信封，深深叹了一口气："好了，一切全部过去了！"

　　张天虚："一切？不对，包括爱情在内，一切都将重新开始。"

　　陆迈："明天，清华园有几个剧目要演出，有《血衣》《九一八》《炸弹》和《战友》，大家欢迎你去演奏一曲！"

　　聂耳点头："好哇！"

清华园礼堂。

学生们济济一堂或坐或站,观看着舞台上的演出。

忽然,门口一阵动,冲进一群军警。

为首的警官走上舞台,站在中央,举起手枪:"本人奉命宣布,你们的演出被禁止了!谁要是违抗命令,就以扰乱治安罪处置!"

台上台下的人由惊异转为愤怒,一时抗议声四起。

陆迈从幕后走了过去:"我们的演出,是得到校方的同意的,大家以'抗日救国'为主题,是义演,你们凭什么禁止?"

台下一片响应声。

坐在台下的聂耳夹着小提琴上台:"同学们,我为大家演奏一曲《国际歌》!"

他情绪激昂地演奏起来。

台下渐渐响起了国际歌声。

字幕:"1982年11月初,在北京失业的聂耳接到上海联华影业公司的通知,离开北京,回到上海。"

第六集

摄影棚。

演职员们正在做开拍前的准备。

导演:"注意,亮灯!"

灯亮了。

导演:"打板!"

聂耳拿着场次板,走到镜前打板。

导演:"OK!"

灯光熄灭。

现场此时嘈杂起来。

导演:"要这一条!"

聂耳点头,埋头于场记工作。

字幕:"1982年11月,由于金焰的疏通,在孙瑜、卜万苍等人的帮助下,聂耳进入上海联华影业公司一厂,先后担任场记、剧务、服装等工作。"

里弄。

聂耳走了过来,进了一家旧楼。

宅内。

聂耳走过天井,上楼梯,到二楼的一间房门口,正要敲门,见门上有一字条:"因事外出,来客留言。田汉。"

门上,吊着一支铅笔。聂耳拿起铅笔,刚要留字,门开了,田汉出现在门内。

聂耳:"你在家?"

田汉:"田汉在家!"

聂耳:"那你挂这张条子——"

田汉笑:"改了一夜剧本,刚想闭门谢客,安安静静睡一夜,就听到咚咚咚咚的脚步声,知道是你!"

聂耳:"那我现在就走……"

田汉:"你走?那我就更惨了,睡也睡不着,剧本也改不了!"

聂耳哈哈大笑进门,田汉要顺手撕门上纸条,聂耳制止:"别撕!继续关门谢客!"

田汉:"为什么?"

聂耳:"我也是一夜没睡!"

田汉关门后:"那好,我们先睡后聊!"

聂耳先往长沙发上一躺:"我们一言为定,不许讲话,睡!"

田汉:"好,一个小时之内,谁要是讲话,就要用毛笔在头上画,讲一句勾一笔!"

聂耳:"现在开始,一、二、三……睡!"

田汉也在床上躺下。

聂耳闭上了眼。

田汉闭上了眼。

一会儿,田汉睁开眼:"呃,你不盖会着凉的!"

聂耳跃起:"你犯规了,我来画!"

田汉拒绝:"不算不算,我是让你盖单子!"

聂耳:"不行,说什么都是犯规!"

说着,摁住田汉,在额头上画了黑黑的一笔,抱着薄巾,到沙发上躺下,用手势告诉田汉,要闭嘴,睡。

田汉无可奈何地躺下。

田汉闭了一会儿眼,又张开,看聂耳,发现聂耳并没有给自己盖单子,又坐起:"你怎么不盖?"

聂耳又跃起,哈哈大笑,去拿笔墨,要给田汉画额头。

田汉求饶:"算了算了!我看,我们俩是绝对睡不着的!不睡了!"

聂耳:"好哇!那再立一条规矩,谁要是先说睡,就画谁的额头!"

田汉无奈,只得点头,走到桌边:"聂子,记不记得我两年前构思的剧本《母性之光》?"

聂耳:"是不是抓住两代人的爱情纠葛,写他们的悲欢离合,揭露社会的?"

田汉:"对,全剧落脚点在大家不要互相怨恨,要齐心协力去打倒旧制度那个大魔王,但这一点,我不敢明写,想用音乐来表现。"

聂耳:"用音乐?"

田汉点头:"音乐易于接受,感染力强,我填了一首词,题名叫《开矿歌》!"

聂耳走过去,接过词,念:

开矿呀,开矿,
开出来的黄金黄。
我们在流汗,
人家在兜风凉,
我们在饿肚皮,
人家在厌高粱;
我们终年看不见太阳,
人家还嫌水银灯不够亮……
开矿呀,开矿,
开出来的黄金黄。
我们大家的心,
要像一道板墙;
我们大家的手,
要像百炼的钢。
我们造出来的幸福,
我们大家来享!
哐噹,哐噹。

聂耳:"太好了!"

田汉："这部片子，我想让卜万苍来做导演，让影帝金焰主演，让你作曲！"

聂耳："我？电影歌曲我可还没作过曲！"

田汉："你给我额头涂过墨？"

二人哈哈大笑。

这时，窗外传来了卖报的叫卖声。

田汉在窗口："买报！"

说完，要转身出门，被聂耳拦住了："你看看你的额头，能出去？"

巷子里。

小女报童："卖报啰！卖报啰！《申报》！《时报》！今天的新闻真正好！"

聂耳出来不禁被小女孩圆润的叫卖声吸引了，从口袋里掏出钱，站在那里。

小女报童："先生，你要买报？"

聂耳点头："《申报》《时报》，一样一份！"

小女报童送过报纸，收了钱，往前走去，边走边叫卖着。

聂耳站在那里，被叫卖声吸引，似乎有一种旋律在他心中泛起。

一只女人的手，拍了拍他的肩，他一转身，看见一张妓女的笑脸。

聂耳一惊："是你？"

妓女认出了他，慌张地掉头疾走。

聂耳思忖了一下，向楼上窗口的田汉示意，将报纸放在门口，追妓女。

终于，他跑到妓女的前面，将妓女挡住。

聂耳边退边说："我认识你！"

妓女："我不认识你！"

聂耳："你认识我！"

妓女："我不认识你！"

聂耳："你叫黄春蓉！"

妓女："我叫什么？告诉你，我叫翠花！"

聂耳摇头："我叫聂耳！"

妓女："我管你捏耳抓耳的！"

聂耳："过去，我叫聂守信！"

黄春蓉停住了，镇定下来："你想干什么？你拦住我，是想上床还是想跳舞？"

聂耳摇头："我刚到上海的时候，我不想见你，也不想认你，可是，你现在这个样子，我想见你认你了！"

黄春蓉："你胡说什么呀，让开！"

聂耳："你别装，刚才，你拉我，把我当了客，后来，你为什么跑？你能说你不认识我？"

黄春蓉大叫："我就是不认识你，不认识，不认识，就是不认识你！"

等黄春蓉叫完，聂耳有力地说："你认识！你是袁春晖的好友，我从云南到上海的那天，我去德租界找过你！后来，你给我找过工作，还把希特勒《我的奋斗》塞给我！那时候，你趾高气扬，穿金戴银，小车出小车进，靠的是那个德国人容克！"

黄春蓉的心被刺疼，终于瘫倒在地。

陋屋。

黄春蓉声泪俱下："……容克欺骗我，说他没有结婚……半年前，他的妻子带着两个儿子来了，把我……赶出来，我无家可归，找熟人……都说我是法西斯……没人肯帮……我，我就沦落……街头，想……赚笔……钱，回云……南。"

聂耳望着窗外，愤怒不已。

电影《除夕》摄影棚。

大家都在忙碌着。

王人美和另一女演员要演投江前的戏，都披着上衣。

导演："大家注意了，亮灯！预备！"

聂耳从王人美和另一女演员手中接过取下的上衣。

导演："开拍！"

王人美和另一女演员从夜灯下走来，但她们进不了戏。

导演："停！"

摄影及各部门都停下了。

导演："你们的感情不对！今天是除夕之夜，你们两人已经无家可归、无路可走，一起约定，去投江自杀，你们想想，这个时候，应该是一种什么情感？"

女演员："导演，我总是进入不了！"

导演："主要是你！王人美也不大好！你给他们讲讲！"

副导演点头，拉王人美两人在一边："这个时候的情感，是两个字：绝望，绝望，你们体会过吗？"

王人美等望着他。

聂耳站在边上。

副导演："绝望，就是觉得人生也好，这个世界也好，都没有任何希望了！都绝了！理解了没有？"

那个女演员："这我知道，可不知为什么就进不去。"

副导演边讲边比划："这就要设计了，比如这样，呵，这个步子是这样……这样……呵，不对，比如这样……"

那个女演员反而要笑。

导演火了："周璇，你去！"

周璇点头过来："我讲个故事，是真事。有个从东北流亡上海的姑娘，叫小云，小云有个表哥在上海，小云是来找表哥的，这个表哥是小云人世间唯一的亲人，小云到了上海，又不知表哥的地址，哪里去找呢？东问不知道，西问不知道，最后，问到一个穿西装的男人，那男人说，我知道我知道，你表哥现在是有头有脸的人，你不能这样破衣烂衫地见，于是，安排小云吃饭穿衣，打扮好了，送小云到了一个院子里，交给一个中年女人，就走了。其实，就是把小云卖给了妓院，那个中年女人就是鸨母。小云等呀等呀，等了一天一夜，也不见表哥的面，就去问鸨母，鸨母说，好哇，我马上找你表哥来！一招手，从屋外进来个大胖子，上来就抱小云，扯小云的衣服！这一下，小云明白了，死活不干，鸨母就打她骂她逼她，在喝的水中，放了安眠药，让四个男人奸污了她。当小云从昏迷中苏醒时，她惊奇地发现，最后奸污她的人，竟是她的表哥……"

讲到这里，周璇的声音开始颤抖。

聂耳的眼里噙着泪花。小红乞讨、黄春蓉哭泣的情景从他脑海里闪过。

他从一边拿起小提琴，如泣如诉而又沉重地演奏起来。

王人美和那个女演员渐渐被打动，悲痛之情油然而生，进入了角色。

导演惊喜地用手势示意拍摄。

摄影机镜头在悲愤的琴声中缓缓移动。

王人美与那个女演员走到江堤边，抱头痛哭，而后，双双投江而去。

现场的人均十分高兴。

导演示意大家不要吵闹，做了个 OK 手势，让大家听音乐。

聂耳的琴声依旧。

他的脸上泪水不断。

摄影棚一角。

王人美："聂子，今天多亏了你，我真该好好谢谢你！"

聂耳微微一笑："你平日演戏从不这样，怎么回事？"

王人美:"听说今天夏公要来。"

聂耳:"夏公?谁是夏公?"

王人美一面卸妆一面说:"嗨,夏公还不知道?就是夏衍先生!"

聂耳惊喜:"真的?夏衍先生要来?"

他的话音刚落,身后就传来了夏衍的笑声。(夏衍当时33岁)

王人美:"夏公!他是聂耳!"

夏衍热情地与聂耳握手:"久仰大名!"

聂耳:"夏公,你好!"

夏衍:"听说,刚才人美的好戏是靠聂子的琴声?呀,错过了错过了!"

聂耳谦逊地摇头。

王人美:"我听那琴声我想哭!"

夏衍:"听说你们当初有个朋友叫路丽?"

聂耳和王人美点头。

夏衍叹了一口气:"她已被姓侯的包了!"

歌舞厅。

聂耳和王人美坐在桌边,不动声色地观察厅内的情况。

这是一间高档歌舞厅,是当年上海有头有脸的人物聚集的地方。

侯老板从侧面进入舞台,引出一阵掌声。

侯老板:"谢谢诸位小姐太太先生少爷!诸位光临,我侯某不胜感激,也不胜荣光!在上海滩,如果没有各位庇护,哪有我侯某乘凉的地方?正因为如此,我决定举办这次盛大的歌舞游艺大会!"

台下,又响起了一片掌声。

侯老板:"同时,我也借此机会,从上海滩开始,向全国推出一名被国际著名声乐家精心培养的歌坛新秀——路丽小姐!"

路丽衣着华丽而又暴露地从侧幕上台,走到台中央,向鼓掌尖叫欢呼的人们致礼。

侯老板:"不错,我们的社会有贫富悬殊,日本人也对我们有不礼的行为,我们应该怎么办呢?侯某以为,国家大计,不用普通老百姓操心,我们应该以平静的心去建设平静的社会。这是我多年拿钱养艺的目的!"

又是一阵狂叫鼓掌。

侯老板:"修身养性,离不开艺术!等一会儿,大家听了路丽小姐的歌,就会体会到,音乐是上层人的职业,同样,电影是给眼睛吃冰淇淋的,是给心灵坐的沙发！"

侯老板兴高采烈地请路丽献歌。鼓乐声响起，路丽唱起了靡靡之音。

聂耳怒不可遏，站起。

台上的路丽看见了聂耳，一惊，歌声中断了。

侯老板惊愕，全场愕然。

聂耳与王人美愤怒离去。

侯老板追出。

歌舞厅门口。

聂耳与王人美出，被赶来的侯老板叫住。

侯老板："聂先生！请留步！"

聂耳站住。

侯老板："既然二位光临了，为什么不听完歌？"

聂耳："这是上层人的享受，我们有些恶心！"

侯老板笑了："那何不等路丽小姐唱完，见见呢？"

聂耳："你不是不让我们见面吗？"

侯老板："那是当初……现在，路丽小姐出道了，岂有限制自由之理？呵，要不这样，这是我的名片，二位什么时候来，我侯某一定恭候、欢迎！"

街道。

在一盏盏路灯下，聂耳与王人美的步履沉重。

街道。

又是一男一女的脚步，镜头摇起，是聂耳与黄春蓉，黄春蓉已衣着朴素，拎着一包行李，聂耳为她送行。

又是一小孩在卖报："卖报！卖报！《晨报》《中华日报》……"

聂耳沉浸在卖报声中。

黄春蓉："聂先生！"

聂耳仍沉浸在卖报的节奏中。

黄春蓉："聂先生！"

聂耳："噢，有事？"

黄春蓉："我回到昆明，有什么事叫我做？"

聂耳："代我看看我妈妈，还有两个哥哥，报一声平安！"

黄春蓉：“这你说过两次了，我是说对春晖，有没有什么话？”
聂耳：“你代我祝她婚姻美满，家庭幸福……”
黄春蓉：“还有呢？”
聂耳：“还有什么？”
黄春蓉：“春晖结婚后，给我的信中，总是少不了一句话，她天天都在想念你！”
聂耳感动不已，但没说话。
这时，另一个报童在叫卖报纸。
聂耳听了一会儿，灵感顿生："春蓉，你回昆明，给春晖带去一支歌，她最喜欢音乐，最喜我拉琴唱歌！"
说着，他唱起了即兴而起的《卖报歌》："啦啦啦，啦啦啦，我是卖报的小行家……"

亭子间。
聂耳一边在五线谱上谱曲，一边唱："我是卖报的小行家，不等天明去卖报，一面走，一面叫，今天的新闻真正好，七个铜板就买两份报！"

街道。
一个报童边跑边唱："啦啦啦，啦啦啦，我是卖报的小行家！"

教室
一个教师在指挥学生们唱歌："大风大雨里满街跑，走不好，滑一跤，满身的泥水惹人笑……"

码头上。
一个报童边走边唱："耐饥耐寒满街跑，吃不好，睡不好，痛苦的生活向谁告……"
不少过往人被吸引，有的在听，有的掏钱买报。
聂耳微笑地观察着。
站在他身后的田汉笑："才几天，整个上海都响起了你的卖报歌声！"
聂耳转身："田汉兄！"
田汉："《开矿歌》写好了没有？"
聂耳："逼债？"

田汉:"何止逼债?"

聂耳:"呵?"

田汉:"还要拉你演戏!"

聂耳:"演戏?"

田汉:"《母性之光》中差一个演黑人矿工的角色,你既是《开矿歌》的作曲,就自演自唱,岂不更好!"

外景地。

电影《母性之光》拍摄现场。

聂耳正在被化妆师化妆。

《开矿歌》的歌声渐起。

聂耳脱下衣服,将上身涂黑。

扮演小姐的王人美站在一边。

《开矿歌》的歌声继续。

聂耳已将腿涂黑,走向表演区。

聂耳背着沉重的矿石,从洞里爬出,精疲力竭、痛苦不堪……

《开矿歌》在继续。

字幕:"1933年初,聂耳加入了中国共产党。前后,他创作了《打桩歌》《饥寒交迫歌》等歌曲,还写了《金蛇狂舞》《翠湖春晓》等乐曲,由于他领导同人会与厂方作斗争,厂方以聂耳生病为由,于1934年将他辞退。"

医院走道。

王人美拎着一些水果匆匆走来,她身后还有几个演员。

王人美突然停住。

一演员:"站着干什么?"

王人美:"前面有股臭味。"

演员:"什么臭味?"

王人美向前面示意,路丽在前面,手中捧着一束花。

一演员:"红歌星路丽。"

王人美点头。

一演员:"她也去看聂耳?"

病房内。

衣着华丽的路丽将花和几盘唱碟放在聂耳床头，静静地站在床边，
聂耳在睡。

路丽从小提包中掏出烟，打火机啪的一声，将聂耳惊醒了。

聂耳眼前现实的路丽和当年的路丽在他眼中交错，渐渐地，他看清了，是衣着华丽的路丽。

聂耳："把烟灭了！"

路丽笑，将烟扔在地上，用脚一踩。

聂耳："把烟捡起来……扔出去！"

路丽从提包中抽出一张纸，将地上的烟头用纸包起。

路丽："聂子，你烦我？"

聂耳想了想，摇头。

路丽高兴地说："这是我送给你的花，你喜不喜欢？"

聂耳看看花，点头。

路丽："这里还有我出的几张唱碟。"

聂耳的眉头皱了起来。

路丽："都是侯先生作的词！"

聂耳："你拿走！"

路丽稍加停顿："我知道，你会让我拿走的！"

聂耳不语。

路丽："可这毕竟是我的歌，我知道，你喜欢听我唱歌！我现在唱的歌，没有不是侯先生作词的！"

聂耳："那你就心甘情愿这样？"

路丽："我已经……过惯了，再也不可能回到以前，或者像你们……一样了！噢，聂子，能允许我抽一支烟吗？过一会儿不抽，我就难受。"

见聂耳没反对，路丽点燃烟，猛抽了两口："从当初……到现在，我像做了一场梦，从纯情的梦到可怕的梦……聂子，我已经不可能回头了，一切……都是姓侯的了！"

她伸出一只手，将聂耳的手抓住。

聂耳的眼角，流出一滴泪。

路丽："那天，你和人美去听我的歌，我是没有想到的，我又惊奇，又高兴……站在台上，调也忘了，旋律也忘了……我以为你们会为我鼓掌，会跑上台来的，可是你……没有，目光中充满鄙视……"

聂耳闭上眼。

路丽："昨天，侯先生告诉我，你病了，被一厂辞退了，他让我来看看你，他甚至还要我告诉你，他愿意与你合作，他作词，你作曲，我演唱……"
聂耳惊奇地睁开眼。
路丽："你不愿意？"
聂耳摇头。
路丽："那你的意思——"
聂耳："你从侯家走出来。"
路丽无奈地摇头。
这时，王人美他们已站在路丽身后，王人美："大歌星，病人太累了！"
路丽望着王人美紧绷着的脸："好，你们都不欢迎我，我走！"
王人美："请你把这也带上。"
路丽把唱片拿在手里。
王人美："这是老板们眼里和耳畔的冰淇淋！"
聂耳："不，唱片留下！"
众人吃惊。

病房内。
田汉一张张看着那叠唱片。
田汉："上海滩，真是一个大染缸！你留下这堆片子是对的，可以研究它，还可以以这理由，去见路丽，做路丽的工作。"
聂耳："说实话，见了路丽比不见路丽更痛苦！"
田汉点头："呵，聂子，有个好消息告诉你，你病好出院后，就可以到英国人办的百代唱片公司上班了！"
聂耳："这些唱片就是百代出的！"
田汉笑："销不动了，英国人很喜欢你的《金蛇狂舞》，说肯定好销！要知道，当局对什么单位都严管，就是不敢管洋人办的公司，你去，不是最好么？"

百代公司录音厅。
聂耳正在指挥乐队录制《金蛇狂舞》。
英国佬满意的神情。

办公室。
英国佬热情地说："聂先生，请坐！香槟还是咖啡？"

聂耳："谢谢，不用。"
英国佬："你的英语很好。"
聂耳："是吗？"
两人笑。
英国佬坐到自己的位置上："刚才那部《金蛇狂舞》是你的作品？"
聂耳："取材于中华民族的传统音乐。"
英国佬："一种精巧的欢快和奔放。"
聂耳点头："中华民族有崇拜龙的传统，龙蛇同一，这是一种文化，曲子所表达的是一种冲破任何束缚的勇敢、坚毅以及浓郁的东方境界。"
英国佬："听说，你还有一首叫什么名字的乐曲？"
聂耳："《翠湖春晓》。"
英国佬："一定很美啰？"
聂耳："当然，抒情的……"
英国佬："祝贺你，聂先生！我决定聘用你为录制部主任，嗯，试用期三个月，你如果觉得不满意，或者我觉得不满意，我们都可以这样………嗯？"
他做了个分手的姿势。
聂耳点头："可以。"
英国佬："那我们就签约？呵，我想顺便讲一句，本公司只讲盈利，对中国的政治不感兴趣，明白吗？"

小饭馆。
田汉、夏衍和聂耳走进饭店坐下。
聂耳："我有工作了，今天我请客！"
田汉："那怎么行！"
夏衍笑："聂子，你别争，谁不知道田老大请客是出了名的？只要他口袋里掏得出钱，他就绝对要请，你尽管吃吧，不吃白不吃！"
田汉："请朋友吃饭聊天，这叫享受！"
三人笑。
夏衍："聂子，听说你在唱片公司干得不错？"
田汉："这小子贼精，一边录民乐对付英国老板，一边出一些很有分量的唱片。"
夏衍："好，这也是一块值得利用的阵地，和吃饭一样，也叫不用白不用！"
几碟菜上来了，酒也来了。

田汉："来，边吃边谈。聂子，最近又创作了什么曲子？"

聂耳："为电影《桃李劫》写了一首插曲，叫《毕业歌》"

夏衍："能不能给我们唱几句？"

田汉赶紧把酒杯递给聂耳："先喝口酒，润润嗓子。"

聂耳端起酒杯："说实话，写了这些歌，我突然觉得还有个什么东西没表现出来。"

夏衍："呵？"

田汉："我也是一样，搞创作是这样，先喝，再唱！"

聂耳将酒一饮而尽，轻轻地哼了起来："同学们，大家起来，担负起天下的兴亡！听吧！满耳是大众的嗟伤，看吧，一年年国土的沦丧……"

田汉和夏衍也各自打起节拍。

校园。

一个个窗口传出《毕业歌》的歌声。

歌声中，一队队学生迈着整齐的步伐在操场上行进！

歌声中，八路军将士在冲锋陷阵！

歌声中，一张张新唱片装进盒中……

客厅内。

一盒唱片递了过来。

侯老板望着英国佬："这是阁下公司出品的吧？"

英国佬点头。

侯老板："据我所知，阁下在华办唱片公司的宗旨，是不过问中国政治的。"

英国佬："这首《毕业歌》我听过了，是号召中国人爱国的，并不是国共之争。"

侯老板："表面上不是。可是不知阁下注意没有，聂耳写的《打桩歌》《开矿歌》，还有《饥寒交迫歌》，都串起来，是不是在张扬阶级斗争？这是不是政治？"

英国佬不语。

侯老板："我知道，像聂耳这样的人才，阁下很喜爱，我又何尝不喜爱，只是……"

英国佬："我要想想。"

侯老板："我不会给阁下出难题，这个聂耳，当初在我们公司干过，我们很熟，我也找他一次，然后再定，好吗？"

侯府。
侯老板热情地迎进聂耳，寒暄着，示意手下人打开厅边的一间侧房，里面全是买的一箱箱唱片。
侯老板："聂先生，没想到吧，我侯某是你的作品的最大爱好者和收藏者！"
聂耳大惊。
侯老板："聂先生，请！"
聂耳转身，看见路丽已站在客厅里。
路丽："聂子！"
侯老板忙着给聂耳看座，聂耳仍站着。
侯老板："不坐也好，那我们站着谈谈……听说，路丽向你转达了我的请求？"
聂耳："什么请求？"
侯老板："我们三人：词、曲、唱，通力合作！"
聂耳笑："上界人与下界人能合作？"
侯老板："不然，聂先生恐怕就……"
聂耳："怎么样？"
侯老板："又会失业……"

唱片公司经理室。
英国佬："聂先生，你知道我为什么找你来？"
聂耳："是不是当局要你解雇我？"
英国佬："你很聪明。但是，我还不想这样办。我虽然血管里流的是贵族的血液，但骨子里却是一个商人的灵魂。商人的本性是尊重人才的。我很欣赏你，我愿给你一个机会。"

录音室。
聂耳站在录音师背后。
录音师正在操作。
里间里，一个妖艳的女歌星正在唱："那一夜，你也累，我也累……"
聂耳忍不住："停！"
录音师将机一关，开关一摁。

一个显示"停"字的灯亮了。
乐队停下来，女歌星也停下来，都茫然地看着聂耳。
聂耳："这样的歌也要灌唱片？"
录音师："这是老板定的。"
聂耳："我是录制部主任，听我的，不录了！"
英国佬板着脸站在门口："不，继续录！"
聂耳愤然地将袖套取下："我辞职！"
他向门外走去。

百代唱片公司门口。
张天虚拎着行李，站在门口。
聂耳从里面出来。
张天虚："聂子！"
聂耳："天虚，你怎么来上海了？"
张天虚："说来话长，晚上聊！"
聂耳："为什么要晚上？走，现在就去我那里！"
张天虚："你不上班了？"
聂耳："辞职了！"
张天虚："为什么辞职？"
聂耳："我这也叫说来话长！"
二人笑，聂耳接过张天虚手上的包，一转身，发现人群中有一个熟悉的身影，他赶过去。
聂耳："黄春蓉！"
黄春蓉掉头，发现聂耳，跟聂耳说了几句话，突然钻进人群，跑了。
聂耳碍于张天虚，没有追。

第七集

亭子间。
张天虚："北平形势不好，很多人最近都来了上海。我准备东渡日本，想转道苏联。"
聂耳："到苏联？太好了！"

张天虚:"还没有定,先到日本再说,对了,有一件礼品送给你。"

张天虚取出书,聂耳接过:"《铁轮》!出版了!"

张天虚在扉页上签字:"哎,聂子,刚才那个女的是昆明人?"

聂耳:"袁春晖的好友。早就到上海了,跟法国总领事馆的法西斯同居,被遗弃了,我借了些钱,送她回昆明,临上车,她又不走……"

张天虚:"为什么?"

聂耳:"她觉得这样回去……无颜见乡亲父老。"

张天虚:"是呀,漂泊在外的人,都是这样的。"

聂耳:"被人遗弃后,在街头当过拉客女,现在……"

张天虚:"是不是又回到街头?"

聂耳摇头:"不知道。我一定要找到她!"

大世界外。
夜,聂耳站在街头寻找。

百乐门外。
夜,聂耳在灯下寻找。

街头。
夜,聂耳仍在寻找。

亭子间。
夜,聂耳在潜心拉琴,哀怨乐声贯穿前面寻找的镜头。

蔡楚生出现在门口。

聂耳:"楚生!"

蔡楚生:"你继续拉,我再听听!"

聂耳:"嗨,你来了,我还拉!"

蔡楚生:"我正在拍一部电影,找不到那个什么,刚才听你的琴声,好像有门了!"

聂耳:"真的?是什么电影?"

蔡楚生:"《新女性》。师毅写的剧本,我决定让阮玲玉主演。"

聂耳:"把故事讲一讲,我再拉。"

蔡楚生:"我简单讲吧,主人翁叫韦明,是个知识女性,一开始她受到封

417

建势力的束缚，后来被周少爷玷污玩弄，以致当了暗娼，被经济人压迫，又被黄色小报造谣敲诈……与韦明相对照的，是能掌握命运，敢于抗争的女性李间英……"

聂耳已被带入，还没等蔡楚生讲下去，就架起琴拉了起来。

蔡楚生潜心地聆听，他被触动着，感染着，兴奋地来回走动，突然，他往外走。

聂耳："哎，楚生！你怎么就走？"

蔡楚生："我得走！"

聂耳："我拉得不对路？"

蔡楚生："我找到了！"

聂耳："找到了？"

蔡楚生："感觉！"

说完，蔡楚生就兴奋地走了。

聂耳咕哝："神经！"

进来的张天虚："谁神经？"

聂耳："蔡楚生！"

张天虚笑："你不神经？我不神经？艺术家的通病！"

聂耳："那不是病，是状态。"

张天虚："好了好了，你晚上有空吗？我想请你一起参加一次文艺沙龙。"

小巷，夜。

张天虚带着聂耳从另一小巷过来。

聂耳："你带我七拐八拐，我们到底去哪里？"

张天虚："先保密，让你大吃一惊。"

聂耳无奈，跟张天虚走过小巷又折进另一小巷。

他们走进一幢石库门房内。

宽敞的客厅。

夏衍、田汉等人都在客厅中，已聚集了不少人，各自议论寒暄着。

田汉看见聂耳和张天虚进来，高兴地跑过来："哈哈，我们的作曲家来了，欢迎！"

聂耳："田老大，原来是你们，天虚一直对我保密！"

张天虚："这也是安全需要！"

田汉点头:"聂子,我给你引见一个人。"

说着,拉住聂耳就走。

聂耳:"谁?"

田汉:"鲁迅!"

聂耳惊喜:"鲁迅先生?"

鲁迅背身正与人交谈,听着叫声,转过身来,笑容可掬地点头。

张天虚:"鲁迅先生,这位是我的同乡聂耳!"

聂耳:"周先生,你好!"

鲁迅与聂耳握手:"你知道我鲁迅姓周?"

田汉笑:"他不仅知道你鲁迅姓周,还知道你与反动派斗争的故事!"

鲁迅:"用当局的话说,又是一个被毒害者了?"

大家哈哈大笑。

聂耳:"我非常喜欢你写的文章。"

鲁迅幽默地说:"也有人不喜欢。甚至有人对我恨之入骨。聂先生,还在写歌曲?"

聂耳点头。

田汉:"聂子可以说是现在电影界为劳苦大众呐喊的大作曲家。"

鲁迅:"我看,你的日子,恐怕也不见得比我好过,是不是?其实,就那么回事,何必去理会人家指手画脚,走自己认定的路,我这个人主张讲真话,还爱打抱不平,这就会挨打,打就打嘛,用力气打不过,就用笔,而你,就用音乐,用创作的歌!我都会唱一些你的歌哩!"

众人鼓掌:"好哇,请鲁迅先生唱一首!"

鲁迅:"我唱?一个写字匠能唱?"

众人仍旧鼓掌。

鲁迅:"那好,从我开始,夏公,田老大,还有你们各位,一人唱一首!"

众人同意,叫好,鼓掌。

鲁迅清了一下嗓子:"我唱《大路歌》,是孙瑜先生的电影大作——《大路》的主题歌!"说着,他用不大而富有感染力的声音唱:

哼呀咳嗬咳!

咳嗬咳!

哼呀咳嗬咳!

咳嗬咳!

大家一起流血汗!

嗬嗬咳！
为了活命，
哪管日晒筋骨累！
嗬咳哼！
合力拉绳莫偷懒！
嗬嗬咳！
团结一心，
不怕铁滚重如山！
嗬咳哼！
大家努力，
一起向前！
……

唱着唱着，鲁迅咳起来："好了，该田老大了！"

众人鼓掌。

田汉端着一杯茶："我平日不唱，要唱，得先用酒润嗓子，今天，用茶代酒！"

他豪放地喝了茶："聂子为影片《大路》写了两首歌，周先生刚才唱的是第一首，我唱第二首《开路先锋》！"

众人鼓掌。

田汉的声音也不大："轰！轰！轰！哈哈哈哈，轰！"

到这里，田汉停住："这三个轰，词作者师毅的意思是轰掉三座大山，好，我接着唱：

轰！轰！轰！
哈哈哈哈，轰！
我们是开路的先锋，
不怕你关山万千重！
几千年的化石，
积成了地面的山峰，
前途没有路，
人类不相通。
是谁，
妨碍了我们的进路，
妨碍重重？

大家莫叹行路难，
　　叹息无用，无用！
　　我们，我们要，
　　要引发地下埋藏的炸药，
　　对准了它轰！
　　轰！轰！轰！
　　看岭塌山崩，
　　天翻地动，
　　炸倒了山峰，
　　大路好开工。
　　挺起了心胸，
　　团结不要松！
　　我们，
　　我们是开路的先锋！
　　轰！轰！轰！
　　哈哈哈哈，轰！

　　联华影业公司二厂大门。
　　聂耳走进大门。
　　字幕："1935年1月，聂耳任联华影业公司二厂音乐部主任。同时，为影片《新女性》作曲。"

　　纺织厂内。
　　一排老式织布机在转动。
　　女工们手脚不停地忙着。
　　工头恶狠狠地在吆喝。
　　窗外，聂耳在观望。

　　巢丝厂。
　　雾气腾腾。
　　女童工双手在巢丝。
　　一个女童工昏倒。
　　工头指使人将昏倒的女童工往外拖。

窗外，聂耳有些冲动，被蔡楚生拉住了。

二厂大门外。
聂耳生着闷气往外走。
蔡楚生追上："聂子，你先别走，我还要看景！"
聂耳："你看你的，我走！"
蔡楚生："有了？"
聂耳点头："呵，我有一个想法，这次我作的歌，不想要明星们唱了……"
蔡楚生："谁？你唱哇！"
聂耳："组建上海女工合唱团，登报，公开招聘！"
蔡楚生："太好了！"

街头。
小报童拿着报纸叫卖："看报看报！电影《新女性》组建女工合唱团，招聘歌手！"
路人投来好奇的目光。

棚内。
这是招聘考场。
聂耳是主考。
一个女工唱上海小调。
聂耳："你会不会唱进行曲？"
女工摇头："我会唱流行歌曲。"
聂耳："唱几句听听，好吗？"
女工唱《毛毛雨》。唱了几句。
聂耳："你喜欢这首歌？"
女工点点头："没有女工的歌，只有女人的歌。"
聂耳点头："谢谢你！"
女工鞠躬后退下，聂耳刚要点头让下一个进来时，身后，一助手过来："聂先生，有人找！"
聂耳点头起身，到后面，是张天虚，拎着行李。
聂耳："天虚，就要走了？"
张天虚："还有两个小时开船，向你告辞！"

聂耳与张天虚抱在一起，互相拍肩。

聂耳："我不能送你了！"

张天虚："到日本后，我给你写信！"

聂耳挥手，看张天虚走出后，欲进考场，突然被考场里传来的安徽小调所吸引，不禁一惊，那声音，他是极熟悉的，他的脑海里，立即浮现出小红卖艺的种种情景。

歌声止住了，他快步走进考场，见参考的女工已转身快出考场了，急忙地说："请留步！"

女工转过身来，果然是小红。

聂耳："你认不认识我？"

小红惊喜地喊了一声："聂先生！"

聂耳激动地点头："小红！"

小红几乎是跑过来，扑进聂耳怀里。

小红身后，跟着中年女工秀珍。

聂耳："小红，你爷爷呢？"

小红哭："去世了！"

聂耳："那天你走以后，我到江边找了几天……我以为你们回安徽了。"

小红："……那天，爷爷说好，让我先去你那里，他在江边等我……再一块回安徽，我回江边……爷爷他……他就跳江……自杀了！"

聂耳的泪水夺眶而出。

秀珍："那天，我正好路过，见小红哭得可怜，就把她带到我家，收了个干女儿！"

聂耳："谢谢你，太谢谢你了！你也是来考女工合唱团的？"

秀珍："我们母女都考，我在沪纺一厂，小红也是。"

聂耳："小红，你当纺织女工了？"

小红点头。

棚户区。

聂耳正在给或坐或站的女工们发歌单。

聂耳："我们合唱团唱的歌叫《新女性》。开唱时，是可以独立的，组接起来，是一个整体。分开，有六首短歌，第一首是《回声歌》，第二首是《天天歌》，第三首是《一天十二点钟》，第四首是《四不歌》，第五首是《奴隶的起来》，第六首是《新的女性》。歌词都是白话，一听就懂，也好记……"

小红望着聂耳。

聂耳："今天，我先教大家唱，等唱会了，再进棚合唱！"

秀珍给聂耳送来一杯水："聂先生，喝口水再教！"

聂耳喝了一口水，打着拍子，就教了起来："新的女性，唱！"

众女工："新的女性！"

聂耳："是生产的女性大众，唱！"

众女工："是生产的女性大众！"

废仓库内。

聂耳指挥着女工合唱团："新的女性，是社会的劳工，唱！"

合唱团："新的女性，是社会的劳工！新的女性，是建设新社会的前锋。新的女性，要和男子们一同，翻卷起时代的暴风！……"

剧场。

二十多个穿女工服装的合唱团，声音洪亮地唱："……暴风！我们要将它唤起民族的梦！暴风，我们要将它造成女性的光荣！"

摄影棚。

蔡楚生在指挥摄影机移动。

影片中的女主人翁在指挥合唱："……不做奴隶，天下为公，无分男女，世界大同！新的女性勇敢向前冲！"

蔡楚生兴奋地大叫："OK！"

所有人都兴奋地鼓掌大叫。

蔡楚生："聂子！"

众人一下子静下来。

蔡楚生："聂先生呢？"

大家互望。

蔡楚生急："制片主任！"

制片主任："先生开机的时候还在。"

蔡楚生："现在呢？"

制片主任摇头。

蔡楚生："快找！出了问题，你负得了责？"

人们正乱作一团，小红大声地叫了一声，走到摄影棚的一角，打开一块布景布，聂耳睡在一块木板上，他睡得很沉很香。

行驶的轿车内。
夏衍："聂子，他这样干，非累死不可！"
田汉笑："他这样干，比阮玲玉都红！"
聂耳："我哇，不求比阮玲玉红，累死不怕！"
田汉："真话假话？"
聂耳："龟儿子说假话！"
田汉："那好，我写了一个歌，交给你，既配乐作曲，也当导演！"
聂耳："我当导演？"
田汉："我还希望你主演！"
夏衍："田老大，你要谋害聂子哇！"
聂耳兴奋说："干！停车！"
夏衍、田汉吃惊："发什么神经？"
聂耳将车门一开："诸位，我已有十四小时没吃饭，我饿了。"
夏衍："田老大，还是你请？"
田汉："不，这回该聂子！"
聂子下车："请吧！"
夏衍："好哇！吃聂子的冤大头！"
田汉："不吃白不吃！"

黄浦江畔。
田汉和聂耳迎着江风边走边谈。
田汉："……我乘船经过三峡的时候，拉纤夫的船工号子真叫人心灵震撼，我当时就萌发过一个念头，一定要给长江写个什么……"
聂耳："这是你写《扬子江暴风雨》的初衷？"
田汉："也不尽然，上海这个地方，有个怪现象，底层的人没人看歌剧。"
聂耳："恐怕不止上海。"
田汉点头："我写这个的初衷，还是想反映上海，反映上海的底层，让底层也去看演他们命运的歌剧。"
聂耳点头。

屋内。

聂耳在认真圈阅剧本。
他的耳畔仿佛响起了纤夫的吆喝声和码头工人的号子声。
他兴奋地拿起笔，在五线谱上作曲。

排练场。
化妆成码头工人的聂耳坐在导演席上，正在喝水。
演职员们也在纷纷准备着。

剧团门口。
一辆黑色轿车驶进。

排练场门口。
剧团经理正恭候门口。
那辆黑色轿车驶来，停在门口。
剧团经理赶紧去开后门，雍容华贵的路丽下车，侯老板下车。
前边，下来一个戴金边眼镜的男人，手持一大乐谱。
经理："侯先生光临本团，不胜荣幸！欢迎欢迎！"
侯老板点头，带着人朝排练场走。

排练场内。
侯老板一行人径直朝聂耳走来。
聂耳仍坐着不动。
经理："聂先生，这位是侯先生……"
见聂耳没反应，侯老板把手一挥："我们早就是熟人，对吧，聂先生？"
聂耳一笑："侯先生，还有侯太太来看排戏？"
路丽脸上一阵尴尬。
侯老板："路小姐不是侯太太，聂先生误会了！不久嘛，路小姐就是公共租界那个孟老板的压寨夫人孟太太了！哈……"
说着，侯老板在聂耳身边坐下。
路丽面色大惊。
侯老板："我们今天，也不是来看排戏，我想先说明一下，敝人现已经负责掌管上海文化界的事务，先生可得多多指教呵！来，我来介绍一下，这位，是著名的指挥家杨先生，他可是对聂先生的大作研读很深啰！"

金边眼镜点头:"这是侯老板转给我的乐谱——《扬子江暴风雨》。"

侯老板:"怎么样,开始?"

经理点头。

金边眼镜走向乐队,将曲谱放在谱架上,拿起了指挥棒。

侯老板:"路丽小姐,你呢?"

路丽也走向台前。

聂耳:"你们这是——?"

侯老板:"这部歌剧,将由路小姐主演,杨先生指挥!"

聂耳愤怒地站起。

侯老板笑了:"聂先生,据我所知,你才二十三岁吧,年轻呵,太冲动了吧!何必呢,这不过是试一试……

聂耳站在那里。

侯老板:"开始!开始!"

金边眼镜挥起了指挥棒,比乐队的节奏慢了许多,他敲了敲乐谱架:"不要那样强烈,应该舒缓,看着我的指挥!"

说着,金边眼镜的指挥棒又挥动,乐曲完全变了调。

金边眼镜向路丽做了一个手势,路丽唱了起来,完全是一种软绵绵的处理。

聂耳终于忍无可忍,向那边的王人美递了个眼色。

聂耳走过去,接过了金边眼镜手中的指挥棒。

王人美走到演出区,很礼貌地让路丽下去。

聂耳:"这一部作品,是反映上海底层人民同命运作抗争的故事,要体现这个节奏,跟着我的节奏!"

说完,他猛地挥动指挥棒。

乐队成员精神一振,演奏与前面全然两样。

聂耳一转身,指挥王人美唱。

王人美唱得极其成功。

金边眼镜:"侯老板,这……"

侯老板:"这什么,我们走!"

他起身带着人走,出门的时候,见田汉已站在门口,用凶狠的目光看了田汉一眼,田汉神色坦然。

见侯老板走了,聂耳让大家停了下来,站在那里。

田汉笑着,鼓起了掌。

众人都鼓起了掌。

排演场。

空空的，只有田汉和聂耳两人，坐在表演区的木箱上。

田汉："姓侯的今天是善者不来呵！"

聂耳："他还不乖乖地走！"

田汉沉思了一下："这是一个老狐狸。最近，日军逼迫当局出卖察哈尔主权，还要成立警察政务委员会，想在华北搞第二满洲国。当局一方面对日退让，一方面又疯狂镇压抗日力量，手段也越来越毒辣凶残了。"

聂耳："是吗？那我等着。"

田汉笑："过几天，我和阳翰笙要去南京。"

聂耳："夏公呢？"

田汉："不走。"

侯府客厅。

侯老板正在打电话："你们要盯住田汉！这个人起码是个危险分子！我肯定他是共产党！他的一举一动都要盯住，上峰已告诉我，南京近日就要下逮捕令……对。"

卧室里，路丽轻轻走近门边，偷听。

侯老板打电话："还有那个聂耳，要全面监视。"

侯老板放下电话，冷冷地喊了一声："路丽！"

路丽一惊，大气也不敢出。

侯老板："路丽，你想听，何必躲呢？"

路丽出来。

侯老板："我知道，你对那个聂耳还有……呢，你们当初是不是有点那个意思？"

路丽："干爹，你……！"

侯老板："有也没关系嘛，早就过去了，是不是？哈哈哈，来！"

路丽过去，被侯老板搂住。

路丽撒娇："你是个坏干爹，为什么说要我嫁孟胖子？"

侯老板："让姓聂的死心！"

路丽："你真坏！"

侯老板："路丽，你想不想见见聂耳？"

路丽："你？"

侯老板："你只要劝劝他,不要再往前走了,那很危险。"
路丽思忖着。
侯老板："你想一想,想好了,就告诉我。来,我们一起去洗个澡……"

戏院门口。
贴着《扬子江暴风雨》大幅海报。

戏院内。
座无虚席。
观众们聚精会神地看着台上的演出,有的人脸上挂着泪水。

舞台上。
聂耳正在演出。
他抱着"孙子"栓栓的尸体,悲愤地喊道："不,我们不能再这样下去了!我们再也不能为日本人运送军火,残杀自己的同胞!……"
台下,忽然有人高喊："打倒日本帝国主义!"
马上,大批观众响应,口号此起彼伏。
台下沸腾了。

后台。
聂耳正在御妆。
门突然打开,一大群人出现在门口。
聂耳转头。
灯在闪,记者和观众拥上去,有的采访,有的要签名。
突然,后面有人叫："抓特务!"
众人愤然,只见一人往外跑,众人都追了过去。
田汉走过来。
聂耳："这也是一种经历。"
田汉："嗯,也是一种提示。"

剧场门口。
田汉与聂耳一起出来。
他们在灯下分手。

街上。

有几个卖夜宵的摊子。

聂耳走来,刚要找一个摊子吃宵夜,一辆黑色的轿车停到他的身边。

聂耳镇定地望着。

车门开了,是路丽。

路丽下车,车开向远处。

路丽:"聂子,吃宵夜?"

聂耳摇摇头,转身走。

路丽追上:"聂子!"

聂耳转身:"你找我干什么?"

路丽:"谈谈,也不行?"

聂耳:"是姓侯的让你找我的?"

路丽迟疑了一下:"也是我自愿的,侯老板让我转告你,不能再往前了。"

聂耳:"什么意思?"

路丽:"……我也不懂。反正,现在社会很乱。"

聂耳:"不让我抗日?不让我写抗日的歌?"

路丽:"有些话……我也不好说,聂子,当年,我们是要好的同事、朋友,现在,我这个样……你肯定看不起我……"

聂耳:"你看得起你自己吗?"

路丽:"我……其实,我路丽永远尊敬你,总盼望看到你,还有人美他们,我心里还剩下最后一块干净的地方,就是回忆和你们当初在一起的日子……"

见路丽哭了,聂耳:"那好哇,那你能不能勇敢地离开姓侯的,回到我们这里来?"

路丽摇头。

聂耳:"为什么?是怕姓侯的?"

路丽:"……我已经……"

说着,路丽哭着,向远方跑去。

聂耳站着。

远处,路丽上了车。

小车开走了。

聂耳在小巷中步履沉重。

田汉家。

田汉正在清理东西："捆好，搬下去。"

有两个小青年在搬东西。

夏衍进来："怎么样？"

田汉："差不多了！"

夏衍："只搬书？别的东西……"

田汉："田老大一辈子家产没别的——"

夏衍与田汉一起："只有书！"

两人哈哈大笑。

聂耳也进来："有什么高兴事？"

田汉："你小子来了，正好！"

说着，田汉从公文包中取出十来页稿纸，递给夏衍："夏公，我写了个电影剧本大纲，交给你，还想写一首主题歌，到南京后交人转来，让聂子作曲！"

聂耳点头："我干！我们是老搭档！"

夏衍看大纲："《风云儿女》，好选题！"

聂耳："写什么？"

田汉："两个年轻人，从亭子间的奇遇开始，到奔赴抗战前线剧终，表现知识分子被时代潮流推上国家民主战场的经历。"

夏衍点头："聂子，你也是这样的吧？"

聂耳："两点不同。一是我没上长城前线，二是我还没剧中的爱情经历。"

田汉："别急，前线会有的，爱情也会有的。"

夏衍："牛奶会有的，面包也会有的！"

三人哈哈大笑。

田汉看看表："我该走了，剧本，看夏公了。歌词嘛，呵，名字已经想好，叫'义勇军进行曲'！"

火车上。

田汉望着窗外沉思。

在他身后不远处，有两个便衣盯着他。

忽然，田汉想起了什么，从胸兜里掏出钢笔，又摸口袋，没有纸，只有一包烟，他将烟都抽了出来，拆了烟盒，在烟盒背面写了起来。

他神色专注，偶尔沉思，又动笔疾书。

窗外。

田野在飞速后移。

车内。

可以看见田汉在写作。

南京车站。

夜，乘客都走光了，田汉才步出出站口。他走到左边门下，掏出烟，故意打了三次火机，才将烟点着。

过来一个中年人："先生，能借个火吗？"

田汉点着火机，中年人吹灭三次，才点着。二人会心地一笑，握手。

中年人："欢迎田先生来南京，一切都已安排好了。"

远处，两辆车冲进来，停住，从车上下来两车宪兵，将周围全部封住。

出站口。

田汉老练地说："有情况！"

中年人："你快走，我掩护你！"

田汉将中年人制止住，从口袋里将在车上写了东西的烟盒交给中年人："来不及了，他们是要抓我。记住，把这首歌词交给上海的夏衍！"

说完，田汉拎着公文包，平静地朝着正向他走来的宪兵迎了上去。

宪兵如临大敌地将田汉团团围住。

宪兵军官："你是田汉？"

第八集

街头。

一辆警车呼啸而过。

报纸特写：一代巨星阮玲玉今晨中毒身亡。

报童叫声："号外！阮玲玉之死内幕！快买啰！……"

众人争相买报、阅读。

摄影棚。
哀乐回荡。
两边挂着挽联。
聂耳悲愤地说:"她刚刚在《新女性》中演完了韦明……竟同韦明一样……"
蔡楚生过来:"聂子,夏公有事找你,好像很急。"

公园。
夏衍和聂耳边走边谈。
聂耳:"阮玲玉生前对我讲过身世,父亲是工人,幼年丧父,母亲给人当女佣供她读书,她的成功……真是不容易!这个社会怎么留不住人呢?玲玉被称为'中国的葛丽泰·嘉宝'。呵!她才26岁!……"
夏衍:"玲玉服毒自杀以后,只有一句遗言,写在她的日记里:'人言可畏'。今天的报纸上,登了鲁迅先生写的文——《论人言可畏》。你读了吗?"
聂耳摇头。
夏衍将报纸递给聂耳:"呵,还有一件不好的消息……田汉被他们抓了!"
聂耳震惊:"在南京?"
夏衍点头:"他们还抓了阳翰笙。有消息说,他们还想抓鲁迅。"
聂耳:"赶紧设法让鲁迅先生避一避。"
夏衍:"鲁迅的个性不清楚?宁死也不退让一步……他已搬进内山书店,那里可以避避风头,鲁迅的影响太大,他们也不敢随意乱抓。"
聂耳:"田汉、阳翰笙怎么办?"
夏衍:"已经通过各种途径,向当局加压力,估计,他们能够平安出来……"
聂耳愤愤地说:"他们这样乱抓人,未必希望所有的人都是不看事的瞎子、不能听声音的聋子和不会讲话的哑巴?"
夏衍叹了一口气:"聂子,最近,你也注意保护自己。"
聂耳:"我……他们抓了又能怎样?"
夏衍:"现在,大街小巷,都在唱你的抗战歌曲,你可不要轻看自己。噢,这里有一件东西!"
说着,夏衍掏出一个牛皮信封:"这是田汉被抓前,为电影《风云儿女》匆忙写的歌词!"

聂耳接过，从信封中抽出写着歌词的香烟盒，手轻轻地颤抖："夏公，田汉创作从来严谨，不用烟纸当手稿！"

夏衍点头。

聂耳阅读歌词。

夏衍轻声而又铿锵有力地念出来：

　　起来！
　　不愿做奴隶的人们！
　　把我们的血肉，
　　筑成我们新的长城。
　　中华民族到了，
　　最危险的时候！
　　每个人被迫着发出
　　最后的吼声……

聂耳："太好了！"

夏衍："可以说，这是中华民族近百年的觉醒歌，按照田汉的故事，我已完成了《风云儿女》的电影台本，本子存在许幸之那里，你要尽快找他。"

聂耳："我尽快去找许幸之。"

屋内。

聂耳用手抚平烟纸的衬纸。

纸上还有茶水痕，田汉的歌词。

聂耳展开稿纸。

他将衬纸上的歌词一句句抄录下来。

他的目光熠熠有光。

屋内。

许幸之："这是台本，你拿去看看，我手头还有一份。"

聂耳翻剧本。

许幸之："你抄来的田汉先生的歌词，本打算用在剧中的。剧中主人翁辛白华是个诗人，写了长诗《万里长城》，用在最后一节，在第15节后面，师毅看了，提了个建议，希望把田汉先生的词拉出来，不在故事里面。"

聂耳点头："这样处理好，田汉的这首词，剧中主人翁容纳不下，放在故事里会没了，不突出，作为主题词拎出来，能加深电影的主题，也扩大了容量！"

许幸之："那我的电影就要沾你这位大作曲家的光啰！"

聂耳幽默地说："不是说电影是导演的艺术吗？"

二人笑。

许幸之情有独钟地打量聂耳。

聂耳："许导，你怎么这样看我？"

许幸之："你今天与往常不一样！"

聂耳："呵？"

许幸之："衣服，还是平常穿的衣服，头发哪，也没有变……让我看看，有什么不一样呵，这个这个……呵，我已经感觉到了，对！你的眼！哈哈，你的眼睛！"

聂耳："我的眼？"

许幸之："是的，是你的眼布满红丝，平时也是这样，但现在不同，那红丝像燃烧的火，实在像火山在喷……"

聂耳："实话讲吧，最近几年，我已写了几十首还算可以的歌，就像一个想吼的人，吼着吼着，总感到还有那么一声没吼出来，憋得难受……半夜里，有时突然惊醒，可醒了以后，又找不到它；白天，它突然像幽灵一样，咣地来了，又迅速消失，既让人激动，又让人难受……好像登山，爬呀爬呀，越来越难爬，可峰顶又总是在诱惑着……"

许幸之："现在呢？"

聂耳："田汉的这首词，我觉得是我早渴望的那一吼。"

许幸之："要不要上泰山，或是八达岭去吼？"

聂耳风趣地说："亭子间！"

二人大笑。

许幸之给聂耳一杯水："除作曲之外，我想分配个角色你演，干不干？"

聂耳："只要合适，你说吧！"

许幸之："剧中的主要配角叫梁实甫，是个有理想抱负的热血青年，我一时找不到合适的人选……现在，我突然发现你合适，尤其是气质，老兄干不干？"

聂耳："你是个狡猾的导演，兜了一个大圈子，累不累？只要我忙得过来，干！"

街道。

下着雨。

昏黄的路灯下，聂耳打着伞在行走。

他发现，在拐角处的屋沿墙边，坐着一个人，被风吹过来的雨，打在那个人的身上。

聂耳走了过去，用伞将雨挡住。

聂耳："喂！喂喂……"

他见那人不讲，就蹲下，发现那人将头埋在腿间，一头长发，是个女人。

他用手推了推，仍然没有反应，就用手将那人的头抬起，仔细一看，惊奇地喊道："黄春蓉！"

黄春蓉已经昏迷。

聂耳急了，将伞靠在黄春蓉的身上，冒雨跑到街心，拦住一辆人力车，将黄春蓉搬上人力车。

秀珍家。

黄春蓉躺在床上，已经入睡。

聂耳用手轻轻地在黄春蓉的额头试温，点点头，不烧，放心了，与站在一边的秀珍一起，轻手轻脚地退到外屋。

外屋。

聂耳松了一口气："总算退烧了！"

秀珍："你守了一夜，也该休息一下。"

聂耳："这些日子……我就是躺下也睡不好。噢，秀珍，刚才黄春蓉对你讲了些什么？"

秀珍："开头，我还以为可能是她烧很了，说胡话，后来，她哭了，我才知道，她是说真的，反反复复说一句话：这次留在上海，我黄春蓉没再做见不得人的事！"

聂耳点头。

秀珍："什么见不得人的事？

聂耳沉重地说："……娼妓。"

秀珍沉重地叹了一口气："宁可冻死饿死，也不走那条路，有骨气。"

小红跑了进来："哟，聂叔叔，你在这里，我还要去找你呢！"

聂耳："有什么事？"

小红："侯老板真要把路丽嫁给孟董事了！"

聂耳："你怎么知道？"

小红："我是侯家女佣。"

聂耳："你到侯家当女佣？你不做工了？"

秀珍笑："安排她去的，想办法接近和帮助路丽，路丽是有才华的歌星，被姓侯的管得很严。"

小红："路丽一直在抗争，姓侯的没办法，只得答应路丽的要求，为她办一次专场演唱会，然后……"

聂耳："然后怎么样？"

小红："路丽小姐没说。"

亭子间。

四壁全是用毛笔写的《义勇军进行曲》的歌词。

灯下，聂耳和夏衍正趴在一张大的中国地图上。

夏衍："你看看东北，抗日联军一天天在壮大。"

夏衍用红色铅笔画了许多爆炸状图形。

夏衍："从去年十月起，中国工农红军第一、第三、第五军团，从福建西部的长汀、宁化和江西的瑞金等地出发，在这里，开始战略性的转移，第四方面军，在上个月离开川陕边区，向四川西康的边境转移……这是一个大的战争转移之势，方向是北上，是抗日！"

聂耳看看地图。

夏衍："反对内战，一致抗日的工潮、学潮和商人罢市，已经蔓延全国。聂子，你说说，阻挡得了？"

聂耳还是在看地图。

夏衍："我的经验是，在上海这样的地方，白色恐怖越猖狂，越是拂晓即将到来的时候！聂子，你说是不是？"

聂耳仍不搭理，双眼死死盯着地图。

夏衍："聂子，你怎么不说话？"

聂耳用手示意夏衍不要讲话，夏衍望着他。他那扬起的手，开始是停在空中，接着，似乎有节奏地在动，然后，和着口中发出"嗯嗯"的声音，一上一下而有力地动起来，打着节拍，打了几下，又停住了。

夏衍："主旋律来了？"

聂耳望了夏衍一眼，遗憾地摇摇头。

说完，仰头，在地图上平躺下来，闭着双眼。

夏衍无奈地说："疯了！"

聂耳闭眼："田老大在就好了，他最懂京剧……"

夏衍:"你想听京剧?"

聂耳闭眼:"激烈的和那种独特有力的唱腔……"

夏衍理解地点头:"那你何不去找幸之?"

聂耳惊喜地坐起。

屋内。

许幸之正在讲戏:"……雷雨大作,刘备借胆小畏雷以掩饰自己,曹操见状,乃不猜疑,忽得报袁术假道徐州,欲投袁绍,刘备向曹操借机请领一军,前往截击,曹操同意之后,马上后悔,急令朱禣阻止,但刘备、关羽、张飞已脱身矣。这时,锣鼓点子敲起来……刘备有八句二段腔,前两句是这样的:'带领人马徐州往,趁此良机离许昌!'唱罢,关羽、张飞询问,大哥,今番出征,为何如此慌速?刘备道出原委后,又唱六句:'英雄冲破天罗网,立志重兴汉家帮。我好比蛟龙得水兴风浪,又好比猛虎归山把威扬。快马加鞭往前闯——后面赶来许仲康!'锵……我累死了!"

聂耳:"许导,那套激烈的锣鼓点子是不是这样的,锵……"(有急有缓)

许幸之加入:"锵锵……!"

许幸之:"哎,对了!"

聂耳仍"铿"地念叨,念着念着,突然主旋律出来了。他激动地在屋里哼着。

许幸之:"旋律出来了!"

聂耳突然坐下,平静地说:"不知道。"

许幸之:"卖关子!聂子,《风云儿女》中有个歌女阿凤,让王人美演,我给她写了首歌,歌名叫《铁蹄下的歌女》,你看看。"

聂耳接过歌词,快速看了一遍:"好!哀婉动人!我们到处卖唱,我们到处献舞,谁不知道国家将亡,为什么被人当作商女……许导,你能不能用自己的感觉唱一次?"

许幸之:"写词的时候,我是用家乡的山歌调子唱的!"

聂耳:"行!"

许幸之用山歌的调子试唱。

聂耳边听边记。

凉台。

凌晨,天边露出曦光。

聂耳在亭子间外的台上写歌，边写边哼唱："……谁甘心做人的奴隶，谁愿意让乡土沦亡……"

他停住笔，想了想，将谱子改了几处，又轻轻地哼唱起来。

侯府花园。

小红端着汤走来。

有男丁监视。

路丽橱室。

路丽对着镜子怔怔地看着。

小红进来："路丽小姐，胖大海银耳汤。"

路丽："不想喝。"

小红大声："老板说，你好长时间没喝了，要嗓子……"

小红见屋外无人，从怀里掏出一张歌单："这是聂先生给你的，他刚创作的新歌！"

路丽激动地问："真的？"

路丽接过歌单："《铁蹄下的歌女》？"

屋外，出现一男丁，小红咳一声，路丽赶紧将歌单藏起。

路丽大声："你问问侯老板，我的专场歌会都备好了没有？"

小红："侯老爷说，要问你！"

路丽："你回侯老爷，我已经准备好了！"

海报："纯情歌星路丽专题演唱会。"

音乐厅。

不大，但仍到了不少人。

侯老板正与一个个达官贵人寒暄打恭，有一随从在他耳边说了什么，他兴奋地往门口走去，进来的是一位胖胖的老人。

侯老板："孟董事！听说你到香港去了！"

孟董事："路丽小姐的歌会，别说去香港，就是去美国、欧洲，我也得赶回来！"

侯老板："那是那是，过两天，这位名震上海的纯情歌星，就是你孟董事的人了嘛！说实话，孟先生，路丽可是我的一棵摇钱树，我还真有些舍不得呢！"

孟董事拍拍侯老板的肩："收礼，就得还情，侯老板放心，路丽一进我孟某的门，租界里就有侯老板一个华董的位置！"

乐池。
路丽将曲谱交给指挥。
小红也将曲谱送给乐队成员。

台下。
大家已经坐好。

台上。
路丽穿着一身红衣出场。
台下传来一片掌声和尖叫声。
路丽："谢谢各位光临！我今天站在这里，心情与往日不一样，特别……很特别！"
台下，又传来掌声。
路丽："谢谢！大家知道，上海歌坛上有个纯情歌星路丽，可没人知道，这个歌星为什么姓路，有人知道吗？"
场上鸦雀无声。
路丽："我是一个孤儿，不知道谁是我的父亲，也不知道谁是我的母亲！我生在路上，长在路上……从小，人们叫我路路，后来，有人给我起了个名字，路丽。"
台下被触动，议论纷纷，后又响起掌声。
路丽用手势制止台下："后来，我被一个教书的先生收养了，他终生未娶，不因为别的，是太穷。他教我认字，教我唱歌，教我跳舞，还教我相信人世间有好人，做人要纯。他不让我随他的姓，他说还是姓路好，说这个世界，只要有路，就有希望！"
台下，响起了掌声。
路丽哽咽了："后来。这个教师，也是我的养父，死了，得的痨病，无钱医治……死了！死的时候，只三十岁……我就进了歌坛，成了歌女。"
台下孟董事叫："是歌星！"
路丽痛泣："歌女……歌女！所以，我今天要献给各位一首新歌，是唱我们自己的，唱歌女的！"

台下又有掌声。

掌声中，音乐响起了前奏。

路丽哀怨地唱起："我们到处卖唱，我们到处献舞，谁不知道国家将亡，为什么被人当作商女，为了饥寒交迫，我们到处哀歌，尝遍了人生的滋味，舞女是永远的漂流……"

台下。

孟董事摇头："怎么唱这种歌？"

侯老板："歌单是我定的，没这一首哇？"

旁边的人："这——"

侯老板站起："这是什么歌，不许唱！"

周围的人气愤地喊："唱，继续唱！"

台上。

路丽："……谁甘心做人的奴隶，谁愿意让乡土沦亡，可怜是铁蹄下的歌女，被鞭挞得遍体鳞伤。

侯府客厅，夜。

侯老板冷冷地说："唱得不错呵！没想到，纯情歌星，还能搞政治！"

路丽站在窗前，小红站在身边。

侯老板："谁的歌？"

路丽不答。

侯老板："歌单呢？拿出来！"

路丽掏出歌单，侯老板过去拿在手上："聂耳？"

侯老板气极地走了几步，突然站住返身："你最近见了聂耳？"

路丽平静地说："你上次不是说让我见他吗？"

侯老板："他给你这支歌？"

路丽点头。

侯老板："那你为什么不说？"

路丽："你又不是唱歌的，只是一支歌，有必要说吗？"

侯老板："你以为没有必要？你以为你红了就不得了了？告诉你，我侯某人可以把你捧红，就可以一棍子打下去！如果不是你马上要进孟家的门，我可以马上叫你尝尝你歌词里唱的遍体鳞伤！"

电话铃响了。

侯老板拿起电话:"我就是。周队长!我正想打电话找你,你们为什么还不抓那个聂耳?要我发话?我现在就发话:抓!马上抓!"

他放下电话,换成了另一副面孔:"路丽,你马上要离开我了,我还真有些舍不得,是不是该亲热亲热?"

路丽给小红眼色,小红往外走。

见小红快要出门,侯老板:"小红!"

小红站住。

侯老板:"到哪里去?是不是给聂耳报信?"

小红:"老爷,看你说的,我是个佣人,怎么认识聂什么的!"

侯老板笑:"听人说,歌会上,是你帮着她到乐池发歌单,对不对?"

路丽:"我叫她发的!"

侯老板若无其事地说:"对对对,她是一个佣人嘛!小红,这两天,你不许离开这个屋!也看看路丽小姐,是怎样待候我的,好吗?"

小红:"老爷,我……"

侯老板:"你还是黄花闺女,是不是?我说不让你出这个门,就不准出这个门!站过去!"

小红按侯老板指的,到了靠窗的墙角处。

路丽灵机一动:"也好!小红,我也不瞒你了,在外,侯老板是我干爹,在内,他是我的……呵,等会儿,你也好端个茶送个水的。"

侯老板得意地笑。

这时,路丽已缓缓走到窗边,突然将窗推开:"小红,快!"

小红飞快爬上窗户。

侯老板掏出枪:"站住!"

路丽扑上去,抓住侯老板的枪,侯老板的枪响了,啪的一声,路丽中枪。

路丽:"小红,快跑!"

小红跃下,跑了。

侯老板吼:"你们快追!"

巷子中,夜。

小红疾跑,拐弯,消失。

巷子中,夜。

特务们追来，在岔路口，判断，分头追。

摄影棚。
许幸之正在指挥镜头运动。
王人美正在演那首《铁蹄下的歌女》。
最后那句歌唱完了。
许幸之："停！OK！"
聂耳跑来："许导！"
许幸之："曲子作好了？"
聂耳："差不多了！"
他拉着许幸之，非常激动地唱："起来，不愿做奴隶的人们！把我们的血肉，筑成我们新的长城！中华民族到了，最危险的时候……你觉得怎么样？"
许幸之点头："好！激昂、豪迈！"许幸之接过曲谱看了起来。
聂耳指着曲谱说："有几个地方，我把原词改了一下，这一句，原词写的是'冒着敌人的飞机大炮前进'，我改成了'冒着敌人的炮火前进'，意思是一样的，但顺一些，也准确。还有最后一句，是四个前进，唱的时候，减少装饰音，形成一个强有力的结尾，把'前进，前进，前进，前进'，改成'前进，前进，前进，进！'你听！"
说着，他唱了起来。
王人美及围着的人都兴奋地鼓掌："好！处理得好！"
许幸之："你曲子作好了，就该参加拍戏了！"
夏衍出现在人群外："幸之，聂子就不要参加拍戏了吧！"
许幸之："夏公，就他合适！"
夏衍进来："你们看，聂子的脸，瘦成什么样？还有眼，红成这样，又有几夜没睡？再说，我找他还有重要的事……"
许幸之明白："关灯！"

秀珍家。
聂耳拍案："路丽是为我牺牲的！"
小红在秀珍怀里哭泣。
夏衍："聂子，你先在这里住，亭子间的东西都替你拿来了，路丽的后事，有人会办理，不会便宜那个姓侯的。"
聂耳："夏公，我想离开上海。"

夏衍："我们也是这样想的。"
聂耳："你们也同意我找红军，上前线？"
夏衍："你先去日本。"
聂耳："日本？"
夏衍点头："在日本待一段时间，再转道去欧洲或者苏联，然后……嗯！"
聂耳心领神会地说："嗯！"
通向里屋的门帘被打开，黄春蓉站在那里："你们要不要我？"
聂耳："春蓉！你好了？"
黄春蓉点头："好了！你们……要不要我？"
秀珍扶住黄春蓉。
聂耳："夏衍，这是我对你讲过的黄春蓉。"
夏衍点头："黄小姐，我们欢迎你！"
秀珍："黄小姐有文化，懂英语、法语，等她多休息一段时间，身体完全复原了，就送她走……"
夏衍："找红军！"
秀珍："聂先生，我们三个人都搬出来住，里间留给你！"
聂耳："三个女的保卫我？"
夏衍笑："不是保卫，是让你把《义勇军进行曲》完成！"

内屋，夜。
躺在床上的聂耳，突然爬起来，到桌边，修改曲谱。

内屋，夜。
聂耳将一张曲谱揉掉，扔在地上。
地上，已有一堆扔掉的曲谱。

内屋，夜。
聂耳在给秀珍、小红、黄春蓉唱那首歌，秀珍似乎对什么提出意见。
聂耳点头，沉思。

内屋，日。
聂耳的手挥着笔，在五线谱上作曲，"豆芽菜"上下舞动。

内屋，夜。

一盏煤油灯下，一个日记本开着，笔在一边。

聂耳的画外音："《义勇军进行曲》初稿已成，想放一放，到日本后再定稿。出国后，我就执行"四三"计划，第一个三个月，突破日语关，进行社会调查，为开辟中国新音乐道路努力；第二个三个月，在结识日本文化界进步人士和中国留日学生的同时，提高读书能力，加强音乐修养，直到离开日本；第三个三个月，开始翻译和做新的音乐创作实践；第四个三个月，学习俄文，整理自己的作品，作游欧准备……"

码头。

聂耳拎着皮箱，走上舷梯。

他站在船上，深情地望着祖国。

字幕："1935年4月15月，聂耳假借去日本看望在日本做生意的三哥，乘日轮'长崎丸'号东渡。"

摄影棚。

许幸之大叫一声："OK！关机！"

全体演职员高喊："OK！关机！"

制片有些着急："许导，片子拍完了，马上进入后期，聂耳的主题歌还没寄来！"

许幸之被提醒了："哎哟，刚才，门房给我送来一封日本来信，是不是聂耳的！"

他赶紧从口袋中取出信，拆开，一张工整的曲谱展现在眼前，上面写着：义勇军进行曲，田汉词，聂耳曲。

许幸之大笑："哈哈！"

富士山。

叠成湛蓝的海。

似有沉重而变奏处理过的《义勇军进行曲》的旋律在飘。

字幕："1935年7月17日，聂耳与友人去鹄沼海滨游泳时，不幸遇难，时年23岁半。"

蔡楚生宅。

一束微光，照着流泪的双眼。蔡楚生悲痛至极。

字幕："《电影新闻》1935年8月4日报道：蔡楚生前天也收到日本朋友寄来的信，说聂耳这一代艺人的面孔，连给我们看一看的机会都得不到呵！"

田汉宅。
一份卜告在田汉手中颤抖，田汉用另一只手整理黑纱。
鲁迅在书房奋笔疾书；战士正在冲锋陷阵；夏衍与小红、秀珍在一起；街上正在凭吊游行……

昆明西山。
聂耳墓修成，揭墓。
郭沫若书的碑文展示出来。
字幕："1937年10月1日，聂耳的骨灰葬于他的故乡昆明西山。出席安葬仪式除各界人士、生前好友外，还有楚图南、著名学者徐家瑞。"

北京怀仁堂。
第一届中国人民政治协商会议会标。
整个会场是空的。
主持人的声音："同意《义勇军进行曲》为中华人民共和国国歌的请举手！"
停了一会儿。
主持人的声音："全票通过！"
热烈的掌声，国歌声响起。
字幕："1949年9月，在北京召开的中国人民政治协商会议第一次全体会议上，《义勇军进行曲》被庄严地确定为中华人民共和国国歌。"

客厅。
刘良模先生坐在沙发上："大约，是1940年吧，美国纽约的路易桑那露天音乐广场上，成千上万的群众在听著名黑人歌王保罗·罗伯逊的音乐会。表演完了预定节目之后，罗伯逊突然伸出手来，让大家安静。他说，今晚我要唱一支歌献给英勇抗战的中国人民，这支歌叫《起来》，他就唱了，是《义勇军进行曲》。唱的时候，全场都被感染了，打着拍子，壮观得很。后来，保罗·罗伯逊又专门为《起来》灌了一张唱片，传遍美国。"

钢琴边。

某音乐家:"著名日本文艺理论家中岛健藏先生在聂耳碑重建时,曾经著文写道:'被规定为中华人民共和国国歌的《义勇军进行曲》,使聂耳成为不朽的名字,但是,使聂耳成为不朽的并不是这一曲之功,也不仅仅是因为他在短暂的一生中留下了一批不朽的作品,他艺术创作的动力,来源于他对革命事业的忠诚和献身精神。因此,聂耳光辉不朽的形象,才不可动摇地确立起来。'"

聂耳的雕像。

天安门冉冉升起的国旗。

雄壮的国歌。

一些有代表性的画面。

出现下列题字:

A:人民的音乐家——朱德

B:聂耳乎,巍巍然其与国族并寿而永垂不朽乎!——郭沫若

全剧终。

海南媳妇

主要人物表

韩阿莲：女，海南文昌人，28岁，读过自修大学，与前夫离婚后，为高风恋人；

韩阿芸：女，韩阿莲妹妹，25岁，高中毕业，唐西江妻；

李伊伊：女，上海人，法学硕士，律师，欧阳腾妻，30岁；

高风：男，北京人，45岁，海口出租货车司机，书法家；

唐西江：男，大学文化，30岁，大公司董事长兼总经理；

欧阳腾：男，中专文化，35岁，政府外资办公室副处长；

庆庆：男，5岁，韩阿莲子；

阿冰：女，海明酒店女服务员，20岁；

彩彩：女，21岁，韩阿芸的贴身女仆，后被韩阿芸认为"妹妹"；

何树发：男，唐西江的公司助理，年近花甲；

其他人物若干。

第一集

1. 阿莲别墅，晨内。

在鸟鸣声中，我们可以缓缓地欣赏这座不大的别墅，在椰林中。

这是一座有南洋气息的别墅，两层楼，还有顶棚。赫红色的外墙有白色的墙唇，从正门走去，是一楼宽敞的内厅，内厅典雅别致，中有内梯，环型，通向二楼，中间有海南人通常布置的神龛。

楼梯转了个弯，拾级而上，是二楼，过了一道门，又过一道门，是韩阿莲的卧室。

走进卧室，在中间的圆形席梦思上，躺着两个人：韩阿莲和她的儿子庆庆（五岁），韩阿莲睡像狼狈，仰面躺着，睡衣几乎遮不住她的身体，她的一只手还提着洋酒瓶。

庆庆则是用头枕在她的腹部，仰面躺着。从近处看，她的眼角似有泪珠。

一阵电话铃声。

阿莲被惊醒，微微睁了下眼，又把眼闭上。

电话铃又响。

阿莲又睁开眼，用酒瓶向电话砸去，电话铃声消失了。

她嘴角似乎有嘲弄的一笑，闭上眼。

电话铃又响了。

她无可奈何地睁开了眼，瞟了一眼很漂亮的座钟：九点。

她伸手拿起了电话："喂，我是阿莲，呵，阿芸。"

2. 韩阿芸家，日内。

阿芸穿着睡衣，坐在床头打电话。

阿芸："姐，我吵醒你了？懒虫，嘿……姐，我问你一件事，三天前，我恶心呕吐了一次，什么东西也不想吃，后来，再也不恶心呕吐了，这是不是怀孕了？"

3. 韩阿莲家，日内。

阿莲："就呕吐了一次？不会，你绝对没怀孕。要还不放心，就到医院去查查，嘿，怕？那怕什么？只查个尿样。"

4. 韩阿芸家，日内。

阿芸："江仔也是这样说，像结过婚似的。嘻……江仔？他好，姐，真的，昨天他从北京回来，像个饿猴似的，让我又过了一个新婚夜。羞？不，姐，有江仔这样的丈夫，我这个妻子，感到很幸福，很幸福。如果说有不满意的，嗯，就是江仔抽烟太多，不好闻，他答应我了，马上戒烟。呵，姐，姐夫好吗？"

5. 韩阿莲家，日内。

韩阿莲已经起身，穿衣，站在梳妆台前，望着立镜，拿着电话机打电话。

韩阿莲突然爆发似的大吼："不许你叫姐夫，得叫陆天翔，一个混蛋。"

说到这里,她猛地将电话扣死,怒气冲冲地将电话机扔在桌上,望着镜子里的自己。

6. 韩阿芸家,日内。
阿芸发现阿莲已经把电话挂了,想了想,正准备再拨电话,从窗外传来汽车的喇叭声,她赶紧从床上爬起,赤足走到窗前,拉开窗帘,向下望去。
她的丈夫唐西江站在一辆白色轿车前,向她招手,她嗔笑着,也摇手示别。
阿芸:"江仔,拜拜。"
唐西江钻进轿车,车启动,向院外驶去。
阿芸幸福地站在窗口。

7. 韩阿莲家,日内。
阿莲仍站在立镜前端祥自己:容颜姣好,鼻梁端正,只是目光里缺少了什么……她猛地将头发弄乱,遮住了脸,又缓缓将头发拨开,露出了凤眼,里面布满血丝,露出了脸,似乎还有泪痕。
电话铃又响了。
她被惊动了一下,望了望,听见铃声响了两遍、三遍,她拿起电话。
阿莲冲着电话喊:"阿芸,我告诉你,你以后给我打电话,再也不许谈怀孕,不许谈丈夫,不许谈男人,更不许谈陆天翔,也不许你叫他姐夫,我没这个丈夫,我恨天下的男人,我嫁给他,给他生了孩子,给他弄了几百万块钱的贷款,让他当上了海明酒店的总经理,可他……他吃喝嫖赌,把一个好端端的酒店搞空了,搞垮了,还欠了一大屁股债……呵?什么?你不是阿芸?是李律师,呵,对不起!嗯,嗯,好,请你马上把文件送到海明酒店,我马上赶到。"
她放下电话,从立镜中看到,儿子庆庆正呆坐在床上,盯着她。
阿莲:"庆庆,怎么了?"
庆庆不语。
阿莲:"庆庆。"
庆庆:"我做了一个梦。"
阿莲:"什么梦?"
庆庆:"爸爸跳海,大盆鱼一口吞了他。"
阿莲一惊,过去一把抱住吓坏了的儿子。

8. 海口街头,日外。

一栋栋新建的大楼鳞次栉比,立交桥上车来车往,显示出一个新兴南国都市的朝气,沿路两边的椰树婆娑,在蓝天的背景下别具一格。

一辆黑色的凌志车驶来。

9. 车内,日内。

韩阿莲坐在车的后排,庆庆靠在她身边,正在玩手中的变形金刚。

收音机正在播放一篇介绍股市行情的文章:"……有人说,当前上海、深圳两地股市再度低迷,使人想起了当年黑色星期一的噩梦,1987年10月的最后一个星期一的下午3时左右,在美国迈阿密美林证券公司,亚瑟·凯恩用枪打死了证券公司的副总经理、经纪人,然后自杀,此事立即震惊世界,究其根源,是凯恩凶杀前一个星期的星期一,那天,出现了大规模的股票暴跌,使凯恩的百万美元瞬间被卷走,成为负债千亿元的债奴……"

韩阿莲起身,将手伸向前排,把收音机关了。

司机从后视镜中窥望了她一眼。

10. 街头,日外。

凌志车驶过十字路口,停在海明酒店大门口。

酒店办公室主任张还拾级跑下,为韩阿莲开门,迎接韩阿莲母子。

张还:"韩董事长,你可来了,陆总走了十天,这里我快顶不住了。"

韩阿莲似未听见,笑盈盈地拉着庆庆走向台阶,走进海明酒店大厅,走向电梯。

张还跟在他们身后。

电梯门开了,他们走进电梯。

11. 海明酒店三楼电梯口,日内。

楼层显示器上是三楼。电梯门开了,韩阿莲拉着庆庆跨出电梯,身后跟着张还。张还见阿莲往会客室方向走去,就上前阻拦。

张还:"韩董事长,会客室坐的都是逼债的人。"

阿莲望着他。

张还:"这些人天天来,已经一个礼拜了,他们说陆总经营失败,负债潜逃……"

阿莲:"谁说的?"

张还:"他们都这样说。债主们昨天决定,今天一起商议起诉书,准备到法院起诉我们……你是不是先听听我的汇报，再……"

阿莲一笑："张主任，你帮我照顾一下庆庆。"

张还点点头，牵过庆庆。

阿莲："张主任，李律师来了没？"

张还摇头。

阿莲："李律师一到，马上领她到会客室见我。"

张还点头。

阿莲镇定自若地向会客室走去。

12. 会客室内，日内。

门被推开，韩阿莲走了进来。

室内一圈沙发上，已坐着五六个债主，似乎正围在一起商议什么，见韩阿莲走进来，互相交换了一下眼色，正襟危坐地望着阿莲。

阿莲满面春风地过来，与债主们寒暄握手："呵，周总，你好。"

"林老板，你好。"

"黄科长，你好。"

见债主们不冷不热，阿莲也就不再一一寒暄，走到中间的沙发处坐下。

此时，张还领着李伊伊进来了。李伊伊戴着金丝眼镜，职业妇女的打扮，文静而又内秀，与韩阿莲相比，是另一种美。

阿莲："呵，李律师，你来得正好。"

李伊伊与众债主点点头，径直来到阿莲身边坐下，她把手中的公文包放在茶几上。

阿莲："李律师，文件带来了？"

李伊伊点头。

阿莲："现在可不可以给大家看了？"

李伊伊："韩董事长，这……属于你们海明酒店的机密。"

阿莲点了点头，沉思了一下："不过，在座的各位，都是我的债主，今天，大概只有靠这点机密才能让他们安心了。"

李伊伊点头："董事长定。"

阿莲："请大家先看看，我们再收回。"

李伊伊点头，从公文包中取出两份文件，送给在座的债主。

阿莲起身，边走动边说。

阿莲："各位老板，发给大家的，是两份文件，一份是关于我们海明酒店的扩建方案；一份是介绍我韩阿莲重要家世的。关于扩建方案，大家一看就明白，需要介绍的，是我的家世……"

众债主莫名其妙。

阿莲笑："关于这件事，李律师，你是不是谈一谈？"

李伊伊点头。

李伊伊："大家知道，在中国历史上，我们海南省出了很多名人，其中重要的一位，就是宋子文先生，还有宋先生的三个姐妹：宋蔼龄、宋庆龄、宋美龄，宋子文的父亲叫宋耀如，很多人并不知道，宋老先生的父亲是谁，是干什么的。宋耀如老先生的父亲姓韩，叫韩鸿翼，是我们海南文昌颇有文化修养的商人，因为韩老先生有文化，海南人并不称他为老板，而尊他为先生。我为什么要讲这些呢？请大家注意，宋子文的祖父姓韩，而我们这位董事长也姓韩，而且他们的祖居都是文昌……"

众债主有些惊奇。

李伊伊："对此，我进行了专门考察，查阅了有一百余年历史的《文昌县志》，也查阅了文昌《韩氏宗谱》，终于发现，韩阿莲董事长曾祖父的父亲，是宋耀如先生的父亲——韩鸿翼老先生的表弟……"

众债主倒抽了一口凉气。

韩阿莲："这件事，我们并不希望向外披露，但是，我们已将资料电传给海外的宋氏家族的人，并已与宋氏家族建立了联系，这次我丈夫也就是海明酒店总经理陆天翔去菲律宾，就是去见宋氏家族的人，因为宋氏家族有意到海南投资，扶持我们海明酒店，没想到，我丈夫秘密出访，竟在本地引出谣言，说他是经营失败，负债潜逃……"

阿莲若无其事地笑了一声。

债主们面面相觑。

李伊伊不动声色。

13. 华丽的高楼，日外。

唐西江的集团公司总部就在这里，这是一座颇具特色的高层写字楼，门口停满了各式高级轿车。

14. 唐西江办公室，日内。

这是金岛实业开发有限公司的董事长兼总经理办公室。一侧墙上是巨型的世界地图，一侧墙上是巨型的海南地图。

唐西江正在潇洒地给几名部下讲话："……总之，此次我的北京之行，我们已经拿到了五千亩地的开发权，也拿到了外贸直接进出口许可证。另外，还融进了足够兼并海南环岛公司的所需资金，大大超过了预定目标。请大家注意，第三点，尤为重要，我们融进的这一大笔资金，是在国家加强宏观调控、控制资金发放的条件下实现的，这就使我们对环岛公司的兼并变得更加有利，也更加有力。兼并以后，我们的金岛公司在海南特区的地位将大大提高，由五十名以后一跃为三十名之内。"

他的几名男女部下喜形于色。

唐西江："有关的各项工作，我已给大家分头交代了，这里不再重复。我只想提醒大家一点，我这个董事长兼总经理，将用冷酷的目光，时时刻刻盯着各位。"

说完，他从桌上盒内取出一支烟，点燃了，背过身去。

部下们知道宣布散会了，纷纷站起，走出办公室。金岛公司总经理助理何树发是一位五十开外的人，当他收起文件夹准备出门时，被唐西江叫住了。

唐西江："何助理，请你留一下。"

何树发回转身来，望着唐西江。

唐西江从桌上拿起烟走过来："抽支烟。"

何树发："唐老板，谢谢，我不抽。"

唐西江："你一直不抽烟？"

何树发："呵，过去抽，三年前，戒了。"

唐西江："为什么？"

何树发："老婆得了哮喘。"

唐西江笑了，点头："是呀，为了老婆，你戒了，怎么戒的？"

何树发："我开头喝戒烟茶，不行；后来，买了很多戒烟糖……"

唐西江："戒烟糖真能戒烟？"

何树发："也不行。"

唐西江："那你是……"

何树发："我时刻告诫自己，你抽一口烟，等于老婆吐一口血，就……"

唐西江笑了，何树发也笑了。

何树发："唐老板，你问这事，是……"

唐西江："想戒烟，是老婆要戒，不是老婆有病，是老婆说我们亲热的时候，她受不了，全是烟味。"

两人开怀大笑。

唐西江："我不想学你的办法，用老婆的病来吓唬自己，日本有个叫大江坪内的，为了戒烟，命令自己在二十四小时内不停地抽二百支烟，到次日早晨，他口干舌燥，恶心呕吐，再也见不得烟了！"

何树发一惊："你也要一天抽二百支烟？"

唐西江："翻一番。"

何树发："四百支？"

唐西江点头："请你通告大家，到明天早晨，任何人不许进我的办公室，也不许把电话接进来。"

何树发："唐老板，那会醉烟的，很危险。"

唐西江自信地摇了摇头，走到自己宽大的办公桌前，从抽屉里拿出了一条烟，拆散，放了一桌，苦笑了一下，好像面临一场非上不可的决战。

15. 韩阿莲的办公室，日内。

一叠钱从桌子的另一端递了过来，李伊伊的手要去拿那叠钱，又迟疑了一下。

伊伊："阿莲，你觉得我该拿这笔钱？"

阿莲："为什么？"

伊伊："关于你们韩家与宋氏家族的关系，我仅仅做了一些简单的调查，其中那些是推论，还没来得及做深入的鉴定，更缺乏权威的鉴定。"

阿莲耸肩笑："你是说，那份资料提供的情况也许不对或不准确？"

伊伊点头："还有，你的先生并不是去菲律宾与宋氏家族的人见面，而是负债潜逃……"

阿莲："你是说我刚才欺骗了我的债主？"

伊伊点头："不仅如此，还巧妙地利用了我这个律师。"

阿莲又笑了："所以，你觉得你不应该拿这笔酬劳？呵，不少呢，整整两万。"

伊伊仍不为所动。

阿莲望着伊伊："假如我这是预付的另一份酬劳费呢？"

伊伊不解地望着阿莲。

阿莲几乎用双手捂住自己的脸，用低沉而又果决的声音说："我以海明酒店董事长的名义，正式委托你，请你马上帮海明公司清盘。"

伊伊："要正式登记破产？"

阿莲点头："当然，现在这一切要秘密进行。"

伊伊沉思片刻站起来："据我所知，你承包海明酒店所付的款项和进行装修的投入，以及购置的资产、账上剩余的资金，与你们所欠的债务，还差近四百万。"

阿莲："差不多，你漏算了我的财产。"

伊伊望着阿莲。

阿莲："我还有一幢别墅，一辆轿车，以及其他家产……差不多吧？"

伊伊点头："这些你丈夫同意吧？"

阿莲："这些都是我的财产，无须经过他。"

伊伊："法律程序是要经过他的。"

阿莲："我有法人代表文件，也有户主、车主的文件。"

伊伊："那我就没有什么话可说了，要说的，只是担心你们母子今后在哪里住，该怎么生活。"

阿莲耸肩苦苦一笑。

伊伊的 BP 机响了，她看了看，情不自禁地笑了。

阿莲："是股市反弹了？"

伊伊："不，已宣布我先生欧阳腾当外资办副处长了。"

阿莲："你很高兴？"

伊伊点头。

阿莲："是你努力的结果？"

伊伊也不否认。

阿莲望了伊伊一会儿，走到壁橱前倒了两小杯酒，拿过来，递了一杯给伊伊。

阿莲："来，喝一杯。"

伊伊："祝贺我？"

阿莲点头，与伊伊碰杯，一饮而尽，而伊伊只抿了一口。

阿莲："伊伊，这五年，我帮陆天翔从一个穷光蛋变成了百万富翁，你呢，将你的丈夫欧阳腾从一个普通干部变成了副处长，你看看我们两个女人……呵。"

伊伊："我们的结果不一样。"

阿莲又过去给自己倒了一杯酒，仰面喝了："是呀，眼前的结果是不一样，可谁又能说清将来……"

伊伊："将来？我相信，将来也会不一样。"

阿莲苦笑："但愿如此……说实话，现在，我真为我们海南媳妇感到悲哀。"

伊伊："阿莲，请你记住，虽然现在我可以说是海南媳妇，可我是上海人，是法学硕士、律师。"

伊伊说完，将那叠钱收起，放进提包，款款而去。

阿莲不乏担忧地苦笑。

16. 市外资办，日内。

欧阳腾拿着包从大办公室出来，走向一间挂有副处长办公室牌子的办公室，推开了门，也很宽敞。一张宽大的办公室，上面有电话、传真，还有电脑。

他稳稳地走了进去，将手中的提包往桌上一放，走到窗口，将百叶窗帘一张一合，又一张一合，满足地吐了一口长气，转过身来，坐到自己的新办公桌前。

有人敲门。

欧阳腾："请进。"

是一个女秘书："欧阳处长，这是几笔重要的外资文件，秦主任请你提出意见。"

欧阳腾点了点头。

女秘书放下文件走了。

欧阳腾满意地打开文件。

17. 海口街头，日外。

李伊伊跳下公共汽车，走进人群。

18. 市场，日外。

李伊伊从市场里走出，手中拿着采购的一大堆东西。

她在街头向出租车打了个手势，出租车停在她面前，她钻进车内。

19. 阿芸家，日内。

阿芸整理完妈祖神坛，退了几步，满意地坐在沙发上，顺手打开了茶几上的画报。

电话铃响了。

阿芸接电话："呵，江仔，你好。我干什么？清早，我去买了菜，都是你爱吃。然后，然后每一个房间打扫卫生，然后，对对，然后坐在沙发上看画报。哈哈……什么？我们马上要换一个住处？你买下了一栋高级别墅！一百五十万。哇！不让我做饭、不让我清理家务、不让我……那你让我在家干什么？生儿子？你想的美。当贵太太？什么是贵太太？噢，噢，莫尼克公主？不知道，噢，西哈努克的老婆，我当不了。好，好，我听你的。只有一条，你要听我的，戒烟！对！你今晚就戒？不回家？骗人，真的？不要我来？好，我也听你的。"

她兴奋地放下电话。

20. 唐西江办公室，日内。

唐西江放下电话。

他将领带从脖子上松下，挂在壁柜里，又将西服脱下，挂好，将窗帘打开，搬了一张椅子，放在窗前，将烟灰缸放到茶几上，又把茶壶和杯子拿了过来，从桌子上一包又一包地拿了几盒烟，走到窗前，坐在躺椅上，舒了一口气，开始了他的戒烟战斗。

他开头抽得很慢，稍停一口后，猛抽了起来。

他又点燃了一支烟。

21. 海明酒店，日内。

阿莲在长廊里行走。她进了一扇大门，看了看挂着的总经理牌子，推开了总经理办公室的门。

室内，空无一人。

她走到办公桌前，将电话机搁好，坐下，发现桌上还有陆天翔的相框，拿起看了看，猛地将相框扑倒，又竖起，再重重地扑倒。

她抬起头来，发现一个年轻又漂亮的女人站在门口，是阿冰。

阿莲冷冷地打量阿冰。

阿冰也目光直直地望着阿莲。

阿莲："阿冰？"

阿冰点头。

阿莲："找陆天翔？"

阿冰摇头。

阿莲："找我？"

阿冰点头。

阿莲："有事？"

阿冰迟疑地点了点头。

阿莲："公事还是私事。"

阿冰眼眶发红。

阿莲："是私事。"

阿冰点头，泪水终于止不住，流了出来。

阿莲打量了一下阿冰，似乎明白了什么，将身子往转椅背上一靠。

阿莲："什么私事？你说……"

阿冰终于鼓足了勇气："董事长，我怀孕了。"

阿莲："谁的孩子？"

阿冰："天翔的。"

阿莲的判断终于被证实，她轻轻地笑了几声，又用双手捂住脸，笑声也变大了。

阿冰："你在嘲笑我？"

阿莲的笑声停了，放下手，摇了摇头。

阿莲："阿冰，我们俩都该被嘲笑。"

阿莲站起身来，背对阿冰："当初，你曾经是胜利者，你战胜了我，不靠别的，靠你比我更年轻，更动人，现在，你也成了失败者。"

阿冰："我败给谁了？"

阿莲："我不知道，采惯了野花的男人，是改不了的。"

阿冰："那我更要找天翔。"

阿莲："我也找不到他。"

阿冰："你骗人，你知道，天翔十天前跟我说的，他跟你办完离婚手续后，要我来找他的。"

阿莲："今天？"

阿冰点头。

阿莲一愣，走到办公桌前，将陆天翔的相框往地上一甩："骗子，混蛋，阿冰，陆天翔骗了我六年，六年啊。"

阿冰站在那里痛哭不已。

阿莲："阿冰，我们都是女人……你肚子里的孩子，我不好多说，是刮还是生，你自己定，但我希望你告诉我一声，我会帮助你的。"

22. 欧阳腾办公室，日内。

欧阳腾正在研究文件。

电话铃响。

欧阳腾接电话："喂，你好！我是欧阳腾！噢，郝部长，你好，不用，不用，还合适吗？那好，那好。郝部长，那件套裙，是伊伊的香港姨妈送来的，没花钱。对，对，嗯，是的，今天上午宣布的，对，是副处长，谢谢郝部长的关心。

我就怕干不好……嗯，好，是的，多请示，多听处长的意见，对对！谢谢！嗯，那我转告伊伊，再让她姨妈从香港带点来，一带来我就给吕书记送去！是，是，再见。"

他的这个电话，显得极为谦恭、低下，又恰到好处。放下电话以后，他双眼发亮，美美地喝了一口茶，点燃一支烟。

电话铃又响了。

欧阳腾又接电话："喂，我是欧阳……噢，伊伊呀，你回家了？买了好多东西庆祝？好！哎，伊伊哇，刚才郝部长来了电话，除了祝贺我外，还感谢你送给他女儿的套裙，还说要付钱呐。对……我全按你说的，老头好高兴，还说吕书记家的媳妇也喜欢，让你……嗯，对，完全如你所料，我答应了，好，五点半，我准点回家，好，拜拜。"

他很兴奋地放下了电话，刚要端杯子喝茶，又将手停住了，从办公桌里拿出一个相框，架在桌上。

是李伊伊的照片，很漂亮，也很有风度。

23. 唐西江的办公室，黄昏内。

从百叶窗里泻进的光亮，照在唐西江的脸上，一团烟雾泛起。

他躺在躺椅上抽烟。

烟灰缸里，已堆满了烟蒂。

那个茶缸里，也有烟蒂。

电话铃响了。

唐西江接电话："呵，阿芸，你吃晚饭没有？嗯，多吃点，我很好，我也很忙，嗯，那好，电视不要看得太晚，早点睡！昨晚你不是很累么？（笑）……好，拜拜。"

他放下电话，又点燃一支烟。

24. 阿莲别墅，夜内。

庆庆坐在地毯上看电视，都是他不喜欢看的节目，他用遥控器换了一个又一个台，终于扔掉手中的遥控器。

庆庆："妈妈，电视不好看，我要睡觉。"

阿莲从外面进来，从地上拾起遥控器，将电视关了，又抱起庆庆，往卧室走去。

阿莲："我的庆庆乖，累了，该睡觉了。"

她抱着庆庆，走进儿童卧室，将庆庆放上床，盖好被子，在庆庆脸上亲了一下，退到房门口，关上灯，掩上门。

25. 高速公路上，夜外。
一辆白色的出租小货车从远处疾驰而来。

26. 高速公路的分道处，夜外。
那辆白色的出租小货车走下高速公路，驶进通往市区的路。

27. 出租小货车车厢，夜内。
棱角分明的高风握住方向盘，望着被大灯照得雪亮的路。
他的眼里布满血丝。

28. 阿莲别墅，夜内。
阿莲一人饮酒，她坐在楼梯上。
别墅外面，传来了汽车的喇叭声和刹车的声音。
她估计有人来了。
门外有关汽车门的声音，接着，有人按门铃。
阿莲从楼梯上起来，整了整衣服，下楼。
阿莲："谁呀？"
高风（屋外）："韩老板家吗？"
阿莲走到门口："找谁？"
高风："找韩老板！"
阿莲开门，高风板着脸进来了。
高风："你就是韩老板？"
阿莲："嗯，你是？"
高风："出租货车司机，高风。"
阿莲："呵，高先生，有什么事？"
高风："我刚从三亚回海口，受一位先生之托，来找你。"
阿莲："啊，受谁之托？"
高风："陆天翔，你的先生。"
阿莲一惊："他躲在三亚？找我干什么？"
高风从口袋里拿出一封信，交给阿莲："陆先生现在流落在外，是不会再回海口了，让我告诉你，你也不必再找他……"

阿莲接过信，打开一看，是陆天翔写的离婚协议书。

阿莲的手开始发抖。

高风："韩老板，陆先生特别嘱咐我，请你在同意离婚前，一定满足他的两个条件：一是儿子不能改姓，给陆先生留一条根；二是无论如何不要把你们离婚的事告诉他父母，他父母年老多病，经不住这个打击。"

阿莲："我要是不满足他呢？"

高风冷笑："我也说过同样的话，陆先生哭了，没回答，我回答了。"

阿莲："你回答了？"

高风："想听吗？"

阿莲："很想。"

高风："女人心，海底针，别看她一张笑脸迷人，心比蝎子狠毒。"

阿莲："是吗？……那好，我答应陆天翔的要求。"

高风："这能说你心好？不，你更毒，你不计一切，只要离婚就成。"

阿莲克制住自己："请问，陆天翔是你的朋友？"

高风："不。十天前，他包了我的车，去三亚。"

阿莲："那……你是他的车夫？"

高风："不错，只要他给钱，就行。"

阿莲："今天这一趟路，他给了钱吗？"

高风："算我帮忙。"

阿莲："我给呢？"

高风："求之不得。"

阿莲从口袋里掏出一张百元大钞，递过去，高风刚要伸手去接，阿莲的手一松，钱飞到了地上。

高风望了阿莲一眼，玩世不恭地笑了笑，弯腰下去将钱拣起，往灯的方向照了照，又吹了吹。

高风："从三亚到海口，这够？"

阿莲将手中的一叠钞票撒向空中。

第二集

1. 阿莲别墅，夜内。

月光从窗口透进。

阿莲穿着睡衣躺在床上,很显然,她睡得很不安稳,嘴里似乎还在讲什么话,眉头也陡然竖起,突然,她发出了尖叫,连续地,有些惊恐。

窗帘在摇动。

她醒了,知道自己在做梦。

她顺手从床头上找药瓶,取出四片,咕咚咕咚地将药片吞下,是舒乐安定。

2. 海明酒店,日内。

正在进行酒店转让仪式,在新老板签字之后,李伊伊做了"请"的手势,笑容可掬地朝阿莲点点头,走了一步,坐下,在转让协议书上签字。

她签字的手有些勉强。

3. 阿莲别墅,夜内。

窗外有雨,偶尔,可以听见远远的闷雷。

在床上的阿莲似乎对那种远远的闷雷有种无名的恐惧,只要响过一下,她就将头埋进毛巾被里,身子蜷缩,不久,又有闷雷滚过,她盖着毛巾被,几乎是对窗跪在床上了,突然,一声炸雷响起,她大惊,尖叫,从床上滚到了地下。

她的目光在夜色中惨淡、悲戚。

床边,正好有一瓶酒,她顺手拿起,咕咚咕咚喝了大半瓶。

她喘着粗气。

她的眼中有泪。

4. 汽车交易所,日内。

一张大额支票从一个胖胖的老板手中递来,李伊伊看了看,交给韩阿莲。阿莲从手提包中取出汽车钥匙,递给胖老饭。

他们走出交易所。

她的那辆黑色铮亮的凌志车就停在门口。

胖老板心满意足地向凌志车走去,望了望阿莲,阿莲强装笑脸,做了个请的手势。

胖老板进车,启动,放下窗玻璃,向阿莲挥挥手,车嗖的一声,一溜烟开走了。

阿莲怅然若失地站在那里。

李伊伊理解地握住阿莲的手。

5. 阿莲别墅，夜内。

阿莲怀里抱着庆庆，庆庆已经睡着，她站起身来，将庆庆送到另一个房间睡下，退了出来。

她伸了一下懒腰。

电话铃响了。

阿莲接电话："喂，我是，嗯，什么？明天就搬？不行，我们的合同已经定了，搬出这栋房子的时限是半个月，还有半个月。"

说完，她吱的一声，扔下了电话。

她双手抱在胸前，走到楼梯口，顺手将一楼大厅的灯一盏又一盏地打开，而后，又一盏一盏地关掉。

黑暗中，只有她那不安而又凄苦的目光在闪动。

6. 阿芸的家，日内。

几名搬家公司的人正在厅里忙着捆东西，一幅要搬家的景象。

唐西江从外面进来，他身后跟着何树发，唐西江看了看屋里的景象，给何树发一个眼色，何树发点了点头。

唐西江进到卧室里。

何树发击了两下巴掌："各位，我们老板的意思，这个屋里的东西，一律要恢复原样，保住昔日的样子，新别墅里的家具和一切用具，已经另外订做了。"

搬家公司一工头："是吗？老板，那我们这一趟……"

何树发："我们老板说了，大家恢复原样后，按你们公司最高标准付钱，另外，给各位师傅每人80元红包。"

众人高兴："好哇。见八就发。"

7. 阿芸卧室，日内。

唐西江躺在席梦思上，用双手撑着头，阿芸坐在床上，二人正在欣赏阿芸的照片。

阿芸："江仔，你看这一张。"

唐西江："嗯，太美了。"

这是阿芸在文昌水边的照片。

阿芸："还有这。"

唐西江："全世界都在叫绝！"

这是唐西江与阿芸在海边的合影。
　　阿芸："美得你。"她把一张照片收起来了。
　　唐西江迅速抢过来："哇!"
　　这是唐西江搂着阿芸的照片,阿芸薄纱在身,娇媚异常。
　　唐西江："我记得,那天是我第一次犯规?"
　　阿芸脸红了,去夺:"你坏!你坏。"
　　唐西江让阿芸夺去,哈哈大笑。
　　阿芸："来,你看。"
　　唐西江看了,没做声。
　　阿芸："你看,还有这张。"
　　唐西江："还有没有?"
　　又有两张。
　　这都是阿芸做饭、抹地板、洗车、擦窗户的照片。
　　阿芸看了一摞照片,没有类似的照片了。
　　唐西江将这几张照片拿在手上,看了看,顺手撕了。
　　阿芸："江仔,你干什么?"
　　唐西江："我的太太,不应该做这些事情,更不该留这种照片。"
　　唐西江一把将阿芸的头搂住,亲吻起来。
　　阿芸："江仔,我出嫁的时候,妈对我讲,我们海南女人,命就是做家务,照看好男人。
　　唐西江："这一条,在我手里,要改,还有烟味么?"
　　唐西江："为了戒烟,我差点丢了命。"
　　阿芸动情地吻他,二人从床上滚到地上,哈哈大笑。

8. 海口街头,日外。
　　阿莲牵着庆庆走在人群中,她的服装已变得平民化了。

9. 海口旧巷,日外。
　　阿莲牵着庆庆,在一老妪的带领下,走进了一家老房子。

10. 老屋,日内。
　　屋内昏暗,老妪拉了一下灯,灯亮了,有一处偏房,将门推开,浓烈的霉味使阿莲难以忍受,退了出来,向老妪示意不要。她抱庆庆走了出来。

11. 出租屋，黄昏内。
在一个男人的带领下，阿莲牵着庆庆走上楼梯。
这是一处造价很低的公房。
他们路过一间又一间的房间。
一间大房里住满了打工女。
又一间小房的门半遮着，里面传来男人的调笑声。
阿莲的眉头皱着，想了想，忽然停住了，对男人示意不要，牵着庆庆走了。

12. 海口街头，夜外。
阿莲领着庆庆，走在人群中。

13. 李伊伊家，夜内。
这是个三居室，李伊伊正在桌上看着卷宗。
欧阳腾在厨房里叫："伊伊，我的汤煲好了，准备开饭。"
李伊伊应了一声，赶紧收饭桌上的东西。
欧阳腾系着围腰，端着煲从厨房里出来。
欧阳腾："哈哈，自制佛跳墙，快，真香。"
欧阳腾将煲放在桌上，将另一个手上的小碟、汤匙、筷子放下，返回厨房，从里面拿来三碟菜，再从酒柜中端来红葡萄酒和高脚杯，放好了，斟上两杯。
在欧阳腾做这些事的时候，李伊伊一直望着，非常满足地望着欧阳腾。忙完了，欧阳腾坐下，举起酒杯："来，干一杯。"
伊伊不动手："为什么？"
欧阳腾："为我聪明绝伦的老婆，给我筹划的一切，步步成功。"
伊伊："说说。"
欧阳腾："一是我当副处长后，按你的吩咐，请了两桌酒，将对立的两个外资办主任分开，他们双方对立，可私下对我，视为知己；二是你又为吕书记的媳妇做了一件套裙，装上外国名牌的商标，送去了，吕书记今天接见了我，说我年轻有为，鼓励我好好干，还一再嘱咐我，有什么难处和要求，一定去找他，还让我们俩常去他们家玩。"
伊伊："你满足了？"
欧阳腾："满足了，满足了，来。"
伊伊："你是个什么官？"

欧阳腾："副处长。"

伊伊："不是处长？"

欧阳腾："处长姓杜……伊伊，你是要让我欧阳腾当处长？"

伊伊不语。

欧阳腾："杜处长资格很老，根子也硬，当了十二年，是老处长了，我不能跟他斗。"

伊伊："那你能不能抬他？"

欧阳腾："抬他？抬到哪儿？"

伊伊："这就看郝部长、吕书记他们了，假若你向书记、部长推荐杜处长，又让杜处长明白，你的事不就……"

欧阳腾："噢，太妙了，到时候，杜处长升迁，他就会感谢我，推荐我……"

伊伊浅浅一笑，伸手举杯。

欧阳腾兴冲冲地举杯，与伊伊碰杯，伊伊又将杯子一收："欧阳腾，你升官后，怎么对我？"

欧阳腾："对你？嗨，那还用说，体贴备至，百依百顺，在家当牛做马，牢记于心，就是世界最漂亮的伊丽莎白·泰勒追我，我也绝不看她一眼。"

伊伊暗笑："贫嘴，对你讲，请我当法律顾问的海明酒店记得吧？酒店的女老板收叫韩阿莲，记得吧？"

欧阳腾："当然记得，长得很漂亮，她先生叫陆天翔，对吧？怎么啦？"

伊伊："陆天翔当年一贫如洗，靠阿莲发家，当了百万富翁，就变了，吃喝嫖赌，夜不归宿，把好端端的酒店搞垮了，连别墅轿车也卖了，现在，弄得阿莲无家可归……"

欧阳腾："真的？这个陆天翔该天雷劈，地火烧。"

伊伊："你将来呢？陆天翔和你都是海南阿哥。"

欧阳腾："我？"

他一转身，到屋中的佛龛前，跪下了："佛祖在上，我欧阳腾今生今世，要是对李伊伊不忠不义，就不得好死！"

伊伊端起酒杯，一口闷了。

欧阳腾站起，回到桌前坐下。

伊伊给自己杯里加了酒，示意让欧阳腾喝酒，欧阳腾一口干了。伊伊为欧阳腾斟了酒，自己举杯，欧阳腾赶紧举杯。

伊伊："在干杯之前，还有一件事。"

欧阳腾："说。"

伊伊："我们俩从认识到结婚，你还没带我去过你的家，我想见我公婆。"
欧阳腾："他们又不在海口。"
伊伊："在。"
欧阳腾一惊："你知道？"
伊伊点头。
欧阳腾："那……星期天去。"

14. 街头，夜外。
路灯下，阿莲牵着庆庆从远处走来，在一个巷子口，他们被从巷内走出的秦姐叫住了。
秦姐："阿莲。"
阿莲："呵，秦姐！"
秦姐："带儿子来看公公、婆婆了？"
阿莲无可奈何地点头。
秦姐："哟，庆庆又长高了。"
庆庆有礼貌地问候："伯母好。"
秦姐："前两天还碰到你婆婆，说你们好长时间没来了，两个老人好想你们。"
阿莲只有笑着点头："最近，忙一些。"
秦姐："天翔没来？"
阿莲："有事。"
秦姐："你要告诉天翔，他爸的病更重了，她妈腰腿又不灵……哎！"
阿莲心里一惊。
秦姐："你们来看看就好，人老了，心里就惦记孩子。"
说完，秦姐走了。
阿莲站着想了想，到副食摊前买了些东西，拿着东西，进了小巷。

15. 唐西江家，夜内。
这是一个高大、豪华的别墅，一切陈设与当初阿莲的别墅比，要高档得多，有一些穿着特制服装的侍者在忙碌。

16. 唐家餐厅，夜内。
唐西江与阿芸对坐，进晚餐。他们身后各站一位侍者。

唐西江将手一扬，两位侍者点点头，退出去了。
　　唐西江："阿芸，我觉得，你现在应该进入上流社会的生活圈子。"
　　阿芸："上流社会？"
　　唐西江："这个社会，就像街头的饭店、旅馆一样，是分层次的，有普通旅馆、饭店，一二十块钱可以住一夜，吃餐饭；有中档的，像二星级、三星级酒店，几百元可以吃餐饭，住一夜；除此以外，还有高档的，四星级的可以算，主要是五星级，在那里，几百上千元，就不算什么了，所谓你进入上流社会，好有一比，就像吃住在五星级宾馆。"
　　阿芸："让我挥霍？"
　　唐西江一笑："嗯，也不尽然，在上流社会活动的，除了大亨，就是大官，还有一些有特殊地位的人……"
　　阿芸胆怯："那我恐怕……"
　　唐西江："为此，你应从生活习惯做起，像衣着，不能像你现在这样，还有，你的谈吐。"
　　阿芸："我的谈吐？"
　　唐西江："当然，这得慢慢来。"
　　阿芸："江仔，说实话，我不想进什么上流社会……我想，帮你做点事。"
　　唐西江："呵？"
　　阿芸："比如，在你的公司里干点……"
　　唐西江笑了，摇头："不，绝对不行，阿芸，我的信条之一就是，绝不让老婆进入我的事业圈子。"
　　阿芸不解地望着唐西江。

　　17. 巷子里，夜外。
　　阿莲牵着庆庆，拎着礼物走来，拐了个弯，又拐了个弯，来到陆天翔父母的家门口。
　　这是那种陈旧的平房，窗口亮着灯。
　　阿莲到了门口，仍犹豫了一下，下决心进去，轻轻地推门，门开了。

　　18. 屋内，夜内。
　　屋内是一个小天井，阿莲带着庆庆过天井，进了旁边的一扇门。
　　灯下，婆婆架着老花镜做针线活，听见响声，抬起头来。
　　婆婆："哎哟，庆庆来了。"

庆庆叫着扑上去："奶奶。"

阿莲："妈。"

婆婆抱着庆庆："阿莲。"

婆婆刚要起身，就叫了一声，腰疼。

阿莲赶紧过去："庆庆，下来，奶奶腰疼。"

庆庆要下来，婆婆仍不松手："没事，没事，阿莲，我给你开个椰子。"

婆婆放下庆庆，从框里拣出个大椰子："我天天盼你们来，天天买，我就知道你最喜欢吃椰子肉，喝椰子水，街上卖的椰奶，掺了水，不好喝，呵，天翔呢？"

阿莲："他忙。"

婆婆："哼，忙，忙什么？他就是个贼心，一双鼠眼，忙鬼！"

阿莲将庆庆一拉："庆庆，进去看爷爷。"

她与庆庆进里屋，白发苍苍的公公卧病在床，伸出一只骨瘦如柴的胳膊，嘴里咿咿呀呀地叫，眼角流出一滴泪。

庆庆伏了上去："爷爷。"

阿莲拉住老人的手："爸。还好吗？"

公公吃力地点头。

忽然，公公似乎在叫什么，手也在空中乱舞。

阿莲："爸。您老要什么？"

婆婆从外间进来。将椰肉和椰奶递给阿莲："给，庆庆，外面给你留着，爷爷说什么？他在骂天翔，说天翔不是个东西。"

阿莲赶忙过去扶住公公的手。

婆婆："嗨，阿莲，这也是我陆家的福，摊了你这样一个好媳妇，只有你，才管得住天翔，来，给我们说说，天翔怎么样？"

阿莲一时不知说什么好。

庆庆："爸爸出去好久了，不回家，妈妈总……是喝酒，哭。"

阿莲："庆庆。"

庆庆："就是，就是。"

公公又在床上叫了起来。

婆婆："死鬼，你叫什么？天翔是不是出差了？"

阿莲："嗯……是。"

婆婆："阿莲，天翔要有什么不好，你告诉我，这个坏东西。也怪我，看就这么个独儿子，自小就惯坏了他。呵，阿莲，你现在跟我去办件事……"

阿莲："妈，什么事？"
公公又在床上叫了。
婆婆拉着阿莲往外走："庆庆，你陪陪爷爷，奶奶和你妈一会儿就回，呵。"
婆婆拉着阿莲往外走，在外间桌上拿了一个布包。
阿莲莫明其妙地跟着婆婆。

19. 小庙，夜内。
这是海口独有的里弄小庙。
婆婆带着阿莲来了以后，将布包放在水泥台上打开，从面取出火柴，划燃了，点燃一支蜡烛，插到中间的烛台上，又点燃两只烛，分插两边，阿婆又从中取出茶果，是几个红苹果，放在茶台上，又将一把香分开，给了阿莲一半，自己拿了一半，借着蜡烛的火焰点燃，带头跪拜，一次、两次、三次……每次都很长，口中念念有词。
阿莲也被这感染了，虔诚地拜了起来。
她们拜天，也拜地。
她们将手中的香分头插进了供台的土中。
阿莲以为要走了，谁知婆婆又跪到了地上，将头紧紧地贴在地面，好久好久才抬起来，目光中露出惊喜。
婆婆："阿莲，菩萨告诉我了，天翔正在反悔。他再也不会到外面找野女人了，他再也不会去赌了，他再也不会喝醉酒打你了，阿莲，当着菩萨的面，妈求你，让他一次，等他一次，容他一次，宽他一次，好吗？"
婆婆的眼中闪动着泪花。
阿莲不说什么，闭着眼睛。
婆婆的声音颤抖："菩萨啊，我的好媳妇瘦了，我的好媳妇的脸色不好，我求求你啊菩萨，赐个福，让我的好媳妇健康、平安，她是天底下最好的媳妇。"
阿莲闭着的眼角流出了晶莹的泪。

20. 豪华的宴会厅，日内。
唐西江让阿芸挽着，步入宴会厅，里面的众人起立，鼓掌欢迎。

21. 高级游艇，日内。
阿芸从里面款款而来，她戴上很时兴的墨镜。
唐西江从中间的座位上起，给阿芸让坐，阿芸坐下，接过唐西江递过来的望远镜,取下墨镜,用望远镜眺望远方。
　　她大声笑着。

　　22. 海口街头,日外。
　　欧阳腾与伊伊走在人群中。
　　他们在谈着什么,到一个摊上买水果。
　　欧阳腾与伊伊走进里弄,欧阳腾手中拎着水果。
　　里弄很深。

　　23. 小巷,日外。
　　欧阳腾与伊伊走进小巷。
　　这是一个破旧的小巷。

　　24. 又一小巷,日外。
　　这个小巷更加破旧,欧阳腾与伊伊走来。

　　25. 欧阳腾家,日外。
　　这是一个很旧的小院,当欧阳腾与伊伊推门进来时,天井旁有一只大母猪躺在地上,几头小猪正在拱奶。
　　伊伊惊奇地站住了,她顺着眼望去,在猪栏边,还有一群鸡,窗台上,养着一群鸽子,她的脚下滑了一下,叫了一声,被欧阳腾扶住了。
　　被她的叫声惊动,鸽群扑扑地往天上飞去,鸡群也惊动了。
　　欧阳腾:"地上滑,注意。"
　　伊伊:"欧阳,这是你的家?"
　　欧阳腾:"嗯。"
　　伊伊:"你不是说。你妈是红色娘子军连的老战士吗?"
　　欧阳腾:"是呀。"
　　伊伊:"老革命了,怎么住这?"
　　欧阳腾:"嗨,这不思想僵化了,摆着好好的干部楼不住,就爱住这破地方,要不我咋不带你来呢。"
　　屋里传出一老汉的声音:"是腾仔吧。"
　　欧阳腾:"是,爸,今天我带媳妇来看你和妈来了。
　　老汉的声音:"你妈去拣猪食了,你们进来吧。"

欧阳腾忙答:"哎,好。"

他扶着伊伊走向屋里。

26. 海口公园,日外。

阿莲与以前的朋友阿娇沿湖边走着。

阿娇叹了口气:"唉,阿莲,你看你,已经是天上的人,这又回到了地下。"

阿莲咬着嘴唇不讲话。

阿娇:"我当初就说了,那个陆天翔不是个地道东西,可你偏偏鬼迷心窍,拼死拼活地爱他……你说说,你到底爱他什么?"

阿莲:"除了他……能说会道,我……"

阿娇:"还有什么?"

阿莲:"……还有他的……身体。"

阿娇:"身体?哪个男人不一样?就他壮?公猪一头。"

阿莲闭上了眼。

27. 欧阳腾父亲家,日内。

这是一间瓦房,从屋顶的透明玻璃里透出一缕阳光,正照在饭桌上,欧阳腾的父亲是个干瘦的老头,母亲是一个典型的海南老妪。

欧阳腾、伊伊、欧阳父、欧阳母坐在四方桌子的各一方。桌上已摆了几碟菜和一盆汤,四双碗筷各一方。

欧阳腾正要动筷子,被他父亲吼住了。

欧阳父:"慢,他妈,还有两样东西呢。"

欧阳母点点头,下桌,端了一个黑乎乎的铝锅和一杯血红的东西上来,放在伊伊的面前。

欧阳父:"伊伊,你是第一次进门。按我们海南的规矩,新媳妇第一次进门,先得喝一碗热鸡血酒冲喜,另外,要吃一碗红素稀饭。"

伊伊大惊。

欧阳腾:"爸、妈,我和伊伊结婚都快三年了。"

欧阳父:"别说三年,就是十年,二十年都得喝,这是规矩。另外,你小子也别骗人,你妈,不是红色娘子军的战士。"

伊伊无奈,只有咬牙伸出双手,去端那杯鸡血酒。

她的手抖动着,将酒送向嘴边。

28. 海口公园，日外。

阿莲与阿娇坐在河边的草地上。

阿娇叹了口气："阿莲，不是我说你，你吃了这大的亏，还答应陆天翔的条件，你这人真是，气又硬，心又善，真是。"

阿莲："我算是看透了世间的男人。"

阿娇："说这话有什么用？看透也罢，不看透也罢，谁叫我们是女人？还是个海南岛的女人。"

阿莲："我现在算是相信，人是有命的，我啊，苦命一条。"

阿娇："真的？啧啧啧，我才不信，你看你这耳朵，还有这天庭，你是苦命？那天下就没好命人了。"

阿莲："阿娇，你看你，宽我的心。"

阿娇："我这是宽你的心？好，我把话放这儿，以后看，要不我们赌一把？"

阿莲："还赌，眼下，连个好住处都找不到。"

阿娇想了想："哟，我倒忘了，倒是有一个又宽敞又安静，价格又低的地儿……就是怕你瞧不上。"

阿莲："哪儿？"

阿娇："你忘记了？你刚从文昌来海口的时候，不是和我住在——"

阿莲："呵，大仓库。"

阿娇："对。"

阿莲的目光中闪出亮光。

29. 巷中，黄昏内。

欧阳腾与伊伊从远处走来。

欧阳腾："伊伊，我真佩服你，那杯鸡血酒，你一口就喝了。"

伊伊："恶心，那碗红素稀饭是什么意思？"

欧阳腾："让你早生贵子。"

伊伊没笑，往前走。

欧阳腾快步跟上来。

欧阳腾："怎么，不高兴？"

伊伊："你为什么哄我？"

欧阳腾："呵，什么事？"

伊伊："娘子军老战士？"

欧阳腾："嗨，当年文昌，哪个老人不拥护娘子军？"

伊伊不想跟着笑。

欧阳腾:"伊伊,就算我哄了你,你也应该理解,当初,我怕你这个上海俊姑娘,堂堂的大律师看不起我……"

伊伊:"又骗人。"

欧阳腾:"我这又是骗你……好,我赌个咒,我这个在政府当副处长的,要是骗你,就天打五雷轰。"

伊伊嗔怪地瞟了欧阳腾一眼。

欧阳腾知道伊伊原谅他了。

30. 唐西江别墅,日内。

阿芸正在屋里看一部录像带,是部关于美国婚姻的影片。

女仆进来:"太太,先生的电话。"

阿芸将遥控器一按,片子暂停了。

她走到卧室外接电话:"喂,我是阿芸,江仔呵,什么?参加香港朱老板的宴会?不行,我不想去,为什么?你注意了没有?每次与美国、港澳老板的宴会,我穿的、戴的,哪一样能和别的女人比?掉价,喂喂,你怎么不说话?我在干什么?看美国录像片,什么……呵,《默莱克夫妇》,挺好看的。"

31. 唐西江办公室,黄昏。

唐西江放下电话,似乎有些扫兴。

何树发:"太太不想出席宴会?"

唐西江点点头。

何树发:"呃……唐老板,太太为什么不想?"

唐西江:"她觉得她穿的、戴的,似乎赶不上别人。"

何树发听了点点头,轻轻笑了一下,想离去。

唐西江:"老何,你好像有什么话要谈?"

何树发:"我想……我要说的,唐老板已经想到了。"

唐西江:"是吗?"

何树发:"应该是的。"

唐西江:"每一个富裕了的女人,都会得一种病,叫高档购物欲,是吗?"

何树发不置可否。

唐西江心生一计:"老何,往我家里拨个电话。"

何树发拨电话,通了,将话机交给了唐西江。

唐西江:"喂,阿芸吗?我是西江,你说得对,我光忙生意,没注意你的穿戴,是不是这样,从明天起,你每天按起点一万的标准,上街采购你最满意的东西,嗯,少于一万元不行,多则不限……好不好?一直买到你满意为止,对,看你高兴的。呵,那今晚的宴会你参加不?好,我马上来接你。"

唐西江放下电话,叹了一口气。

何树发:老板,你这样做恐怕……"

唐西江摇手:"这跟我戒烟一样,让它来个物极必反。"

32. 大仓库,晨外。

一辆大货车驶进大仓库的院子,车后装满了家具,上面有搬运公司的人。

车在院子里停下,从驾驶舱里跳出阿莲、阿娇,还有庆庆。

阿莲走进大仓库。

搬运公司的人也跳下车,从车上往下搬桌子、床,还有沙发什么的。

阿娇推开了大仓库的门。

33. 大仓库,晨内。

仓库的半边是空的,旁边堆了一些机器,以及一些木料之类的杂物,另半边是用木板搭成的房,有两扇门,关着。

阿娇领着阿莲往那木屋走去。

阿娇用钥匙打开了一扇门,大约有几十平方米,空空的。

阿娇:"阿莲,你看!"

阿莲点头:"还有一间也是空的?"

阿娇:"好像有人住。"

阿莲:"什么人住?"

这时,那边的一扇门开了,从里面走出高风。高风望着阿莲,阿莲望着高风。

第三集

1. 大仓库,夜内。

这是阿莲的新家,房子虽然很大,但很简陋,除一张床外,就是一张五斗橱,一个碗柜,一个冰箱,沙发及一些家庭必备品。

时钟指向十一点。

阿莲从一塑料布幔里出来，她刚刚洗完澡，一件睡衣裹在身上，头发是湿的，显得很有风韵。

庆庆拿着遥控器睡着了，阿莲从庆庆手上将遥控器拿走，将电视关了，给庆庆脱衣，放在床上睡好，盖了床毛巾被。

她来到五斗橱前，对着镜子梳理头发，梳着梳着，动作慢了，最后停住了。

外面有停车的声音，接着是仓库大门被打开的声音和人走近的脚步声。

她有些紧张，赶紧过去把灯关了。

她听到，仓库大门关了。

脚步声越来越大，隔壁的门打开了，啪的一声，隔壁的电灯亮了，一条条光线从中间隔着的木板缝中泻了过来。

阿莲有些紧张。

隔壁的高风敲了几下墙板："还没睡吧？"

阿莲不回答。

隔壁的声音："韩老板，我不是小偷，也不是坏人，不用害怕。"

阿莲仍不回答。

少顷，隔壁传来放水的声音，又传来脱衣服的声音。

阿莲缓缓地将脸靠近木墙，顺着墙缝往那边看。

她看到高风那富有男性魅力的脊背，高风一侧身，是很壮实的侧胸，她赶紧退回来。

那边，又传来高风的声音："我冲凉不习惯关灯，韩老板，你说我关还是不关？"

传来高风那说不清道不明的几声笑。

阿莲受到刺激，和衣躺下了。

2. 大仓库，晨内。

时针指向十点。

当阿莲睁开眼，发现庆庆已坐在床对面的沙发上望着她。

庆庆手里拿着很精致的三明治。

阿莲："庆庆，谁给你的？"

庆庆："爷爷！"

阿莲："爷爷？"

庆庆指隔壁："住那边的爷爷。"

阿莲往门口一看，门开了，她本能地用毛巾捂住胸口，厉声说道："谁开的门。"

庆庆："我。"

阿莲："为什么不关？"

阿莲吼："去，关门。"

庆庆起身去关门，关上门后，赌气地站在门口。

阿莲的心软了，从床上爬起，跪到庆庆跟前，抱住庆庆，庆庆哭了。

阿莲："乖，庆庆，你早晨醒了，怎么不叫醒妈妈？"

庆庆："隔壁的爷爷叫了，你不醒，我醒了……"

阿莲："你就去开门？"

庆庆："爷爷让我开门。"

阿莲："他让你出去干什么？"

庆庆："给……我这……还有……钱，说是你上次多给他的……车钱。"

顺着庆庆指的方向，在碗柜上，有几张钱放在那里。

阿莲："你怎么叫他爷爷？"

庆庆："他说他是……我爷爷。"

阿莲想了想："以后，不许你叫他爷爷，叫伯伯。"

庆庆："不，就叫爷爷。"

3. 唐西江别墅，日内。

阿芸风度翩翩地走出别墅大门，跨进为她准备好的美国福特轿车。

4. 福特车内，日内。

阿芸一边用小镜子照自己，一边吩咐司机："免税专卖店。"

5. 高级专卖店，日内。

阿芸从自动梯上来，走到金碧辉煌的女装专卖柜，在华丽的服装之海中流连。她在镜子面前选定了一件套裙，标价五千，她又选定了一件有貂皮装饰的女风衣，标价一万二。

她神采飞扬。

6. 首饰店，日内。

阿芸递过金卡，她选了一件蓝宝石项链，价格二十万。

7. 高级鞋店，日内。

阿芸的腿翘起，穿上了一双最新式的女皮鞋，站起来试了试，满意地点头。

看货小姐递过一张价单：六千。

阿芸不屑一顾地点头买下。

8. 阿芸卧室，黄昏内。

仆人们将她买回的东西一摞又一摞地搬进来，阿芸连看都不看一眼。

9. 唐西江办公室，日内。

何树发坐在沙发上，唐西江从外面进来。

唐西江："账上已用了多少？"

何树发："五天，二十六万。"

唐西江一惊，后情不自禁地笑了："想不到，真想不到。老何，你预计，我的这位太太一个月，会花多少？"

何树发很为难，不置可否。

唐西江："好……不谈这事了，广西北海那几幢房子的情况怎样？"

何树发："与前年的价位比，对方已降了一半，发展部的人认为可以拍板了。"

唐西江想了想："不行，对方按前年的价，虽然降了一半，可按前年的收益率，他们也只降到百分之八十，这算什么降？告诉发展部，对方不把价格降到前年价格的三分之一，我们谈都不用谈，他们降到三分之一，起码还有一成的赚头，不吃亏。"

何树发："唐老板，开这个价，事实上是不让做这笔生意。"

唐西江笑了："不错，在宏观控制资金的时候，谁手中有钱，谁就有戏，可戏能不能唱大唱好，就看这钱是怎么用了。老何，你注意没有，外商们，尤其是港台商人们，继房地产这个投资热点之后，他们现在的新动向又是什么？"

何树发想了想："我看他们很慎重。"

唐西江点头："还有呢？"

何树发："从沿海逐渐向内地推进。"

唐西江："嗯，你说……"

何树发："从试探性项目开始，如从小额的娱乐服务开始，以图占领内地大市场的一定份额。"

唐西江："很对。还有呢？"

何树发："这就需要专门研究了。"

唐西江："我以为，他们最重要而又最有效的，是他们开始以小额定金方式收购那些中小型有一定产品能力的国营企业，然后，在海外挂牌上市……"

何树发："他们这不是从炒房地产变成了炒中小型国营企业？"

唐西江点头。

何树发："真绝！……噢，你不想做北海的房地产，是想在这方面——"

唐西江："不错。我已经拿到了外国好几家公司的牌子……"

何树发："唐老板，这可是一大高招，妙招。"

唐西江："……所以，我很累，觉得我太太半个月花二十六万，也是一种精神补偿和享受。"

10. 海口自助餐厅，日内。

欧阳腾正笑容可掬地给杜处长点烟。杜处长大腹便便，有些秃顶。五十米开外，伊伊正忙着选菜，她选了一个鲍鱼，一碗海带汤先给杜处长端来。

伊伊："杜处长，先喝点汤。"

杜处长："好，好。"

服务生送来扎啤。

伊伊又选了几样菜上来了。

杜处长："李律师，请坐。"

欧阳腾："嗨，杜处长，就叫她小李，或者伊伊。"

杜处长将手往伊伊手上一拍："好，好，伊伊，伊伊。"

伊伊想收回手，但终究没收。

杜处长收了手，端起啤酒："来，为你们今天的盛情……切斯。"

欧阳腾举杯："……切斯。"

伊伊笑："切斯是英语，干杯。"

杜处长哈哈大笑，三人碰杯，喝了一口。

欧阳腾："杜处长英语真好。"

杜处长又笑："什么会说英语，其实，我只会讲两句，切斯，否斯。"

伊伊笑得捂住嘴。

欧阳腾："否斯？"

杜处长："你问伊伊。"

伊伊脸红了。

杜处长："嗨，也就是男女之间脸贴脸。"

欧阳腾也笑了。

杜处长又喝了一大口啤酒，有些酒后发话了："要我说，外来语言在中国普及最快的，除了拜拜之外，就是这切斯、否斯了，你们说怪不怪。"

欧阳腾插不上话。

伊伊："其实，这也是规律。我在学校的时候，一方面从法律的角度研究了中国一百多年的开放史，也从另一方面，就是文化方面研究了一下，当年清政府开放的时候，从国外最早进来的，除了洋火、洋蜡、洋油之外，主要是鸦片和交际舞，主要是生活方式，而不是生产方式……"

杜处长："啧啧啧，想不到，伊伊还是个大专家，我啊，是个粗人，我感觉现在跟一百年前根本不一样。"

伊伊："那是，那是。"

欧阳腾："对对对。"

杜处长端起杯子："小欧，你知道，我是个粗人，粗人的最大优点，就是义气，义气是什么？就是你对我好一分，我回报你十分。"

欧阳腾点头。

杜处长："就像今天我们一起来吃饭，你们说你们请，我来了。我就要回报，怎么回报？由我买单。"

欧阳腾赶紧说："不……"

伊伊："那不行。"

杜处长把酒一放："论官，我比小欧大，论年纪，我也大，有什么不行？我说行，就行。你们要是说不行，嘻……没用，你不信试试。嘻……小欧，说实话，你们俩口子，对我不错，到郝部长那里，到吕书记那里，都讲了我许多好话，都传到我耳朵里来了，不然，你们一请我会来？"

欧阳腾和伊伊点头，不无紧张地望着杜处长。

杜处长："我们交往并不多，你们为什么这样做，呵？倘若吕书记、郝部长认为是我让你们去的，会有什么结果，呵？"

餐桌上的气氛顿时紧张了。

杜处长继续发作："还有，你们知道我在上面有背景，不然，我这个处长能一坐十几年？你们到上面去说我的好话，岂不是比当我的面说好话更厉害，这不是那个……高明地讨好我？"

伊伊的脸变白了。

欧阳腾如坐针毡。

杜处长自己干了一杯，望了望二人的狼狈样，笑了好久后说："看看，你们呵，真是娃娃一对，吓着了？嘿……告诉你们，这些话，不是我姓杜的说的，是外面有人……讲的。我姓杜的是直肠子，讲不出这些话，不管你们什么目的，你们的情，我领了。所以，我已经向上面推荐了你。"

欧阳腾："啊？"

杜处长："接我的班，当处长。"

伊伊："那怎么行？"

欧阳腾也直摆手。

杜处长："不行？我刚才说了，说你行，你就行，你说不行，也行。"

杜处长哈哈大笑。

欧阳腾："杜处长，那你……"

杜处长："十二年的外资处长，我当够了，到商界玩玩。"

欧阳腾与伊伊交换一下眼色，掩饰住内心的惊喜。

杜处长："眼前，我要考你一次。"

欧阳腾："考我？"

杜处长："省里要召开一次外资工作理论研究会，我们要送一篇论文。"

欧阳腾："让我写论文？"

杜处长："题目是'论特区外资工作的战略选择'，以你的名义发表。"

欧阳腾与伊伊面面相觑。

11. 海口街头，日外。
阿莲和阿娇走进一个门面。

12. 门面里，日内。
门被女主人拉开，是一个大约二十多平方米的宅子。

女主人："这里不错啰，黄金地段，东边是宾馆，西边是娱乐场，水电都有。"

阿莲边观察边问："月租金是多少？"

女主人："一年二十万啰，最低价位。"

阿莲："不能再低了？"

女主人："人家二十五万我没租啰，他们的项目不好，搞海产品批发，太脏啰。"

阿莲："我们做美容，能不能低一些？"

女主人："不能啰，再低就亏啰。"

阿莲无可奈何地拉阿娇出来。
女主人："谈生意，你也开个价嘛。"
阿娇："十万。"
女主人："十万？杀头呵。"
阿莲与阿娇走了。

13. 远处，日外。
戴着墨镜的高风坐在小货车的驾驶台上，看着阿莲往远处走。
他取下墨镜，若有所思。
有人正往他的车上上货。
货主拍打车厢："齐了，货齐了。"
他戴上墨镜，启动了车，向货主招招手，将车开动。

14. 海口街头，日外。
阿莲与阿娇又进了一家门面。

15. 远处，日外。
高风装满货的车停在那里，他正在观察阿莲这边的情况。

16. 那家门面，日内。
阿莲与阿娇出来了，看样子，生意又没谈成，她们走进人群。

17. 远处，日外。
高风似有遗憾地戴上墨镜，将车汇入车流，向远方开去。

18. 自助餐厅，日外。
伊伊、欧阳腾扶着已酩酊大醉的杜处长出来，在门口叫了一辆的士，将杜处长送进车里，给司机付了钱，关上门，的士车走了。
伊伊吁了一口气："你们的处长就是这种德性？"
欧阳腾："老奸巨猾的家伙。"
伊伊："他倒是真义气，不仅推荐你当处长，还创造机会，让你表现。"
欧阳腾："你是指论文？"
伊伊点头。

欧阳腾："你听他的，他认为好，就是他的，稍差一点，才是我。"

伊伊："真的？"

欧阳腾："哼，人在屋檐下，不得不低头，反正，我不想垫脚也得垫。"

伊伊点头。

欧阳腾："伊伊，你能不能帮个忙？"

伊伊："我？"

欧阳腾："我拿回资料，跟你一起讨论，帮我执笔……"

伊伊无可奈何地笑了笑："又是要当这个处长！"

欧阳腾："我当处长，不等于就是你当了处长？嗨，海口这个地方，权可是有用的。哎，这话是哪个伟人说的？"

伊伊瞟了欧阳腾一眼。

欧阳腾："伟大的法律专家，李伊伊。"

19. 唐西江的办公楼门口，日外。

唐西江从楼里出来，钻进了自己的高级轿车，开车，驶向马路。

20. 海口街头，日外。

阿莲仍与阿娇在走着，谈着话。

21. 马路上，日外。

唐西江的轿车在车流中，他的手提电话响了，他在接电话。

唐西江："喂，我是，阿芸，没上街？你不是看中了一个意大利女包吗？那改日吧！怎么？今天有些反胃？想吃酸的？是不是有了？好，不让佣人买，我来，要吃青橘子，是，放心，你等着，包你满意，拜。"

他放下手提电话，将车滑向慢车道，观察路边的水果摊。

22. 街头，日外。

这是一个不那么中心的街头，唐西江把车停在路边，从车里出来。

这里有一家水果店，唐西江走来，他看了看，有青橘子，他选了一个剥开，尝了尝，好酸。

唐西江："来，称十斤。"

卖主："就这么多。"

唐西江："都要。"

卖主一称，只四斤半："十块。"

卖主将橘子往塑料袋中倒。

这时，从隔壁传来一个老汉的骂声："屁，我这么大一间门面，一年只开八万？没钱还想发大财。"

唐西江朝老汉骂的方向望去，发现一身平民打扮的阿莲和阿娇，向远处走去。

他很奇怪，拎着橘子，走向自己的汽车，发动了，扶住方向盘想了想，缓慢地开车，跟着阿莲她们。他开车尾随了一个弯，又一个弯，终于发现阿莲他们进了大仓库，就将车停在外面等着，不时看看表。

少顷，阿娇出来了，向这边走来，唐西江从车里出来。

唐西江："小姐，请问一件事。"

阿娇："呵，不客气。"

唐西江："刚才和你一起进去的，是不是海明酒店的老板韩阿莲？"

阿娇："嗨，什么海明酒店老板，她老公吃喝嫖赌跑了，害得阿莲把酒店转给别人了，连别墅、轿车都抵了债。呃，你是什么人？"

唐西江："我是……对不起，谢谢你了。"

唐西江转身，钻进车里，向阿娇招招手，将车掉了个头开走了。

23. 唐西江别墅，夜内。

那堆青皮橘子放在茶几上。

传来阿芸的笑声，坐在沙发上的唐西江掉头，阿芸从卫生间里出来。

阿芸仍笑着："江仔，又闹了一场虚惊，嘿……"

唐西江："啊？"

阿芸坐下，叹了一口气："刚才去卫生间，我的好事……来了。"

唐西江一惊，复又嘿嘿地笑了。

阿芸坐下："江仔，这事怪我，上次我来好事，也是这样，恶心、反胃，想吃酸的。"

唐西江："你以前是这样的？"

阿芸摇头，"做姑娘没这个感觉，结婚以后，也没……"

唐西江笑了："这就对了，这说明我太太的心理正在变化，发生一个最重要、最美好而又最神秘的变化……"

阿芸："什么变化？"

唐西江："有一股下意识的冲动和要求，就是强烈地希望给我生一个儿子。"

阿芸嗔笑地捶唐西江的肩:"你……坏。"
唐西江一把抓住阿芸的手:"阿芸,说实话,我很高兴。"
阿芸:"你真的想儿子?"
唐西江点头。
阿芸:"要是生个女儿呢?"
唐西江:"那就更好了。"
阿芸:"为什么?"
唐西江:"我的阿芸漂亮,女儿一定更漂亮。"
阿芸伏到唐西江怀里:"要是我不会生呢?"
唐西江:"不会生?那我就加倍努力,呵?"
阿芸:"你真坏。"

24. 欧阳腾家,夜内。
灯下,欧阳腾与伊伊正在翻阅资料,伊伊在摊开的稿纸上写下标题:"论特区外资工作的战略选择"。
欧阳腾满意地点头。

25. 仓库,夜内。
庆庆已睡了,阿莲一个人坐在灯下,她累了,但又睡不着。
有人敲门。
阿莲:"谁?"
阿冰的声音:"我……阿冰。"
阿莲赶紧起身,去开门。
脸色苍白,衣衫不整的阿冰站在门口。
阿莲:"阿冰,怎么了?"
阿冰进来,一步走向沙发,坐下,嘤嘤地哭了。
阿莲赶紧给阿冰倒了一杯水,递过去:"阿冰,你这是……"
阿冰:"今天,我请人刮了。"
阿莲:"那你怎么不休息?"
阿冰哭得更伤心了:"我……没地方休……息。"
阿莲:"你家里人知道了?"
阿冰:"我不敢……回家。"
阿莲点头:"那好,先在我这儿休息几天。你怎么知道我住这里?"

阿冰："阿娇姐告诉的。"
阿莲："还没吃吧？来，你先到里面洗洗，我给你弄点蛋汤，热热身子。"
阿莲扶阿冰进了那间有塑料布幔的洗澡间。

26. 阿芸卧室，夜内。
唐西江与阿芸躺在床头。
唐西江："阿芸，你姐姐最近还好吧？"
阿芸："嗨，别提她了，又和姐夫闹得一塌糊涂，前一阵，我打电话一提姐夫，姐就摔电话。"
唐西江："你要不要去看看？"
阿芸："……江仔，是不是你想去看看？"
唐西江："我？嗨，阿莲是你姐姐。"
阿芸想了想："我知道，可我姐，当初也是你追过的人……"
唐西江苦笑："好……好，我再也不提你姐姐的事了。"
说完，唐西江滑进被子里，蒙头睡。
阿芸笑了："江仔，江仔。"
见唐西江不理，阿芸将脸贴着唐西江："江仔，生气了？"
唐西江不理。
阿芸："我想到医院检查一次，结婚一年多了，为什么还不怀孕。"
她将头埋向唐西江，满头黑发盖住了唐西江。
两人的笑声漾起。

27. 大仓库，夜内。
阿冰早已洗完，正坐在小桌边，喝阿莲煮的蛋汤。
阿冰："阿莲姐，说实话，直到见你住这种房子之前，我还是恨你的。"
阿莲点头。
阿冰："有时候，我真想把你毒死……"
阿莲望着阿冰。
阿冰："你刮过孩子吗？"
阿莲点头。
阿冰："当时，在床上躺着，我大声地叫，拼命地叫……"
阿莲："很疼。"
阿冰："主要是我要发泄，我们女人的命，为什么这样苦？"

阿莲点头。

阿冰："当时，医生护士几乎要打我，说没女人像你这么鬼叫的，我说，打呀，打呀，打呀，你们打掉了我的孩子，再打掉我的一切自尊，我就彻底解脱了。"

阿莲："他们打了？"

阿冰摇头："他们不打，还劝我要自尊，喊，自尊值多少钱？"

阿莲："阿冰，你不能这样想。"

阿冰："你也劝我，那你……不想想你自己？"

阿莲："说实话，当初我也像你这样想过。"

阿冰："你改变了？我……不会变，呵，我问你，你恨不恨男人？"

阿莲："我恨。"

阿冰："我恨，我恨，我恨。"

满脸泪水的阿冰放下汤匙，起身往外走。

阿莲："阿冰，你去哪里？"

阿冰站了一会儿，惨淡地笑："……我不能像你，被欺负了，躲在这里……"

阿冰大笑，往外冲。

阿莲叫着追，但阿冰跑了，阿莲思考一会儿，披上衣服，关上门，追了出去。到了门口，又转身，用双手拍另一扇门。

阿莲："高风，高风。"

没有回应。

28. 阿芸卧室，夜内。

唐西江从床上起来，走到窗前，阿芸睁开眼。

阿芸："江仔，睡不着？"

唐西江点头，

阿芸："是不是出了什么事？"

唐西江："我突然想……抽烟。"

阿芸一惊："想抽烟？"

阿芸从床上起来，站到唐西江身边："江仔，你有心事？"

唐西江不做声。

阿芸："公司出问题了？"

唐西江摇头。

阿芸："你不舒服？"

唐西江摇头。
唐西江："阿芸，你姐姐破产了。"
阿芸："真的？"
唐西江："陆天翔吃喝嫖赌跑了，你姐姐把酒店、别墅、汽车全部抵了债。"
阿芸："那她和庆庆住哪里？"
唐西江："当年住过的大仓库。"
阿芸不可思议地摇头。
唐西江："阿芸，我想帮你姐一把……"
阿芸："不，她说过，她不会从你这里得到任何好处的，要帮，只有我了。"
唐西江高兴地点头。

29. 车里，夜内。
高风将烟头往外一扔，手扶住方向盘。

30. 海边，夜外。
海浪拍打着海岸，发出隆隆的响声。
远处的石头上，坐着阿冰。
她像座雕像，只是脸上有泪光。
身后的椰树下，有几个黑影在闪动，渐渐向阿冰靠近。

31. 海边路上，夜外。
阿莲在四处寻找阿冰。

32. 公路上，夜外。
高风的车拐了一个道口，驶上了沿海岸的公路。

33. 海边石头上，夜外。
几个流氓接近阿冰了，交换一个眼色，为首的穿花衣服，戴粗项链的将手一挥，带着喽罗向阿冰走来。
流氓头："喂，阿姐，等谁呵？"
阿冰一看，知道不是好人，转念一想，也不胆怯了，将头一扭。
流氓头："哟，阿姐好漂亮，怎么，情哥哥没来？"
说着，将手从喽啰口袋里掏出一盒摩尔烟，给阿冰递烟。

阿冰看了看，抽出一支，小流氓头立即过来，啪的一声，点燃打火机，阿冰将烟吸着。

流氓头笑了："阿姐，你是圈里的人？"

阿冰冷笑："怎么样？"

流氓头："那我这只夜猫算是扑空了。"

阿冰："要是我愿意呢？"

流氓头："是吗？"

流氓头脸上露出笑。

34. 海边公路上，夜外。

高风的车驶来。

35. 海边石头上，夜外。

流氓头："阿姐，有什么条件？"

阿冰："我要找一个人报仇。"

流氓头："好说，那我们现在是不是——？"

阿冰："可以，但要我痛快。"

流氓头："那还用说。"

阿冰："请各位兄弟上来，狠狠地打我，然后……"

流氓们惊了："这……"

阿冰叫："来呀，上呀，你们不敢动手？你们还自称什么夜猫？"

阿冰腾地站起来，向流氓们扑去，一边乱打一边大叫："动手呀，狗东西们，你们还算男人吗？"

终于，流氓们动手了，拳打脚踢，阿冰却高兴地大叫："打得好，不打我没有快感，有鞭子抽我更好。"

高风在车里听到了女人的叫声，急转方向，向岸边的石头处开来。

石头边，流氓们骑在阿冰身上，左一耳光，右一耳光地打阿冰，阿冰笑着，叫着，自己用手解开自己上衣的纽扣。

高风急匆匆地将车停住，拿起了一个大扳手，跳下驾驶台，冲向石头边。

高风大吼："干什么？"

众流氓住手。

阿冰躺在地上，看了一眼高风，反而伸开双手，将骑在她身上的流氓头一搂，站起身来："来，亲爱的，让他看一看风景。"

众流氓哄堂大笑："哦！哦！……"
高风气得发抖，转身往停车的方向走去。

36. 海边，夜外。
阿莲沿海堤走来。
她发现阿冰与那些流氓走了。
她看到了高风。
她大叫："阿冰，阿冰。"
她返身，追到高风车前。
阿莲："姓高的，你是个男人，看见流氓欺负一个女孩，你也不管？"
高风望着她。
阿莲歇斯底里地骂："你胆小，你混蛋。"
高风忍无可忍，一把拎起阿莲的领口："呸，你们女人，没一个正经货。"

第四集

1. 大仓库外空场，晨外。
高风正在拆换轮胎。
远处，从仓库里跑出庆庆。
庆庆："爷爷，爷爷。"
高风将庆庆往边上一扒，看了看仓库里面。
庆庆扫兴地往后退，退到一个水泥板上坐下，生气地望着高风。
高风将轮胎换好，将工具一捡，到水龙头那儿洗手，顺乎将脸也抹了抹，往仓库里走。走了几步，他停下了，身后，庆庆远远地跟着他，见他停下了，也站着不动。他又走，回到自己的房中，庆庆站在门外。
高风从里出来，庆庆退到一边，仍望着他，他走向汽车，打开车门，正准备上车。
庆庆（乞求）："爷——爷"
高风返身望着庆庆。
庆庆："妈妈天天把我关在屋里，我……出来了。"
高风望着庆庆。
庆庆："今天，我想跟爷爷……一起出去玩。"

高风的脸上露出笑容。

庆庆知道高风同意了,破涕而笑,先是一步步往这边走,接着,快跑地扑了过来,高风举起庆庆,举着转了两圈,把庆庆送上驾驶室,庆庆高兴地大叫。

高风正要上车,传来阿莲的声音。

阿莲:"庆庆。"

高风一惊。

阿莲站在大门口,手里拎着菜。

阿莲:"下来。"

庆庆不高兴:"不嘛,我要坐爷爷的车……"

阿莲:"下来,什么车不好坐……"

高风一边把庆庆抱下来,一边反唇相讥:"好吧,下来,你们有车坐。"

庆庆哭了,赌气地往仓库里跑去。

阿莲冷冷地望高风,高风潇洒地上车,将车发动了,扶着方向盘,将头伸出车外。

高风:"呵,顺便转告,你先生想见见儿子,他还在三亚,想好了告诉我一声。"

阿莲板着脸往里面走,在她身后,高风的货车呼的一声,冲了出去。

她更加怒气冲冲了。

2. 唐西江别墅,日外。

阿芸穿着华丽,从别墅里出来,戴上金丝墨镜,走到福特车前。

仆人为她开了车门,她钻了进去,从精制小提包里拿出一张纸条,递给司机。

阿芸:"大仓库。"

司机:"OK。"

车开动了,驶出绿茵茵的别墅大院。

3. 唐西江办公室,日内。

唐西江正在看文件,有人敲门。

唐西江:"请进。"

何树发推门进来:"唐老板,找我?"

唐西江合上文件:"那件事办得怎样?"

何树发点头:"情况正如你说的,人也请到了,在外面。"

唐西江站起："请。"

何树发赶紧开门，李伊伊进来了。

唐西江："李律师。"

李伊伊："李伊伊。"

唐西江："久仰，久仰，请。"

伊伊坐下，唐西江按了桌上的电铃，一名女工作人员送了一杯饮料进来，放在李伊伊面前。

工作人员："小姐，请。"

李伊伊："谢谢。"

唐西江："李律师，关于本公司的发展情况，当前要购买两家国营中小型企业以及聘请你常年担任法律顾问和有关待遇的问题，我的助理何树发先生已经跟你谈了吧？"

李伊伊："不错，已经谈了。"

唐西江："我想，李大律师也许不会有什么异议，对吗？"

李伊伊："嗯，我同意。"

唐西江："很好，那么，我们现在应该进入工作状态了？"

李伊伊："当然。"

何树发站起来："唐老板，我还有点急事要处理，可不可以……？"

唐西江："也好，你忙去，有事，我再找你。"

何树发："李律师，你忙，我先走了。"

李伊伊起身一下，点头，又坐下。

唐西江："你已经知道，我要购买的两家国营中小企业，一家是生产罐头的，一家是生产啤酒的，牌子可以，问题出在传统机制和管理上，造成资金困难，市场艰难，而我呢，手上有钱，这就形成了可以购买的条件，把这两家厂买下来以后，我想唱一曲境外牌子境内歌的戏，也就是要想办法，把我的钱变成外资，然后……"

李伊伊："我懂了，唐老板，我想，你在聘我李伊伊之前，已经对我的家庭进行了了解。"

唐西江望着她。

李伊伊："也就是说，名义上是聘我为法律顾问，实际上也聘了我的丈夫，外资办的副处长。"

唐西江："据我所知，他马上可以走马上任处长。"

李伊伊笑了："难怪唐老板的生意越做越大，可是，你觉得这样做真的高明吗?"

唐西江一惊:"怎么,李律师是不想接受我的聘用?"

李伊伊摇头:"不,我接受,不过这不是接受你的本意,而是有另外的原因。"

唐西江:"呵?另外的原因?"

李伊伊:"作为一个律师,我当然对要我为之服务的老板进行一些大致的了解,凑巧的是,在我们没见面之前,我就对唐老板有一个为大多数人所不知的了解。"

唐西江:"是吗?"

李伊伊:"这个世界真是不大呵,唐老板,你的太太是不是叫韩阿芸?"

唐西江:"对。"

李伊伊:"韩阿芸是不是有个姐姐韩阿莲?"

唐西江:"你认识?"

李伊伊:"我当过她的法律顾问,正由于这,我也了解了你与她的一段情感纠葛,知道你曾经夺去了她的贞洁,而后又娶了她的妹妹……"

唐西江大惊:"你?"

李伊伊:"你不用着急,正由于这样,你一直深深内疚,把最大的爱倾注给阿莲的妹妹阿芸,以求得心理安慰和你自认的道德补偿。"

唐西江:"李大律师,你知道,我可以马上解聘你。"

李伊伊:"当然知道,但那样做太愚蠢,而你很聪明。"

唐西江:"那你的意思是什么呢?"

李伊伊:"阿莲的丈夫抓住了她不是处女这一点,吃喝嫖赌,尽情挥霍,以阿莲的名义大举借债而后逃跑了,使阿莲倾家荡产……"

唐西江:"这我已知道,我已让阿芸送一笔钱去资助她。"

李伊伊:"你以为这就行了?"

唐西江:"那要我干什么?"

李伊伊:"这就是我同意受聘的真正原因,阿莲是个外表刚毅而内心柔弱的女人,我曾经劝过她,对她丈夫要一刀两断,可她犹豫,怕伤害了她五岁的儿子和陆天翔的父母,而据我了解的情况,阿莲的丈夫陆天翔不是个有良心的人,他一旦缓过气来,仍然会加害阿莲,你这个当大老板的妹夫……"

唐西江:"你是让我打压陆天翔?"

李伊伊:"我和阿莲的关系让我既不能直接打压陆天翔,也不能直接帮助阿莲,我这个法律顾问,大概可以起特殊作用。"

唐西江想了想："大律师，你很精明，一般而言，你今天的表现足以得到老板的特殊好感。"

李伊伊："谢谢，至于你购买两个企业的事，我会从法律角度当好顾问的，原则两条：一是无损于我丈夫，二是把事情办成。"

4. 海口街头，日外。
阿芸的福特车向大仓库驶去。

5. 阿莲家，日内。
阿莲："庆庆，不许你乱叫别人爷爷。"
庆庆："不，我要叫。"
阿莲："他不是你的爷爷。"
庆庆："他好，我偏要叫。"
阿莲生气："他不好，他坏。"
庆庆："他好，我就要叫他爷爷。"
阿莲气极了，打了庆庆一巴掌，庆庆哭了，气鼓鼓地望着阿莲。
阿莲的心软了，抱住庆庆，自己的泪水也流出来。
忽然，她听到汽车的喇叭声，掉头望去，是阿芸的车开进来了，阿芸下车，很有贵夫人风度地向这里走来。
阿莲赶紧擦泪，迎上去。
很显然，阿芸觉得阿莲住在这个地方是不可思议的。
阿芸："姐姐，庆庆。"
阿莲迎进阿芸："叫姨。"
庆庆："姨。"
阿芸抱庆庆："啧啧，庆庆，看你这身上，哎呀呀，太脏了。"
阿莲："庆庆，下来，别脏了你姨。"
阿芸觉察到阿莲话中有话，让司机把庆庆领出去了。
阿莲："阿芸，你怎么知道我住这里？"
阿芸："还说呢，你们家出这么大事，也不告诉我一声。"
阿莲："我想……我能解决。"
阿芸："呀，不是我说你，你一辈子就是在我面前要强，你看看，这是个住人的环境，是个住人的地方？就你能住，未必庆庆也能住？"
阿莲："你看，我们不是住得很好吗？"

阿芸叹了一口气："……好，我不跟你争，我问你，家产都抵债了？"

阿莲点头。

阿芸："和天翔离了？"

阿莲："已写了报告……我还没签字。"

阿芸："为什么？"

阿莲："还有些事，像庆庆啦什么的……要谈清楚。"

阿芸："打算怎么过？"

阿莲："我要想一想。"

阿芸："想什么？"

阿莲："想一想我错在哪里。"

阿芸："呵呵。"

阿莲："比如我们女人，还有一辈子缠着女人的爱。"

阿芸笑："姐，你这个人真是，都到这个地步了，你怎么还想这些。"

阿莲："你觉得不重要？"

阿芸："我认为，最重要的是生存。今天我就是专门为这而来的，给，这是空白支票，数目你填，江仔忙，让我先送来……"

阿莲接过支票，看了看，又递给阿芸。

阿芸："你不要？"

阿莲："过日子的钱，我还有……我并不缺钱。"

阿芸思忖了一会儿，冷冷地说："我知道，你为什么拒绝。"

阿莲："为什么。"

阿芸："我不想说出来……会伤人。"

阿莲："那好，我也不勉强你，我可以告诉你，在陆天翔逃跑以后，商界和金融界的一些朋友想帮助我，我都拒绝了。"

阿芸："可江仔和我不是外人呀。"

阿莲："我知道……说实话，今天，你来也代表江仔来，对我和庆庆表示关心，我很感谢，虽然别的问题我还没想明白，但有一条，我是清楚的，今后我的路，我的命运，绝对不交给别人。当初。我帮助了陆天翔，让他从一个穷光蛋变成千万富翁。后来，我就把一切都交给他了，也一切依靠他，才走到今天这个样……"

阿芸："姐，你这是说我？"

阿莲："哪能呢？"

阿芸："何必遮遮掩掩呢？不错，当初你和江仔是一对爱得很深的恋人，要不是我出现，你可能现在已是唐西江的夫人了。"

阿莲："阿芸，你……太不像话了。"

阿芸："姐，你不要训斥我，我也是个女人，我知道，失败最惨的女人，最恨初恋的情敌。"

阿莲："……阿芸，你不该这么想，这么看，后来我知道你也爱江仔时，我不是就完全退出了，成全你了吗？"

阿芸："可是你心里还有他，你刚才说，一个女人把一切交给丈夫，也一切依靠丈夫，似乎并不好。我就是要这样对江仔，为什么？他对我好，一切都满足我，我要让他得到应该从女人身上得到的最大的爱……和满足，我要给他生儿育女……退一万步，如果我不能生，我会按海南女人的传统，我退出来，找个女人给江仔生。"

阿莲："阿芸，想听听我的感受吗？"

阿芸沉默不语。

阿莲："我觉得你变了，从一个多少还算纯真可爱的女人，变得俗不可耐了。你不要打断我，让我说，不错，你现在有一个漂亮女人惊人的自信，又处处表现惊人的不自信，因为你把爱与被爱变成一个框架，把它塞得满满的，并认为极丰富、极完整，并认为它永不会变。但是，你想过没有，爱是以发现人、认识自己为前提的，你发现了年轻有为的江仔，可是你认识了自己吗？把握了自己的内心吗？"

6. 欧阳腾办公室　　日内

欧阳腾与两个港商的谈话已告完毕，他合上卷宗。

欧阳腾："……就这样定，好吧？"

两个港商高兴地点头。

欧阳腾："你们马上把资金从香港打进来，其他一切，我来办。"

两个港商："太谢谢啦。"

有人敲门。

欧阳腾起身："那就谈到这里？"

两港商起身，与欧阳腾握别，离去。

进来的是杜处长，一进门，杜处长把门一关："欧阳腾，上面同意了。"

欧阳腾："杜处长，同意什么？"

杜处长："一是让我提前退，下海搞一家大公司；二是由你接替我当处长。看，这是刚到的文。"

欧阳腾反而极为冷静:"杜处长,上次吃饭,你不是说外面对我有些不好的反映吗?"

　　杜处长:"嗨,你看看你为外资会议准备的论文,谁能比?反映,再大的反映有屁用。"

　　欧阳腾不动声色地瞟了杜处长一眼。

7. 律师事务所门前,日外。

　　大路上,高风的货车往这里驶来,到门口停下,高风看了看,跳下车,关上门,走进律师事务所。

8. 唐西江办公室,日内。

　　门被推开了,阿芸站在门口。

　　唐西江抬头:"阿芸,快进来。"

　　阿芸进来,坐到沙发上,唐西江去倒了一杯水,在她身边坐下。

　　唐西江:"去见阿莲了?"

　　阿芸点头。

　　唐西江:"怎么样?"

　　阿芸掏出空白支票,放在茶几上。

　　唐西江:"阿莲不要?"

　　阿芸点点头。

9. 律师事务所,日内。

　　一个工作人员领着高风走到李伊伊办公室窗口:"李律师,有人找。"

　　李伊伊应声起身,到门口。

　　高风:"李律师,我叫高风,你好。"

　　李伊伊点头:"有事?进来谈。"

　　屋里还有其他律师和找律师的人。

　　高风:"李律师,我们能不能在外面花园里谈一谈?"

　　李伊伊点头,进屋将文件和桌子整理了一下,从里面出来。

　　他们走向花园。

10. 唐西江办公室,日内。

　　唐西江在屋里走动:"这个结果,是我意料之中的,阿莲是个内柔外刚的女人。"

阿芸："既然是你意料之中的,为什么还让我去碰壁?"

唐西江："你姐姐出了这么大的事,你不去成吗?"

阿芸有所触动地打量唐西江。

唐西江脸色一改："阿芸,你看中的那个意大利小提包,是不是去买回来?"

阿芸摇头,叹了一口气："我买累了,算了。"

唐西江："就像我一天抽二十盒烟一样?"

阿芸闭眼,将头往沙发上一靠："现在,我累了,想回家。"

11. 律师事务所花园,日外。

高风与李伊伊边走边谈。

高风："……据我观察,陆天翔现在已是无路可走了,而韩阿莲还在海口找门面,说明手头还有钱,为了避免陆天翔走上绝路,你看是不是以律师的特殊身份从中帮帮忙。"

李伊伊："是陆天翔让你来找我的?"

高风点头："他从海口到三亚,是雇我的车,作为一个男人,我认为他太可怜。"

李伊伊："你还了解他什么?"

高风："不了解。"

李伊伊："你认为他们家落到这个地步,是谁的责任?"

高风："我对这不感兴趣……但是我知道,这个社会,一面反对夫权,一面又将全部罪责推向男人。"

李伊伊："高先生,在这方面,恕我直言。你是不是曾经受过某种刺激?"

高风嘲讽地笑："你不觉得离题吗?"

12. 妇产科医院,日内。

福特车停到医院门口,阿芸下车,走进医院大门。

13. 律师事务所花园,日外。

李伊伊："呵,高先生,你刚才讲陆天翔可能走投无路是什么意思?"

高风："上次送他到三亚后,他曾经差点寻死。"

李伊伊："呵呵。"

14. 血检科，日内。
医生正在抽阿芸的血样。

15. 检查室，日内。
医生正在检查躺着的阿芸。

16. 化验室，日内。
阿芸一只手送来一瓶尿样，护士接过。

17. 医生工作室，日内。
一名老年女医生正在跟阿芸谈结果。
女医生："根据我们的检验结果，初步结论是：先天性不孕症。"
阿芸大惊："什么？"
医生："先天性终生不孕症，而且是终生的。"
阿芸昏了过去，被护士扶住。

18. 病床上，日内。
阿芸在输液。

19. 医院门口，日外。
阿芸被击倒似的，走出医院大门，进了她的福特汽车。

20. 车上，黄昏内。
司机："太太，回家？"
阿芸："国际酒店。"

21. 豪华酒店包房，黄昏内。
四个侍者站立一边，为阿芸一人服务，她在喝闷酒，神色惨淡。

22. 海滨，黄昏外。
阿莲站在海滩上，眼里有泪花。

23. 阿莲的家，黄昏内。

庆庆坐在那里择韭菜，阿莲正在教他："你看，这个皮要拉掉，黄叶子不要。"

阿莲转身，拿了几个鸡蛋，打进碗里，弯腰去取搅蛋器，起身时，昏了，倒在地上，蛋碗也碰倒在地，她额头也碰破了。

庆庆惊，跑过来："妈妈，妈妈。"

好久，阿莲才醒过来，见庆庆伏在自己身上哭，勉强一笑："庆庆，来，帮妈一把。"

她一手撑地，一手借庆庆的力慢慢坐起来，想站，又站不起来，于是她便从地上一点点地移过去，移到床沿，终于爬上了床。

阿莲："庆庆，给妈一口水，妈妈躺一下，再起来给你炒鸡蛋。"

庆庆给她送来一杯水，她接过，喝了一口，泪水从眼角流出。

24. 李伊伊家，夜内。

伊伊下班回来，打开门进来，发现已做好一桌菜，还放了酒，欧阳腾坐在那里等她。

伊伊："欧阳，你干什么？"

欧阳腾望着她。

伊伊："是不是有什么喜事？"

欧阳腾点头。

伊伊："什么喜事？"

欧阳腾不做声。

伊伊："那篇论文成功了？"

欧阳腾点头。

伊伊笑着，放了提包要坐下，欧阳腾又摇了摇手，拉她站着。

伊伊："还有喜事？"

欧阳腾点头。

伊伊："你的副处长去了一个'副'字。"

欧阳腾点头。

伊伊哇的一声，向欧阳腾扑过去，两人抱到一起了，伊伊将脸贴在欧阳腾脸上："今天，你高兴成哑巴了？"

欧阳腾："越升官，越要少讲话。"

两人哈哈大笑。

25. 大仓库，夜内。
灯光照在脸色煞白的阿莲脸上，她的眼睛闭着。
门口，坐着庆庆。
大门口，两束亮的灯光动了一下，有车停在门口。
下来的是高风。
庆庆站起身来，望着往里走来的高风，高风看了庆庆一眼，往自己的门走去。
庆庆："爷爷，妈妈病了。"
高风顿了一下，仍然没管，用钥匙开了自己的门，进门去。
庆庆见高风不管，走到高风门口，用乞求的声音："爷爷，妈妈昏倒，头破了。"
屋里没任何反应。
庆庆眼里流着眼泪，咬咬嘴唇，突然爆发："你是什么爷爷，你坏，你坏，我妈妈病了你也不管。"
大约是骂声惊醒了高风，他从屋里出来，望了望庆庆，想了想，向阿莲的房门走去。

26. 伊伊家，夜内。
两只酒杯相碰。
伊伊："祝贺你，干杯。"
欧阳腾："谢谢你，切斯。"
伊伊抿了一口。
伊伊："处长大人，你今天喝多了。"
欧阳腾："不，不多……哎，伊伊，我们在家里，可不能搞处长大人，老婆同志。"
伊伊点头笑。
欧阳腾又为自己斟了一杯："伊伊，说实话，我有今天，真要好好感谢你这个指导老师，我呀，像克林顿。你呢，像希拉里。"
伊伊高兴地笑："鬼话，才当个处长，就有克林顿的感觉了？"
欧阳腾笑了，干了一杯："有时候，我有一个感觉，我们这个家，好像多了一些什么，又少了一些什么。"
伊伊："呵？"
欧阳腾："想来想去，才弄明白，多了一些社会关系，少了一些家庭关系。"

伊伊有些警觉，但不动声色："是吗？"

欧阳腾一边给自己倒酒一边说："我的家，你去了，我那个爸厉害吧？从小我就走不出我爸的阴影……"

伊伊望着他，本想制止他喝酒的，但转念一想，不制止了。

欧阳腾："结果，我爸把我培养成了一个中专毕业生，现在，接力棒到伊伊你手上了，我按你的棒子走，走哇走哇，走了个处长当。"

伊伊一笑："不好？"

欧阳腾："当然好，不过，你想过没有，当你睡在我枕头边打小鼾的时候，还有，我跟你亲热的时候，我脑子里往往想到是，你是我的指导老师，我就……"

他不无讽刺地笑了。

伊伊端起酒杯，举起来："来，欧阳腾，你说真话就好，干。"

欧阳腾举杯，与伊伊碰了，两人一口都干了。

欧阳腾："所以，我想，我想……"

伊伊："想什么？"

欧阳腾："我们俩的关系，是不是该调整一下？"

伊伊惊异地望着欧阳腾。

27. 大仓库，夜外。

高风的货车开进仓库大门，停了，他领几名护士和一名医生跑进阿莲的房间。

阿莲已经昏迷。

医生一边量血压一边听心脏，看了看阿莲的眼睑："低血糖，要送急救室观察。"

高风果断地点头。

几名护士从车上拿来担架，将阿莲抬上了汽车。

高风关了两家的门，抱着庆庆也上了车，发动车，向外驶去。

28. 唐西江别墅，夜内。

唐西江穿着睡衣，靠在沙发上，脚跷在茶几上。

门开了，阿芸从外面进来，脸色苍白。

唐西江："回来了？"

阿芸点头。

唐西江："都把我急死了，派了好些人出去找。"

阿芸坐下，喝了一大杯冷水。
唐西江："你白天不是说累了，想回家休息的？"
阿芸不做声。
唐西江："吃晚饭没有？"
阿芸："吃了。"
唐西江："你喝酒了？"
阿芸点头。
唐西江："为什么？"
阿芸："我去妇产科医院了。"
唐西江："嗯？"
阿芸从提包中拿出结果："这是检查结果，你看。"
唐西江一看，手略微一抖，立即克制住自己："就因为这？"
阿芸："这难道不是大事？先天性终生不孕，终生不孕，老天爷呵。"
她伏在沙发上，嚎啕大哭起来。

29. 医院急诊室，夜内。
阿莲已经在打吊针。
高风与庆庆守在床边。
门口，一名护士："五床的，你们过来。"
高风跟护士进隔壁房，庆庆跟着他。

30. 护士工作室，夜内。
护士长："你爱人姓名。"
高风："……韩阿莲。"
护士长："籍贯。"
高风："海南文昌。"
护士长："年龄。"
高风："嗯，大约，二十七吧。"
护士长："你爱人年龄都不知道？还大约？"
庆庆："不，他是我爷爷，我妈妈二十五岁。"
护士长一惊："你多大年纪？"
高风："四十五。"
护士长："四十五岁就当爷爷？"

高风:"不,我和他们是邻居。"
护士长"哦"了一声,点头:"病人是低血糖,可能还有风湿性心脏病,需要住院观察,你先去缴费,还有你们不能离开,一定要注意观察。"
高风点头,起身。

31. 李伊伊家,夜内。
酒桌还没拆去,厅里空空的。
卧室里,欧阳腾已酩酊大醉,仰卧在床,伊伊则在窗口,夜风吹来,她的头发摆动着。
身后,欧阳腾咕咕噜噜地翻了一个身,又吐了一地,伊伊过去,帮他收捡,洗抹,又倒了一杯清水,让欧阳腾喝了几口。
欧阳腾的酒大约醒了,借势将伊伊一抱,将伊伊手中的杯子撞翻在地,哐的一声,碎了。
伊伊:"你干什么?"
欧阳腾:"今天我高兴,我们亲热……一次。"
伊伊:"我不是指导老师吗?"
欧阳腾:"今天……不是了。"
欧阳腾猛地将伊伊掀上床,将她压在身下,伊伊的眼中闪出泪。

32. 医院缴费处,夜内。
高风缴完费,问:"庆庆,今天你还没吃饭吧?"
庆庆点头。
高风:"走,我们出去吃大排档。"
庆庆点头。
他们二人往外走。

33. 阿芸卧室,夜内。
阿芸还在细声抽泣。
唐西江端过来一杯咖啡,递到阿芸面前。
唐西江想了想:"阿芸,你想听我说真心话吗?"
阿芸的哭声小了些。
唐西江:"医院的这个结果,当然对你是个打击,作为一个女人,这可以理解。可是,你想过没有,假如你仅仅因为不能生育孩子,就失去理智,克制不住自己，甚至自虐，你觉得这值吗？"

阿芸止住了哭。

唐西江："更重要的是，对这个问题，你并没问你丈夫，也就是我的态度，就像这样，应该吗？"

阿芸抬起头，唐西江走过来，抱住阿芸的肩："在海南，有各种各样的老板，有的把金钱看得高于一切，有了钱就吃啊赌啊；有的老板上过女人的当，发疯的时候宁可烧钱也不沾女人的边；还有老板以生儿育女，有人继承家产为荣。这些，都不是我，我当然千方百计做最赚钱的生意，那是一种冒险的快感和享受，可我并不把是否有人继承看得过重。说实话，条件太好，也许有孩子却不太好，有善始而无善终。另外，我也希望享受另一种快感，就是在生意冒险的同时，有一个美丽的妻子，像你。我回家来，能听你的笑声，和你谈生活、人生和最高雅的东西，诸如音乐、美术、文学……像上次电话听你说，你看电影《克莱默夫妇》，我就很希望你能跟我讲讲……"

阿芸很受启发，望着唐西江，将头埋进他的肩里。

34. 街头大排档，夜外。
高风和庆庆正坐在那里吃炒粉，桌上还点了两样菜。

高风："庆庆，吃慢点。"

庆庆点头。

高风将一块鱼送到庆庆碗里。

庆庆："爷爷，那天我和妈妈吵架了，她不让我喊你爷爷，我知道为什么。"

高风："为什么？"

庆庆："你不像我真爷爷一样年龄大。"

高风笑。

远处桌上，那些流氓也在吃夜宵，阿冰也在其中，她发现了高风，起身，走了过来，将高风的肩一拍。

阿冰："先生请问，这位是陆天翔的公子吧？"

高风认出阿冰："你……？"

阿冰："你和陆天翔有关系？"

高风："嗯？"

阿冰："我要找他……报仇，离他远点。"

说完，阿冰转身走了。

高风疑惑地望着她。

35. 病房内，夜内。
高风守在阿莲床边，庆庆靠在床上睡着了。

36. 病房内，晨内。
鸟叫声中，阿莲慢慢睁开眼，惊奇地发现自己躺在病床上。
庆庆站在身边。
阿莲："庆庆，我们怎么在医院？"
庆庆："你昏过去了……是爷爷……"
这时，恰好高风从外面进来，阿莲用眼看着他，他看了她一眼，转身走了。
阿莲："高先生，高……"

第五集

1. 医院大门，日外。
阿莲牵着庆庆从里面走出。
阳光，人流，车流。
她与庆庆走在人群中。

2. 菜场，日外。
阿莲拎着菜篮，里面有鸡。
她正在选水鱼。
庆庆在她身边。

3. 阿莲家，日内。
庆庆被电视中的武打片所吸引，一边看，一边念念有词，身子也在扭动。
阿莲呆呆地望着锅，锅上冒着热气，正在煲水鱼。

4. 唐西江别墅外，日外。
阿芸穿着红色运动衣裤，正在用割草机修整草坪，已经完工，她关好机，欣赏已经修剪平整的绿色草坪。
女仆彩彩过来，递过一条毛巾给阿芸擦脸："太太，你的手艺真好。"

阿芸："是吗?"
彩彩："海南有一首情歌是这样唱的:'我的新娘多俊秀,谁都想来瞅一瞅,她似绿草照山谷,她似红花映溪湖。'"
阿芸："彩彩,你怎么会想到这首歌?"
彩彩一笑："太太,你看这草坪,是绿的,你穿得一身红,还有你这么漂亮。"
阿芸笑："看你说的。"
阿芸向遮阳的广场走去,那里已架好桌子,放好椅子,桌上也有茶点。
阿芸发现彩彩身材好,长相也姣好,彩彩走得快,早已在前面等她了。
她似乎若有所思。

5. 律师事务所办公室,日内。
客户正在给伊伊介绍情况:"……这笔款子他们拖了一年半,你看,这是当年的合同,这是他们验收产品的收据。"
伊伊："设备质量有没有问题?"
客户："绝对没问题,这是他们验收的证明单,还有,设备运转一年的记载,完全合格,这……这……"
伊伊正要问话,忽然感到一股酸水往外冒,赶紧搭嘴起身,到隔壁女厕所,吐了很多。
她表情复杂地想了想,知道是妊娠反应,脸上浮现一丝喜意。

6. 遮阳伞下,日外。
阿芸品了一口饮料:"彩彩,你也坐。"
彩彩笑着在阿芸面前坐下。
阿芸:"彩彩,你多大了?"
彩彩:"二十一。"
阿芸:"有男朋友?"
彩彩摇头。
阿芸:"你这么漂亮,怎么会……"
彩彩:"我想读大学。"
阿芸试探:"彩彩心高,读了书,再找个如意郎君。"
彩彩:"也不是,我不敢想那么多,我觉得,能读大学最好。"
阿芸:"你高中毕业?"

彩彩点头:"家里弟妹多,我高中毕业,爸爸去世了,困难……我妈说,你想读大学,就自己去想办法,要么,学费自己挣,要么,找人供你上学。"

阿芸开玩笑:"我要是男老板,就愿供你上大学,条件只一个……哈哈……"

彩彩:"太太,你真会开玩笑。"

7. 律师事务所办公室,日内。

伊伊办公室没人,她拿起电话,拨号,通了:"欧阳吗?我是伊伊。"

8. 处长办公室,日内。

这是一个更大的处长办公室,欧阳腾正在接电话。

欧阳腾:"是吗?你……有了?太好了,你一定要好好照顾自己,想吃什么就买,不要省钱呵!但是注意,任何药都不能吃,懂吗?对对,今晚,我给你煲汤,水鱼汤,温补,哈哈……"

他放下电话,笑容就消失了。

9. 大仓库,夜内。

阿莲做了一桌菜,与庆庆对坐着。他们在等高风。

远处响起了货车声。

庆庆兴奋地站起,往屋外跑。

门口,两束亮的灯光闪过,一辆车从门口经过,开走了。

阿莲望着门口不无遗憾的庆庆,浅浅地一笑。

阿莲:"庆庆,过来。"

庆庆头也不回:"不,我要等爷爷。"

10. 欧阳腾家,夜内。

伊伊从外面进来,开灯。

伊伊:"欧阳,欧阳。"

屋里没人,桌上空空的。

她有点失望,又有一阵酸水涌上来,她跑到厨房里吐了。

11. 唐西江别墅,夜内。

唐西江对着镜子整理领带:"今天这场舞会,绝对不让你应酬,我们自由自在地跳。"

他已整理好，看看表，来到厅里等。
阿芸已经穿好，从屋里出来："江仔，你看，漂亮吗？"
唐西江："不错，呵，你为什么不穿那套法国黑色晚礼服？"
阿芸笑着，从屋里领出穿着黑色晚礼服的彩彩。
阿芸："江仔，你看，有人穿。"
唐西江："哇，彩彩。"
彩彩："先生。"
阿芸笑："彩彩，不要叫先生，叫江哥。江仔，从今天开始，彩彩就是我妹妹。你看我俩在一起，像不像？"
唐西江掩饰住惊异："像，太像了。"
阿芸将彩彩一挽："江仔，我们走？"
唐西江点头，往楼下走去。

12. 大仓库，夜内。
那一桌菜还是原样放着。
阿莲已经移到刚才庆庆坐的门槛上。
庆庆则站在大仓库门口。
时针滴答地走着。

13. 伊伊家，夜内。
一桌菜在桌上放着。
伊伊站在凉台上，向下张望。

14. 街道，夜外。
公共汽车停下，下车的人走光了，没欧阳腾，车走了。
一辆车停下，依然没欧阳腾。

15. 阳台上，夜外。
伊伊的眼中闪着泪花。
又一阵呕吐。

16. 豪华舞厅，夜内。
几乎没有什么跳舞的人，唐西江与彩彩舞步翩翩。

台子上，阿芸满意地喝了一口柠檬水。

17. 大仓库，夜外。
随着两束亮的灯光在大仓库门口定住，高风的车终于回来了。
高风从车上跳下，望着站在门口的庆庆。
高风："庆庆，你干什么？"
庆庆："等你。"
高风："等我？"
庆庆："妈妈做了水鱼煲，还有菜等你。"
高风往里望，见坐在门槛上的阿莲，他想了想，用手示意庆庆让开道，庆庆让开了，他上车，将车开进院子停下，下车，往自己的屋子走去。
阿莲："高先生。"
高风停住，等了下，头也不扭，还是往自己的屋子走去。
阿莲："高先生。"
高风："你这是廉价地感谢我？"
阿莲："你不觉得高价往往更虚伪。"
高风："我是个胆小的车夫，混蛋！"
阿莲终于爆发地大叫："姓高的，你是要我叫你崇高，伟大？还是要我向你顶礼膜拜？我丈夫丢了我，你却帮我丈夫，我和你一见面就说好话？还有海边，让我称你英雄，好汉？你知道，我以前过的什么日子，现在过的什么日子……你一直用冷眼瞧我，你把我送医院去干什么？原来你仅有同情，狗屁不值的同情，你从来不拿正眼看我们，你鄙视我们，你看不起我们，你拎着领口骂我。可你，姓高的。你才是真正的小心眼，混蛋，混蛋，混蛋。"
她已泣不成声，用双拳捶打板壁，脚也在不停地跺着。
庆庆已泣不成声，一下子扑到高风的身边，抱住高风的双腿："爷爷。"
大约是将高风骂醒了，他缓缓将庆庆抱起，用手擦庆庆脸上的泪，然后又逗他，勾了一下庆庆的鼻子，庆庆破涕为笑，转头，看着阿莲。

18. 豪华舞厅，夜内。
唐西江、阿芸、彩彩坐在台子上，谈笑风生。
又一个曲子开始了。
唐西江起身，请阿芸。
阿芸示意要上洗手间，让彩彩陪唐西江跳。

唐西江高兴地与彩彩步入舞池。
是情侣舞,灯光逐渐暗了。
唐西江搂着彩彩,彩彩将头贴在唐西江肩头。

19. 舞厅洗手间门口,夜内。
洗漱间门口,阿芸站在那里。

20. 伊伊家,夜内。
伊伊失望地从阳台走进来,坐在桌前,想吃饭,刚一动筷子,就呕酸水,她只有放下,靠在旁边的沙发上,痛苦地闭上眼睛。

21. 阿莲家,夜内。
一杯白酒,被高风抽进了嘴里。
庆庆鼓掌。
阿莲望着他们。
高风拿瓶子倒酒。
阿莲:"你喝了半瓶,不能再喝了。"
高风:"刚才的半瓶是为庆庆喝的。这半瓶是为你,不让喝?"
高风:"你骂得痛快……不骂,我看不清你,同情你丈夫,还找过李伊伊,一骂我看清了你,不是个坏女人。"
阿莲笑。
高风干脆拿起瓶子往嘴里倒,咕咚咕咚喝了几口:"今天是骂得痛快,喝得痛快。"
阿莲用筷子夹一块水鱼,放在高风的碟子里:"我也不知是怎么回事,就突然一下,把这些日子窝在肚子里的火……爆发了。"
见高风吃得很香,庆庆:"爷爷,妈妈做的菜好吃吗?"
高风:"好吃,好吃。"
庆庆举起饮料杯子:"那你天天来吃,来,干杯。"
高风举起酒瓶:"干。"
庆庆:"我喝光。"
高风:"爷爷也喝光。"
阿莲制止他:"庆庆。"
庆庆仍与高风碰杯,二人喝光了。

很显然，高风已经醉了，趴在桌子上，酒瓶被摔在地上。

阿莲责备："庆庆，你看，把高先生灌醉了不是？你这个孩子。"

高风抬头："你不……要责备他，庆庆，像……我的儿子。"

说着，高风一把将庆庆搂在怀里，流着眼泪地亲："那时……候，我不到……四十岁，老婆她……漂亮，可这个狠心……的女人，嫌我是个……搞书……法的，没……钱……跟了大款，把儿……子也带走……了，我没……脸呆，就闯……海南。"

阿莲："你是书法家？"

高风点头，放下庆庆，站起来，摇摇晃晃地出屋，走到自己门前，哐的一声推开门。

阿莲和庆庆一直跟在他的身后，高风领阿莲、庆庆进门后，将灯一开，二人立刻惊呆了，往四周的墙壁望去。

庆庆："哇。"

阿莲也在赞叹。

墙壁四周全都挂的是高风的书法作品，俨然是一个书法世界。

高风："你们别……赞，这些东……西，是他妈……屁，比不……过方向盘，也比不……过陪舞……女郎。"

他惨淡地笑着，仰面往自己的床上一倒："女……郎……混……蛋，我恨女人。"

阿莲望着他。

22. 唐西江别墅，晨内。

唐西江和阿芸从卧室里出来，下楼，走到一楼餐厅，一人一头，坐到餐桌上。

几个仆人为他们送上早点。

唐西江照例在翻报纸。

阿芸："江仔，彩彩读书的事，你联系得怎么样？"

唐西江心不在焉："哦，这事……"

阿芸："你看你看，就算你不关心她，就看我，你也得管吧。"

唐西江："什么事？"

阿芸："我是问彩彩的事？"

唐西江："呵，你是问关于彩彩上大学的事，对吧？"

阿芸点头。

唐西江:"关于这件事……我想先问问你,你为什么对彩彩上学的事一反常态地关心?"

阿芸笑:"我这算一反常态?你不是对她的印象也不错嘛,她父亲去世,母亲又无力继续供她上学,很像我们姐妹的经历,在这种情况下,我们帮助她一下,有什么不好?不是还有一项希望工程吗?"

唐西江:"阿芸,我问的意思是,你为什么对彩彩情有独钟,这样关心?"

阿芸:"我不是早告诉你了,我和她性格合得来,已经认她为妹妹了,长的也像。"

唐西江:"说像,你姐姐和你更像。"

阿芸:"我姐姐和我能像彩彩这样情同手足吗?上次你要我给姐姐送支票,她给你脸了?她说的那些话……"

唐西江:"好了好了,你别说了,彩彩上学的事,我马上派人抓紧联系,好不好?"

阿芸:"当然好,你不是说过了,只要我高兴,你什么事都愿干吗?"

唐西江点头:"阿芸,有句话……我还是想问你,你是不是特想身边有一个孩子?"

阿芸点头。

唐西江:"那这个彩彩,是不是大了点?"

阿芸笑:"看你胡说些什么,妹妹就是妹妹嘛。"

唐西江:"哎,阿芸,你什么时候讲讲那部美国片子《默莱克夫妇》?"

阿芸:"你真想听。"

唐西江:"真想,早就听说了,是拿奥斯卡金像奖的好片子。"

阿芸:"我听你的。"

唐西江:"那……今晚,呵,不行,明晚,对,明晚。"

阿芸:"好,明晚。"

彩彩从外面进来。

彩彩:"江哥早,芸姐早。"

阿芸:"彩彩,快过来。"

唐西江点头。

23. 伊伊家,晨内。

欧阳腾放下碗筷,擦擦嘴,拎着包走,又停住,进卧室。

伊伊睡在长沙发上,很明显,二人已经分床。

欧阳腾："伊伊，伊伊……"

伊伊不理他。

他无可奈何地走了。

24. 大仓库，日外。

阿莲正在水龙头下洗衣服。

阿莲："老高。"

高风从正在修理的汽车里钻出："呵？"

阿莲："你的脏衣服呢？"

高风："没有。"

庆庆："爷爷有。"

阿莲："庆庆，拿来。"

庆庆一溜烟跑进高风的房间，不一会儿，抱出一包衣服，扔到阿莲身边，又跑回去，拖出一个大纸箱，一件件往外扔，全是脏衣服。

阿莲："几年没洗了？"

高风："一年多。"

25. 阿芸卧室，日内。

阿芸的肩在抽动，她在低声地抽泣，彩彩拉着阿芸的手："真的？"

阿芸点头，拿出终生不孕的诊断结果给彩彩，彩彩看了看："姐，我陪你到北京去再查一次好不好？兴许这里检查错了呢？"

阿芸点头。

彩彩："那江哥？"

阿芸起身，从抽屉里拿出一叠钱，走过来："彩彩，这是江哥让你补贴家里的钱，你上学的事，江哥已安排好了。"

彩彩："姐，我真不知怎么谢你们。"

阿芸："我们亲姐妹的，还有你江哥，特喜欢你，有什么谢的。"

彩彩："真的，姐，这些日子，我真像在做梦，每天都提醒自己，彩彩呀，就是赴汤蹈火，为了芸姐，江哥，也要在所不惜。"

阿芸拉起彩彩的手："你真要谢？"

彩彩点头。

阿芸："那你就帮我好吗？"

彩彩点头。

阿芸伏在彩彩的耳边，讲了几句话，彩彩的脸红了，惊了。

彩彩："芸姐，你。"

阿芸："你芸姐一生一世，就求你这一次了。"

彩彩想了好半天，终于艰难地点头。

26. 别墅客厅，夜内。

唐西江穿着宽松便衣，阿芸和彩彩坐在录像机前，阿芸一面将录像带放进去一面说："这部《默莱克夫妇》，是一部反映美国普通家庭婚姻问题的戏，一九七九年获得奥斯卡最佳影片奖，男主角也获最佳男主角，叫达斯汀·霍夫曼。"

彩彩："哇，外国人的名字，你记得清楚？"

唐西江："这叫特殊天赋。不管是中国的、外国的，只要是歌星、影视明星，她是过目不忘，入耳不忘。"

在他们的笑声中，影片开始了，唐西江很投入，彩彩也很投入，但不时有些紧张。阿芸将手伸向彩彩，把彩彩的手一搂，彩彩看了她一眼，她微微点点头，起身向外走去。

唐西江与彩彩仍在观看。

影片中的女主人翁已坐电梯走了。克莱默无可奈何地回到房中。

阿芸下楼，她步履艰难，神色沉重。

仆人们早已被她打发走了。

她走到一楼厅里，拿起电话："喂，准备好了？五分钟以后，断电。"

她放下电话，向外面的草坪走去。

不一会儿，整栋别墅停电了。

阿芸站在树下，望着别墅，眼里有泪，瘫软似的躺下。

27. 别墅客厅，夜内。

一支火柴点燃，将蜡烛点燃，唐西江举蜡烛，立在壁柜上。

唐西江："怎么会停电？"

彩彩望着他不做声。

唐西江："阿芸呢？阿芸。"

彩彩："江哥，姐出去了，可能，不回。"

唐西江："出去了？她怎么不告诉我？"

彩彩："怕打扰你看片子。"

唐西江跑到楼梯口："还有人吗？"

彩彩："姐给佣人们放了假。"
唐西江："为什么？"
彩彩起身，从壁柜上拿起蜡烛："姐说了，要我陪你。"
唐西江似乎明白了什么。
彩彩举着蜡烛："江哥，我们进房。"
唐西江点了点头，仍站在那里，他看着彩彩走进卧室。

28. 树下，夜外。
阿芸伏趴在地，睁开眼，缓缓抬头，往别墅二楼望去。

29. 别墅二楼厅里，夜内。
唐西江久久地望着从卧室里射出的烛光，一步步向房里走去，进门以后，他惊奇地看到，彩彩已躺在床上，用薄单裹着身子，只露出一个头，闭着眼。
他心里明白了。
他走到床边，看了看彩彩，伸手抓起一条薄单，唰地一拉，露出了彩彩的双腿，他看了看，又伸手抓起薄单，又唰地一拉，露出了彩彩的肩，只有胸部和下身，还穿着贴身的短睡衣。
彩彩睁开了眼。
唐西江向彩彩俯身，贴着彩彩的脸："你是要我和你睡觉？"
彩彩点头。
唐西江："你真的爱我？"
彩彩点头。
唐西江："一次要多少钱？"
彩彩睁开了眼，有些惊异。
唐西江："阿芸已经给你多少钱？"
彩彩："江哥，你。"
唐西江笑："是不是五千。"
彩彩点头。
唐西江："你是处女吗？"
彩彩点头，用胳膊搂住唐西江，唐西江任彩彩气喘吁吁地亲吻，突然，他将彩彩往床上一扔，歇斯底里地大吼："你为什么还穿着衣服？你为什么不脱光。"
彩彩被唐西江的吼声惊到了，坐起。
唐西江惨笑，歇斯底里地叫："阿芸，你这个混蛋。"

唐西江一边叫，一面冲出房间，跑下楼梯，到别墅处的草坪上。

唐西江："阿芸，糊涂啊，阿芸。"

他那令人心悸的叫声中，有哭泣。

30. 伊伊家，夜内。

伊伊独守凉台，她看了看表，十一点，欧阳腾还没回，街上已没什么人，她走进厅里，又进卧室，将长沙发的被子搬起来，移到厅里，铺到厅里的长椅上。

31. 大仓库，夜内。

庆庆已经睡了，阿莲正将一大瓶墨汁往红塑料桶里倒，里面全是墨汁，她看倒得差不多了，便将桶提到屋外，去敲高风的门。

里面的灯亮了。

高风："谁？"

阿莲："我。"

高风："有事？"

阿莲："嗯。"

32. 高风房间，夜内。

高风从床上爬起，套上一件背心，走到门口，开门。

阿莲站在门口。

高风："都半夜了，有什么急事？"

阿莲："你有多久没练书法了？"

高风："大概一年半。"

阿莲："一辈子也不练了？"

高风："等我赚够了钱……再练，然后，办个书法展。"

阿莲："钱赚够了？"

高风："大概……还要两年。"

阿莲："糊涂。"

高风："你就为这？"

阿莲一转身，到墙边，啪啪啪，开亮了一盏又一盏灯，空着的大仓库场地，被照得雪亮，中间的地上，已铺好了一大片宣纸，一桶黑色的墨水放在边上，还有一支特大毛笔。

高风大惊："阿莲。你这是？"

阿莲："请你送我一幅字。"

高风："写这么大？"

阿莲点头。

高风走过去，润润那支毛笔。

高风："写什么？"

阿莲："你看呢？"

高风想了一会儿："还是你说。"

阿莲："我说？"

高风点头。

阿莲："三个字，'人与命'。"

高风一惊："人与命？"

阿莲点头。

高风呵呵地笑了。

阿莲："不好？"

高风："当然好。"他点燃一支烟，一口又一口地抽，抽了半截，扔掉，走到屋里，脱掉背心，光着脊梁，从柜里拿出半瓶酒，走到外面，站在纸前，将半瓶酒咕咚咕咚地喝下，哐的一声，将酒瓶扔掉，发疯般地拿起润好的毛笔，在地上铺着的纸上写了起来，"人与命"三个劲道的大字，一笔一画地出现在纸上。

阿莲露出惊喜又钦佩的目光。

33. 伊伊家楼外，夜外。

小车从远处驶来，停在伊伊家楼外。

杜老板（原杜处长）已醉了："到……了？"

司机："杜老板，欧阳处长的家到了。"

车上一位年轻女郎下车，走到另一边，开门。

女郎："欧阳处长，能不能走？"

欧阳腾醉意熏熏："到了？"

女郎："嗯，来，我扶你。"

杜老板鼓掌："对，最好……抱你。"

欧阳腾把手一挥："我能下。"

欧阳腾跌跌撞撞地下车，被女郎架住了。

欧阳腾："呵？"

女郎："欧阳处长，我扶你上楼。"

杜老板:"抱……抱上楼。"

欧阳腾把女郎往车里一推,女郎正好倒在杜老板怀里。

欧阳腾放纵地笑了:"我……从小,就厌烦……妈妈抱。"

欧阳腾左晃右晃地走进楼里。

34. 伊伊家,夜内。

门开了,欧阳腾用手开灯,走进来,正碰上睁着两眼坐在那里的伊伊。

欧阳腾:"都几点……了,你还没睡?"

伊伊:"你说几点了?"

欧阳腾看墙上的挂钟:"呵……六点五分。"

伊伊:"再看看,几点?"

欧阳腾又看:"嘻……我看……反了,一点半,对吧?"

伊伊:"欧阳,你还认得我吧?"

欧阳腾:"你?"

欧阳腾似乎醒了一些,故意往伊伊面前走,一面走一面认,停在伊伊面前。

欧阳:"哎呀,你……我特……熟,怎么就记不起……名字呢?"

欧阳腾调笑着,将脸往伊伊脸上凑,冷不防地,伊伊给了他啪啪两巴掌。

欧阳腾大惊:"伊伊,你打我?"

伊伊:"打你,打你,就是要打你。"

伊伊又伸手要打,被欧阳腾一把抓住了,她又用另一只手,也被抓住了。

欧阳腾:"你为什么打我?"

伊伊咬牙切齿:"你是伪君子,你是中山狼。"

欧阳腾:"就这?"

伊伊哭着吼:"你欺骗我,玩弄我的感情,你当了处长,就把我当只旧鞋,丢了。"

欧阳腾:"有那么严重?"

伊伊:"你不是个东西。"

欧阳腾把她的双手一丢,在屋里来回走动,伊伊则在那里抽泣。

欧阳腾:"我是中山狼,我是伪君子,我欺骗你,我玩弄你的感情,我不是个东西……凭什么?就凭我这个当外资处长的在外有应酬,不能像以前一样在家里给你当保姆,给你炒菜做饭?"

伊伊:"你知不知道,我天天站在窗台上等你,你不能按时回,为什么不来个电话?"

欧阳腾："当然能,可是你想过没有?办公室那么多同事,那么多人进出,天天打电话给老婆请假,像个什么样?本来大家都在背后说,欧阳腾能这么快当处长,一大半靠他老婆。"

伊伊："靠老婆是罪过?"

欧阳腾："是的,也许……这不是罪过,可是你想过没有?我是处长,我是男人。从小,我走不出母亲的阴影,现在,你还不让我走出老婆的阴影?"

伊伊："是我的阴影,还是你的阴影?"

欧阳腾："我还有阴影?你要了解我的一切,每天有什么工作,每一小时干什么,办公室有多少人,每个人什么性格,领导……一层又一层的领导,他们的性格、爱好、人际关系……"

伊伊："这是为我,还是为你?"

欧阳腾："我承认,这是为我,可是,你想想,我是个什么?我又在那里?我还是我吗?"

伊伊："欧阳,你一这样说,那,我就成全你。"

伊伊跑进卧室,咣的一声,将门关死。

欧阳腾："伊伊,你究竟要干什么?"

35. 大仓库,夜外。

高风坐在写好的字前。

阿莲站在他的对面。

阿莲："老高,你刚才说办书法展览,到底要多少钱?"

高风："在海口至少二十万,如果在香港,就要更多。"

阿莲："你存了多少?"

高风："五万。"

阿莲："我赞助五万。"

高风看着她笑了："那也不够。"

阿莲："我想办法。"

高风："你?"

阿莲："你不要开车了,好吗?"

高风："为什么?"

阿莲："不,为了书法展,你要多练字。"

高风："那我吃饭、穿衣靠你?"

阿莲点头。

高风起身，走进自己的房间，关了门熄了灯。

阿莲莫明其妙地站在那里。

第六集

1. 阿莲家，晨内。

时针指向六点。

阿莲睡着了，庆庆躺在她身边。

庆庆的被单蹬掉了，咳了两声。

从板壁上，传来了高风的敲击声。

阿莲睁开眼。

敲击声又响了几下。

高风的声音："阿莲。"

阿莲："呵，什么事？"

高风的声音："庆庆是不是被子没盖好？"

阿莲一看，果然是，她望着墙壁想了想，故意开玩笑："你看我们了？"

高风的声音："刚才，庆庆咳了两声。"

阿莲："我怎么没听见？"

高风的声音："你睡着了。"

阿莲："你还说没看。"

高风的声音："我想看……又不敢。"

阿莲笑："你一夜没睡？"

高风的声音："睡不着。"

阿莲："为什么？"

高风的声音："……心里老想那三个字，'人与命'。"

阿莲："想些什么？"

高风的声音："都忘了。"

阿莲："你今天不出车？"

高风的声音："……不了，再出车非出事。"

这时，庆庆又咳了两声。

高风的声音："呃，你听见没有？"

阿莲："听见了，给你平反了。"

高风的声音:"你看看,庆庆烧不烧。"

阿莲欠起身,摸摸庆庆的额头,又躺在那里。

过了一会儿,又传来高风的声音:"喂,庆庆烧不烧?"

阿莲:"你没看见?"

高风的声音:"你看你,我这个当爷爷的急成这样,你还……"

阿莲:"不烧,好啦,睡吧。"

那边没了声音,一会儿,似乎传来鼾声。

2. 唐西江别墅,晨外。

绿草茵茵,鸟声清脆,别墅沐浴在晨曦中。

3. 阿芸卧室,晨内。

唐西江的手一直握着阿芸的手。

阿芸闭着的眼睛睁开了,唐西江坐在她身边。

唐西江:"阿芸,你醒了?"

阿芸点头。

唐西江握起她的手,贴到自己脸上,又将头伏下来,贴住阿芸的脸。

阿芸闭上眼。

阿芸:"彩彩呢?"

唐西江:"昨晚……她跑了。"

阿芸睁开眼:"跑了?"

唐西江:"彩彩觉得对不起你,也不能见我,开始想跳海……"

阿芸惊:"跳海?"

唐西江:"她担心海水淹不死,就爬到建筑工地的高楼,想跳……"

阿芸:"跳了?"

唐西江:"被人救了……现在,由何树发陪她,呵,已经起飞了,先让她在深圳休息一段时间,然后,安排她去香港,读自费私立大学。"

阿芸舒了口气。

唐西江:"阿芸,你真是……太傻了。"

阿芸闭上眼。

唐西江:"你这样做,把我当成什么了?又把你自己当成什么了?说实话,我唐西江想找个女人生孩子,还用得着这样吗?"

阿芸似乎要哭。

唐西江:"阿芸,我早就对你讲了,我不在乎你是否生儿育女,也不在乎……是不是有人继承遗产,传宗接代,我更在乎现实的一切,在乎我,在乎你,在乎眼前的一切……假如我昨晚和彩彩……如果她将来生了儿子,你呢?你不就消失了吗?你消失了,我就算有了女儿或者儿子,会快乐吗?不,那只能是悲剧。"

阿芸的眼里流出泪。

唐西江:"说实话,当时你不在场,如果你在,我一定要骂你,打你……撵你的,你相信吗?"

阿芸点头。唐西江用手给她抹泪。

阿芸边抽泣边说:"江仔,你能告诉我你为什么这样对我吗?"

唐西江:"这还要问?你漂亮,贤惠,温柔。"

阿芸:"还有呢?"

唐西江:"忠诚。"

阿芸:"还有……"

唐西江:"……对,还有,还有你的聪慧,你具有海南女人独有的优点,还可以一天天成熟进步,让我在工作之余享受丰富的精神生活……"

阿芸:"就这些?"

唐西江:"对一个男人,这就足够了,怎么,你不相信我这是真话。"

阿芸:"我相信,可我觉得你还有……没说。"

唐西江:"是吗?"

阿芸:"你有没有对我姐阿莲的内疚……和思念?"

唐西江语塞了。

阿芸:"……说实话,我现在才觉得我特别有愧于她,直到昨天……我安排彩彩,说到底,就是想从你心里排除她。"

唐西江想了想,放下阿芸的手,在屋里走动:"阿芸,既然你已经看到了,我也不该再回避,我确实对阿莲有深深的愧疚,正是因为这样,我才时时刻刻提醒自己,无论出现什么情况,我绝对不能对你不忠。"

阿芸:"因为我是她的妹妹。"

唐西江:"唯一的亲妹妹。"

阿芸闭上眼,不做声了。

唐西江走过去,靠在她枕边。

阿芸:"江仔,你可以抱一抱我吗?"

唐西江:"阿芸,当然……"

唐西江拥上去。

阿芸:"抱紧一些,再紧一些。"

唐西江:"阿芸,你怎么了?"

阿芸:"你抱我……到窗口。"

唐西江将阿芸抱到窗口。

阿芸:"呵,多蓝的天,我过去怎么从来没有注意到,江仔,你注意到了吗?"

唐西江:"我只是在心情很好的时候注意它。"

阿芸:"就像我一样,你把我作为你心中坦露的秘密。"

唐西江:"阿芸,你在说什么?"

阿芸:"江仔,抱我到床上去……我累了。"

唐西江把阿芸抱回床,阿芸深情地亲了唐西江:"我想一个人躺一躺。"

唐西江:"不许胡思乱想。"

阿芸:"不会的,因为……"

唐西江:"嗯?"

阿芸:"我感受到了蓝天。"

唐西江点头,起身退出。

4. 伊伊家,日内。

欧阳腾已准备好早点。

欧阳腾:"伊伊。"

没人应声,他走到卧室门口,举手敲门,敲了几下,门开了,他走了进去,伊伊脸色苍白地躺在床上。

欧阳腾:"伊伊,伊伊,伊伊。"

伊伊已昏迷,欧阳腾急了,给伊伊掐仁中,又喂了几口水,伊伊吐了一口气,眼睛也睁开了。

欧阳腾:"伊伊,你怎么了?"

伊伊:"怕是……流产了,哎哟。"

欧阳腾瞪大了眼睛:"流产?"

5. 大仓库,日内。

庆庆坐在高风的门口。

高风睡在床上。

6. 街头，日外。
阿莲走进一家典当店。

7. 典当店柜台，日内。
阿莲递过一个精制的首饰盒，店员打开，里面有一堆首饰，她看了一眼店员。

8. 妇产科医院，日内。
妇产科医生："经检查，你妻子体质虚弱，心律也不齐，这次流产前，是不是受过什么刺激？"
欧阳腾："和我拌了几句嘴。"
妇产科医生："以后，你要多注意，你妻子不能再流产了，再流，恐怕就会变成习惯性流产，要孩子就难了。"
欧阳腾点头，起身。

9. 医院过道，日内。
欧阳腾急匆匆地往病房走，那个女秘书跑过来："欧阳处长，今天上午那个会，我去跟你请个假，你好好照顾李律师。"
欧阳腾："不，这样，你帮我照顾伊伊，我去开会。"
秘书："欧阳处长，你这样好不好？"
欧阳腾："没事，这里，拜托你了。"
他转身，向院外走去。

10. 又一家典当铺，日内。
阿莲将一个古玩递过去，还有一张证明。

11. 大厦门口，日外。
阿冰已经大变，穿着典雅的衣服，从里面出来，上了一辆车，向街头驶去。

12. 阿芸家，日内。
阿芸靠在床上。

13. 大仓库，日内。

阿冰的车开到仓库门口，阿冰从车上下来，走进，看见站着的庆庆。

阿冰："你叫庆庆？"

庆庆："你是谁？"

阿冰："你妈妈呢？"

庆庆："我不认识你。"

阿冰笑："我认识你，你爸爸叫陆天翔，对不对？"

庆庆："我只有爷爷。"

阿冰："爷爷？谁是你爷爷？"

高风从门里出来："你是谁？"

阿冰一见高风，笑了："爷爷？你是庆庆的爷爷？那……倒也是，住在一起。"

高风："小姐，当孩子的面，请你放尊重些，这不是海边。"

阿冰："看样子，阿莲不在，我想，你谈谈也可以，我们能到院里谈谈吗？"

高风随阿冰走出仓库。

14. 妇产科病房，日内。

那个女秘书见伊伊睡了，合上书，放在床上，转身走了出去。

伊伊睁开眼，吃力地从床上爬起，穿上自己的衣裳，走出病房。

15. 大仓库院中，日外。

阿冰："我今天来，是代表陆天翔的。"

高风："你不是正找他要报仇吗？"

阿冰："那是当初……"

高风："从仇人到代表，变化太大了。"

阿冰："不错，当初，陆天翔负债逃跑，不仅丢下了阿莲母子，也让我怀了孕。那天，你在海边救我，我当然很感激，可是你不知道，我正在做一笔交易。我把自己交给那帮哥们，他们帮我找陆天翔，替我宰了他。那天，我做了人流。"

高风："你怎么又成了陆天翔的代表？"

阿冰："在三亚，我的那些哥们找到了陆天翔，我赶去了，说实话，当时只要我点个头，陆天翔可能就不在人世了，就在我要点头的时候，我突然发现我并不仇恨他，不仅不仇恨他，我依然爱着他，是那种能够原谅一切、忍受一切和舍去一切的爱。如果陆天翔消失了，我自己也将消失……呵，你有烟吗？"

16. 街头，日外。

步履艰难的伊伊从医院出来，正好碰上阿莲，阿莲上去扶住伊伊，拦了一辆出租车，扶伊伊上车，自己也上去了。

出租车开动。

17. 大仓库院内，日内。

高凤和阿冰都在抽烟。

阿冰："当时，我不顾一切地冲到陆天翔面前，紧紧地抱住他，亲他……直到他流下忏悔的眼泪，我们就和好如初了。我说的和好如初，并不是说我和他上床……其实，他从不再提这种要求，不像当初。呵，对不起，你不想听，好，我们谈正题，天翔告诉我，他曾委托你，把离婚协议书交给阿莲？"

高凤点头。

阿冰："阿莲怎么说？"

高凤："她说，一定要写明把庆庆判给她。"

阿冰："陆天翔事实上已同意了，只是要阿莲同意，不让庆庆改姓。"

高凤："这不就是不放弃儿子吗？"

阿冰："阿莲很精明，她没签字？"

高凤点头："没有。"

阿冰："这就好，我今天来，就是为这件事的。现在，陆天翔从内心讲，既感到对不住阿莲，也事实上还爱着阿莲。"

高凤："这中间还有一个你。"

阿冰："对，虽然我很爱陆天翔，但我作为一个女人，也很理解阿莲，因此，我很想听听阿莲的选择，如果她原谅陆天翔，我愿意自动退出……"

高凤笑："据我观察，这不可能。"

阿冰："如果是这样，对我来说就太好不过了，这时候，需要讨论的是庆庆的问题，陆天翔现在非常想念自己的儿子，如果阿莲不愿和陆天翔生活，陆天翔就要庆庆，并给阿莲十万元补偿费。"

高凤："是吗？"

阿冰："当然。也有另外一种选择。如果阿莲非要庆庆，也应给陆天翔的补偿费。"

高凤："太可耻了。"

阿冰："这也是一笔生意，只要是生意，就没有高尚，也谈不上可耻。"

18. 伊伊家，日内。

伊伊躺在床上，阿莲坐在床边。

伊伊："这么说，你已经爱上那姓高的了？"

阿莲点头。

伊伊："你把那些古玩和首饰典当了，也是为了帮那个姓高的办成书法展？"

阿莲点头。

伊伊："你还愿意把仅有的存款都拿出来给他？"

阿莲点头。

伊伊："你甚至愿意最后去求你最不愿意求的唐西江，让唐西江也加入资助姓高的行列？"

阿莲点头。

伊伊："为了这，你宁可遭到你妹妹阿芸的鄙视和仇恨也在所不惜？"

阿莲点头。

伊伊惨淡地笑了。

阿莲："伊伊。你怎么这样笑？"

伊伊："我能怎么笑？我应该怎么笑？说实话，我现在其实不是笑，而是在哭。"

阿莲："为我？"

伊伊："为你，也绝不仅仅是为你，因为，在现实生活中，我们女人总是一个又一个，一次又一次重复着一个相同的错误，为了赢得自己为之倾心的男人，将自己的青春、红颜、财产、智慧、声誉，做一次性地支付，这样，自己也就消失了，被冷落了……"

阿莲："那得看女人碰上什么样的男人，碰上了什么样的支付对象。"

伊伊："女人在支付时，总是对对象坚信不疑，当初，你对陆天翔怀疑过吗？"

阿莲："高风不一样，他不要我的帮助。"

伊伊："也许，他的手段更高明。"

阿莲："不，伊伊，你忘记了，我是受过一次次打击的人，我甚至是对所有男人都仇恨的人。可碰到高风，我变了，他没有炫耀，没有苛求，没有献媚，也没有虚伪，他把粗俗和真实和盘端出，让狡猾和诚恳坦露无遗。"

伊伊："多么一幅诱人的人物画，可你们才认识了多久？"

阿莲："是的，不久，我决心继续认识下去，我相信自己的直觉已不再如少女般轻率。"

伊伊反唇相讥："过分相信直觉，常常是让女人一生悲惨的最坏的一张牌。"

阿莲望着伊伊："伊伊，你怎么变得这样冷酷？"

伊伊被问住了。

阿莲："你这是责备我，还是自责？"

伊伊用双手捂脸，嘤嘤地哭泣起来。

阿莲走过来，拍着伊伊的肩。

阿莲："依我看，欧阳腾还不是那样的男人。"

伊伊："他是的，是的，他是伪君子，把我气得流产了，可他连病房的门都不进。"

阿莲："……这当然很不好，很不好，伊伊，我问你，你发现欧阳身腾身边有另外的女人吗？"

伊伊想了想，答不上来。

阿莲："我再问你，他对很晚回家，做过什么不合理的解释吗？"

伊伊："他只说不是忙工作，就是……应酬。"

阿莲："你从来没相信他？你看，这就是你不对了。你能不能相信他一次，再给他一个机会？"

伊伊："你是说让我咽下这口气？"

阿莲："虽然我是一个女人，但是我相信这样一句话，男人的许多恶劣，不少是女人无知、软弱，不善于宽容或无限度地宽容，盲目的多情和迅速的无情造成的。"

19. 唐西江别墅，夜内。

两束灯光从远处射来，是唐西江的车，车停在别墅前，他跳下车，走进别墅。

20. 别墅二楼，夜内。

唐西江从楼梯上来，走到卧室门口，轻轻推开门。

屋内，床上空空的，没有阿芸。

唐西江："阿芸。"

他到凉台、洗手间寻找，都没有。

他发现床头上有一张纸，拿来，是阿芸的信。

"江仔，当你拿到这封信的时候，我已经走了，今天你曾经问我，如果彩彩为你生了儿子，你阿芸自己呢？你不就消失了吗？你问得多好啊。像一记春雷，把我问醒了。我突然明白，我的存在，仅仅只是你的一个摆设和工作之余的精神消费品，你甚至连孩子都可以不要我生……姐姐曾经问过我，婚姻的前提就是认识别人和认识自己，这两点我都失败了。今天，当我看着窗外时，我确实是第一次发现天好蓝好蓝，也是第一次认识到自己应该做一个有自我的女人，我也许不会永远离开你，但是，无论是我还是你，都应该好好想一想，我们都正确认识了自己和对方吗？江仔，我走了以后，你无论如何不要兴师动众地找我，那样做不会有好结果的，请你相信我，好吗？你的阿芸。"

唐西江陷于痛苦和沉思之中。

21. 伊伊家，夜内。

伊伊靠在床上，欧阳腾用双手捂着头，坐在床边。

过了好长时间，欧阳腾叹了一口气，抱起枕头和薄单子向外走去。

伊伊："欧阳。"

欧阳腾站住。

伊伊拍拍床："你还是睡这里……"

欧阳腾想了想，将枕头和薄单子放在床上，厅里的电话响了，欧阳腾过去接电话。

欧阳腾："喂，我是，你？……噢，噢……你不要这样嘛，什么？……呵……你说。"

伊伊发现欧阳腾接电话的声音和语调与平时不同，从床上爬起，轻轻走到他的身后，站了许久，终于忍不住，伸手按开了电话的扬声器。

传来一个女人的声音："……不行，我一定要见到你。"

欧阳腾触电般地将扬声器按钮关了，把电话扔了："伊伊，你这是干什么？"

伊伊气愤地望着他。

电话铃又响了，一声，两声……突然，伊伊和欧阳腾同时向电话伸手，欧阳腾将电话筒抢到手，伊伊怒不可遏，用双手抱起电话机猛地用力一拉，电话线断了，她将电话机咣的一声扔在地上。

欧阳腾终于爆发了："你……你摔，你摔，你摔呀。"

伊伊怒气冲冲地盯着欧阳腾。

欧阳腾："你不摔？那好，你看我的，我来摔。"

欧阳腾一伸手，将柜子上的花瓶等物打掉在地，又到桌前将茶具等咣的一声横扫在地。

欧阳腾歇斯底里地大吼:"你看,这样摔够不够,反正这个家……你不想要了,我也够了,够了,够了。你为什么不接着摔?你接着摔呀?"

伊伊:"我摔?不,都给你留着,等我们把手续一办,你和打电话的野女人用得着。"

欧阳腾:"你是什么意思?"

伊伊拿出一张纸:"离婚,我已签了字,只等你签。你签了我马上走人,房子、家当,全归你。"

欧阳腾怔在那里。

伊伊口气一转:"欧阳,你有人等,我也刚刚流产。用不着吵也用不着闹,更不用谈恩恩怨怨。你只要一签字,我们就和和平平地分手,好不好?"

欧阳腾呆站着。

伊伊将离婚书往桌上一放:"我累了,我要去睡。你今晚签好字,放在桌上,我明天有安排。"

说完,伊伊走进卧室,不一会儿,欧阳腾用的枕头、薄单子一件件被扔了出来。

22. 阿莲家,夜内。

阿莲:"什么?陆天翔要庆庆?"

高风点头:"说如果你同意,他给你十万补偿费。"

阿莲冷笑:"开玩笑。"

高风:"他们说,如果你不同意,硬要庆庆,你就得给他补偿费。"

阿莲:"多少?"

高风:"没说。"

阿莲:"有这个先例吗?"

高风:"好像……没听说过。"

庆庆在隔壁看电视,不时传来笑声。

阿莲:"老高,你的意见呢?"

高风:"我?你们这事,我……"

阿莲见高风掏出烟,就把打火机扔过去:"你不好说,还是不想说?"

高风:"都不是,我想……应该是不能说。"

阿莲:"是吗?有那么严重?"

高凤："阿莲，我的意见你应该懂。"

阿莲点了点头："那我就把你认为不能说的话说出来，你的意思是，为了庆庆，也为了给陆天翔一个幡然醒悟的机会，更为了使我阿莲摆脱困境，我阿莲应该与陆天翔见见面，看看还有没有破镜重圆的可能，对不对？"

高凤点头。

阿莲："还有一点，那个阿冰虽然很爱陆天翔，但她仍是一个值得同情，应该尽力保护的姑娘。不能让陆天翔再毁了她，为这，你阿莲应该站出来，与陆天翔和好。"

高凤望着阿莲。

阿莲："还有，我高某人与你阿莲仅仅是萍水相逢，你阿莲拖着一个孩子，又被丈夫甩了，我高某人值得为你想什么、说什么吗？犯得着吗？"

高凤："阿莲……你真聪明，既然你说了，我承认，这些意思我都有，只是我不好说。"

阿莲笑："为什么？"

高凤："与其说怕刺伤你，不如说我也像常人一样，还有那么一点合乎情理的虚伪。"

阿莲："我倒觉得你还有话没说，如果你不说，倒是真虚伪。"

高凤："……当然有。"

阿莲："能不能说？"

高凤："阿莲，你别逼我……"

阿莲有愠怒："你还是不说？那……你觉得我们今晚还有必要谈下去吗？"

高凤看了阿莲一会儿，点了点头，转身向外走去。

阿莲："老高。"

高凤站住了。

阿莲走过去，从后面轻轻抚摸高凤的胳膊、肩……而后，气喘吁吁地将高凤抱住。高凤开头只是惊愕，渐渐地，也主动热烈起来，他紧紧地搂住阿莲，与她忘情地亲吻。

隔壁又传来庆庆大笑的声音，他们惊醒，赶紧松开彼此，轻轻地笑。

阿莲："老高，主意我已经想好了，想不想听？"

高凤点头。

阿莲："如果我要庆庆，陆天翔要补偿费，那是不可能的，也没先例。"

高凤点头。

阿莲："我想，还是答应陆天翔的条件。"
高凤："给他一定的补偿费？"
阿莲摇头："不。把庆庆给他。"
高凤大惊："你疯了？"
阿莲："让陆天翔给我十万块补偿费。"
高凤大惊："你疯了？"
阿莲："让陆天翔给我十万补偿费。"
高凤："干什么？"
阿莲："给你办书法展览。"
高凤脸色变了："你再说一遍。"
阿莲："你很有才华，把书法展览一办，世界才能认识你重视你。"
高凤松开了搂住阿莲的手，然后快步向外走去，随后带上了门。
庆庆在门外叫："妈。"
阿莲开门。
庆庆哭丧着脸进来："爷爷……生气了。"

23. 唐西江卧室，晨内。
一大堆烟头。
一股烟气升起。
唐西江在沉思，他手里拿着阿芸的信。

24. 伊伊家，日内。
欧阳腾呆坐在那里，伊伊从洗漱间出来，走进卧室。里面传来了吹风机的声音。
欧阳腾起身，往卧室走去，进门，看见伊伊正对着镜子梳头发。
欧阳腾："伊伊，你想吃点什么？"
伊伊放下电吹风，从梳妆台的抽屉里往外拿化妆品，似乎在找口红，欧阳腾赶过去，从另一个抽屉里把口红找出来，给伊伊："这是法国的，你用最好。"
伊伊不理，拿口红对镜子化妆，焕然一新，显得年轻漂亮了许多。
欧阳腾惊奇地望着。
伊伊："签了没有？"
欧阳腾："伊伊，你听我说……"

伊伊："不，我不听。我告诉你，现在我真的想通了，女人啦，不能亏待自己，该潇洒就得潇洒，该打扮就得好好打扮。"

欧阳腾："是，是的。"

伊伊："你别假惺惺地'是是是'，我要你在离婚书上签字，你怎么不提？"

欧阳腾："伊伊，你能不能听我解释一次？就一次。"

伊伊："就一次？"

欧阳腾点头。

伊伊："好，我听。"

欧阳腾："昨晚给我打电话的那个女的，是监察局的处长，你知道我们处的杜处长下海了，当了一个大公司的老总，出了问题，是经济问题，已经立案了，查到我这里了。"

伊伊一惊："你也参与了？"

欧阳腾："有一些吃喝方面的来往，但我保证绝对没有贪污受贿……本来，上面已经在考虑让我升职的事，在这关口上为了这事，机关里有人借题发挥，要往下撑我，我……"

伊伊："你这是真话还是假话？"

欧阳腾："这还有假？你看这时候我还说假话？说实在的，你很关心我，每件事都助我，我当然很感激。可我又觉得当一个男人，总不能一辈子靠老婆扶着走……"

伊伊："到这时候，你还说这个话？"

欧阳腾："我只是说心里话呀。"

伊伊站起："好，既然你这是心里话，我也说心里话，现在有案子在追，你又可能升官，还有不少阻力，我也成全你，不给你添麻烦。离婚书，你先不签也可以，放一放以后再签。但是，我也告诉你，我想到三亚去玩一玩。"

欧阳腾连连点头："对，先去散散心。"

伊伊："不过，我也要坦白地告诉你，这次去三亚，我约了一个人，在三亚会面。"

欧阳腾："有个伴最好。"

伊伊："我也是这样想的，这个人我说出来，你别生气，是我的初恋情人。"

欧阳腾惊呆了。

25. 阿莲家，晨内。

阿莲整理着头发，从自己屋里出来，往高风的门走去。使她吃惊的是，高风的门敞开着。

阿莲："老高。"

没人回应，她到高风门口一看，里面空了，床上的铺盖没了，墙上的字画也没了。

她疯了一样，跑到停车处，那辆车也开走了。

阿莲撕心裂肺地叫："高风！"

庆庆从里面跑出来："妈。"

阿莲抱住庆庆，失声地痛哭："庆庆，高风走了，走了。"

庆庆哭："爷爷。"

26. 唐西江办公室，日内。

何树发从外面进来。

何树发："唐老板，找到了。"

唐西江站起。

何树发将纸条一递，唐西江看了看，面露惊喜："马上准备车。"

何树发点头。

27. 海口立交桥头，日外。

阿莲带庆庆站在上面，观察着往来于桥下的车辆。

28. 高速公路上，日外。

唐西江的轿车在飞驰。

29. 三亚"天涯海角"海边，日外。

伊伊孤零零的一个人，走在沙滩上。

30. 海口街头，黄昏外。

主要道路的十字路口栅栏边，阿莲与庆庆在张望着。

31. 小区寨子，夜外。

唐西江的车驶入土路，进寨。

32. 山寨小学教师宿舍，夜内。
阿芸着一身平民服，正坐在木椅上看电现，是国际女子长跑比赛，中国姑娘跑在前面。

33. 山寨宿舍，夜内。
电视上的长跑比赛还在进行，中国女选手终于第一个冲刺，得了冠军。
阿芸鼓掌叫好。
从她身后，传来掌声，她一转头是唐西江，她一惊地跑过去，扑到唐西江怀里。

34. 海口街头，夜外。
马路岗亭下，阿莲与庆庆坐着，庆庆的头靠在阿莲身上。
她们在往来的车中寻找高风。

35. 山寨宿舍，夜内。
阿芸："你说怪不怪，为什么中国女人在体育方面比男人强。"
与她并排坐着的是唐西江，电视屏幕上正在播放给中国运动员发奖的画面。
唐西江："我听说，男运动员进了国家队，早就自己安排了出路，可女运动员的工作不好找，只有死拼。"
阿芸："你说这也算阴盛阳衰？"
唐西江耸肩苦笑。

36. 街景，晨外。
海口的早晨，天边露出熹微的晨光。
公路上往来的车辆很少。
一盏路灯熄去。
一辆小货车从远处驶来，是高风的车。

37. 车里，晨内。
高风似乎看见在前面天桥上有两个人，渐渐地看清了，是阿莲和庆庆。
他换了挡，车减速了。

终于,他将车停下,跳下了车。
阿莲看到他了,在向他招手。
阿莲:"高风。"
庆庆也在叫:"爸爸!爸爸!"
他的眼睛湿润了。

全剧终。

胡大楚 著

胡大楚文集 ❸

剧本卷（下）

武汉大学出版社

图书在版编目(CIP)数据

胡大楚文集.3,剧本卷.下/胡大楚著.—武汉:武汉大学出版社,2021.3
芳草文库
ISBN 978-7-307-21710-2

Ⅰ.胡… Ⅱ.胡… Ⅲ.①中国文学—当代文学—作品综合集②剧本—作品集—中国—当代 Ⅳ.I217.2

中国版本图书馆 CIP 数据核字(2020)第 153546 号

责任编辑:李晶晶

出版发行:武汉大学出版社 (430072 武昌 珞珈山)
(电子邮箱:cbs22@whu.edu.cn 网址:www.wdp.com.cn)
印刷:武汉中科兴业印务有限公司
开本:720×1000 1/16 印张:18.25 字数:335 千字 插页:3
版次:2021 年 3 月第 1 版 2021 年 3 月第 1 次印刷
ISBN 978-7-307-21710-2 定价:138.00 元(全 3 册)

版权所有,不得翻印;凡购我社的图书,如有质量问题,请与当地图书销售部门联系调换。

《芳草文库》序

刘醒龙

武汉有一批年纪不算太老，但肯定不再年轻的作家，既往作品每出无不风行江汉，后来平淡了些。二〇一五年年初，恰逢一场小聚，其间有老朋友提议给这些在文学创作上颇有成就的作家出版文集，且当场做出关键决策。老朋友提及的作家也是我的朋友，他们的处境很有代表性。

世事流逝到今天，说一点不残酷是不真实的，说太残酷似乎也不科学。值此宁翔雁前羞跟牛后世风，普天之下莫不借口追求日新月异，其实是乡下俗语说的，人人都想一锄头挖出一口井。宁肯臭名远播，哪管丑态百出。忘却不该忘却的，强化不该强化的，是世情中一大不敬。这几年为一位已故作家出版文集，好不容易才成，一来二往之间，见识了足够多的现世生态。似这等才华出众的作家，若非上苍失察，弃之英年，敢不是当今文坛大旗一帜？同理，那些在喧嚣背后悄然尘封的作品，谁能说不是日后人有所诵的典范？天地同根，不是没有高下之分，而是天有天的高度，地有地的厚重。

常住武汉三镇之人，最能体会大江东去、流水落花深意。也是体恤的缘故，又于旷野之间留下高山流水千古知音，以为勉励，兼作念想。朋友提议，饱含诗情，深藏灵性。没有太多商量，三言两语之间，就达成共识，以《芳草》杂志名义，逐年排选，将这批作家的代表性作品编成文集出版。只是由于执业所限，本套书只能以《芳草文库》相称，名头虽小，相信分量不轻。

哲学教会人们认知正确与错误，自然科学是要让人懂得成功与失败。然而，短短人生，包罗万象，其善其美，何止兴衰胜败！文学的存世与流传，其意义正是超然前二者，不以成败对错为目的，也不以卑微尊贵定价值。人非草木，却如同草木，这是文学理由之一，生命不能永恒，却绝对永恒，这是文学理由之二。文学根本理由是，协助芸芸众生在庞杂得无可把握的宇宙间，在神与鬼、灵与欲、虚与实等一切冲突与对立之间，寻找适合每一个体的美妙平衡。

二〇一五年十月十五日

胡大楚文集

剧本卷（下）

目 录

无题 / 539
死亡雷区 / 542
上海轮·十二月 / 573
走过柳源 / 605

无　　题

　　美术学院，戴着眼镜的铁教授在充满艺术气息的长廊中走着，他的脚步很有节奏，然而却显得空旷，余音在排着长队的中外美术大师的人头雕像周围缭绕。

　　毕加索的雕像："铁教授，在绘画专业的期末考试时，你又想玩什么花招？"

　　铁教授的心声："不知道，我尊敬的毕加索！"

　　毕加索："你难道不想用学生们对我的崇拜，去掩饰你的空虚吗？"

　　铁教授的心声："嗯……也许……不过，我还是不知道。"

　　圆形的梯级教室，绘画班的期末考试考场，学生们似乎有些紧张。

　　铁教授在讲台上将手一挥，两名助教举起了一张照片：一群小狗，拱着横躺在地的老母猪的奶头。

　　铁教授望了一眼似乎有些吃惊的学生："同学们，艺术的感触常常会在灵感的突发中升华，每一个艺术家都在舍生忘死地捕捉这种升华。这张照片，是我们今天考试的第一道题目，请你们给照片取一个最贴切的名字。请注意，我要最有想象力而又准确的照片题名。好，这道题，从三十一号到三十五号同学按数序回答，思考半分钟。"

　　教室里一片寂静，学生们紧张而又姿态各异地望着那张照片。

　　铁教授："三十一号同学。"

　　三十一号是女性，怯生生地回答："母爱。"

　　铁教授摇了摇头。

　　三十二号是男性："情爱。"

　　铁教授又摇了摇头。

　　三十三号是男性："慈。"

　　铁教授摇头："请注意，要有想象力。"

　　三十四号是女性："和平共处。"

　　教室里一片惊愕，复而大笑。

　　铁教授仍摇头，他的脸色冷峻。

　　三十五号是男性，迟疑了一下，站了起来，从口袋里掏出一盒三五烟，抽出一支，拿到鼻尖闻了闻："有奶便是娘。"

教室里立即发出了哄堂大笑，复又寂静下来。

铁教授既未摇头，又未点头，只是冷冷地望着三十五号。

铁教授的目光和长长的走道叠印着。

毕加索的声音："铁教授，你果然又出了新花招！"

铁教授的声音："不，是我的，也是你的学生在耍花招！"

教室，铁教授一挥手，两名助教收下了那张照片，又挂上了一幅油画，画面是一个出浴少女，裸体。

铁教授："这幅画的名字是《浴》，希望大家从美学的角度来评论它。还是由三十一号同学到三十五号同学来回答，只是，将回答的顺序颠倒一下，从三十五号同学开始，在大家思考的时候，我想提醒三十五号同学，考场上闻烟是不允许的。"

三十五号耸了耸肩。

铁教授来回踱了几步，站定。

铁教授："三十五号同学，请回答。"

三十五号站起来，又习惯性地用手摸口袋，然而，这一次没有掏烟，而是掏出一块口香糖，又在鼻尖闻了闻："虽然人们可以从赞美和否定两个方面来评论这幅画，但是，我现在只想讲，这幅画基本上是糅合了西方写实派和宫廷派的表现手法，在人体和光的结合上做了某些大胆而独到的探索。"

铁教授没点头，指了指三十四号。

三十四号站起："我不大同意刚才的看法，光的运用很一般，但是，少女的青春活力表现是好的，富有美感。"

铁教授的反应是平淡，他望了望三十三号，三十三号站起："作为一名男艺术工作者，教授，恕我直言，这幅画我看了很难受，画面上的这个女人，搔首弄姿，卖弄风情，令人恶心，这里是没有美学的。"

教室里一片惊异的目光。铁教授也有些惊愕，向三十二号点了点头。

三十二号站起："我同意三十三号同学的看法。绘画技艺功底与严谨的创作应当结合起来。对这幅画我不敢恭维。正如人们所说的，当文化以享乐人生为目的时，想象力都会集中于感官刺激上，这是艺术的堕落。"

铁教授的脸变白了。

三十一号站了起来："我也同意上述看法，一个躺着的少女，在挑逗情欲。"

铁教授大惊："是跪着的？你的视力？"

三十一号："很好，一点五。"

铁教授转头一看，的确是躺着的，他愤怒地看了两个助教一眼，将画翻了过来，画上的少女是跪着的，很美。

铁教授略显尴尬："同学们，对不起！"

众同学大笑。

铁教授的双腿，走向长长的过道。

毕加索的声音："铁教授，你捉弄了自己，明白吗？"

铁教授的声音："毕加索，你讲得对，不过，应该补充你的话，在我被捉弄时，我的学生也在被捉弄。"

长长的艺术之廊，铁教授一人走着。他留下了背影，以及空旷的脚步声。

死 亡 雷 区

夜，雨后街头。一辆黑色的奥斯汀车在行驶。字幕："一九四八年，蒋经国任上海经济督导员，扣押了国民党行政院代院长孙祥熙之子孔令侃，使风雨飘摇的蒋介石政权内激起轩然大波。"

车内，侦缉长陆大卫坐在后排。他的助手雇阿根戴鸭舌帽开车。陆大卫头戴礼帽，抬左手看表，十二点。字幕："南京。国民党中央外汇调查团侦缉长陆大卫，为九亿美元贪污案，决定逮捕原行政院院长宋子文的胞弟宋子良，直奔宋子良的孚中公司。"

中英文的孚中公司铜字招牌。随着车灯的闪过，黑色奥斯汀已停在孚中公司大院中央。

黑暗中的孚中公司大楼。一个窗口，又一个窗口，都有黑色的枪口在移动。

院内。从奥斯汀的前门，走出了戴鸭舌帽的雇阿根，他望了望孚中公司主楼，将双手插在西服的口袋里，向大楼走去。

车内，陆大卫在悠闲地抽烟斗。

空旷的院内。雇阿根走了几步，似乎发现了楼内有异常之举，突然停住了。
雇阿根："孚中公司，宋子良！"
他的声音在夜空中逝去，仍是死一般沉寂。
雇阿根静静地等待着。

黑色的窗口，一只只乌黑的枪口定住了。
一只食指在扣动扳机。

又一只食指在扣动扳机。

突然，一束刺目的灯光从孚中公司的楼顶开启，是探照灯，照亮了雇阿根。
随即，各个窗口也吐出了射击的火舌。
雇阿根本领非凡，机灵地躲避，几个翻滚，避开了来自不同方向的枪弹，在探照灯的追逐下，雇阿根的表演精彩至极。
突然，雇阿根似乎中弹倒地。
枪声也停住了。

车内。陆大卫咬着烟斗，推开车门，走了出来。
草坪上。雇阿根突然翻身站起。
雇阿根："中央政府外汇调查团侦缉长陆大卫到！"

奥斯汀轿车左侧。陆大卫戴着礼帽，穿着黑色风衣，叼着烟斗，站在移过来的探照灯光下，冷着脸，一步一步向孚中公司走去。
雇阿根跟在他的身后。

大楼门口，已站出了一排荷枪实弹的黑褂警卫，一名独眼为首者，手持短枪，凶神恶煞般地站在大门口，用枪口对准陆大卫。

陆大卫步上台阶，神态镇定自若，见独眼龙的枪口指着自己，就取下烟斗，在独眼龙的枪口上磕了磕烟斗灰。
独眼龙："呃……"
鸭舌帽也跟了上来，若无其事地拍了拍身上的尘土。
陆大卫往烟斗里填上了烟丝。
陆大卫："火……"
独眼龙："呃……"
陆大卫火了："火！"
独眼龙："你是——"
雇阿根："中央政府外汇调查团侦缉长陆大卫，要见你们孚中公司总经理宋子良！"
独眼龙吃惊地掏出火柴，为陆大卫点火，忙赔不是："长官，宋总经理不在，今天，已去了香港。"

陆大卫冷冷地望了独眼龙一眼，又巡视了那排黑褂警卫，吐出一口青烟，望了望大厅。

大厅，布置华丽典雅。
正面有两扇大门关着。
陆大卫向雇阿根递了个眼神，雇阿根点了点头，向关闭着的两扇大门走去。
眼看就可推门了，那一排黑褂警卫立即排成人墙，挡住了雇阿根。
在双方对峙之时，正面的两扇门自动开启了。

室内。正中间站着孚中公司总经理宋子良，西装革履，手持白色烟嘴，上面有一支点燃的烟。
宋子良："欢迎，欢迎，陆侦缉长！"
陆大卫缓缓向前走。

陆大卫与宋子良对视。
宋子良："陆侦缉长，因为班机推迟，鄙人并未去港……"
陆大卫目光犀利地望着宋子良。
宋子良："如果我说得不错，陆侦缉长是为国人关注的九亿美元案而来，其实——本孚中公司系交通银行、国货银行、金城银行三家合股，并无炒汇贪污之举，作为前行政院长宋子文先生的胞弟，我宋子良自认还没堕落到有劳陆侦缉长缉拿的地步……"
陆大卫仍不语。
宋子良："据我所知，调查团也没有下达你深夜到此造次的命令……好，失陪了！"
陆大卫向雇阿根递了一个眼色，雇阿根挡住了宋子良，掏出了手枪。这时，一排黑褂警卫持枪逼了过来，陆大卫站着不动，雇阿根突然用枪指着宋子良吼："谁敢动手，我毙了他！"
此时，屋内响起了一阵笑声，在正面办公桌方向的一张转椅转了过来，是一位穿长袍马褂、戴金丝眼镜的老者，冷笑地端坐在那里。
金丝眼镜："陆大卫，你太过分了！"
陆大卫一惊："呵，老师！"
秦专员："放人！"
陆大卫不动。

秦专员:"我是中央政府外汇调查团的专员,陆大卫我命令你立即放人!"

陆大卫做了一个手势,雇阿根将宋子良放开了。

宋子良潇洒地说:"这是令人难忘的经历,看来,陆侦缉长把我当成了上海扬子公司的孔令侃了,可惜,先生并不是总统的公子,哈……"

秦专员:"全部退下!"

众人退下,只剩下宋子良、陆大卫。

秦专员:"宋总经理,非常抱歉,您受惊了!"

宋子良傲慢地坐下。

室内。秦专员慢慢地起身,走到陆大卫身边,拍拍陆大卫的肩膀:"陆侦缉长,我今晚在这里出现,你感到奇怪吗?"

陆大卫不语。

秦专员笑:"……在你们的车来到这个大院时,我安排了一幕危险的枪战,看来,你的助手也是功夫超群呵!"

陆大卫:"老师,您这是——?"

秦专员:"哈……作为一名老侦探,我的第六感觉告诉我,你调查的九亿美元外汇贪污案已有了重大突破。"

陆大卫:"是的,我已经从海关拿到了孚中公司和中和公司的罪证。"

秦专员:"不要那么尖刻,在南京官场,罪证是一个令人厌恶的词句。让我继续说,我的第六感觉告诉我,今晚,你一定会来到宋子良先生的公司,做一件令世人震惊而又愚蠢至极的事情。"

陆大卫:"是的,我要逮捕案犯宋子良!"

秦专员:"这个主意倒不坏,高级侦探陆大卫一举逮捕了前行政院长宋子文的弟弟宋子良,制造一个轰动南京和全国的特大新闻……然而,我先来了,并制止了你!"

陆大卫:"老师,你为什么要这样?"

秦专员将脸一冷:"保护我的学生和学生的家人。"

陆大卫:"呵?"

秦专员:"同样是第六感觉告诉我,就在你拿到宋子良他们的所谓——罪证时,你的父母妻儿已被逮捕,而你也已处于某种可怕的危机之中。"

陆大卫一惊:"不可能!"

秦专员走到办公桌前坐下,指了指电话:"不可能?那好,请你现在给家中拨一个电话……"

陆大卫将信将疑地拨电话："喂……喂，是贞莉吗？我是大卫，家里怎么样？"

传来大卫妻子贞莉的声音："……大卫，一队官兵，已扣押了我们全家！"

陆大卫大惊，正在讲话，秦专员用手将电话机一按："大卫，不用急，现在，危机已经过去，条件，是对等的，你，放走宋子良，而他们，也恢复你家人的自由。"

陆大卫："这是为什么？"

秦专员冷笑："这还用问吗？大卫，你到德国留过学，接触过罗马文化，但丁在《神曲·地狱篇》的第四节，描述过审判的情况，在那里，有无穷无尽的哀声，树林里住满了可怕的幽灵，是无底的深渊，这时，突然炸响了一记很大的雷声……"

陆大卫："老师，你这是在讲什么？"

秦专员："一个可悲的东方寓言。在明天的报纸上，我们中央社将介绍宋子文在广州兴办商务的情况，而他的胞弟宋子良，也会出现在报端，赴香港参与一次国际商务洽谈，至于所谓九亿美元外汇贪污案，将永远被遗忘……"

陆大卫："这是腐败！"

秦专员："不错。是腐败。不然，南京政府不会丧尽民心，也不会在战场上败给共军……呵，我们已经离题了。大卫，由于你的莽撞，已经得罪了上峰，当然，上峰也留了一条退路给你。三天之前，江浙头号银楼汝艺记被劫，一千件金银珠宝被洗劫一空，举世震惊，经上峰首肯，责令你为中央特派员，与助手雇阿根一起，立即动身，去侦破此案！"

随着秦专员的画外音，出现下列画面：被砸烂的汝艺记银楼的招牌；汝艺记银楼被劫后的营业厅，一片狼藉，金库，一排排空空如也的保险箱……

K城，夜。

陆大卫叼着烟斗，与雇阿根一起行走。

秦专员的画外音："大卫，时下政局不稳，侦破汝艺记银楼一案责任重大，你当好自为之。你的老同学何贝铭在该市任警察局局长，为人机警持重，他可以助你一臂之力。"

陆大卫目光冷淡。

天上，一道闪电划过，响起了炸雷。

下雨了。陆大卫支起了风衣领。

突然，在陆大卫身后，亮起了两盏车灯，一辆黑色轿车快速向他们二人闯来，雇阿根反应极快，大叫一声，跃起扑向车顶，陆大卫乘势闪身墙角，躲过车头，雇阿根从车后滚落下来。

那车呼啸而过。

陆大卫望着冲过去的车。

雇阿根跪在地上，向开走的车射击。

雷雨中，在对街的楼上亮着灯。透过被雨水冲淋着的玻璃窗，恍惚可以看见一个女人的身影，似在观察汽车撞击陆大卫二人的情景。

街上。陆大卫注意到对街楼上的情况，拍了一下雇阿根的肩，向那幢楼跑去。雇阿根跟在他的身后，在他们来到楼房门口时，又一记闪电划过，他们顿时惊呆了：原来，这里就是被劫的汝艺记银楼，大门口，有被砸破的招牌，大门已被贴上了封条。

二楼临窗的灯，依然亮着。

陆大卫看了看墙壁，站在雇阿根的肩上，向上攀去，好不容易抓住了二楼的阳台木柱，跳到了阳台上，示意雇阿根在外警戒，他自己向阳台里面摸去。

一扇又一扇窗户，被雨水浇淋着，依然可以看见一个模糊的女人的身影。

陆大卫屏住呼吸，掏出手枪，轻轻地拨动窗门，终于，最边上的窗门被拨开了，他轻轻打开窗门，才吃惊地发现，那是一具已经上吊的女人尸体。

陆大卫镇定地环顾室内，空无一人。正在他四处观察之际，突然听到啪的一声，屋里的灯黑了，他大惊防备之时，又听到啪的一声，屋里的灯亮了，他定睛向门口一望，站着一个穿黑色警服的人，是何贝铭。

何贝铭大笑："老同学！"

陆大卫："何贝铭，你怎么在这里？"

何贝铭："接到老师从南京来的电话，我就知道，你一下火车，一定会先来这里。"

陆大卫："你为什么不去火车站接我们？"

何贝铭："说来也怪。在你们昨天从南京动身的时候，报纸、电台已大量披露了你们的行踪，闹得本地满城风雨……"

陆大卫："哦？……这具尸体——？"

何贝铭："是汝艺记银楼的女襄理，在银楼被劫的第二天上吊了。"

陆大卫："都三天了，为什么不收尸？"

何贝铭："等中央派员！"

陆大卫："这么说，这个案子你没管？"

何贝铭耸了耸肩："……怎么说呢？我想，我们是不是先换个地方？"

陆大卫："不错。也许，还该叙叙旧……呵，贝铭兄，刚才楼下街上出的事，你看见了吗？"

何贝铭："什么事？"

陆大卫："……电闪、雷鸣……哈……"

何贝铭望着陆大卫。

客厅。陆大卫、何贝铭身穿睡袍，或坐或站，桌上放了冷碟和酒，雇阿根也坐在沙发上。

何贝铭："……两年之前，我在南京因调查花纱走私案得罪了——呵，你知道，我得罪了上头，就将我携家带口，发配到这个小市当警察局长，我算是心灰意冷啰！说来也好笑，我这个警察局长竟也当得超然，军方的案子不管，财阀的案子不管，还有，就是有大背景的案子……也不管，天下有我这样的警察局长吗？……"

陆大卫端着酒杯，望着何贝铭满脸惨淡的神色。

何贝铭："雇先生，请！"

雇阿根望着何贝铭推过来的酒，笑着谢绝。

陆大卫："呵，他不喝酒。……这样说，未必汝艺记银楼的案子，也属于你这三不管之列？"

何贝铭干了一杯红酒，又边倒酒边说："不错。这汝艺记银楼的老板姓魏，叫魏汝艺，听说是现任行政院院长孔祥熙干儿子盛升颐的小老婆之妹！"

陆大卫："呵，是个有大后台的女人？"

何贝铭故作神秘："在上海，发生了扣押孔令侃事件，在这里，又是他孔家的银楼被劫，这里面有没有这个……哇哈……我这个小小的警察局长惹得起吗？不过，我也不能完全不管，所以，我保护现场，向南京报告，当然，绝不讲这家银楼与孔院长的关系。"

陆大卫："贝铭兄，作为一位警察局长，你至少也得对魏老板作一番调查吧！"

何贝铭笑："在这个城市，事实上是没有任何人见过这位魏老板的，这是一个神秘的女人，我想尽一切办法，都打探不到她的行踪。那个楼上的女吊死鬼，就是魏老板的襄理，人一死，找魏老板的线也断了！"

正说到这里，电话铃响了。何贝铭拿起电话："喂……嗯，你是谁？"

电话里的女声:"我是魏汝艺!"

何贝铭惊呆了:"呵?"

陆大卫接过电话,雇阿根也凑了上来听。

电话里的女声:"陆侦缉长,我是汝艺记银楼的老板魏汝艺,派你和你的助手来破案,我很高兴。据我所知,慑于陆侦缉长的声威,将有作案者自首,望先生切勿放过,我将全力提供暗中保护!"

陆大卫:"谢谢!……魏老板,你在哪里?"

对方"当"的一声,将电话挂上了。

陆大卫:"贝铭兄,通知电话局,查查这个电话是从什么地方打的!"

何贝铭:"若是在德国,恐怕可以,但是……"

陆大卫满眼疑团。

警察局长办公室。何贝铭、陆大卫、雇阿根三人在听书记官报告。

叠化。监狱大门和长长的监狱走道,在何贝铭的陪同下,陆大卫、雇阿根疾步走着。

随着上述画面,出现书记官的报告声:"今日上午六时整,本局收到自首书一份,该自首书称:本人四日前组织部下,义劫汝艺记银楼金银玉器一千,本人名叫潘延年,男,现年三十二岁,已被扣押,听候处置!"

收容室。一个中年男子,形容枯瘦,仰面躺在肮脏的地上,口吐白沫。

陆大卫、何贝铭与雇阿根来到门口,看守打开了铁门。

何贝铭:"潘延年!"

那躺在地上的男子没有反应。

何贝铭:"潘延年!"

潘延年似乎听到了:"……有……烟吗?"

何贝铭:"我问你,汝艺记银楼是你盗窃的吗?"

潘延年:"呵……不错,我……呵!"

何贝铭:"劫走的钱财放在哪里?"

潘延年混浊的眼珠不动,摇了摇头。

何贝铭:"你为什么劫汝艺记银楼?"

潘延年又摇了摇头。

何贝铭:"是谁指使你劫银楼?"

潘延年仍不停地摇头。突然，他挣扎着在地上爬动："……烟！……烟！……你给我烟，我说！"

眼看潘延年就要爬到何贝铭脚边了。

陆大卫："何局长，放了他！"

何贝铭迎头一脚，将潘延年踢翻，对卫士说道："放了！"

潘延年："不！……不！……你们毙……了我……我……要烟土！"

那卫士像拖死猪一样地拖潘延年，潘延年嚎叫着，刚被拖几步，不知从什么地方摸出一匕首，"啊"的一声，将自己捅死了。

众人一惊。

何贝铭厉声喝道："他有匕首，你怎么——！"

卫士："报告局座，在下失职！"

何贝铭气急败坏："收尸！"

随何贝铭走了几步，陆大卫忽然转身，走到死去的潘延年尸体旁，看了看，用目光示意，雇阿根从潘延年长衫的口袋里，摸出一条女人用的绣花手巾。

绣花手巾上绣有白兰花图案。陆大卫坐在沙发前，望着茶几上的绣花手巾沉思，仍叨着烟斗。

雇阿根入。

雇阿根："死者潘延年的情况已经查清楚了，今年三十二岁，原燕京大学经济系毕业，是汝艺记银楼魏老板的情人，曾任汝艺记业务会计，单身，抗战期间，被日本人打吗啡针成瘾，落为烟鬼，一个月前，被魏汝艺解雇在外，沦落街头，曾一再扬言，汝艺记银楼若不供其大烟，他将毁掉银楼，此次闻银楼钱财被劫，名为自首，实为企图以此要挟警局，供其吸毒用品……"

陆大卫："照此说来，这个潘延年不是真正作案者啰。"

雇阿根："是的。这也是我感到蹊跷之处，昨晚魏老板的电话，与潘延年之死，我想，应该是有联系的。"

陆大卫拍了拍茶几上的绣花手巾："这也许是线索。"

雇阿根："嗯，对两封写自首信的人，也摸出了眉目。写这封信的人叫常青，是驻扎在本市卫戍一团的团长；写另外一封信的人叫朱芝华，为本市戡乱救国队队长，都是警局不敢碰的人物……"

陆大卫从沙发上站起。

陆大卫："先见朱芝华！"

咖啡厅。黄昏。门口挂有"谢客"的招牌。陆大卫叼着烟斗与雇阿根走近。他们交换了一下眼色,陆大卫推门进去了。

厅中昏暗,但仍有营业处亮着灯。室内空无一人。

陆大卫独自入室,环顾四周后找了一处台面坐下来,将烟斗丝按了按,喷出一缕淡蓝色的烟。

来了一个魁梧的男子,坐在陆大卫的一侧。

又来了一个男子,坐在陆大卫的另一侧。

两人凶神恶煞似的盯着陆大卫。

陆大卫不动声色,继续抽烟。

突然,两男子动手,欲从两边抓住陆大卫的两手,但均被陆大卫用手接住,其力大无比,那两男子的手被陆大卫铁钳似的手按住,疼得额头青筋胀起,汗珠滚落。乘二人疼痛之机,陆大卫突然松手,啪的一声,已将二人别在腰间的枪缴在手上,用左右两手将枪飞了一圈,啪的一声并排放在桌面上。

陆大卫:"请朱芝华队长!"

话音一落,朱芝华走下楼梯,一身现代女士打扮,出现在咖啡厅楼梯门口。

朱芝华:"久仰!久仰!陆侦缉长,在下本市戡乱救国队队长朱芝华。"

陆大卫:"幸会。朱小姐,我们就在这里谈?"

朱芝华:"哪里,哪里,陆侦缉长,请!"

朱芝华转身向楼上,楼上站着雇阿根。

在随陆大卫上楼时,朱芝华发现,她随身的另两名打手,已被雇阿根捆着,坐在地上。

二楼大厅。这是一处舞厅,空无一人。雇阿根走到墙边,打开了音乐,传来了轻松的舞曲,又拨动另一开关,彩色的灯光在厅内旋转。

陆大卫:"如此优美的场所,朱队长,怎么让它空着?"

朱芝华:"戡乱救国,非常时期,怎能歌舞升平,乐不思蜀?"

陆大卫潇洒地点了点头,在大厅里踱了一圈:"不过,在我离开南京的时候,依然是灯红酒绿,使人感到处危而不惊。"

朱芝华笑了:"如果陆侦缉长有此雅兴,我可以与你伴舞。"

陆大卫又点了点头:"朱小姐,请!"二人在舞厅里翩翩起舞。跳舞时,陆大卫看见了朱芝华的项链上有白兰花宝石。

朱芝华:"陆先生的舞跳得真好,不知道还有什么需要,我全部都可以满足!"

陆大卫："谢谢！我现在需要的是，请朱队长谈谈关于你的那封银楼劫案的自首信。"

朱芝华："可以。陆侦缉长知道，我们戡乱救国大队是去年由蒋经国先生组建的，现在，蒋先生任上海经济管制督导员，扣押了上海扬子公司总经理孔令侃。据悉，孔令侃依仗其父孔祥熙的权势，多方胁迫我戡乱救国队创始人蒋经国先生，为国人不能容忍。我朱芝华明人不做暗事，劫了汝艺记银楼，并写信自首，公诸于世，以示对上海蒋先生的声援。"

陆大卫："呵？这汝艺记银楼，与上海的事件有什么关系？"

朱芝华："汝艺记银楼老板姓魏，原是孔祥熙的干儿子盛升颐的下堂小老婆之妹，劫她的银号，就是打击孔家的淫威……"

陆大卫："那么，所劫财宝现在何处？"

朱芝华不予搭理，停住舞步，踱步走了几步，突然转身，掏双枪对准陆大卫与雇阿根。

朱芝华："不准动！你们一动，老娘就开枪！举起手来！"

陆大卫和雇阿根举手。

朱芝华突然"啪啪"两枪，将音乐开关和彩灯开关打掉，音乐声停止，彩色灯光消失。

朱芝华："你们想要财宝？想从我手里拿走这笔财宝？你们知道这是多大数目的财宝吗？可以装备五个军……五个军啦！你们这伙笨猪——！"

正在朱芝华歇斯底里怪笑时，突然，她背中一刀，口吐鲜血，砰的一声，倒地而亡。

陆大卫和雇阿根一惊。

从拉起的舞池帷幔背后，站出了警察局长何贝铭。

何贝铭："要不是我早有提防，老同学，还有你，雇先生，今天就危险啰！这个母夜叉，是个杀人不眨眼的魔鬼！"

陆大卫不动声色地望着何贝铭。

何贝铭："老同学，你那不动声色的目光，似乎已经明白地告诉了我某种猜疑。"

陆大卫："哦？"

何贝铭："当然，在情况不明时，这是可以理解的。"

陆大卫："请贝铭兄讲明。"

何贝铭："你，老同学，还有你，雇先生，此刻正在想，我何贝铭可能是汝艺记银楼魏老板的眼线人物，其原因，一是我神出鬼没地出现在这里，而且又是在这样的关键时刻,二是昨晚魏老板的电话已讲明了,她支持你们破案,还为你们提供安全的保护。对吗?"

陆大卫不语,雇阿根也不语,何贝铭大笑后,突然停止。

何贝铭:"其实,连我自己都糊涂了,在你们出发来这里的时候……"

闪回。警察局长办公室。何贝铭正在翻阅文件,电话铃响了。

何贝铭接电话:"喂……我是。你是魏老板?什么?陆侦缉长有危险?在哪里?戡乱救国大队?……呵,喂喂喂,魏老板,你在哪里?"

何贝铭望着话筒,很显然,对方将电话挂断了。

舞厅。

何贝铭:"这样,我才来到了这里,一是保护老同学,二是不得罪孔家的人。看来,我们的一言一行,都在姓魏的女人监视之下!"

何贝铭说完来到朱芝华尸体边,从朱芝华的脖子上取下有白兰花宝石的项链。

何贝铭:"可惜,这个母夜叉又死了,又断了一根线。也许,这还有一点用?"

雇阿根将白兰花项链放进手巾中。

陆大卫:"贝铭兄,第二个自首者死了,明天,你打不打算陪我们去见第三个自首者?"

何贝铭:"凑巧,明天是我打靶训练的日子,恕不奉陪了,就是魏老板再有电话,我也不会掺和!"

陆大卫望了何贝铭一眼,轻轻地笑了几声。

军营。岗哨林立,中间有一条通道。陆大卫和雇阿根镇定自若地穿过哨兵,向里面走去。

团部。国民党团长常青站在堂前,见陆大卫来了,迎上前来。

常青:"陆侦缉长驾到,我常青大幸啦!哈……!"

陆大卫:"彼此彼此,只是常团长如此隆重,我陆某消受不起哇!"

常青:"军旅之地,只有如此礼仪了,再说,听讲陆侦缉长见一人要死一人,我常某人也不得不防呵!"

陆大卫:"是吗?"

常青:"这不,本地报纸,天天都有详尽报道,陆侦缉长不会不知吧!"

陆大卫笑:"我们两人赤手空拳,不知有何要防?"

常青:"真的?"

陆大卫:"常团长,需要搜身吗?"

常青板着脸对副官点了点头。

副官:"警卫班,搜!"

一行士兵围了上来,突然将陆大卫、雇阿根逮住捆了。

常青哈哈大笑:"陆侦缉长,那封自首信是我写的。老实告诉你,我这个团的军饷是上海孔令侃总经理资助的,现在蒋经国抓了孔先生,也就是断了老子的生路!我劫银楼,纯属自救,也是告诉南京,快放孔令侃!"

说完,常青对副官一挥手:"副官,将他们带走,我再也不愿见到他们!"

副官:"是,我已为他们准备了很好的游戏!"

工地。不知是被废弃的军事建筑,还是停工后的工地。

五个荷枪实弹的士兵已经在一高台上站好。

在高台的下面,有一L形斜坡,坡底三方是水泥做的坚固围墙,坡口正方,有一废弃的压路机铁滚,如果不是被粗绳拉住,随时都会滚到斜坡底部。

在士兵的押送下,陆大卫、雇阿根被带到工地,副官威风地跟在他们身后,手里拿着一个鸟笼,用黑布罩着。陆大卫二人被带到高台上。

副官:"陆侦缉长,我想,你现在最大的愿望,是将自己被捆绑的双手解开……是呀,很像我手上这笼中的鸟,时时刻刻都想挣脱鸟笼,飞向无际的天空。"

说完,副官笑了笑,来回走了几步:"我想,我应该满足你们的要求,不过,不是在这里,也不是现在,现在,我将先向你们作一番表演,也可以说,是预演……"

副官手持鸟笼走下高台,向下面的斜坡底部走去,边走边说:"等一会儿,你们将和我一样,来到这里,在这里,你们的双手再也不会被捆住了,你们会获得自由,但是,就在你们获得自由的同时,前面五吨重的压路机铁滚将向你们压来,这时,你们是没有力量阻止那铁滚的,而如果不能阻止,你们就会在这坚硕的水泥墙上被铁滚压得粉碎,这将是一种瞬间的死去,几乎是没有痛苦的。当然,你们都身怀绝技,你们很可能在铁滚压来的瞬间纵身跃起,避开死亡,那当然就更精彩了……"

说着,他将鸟笼的门一抽,笼中的鸟腾空而起,就在此时,那排手持步枪的士兵同时举起了枪，一排点射，将那飞起的鸟打落在地。

副官在坡底哈哈大笑。

陆大卫的脸色冷冷的，雇阿根满脸愤怒。

副官扔下鸟笼，朝上走来。

副官："陆侦缉长，这游戏有意思吗？"

陆大卫："……"

副官："在这个游戏完了的时候，明天的报纸和广播，将出现一条消息，全国著名的高级侦探陆大卫和他的助手，误入建筑工地，被压路机碾死，你觉得可以吗？"

陆大卫："……我将顺从你们，不过，在此之前，我想问一个问题……"

副官："可以。"

陆大卫："这一切，是谁安排的？"

副官来回踱了几步："唔……我可以把实话告诉你，这个工地，是汝艺记银楼老板废弃了的工地。"

陆大卫："财宝被窃的银楼女老板？"

副官洋洋自得地笑了："好了，我们的游戏开始！二位，请！"

陆大卫和雇阿根从高台上走下来，一步一步向斜坡的底部走去，走到底后站住了，转过身来，望着上面。

高台上。

副官拿起了一柄利斧："很好，等一会儿，我就会用斧头砍断绳索，压路机铁滚就会向你们滚来……"

斜坡底。

陆大卫的额头沁出了汗水。

高台上。

副官举起了利斧："二位，现在，你们可以各自松绑了！"

斜坡底。

陆大卫、雇阿根一惊，用手一探，果然捆手的绳子是活节，不约而同地给自己松了绑。

高台上。
副官见二人松绑："你们要注意，在你们松绑以后，只要有人稍一移动，我们的枪口就会喷出子弹。"

斜坡底。
陆大卫、雇阿根不敢动。

高台上。
副官轰的一声砍断了拖住铁滚的粗绳，铁滚缓缓地向斜坡下滚动。
士兵们的枪，一直都举在手中。

斜坡底。
陆大卫二人紧张地等待着，突然，陆大卫高喊一声，雇阿根顺手将副官刚才扔下的鸟笼向空中扔起。
空中立即响起了一排枪声。
枪声中，陆大卫一个箭步，冲向缓缓滚来的铁滚，奋力用双臂和肩顶住铁滚。雇阿根从脚下抽出一把飞刀，嗖的一声，将站在高台上的副官打死，副官的手枪当的一声弹了下来，落在铁滚的边上，雇阿根纵身跃过去，捡起了手枪。
陆大卫终于将铁滚顶歪，横在斜坡边。雇阿根与高台上的士兵枪战，逐一将之击毙。
二人跳出斜坡后，持缴获的手枪向团部冲去，空空如也。
陆大卫掏出烟斗，他的耳畔响着副官的声音："这个工地，是汝艺记银楼老板废弃了的工地……"
雇阿根怒极，举起枪向工地木牌射击。
被射击的木牌上有"汝艺记"三个字。

枪声。
陆大卫与雇阿根远远地走来，这里是打靶场，有几个警察在练实射，何贝铭站在一边。
何贝铭："想不到，一起银楼劫案会有三个自首者，而三个自首者又会这么快消失，这一切又是如此惊险……"
陆大卫："……"
何贝铭："我想，老同学，现在，你的视点会集中在一个新目标上。"

陆大卫："呵?"

何贝铭："这是一个最容易忽略但又是最有诱惑力的目标。"

陆大卫："不错。"

何贝铭："如果我猜得不错,这个目标是一个女人,嗯?……对于女人,你可能还缺乏必要的经验。"

陆大卫："是吗?"

何贝铭："我是指即将要成为你侦缉目标的这个女人。她不是一般的女人,这个女人有一个姐夫,是南京政府行政院长的儿子,叫孔令侃,被宋美龄视为掌上明珠……从某种意义上讲,只要这个女人跺一跺脚,半个中国都会震动的。"

他们来到靶台,何贝铭用手势让两个正在打靶的警官离去,从桌上拿起一支手枪,递给陆大卫,自己拿起另一支手枪,瞄准对面的靶子。

何贝铭："大卫老弟,你到本市几天的惊险表演,已在舆论界乃至全市引起了巨大反响……我想,不知你下一步打算怎么走?"

陆大卫也端枪瞄准："噢?……对此,不知贝铭兄有何见教?"

何贝铭："谈不上,不过,如果我是你,我就会一吃二喝三玩,这么,睡大觉!"

陆大卫："是吗?"

何贝铭："当然……让我来对你的判断进行一番描述,可以吗?好。一开始,你从南京来到本市的当天夜里,就险些被人用汽车暗算(闪回),这时,你已作出了最初的判断,你面对银楼劫案的案犯,是了解你情况的人,也就是说,是有南京当局背景的。接下来,当天晚上,我们一起接到了汝艺记魏老板的电话(闪回),你的最初判断得到了实证,并进而清楚,对于银楼案犯我们警察当局是无可奈何的。呵……我继续讲。第二天,我陪你提审了自首者潘延年,非常遗憾,潘延年自杀了。你发现了潘延年长衫里绣有白兰花的女人手巾(闪回),这样,你对案犯又有了进一步判断,因为你知道,汝艺记银楼魏老板的姐姐有一个外号叫白兰花,他们两姐妹都用这种手巾,也就是说,你初步判断,银楼劫案的案犯可能不是别人,而是孔令侃的女亲戚——银楼老板自己。然而,这个结论还有待证实。于是,你接触了第二个自首者朱芝华,你发现了朱芝华的项链上有白兰花宝石(闪回),这无疑证实了你的判断,可惜的是,在关键时刻,朱芝华被杀死了(闪回)。看来,这是我的疏忽,我不该那么忠实地执行魏老板的电话指令,不过细想一下,这也许是真正的案犯在提醒你,应该迅速离开本案。但是,你没有听,又接触了第三个自首者常青,并差一点陷于绝境,但你们功夫超人,转危为安,并发现常青的驻地是汝艺记银楼提供的(闪回,雇阿根射击的木牌)。这前后几天的工夫，看似不着边际的事情，已使你洞察了一切，瞄准了银楼老板魏汝艺女士了！"

这时，陆大卫早已叼起了烟斗，没有表情地来回踱步，他在观察着何贝铭。

陆大卫听完，轻轻地笑了两声："除此以外，我还有第二个目标。"

何贝铭："噢？"

陆大卫："你，何局长。"

何贝铭似一惊，笑了。

陆大卫："当年，你血气方刚，见义勇为，聪明过人，今天，作为一方的治安首脑，为何对此类事情无动于衷？"

何贝铭苦笑，朝对面的靶子打了一枪："一言难尽呵……老同学，我可以对整个事态作进一步预测吗？"

陆大卫："洗耳恭听。"

何贝铭："……凶多吉少。更像一个古老的故事，胳膊扭不过大腿。"

陆大卫冷冷地望了何贝铭一眼，连续三枪，射向对面的靶子。

何贝铭："好枪法。老同学，现在，你还想见魏老板吗？"

陆大卫含着烟斗望着何贝铭。

何贝铭："事情的好坏常常系在一念之间，而多往坏处想本身就等于往好处想。"

陆大卫："假如我一切都不想呢？"

何贝铭："那我将为老同学惋惜，并且十分遗憾，我只有先退出这场侦缉活动。"

这时，他们身后的电话响了。

陆大卫、何贝铭望着电话，都不动声色。

何贝铭："这几天，我都有些怕接电话了！"

陆大卫浅浅一笑，拿起了话筒。

电话里的女声："何局长吗？"

陆大卫："不，我是陆大卫。"

电话里的女声："你接电话更好。"

陆大卫："有什么话，你直说。"

电话里的女声："今晚，我的律师将举行记者招待会控告你！"

女声说完，咣的一声挂上了电话。陆大卫气愤地扔下了电话。

何贝铭："又是那个从不露面的魏老板？说了什么？"

陆大卫："她的律师将在今晚召开记者招待会，要公开控告我。"

何贝铭："看来，事态正按我预料的方向发展……怎么，你想去参加？老实话，此刻，我更希望你尽快离开这座城市。离开了，一切将会风平浪静……这个世界，也许需要更超脱的人。当然，像你这样的血性汉子，向一个女人让步，是……够窝火的。但是，一时的冲动也是危险的。这场劫案，很清楚，是一场政治游戏，呵……记得在德国留学时，我们俩打飞靶是平手，怎么，再试一试？呵呵，飞靶！"

远处，从不同的方向，各分三次升起飞碟，陆大卫和何贝铭分别打了三枪，将六只飞碟全部打落。

何贝铭："看来，我们还是平手。"

陆大卫放下枪，转身要走，又被何贝铭拉住了。

何贝铭："呵，我差点忘记了，今天，老师从南京来电话，让我再一次忠告你：一定要避开雷区！"

陆大卫叼起了烟斗，掩饰心灵的震动。

记者招待会。夜。

被一群记者簇拥着，一位女律师正在讲话："……正当三名自首者要提供罪证时，中央派员陆大卫侦缉长不仅没有认真破案，反而施暴行动，将其中两名自首者打死，把另一名自首者赶走，企图掩盖犯罪真相，这是公理国法所不能容的。因此，我受汝艺记银楼魏女士之托，在此吁请舆论界注意，某种邪恶的势力，正用卑劣的手段，危及整个社会……"

在这位女发言人讲话时，陆大卫与雇阿根来到了会场，分别静静地站在墙边。

一男记者："请问大律师，据传，汝艺记银楼被窃事件与上海蒋经国扣押扬子公司总经理孔令侃事件有关，不知这位陆大卫侦缉长的作为，是否有此背景？"

女律师："呃……各位可以评论。"

一女记者："请问发言人，既然如此，这位陆大卫侦缉长是支持蒋经国先生呢，还是支持孔令侃先生呢？"

女律师："无可奉告。"

记者群里发出了一阵轰动。

又一名中年女记者："请问大律师，对于你所讲的一切，南京当局知道吗？"

女律师："我想，应该是知道的。"

又一名男记者："鉴于陆大卫侦缉长的作为，我想请问大律师，汝艺记银楼的态度怎么样？"

女律师："除向诸位披露真实情况以外，我们的老板魏女士已向法院提出了起诉，法院已作出了决定，立即通缉陆大卫和他的助手！"

女律师说完，从口袋里掏出一条手巾，陆大卫的目光一亮，他看清了，那条手巾上也绣了同样的白兰花。

这时，女律师看见了陆大卫两人。

女发言人狂呼："宪兵，快，抓住他们，就是他们！"

两边立即有宪兵出现，向陆大卫和雇阿根走来，记者们也向他们簇拥过来。陆大卫见势不妙，和雇阿根靠在一起，雇阿根眼疾手快，对天放了一枪，场上一阵混乱，乘人们混乱之机，他飞身跃起，陆大卫也飞身跃起，冲破玻璃窗户。

屋外。被陆大卫和雇阿根冲破的玻璃四面飞起，门窗破裂，二人跃出，在地上打了一翻滚，刚刚站起，还未站定，背后就被人用枪口顶住，原来，窗外早已布防。

宪兵们："不准动！"

陆大卫和雇阿根举起手来，当他们看清各自背后仅有一名宪兵时，二人突然飞起一脚，将一名宪兵手中的枪踢飞，又将另一名宪兵踢倒，飞也似的向街巷中跑去。

背后，有人用枪追击。

二人边跑边用枪还击。

陆大卫带着雇阿根跑进一条小巷，并众身跃上一堵高墙，雇阿根也跃了上去。

深宅大院。陆大卫二人跳下高墙，紧贴着墙根，听见外边追击的脚步声跑过，在墙外设了哨卡的叫声。

雇阿根刚要说什么，陆大卫"嘘"了一声，猫着腰警惕地向深宅摸去。

一幢黑色的洋房。

二人来到窗下，没有听到里面有什么动静。

终于摸到了门。

陆大卫轻轻地推开了门，从脚边捡了一块砖头，扔了进去，没有反应。

他们警惕地进了屋里。

屋内。他们持枪进屋，在黑暗中摸索。突然，陆大卫脚下一阵响动，他飞起一脚，只听见喵喵几声叫，是一只黑猫，嗖的一声冲出了门缝。

他们寻找另外的窗户，终于，摸到了黑色的窗帘，撩起一角，向外张望。

窗外小巷。两头都有在昏暗路灯下巡逻的宪兵。

屋内。陆大卫放下窗帘，向黑暗的屋子里望去。

这是一间空屋，布满了蜘蛛网，中间，也有一些发霉的杂物。

陆大卫习惯地叼起了烟斗，雇阿根摸出火柴，刚要划，被陆大卫制止了。

这时，对面墙边有一根火柴亮了，二人一惊，是何贝铭坐在那里，手中点燃了一根火柴，望着他们两人。

何贝铭用火柴点燃了破神龛上的煤油灯。

何贝铭轻轻地笑了："没有想到吧，老同学！"

陆大卫与雇阿根不语。

何贝铭："我是警察局长，不是宪兵队长，老同学，追你们的是宪兵队，我知道他们逮不住你们，也知道你们一定会来这里……"

陆大卫镇定地向屋中间走去。

何贝铭："我不是来抓你们的……虽然我可以不费吹灰之力办到这一点，现在，在这个城市，也许只有我才能保证你们的安全。"

何贝铭也向屋中间走来，在他刚刚走近陆大卫时，雇阿根突然用枪口顶住了何贝铭的胸口。

雇阿根："你究竟想干什么？"

何贝铭若无其事地望了望陆大卫，突然一个大转身，飞起一脚，将雇阿根手里的枪踢飞，然后发力一拐，将雇阿根打倒在地。

陆大卫不动声色地望着。

何贝铭拍拍身上的灰。

雇阿根从地上挣扎坐起，用袖口揩嘴角的鲜血。

何贝铭："白天，我曾提醒你们，应该离开这个城市，可是，你们太固执了。陆侦缉长，你很清楚，银楼劫案乃一政治案件，并非孤立事件，与蒋经国在上海扣押孔令侃有关，现在，总统蒋介石夫人宋美龄已经出面，让蒋经国下台，也放了孔令侃，此案自动了结，在此局面下，你们还在此深究，岂不惹怒当局，自寻危险吗？"

陆大卫："假如我发现了新的问题呢？"

何贝铭："请讲清楚一点。"

陆大卫点燃烟斗："譬如假公济私进行投机、贪污、走私……"

何贝铭："呵？"

陆大卫："就像我前不久侦缉的宋子良的孚中公司走私一案。"

何贝铭笑了："那个结局很清楚，由老师出面，让你避开了雷区，在南京当局的字典上，官场……就是雷区，你一踏上，会身败名裂的！"

陆大卫："那民众、舆论呢？"

何贝铭露出不屑："明天，一切都会恢复平静，这一切都会烟消云散……"

陆大卫："恐怕，这一次将会出现例外。"

何贝铭："是吗？"

陆大卫："当我见第三位自首者团长常青时，我才开始意识到，劫案者制造三名假自首者的全部目的，是为了延长我的破案时间，一个团在汝艺记银楼工地出现和迅速消失，恰恰与转移财宝有关，而通缉我们二人的真正目的，正好是乘蒋经国离职、孔令侃被放之机，转移视线。"

何贝铭笑了："老同学，我佩服你的精神。我只是想补充一点。"

陆大卫望着何贝铭。

何贝铭："这一切均是官方所为。"

陆大卫："如果我想碰一碰呢？"

何贝铭："结局你会知道。"

陆大卫长叹一声："……那，我听你的。"

何贝铭："好！识时务者为俊杰。"

陆大卫："老同学，我只有一条要求。"

何贝铭："我当全力保证你们的安全。"

陆大卫："不，在你满足我这一条要求之后，你就可以向报界披露，我与他已被击毙身亡……"

何贝铭："……请讲。"

陆大卫："允许我们见一见银楼老板魏汝艺！"

何贝铭一惊，复而又笑："谈何容易！连我都没有见过！"

这时，陆大卫乘何贝铭不备，突然伸出起拳脚，何贝铭猛的一个踉跄，雇阿根在何贝铭身后，用双拳将何贝铭用力一击，何贝铭昏倒在地。

二人持枪出门，消失在黑夜中。

屋内。少倾，何贝铭慢慢地睁开眼睛，爬起身来，走向窗口，撕开窗帘，打开窗门，长长地叹了一口气。

夜。陆大卫低戴礼帽，与雇阿根一起，走进一家低级旅社。进门后，立即有几名妓女围上来，陆大卫来到当班台前。

陆大卫还没开口，店伙计指着"客满"的招牌："老板，本店已经客满！"

陆大卫："请问，贵店老板可是姓张？"

伙计："对。"

陆大卫："请通报一声，上海九叔求见！"

伙计："呵，请先生稍候。"

伙计撩开帘子进里屋。

陆大卫叼起烟斗，观察周围。

伙计出："九叔，请！"

陆大卫拿出几张钱，给伙计。

伙计："哎……谢九叔。"

陆大卫又递过几张钱，指指被妓女们围着的雇阿根："去，给我的伙计解解围！"

伙计："好咧！"

旅店内室。张老板六十开外，躺在红木做的躺椅上，抽着铜水烟。

陆大卫进："张老板，上海九叔嘱我来拜见！"

张老板："可知我铜壶之数？"

陆大卫："一、二、三、四、五、六、七、八、九、十，号称十！"

张老板："秘本呢？"

陆大卫："流、月、汪、测、中、神、星、张、质、足，秘本数为足！"

张老板这才起身，为陆大卫让坐，送茶。

张老板："早几天就知道陆侦缉长驾到，为何落到如今被通缉的地步？"

陆大卫："一言难尽！"

张老板："时局艰难，世事多变，不知陆先生有何难处？"

陆大卫："只问汝艺记银楼魏老板的住处。"

张老板犯愁："……这件事，我曾打探过，但这个女人深居简出，全城人都没见过，恐怕……只有大戏院的陈老板……呵，陆先生，时间已晚，找不到陈老板了，我先给你安排个住处。"

陆大卫："不必打扰。"

张老板："哪里，哪里，请！"

张老板打开侧门。

过道，张老板提着灯，领着陆大卫、雇阿根走去。远处，店伙计在暗中盯梢，伙计身后，似乎也有人影。

天井。张老板领陆大卫二人穿过，进另一平房。
店伙计隐追于黑暗之中。
少倾，张老板提着灯出。

天井里。店伙计和另外两个持枪人向平房的门摸去。

门。一把利刃穿过门缝，拨动门闩，渐渐地，闩拨开了，三人摸进门内，两个持枪人来到床前，用枪指着睡了的人。
店伙计亮灯："不许动！"
使他们吃惊的是，掀开被子一看，床上没人，是空的。
正在他们目瞪口呆之际，门慢慢地合上了，门背后，站出了陆大卫和雇阿根，陆大卫叼着烟斗。
店伙计等三人呆呆地站在那里。
雇阿根："放下枪！"
三人扔下枪。
这时，门又被推开，张老板笑呵呵地出现在门口。
张老板："嘿……欺负到我九叔身上来了，胆大包天！"

窗口，有一黑色枪口移动，瞄准陆大卫。

屋内。
张老板问店伙计："你们是想杀人走货，还是宪兵队派的黑狗？"
店伙计："老板，他……们是被通缉的逃犯！"
张老板笑了："逃犯？是中央政府派的侦缉长官！哈……"

窗口。黑色的枪口，对准了陆大卫。

屋内。张老板突然将两手一挥，两把飞刀，将两个歹徒打死。
店伙计大惊，跪倒在地。

窗外。一只手在扣动扳机。

窗口。黑色的枪口定住了。

屋内。张老板突然发现了窗口的枪口,将身子往陆大卫胸前一护。
张老板:"当心!"
这时,窗口的枪口火光一闪,张老板中弹,倒在陆大卫怀里。
雇阿根对窗口连射,外面咚的一声,有人倒下了。
店伙计吓倒在地。
陆大卫抱着张老板,张老板胸中一枪,脸色苍白。
张老板:"陆……先生,南京老板来……电,为此……案,先生高堂……父母……已被处决!"
陆大卫一惊:"呵?"
张老板:"妻……儿也……"
陆大卫:"怎么了?"
张老板:"完……了!你报……仇,要……找大……戏园……陈……"
张老板口吐鲜血,死去。
陆大卫突然外发,唰地出枪,连续三响,将地上的店伙计击毙。
陆大卫愤怒的眼睛。

出现陆大卫父母妻儿被枪击的想象画面。

陆大卫血红的眼里滚出泪花。

张老板口中涌出的鲜血。

陆大卫愤怒的双眼。
秦专员的画外音:"……你千万要记住一点,避开雷区!"
何贝铭的画外音:"……更像一个古老的故事,胳膊扭不过大腿!"
陆大卫紧咬牙根,用手给张老板合上眼。

大戏园。夜。入口处一片嘈杂之声。远处看,陆大卫和雇阿根已混杂在人群之中。

从轮盘赌台往下看，陆大卫和雇阿根一前一后走着。

昏暗的舞厅。陆大卫和雇阿根走过。

沪剧场。里面传来梁山伯与祝英台《十八相送》的唱词，悠扬情深。
陆大卫与雇阿根走到入口处，被一个穿对襟衣褂者拦住。
对襟衣："二位，听戏？"
雇阿根："嗯。"
对襟衣："陈老板有请！"
雇阿根一惊。
陆大卫："走哪道？"
对襟衣："看茶！"
说完，带着两人穿过过道。

各式过道和楼梯，陆大卫和雇阿根在对襟衣的带领下穿过。

后厅。这里幽静，古色古香，富丽堂皇。当对襟衣将陆大卫、雇阿根带进后厅时，厅内空无一人。
陆大卫镇定自若地打量环境。
徐娘半老的陈老板撩开绸帘入，脸色冷冷的，围着二人打量了一圈，站在当中不语。
陈老板和陆大卫对视片刻。
陆大卫："看茶！"
陈老板："要讲本邦的规矩！"
陆大卫："每到一处码头，要泡一碗茶，将碗盖仰放桌上，伸出三指——"
陈老板："哪三指？"
陆大卫："拇指、食指、中指。然后端茶喝，再与码头之主盘查底细！"
陈老板点头。
陈老板："请坐！看茶！"
对襟衣冲了一杯茶，茶杯无盖。
陆大卫望了望，将礼帽取下，仰放桌上。
陈老板："什么意思？"

陆大卫："水中行船！"

陈老板："老大贵姓？"

陆大卫："在家姓陆，出家姓潘。"

陈老板："哪位前人孝祖？"

陆大卫："他老人家姓潘，上是发字，下是行字！"

陈老板哈哈大笑，陆大卫一惊。

陈老板："陆先生，你并非本邦之人，你所说的辈分错了，那是老二十四辈，现在讲新二十四辈。"

陆大卫："呵？"

陈老板："按你自报的，上应该是香字，下应该是流字。哈……！不过，按邦中之规，兴假不兴赖，可以免你一死！"

陆大卫："谢谢！实不相瞒，我确非邦中之人，只是张老板引见，有要事相求。"

陈老板示意对襟衣出。

陈老板："你们是想找汝艺记银楼的女老板？"

陆大卫点头。

陈老板："老娘已找她几年了！"

陆大卫："呵？"

陈老板："那一千件金银珠宝，全是那个臭婊子通过我的人走私搞来的！现在，她竟制造劫案，想一口独吞！"

陆大卫冷冷地观察陈老板。

陈老板："我刚刚得到消息，在汝艺记废弃的工地下层，他们已修成了一个地下行宫，全部银财，就在里面！"

陆大卫："真的？"

陈老板笑了："连入口我都打探好了！"

陆大卫："在哪里？"

陈老板："就是那天要用压路机铁轮压你们的斜坡口！"

陆大卫："那天你在场？"

陈老板："那些士兵和团长，都是我这个码头的兄弟！……呃，陆老弟，你真是福大命大，不要在意，呵？"

陆大卫："好说，好说！"

陈老板："你们来了，正是时候，他们今夜十点要通过地下渡口转移财宝，我们先下手劫了地下行宫，二一添作五！哈……"

陆大卫点头。
陈老板："那我们马上行动？"
陆大卫："听陈老板的。"
陈老板笑："好，二位稍候！"她击掌一下，对襟衣入。
陈老板："你到后堂备酒，我去更衣，二位稍候！"
说完两人向里宅走去，刚走几步，陆大卫："陈老板请留步！"
陈老板和对襟衣转身。
陆大卫啪啪两枪，对襟衣倒地，陈老板捂住胸口："你——你！"
陆大卫："从你开始报仇！"
说毕，又是两枪。
陈老板转身倒地。

街头。陆大卫、雇阿根在路灯下疾步行走，陆大卫看表：八点半钟。

江边。陆大卫和雇阿根从码头上跑过。高楼上的大钟：九点整。

野外，他们奋力地跑着。

叠映：他们在跑动，时针在转动。

工地。黑黝黝的，除了几处脚手架和半截砖墙外，什么也没有。
陆大卫他们拿着手电到处寻找，找不到那个斜坡。
陆大卫看表：九点半钟。

工地。陆大卫与雇阿根分头寻找。
陆大卫冷静地敲着每一段修了一半的砖墙，从声音判断着。
雇阿根翻动着各种废弃的用物。他来到插有"汝艺记"的木牌处，将木牌用力一拔，突然"哎哟"一声，他掉进了一口枯井。
陆大卫闻声跑了过去。

枯井内。雇阿根昏倒在井底。陆大卫从上面用手电照着。
陆大卫发现井壁上有可供上下的脚踏，就一级级往下爬，刚蹬几步，一级脚踏嘎的一声断了，陆大卫也跌落下来。

井底。陆大卫翻了一个身,坐着,雇阿根也醒来。

陆大卫摸到了手电筒,往井壁上一照,随着光线移动,他终于发现了井壁上的一个洞口,于是面露惊喜。

井壁。陆大卫与雇阿根爬进洞口。终于,他们看见洞口的下方,通向地下行宫。

洞口。正在陆大卫伸头观察时,行宫走道上有一哨卒走了过来,当哨卒走到洞口下方时,陆大卫用双手突然勒住他的脖子,将哨卒拖进洞内。

地下行宫过道。陆大卫和雇阿根跳了下来,过道上空无一人。
他们在过道上前后警备着向前摸。
前面,传来一阵脚步声。
他们迅速闪进一间侧门内。
是个哨卒。乘之不备,陆大卫和雇阿根便将之逮住拖进屋里。
陆大卫:"魏老板在哪里?"
哨卒指了指前方。
雇阿根一枪砸下去,将哨卒击昏。

地下通道。陆大卫与雇阿根继续前进。

地下巨型铁门。他们走到门口时,发现门紧紧关着,二人焦急万分,无法打开此门。陆大卫突然灵机一动,看见门口地下是一巨型铁盘,立即站了上去,蹬动铁盘,在上面旋转起来,渐渐地,那扇铁门开了。
他们穿进铁门,是宽宽的过道。他们顺着过道往前跑。在他们跑过一间门口时,从门里突然飞出两只飞镖,二人惊住,这时,身后也传来了很重的脚步声,二人转头,身后站着已经"死去"的自首者潘延年,手里转动着铁蛋子。

潘延年凶残的脸。
潘延年:"陆侦缉长!真是久违了!"
正在二人惊奇之时,前方也有脚步声,陆大卫转身一看,是一个女人,黑衣黑裤,手中持着双枪,是"死"而复生的朱芝华。(闪回)
朱芝华:"陆侦缉长,没有想到吧!"

陆大卫和雇阿根背靠着，望着二人逼近。

潘延年："陆侦缉长，我没有死，哈哈……我们的魏老板知道你们今天会来的！"

朱芝华："陆侦缉长，今天，该轮到你们死了，哈哈……魏老板在前面，可惜，她不愿见到你们！"

在潘延年和朱芝华走到差不多距离时，陆大卫和雇阿根突然同时大叫一声，先向上做跃动姿势，但实则收身向前低扑去。潘延年和朱芝华以为他们要跃起，同时飞起铁珠并开枪，正好二人互相杀伤，嗷叫着，倒在血泊中。

陆大卫和雇阿根从地上站了起来。

这一回，潘延年和朱芝华真死了。

地下通道。大约听到了这里的枪声，前面出现了持枪的人，枪口从不同角度吐着火舌，陆大卫和雇阿根闪身入门内，掏出枪还击。

远处。一名狙击者被击毙。陆大卫又冲过一道门，雇阿根也跟了上去。

他们就是这样，边打边前进，连续过了三四道门。

正在他们打得激烈之时，前方传来了叫喊声："停止射击！"

前方的枪声停止了。

二人在门洞内，伸出头向前观察。

一青衣女子站在前方。

青衣女子："陆侦缉长，魏老板有请！"

陆大卫站了出来，掸了掸礼帽上的灰，又戴上。雇阿根手持短枪，站在陆大卫的前面。

陆大卫将雇阿根往后一扒，带头向前走去。

他们威风潇洒地走着。

两边分别站在埋伏的枪手，望着他们。

他们镇定自若地走着。

大厅。在青衣女子的带领下，陆大卫和雇阿根出现在门口。

青衣女子："陆侦缉长，请！"

二人入。

大厅。布置华丽，周围站满了面露杀机的枪手。

正面，有一纱幔，里面有灯光闪动。

陆大卫和雇阿根走了进来。

青衣女子走近纱幔。

青衣女子："魏老板，陆侦缉长两人如期来了！"

纱幔后，站起一个女人的身影。

陆大卫盯着那个身影。

青衣女子向那个身影走去，说了几句耳语。

青衣女子："魏老板有话，凡外人见到魏老板者必死，陆侦缉长是否知道？"

陆大卫一笑："就是知道，我陆某人才来！"

青衣女子冷笑，听了几句耳语。

青衣女子："魏老板说，念陆先生智力超群，功夫过人，人才难得，此乃是非之地，不宜久留，魏老板愿保证二位安全，送二位离开此地……"

陆大卫："哦？嘿……可惜，因此银楼劫案，我的父母妻儿已命归黄泉，陆某人岂能苟且偷生？"

青衣女子："魏老板问，陆先生究竟想干什么？"

陆大卫："请魏老板出来，让我二人见一面，我有话说。"

青衣女子："魏老板让你们放下武器。"

陆大卫望了望，取枪放下，雇阿根也同样取枪放下。

那身影从纱幔后步步走出，青衣女子掌灯，渐渐地，人们看见了一个长发女子，身着黑色女式斗篷。

青衣女子："你说！"

陆大卫围着魏老板看了一圈后，仰面大笑。

陆大卫："我陆某人作为一名侦探，曾留学德国，所破大案，不下百件，世人皆知，有口皆碑，然我之聪慧，乃过于迂腐，虽服务于南京政府，且不知南京政府之腐败，纵有师嘱，让我避开雷区，而不得其要领，又陷沉雷之中，好不惨淡，一生全错，悔之晚矣！"

说到此处，魏老板的脸色显得惨淡。

陆大卫："魏老板，以上，是我给自己所作祭文。下面，我将揭开本次银楼劫案的谜底……"

陆大卫正要说下去，魏老板将手一举，周围一圈打手围了过来，要抓陆大卫二人。此时，雇阿根大吼一声，突然将上衣扒开，露出全身的炸药，将雷管拉在手上，站在魏老板身边。

雇阿根："不许动！"

众人惊住。

在人们鸦雀无声之时，魏老板扬了一下手，青衣女子又将灯高举，魏老板脱去黑色女式斗篷，露出一身警服，再动手摘去长发，现出原形，原来魏老板就是警察局局长何贝铭。

何贝铭突然笑了几声："老同学，你没有想到吧？"

陆大卫笑："想到了。在这个城里，根本没有开银楼的姓魏的女老板，真正的汝艺记老板是你，劫银楼的罪魁祸首也是你，你制造了一个大案，外救孔令侃，内则有不可告人的勾当！"

何贝铭："那你为什么——？"

陆大卫："我需要证据！"

何贝铭："证据你拿不到，我也同样拿不到！"

陆大卫："……"

何贝铭："我一生自以为聪慧黠诈过人，怎奈最终也成为被人捉弄的对象。我所自劫的银楼全部财宝，早已被另外的黑手——真正的劫犯劫走了！"

陆大卫："谁！"

何贝铭惨淡地由笑到哭："……是一伙包括蒋总统、还有蒋经国以及当权豪阀在内的有南京政府招牌的黑手！老同学，我早就想加害于你，但又不时有恻隐之心……现在，在我们老师讲的雷区，你家破人亡，我……也倾家荡产！"

说到这里，何贝铭牵起陆大卫的手。

何贝铭："在这个地下行宫里，已遍布炸药，我们进到了这里，就再也出不去了！"

镜头跳过一个又一个装满炸药的火药箱，全部都用电线连在一起。

何贝铭惨淡地笑着，突然，他一手拉着了雇阿根手上的雷管，雷管火花四溅。（定格）

他们及周围的人惨淡的脸。

在想象的爆炸声中，剧终。

上海轮·十二月

上海之关钟楼。悠远的钟声……

叠映：航行日记。

日记一张又一张被翻动，停在新的一页上。

手写体的文字：一九八七年十二月四日，上海外轮码头。

充满感情的画外音："……本航次日，有四名首批回大陆探亲的台胞将返程，这在我们全体船员心中，产生了一股复杂的新的离别之情。大陆与台湾隔绝了三十八年，多么不容易呵！"

新闻插入，台湾电视新闻。台北红十字会。一九八七年二月十七日上午，索取回大陆探亲表格的人拥挤不堪，仅一个多小时，表格即被索取一空。

新闻插入，报纸新闻。台湾省高雄市四川同乡会1500名四川籍居民，每人拿到了一份四川省地图。

新闻插入。台湾《时报新闻周刊》主办的热门新闻排行榜测验中，有关开放大陆探亲的新闻已列入台湾近期十大新闻之首。

新闻插入。赵紫阳总书记在十三大闭幕后的记者招待会上和台湾记者谈话，要他到各地多走走，多看看。赵紫阳谈笑风生，记者们情绪热烈。

十二月的上海外滩。

早晨。林荫道上金黄色的树叶在薄霭中飘然下落。

清洁工人从容地在忙碌着。

除了黄浦江远处传来的几声汽笛外，一切都是静寂的。

一位六十多岁的老人远远地沿江走着，身着大的风衣，一顶便帽扣在头上。

走近了。他脱去风衣和帽，是空明法师。

他停下了，平视地望着黄浦江。

他的画外音："……皈依法门之人，你带着狂喜而来，带着惆怅而去，渴求超度的心呵，何竟如此不宁？"

一辆桑塔纳的士停在他的身边，他转身上车。

的士汇入车流。

上早班的人流，上海醒了。

外轮码头。上海轮舷梯下。
一排衣着整洁、笑容亲切的船员站在舷梯边，静候上船的客人，帮助中外乘客登轮。
远处，六十岁的周康平拎着旅行箱走来，突然，他停了下来，将箱子放下。
周康平："管事！"
客运主任江山急忙跑到他身边。
江山："欢迎先生光临我们上海轮！"
周康平脸色愠怒。
江山："先生，不知您有什么吩咐？"
周康平："拎箱！"
江山："这是我们应该做的！"
在江山刚要拎箱时，周康平从口袋里掏出一张二十美元的钞票，递给江山。
江山不解地问："先生，你这是……"
周康平："大陆不也是向钱看吗？"
江山："呵，先生，我们不收小费，谢谢您了！"
周康平："嫌少？"
江山："哪里，哪里！"说着，就伸手去帮周康平拎箱子，周康平却自己拎起了箱子，往前走去。
周康平恼怒地说："瞧不起人？哼！"
江山尴尬地跟在他身后："先生！……"
周康平拎着箱子，向舷梯走去。
江山无可奈何地望着怒气冲冲的周康平。
这时，着装灿烂典雅的少女林山左右手都拎着大包小包，双手还抱着一个精致的大盒，气喘吁吁地过来了。
江山赶紧接她手中的大盒。
林山："呵，谢谢，你帮我拿这些小包。"
林山将一只手上的两个小包塞到江山手里。
林山忽匆匆地向舷梯走去，将另一只手上的包塞给了周康平。
周康平："小姐，你……"
林山调皮地问："回台湾的？帮个忙！"
周康平只得帮她拎包，退下一步，让林山先上舷梯。

林山轻快地登上舷梯。

周康平没好气地跟着她。他的身后是江山。突然,林山被舷梯一晃,手中抱的大盒一歪,她叫了一声,赶紧用双手抱住。周康平本能地一惊,旅行箱的一只轮子别在舷梯上了,他用力一拉,咔嚓一声,那只轮子脱落了,掉入上海轮和趸船之间的江中。

周康平:"姑娘,你!"

林山:"呵,离开大陆,舷梯也晃人!"

江山:"呵,对不起,先生!"

周康平惆怅的脸。

林山突然呵呵大笑起来。

满头白发的蔡沁玉,被一群人簇拥着,走向舷梯,送行的人都很动感情,有的在絮叨,有的似乎在流泪,而她木然地走着。

在舷梯口,服务员们从她的送行人手中接过行李上船,她的大弟要她与全家留影。她站在中间,正要拍照。

蔡沁玉突然向远处喊:"二弟!"

远处的二弟木然地站着。

大弟不高兴地说:"算了,姐,您快上船,时间不多了!"

蔡沁玉扫兴,一会儿望望大弟,一会儿又望着举着告别手势的二弟。

突然,她跪下了,将头缓缓向地面伏去,深深地吻着大地。

大弟:"姐!你——"

她仍伏在地上。

大家都惊呆了,似乎领悟到了什么。

她缓缓地抬起头,眼里含着泪花。

歌声:

"我又要走了,

难吐尽千丝情愫。

才流出一滴乡情,

仅泻了半腔赤诚。

就又要走了!

你比我期待的要少,

你比我想象的要多,

面见你的太阳会越来越少。

梦见你的月亮会越来越多。

我又要走了！"

歌声中，她缓缓起身，控制着自己，走向舷梯，站在船舷上，望着送行的人，望着远处的二弟，望着远方，直到歌声中止。

新闻插入。中央电视台《九州方圆》节目主持人正在播送台湾同胞寻找大陆亲人的信件。

新闻插入，报纸。台北消息："台湾气象局为适应台湾民众回大陆探亲需要，已开始发布大陆主要城市气象预报，供民间询问的专线电话铃声不绝。"

新闻插入。台湾《中华杂志》载文："我们的毕生愿望是回故乡看月亮……"

汽笛声声，上海轮起锚。

船已向港外驶去。

客房过道。林山手中拿着大包小包走向自己的房间。

江山迎面而来。

江山要帮她抱大盒，她连忙躲开："不，我自己来。"

江山只好为她开房门。

进门后，除仍抱住大盒外，她立即将大包小包哗地摊到地上：全是各类小物件和食品，还有特色小纪念品、画报、报纸……

江山见状，欲帮她收捡。

林山："不，谢谢，我自己来。"

林山将大盒放在桌子，开始收捡地上的东西，结果，反而越捡越乱，摊得一床、一地，到处都是，林山也无可奈何，望着江山。

林山："怎么回事，越弄越乱！"

江山："小姐，我看您需要一个大包！"

林山："呵，对！"

江山转身往外走。

林山："……你，怎么走了？"

江山："替你拿大包。"

林山："哦，谢谢！"

江山出门。林山一人坐在地上，发愣。

画外，出现她与杨远山的对话：

杨远山："小姐，您好！我叫杨远山，远方的远，大山的山。"

林山："我是……林中的山，树木的林，大山的山！"

杨远山："也是山！"

林山笑了："两座山！"

有人敲门，打断了林山的回忆。

林山："呵，……请进！"

江山拿着一个大塑料袋，递给她。

林山："要多少钱？"

江山："送给小姐的，不要钱。"

林山："谢谢！"

江山欲转身离去。

林山："呵，你别走，能帮我清清东西吗？"

江山高兴地说："当然！"

江山很利索地一件又一件地收了起来，装进大包中，放进壁柜里。

林山看江山胸前的服务牌。

林山："你叫江山？"

江山："对，江水的江，山冈的山。"

林山："呵，又是一座山，大陆的山真多！"

江山："对，有庐山、泰山、华山、黄山……"

林山："还有远山、江山！"

江山笑了："我是这条船的客运主任，林小姐有什么事，就找我。"

林山："什么主任？"

江山："呵，就是轮船上的领班。"

林山："我懂，我又不是外国人。江山主任先生！"

江山："谢谢！小姐，请休息吧！"

林山："呃，请等一等！"

江山："小姐，还需要什么吗？"

林山："需要……你等会儿还来吗？"

江山："如果小姐您有什么吩咐……"

林山："我吩咐你，等一会儿再来！"

江山拘谨地点头，礼貌地转身出门。

林山望着江山。

门外，江山舒了口气。

客舱走道上，服务员玲玲急匆匆地跑了过来。

玲玲："江主任，A2号一位先生要见船长！"

江山："有什么事？"

玲玲："他不说。"

江山匆忙向A层走去。

A2号房，特等舱。

江山敲门。里面是周康平的声音："进来！"

江山进门，周康平恼怒地坐在沙发上。

江山："先生，听说您要见船长？"

周康平："是的，我马上就要见船长！"

江山："先生，你有什么事，看看我能不能办……"

周康平："你办不了？"

江山："呵，先生，是不是上船的时候，您箱子上掉的那只轮子？"

沙发边，掉了轮子的箱子歪在地上。

周康平没有回话。

江山立即从口袋里拿出工具，并将已准备好的一只轮子拿出，给周康平安装。

周康平一惊："你，把掉到江里的轮子捡回了？"

江山："不，捞不起来了！"

周康平不语。见江山装好轮子。

周康平："要多少钱？"

江山："不收费。"

周康平："为什么？"

江山："……这是我的，再说，先生是台胞！"

一听说是台胞，周康平怒气又起：我要立即见你们船长！

江山："能告诉我有什么事吗？"

周康平："大事！天大的事！"

江山冷静地说："好，请稍等片刻。"

空明的客舱。他停立窗口,望着浩渺的海天,一双悲恸和血红的眼。

画外响起女声诗句,声音是抖动的:

"漂流从此始,

怜尔已无家!"

"当"的一声钟响,传来《戒定真香》的梵乐声,空明法师合十闭目。

突然,他醒悟过来,自己是在现代化的客轮里,不是在庙宇里。

梵乐声还在鸣奏,空明法师缓缓开门,惊异地四处寻找。

三等客舱。蔡沁玉坐在底铺上整理自己的东西,包里有药物和浴巾。她看了看卫生间,有些犯愁。

有人敲门。

蔡沁玉:"请进!"

是服务员华华,她笑盈盈地说:"您好!"

蔡沁玉:"你好!"

华华:"我是服务员华华,请问,您是台胞蔡老太太吗?"

蔡沁玉:"是的,蔡沁玉。"

华华:"我们船长考虑到蔡老太太回大陆探亲,一定旅途劳累,住三等舱会有诸多不便,决定请您老去住特等舱。"

蔡沁玉一惊:"我是买的三等舱的票子呀!"

华华一笑:"没有关系的。"

蔡沁玉:"特等舱票价是多少钱?"

华华又笑:"不加钱了,优待老年台胞,是我们的义务。"

空明沿着走廊一间间客房听过去,在林山的房门前停了下来。

房里传来了好听的钟声。

空明敲了敲舱门。

房里。林山正面对着一尊精巧的铜钟,出神,那铜的轰鸣之声还没有消失,那钟篚里的灯芯正燃着一蕊灯火……

一架小巧的录音机里正放着梵乐。

林山听到敲门声,打开了舱门,猛地见到门外的空明,吓了一跳。

空明:"阿弥陀佛,没想到旅途之上竟有信女,打搅,打搅!"

林山:"呃……先生,哦,长老……不知道称您什么合适?"

空明:"法号空明。"

林山:"呵,法师,请进……"
　　空明:"我想,你这是……古代传说中的'诚则灵'变音钟吧?怎么到你手呐?"
　　林山:"祖上传下来的呀!"
　　空明:"这可是国宝!怎么能带出去?"
　　林山:"走私。"
　　空明:"阿弥陀佛!善男信女不可触犯刑律法纪,望小姐三思而行……"
　　林山大笑,空明法师惊愕。
　　长长的洁净的过道上,周康平跟在江山的身后,他们是去见船长。

　　闪回:上海南京路的立交桥上,周康平正看着桥上的车流人流。
　　这繁华喧闹的车流人流,又闪回到四十年前的南京路,人力车夫,乞讨者……又回到现实。

　　周康平仍在长长的过道上走着。

　　闪回:上海街头。下着大雨,人们拥挤在公共汽车站等待着,周康平站在一边望着。车终于进站了,等车的人一股脑涌向狭小的车门,叫的,吵的,一妇女一手抱着孩子,一手拿着雨伞,终于没能挤进车,站在路边,十分为难。周康平被触动了,想上去帮那妇人一把,但是,一名交通警察已走了过去,帮那妇人持着伞。
　　周康平的目光很复杂。

　　周康平仍在长长的过道上走着。

　　闪回:一扇又一扇华丽的商业橱窗,周康平在橱窗前经过,两名年轻人从家电商店喜滋滋地搬出一台冰箱,身后跟着一名笑呵呵的老工人,他们三人笑逐颜开,突然,那小伙子一口痰吐在地上。
　　周康平望着他们吐往地上的痰。

　　周康平跟着江山上舱内楼梯。

　　闪回:夕阳下,一群欢乐的儿童放学,走下台阶,一群下了班的青年工人走上台阶，周康平向上望去：一张小学的牌子，一张夜大学的牌子。但是，上夜大学的青年工人又返回了，校门口贴着一张告示：今日停电，夜大学停课。青年工人们骂骂咧咧地说："他妈的，舞厅不停电，酒吧也不停电！"

布置华丽的深红色的会客室，船长在门口等待周康平。
船长："欢迎，欢迎！"
周康平："我叫周康平，坐船回台湾的！"
船长："周先生，请！"
周康平进入室内，服务员送上咖啡和烟，是外烟。
周康平："谢谢，我不抽外烟！"
他从口袋里掏出大中华烟，自己点燃了。
船长："周先生，您找我有事？"
周康平："嗯。"
船长："一定效劳！"
周康平："当真？"
船长："当真！"
周康平："好！请你给我发一份电报。"
船长："给您的亲属？"
周康平摇头。
船长："给谁？"
周康平："给上海市市长！"
船长一惊："哦？"

林山的客房。
站着的空明法师："请问小姐的家在台湾何处？"
林山："台北。"
空明法师："令尊大人……"
林山："'台独'分子！"
空明法师："哦？恕贫僧直言：罪过！罪过！"
林山大笑："除我爸爸一人在台湾供职以外，我们全家都在美国纽约，唯独爸爸一人在台湾，岂不是'台独'分子？"
空明也笑了。

新闻插入。香港《文汇报》载文:"黄信介在美提出警告,'台湾独立'毫无好处,只会触怒岛内外多方面的不满。"

新闻插入。香港《中国通讯社》电:"台湾《远见杂志》11月上对72名'增额立法委员'进行的问卷调查表明,赞成两岸探亲100%,反对'台独'。"

新闻插入。香港《东方日报》11月17日台北航讯:"赴大陆探亲后,台湾预留坟地价格一落千丈,由此显示一般民众的落叶归根观念牢不可破……"

服务台。华华看见叫人的指示灯亮了,动身。
华华敲特等舱的门,里面是蔡沁玉。
华华:"老太太,您有什么吩咐?"
蔡沁玉:"我想……能不能给我一只面盆?"
华华:"面盆?特等舱,我们这里有……"
她打开卫生间,指着瓷盆给蔡沁玉看。
蔡沁玉:"这我知道,小姐,我想要擦身子、洗澡……"
华华:"这里有浴缸。"
蔡沁玉:"我不能用。"
华华:"老太太,您放心,这浴缸已经严格消毒,要是你不放心,我可以再当你面消消毒!"
蔡沁玉:"不,我不是这个意思。"
华华:"那也好,我去给您拿一只新面盆。"
蔡沁玉:"好,谢谢……呵,小姐,还能给我一个消毒盘吗?"
华华:"消毒盘?"
蔡沁玉:"真不好意思!"
华华带着疑问出门。

林山漫无目的地来到江山门前,见是客运主任室,就敲门,敲了几次无人答应,推门而入,室内无人,欲出,恰好碰见进来的江山。
江山:"林小姐,找我有事?"
林山:"嗯。"
江山:"请坐,有什么事需要我办?"
林山:"需要看看你。"

江山："呵？谢谢！"

林山："还需要陪我谈谈话。"

江山："呵，好。"

林山："这次回大陆观光，听说大陆的离婚率越来越高？"

江山："呃……是的，不过，也许还没有达到美国、欧洲……的水平。"

林山："有人说，这也是进步。"

江山："你看呢？"

林山："你离过婚吗？"

江山："我……还没结婚。"

林山："我看，你更进步。"

林山随手摁了桌上的收录机，里面立即传来了欢快的现代音乐。

林山："我们跳跳舞好吗？"

江山为难地说："小姐，我正在工作，不允许跳舞，下面有迪斯科舞厅，呵，也有酒吧，前甲板上，有高尔夫球场、网球场，还有游泳池……"

林山："其实，我也不想跳舞，太累了！"

江山："那小姐你何不回房休息？"

林山："空明法师在我房里坐禅！"

江山："呵？"

林山的客房，空明法师坐禅。

香火袅袅。

空明法师敲了一下变音钟，"当"的一声悠响。

闪回。苏州寒山寺。空明法师在梵乐钟声中坐禅，他的目光是不安的。

寒山寺方丈与空明法师话别。

寒山寺方丈："空明法师，有句话，我不知该讲还是不该讲？"

空明法师："乞望赐教！"

寒山寺方丈："法师目光游移，似有不安，不知有何心事？"

空明法师："呃……世外之人，非也，非也！"

寒山寺方丈合掌不语。

空明法师亦合掌告别。

苏州城外。空明在桥上无望地看着路的尽头。

路上，走来一位清秀的老太太，满头银发。

在空明的眼里，老太太似乎变成了一位活泼可爱的少女，笑着向他走来。

幻觉。秀女笑声："亮哥哥，我可以跟着你去吗？"

幻觉。当年他的声音："秀女，我这是指挥军舰去打仗，不行。"

幻觉。秀女声音："那你什么时候来提亲？"

幻觉。当年他的声音："也许……不会太久！"

幻觉。秀女声音："给，这是红菱角，我采的！"

幻觉。当年他的声音："我最喜欢又脆又甜的红菱角了！"两人的笑声。

幻觉消失，那老太太走近了，不是秀女，空明怅然。

路尽头边的一片老屋。这是当年秀女的家。空明法师敲门，一老妇开门，见了他一惊。

老妇人："呵，你——？"

空明法师："施主，贫僧——"

老妇人："现在还有化缘的和尚？"

空明法师："非也！施主，贫僧想打听一个人！"

老妇人："什么人？"

空明法师："一位——女人！"

老妇人："和尚也找女人？"

空明十分尴尬："……呃，她叫秀女，姓陈。"

老妇人似乎明白了什么，沉思片刻："……呵，秀姑，她在……"

空明惊喜："呵？在何处？"

老妇人："听说在万人庵。"

空明一惊："也出家了？"

老妇人："不，十年前去世了！"

空明深憾："呵！"

老妇人："可怜秀姑孤苦一生，等着那甩手就走的人，叫人寒心呐！"

空明闭目，强忍巨大的悲痛。

老妇人："哎，和尚，你是——？"

空明："呃，谢施主，贫僧告辞了！"

万人庵。从底到顶存放着无数骨灰盒，空明法师上下寻找着。他从一条走道，侧身到另一条走道。

终于没有找到。

他失望地走出大门。

寒山寺外。空明一人行着。

他的画外音:"寒山寺谓拾得:'今有人海我,辱我,慢我,冷笑笑我、藐视目我,毁我伤我,嫌我恨我,诈谄欺我,则奈何?'拾得曰:'子但受之,依他,让他,敬他,避他,苦苦奈他,装聋作哑,漠然置之,冷眼观之,看他如何结局。'秀女,我对不起你哟!忍看国破先离俗,但道亲存便返扉,秀女哟,你究竟在哪里?"

钟鼓同声,撼人心弦。

客房门被打开,林山闯了进来。

空明抬眼一瞄,又闭起眼来。

林山:"法师……"

空明:"林小姐!"

林山:"法师可以为我指点迷津吗?"

空明:"我想,你大概是信仰上帝的。"

林山:"上帝或者佛祖在我看来本没有什么大的区别,家父奉的是上帝,家母奉的却是大肚子弥勒佛,我戴个十字架不过是好玩,我并没有受洗礼……"

空明:"坐,你有什么烦恼?"

林山:"有烦恼……尽是烦恼……"

空明:"可以对我讲讲吗?"

林山:"我爸爸一人在台湾供职,被人讥讽为'内在美'。"

空明:"'内在美'?"

林山:"就是内人,亲眷全在美国。我在美国一边读书,一边玩,五年下来,什么现代场面都见了,但是我却遇到了当代人最主要的问题。"

空明:"呵?"

林山:"意志障碍!"(用英语重复一次)

空明:"呵,空虚!"

林山:"对!这种空虚,不是说没有朋友,而是友爱港湾的沉没,所以,家父才写信让我回大陆观光,让我找一找中华大地五千余年文化的根。"

空明:"你找到了?"

林山:"找到了!"

空明:"找到了什么?"
林山:"说不清……也许是根,也许还有爱。"
空明:"呵?"
林山:"但是,又失去了!"
空明:"所以,你还是空虚。"
林山:"比空虚多了一点。"
空明:"什么?"
林山:"烦恼。"
空明:"小姐这样的年龄,原本正是该烦恼的阶段,这是正常的……"
林山:"我有时真想出家!"
空明:"(睁开眼来)什么?你这样充满朝气的年轻姑娘,为什么想出家?"
林山:"我也不知道……我心里……烦恼极了……"
空明:"我也曾有过你这样的青春……这烦恼总会过去的,你还是尽情地去玩吧,去跳舞吧,到人群当中去,在说笑间,你的烦恼会烟消云散的……"
林山:"我情愿一个人躲在舱房里听这梵乐……镇定情绪……"
空明:"可六根不净的人,从中听不出什么的,它镇定不了你的情绪……"
林山:"哦!太对了,长老!"
空明:"我也有过你这样的青春,我是过来人了……"
林山:"法师……"
空明:"跳舞去吧!你们这一代人,无须像我们当年那样。"
林山:"谢谢!"

迪斯科舞厅。
林山欢快地跳着,主动邀请其他船客。
江山指挥服务员端酒,自己也托着盘子走来走去。
林山瞅准他的空隙,以热情的舞步邀请他共舞。
江山托着盘子跳了几步,走开了。

接待室。
船长:"周先生,我们代你给上海市市长发电报当然也可以,不过,作为破例,我们希望您告诉我们原因,是为什么事。"
周康平:"什么事?"
他怒气冲冲地从口袋里掏出钱包,往桌上一甩,里面有一叠十元一张的人民币,还有一张售票登记单。

船长:"周先生,你要带人民币出去?"

周:"呃……"

船长:"国家有规定,这是不允许的。"

周收了人民币:"船长,让你看的是这!"

船长拿起售票单一看。

船长:"呵,周先生,今天是您的生日!"

周康平:"不是这,是这一栏!"

船长:"国籍栏?"表上国籍栏空着。

闪回。售票处。一位年轻的姑娘正在给周康平填表,查看他的护照。

女职员:"姓名。"

周康平:"周康平。周恩来的周,康平就是上海康平路的那个康平。"

女职员:"出身年月日?"

周康平:"一九二七年十月四日。"

女职员:"明天?明天是您老六十大寿?"

周康平:"嗯。"

女职员:"何不在家乡做完六十大寿再走?"

周康平耸了耸肩:"期限已到,没有办法!"

女职员叹息一声后说:"好,祝您老生日快乐,万事如意!"

周康平高兴地点头,注视着女职员填表,突然,他的神情严肃起来。

周康平:"你——怎么不填我的国籍?"

女职员:"这个……不好填!"

周康平:"有什么不好填的?我周康平是无国籍的人?来,你把表给我!给我!"

女职员只得将表递给他,他望着那表,愈来愈火。

周康平:"我要找你们上海市的市长!"

他转身就走,后面,女职员追了上来:"周先生,这是你的船票,还有,我又重填了一张表!"

周康平一看,国籍栏中填上了:中国(台湾)。

他仍不满意,压住火问:"台湾是一个省,还是一个国?"

女职员:"一个省。"

周康平:"你为什么还要在国籍栏里写上台湾?"

女职员:"……"

周康平:"未必你们上海人填国籍,也是填中国(上海)?北京人填国籍是填中国(北京)?"

女职员和周围的行人都望着他。

他大怒不已:"你们太不像话了!太侮辱人格了!我去找你们的市长,市长不行,我还要找赵紫阳,找邓小平!"

他怒气冲冲地走出。

船长来回走动的脚。

船长:"你没去找市长?"

周康平:"被别的事情耽搁了。"

船长:"所以你是怒气冲冲上的船?哈哈,可以理解!可以理解!不过,我想,周先生您心里知道,这件事情应该找谁……"

周康平缓缓抬头,望着船长。

新闻插入。新华社转发台湾报纸消息:"采访大陆何罪,竟受刑法指控?台湾当局昨天宣布对《自立晚报》记者李家得、徐璐及社长的三项处罚。"

新闻插入。《新民晚报》1987年11月6日消息:"台胞张先生初回大陆就遗失两张入境申报单,但他在海关仍受到热情接待,他说:'我拿定主意回来!'"

新闻插入。台湾《中国时报》十三日报道:"探亲衍生户政问题,台'内政部'对策令当局费煞思量。"

特等舱。服务员华华带着张医生走进门,他们一个拿着新脸盆,一个拿着消毒盘和医疗器具。

华华:"蔡老太太,这是我们船上的张医生,你要的东西也拿来了!"

蔡沁玉:"呵,谢谢!张医生,请坐!"

张医生:"你好!蔡老太太,我能帮你办什么事吗?"

蔡沁玉:"这个……呵,小姐,你想得太周到了!"

华华:"这是我们应该做的!"

蔡沁玉:"……是这样的,我回大陆探亲之前,腹部被烫伤了,在台北医院植了皮,新皮刚刚长好,我就回来了。来的时候,是乘飞机,我带的清洗用具齐全，怕农村老家卫生设备不足，新长的皮会感染，可是，我的那个弟弟呀！……"

闪回。
小镇上。
蔡沁玉走下的士，一大群亲戚蜂拥而上，蔡沁玉望着年过半百的弟弟，急切地搜寻着什么人……
年轻的后辈们亲切地叫着："大姑妈……大姨妈……舅妈……"
蔡沁玉："真没想到，这么多孩子呀……"
许多人流泪了。
蔡沁玉握着大弟的手："不要哭，不要哭……见着了就好……二弟呢？怎么不见小弟来？"
大弟："三弟在四川工作，老二呀，他还是不来好些。"
侄女："爸爸，快让大姑妈回家吧……"
大弟："好吧好吧，三十八年的话，一会儿也说不完的……"

大弟家里。
第三代纷纷围上桌叫着："姑婆、姨婆……"
蔡沁玉把自己带来的礼物分给他们……
侄女："姑妈，你别都分完了，（悄悄地）您人也认不清楚，有些是远踢八只脚的朋友……"
蔡沁玉："难得一回回老家，三十八年了，我欠下了多少情，这一点点东西，分了我高兴，高兴……"
大弟："哎呀，要这样分，哪分得过来？（哄小孩）走开走开，小孩子们外面去玩！"
孩子们蜂拥而出。
蔡沁玉："二弟怎么没来？"
大弟："唉！他呀，量他这会儿也不好意思到这里来。"
侄女："爸爸，你又乱说……"
蔡沁玉："究竟是什么事？"
大弟："唉，不说了！姐，你要见爸和妈吗？"
蔡沁玉："嗯，要的！要的！"
大弟推开另一扇门，房中长案上燃着两只红烛，上面挂着他们已故父母的遗相。

蔡沁玉缓缓走了进去，默默地跪在地上。

她的心声："爹，妈，你们不孝的女儿，回来了！"

隔壁，传来亲戚们正在拆她带来的东西的声音。这个说："哇！这给我！"那个讲："我要嘛！我要嘛！……"

跪在地上的蔡沁玉，心一下子冷了，她呆在那里。

隔壁，仍在分东西。这个抱彩电，那个抢冰箱，连她的带的消毒服务器也抢在手里。

大弟突然吼了："放下，你们干什么？"

众孩子都惊住了。

大弟："好不容易，姐姐才回来，你们就这样，丢人呵！"

他的身后，蔡沁玉走了出来："发什么脾气？都分手三十八年了，要样纪念品，也是应该的。去年，台湾有个老朋友偷偷从日本转道回了趟大陆家乡，带回两瓶虎骨酒，还不是被周围的老人们抢光了，最后，只得你一口，我一口，谁也不准多喝，谁也不想少喝，我是个教书的，从来不喝酒，那天，我也抢着喝了一口，美不美，家乡水，喝一口，我就醉了！"

听她说了，亲戚们没有一个人再拿东西，都放回原处。

蔡沁玉这时心里更难受了："你们拿吧，挑喜欢的拿，是我特意送给你们的呀！"

大家仍没有动手。

蔡沁玉乞求道："你们拿呀！嫌少了吗？"

大家仍没有动手。

蔡沁玉："你们再不拿，我就跪下了！"

大弟动感情地说："姐！"

大弟赶忙将她扶住。

特等舱内。

服务员华华："蔡老太太，后来，东西还是被分光了？"

蔡沁玉："不是分的，是我送的，连消毒盘都送了，侄女有皮炎，也用得着。"

华华："那——您老的二弟呢？"

蔡沁玉叹息一声。

闪回。花白头发的二弟，神情木然地坐在灯光下。

蔡沁玉的画外音："听大弟讲，他与二弟感情破裂，是由于运动，二弟早已和我们家划清界限……这一次，接待我，他们俩兄弟一直在闹，你接待，我就不见，我接待，你就不见，唉，过去的事，就让它过去好了，也真是，自家骨肉兄弟，还吵个什么呢？"

闪回。丰盛的宴席。一道又一道菜，还在往桌面上端。

镇长端着酒杯："蔡老师，我代表镇委会欢迎您！"

乡长也端着酒杯站起来："蔡老师，我代表乡政府……"

还有其他人，都是有小职务的人，全都自报家门，端着酒杯，向她敬酒。

蔡沁玉冷静地站起来，一一表示感谢，仅小小地抿了一口酒。

众人彬彬有礼地坐下，动着吃了起来，有的还给蔡沁玉夹菜。

大闸蟹上了。

乡长："蔡老师，听说你最喜欢吃大闸蟹，尝一尝，家乡土产，驰名中外！"

蔡沁玉："好！好！"

但她并未动筷。

镇长："蔡老师，你知道这大闸蟹是谁生产的？"

她不知道。

镇长："是您老的二弟，现在，他是有名的大闸蟹王，今天，他被人请走了，养蟹咨询，叮嘱我们，无论如何请您老吃一只他养的大闸蟹……"

乡长："您的二弟个性强，他说他在船码头来送你。"

蔡沁玉："这次，恐怕见不到三弟了！"

镇长："我们已经给四川发了三次加急电报，不知道为什么还没赶回来！"

乡长："会回来的！"

这时，又上了好几道菜。

蔡沁玉："哎呀，还上菜，太破费了！"

有人："不多，不多，都是家乡菜！"

蔡沁玉缓慢地举起酒杯，站起来："我是一个教书的，很多谢你们请客，心意，我领了！可是，有一句坦白的话，我想说，以后，像我一样回乡的人会更多，都这样请，得用多少钱？不如把这些宴会钱，用在乡村建设上……"

众人端着酒杯，站在那里，没有讲话。

蔡沁玉："来，干！"

她看众人都很沉重，没端酒杯，就又说："不瞒你们各位，我这次回来，是把房产……都卖了，才凑够钱的！"

众人被她的话震惊到了。

蔡沁玉："台湾那边，是比大陆这边富，但是，也不都是富人，我六十多岁了，退休时，只给了三个月的薪水，不像你们这边，还每月拿退休金。这次回来，我看到家乡确实变了，虽然还很穷，但比有人宣传的要好多了，我是一个退休的教师，为家乡做不了什么事，也拿不出钱，一想起十亿人，我……"

所有的人都望着她。

这时，她的大弟跑了进来："姐，老三来的电报。"

蔡沁玉："哦？"

她接过电报，三弟的画外音是颤抖地："大姐，我真想见您，但是，由于正在和美国公司谈判，是关于用中国的火箭帮他们发射通信卫星的事，实在是抽不出身来，太遗憾了！三十多年来，大姐当日的音容笑貌，时时都在三弟我的眼前，今日的大姐是什么样？三弟我已头生华发，大姐，你呢？我相信，我们年年都能相见，我将用自己制造的火箭、卫星，向您问候……"

这时蔡沁玉的眼里，已滚出了泪花。

她的眼里，交替地出现下列画面：乡间的小道上，推着独轮车的人，现代化工厂整洁的流水线，喷射着火焰升空的火箭……

她端起酒杯："为三弟、为祖国的火箭事业干杯！"

众人见她干了一杯，也跟着干了。

迪斯科舞厅。林山仍在跳舞。

画外音。

空明："你找到了？"

林山："找到了。"

空明："找到了什么？"

林山："说不清……也许是根，也许是爱！"

闪回。

林山气喘吁吁地登长城。

林山在巨大的西安兵马俑展览室里沉思。

悠扬的编钟，林山听入迷了。

林山走进肃穆的故宫。

闪回。
中华青铜文化复兴公司。
总经理兼副教授盛宗毅引导林山参观他们的青铜器复制品。
林山:"家父是祖国青铜艺术的收藏迷,过去,他只是到处搜寻出土文物,可惜,台湾的有限,大陆的难求。去年,家父在夏威夷虚云寺见到贵所铸造的青铜大钟,钟声清远,余音袅袅,真是惊奇极了!他身有不便,不能来大陆……让我转道来大陆旅游时,一定来看看你们的青铜铸造……"
盛宗毅:"这是祖国四千年的青铜工艺传统加上现代电子技术的结晶,我们召集了交通大学的铸造、力学、声学、材料、计算机等学科的专家和金石艺术家,用八个月的时间借助电脑找出了刚柔兼备的响铜合金配方……可鸣响三分钟……"
林山:"台湾也铸了一口钟,音质倒不错,可敲了一个来月,就震裂了。"
副总经理卢银涛:"假如您有空去无锡的话,我建议您去看看太湖之滨龟头渚的震泽神龟……"

朱教授敲了一下钟体,钟发出沉闷的声响,朱教授点燃了灯芯,商周风格的钟纹显得古朴精美。
朱教授又敲了一下钟,钟声清脆如银铃……
林山:"天哪!我买了!一定要买……"
朱教授:"这是我们公司专门研制的一种特殊合金,温度的变化会导致金属结构和其他物理特性的突变……佛家爱用'诚则灵'的谒语,你看……"(又敲了一下)
林山:"阿弥陀佛!真的是诚则灵!"

林山参观铸造工场。
研究生杨远山把铸就的铜镜拿给她看。
林山:"您是……铸造工人?"
卢银涛:"不,他是铸造专业博士研究生。"
杨远山:"您好,我叫杨远山,远方的远,大山的山……"
林山:"哦,我是……林中的山,树林的林,大山的山,我叫林山……"
杨远山:"认识您很高兴!"

林山："我能认识远方的山更高兴，而且是一座……博士的山！"

杨远山："那是将来的事。"

林山："能陪我去看震泽神龟吗？"

杨远山："当然可以。"

杨远山："擦拭透光铜镜。"

杨远山："古铜镜的透光之谜，是我们盛宗毅副教授的专题研究项目。"

杨远山陪林山参观博物馆青铜器陈列馆。在古铜镜透光原理的模型前，杨远山解释着透光原理。

林山听得入迷："假如我爸爸也来……该多好……"

杨远山："下一次，请您和令尊一起来。"

林山："他……大约来不了……我想，可能最后，还是会来的……"

杨远山："为什么？"

林山："呃，没什么……你父亲做什么事？"

杨远山："在市政府。"

林山："也是官员？"

杨远山："现在叫公务员。"

林山："老共产党？"

杨远山："对。"

林山："您呢？也是共产党员？"

杨远山："是的。"

林山："呵……"（失望地叹一口气）

杨远山不露声色地笑了笑。

林山："我没想到，你这么年轻有为、漂亮潇洒的学者，也是共产党……"

杨远山："这很正常。"

林山沉默了，阴郁地沉思起来……

杨远山："你怎么突然严肃起来了？"

林山："严肃了吗？家父总是批评我不严肃，不深沉……"

杨远山："我看你挺深沉的，至少这会儿……"

林山（突然发火）："我们不要谈政治！"

杨远山（莫名其妙）："我们并没有谈政治。"

林山："这次能遇到你，我真高兴！"

杨远山："我也很高兴。"

林山："我实在没有想到大陆上也会有你这样的人……"

杨远山："我这样的人？很普通的……"

林山："我喜欢这样的人，有学问，有教养……人也漂亮……"

杨远山："您过奖了。"

林山："而且很能干……听说，上海的男人都会做家务的……"

杨远山："这倒不假，妻管严。"

林山："我什么也不会做……"

杨远山："大概家里用不着你做什么事。"

林山："是啊……所以，母亲说，我还是找个大陆丈夫好……"

杨远山："怎么？您打算找外国丈夫吗？"

林山："本来，我在美国读书的时候……有个美国朋友，可是妈妈反对。"

杨远山："为什么不在台湾找个合适的？"

林山："假如在大陆找到了，倒也不坏吧？"

杨远山："哟，恐怕……'三通'还没通好呢？倒要通婚了？"

林山："只要我愿意，谁也挡不住！"

杨远山一愣，被林山火辣辣的目光逼视得不知所措。

林山："就要你这样的……"

杨远山："可惜我已经有女友了。"

林山："你骗人。"

杨远山："是我大学同学，像你一样是个不会做家务的人。"

林山："长得一定很漂亮？"

杨远山："还可以……不过不如你，她没有你这样高贵的气质，绰约的风度……"

林山："我要不要试一试……"

杨远山："什么？"

林山："把你……抢过来？"

杨远山："那何必呢？我不值得你抢。"

林山："那可不见得，我好像早就等着这么一个人了……"

宾馆的舞厅，林山疯狂地舞着。

杨远山坐在茶座上远远地、淡淡地看着。他终于站了起来，把握在手里的一张条子交给侍者，说了句什么，走出去。

音乐停了，她奔向茶座，座位空了。

侍者递上条子："小姐，这是留给您的条子……账已经结了。"
林山展开条子呆住了。
杨远山的声音："晚安，明天火车上见。"
林山冲进客房，扑在床上大哭。
火车驶过田野。
太湖之滨，龟头渚，白浪击岸。
翘首远眺的神龟扑在石窟草丛之中。
林山和杨远山围着神龟观看，绿锈斑斓的龟体透出盎然古意。
林山越过神龟眺望远山……
林山："那山……在很远很远的地方……"
杨远山："那是马山……近处的是三山……"
林山："两座相距很远的山。"
杨远山："因为他们各自有自己的位置……"
林山："呵……"
林山半响不说话，一个人向前走去，突然，她转过身来，等着杨远山走近。
林山："这会儿……我多想让你抱抱我啊……"
杨远山不知所措。
林山猛地抱住他，在他面颊上吻了一下，转身就跑了。
杨远山沉默地注视她远去的背影。
远远地，传来林山的声音："我还会来找你的，朋友！"

新闻插入。台湾《自立晚报》十一月三日报道："台湾立法委员建议，政治不应干涉爱情，两岸应开放通婚。(见《香港日报》11.15)"

新闻插入。香港《文汇报》载文："李梦华向台湾同胞呼吁，望两岸实现体育交流……"

新闻插入。福建电视台、厦门电视台正在播出寻找台湾亲人的节目……

接待室。
船长："……周先生，你看你还给上海市市长发电报吗？"
周康平："呃……"
船长："周先生，关于你带的人民币，我们希望——"

周康平："你们要没收？"

船长："不，我们将设法给你兑换！"

周康平："不！绝对不行！"

船长："你缺钱！"

周康平："不，我不缺钱。台湾有一千九百万人，有五十一万老板，我是前三十名，我有的是钱！"

船长："那你为什么带人民币？"

周康平："这是我八十高龄老母给我的压岁钱！"

船长："压岁钱？"

周康平："对，三十八年，三十九张，每年十元，连明年的也算上了。"

闪回。八十高龄的周母坐着，周康平正在给他的母亲梳头，很显然，他很不习惯，但仍精心地梳着。周母很激动。

周康平："妈，我在台湾最爱看的就是《四郎探母》。"

周母："嗯。"

周康平："我看一次，哭一次。"

周母："……哎，你梳呀！"

周康平："我怎么越梳越乱？"

周母："人老了，头发软，蘸点水，好梳的。"

周康平照办。这时，四邻的乡亲们都围了过来，望着娘儿俩。

周康平："妈，这三十八年，你一个人是怎么过过来的？"

周母："早先能干活的时候，我来上海干活，给人家当保姆，打零工，什么都干，后来干不动了，街道办救济我，把我当孤老养起来，我哪里知道你去了台湾？这两年，别人给我出主意，我才登了广告找你，我不信你会死了，我日盼夜盼能见你，总算见到了……我流了多少泪呀……"

周康平："是啊，我也要六十岁了，那边的产业，我就交给您大孙子华翔，我这落叶也归根，我来侍奉您。"

周母："别说这个话，你有这份心我就心满意足了，这里的生活，你过不惯……"

周康平："我给您买套房子，这种房间您可怎么住？"

周母："我住惯了，老街坊老邻居，我住二十几年了，你可知道远亲不如近邻，我可不能住那独门独户的大房，死到屋里也没人知道……"

周康平："我给您寄钱来……"

周母:"不用不用,我有……"

周康平向邻居们跪下。

周康平:"各位父老兄弟姐妹,我周康平不孝,多年在外,不能奉送老母,这些年来多亏了街坊邻居们照应,我感激不尽,报答不了,只有给各位磕头。他至诚地磕了三个头。"

接待室。

周康平殷切地望着船长。

船长思忖片刻,果断地说:"作为破例,我同意你把这些钱带回去。"

周康平激动地说:"谢谢!呵,船长,我还有一个小小的要求。"

船长:"我乐意效劳。"

周康平又从另一个口袋里掏出一张十元的人民币:"这是我另外留的十元钱,想换成二十张五角的票子!"

船长:"为什么?"

周康平:"分赠我在台湾的亲戚,作为纪念!"

船长显得有点为难:"……又是破例!好,我试试看吧!"

特等舱里。张医生在帮蔡沁玉给脸盆和浴缸消毒。

华华在帮蔡沁玉清理物品。

餐厅。

旅客们纷纷走入。

江山为林山移开座椅。

林山:"谢谢……"

江山:"请稍等片刻……"(转身想走)

林山:"请等一等……你能不能……陪我坐一会儿?"

江山:"现在不行,我得照顾旅客进餐……"

林山:"我等你,我可以晚一点吃饭。"

江山:"那怎么可以?"

林山:"我想……我可以请你——"

江山:"谢谢!"

林山:"我很愿意请你……"

江山:"这个……我在船上工作,这是不可以的……"

林山："你们大陆怎么那么多规矩?!"（发火了）

江山："我想，在台湾的船上，恐怕一个领班在工作的时候也不能随便接受旅客邀请吧？"

林山："……好吧，我等你！"

林山转身走了出去，江山不解地望着她走去。

林山的舱房里响起梵乐。她敲了一下那个叫"诚则灵"的钟，钟声袅袅……

林山双手合十默祷。

餐厅里旅客已经散尽。

船员们开始进餐。

江山不见林山来就餐，便去厨房叫了炒菜和米饭，自己端着走向舱房。

林山听到敲门声起来打开舱门，看见托着盘子站在门口的江山，她笑了。

江山进舱房摆下菜肴，斟上酒。

江山："林山小姐，请你进餐。"

林山："我很高兴，太谢谢您了。"

江山："祝您旅途愉快！"（举杯）

林山："旅途愉快……"（一饮而尽）

江山："你好酒量。"

林山："在家里，我总是陪父亲喝酒的……父亲说，他年少的时候，也总是陪爷爷喝酒的……"

江山："林小姐祖上是哪儿人？"

林山："你猜……"

江山："我想一定是扬州人。"

林山："扬州？怎么会猜到扬州去了？"（诧异）

江山："你不知道扬州出美人吗？您长得这么美，当然是扬州人了。"

林山："你……真会说话。事实上，我家祖籍是台湾……"（不好意思了）

江山："这次回来——"

林山："纯粹是来玩……"

江山："都去了哪些地方？"

林山："天南海北……长城、黄河、长江……啊，我总算见到长城了……"

江山："那也算一条好汉了！"

林山："不，我失败了……"

江山："怎么？"

林山:"在关键的时刻,我失去了一个好汉……"
江山:"什么?"
林山:"你不会懂……失陪了。"(她想哭,但忍住了,站起来走回舱房)

舱房里,她倚在门上呆望着舱窗。
空明在窗外。
林山:"长老,请进来……"(开门去接他)
空明入室:"小姐,我送你一样东西。"
空明的手中,有一只小小的回头龟。
林山:"小乌龟?"
空明:"这叫回头龟,一步一回头,步步回头,这是思乡之物……"
林山:"长老在哪儿买的?"
空明:"无锡。"

闪回。
无锡。龟头渚,神龟。
空明停立神龟前。
周围,有很多人摆地摊。
空明在地摊边慢步走着,看着。
他在一个摊前停下,摊上有不少小乌龟,瓷的。他发现了一只回头龟。
空明:"还有这种乌龟吗?"
卖龟者:"只一件,其他的品种多,何必专要这一种回头龟呢?"
空明:"不,回头龟乃思乡之物,长年在外的人,是一步一回头的……"
卖龟者肃然起敬地望着空明。
空明:"读过那首诗吗?'举头望明月,低头思故乡'……"
卖龟者:"读过的……"
空明:"没有了吗?回头的?"
卖龟者:"没有了……(突然,他站起来大叫)嗨!回头龟,谁那里有?拿过来,拿过来……"
一只一只地挑出来的回头龟。
一大堆回头龟堆在空明面前。

舱房内。

林山如获至宝地拿着回头龟。
空明:"据贫僧观察,小姐这次回大陆,找到了自己的钟情之人。"
林山:"好一个老和尚!"
空明:"只是,没有得到。"
林山:"你得到了?!"
空明:"你我本是天涯沦落之人!"
林山:"和尚也有爱?"
空明双手合十闭目:"阿弥陀佛!"

闪回。空明在水草摊前徘徊,寻找着什么。
空明问一摊主:"可有红菱角卖?"
摊主:"呵,夏天有,季节过了。"
空明:"没有留下一些?"
摊主:"没有,呵,明年夏天,会有的!"
空明:"谢谢!"
空明惆怅地向街的深处走去。
幻觉。秀女的声音:"给,这是红菱角,我采的!"
幻觉。当年他的声音:"我最喜欢又脆又甜的红菱角了!"
两人的笑声。

入夜。上海轮在茫茫的大海上行驶。

走道上,江山疾步走着。

他敲蔡沁玉的门。
江山:"蔡老太太,船长请您老到会客室里去!"
蔡沁玉:"有什么事?"
江山:"好事!"

江山敲空明的门。
江山:"法师,呵,还有小姐您,船长请二位到会客室里去。"

江山敲周康平的门。

江山:"周先生,船长请您到会客室里去!"

会客室布置得典雅大方。一排衣着整洁、笑容满面的船员站在那里,船长站在门口,等候四人到来。

周康平、蔡沁玉、空明、林山进门以后,被请到中间的沙发上。

船长:"各位台胞,我们上海轮全体船员,为了表达对各位光临的感激之情,想在此举行一个小小的庆典仪式。"

四人高兴地鼓掌。

船长:"我们庆幸各位能回大陆探亲,庆祝各位探亲成功,顺利返回!"

四人和船员们鼓掌。

船长:"还有,今天,是周康平先生的六十大寿,真是大喜大贺,能在我们上海轮上度过,也是我们全体船员的喜庆之日!"

众人鼓掌。

这时,江山端着一个生日蛋糕过来了。

周康平激动不已。

船长:"在欢庆的时刻,应周康平先生的要求,我们帮周先生兑换了二十张五角的新人民币,是我们全体船员存下的,准备过年时给孩子们当压岁钱的。此外,我们的船员都写下了诗句,以作纪念!"

四人都很惊异,也很高兴。

服务员华华拿出一张纸念:"羁鸟恋旧林,池鱼思故渊。"

服务员玲玲拿纸念:"天长路远魂飞苦,梦魂不到关山难!"

一男服务员念:"三年已制乡思泪,更入新年恐不禁。"

又一男服务员念:"不知何处吹芦管,一夜征人尽望乡。"

……

周康平热泪盈眶。

站起的空明,含泪闭眼。耳际,似乎有海战的枪炮声,又转为入戒念佛声,钟声和秀女的欢笑声。

服务员的声音:"骨肉分离道路中,一夜乡心五处问"

站在那里的林山,也闭上了眼。耳际,有杨远山的笑声,也有"诚则灵"的钟声。

一个男服务员的声音:"天长路远魂飞苦,梦魂不到关山难。长相思,摧心肝。"

蔡沁玉老泪纵横，耳际响起了李维康《四郎探母》中悲惨的唱腔。
另一个服务员的声音："等是有家归未得，杜鹃休向耳边啼。"

会客室里，庄重，热烈，一段时间的静场后，响起热烈的掌声。
突然，林山跑了出去。
周康平动情地感谢大家，鞠躬。
船长望着生日蛋糕上的小蜡烛，对周康平说："周先生，请吧！"

林山在房中，江山追了进来。
林山拿出两张纸，用彩笔画了两面旗，一面是国民党党旗，一面是共产党党旗。
江山"：林小姐，你这是——？"
林山："模拟品！"
说完，向外跑去。

会客室里。
周康平一口气吹熄了火烛，传来一阵掌声。这时，林山冲了进来。
林山："周先生，看我的！"
说完，她突然将两面旗帜放在两张小茶几上，众人一见，都惊呆了。
林山："我想，大家来做个游戏，模拟国共两党谈判！"
众人鼓掌。
林山："谁来代表那边？谁来代表这边？"
半天，没有任何人做代表。
大家全都望着这两面模拟的小旗，严肃而庄重、充满期待地望着。
两面旗帜是原地不动，还是靠近了？大家的眼里，这两面旗帜似乎在变化着。
长时间的静场。

新闻插入。台湾《中华杂志》载文："候立朝建议蒋经国赴北京北上和谈，以实现第三次国共合作。"

新闻插入。香港《文汇报》特稿："美国南加州大学东亚研究中心研究员、作家李惠芬,在洛杉矶发动成立《海峡两岸交流会》,李惠芬在香港召开的茶话会上说,……当前形势的状况,令她感到兴奋与乐观,她期望海外华人共同为和平统一作不懈努力。"

新闻插入。中央电视台的新闻节目:邓小平在接待外国客人时,督促尽快实现"一国两制"。

会客室里。人们依旧长时间静静地期待着,每个人眼里都含着泪花。

突然,周康平握住船长的手:"船长,我想请你帮我发一个电报!"
船长一惊:"还要发电报?"
周康平:"嗯。"
船长:"给上海市市长?"
周康平:"也可以。电文是:上海市市长,请转告:'小平,您好!'。"

这时,从海面上传来了各国海轮的汽笛声,形成一种强劲有力的轰鸣。

公海上。
上海轮上的五星红旗飘动着。

全剧终。

走 过 柳 源

第一集

柳源县宾馆，日。

对于一个山乡小县城来说，这个宾馆似乎过于豪华了一些，在周围一帮平凡的建筑中，如鹤立鸡群，堂皇地戳在临街显眼的位置上。

一辆满是灰土的面包车驶过来，汽车显然是有些故障，发动机的声音很不正常，车突突地响着，一窜一窜地行进，好像在马路上跳舞。

车驶到宾馆门前，发动机突然熄火，不动了。司机频频踩油门，仍然发动不起来。

一辆"沙漠王"从院里正要出来，被堵在了门口。司机不耐烦地按着喇叭催促着。

一个戴着胳膊箍，拿着小红旗的门卫从门卫室跑出来，向面包车挥着旗："退回去，退回去！"

面包车仍然干叫着，就是发动不起来。

面包车里。

别看这车从外表看平平常常，里面可大不一样，座位都是沙发式软座，左右两排，每排四个，后面还有两个，能坐十来个人。中间有两个窄一点的长方形茶几，用螺钉和车底固定着，十分坚固，上面可以放茶杯、烟灰缸等小用品。车窗户玻璃是双层的，绿丝绒窗帘，车身前面的上方，有一个小铁架，固定放一台12英寸的彩色电视机，途中可以欣赏各种电视节目。

省委书记包治平、副省长寒梅、纪检委书记方洪彦、省委办公厅主任田家丰、秘书童青在车里坐着，因长途跋涉，又遇上了风沙天气，一个个灰眉土眼，透过前窗向外看着。

包治平笑笑:"对面这个司机也太不讲理了,一个劲地按,有点落井下石的味道。"

对面的"沙漠王"显得很不耐烦,喇叭按得刺耳。

田家丰看着车牌:"看牌号是他们地区的车,没准又是哪个局的,我要是下去告诉他省委书记在车里坐着,他乖乖地就得退回去。"

包治平摆手:"那不好,无论怎么说,是咱们挡了人家的路嘛。我说车安,你是真不行啊,还是故意找麻烦?快开走,动弹一下也行,别在这儿堵道。"

车安:"不是找麻烦也不是我不行,是这车不行,它就是不着。"车安说完便打开发动机车盖看着。

方洪彦:"他倒会说话,一推六二五,要我说还是你不行,准是奥迪开惯了,这车没摆弄过。"

车安停下手里的活:"说真的,方副书记,我可不是跟你吹,当侦察兵那时候,我啥车没练过?直升机都开得呜呜的。"

包治平:"别白话,别白话,好汉不提当年勇,现在,你能把这个车开走,我就服你了。"

后面,一辆宾馆拉菜的车要进院,也鸣着喇叭。

寒梅:"咱们谁也别跟他说话,叫他集中精力快点开吧,再堵一会儿,就更热闹了。"

车外。

"沙漠王"后又跟了一辆桑塔纳,司机有意凑热闹,也鸣着喇叭。

喇叭车响成了一片,路人都停下看着。

门卫有些不耐烦,敲着车窗:"哎哎,我说你能不能快点!"

车安也不耐烦了:"这不修呢嘛!"

门卫趴窗向里看看:"哎哎,你们车里那些是死人哪,就不能下来推推?"

车安:"说话注意点,怎么说话呢?"

门卫也不甘示弱:"怎么说话?你说怎么说话?"

包治平制止他:"车安!"

车安不吭声了。

包治平:"走走走,下去推推。"

田家丰拦住他:"包书记,你别下去了,我和童青下去就行了。"

包治平:"都去都去,人多力量大。"

众人下车,推动,车进院。

堵住的车流动起来，门前立时清静下来。

门卫还在赌气，站在门口喊着："哎哎，靠那边靠那边，这边是停轿车的！"

童青不满地要回头交涉，包治平制止了："小童，算了。开面包车，就得停那边。"

众人将车推向一边。

寒梅忍不住笑起来。

田家丰："你笑什么？"

寒梅："我笑你呀，这从京九铁路回来，一路上净听你说柳源县的好话了。"

田家丰："我说的是他们县委班子，进城来你也看到了，这街道就是不错嘛，你在这儿插过队，比起当年咋样？"

寒梅点头："变化是不小。"

包治平笑了："你们俩呀，明明统一的意见，也不往统一了说。家丰，去，安排一下住宿。你和寒副省长一个房间啊。"

田家丰："不用不用，我还是和童青住在一起。"

包治平："哎，这有什么不好意思的？夫妻嘛。就这么定了。车安，快把你那车好好修修，要不叫你这一道上老抛锚，咱们现在到家了。"

田家丰："童青，走，咱俩去安排一下住宿。"

包治平："哎，不要暴露身份，咱们悄悄住一夜就走，别给人添麻烦。"

田家丰："我知道。"田家丰说完便与童青一起向楼里走去。

宾馆大厅。

田家丰和童青走进来，总台没人。

童青敲着服务台："喂，服务员！"

大厅里静悄的，无人应声。

童青放大声音："住宿，有人吗？"

还是没人应。

童青喊起来："服务员！"

里面传出杨天天的声音："干什么？"

童青："住宿！"

杨天天："等会儿！"

童青只得压住气等着。

门哗啦一声开了，杨天天没好气地走出来："叫什么叫？讨厌！"

童青："哎……"

杨天天："哎什么？说，什么事？"

童青："住宿。"

杨天天："几个人哪？"

童青："六个，五男一女。有套间吧？"

杨天天向外看看，看到了院子里那辆脏兮兮的面包车和车旁的人，神气更足了："套间？没有。"

童青："没有套间，开四个标准间也行。"

杨天天："四个？一个也没有。坐一辆破中包，还想住套间。只有两个普通间，六人一间的，住不住？"

童青："一个也没有？"

杨天天抬起头来，脸上带着捉弄人的微笑："没有。"

童青："真的没有？"

杨天天："你这人怎么这么麻烦？不是告诉你了么？实话说吧，不要说没有，就是有也轮不到你住，不住哇？不住我走了。"转身进屋，嘴里嘟囔着："整个儿土包子。"

童青大怒，冲过去敲门："你给我出来！"

杨天天打开门："干什么？"

童青："你骂谁？"

杨天天："不要拣骂，我又没点名说你。"

童青："你！好，你们领导呢？"

杨天天："领导？今天礼拜五，领导都下班了。"

童青："才三点半就下班了？马上把他给我找来。"

杨天天："对不起，我可不敢。想见我们领导，二位礼拜一来吧。礼拜一领导就上班了。"

童青："那好，你等着，我去找你们县委书记。"

杨天天："吓唬我？我这人可胆小。县委大院出了门向右拐，过了招待所就是。二位慢走，失陪了。"杨天天进屋关上了门。

童青："你回来！"

田家丰拉住他："小童，算了。"

童青："田主任，你看这……"

田家丰："是不像话，你放心，我一定给你出这口气，不过小童啊，刚才在车上你也听寒梅说了，这县里的县委书记邹源是我的一个老朋友，我不想让包书记一下车，心里就留下一个坏印象。"

童青:"那怎么跟包书记说?"

田家丰:"就说没房间。这宾馆隔壁还有一个县委招待所,我以前在那里住过,条件也可以,咱们先住下,等我找着他们领导,再调回来。现在兴师动众的,影响太大了。再说,包书记不是也一再嘱咐不让暴露身份吗?"

童青狠狠地看着紧关的房门:"这家宾馆,以车量人,太不像话了。"

田家丰:"个别现象嘛,哪个单位都有。这口气,我一定让你出个痛快。走吧。"

童青忍着气跟他走了出去。

院里。

车敞着门,包治平在车里坐着,寒梅和方洪彦等在车外,车安在修车。

田家丰和童青走回来。

包治平:"安排好了吗?咱们进去。"

田家丰:"真不巧,这里有个会,没有房间。"

童青看了他一眼。

寒梅在一边看得明白,不相信:"这么大一座楼能住满?小童,你没告诉他们说是包书记来了吗?"

童青又看看田家丰:"包书记说不让暴露身份,要不,我再去跟她说明白,或者找找宾馆经理。"

寒梅摆摆手,示意可以去。

童青有点兴奋:"唉。"转身要走。

包治平:"童青啊,别去了,也许真住满了,咱们就别去惊动人家了。如果闹得客人们又是合并又是腾房的,不太合适。反正只是一晚上,将就将就算了。附近还有什么住处?"

田家丰:"县委还有个旧招待所,离这儿不远,恐怕住的人要杂一些。"

包治平:"那就去那儿。人杂点不要紧,正好可以了解了解民情嘛,怎么样,大家没意见吧?"

寒梅:"我没意见。当年在这儿插队的时候,能住进县委招待所,那可是一种荣耀了。"

包治平:"好哇,今天权当送你衣锦还乡,让你也荣耀荣耀。怎么样,洪彦?"

方洪彦:"行。"

包治平:"那就上车。"

包治平边上车边说:"这柳源县我上任以来还没来过,听汇报看材料都说还不错,那个县委书记邹源,给我的印象很精明强干,人也年轻,是吧?"

田家丰:"是。这次他们地区调班子,下边推荐的两个地委书记人选都在这个县,一个就是邹源,还有一个是常务副县长金银铜。"

包治平:"正好,咱们趁这个机会也稍带考察一下嘛。"

寒梅看了田家丰一眼,田家丰不易察觉地对她笑笑。

包治平:"车安,你到底行不行啊,是不是我们还得帮你推过去呀?"

车安:"不用不用,这就好了,对付到招待所没问题。"接着车安便打火发动车。

车开走。

县委招待所。

招待所就在宾馆隔壁,这是二十世纪六十年代的建筑,和刚才那座宾馆比起来,宾馆如同庙里雄伟的大殿,这招待所就像两边低矮的厢房。

车开进大院,包治平等刚下车,一个小姑娘便从里面出来,热情地询问:"要住宿吗?"

田家丰:"要。有空房间没有?"

姑娘:"有。请跟我来办一下手续。"

童青、田家丰跟着小姑娘走了。

招待所大厅。

这里虽然不豪华,但也宽敞干净。

小姑娘:"身份证带来了吧?"

童青:"带了。"

小姑娘把登记本展开:"要几个房间?"

童青:"要三个套间,一个标准间。"

小姑娘一顿,抬起头来:"三个套间?"

童青:"是。怎么,又没有哇?"

小姑娘将登记本转向他:"啊,有。请你先登记一下,我去查一下。"她出服务台,上楼。

二楼。

姑娘来到挂着所长办公室牌子的门前,敲门。

里面传出弓世明的声音:"请进。"

姑娘走进去。

弓世明正在打太极拳:"小周,什么事?"

小周:"所长,楼下来了几个住宿的,要三个套间。"

弓世明:"嗯?"他缓缓收式,"我去看看。"方世明和姑娘出门。

楼梯拐角。

弓世明和姑娘下楼,向院里看了一眼,立即认出了包治平,他表面上不动声色,脚下却加快了步伐。

院里。

弓世明和童青等出来,他向离他最近的方洪彦伸出手:"欢迎欢迎。"

童青介绍:"这位是宾馆经理。"

弓世明:"啊,弓世明。"递上名片,"几位老板是做大生意的吧?我们这里条件差一点,隔壁有家宾馆是二星级,条件相当好。"

童青:"去了,人家说是有会,没房间。"

弓世明:"会?肯定没会。他们哪,是看你们这车破,所以呢,不愿意接待,几位是路过的呀,还是长住?要是长住,我过去给你们商量一下。"

包治平:"啊,我们是路过,住一晚就走,不麻烦了。"

弓世明:"啊,那就在我们这将就住吧,条件是不如宾馆,但保证干净。我们店小,一年也难得来几回贵宾。刚才小周说这几位要三个套间,把我吓了一跳。不瞒诸位说,我们所里就三个套间,要再多要一个,可难住我了。各位老板住在这里,有什么需要,尽管提出来,我一定尽力帮大家解决。小周,你送各位老板上楼,我去餐厅安排一下伙食,本所的标准是十元、十五元、二十元、二十五元,不知几位按什么标准安排?"

田家丰:"这个……"

包治平:"二十五吧。"

弓世明:"好好,我这就去。"弓世明说完便走了。

寒梅:"二十五?够高的。"

包治平:"大老板么,出手得大方点。"

众人笑了。

餐厅。

弓世明进来："老马老马，你过来！"

餐厅马主任走过来："所长，什么事？"

弓世明："楼上来了几个客人，晚上伙食安排点有特色的，按四十块钱吧。"

老马："咱们也没那标准哪？"

弓世明："我说有就有。客人要问，就说二十五啊，听着没有？"

老马："明白。所长，什么贵客呀，你还亲自来安排？"

弓世明："大老板。"

老马："哎，大老板宰他呀，咋还往里搭钱呢？"

弓世明："你这个猪脑袋。人家要三个套间，拉好关系，多住一宿多少钱？伙食里能搭几个？"

老马："明白明白。"

弓世明："明白了就给我弄好，客人要是不满意，可别怪我不客气。"

老马："你放心吧。我这就安排人把梁师傅找来，保准叫他们吃得不知道性别。"

弓世明："你那嘴给我文明点，少来粗话啊。记着，客人来吃饭，一定领到单间。"

老马："那你陪不陪呀？"

弓世明："不认识的，我陪啥？也别说是我特意安排的，就说住套间的在咱这儿就这待遇。记住喽！"

老马："好的好的，你放心吧。"

所长办公室。

弓世明拿着电话在吩咐着："小周吗？客人都送到房间去了吧？嗯，很好。你告诉二楼服务员，要嘴甜、手勤、脚勤，客人需要什么，就供给什么，不许说没有，没有上街去买。暖壶里的水要绝对开，不是真开水不能送，同时把旧茶叶拿走，一律换上一级花茶，房间要绝对干净，不能有一点灰尘，我一会儿要去检查，还有，卫生间的手巾、浴巾全换新的，香皂要放整块的，不要平时那种小片片……对了，把登记簿悄悄拿来我看一下。"

他放下电话，想想，又拨了一个号："喂？锅炉房吗？我是弓世明。今天有重要客人，你们把火烧旺点，水要保证温度，二十四小时供应热水，对，二十四小时，记着啊！"

放下电话，他仍有些兴奋不已，在屋里走了两步，又打了一个电话："喂……对，是我。我说，你到大哥家看看文略在不在？在的话叫他给我打个电话，要是不在，问问上哪儿了，叫孩子去找找，我有急事。啥急事？这你别问了。"

有人敲门。

弓世明："请进。"

小周进来，她手里提着一个塑料袋，从里面拿出登记簿来："弓所长，登记簿拿来了。"

弓世明忙接过来："来来来，给我。"回手将门关上，"你坐。"看着登记簿。

小周有些不安："弓所长，他们没填职务。我让他们填写，那人说不用了，我也不敢硬让他们填。要是需要，我就再找他们填上。"

弓世明："不用不用，就这样挺好的。小周哇，我没看错你，你今天的表现很好，既热情又周到。"

小周："所长，这几个人有来头吧？"

弓世明拿着报纸对照着："你也看出来了？想想，这里有没有你认识的？"

小周："我哪能认识他们呢？不过，那个胖点的老头我真有点面熟，想了半天也没想起来，就觉得在哪儿见过。"

弓世明："见过，你当然见过。不光你见过，这省里的人差不多都见过。他就是包治平，省委书记。"

小周一惊，张太了嘴："省……"

弓世明："嘘，小周哇，你来看，这是前天的报纸。省委书记等一行视察京九铁路配套工程。你看啊，这个方洪彦，纪检委书记，省委常委；寒梅，就是那个女的，省委常委，副省长；田家丰，省委办公厅主任；这个童青，不用说，准是书记秘书了。看来，他们是刚从京九铁路回来，咱们这小庙，今天可来了大菩萨啦。"

小周："那个姓田的和那女的是两口子，他俩住一个房间。"

弓世明："是么？"

小周："那我告诉大伙去，叫大家服务得热情点。"

弓世明："别别，这件事暂时你知我知，千万别往外传，你想啊，人家省委领导不愿意露名字，必然有他的用意，咱们就别添乱了。要做得就像一点也不知道一样，根本就不是故意招待，这才有意思。"

小周："嗯，我明白了。哎，所长，你说隔壁宾馆说没房间，都让会议给包了，愣把省委书记给撺到咱们这儿来了，这不是既害人又损己么？哼，要真是这样，宾馆的柳经理呀，够呛。"

弓世明："你这脑壳，想得还真够远的啊。"

小周："柳经理要是下台了，这宾馆经理的位置，可就是您的了。"

弓世明："嗯，别瞎说啊，别瞎说。"

小周走了。

弓世明接电话："喂？文略吗？对，是我。你等一下啊。"他放下电话，去看看门锁严没，回来拿起电话："文略呀，你那边都有谁？在我家啊，你婶呢？啊，做饭呢，屋里再没人了？你关上……关好啦？文略呀，现在有个千载难逢的机会呀，你告诉夏莲，省委书记来了，对，就住在我们招待所，她那个案子，这回八成要出头了，怎么办？告状，向省委书记告状。"

走廊里。

田家丰从自己的房间出来，到包治平门前，进去。

201房间。

田家丰来到门前，敲门。

里面传出包治平的声音："请进。"

田家丰开门进去："包书记，洗澡没？"

包治平正在和童青下棋，见他来，高兴地说："田主任，你来得正好，来来来，杀一盘，小童那个棋太臭，让他个车他都不行。"

童青起身，田家丰坐下。

童青去卫生间："包书记，水放好了，洗洗吧？"

包治平："你先洗，我晚上再说。唉，他们热水供应到几点？"

童青："我问了，二十四小时都有热水。"

包治平："不错。别看这招待所外表不怎么样，我看服务还是挺到位。"

田家丰："对了，包书记，你还是先洗洗澡，解解乏。"

包治平："不忙不忙，唉，难得轻闲，杀一盘。"

田家丰："好。哎哎，我先走。"

包治平大度地说："好好，你先走。要不要让个马呀？"

田家丰："不用，这你也未必赢。上一次是我大意失算，就走错那么一步。"

包治平笑了："偶尔走错一步那是失算，回回都输就是水平问题啦。你今天当心了，今天再输，以后就得让马了。"

童青笑着："你不会使马，就总想让马。"

包治平："咳，谁说我不会使马？你看看，连环马。去去，洗澡去。"

童青走了。

田家丰走着棋:"包书记,邹源是邹老的儿子,您来柳源,是不是还是见见他?"

包治平:"啊啊,这层关系我倒忽略了。那你给他打个电话,走之前,我们见他一见。"

田家丰:"好。这样是不是显得太仓促了一点?"

包治平:"这些天,大家都挺辛苦的,今天又坐一天车,挺累的。再说,你晚上把人找来,听汇报,也就报报数字。还是明天早上吧。最多就晚点回去喽,可以顺便走走,看看。嗯,地委书记的候选人,那是得认识认识呀。哎,家丰,党代会快开了,关于干部的那个报告哇,我总觉得还缺点什么东西。培养提拔年轻的干部,这是有没有远见的大问题。哎,这个邹源,你跟他关系不错吧?"

田家丰:"是。我们从小在一个大院住,后来党校又是同学。"

包治平:"对他印象挺好?"

田家丰笑了:"还是等您了解以后,我再说说我的看法。"

包治平:"行,不过你这一路上,可没少提到邹源。你走。哎,你给他打电话的时候,跟他讲啊,我们是路过,不是专门来做什么报告,他要说,说点新鲜的,好的坏的都行。"

田家丰:"我一会儿就给他打电话。"

包治平:"哎,谁走?"

田家丰:"你走啊。"

包治平:"我走哇。对不起啊,这马我吃。"

田家丰:"不行不行,这不算这不算,悔一步悔一步。"

包治平:"那可不行,举手不悔,落地生根么,这是规矩。"

田家丰去抢棋子:"悔一步悔一步……"

食堂。

弓世明在餐厅里巡视着。

马师傅从灶房出来:"所长啊,这菜都齐了,什么时候下锅呀?"

弓世明:"你急什么呀?不管客人什么时候来,你都得给我保证把热乎乎的饭菜端上来。"

马师傅:"行,那我准备啦。"

203房间。

寒梅洗完在梳头,田家丰从外边进来。

寒梅："你又用浴盆洗，跟你说多少回了，那玩意儿不卫生。"

田家丰："淋浴总觉着不痛快。没事，这家招待所我看挺好，浴巾也都是新的，绝对没问题。"

寒梅："嗯，还好，总算给你这位朋友争回一点面子。"

田家丰："又来了。寒梅，你以后在外人面前别把什么事都说得那么清楚。今天确实是车坏了嘛，你看你在道上那么一说，好像我特意给邹源争来这么一个机会似的，幸亏我不是司机，要不说不清楚了嘛。就这，还弄得包书记一再强调不要暴露身份，我想给邹源打个电话，也不敢了。"

寒梅："他要真是那种靠得住的好干部，不用你事先打电话，大伙也挑不出毛病来。"

田家丰："干部是好干部，但一个县这么大，总有些不尽如人意的地方啊。像今天在宾馆发生的事，我要在道上先打一个电话，就绝对不会发生啦。"

寒梅："这不挺好，真实，宾馆不好，招待所还是不错的，一功一过，两相抵消。"她起身脱着外衣："水清不？"

田家丰："清。对了，你当年插队不是在这儿么？有什么未了的心愿，告诉我，我可以叫邹源帮你办。恩怨情仇，都一句话的事。"

寒梅："不敢。你们那个圈子是讲礼尚往来的，我今天求他容易，他明天求我可就难了。还是别给你添这个麻烦。"

田家丰无可奈何地苦笑一下："清廉。不过你也太小看人了，我和邹源，那是父亲辈加我们辈两代人的友情，绝不像你想象的那么俗。"

寒梅："那不正好？别因为我给你们搅俗了。再说，我在这里也没什么未了的心愿。既不欠人家的，人家也不欠我的。"

田家丰："话不要说得那么绝对吧？我恍惚听说，你在这里有一个……"

寒梅板起了脸："田家丰，你什么意思？"

田家丰赶紧示弱："没什么意思，就是顺嘴一说，夫妻嘛。"

寒梅："是，我是有个对象，可我们纯洁。"

田家丰："那当然，我绝对相信。不过，越是纯洁的爱情，就越让人留恋，尤其是初恋。"

寒梅："少跟我阴阳怪气儿。"寒梅走进卫生间，砰地一下关上了门。

田家丰一顿，快步跟去，愤愤地举起手却很轻地敲敲门，温柔地说："寒梅，我帮你搓搓？"

寒梅："谢谢，不用。"

田家丰很潇洒地耸耸肩。

203 房间。
寒梅洗浴完，坐在屋里梳头。
镜子里的寒梅，依旧风韵犹存，只可惜头发短了一点。
一个男子的话外音响起："我喜欢你的大辫子。"
重复："我喜欢你的大辫子。"
寒梅甩甩头。
门开了，田家丰进来。
寒梅："衣服什么时候洗？今天可该你当班。"
田家丰："我明天洗。"
寒梅："明天？明天就到家了，有洗衣机，按电钮谁不会？"
田家丰："明天到家？明天包书记还想四处看看，见见邹源，说是为了丰富党代会报告的内容。依我看，明天走得了走不了，还不一定呢。"
寒梅："真的，这对邹源来说，可是打着灯笼也找不着的好机会，你还不赶紧给他打个电话，让他好好表现，别枉费了你这铁哥们的一番苦心。"
田家丰："光靠哥们能起什么作用，还得靠你这个副省长给兜着。"
寒梅严肃起来："哎，我告诉你，可别把我跟你们往一起搅和。"
田家丰："邹源我了解，绝对错不了。你呀，也别总跟我斗气，邹源要是真当了地委书记。对你至少没坏处吧？"
寒梅："你这话可没原则了，他干好干坏，不是给我寒梅看，而是在给老百姓干，再说人家也都长着眼睛呢。"
田家丰："不说这些了，啊，我来给你吹头发"。
寒梅："你刚才干吗去了？"
田家丰："刚才包书记非拉着我下棋，一时脱不开身。"
寒梅："又输几盘？"
田家丰："总共就下那么一盘。"
寒梅："你何苦。你也是一个堂堂的地区业余象棋冠军。"
田家丰："多少年的事了，别提它了。只要你不说，没人知道。"
寒梅："你累不累呀，不就下个棋嘛。"
田家丰接过吹风机给她吹着："这你就不懂了。这下棋的功夫可全在棋外，知道吧？太笨了不行，像童青，不到实在没对手的时候，不会找他下；太聪明了，也不行，你老赢人家，人家心里不舒服啦，要是不舒服，还不如不玩呢。你说是不是？他就是为了放松，你得叫他觉得你真是对手，有时候简直让他无法招架，险象环生，最后呢，他还是赢了，叫他觉得多少有那么点侥幸，这，才够刺激，有味道。"

寒梅："你总输心里就舒服？"

田家丰："那当然。目的不一样，他是想赢棋，我是为了让领导放松放松，高兴高兴，各自目的都达到啦，这就叫水平。"

寒梅捂着胸口。

田家丰："咋啦？"

寒梅："恶心。"

田家丰："好好的咋恶心了呢？我看看？"

寒梅笑了。

田家丰："好啊，你骂我！"抓住她的头，抬起："亲一个。"

寒梅推拒着："走，吃饭去。"

田家丰："不行不行。"二人亲吻。

包治平推门进来："就等你们二位吃饭……啊啊，吃着哪，对不起。"关上了门。

寒梅推开田家丰，嗔怪地说："看你。"

田家丰笑笑："夫妻之间，有什么不好意思的？刚才包书记说什么？吃着呢？看来，多大的人物，也有尴尬的时候。"

寒梅："还不怨你！"她说完也忍俊不禁地笑起来。

田家丰也跟她笑起来。

所长办公室。

弓世明焦急地等着，皱眉盘算着。

有人敲门。

弓世明走过去开门，门口站着他侄子弓文略和一个姑娘。那姑娘衣衫破旧，但仍遮不住她的美丽。

弓世明一把将侄子拉了进来："文略，快来，快进来。"关上门，拉上窗帘："哎呀，你怎么把她带我办公室来了？"

弓文略："我们也没见过大干部，不知道怎么说呀，所以，想来问问叔。"

弓世明："你不知道，这件事呀，我得装作不知道，刚才进来的时候，别人看见没有？"

弓文略："没有。"

弓世明:"那还好。"低头思忖着。

餐厅。

桌上已经摆好了饭菜。包治平等在桌前等着。

寒梅和田家丰走进来,寒梅低着头,略有些不好意思。

屋里的人显然都听说了刚才的笑话,可一个个都装成没事一样,正襟危坐。

寒梅:"别等我,吃呀。"

包治平忍着笑:"对对,吃吃。"

老马带着厨师走进来:"来了,龙门一跳。"他将手里的一盘大鲤鱼放在桌上,厨师浇汁,鱼滋滋地叫着,在盘中翻了个身。

众人惊讶。

童青:"这鱼怎么炸熟了还翻身?"

老马得意地说:"要不怎么叫龙门一跳呢!这道菜呀,你也就在柳源县能吃着,是我们梁师傅的祖传手艺。传说当年康熙爷吃了一回,赞不绝口,给赐了这么个名字,叫'龙门一跳',尝尝,这鱼得趁热吃。"

包治平夹了一口:"嗯,不错,真是一绝。"

方洪彦看着满桌的饭菜:"这标准是二十五元的?"

老马:"错不了。我们招待所,在伙食上向来是只收个成本价,连加工费都是所里贴补。为的是叫客人吃得满意,住得舒心。"

包治平又夹了一口鱼:"嗯,不错。你们这所长,管理有方。"

老马:"那当然,人家在部队当过副营长呢,管这个小招待所,还不是小菜一碟,各位老板慢慢用,我们那边忙着呢。"

田家丰起身,从衣兜里拿出一盒烟来递给梁师傅:"师傅,谢谢啊。"

梁师傅:"这……不用不用。我们所里有规定,收客人的东西,该罚我们款了。"

老马:"哎,老板赏你,你就拿着。"

梁师傅:"那,谢谢。"点头跟老马走了。

包治平:"嗯,出门带着田主任就是周到,咱们这大老板装得也挺像那么回事了。"他夹起鱼:"这鱼不错,来,吃,都吃。"

方洪彦闷声闷气地说:"啊,吃着呢。"

众人一顿,想起方才的笑话,险些喷饭。

所长办公室。

弓世明指点弓文略向窗外看着："看着没有，他们正在吃饭，年龄最大的那个老头，是包书记，穿着夹克衫。我估计呀，吃完饭之后哇，他们肯定得出去走走，散散步，这都是干部的习惯，到时候，你就跟夏莲藏在那房子后头，等他们散步回来，冲上去就告状，记住要装得就像不知道他们是什么人，跟平时在道边喊冤一样，明白么？"

弓文略："啊。"

夏莲："弓大叔，他们能管吗？"

弓世明："我看能。这省里头，如果他不管，别人就更没法管了。你呀，一定要把这个状纸递上去，这可是个机会，明白吗？"

夏莲："文略，省委书记，那么大的干部，他能理咱们吗？"

弓文略："不知道。不管他理不理，这个机会不能错过，一会儿，你要硬闯，别老是哭，天快黑了，铺上状纸人家也不一定能注意到。等人家过去你再撵，就显得假了。"

夏莲："那，我咋办呢？"

弓文略："你喊冤。你没看戏么？就像那戏里似的，举着状纸，跳在地上使劲喊。"

夏莲："这……我怕喊不出来。"

弓文略："喊不出来也要喊，你想想那柏家四虎是怎么数落你的，咱受那么多委屈，咱到处告状……你想想。"

夏莲："嗯。"她从怀里拿出用布写的状纸，看了两眼，顿时泪流满面，扑通一下跪到地上："我冤枉……"

走廊里，夜。

弓世明在走廊里等着，听见包治平等上楼的声音，才起身向楼口走，在楼口装作欲下楼，见众人退回一步，让开道："各位老板，吃了？"

包治平："嗯，吃了。"

弓世明："怎么样？我们这食堂饭菜还可口吧？"

包治平："不错。对，你当过兵？"

弓世明："是，炮兵。"

包治平走着："炮兵？不像。"

弓世明跟着他："转业年头多了，又搞经营，有些个火爆脾气都磨没了。"

服务员开门，包治平："来来，进来坐坐。"

众人跟进去。

201房间，夜。

一伙人跟在包治平身后进来。

弓世明先上卫生间看看，又出来，伸手熟练地这儿摸摸，那儿看看："老板？在这里住着还满意吧？"

包治平："不错，挺干净。服务员态度也挺好。"

弓世明："有什么不满意的，尽管提出来，我们一定改正。"

包治平："行，挺好。"

田家丰从进来就在打电话："县里领导都哪去了？打了好几次电话也没人接。"

弓世明依然显得很随便："这位老板，找哪位呀？"

田家丰："书记、县长都可以。"

弓世明："你认识他们？"

田家丰："嗯。"

弓世明："今天你可找不着，他们早都回家了，书记、县长的家都在市里，道远，所以周五一般吃过午饭就走。"

包治平："哦？那他们为什么不把家搬来呢？没有房子？"

弓世明笑了："再没房子还能没有书记、县长的吗？在地区住着多好。老婆上班、孩子上学，都方便。搬什么家哩，太麻烦了。"

寒梅："地区离这儿三百多里，每星期跑一趟，就不嫌麻烦？"

弓世明："现在车好，道也好，三百多里不算事。再说，从长远看，并不麻烦。"

包治平摇摇头："不明白你说的什么意思。"

弓世明："看样子你们是做生意的人，不懂官场的行道。"

童青不服气想要搭言，包治平连忙摆手制止："我们是不懂，你说说看，这里面有什么奥妙？"

弓世明："不说也罢。俗话说，病从口入，祸从口出。我要是说了，哪一天传到人家耳朵里，因为说句闲话，再闹双小鞋穿。"

寒梅："哎，屋里就这么几个人，过两天我们做完生意一走，哪能传出去。"

田家丰悄悄地瞪她一眼，寒梅佯作不知。

弓世明："其实也没什么，秃子脑袋爬虱子，都是明摆着的事。我们县里的一二把手，都不是本地人。原来都在市里工作，副处级，来县里当头，是搭个台阶，流行说法是过路干部，凑乎一两年又要上调，你们说搬家有什么必要。"

方洪彦："临时打工，能搞好工作？他们怎么知道自己会上调？"

弓世明："咳，这种事，下来时就有人许愿了。就说我们县的邹书记吧，他爸爸原来就是咱们省里的邹副省长。本人又年轻，还有大学文凭，现在提拔干部，就找这样的呢，还能上不去！"然后故作神秘地说："听说，这回地区调班子，人家可能当地委书记呢！"

田家丰："你小道消息挺灵通的。"

弓世明："现在，很多小道消息都是从大道上传来的。不敢讲了，言多语失，再说怕走了嘴，不过，我刚才说的都是实话。"

包治平："转业多少年了？"

弓世明："十年。"

包治平："你不认得我？"

弓世明："有些面熟，从看着你我就觉得有点面熟，就是想不起来在哪儿见过。"

田家丰："这是省委包书记。"

弓世明显得特别惊奇，佯作惶恐状："包书记！"然后拍着自己的脑袋说："我说像在哪里见过嘛，电视里！你看看我，在书记面前讲了些胡话。"

包治平有分寸地说："不能这么说，如果是真话，你便讲得很好。来，都认识一下，这位是副省长寒梅，这位是纪检委书记方洪彦……"

童青接着介绍："这位是省委办公厅田主任，这位是司机车安。"

田家丰介绍童青："他是包书记的秘书——童青。"

弓世明连连和众人握手："欢迎欢迎，你们看我这人，连包书记都没认出来，而且还讲了一通怪话。那我这就找县委办公室主任，叫他给书记、县长挂长途，请他们马上赶回来。"

包治平："不用了。刚回到家就让人赶回来，有点不近人情。我们是路过，没什么事情。"

弓世明："那，要不要找其他领导？"

包治平："今晚不找了，明天再说吧。"

弓世明："欢迎各位领导多住几天。对了，包书记，要不我给宾馆打个电话，让他们接你们到那边住，宾馆条件比这里好。"

童青："那边好像有会，包书记不想添麻烦。"

弓世明："会？没会！保证没会。啊，准是看你们来的时候车破，嫌脏，不愿让你们住，这回她可看走眼了。我打个电话过去，叫她们经理亲自过来接你们。"

包治平："不用了，我们住在这里就挺好。房间整洁，饭菜可口，服务也好。你管理得不错嘛。"

弓世明："哪里，我们比起宾馆来差多了，我们县领导常说，要我们向宾馆学习哩。"

童青："他们倒该向你们学学。"

弓世明："这可不敢当。"

招待所外，夜。

弓文略领着夏莲从楼里悄悄出来。

201 房间。

弓世明看着表："不早了，领导们要没有什么事，我出去了。若是想上哪儿转转，道不熟的话，我可以带路。"

包治平："你们这县城里有什么好去处？说来听听。"

弓世明："不知道你们想看什么。别看我们这里是县城。省里有的，我们这儿都有。卡拉 OK、歌舞厅、桑拿浴、录像厅……当然，都比省里的差远了。不过有一样东西省里可能没有，那就是说书馆。"

包治平等饶有兴趣地听着。

招待所门外，夜

弓文略相中一个地方，停下："行，就在这儿！"

第二集

201 房间，夜

弓世明已经走了，包治平等还在议论着。

包治平："人到了职，家却不搬来，这礼拜五下午就得回去，礼拜一是再赶回来，这一个礼拜，不就上了四天班吗？再开个会什么的，我看，一星期在县城里也就待那么一两天了。"

田家丰："有些干部人在家不在，是很多原因在造成的。比方说这个县的邹源，原来在地区工作，爱人是地区农行的副行长，调到县里来，不好安排嘛。反正得有一个人两头跑，男的在外，比女的方便些。"

包治平笑笑："是呀是呀，特殊情况特殊处理。今天晚上诸位都有什么安排？我想听说书去，还有谁去？"

方洪彦："我也去听听。"

寒梅："我就不去了，书馆我去过，女听众很少，尤其是像我这个年龄的。一进去，说书的就上眼了，你们想听的东西，也就听不着了。"

包治平："好，家丰留下陪寒梅。"

田家丰："我还是跟去吧，万一有什么事，我担当不起。"

包治平："太平盛世，能有什么事，再说，我有保镖呢。车安，你车修好没？"

车安："修好了。"

几个人向门外走。

田家丰："是不是找那个弓所长，叫他带路？"

包治平："我看就不用了吧。小小县城，又丢不了。"

田家丰："不找他也好。我总觉得这个人城府太深，其实他早就认出你来了，装糊涂，顺便还把县里领导中伤一遍。我觉得是不是哪个县委领导得罪他了？"

包治平："你这么看？"

田家丰："我这也就是猜猜。"

包治平："嗯。家丰啊，邹源交你这个朋友哇，没白交。"

田家丰："其实现在下面的干部也挺难的，有的人得着个机会就会告状，我觉得这个风气，不好。"

方洪彦："不过据我说知，告状的百姓大多心里都有委屈，很少有人没事告状。"

田家丰："那是那是。包书记，咱们走？"

包治平："你不陪寒梅了？"

寒梅："让他去吧。我今晚想看电视剧，没他看得专心点。"

方洪彦："那是。"

寒梅嗔怒地说："啊，老方，你们今天拿我开心了是不？不理你们了。"说完便走了。

包治平："咱们也走。"

众人起身出门。

招待所门口，夜。

夏莲和弓文略躲在树影里，盯着门。

弓文略："夏莲，我总觉得咱们现在就应该冲上去，要是他们听书回来，就太晚了，指不定咱们得明天来。明天早起，他们要是走了怎么办？"

夏莲："我听你的。"

弓文略："那好，就这么定了。哎，出来了。"他拍拍夏莲的后背，躲到树后。

夏莲鼓足勇气，突然冲了出去："冤枉啊，冤枉！"手举着状纸，扑通一下跪到了众人面前。

包治平等吓了一跳，车安本能地冲上前，将包治平拦到身后，喝道："干什么的！"

夏莲："各位领导，我冤枉，我冤枉啊。求求你们看看我的冤状，求求你们了……"她哭了起来。

天刚黑，街上的人很多，见状都围过来。

方洪彦："你叫什么？"

夏莲："我叫夏莲。"

方洪彦："夏莲姑娘，起来，有话起来说。你告谁？"

夏莲："回领导话，我告我们县里的柏家四虎，他们横行乡里，欺压百姓，轮奸民女，无恶不作，还非法关押，不许告状，逼得我们真是求生不能求死不得呀，请各位领导给我做主！"

她声泪俱下，围观者无不动容。

方洪彦："你起来，跟我进来谈。"

夏莲愣愣地爬起来，跟他向楼内走去。

众人涌到门口，向里看着。

弓世明挡在门口："去去去，这有什么可看的，散开散开。"

观众中有人认识弓世明，问道："弓所长，刚才进去的那位是谁呀？"

弓世明："大老板。"

群众议论纷纷。

"这夏莲真是让人逼疯了，得谁跟谁告状。"

"找老板有什么用啊？顶多赞助俩钱。"

"那老板也真敢揽事，这案子他敢问？"

"也不一定，不就钱么，这个可能更有钱呢。"

包治平和田家丰等已悄悄抽身，来到了街上。

弓世明用眼角的余光看着他们，心里干着急，却不敢追上去。

街上，夜。

对于一个贫困县来说，这街道似乎有点奢侈。街道宽敞明亮，路灯耀眼，两边的房屋虽旧，但也有现代化的气息。

街道两边各种各样的店铺一个挨一个，名字也十分动人。"美美发廊""迷你糖果屋""丽丽情人岛"等一家接一家，刚入夜，家家店铺都大敞着门，霓虹灯闪亮着，夜市的叫卖声此起彼伏。

包治平沉着脸走着，童青、车安、田家丰跟在后面。

田家丰小心地看着包治平的脸色："我说那个弓所长有名堂嘛，咱们来的消息，只有他一个人知道……"

包治平沉着脸走着，不置可否。

田家丰也不吭声了。

一辆轿车鸣着喇叭，发疯似的在他们身边急驰而过，街上的行人躲避着。

车安拉了包治平一把："小心，这车开得够野的。"

路旁一卖水果的老汉："那是柏老大的车，撞你都白撞。"

包治平："谁的车？"

卖水果的："柏家四虎的老大呀，啊，你们是外地人吧？"老汉说完便不再跟他们搭话。

包治平沉下脸。

田家丰："车安，走吧。"

童青指着旁边胡同里的一盏灯："那是个书馆吧？"

众人扭头看。

那是一盏白玻璃灯，上面写着一个大写的"书"字。

包治平带头向那边走去。

书馆门前，夜。

书馆装修得很别致，门两侧挂着玻璃对联："四方来客坐一阵不分你我；两头有路喝二杯各奔东西。"

包治平看着对联，脸上松动了一些："嗯，不拉不拽，来去自由。"

田家丰："哎，卖票的在哪儿呢？"

包治平："这你就不懂了，像这种书馆，不卖门票，说一段，收一段钱。"

童青："那要没等收钱就走了呢？"

包治平："那就没办法了，你说书要是连一段都叫人听不下去，还有啥脸收钱？对了，进去以后，你们不要叫我书记，就叫老包吧。"

田家丰："还是叫包老板吧。"

包治平笑了："也行。"包治平说完便率先进去。

众人跟进。

书馆，夜。

书馆里面看上去就有些过于陈旧了，跟乡村的课堂一样，大约百十来个座位，两排长条凳，每条可坐三人，座位前是一个和板凳一般长短的条桌，上面可以放茶壶、茶碗、烟、瓜子之类的东西。正面有一个小舞台，台口放一张方桌，摆着一个紫砂茶壶，一把扇子，一把醒木。舞台两边的木头柱子上，贴着对联。

里面有看座的迎上来："几位，前头坐？"

包治平："不了，我们听两段就走，就坐后边吧。"众人在靠后的一个条凳坐下。

看座的："来壶茶？"

田家丰："不要。"

包治平："别别，来两壶好茶，再来两碟瓜子，两碟花生米。"

看座的："好咧。好茶两壶，瓜子花生米各两碟。"

童青轻声提醒："包老板，你的茶杯我带着呢。"

包治平："哎，入乡随俗，听书，就得有个听书的样。人家不收门票，你再不买壶茶，太小气了。"

童青："你不是说一会儿给听书钱吗？"

包治平："人家这书钱是书钱，茶钱是茶钱，分开算，两不掺和。"

童青点头："还有这说法，长见识。"

说书的"啪"地一拍惊堂木，开口说话了："方才跟前边这二位老哥闲唠，说起毛主席，毛主席是个伟人，他说的话口气不一般。比如说这个地球，人们都说它很大，大得不得了，毛主席怎说哩？他说是'小小环球'"。

众人笑起来。

招待所，夜

弓世明悄悄来到方洪彦的门前，听着。

书馆，夜

说书的继续："跟地球比，咱们这柳源县城小不小？小，小到什么程度呢？小到有人可一手遮天。他把柳源县，可以握在手里，翻过去、倒过去，你说这够小吧?可在有些人来说,这柳源县城又太大太大,大到她半月时间都没走出去一步。那位说了:'不能吧?小小一个柳源县城,能半月工夫走不出去?嗯,你说的这个人哪,八成是个瘫疤,要不,就是个瞎子、傻子,反正是有点残疾,脑袋还不大好使。若成心往外走,别说半月,半个小时不到,这头走到那头,能不出去?'哎,你还别说,咱们说的这个人,不傻不瞎不瘸,神经正常呢,那为什么花了这么长时间,她就是走不出去这柳源县呢?她背后有人看着呢。"

包治平等注意地听着。

说书人:"那位说了,你这说书的不是跟我们开玩笑吗?那拘留所里押着的人,别说县城,就那个大院他也走不出来呀。这您又错了,我说的这个人,还真没犯法,也没在拘留所押着,表面看,她是个正常人,跟我们在座的一样,自由自在得很。可惜暗地里呢,却又把她当贼那么防着、看着。因为什么?怕她出去告状。告谁?嘿嘿……"他向门口看看,一拍惊堂木:"咱们闲言少叙,书归正传。"

屋里的人都回头看看。包治平等也回头。

两个戴袖标的人走了进去,在后边站着。

包治平皱皱眉。

说书人:"上回说到,马谡不听王平劝阻,一意孤行,上山扎寨,失了街亭。马将军马谡自知罪重,自缚见孔明,跪于帐前,孔明怒斥道:'失地陷城,皆汝之过也!若不明正军律,何以服众?'于是喝令武士,推出斩首。"

一个人匆匆地走进来,附在两个戴袖标的耳边悄悄说了两句话,两人起身走了。

看座的在门口显然是在把风:"没事了,说吧。"

说书人:"我看今晚来的还有不少生客,听过的别嫌絮叨,我把这夏莲的案子再重复一遍行不?"

前面有人应着:"行,我就乐意听这段。"

说书人拱手:"谢谢,谢谢。跟大家说实话,我跟夏莲,非亲非故,可路狭,得众人踩。咱们柳源县,瞅着大街溜光的,宾馆亮堂的,但灯下黑呀。夏莲的案子,起因不大,可就因为对方有权有势,就敢无法无天,这才把一件本来平常的小小纠纷,硬是演成了一桩天大的冤案、血案,为什么?!"

四座里鸦雀无声,只听得说书人的唏嘘声。

(回忆)乡路上。冬,日。

夏莲的父亲夏老栓和哥哥夏炳信,挑着两担黄瓜,在路边走着。

夏炳信："爸，歇会儿？"

夏老栓："才从家出来多远？就歇。"

夏炳信："你这两天感冒，我不是怕你挑不动么。"

夏老栓："乡下人，哪那么娇贵。快走，早进城，卖个好价钱。"

迎面来了三辆摩托车，三个人显然是在比赛，一会儿这个在前，一会儿那个追上来，看样子谁也不服气，根本不管路上有没有人，像三匹野马。

夏老栓："这疯人。炳信，快靠边，别让他们碰了黄瓜。"

本来靠边走的夏炳信，又往边上靠靠。

此时，三台摩托车已经拉平，正好前边有一块石头，中间的一位急躲，旁边的那位也跟着躲，两辆轻骑朝着夏家父子冲过来，还没等夏老栓喊出声，就被撞倒了，车轮从腿上压了过去。

满地黄瓜。

夏炳信年轻，扔掉担子，闪过了车，此时扑过来："爸，爸……你怎么了？"

夏老栓："这腿，疼……"他一边坐起，一边小声地说："别管我，把这两个龟孙子拦住，野人一样。"

两个骑摩托撞人的，一位是李明堂，另一位是柏家四虎中的老四柏良，停在一边的那位岁数比他们大很多，是柏家四虎中的老大柏男。

李明堂和柏良检查着摩托。柏男问："喂，怎么样？"

柏良："我没事。明堂，你呢？"

李明堂："我也没事。"

柏男："没事快走，你嫂子在家狗肉都炖烂乎了。"

三人发动摩托车要走，夏炳信冲过去，一把抓住撞倒老人的李明堂："你不能走！"

李明堂："你抓老子干什么？放开！"

夏炳信："放开，你说得轻巧，撞下没事了，想溜！"

李明堂："谁撞他了？是他撞到我车上，和我有屁关系。"

夏炳信："明明是你撞倒人，耍什么赖！"

李明堂："谁要赖？我看你才耍赖，想诈唬我，讹几个钱花花是不？告诉你，老子不吃这一套！"

夏炳信："你讲理不？"

李明堂："讲理？跟谁讲理？你？尿一泡照照自己是什么样的人，讲理，你不配！"

夏炳信："你骂人！"

李明堂："骂你怎样？"

夏炳信："走，咱们村委会说理去！"

李明堂笑起来："村委会！村委会是什么地方？实话告诉你，到公安局也不怕你。"

柏男："老乡，这样办你看行不行？不是把你的黄瓜闹坏了吗，赔你五块钱算了。"

夏炳信："赔不赔黄瓜是小事，得把我爸送医院！"

柏男笑了："你叫谁送？"

夏炳信："谁撞倒谁送！"

柏男走过来，拍拍夏炳信："小伙子，见好就收吧。你说他撞了你，谁证明？我们说你家老爷子撞了他，可是两人四只眼睛看着呢，这状，你告不出理去。那么，干脆赔你二十，咋样？不少了。"

夏炳信："赔多少也不行，送我爸上医院！"

柏男："老弟呀，你可别敬酒不吃吃罚酒。哥哥今天心情好，给你面子。你知道我是谁吗？"

夏炳信："谁又怎么样？撞坏人治病。"

柏男向后退退："你要这个态度，咱们可没法对话了。"

夏炳信："我不跟你说，就让他送我爸上医院。"

李明堂："他又不是我儿子，凭什么让我送？"

这话把夏炳信激怒了，他两眼冒火，提起李明堂的脖领子："我再问你一遍，送不送？"

李明堂出手就是一拳："你再让我送！"

这一拳正打在夏炳信的鼻子上，鲜血立刻流出来。

夏炳信："好哇，你打人！"

柏良："打你怎么了，打！"说完上去又踢了一脚。

夏炳信身手甚是敏捷，一闪，抓住柏良的脚一扭，将他掀了个跟头。

李明堂："嘿，会功夫呀。"上来又打，夏炳信抓住他的手腕，将他擒住。

柏男在他后面搂住他。

夏炳信扳开李明堂，一个大背，将柏男扔了出去。

三个人爬起来和夏炳信对打，终究不是他的对手，被他打倒在地。

一辆警车迎面开来，柏男认识其中的一个，忙叫道："刘所长，刘所长！"

摩托停下来，刘所长和另一警察下车："怎么回事？"

柏男："这小子把我们摩托撞了，还打人。"

刘所长看着夏炳信："功夫不错呀，哪村的？"

夏炳信："夏家村。"

刘所长："看你这伸胳膊蹬腿的样也像夏家村的。走吧，跟我们走一趟。"

夏炳信："他们撞了人，还打人。"

刘所长："他们打你怎么他们躺在地上了？少废话，走！"

夏炳信："你们，你们讲不讲理？"

刘所长："讲，到派出所就讲了。上车吧，等我铐你怎么的？"他拿出手铐来。

夏炳信一推："我不戴！"

旁边一警察："拒捕？"说完拿警棍打过来。

夏炳信伸手一抓，警棍有电，他"妈呀"一声蹲到了地上。

刘所长过来给他戴上铐："早老实点多好，让我费这事。上车！"将夏炳信推上车。

柏男："刘所长，一块调头回去？我家今天整条狗。"

刘所长："今天公务在身，没时间，改天再说吧。哎，躺地上那老汉，把他弄医院去看看。"

柏男："好咧好咧，放心吧。"

警车开走。

夏老栓："炳信！儿子！放下我儿子！"他想站起来，一动，又摔倒了。

柏男等理也不理，骑车走了。

夏老栓双手拍着地哭着："天哪，这是咋回事呀！儿子，放开我儿子……"

招待所，202房间。

夏莲泣不成声。

方洪彦和寒梅在沙发上坐着，方洪彦气得脸色铁青，寒梅擦着泪。

方洪彦："夏莲姑娘，你接着说。"

夏莲："我爸的右腿断了，我哥也被抓了进去。本来只关了三天，可后来因为他上地区告状，又被抓回去了。听说要服什么水土，让那里的犯人打个半死。"

方洪彦："那现在呢？"

夏莲点点头，哭得更厉害了："现在还在关着。他们说，要放人不准，要我答应个条件。"

方洪彦："什么条件？"

夏莲："不许我告状。"

方洪彦:"柏家四虎,还有那个李明堂,他是什么人?"

夏莲:"是县经贸委的。"

寒梅到卫生间里拿出毛巾来,给她擦着泪:"别哭,擦擦眼泪啊。你家里还有什么人?"

夏莲:"自从出了事,爸天天躺着,哥被抓走了,娘整日在家哭,嫂子,也不知道被他们逼到哪儿去了。剩下我了,我就告状。县里不行,我就上地区,总得有个说理的地方吧?家里的地都荒了,大棚里的菜,还得浇水锄草。有一天,我正在大棚里浇水,柏家的老三柏才和老四柏良来了……"

(回忆)大棚里。

夏莲在浇菜。

门开了,柏良和柏才走进来。

柏才:"妹子,在家呢?"

夏莲:"你们……"

柏良:"哎,我们这次来是跟你讲和的。"

柏才:"夏莲啊,这场官司呢你是打不赢的,可我们看你们一家也怪可怜的,不大忍心,想跟你商量商量。我这有三千块钱,只要你答应不再告状了,这钱就归你,拿去给你爸看病,你哥呢,今天也就放回来,咋样?"

夏莲:"把你的钱拿走,这状我告定了!"

柏才:"嫌少,那我们就再添两千。五千,总行了吧?"

夏莲猛地转回身:"钱我不要,我要的,是个公理良心!"

柏良惊讶地看着她:"哎呀,这丫头真漂亮啊!"他凑上前来:"还嫌少?嫌少没关系,话说,只要你叫我乐呵乐呵,一万两万都可以。"

夏莲躲着:"你想干什么?滚?"

柏良伸手去摸她的脸:"干什么?跟你讲和!"

夏莲猛地推开他,向外跑去,被柏才一把抱住。

夏莲张嘴喊着:"救……"她的嘴被人捂上了。

书馆,夜。

说书的猛地一拍惊堂木:"奇耻大辱哇!"

包治平站起来。

田家丰:"包老板……"

包治平强抑着情绪:"说书的先生,我是外乡人,你刚才说的,可是真的?"

说书人:"天地良心,我要是说瞎话,断我的舌头,柏家那流氓,不仅糟蹋了夏莲姑娘,而且设下了圈套,诬陷于她……"

(回忆)大棚里,日。
柏才和柏良得意地起来,整理衣服。柏才从怀里掏出一张纸来,对柏良使了一个眼色。
柏良掏出印泥,抓起夏莲的手沾上印泥,按了一个手印。
柏才将钱扔到地上:"五千块,点点,咱们两清了。"
钱飘散到神志不清的夏莲身上,将她埋住了。

招待所,夜。
方洪彦使劲地摇着头:"光天化日之下,光天化日之下呀……"
寒梅的声音颤抖着:"后来呢?"
夏莲:"他们有我按了手印的收据,硬说我接受了调解,钱花没了又去告状、讹人。怕我往外跑,花钱雇人看着我,发现我不见了,他们就派车追,追回来,就交给柏家兄弟,说是叫他们劝我,其实……两次以后,我真是跑都不敢跑了,我不怕打,不怕骂,可实在是不敢跑了,怕他们把我抓回来,再交给柏家兄弟,他们,不是人哪……"

书馆,夜。
包治平听着。田家丰、车安、童青都擦着泪。
说书人:"各位,这一段就是我们这县里夏莲一家的冤情。夏莲姑娘是有血性有骨气的人,出了这种事,她没有寻死上吊,就抱定了一条主意,那就是上告。我看那位是个有身份的人,您四处走动,走南闯北,如果您有机会,能和上边的人说一说,能替咱们柳源县的民女夏莲姑娘喊一声,我代表柳源县有良心的老百姓,在这儿谢谢您了!"他深深向一直站立的包治平鞠了三个躬……
包治平没有说话,他轻轻但有力地点了一下头,起身离去。

招待所,夜。
方洪彦:"夏莲姑娘,你谁也不用找,不用告了,这场官司,我给你打。"
夏莲愣了一下:"包青天到了。"起身跪下去。
方洪彦忙扶住她:"你别这样,咱们共产党,不兴这个。你很坚强,应该站直了,挺起头来做人。"

希望在夏莲的眼里跳跃。

走廊里，夜。

弓世明拦着两个戴袖标的人："别着急别着急，好商量好商量。"

两个戴袖标的："他们是干什么的？"

弓世明："不知道，好像是做买卖的？啊，对了，他们就是坐底下那面包车来的。哎，我说二位呀，你看啊，你们这么做呀，影响我生意不是？你们就高抬贵手，算了，别查了，行不？"

戴袖标的："生意？那得看什么生意。他们男男女女住在一起，干不干违法的事，那谁说得准哪？"

弓世明一脸无奈："那好，你就去查。"

几个来到方洪彦的门前，正巧寒梅送夏莲开门出来，看见他们，夏莲吓得往后缩着。

寒梅："你们干什么的？"

袖标甲："查宿。进去，把身份证拿出来看看。"不等回答，开门走了进去，见到夏莲。笑了："夏莲，你还真在这儿。说，你来这儿干什么？"

夏莲没吭声。

袖标乙："问你哪，听见没有？"

夏莲："我来找人。"

袖标甲："找人？找男人吧？"

方洪彦怒不可遏："你们俩，给我出去！"

袖标甲："你让谁出去？我们是来扫黄打非的。身份证呢，快拿来！"

方洪彦忍住气，拿出身份证来："给，看完快走。"

袖标乙："快走？不问明白能走么？干什么的？"

寒梅："出差，在这儿住宿。"

袖标乙："住宿可以，领个女的干什么？啊，俩，一老一少。"

寒梅："放肆！你们，赶快给我滚！"

袖标甲："你可别找麻烦哪。闭上嘴，放了你们两个外地人。"将身份证还给方洪彦，又说："夏莲，我现在怀疑你到招待所卖淫，跟我们走一趟。"

夏莲："你血口喷人！"

袖标甲："是不是血口喷人，待会儿就知道了。走！"

方洪彦："你们给我滚出去！"

袖标甲："什么？你再说一句？"

方洪彦:"看来,你是想知道我是谁。"掏出工作证来摔在桌上。

两个袖标惊住。

方洪彦:"弓所长,知道公安局长的电话吗?"

弓世明:"知道,3235717,姓桂。"

方洪彦抄起电话:"喂,桂局长吗?我是谁?你别问了。我命令你,马上跑步到县委招待所来。对,跑步来!"他摔下了电话。

两位袖标惶恐地立正:"你是……"

方洪彦指着门:"滚!"

公安局局长办公室,夜。

桂连枝放下电话,思忖片刻,麻利地起身,打开柜,拿出枪来带上,又拉开抽屉,拿出一支小手枪来,哗啦一声推上子弹,别在后腰上。

这一切动作他做得干净利落,显然训练有素。

桂连枝出门,向楼上喊着:"大李、愣王!"

两个民警喊着"到!",从楼上跑下来:"局长,什么事?"

桂连枝:"紧急任务,跟我走!"匆匆下楼。

公安局院里,夜。

桂连枝等人出楼。

大李向警车走去:"局长,上车。"

桂连枝:"坐什么车,跑步!"

招待所楼里,夜。

大厅里灯火辉煌。

桂连枝带警察跑进来,吩咐着:"愣王守着大门,大李跟我上去,守在楼梯口,没我的命令,不许轻举妄动!"

两位警察按他的吩咐分开。

寂静的大厅里新添了两位警察,立时显得神秘紧张起来。

二楼走廊,夜。

桂连枝跑到202房间门前,举手敲门:"报告!"

方洪彦拉开门:"请进!"

桂连枝拉门进去。

屋里，包治平、方洪彦、寒梅、田家丰、童青并排坐在沙发上。

夏莲坐在他们对面，垂着头。

方洪彦："这是省委的包书记。"

桂连枝："包书记？"他立正敬礼："报告包书记，柳源县公安局局长奉命来到。"

包治平起身，走到他身边。

包治平："局长贵姓？"

桂连枝站起来："报告首长，我叫桂连枝。"

包治平笑笑："啊，姓贵？"

桂连枝："桂花的桂。"

包治平："好，咱们算认识了。这位是咱们省纪律检查委员会的方副书记。"

桂连枝敬礼："方副书记"。

包治平："这位是寒梅副省长。"

桂连枝敬礼："寒副省长。"

包治平："这位是我们省委办公厅的田主任。"

桂连枝敬礼："田主任。"停住，又小心地问："刚才，是方书记打的电话吧？"

方洪彦看着他满头大汗的样子，语气缓和多了："你真是跑步来的？"

桂连枝："是。"

方洪彦："我刚才在气头上，火气重了点。去，到卫生间洗把脸，擦擦汗。"

桂连枝用袖子抹了一把："不用，没事没事。"

方洪彦："好，咱们开门见山。"指指夏莲："你认识她吗？"

桂连枝："见过。上月贸易节，她在会场门口摆地摊告状……"

包治平用手势打断："认识就好。寒副省长，你带夏莲姑娘去休息一下。"

寒梅应着，领夏莲出去，田家丰也跟出去。

包治平："好，你接着说。"

桂连枝："说什么？"

包治平："摆地摊告状。"

桂连枝："啊，是。包书记，当时，正赶上贸易节，她把会场搅得很乱，劝也不听，没办法，我就叫人关了她两天拘留。"

方洪彦："有这事儿？"

桂连枝："我知道这件事有点不大妥当。可当时县里好不容易请来了两个外宾，我怕她在那里胡闹影响不好，就下了命令。这件事如果领导怪罪，我承担责任。"

方洪彦没有接这个茬："她为什么告状你知道么？"

桂连枝："听到一些，不是很清楚。一般这种治安案子都归派出所管，我只负责抓大案。"

方洪彦："横行乡里、轮奸妇女，这是小案子？"

桂连枝一愣："轮奸妇女？我没听说，我只知道他们因交通肇事争执，双方都有证人，各说各的理，好像具体是镇派出所在调节。"

方洪彦："调节？你们怎么调节的？包庇一方欺压一方也是调节吗？"

桂连枝："具体调节办法，我不知道，都是派出所在办。"

方洪彦："派出所归谁管？"

桂连枝："归我。"他忽然莫名其妙地笑笑，马上认识到不妥，忙收住。

包治平："你笑什么？"

桂连枝："没什么，一句成语。"

包治平："有好笑的事，说来听听嘛，我乐意听笑话。"

桂连枝："我不敢说。"

包治平："说吧。"

桂连枝："按道理讲，派出所归我管，可往大了说，它也归您管。"

包治平点点头："噢，你的意思是说这个省大大小小的事情，我都该管？好哇，那我就管一管。"包治平板起了脸："我问你，那姑娘的哥哥，是不是还被关着？"

桂连枝："我不清楚。"

方洪彦："又不清楚？"

桂连枝："夏莲既然来了，我想是吧。不过我真不清楚。"

包治平："立即放人。"

桂连枝："这个……"

包治平："嗯？"

桂连枝："如果人关着，要放，得办个手续。"

包治平："你们下面的人，在公路上抓他哥哥的时候办了什么手续？目无法纪，立刻放人，手续你去办。"

桂连枝："是，我立刻通知派出所去补办手续，保证连夜放人。"说完，桂连枝便戴上帽子欲走。

方洪彦："等等。我让你亲自去看一下，如果夏莲的哥哥真的被打伤了，先送医院治疗。桂局长，放了人不等于结案，从今天起，夏莲的案子，你要亲自去处理。人家受了这么长时间的冤屈，我们的法制在哪呀。我希望你，一定要查个水落石出。不管涉及什么人，一律依法严打，不能让老百姓寒心啊。"

桂连枝："好吧，有省里的命令，那我就查。"

包治平："走啦。在办案过程当中，如果遇到阻力，可以找方书记，也可以找我，我们既然管了，就要管到底。"

桂连枝："明白。"敬礼，转身，欲走，又停下来："包书记，我去接夏莲的哥哥，是不是也让夏莲一起去？"

包治平："老方，你看呢？"

方洪彦："行吧"。

包治平点点头。

拘留所。

夏炳信被放了出来。

等在门口的夏莲见到哥哥，扑了上去："哥……"

夏炳信："莲子！莲子，我听说，终于让你告到了？"

夏莲："告到了，老天有眼，这回，咱们告到省委书记那儿了。"

夏炳信："莲子，你真是好样的！"兄妹俩拥抱在一起，号啕痛哭……

202房间。

包治平、方洪彦、寒梅还在议论着。

包治平："哎，你们说，咱们这位桂局长，能办得了这个案子吗？"

寒梅："我看行，有尚方宝剑了吗？"

包治平："唉，我们有些干部哇，论能力，论专业素质，都不错，可就不知道为何，明明是对的事情，他就给你往错了办；明明是明白的事情，他就给你往糊涂办。啊，此风不可长啊。"

方洪彦："您没听说么，哪里的领导爱打麻将，他手下的干部一般也就有很多人爱凑在一起码长城，而且是那些在政治上要求进步的干部；哪个领导爱读书呢，他手下就多文人骚客。"

包治平："这就叫上有所好，下必甚焉哪。"

方洪彦："这上梁正还好说，上梁不正，下梁就必歪。"

寒梅："咱们白天在宾馆遇到的事儿，再加上夏莲告状，我觉得柳源县的领导是不是有点……"

包治平和方洪彦均和她一样忧心无语。

田家丰进来了："包书记，邹源的电话我打通了，他现在没回地区还在县里。他说，县药厂亏损两年多了，连退休金都发不出来，他现在正领着县里工会、经贸委的同志在那里访药厂的职工。邹源说，今晚恐怕来不了，请包书记谅解。他还说，包书记想听新鲜事，走以前不妨到药厂去看看。"

寒梅："包书记，留心底下人做套，跟您要钱。"

包治平笑着。

田家丰："我在电话里已经提醒邹源了，邹源说，绝对不找包书记诉苦要钱，就希望您能够去看一看。"

寒梅："绝不？"

田家丰："绝不。"

寒梅："好，有这话咱们就敢去了。"

包治平："对，去去去。"

田家丰："邹源说，他经过一段时间的工作，已经切准了药厂的脉，他答应了，明天当着全厂职工的面，给药厂开出药方来。包书记，您看明天去吗？"

包治平："你答应他了？"

田家丰："我说，包书记可能会去的。"

包治平笑笑："看来我是身不由己啊。去吧。"

寒梅："这一去，明天就不一定走得成了。"

方洪彦："我还差点忘了。夏莲那个案子，既然告到我这儿了，就不能搞官僚主义，做做指示就算了。老百姓状告到我们这儿，不问清楚就走，良心上过不去，我想多留几天。"

包治平："寒副省长，你的意见呢？"

寒梅："我？我没意见。这也算是我的第二故乡，多留几天，求之不得。"

包治平："那我是想走也走不了啦？好好，不谈不谈，我还没洗澡呢。"

众人笑着起身散去。

公路上，夜
一辆轿车在奔驰着。

汽车里，夜
县委书记邹源一边开车，一边在打手机："槐卿啊，我是邹源。省委书记来了……干什么？我也不清楚，事先没有通知。我正在路上，我来接你。啊。槐卿啊，顺便提一下，你有些事得过问一下，县宾馆经理柳水萍，成事不足败事有余,你得下狠心抓一下。就这样,好了……"

车远去。

第三集

县长宗槐卿家,夜。

宗槐卿在客厅里放下电话回到卧室,蹑手蹑脚收拾东西。

灯亮了。

宗槐卿回头:"你看,还是把你吵醒了。"

脸色苍白的王亚娟躺在床上:"要走?"

宗槐卿:"嗯,省委包书记到我们县去了。"

王亚娟要起身:"衣服在柜里。"

宗槐卿忙过去按住她:"你躺下,别动。刚热乎过来,一起来,又凉了。"

王亚娟躺下了:"明天走不行?天多黑。"

宗槐卿:"不行啊,听说有人告了我们一状,说我们书记、县长人在心不在,一到周五往家跑,包书记好像不大高兴。"

王亚娟叹口气:"唉,都是我拖累了你……"

宗槐卿:"别这么说,有病嘛。掉过来是我病了,你不也一样。"

王亚娟:"你看你,好好地咒自己干啥呀?"

宗槐卿:"好好躺着,门我自己带上,别起来,啊。"

王亚娟握着他的手:"槐卿,对不起……"

宗槐卿拍着她的手:"你看你,要再这么说,可真对不起我了。我跟你,可不是图这三个字。"

王亚娟点头:"嗯。"

宗槐卿将她的手掖进被子里:"周一本来请了假陪你上医院,去不上了,叫小丽陪你吧。那边不忙了,我就回来。"

王亚娟点头。

宗槐卿:"晚上叫小丽把热水袋早点灌上,要不,叫她住这儿?半夜要是凉了,叫她换,咱们每月给她加点工钱。"

王亚娟:"我没事,你走吧。"

楼下传来汽车的喇叭声。

宗槐卿提包下楼了。

一颗泪珠从王亚娟的眼角流下来，无声地洇到枕头里。

楼下，夜。
一辆桑塔纳在楼下停着，车里开着灯，县委书记邹源坐在驾驶座上，在吃面包。
宗槐卿从楼里出来，开门上车。
邹源将面包递给他。
宗槐卿接过吃着："叫我回县里，打个电话就行了，还要你开车来接。"邹源："见包书记和省委领导，还是咱俩一块去好。再说今天是周五，也该让司机休息了。自己开车，咱俩说话方便。嫂子怎么样？"
宗槐卿："癌症，医生也没什么好办法。"
邹源："唉，都怨我，当初哇，不该拉你到柳源来当县长。哎，我跟地委李书记说过，地委工会好像还有位置。可那地方……"
宗槐卿："能回来就行啊，亚娟，怕是时间不多了，这个事，全拜托你了，我搞这套不行，两眼一抹黑。"
邹源拍拍他："咱俩谁跟谁呀，说这个。"
车开走。

招待所201房间，夜。
包治平进来，童青跟进。
包治平："你睡你的去，我翻翻报纸也就睡了，报纸找来了吧？"
童青："弓所长送来的，在桌上。"
包治平翻着报纸："行了，你去吧。"
童青关上门走了。
包治平浏览着报纸，忽然被一张小报吸引了。
小报标题：《柳源周报》。
报纸空白处写着一行字："好！太好了！真实！"
包治平怀疑地看着通栏标题。
标题特写："人民公仆金银铜"。
作者署名为文冠东。
包治平拿起电话拨号："小童，来一下。"
他看着报纸。
童青进来："包书记，有事？"

包治平："这报纸都是弓所长送来的?"

童青："是，怎么?"

包治平："哎，明天你侧面了解一下，这位弓所长和这金银铜到底是什么关系。"

童青："金银铜?什么金银铜?"

包治平："柳源县的常务副县长。"

童青点头离去。

包治平拿电话，拨号："老方吗?还没睡哪。干什么呢?看报?是不是上个月十六号的《柳源周报》哇。我这也有一份。哎，你那报上是不有一句话'这才是好干部'，对，我觉得有人在提醒我们什么事呀，啊。行，好咧，那就这样。"

他按下电话，又拨了一个号："寒梅，没睡吧?哎，你声音怎么不太对劲?吵架了?什么，在看《柳源周报》?我也在看，事迹很感人?好，我看看，你接着看吧，接着看。"他放下电话，拿起那张小报来，不无怀疑地自言自语道："金银铜?"笑了："好你个金银铜，你把一二三名的奖牌，都拿去了。"看报。

203 房间，夜

寒梅放下报纸。

报纸上，作者文冠东几次翻动了她的记忆。

一个男人的画外音响起："我喜欢你的大辫子。"这声音重复着。

201 房间，夜

包治平一边看报，一边在笔记本上记录着，他在思索，拿着报纸上床。

203 房间，夜

田家丰进来，见寒梅神情怏怏，走过去拿起报纸看着："文冠东……这名字有点熟啊。"

寒梅抢过报纸。

田家丰看着她："是他吧?"

寒梅觉察出他的目光，抬头："你看什么?"

田家丰："是他吧?"

寒梅："是又怎么样?"

田家丰点头："那我就明白了。"笑笑，到一边脱衣服。

寒梅觉察出他话里有话，起身："不行，你得告诉我，什么意思？"

田家丰："我帮你打听清楚了，这个文冠东现在在县文化馆工作，日子过得挺难的。你是分管文教的，你还真得好好帮帮他。"

寒梅看着他。

田家丰宽厚地笑笑，进卫生间了。

文冠东家，夜

这是两间土平房，屋里的陈设也很简单，基本没有什么家具，两只木箱也陈旧不堪，无法想象当年本色。

给人突出的感觉是书多。一摞一摞的，没有书架，就靠墙放着，连桌子与卧室间的隔断也是用书完成的。

桌上吊着一盏白炽灯，用报纸遮着光。文冠东伏案疾书，手里香烟缭绕。

床上的妻子咳嗽着，埋怨着："天天晚上写，是写来房子啦还是写来儿子工作啦？哎呀，别抽啦，一家人都呛死了。"

文冠东熄了烟。

儿子起身："爸，你说成天写，也没见卖出个稿纸钱。爸，要我说你别费那个劲了，把你们馆里那个台球桌承包下来得了，白天你看着，晚上我看着，一个月咱也对付两千来块。"

文冠东："待着你的，睡觉！"

儿子："您哪，还是考虑考虑。你看我都这么大了，我也不能总吃你的白食呀。"

文冠东："那台球桌三个人要包，我总不能跟他们争，对不对？"

儿子不满地走了："爸呀，我将来老了要混到你这个份上……"

文冠东："怎么？"

儿子往床上重重地一摔："也得活！"

文冠东闭上眼睛，强压下一口气。

201房间，夜

包治平在看报，他已经被报纸吸引了，直到读完，才长出一口气，摘下眼镜，擦了擦眼睛，拿过笔记本来，在上面写上两个人名："文冠东"和"金银铜"。

邹源的办公室，晨

天亮了，邹源放下手中的笔，看看躺在沙发上睡觉的宗槐卿，起身将上衣脱下给他披上。

宗槐卿醒了："你看我，坐这儿就睡着了。"

邹源看表："还有点时间，你再睡会儿。"

宗槐卿："走吧，去见包书记。"

邹源："不急，等我把药厂的改革方案写完，再说啊，现在过去，他们还没吃早饭呢。"

宗槐卿："哎，人家告了咱们的状，见了包书记，怎么说？"

邹源："槐卿啊，有件事我想问问你，听说有个叫夏莲的，案子闹得很大，都告到包书记那儿去了，包书记和方书记都发了脾气，这事你知道吗？"

宗槐卿："好像应平章向你和我汇报过，说正在调解。我记得当时你说了，一是低调，不要扰乱了县里的中心工作；二是不要把李明堂扯进去。我还补充说，柏老大对县里的工作有贡献，可能的话，要保。"

邹源："嗯，我说过这话么？啊，我都给忘了。应平章从党校回来没？给他打个电话。"

宗槐卿："啊。"拿起电话欲打，又放下，拿起邹源的手机出去了。

柳水萍家，晨

三室一厅的楼房，装修得相当豪华，在县城可算首屈一指了。

柳水萍和县委副书记应平章躺在一个被窝里，电话铃响了，她接电话："喂，他在，我叫他。"推应平章："哎哎，找你的。"

应平章："宗县长？"接过电话："喂，对，是，昨晚回来的。包书记，不知道哇？什么……啊，啊，这个……什么？是书记的意思呀，那好吧，我去办，您哪，让邹书记放心吧。"挂了电话："把电话打这儿来了，这不是出我洋相嘛。"

柳水萍："你看你，一大早，发这么大的火干吗呀？"

应平章："你给说说。我到党校去了这几个月啊，他们倒好，连个乡下姑娘夏莲都摆不平啊，这回好，人家告状都告到省委书记那儿去了，他们倒好，嘴一张，一推六二五，一个要保李明堂，一个要保柏老大，剩下的，还得我去收拾。"

柳水萍："你是分管政法的副书记，人家这些事，当然要找你了。来来，穿上衣服，别凉了。依我看哪，我们的事到现在，多亏了柏老大，当初出那五万块钱，要不然能行啊？要说呢，李明堂他爹推荐你上省党校，这也算是个大人情啊。"

应平章:"行了行了,不都是因为你!"

柳水萍翻脸了:"你这一大早的发这么大的火干吗呀?啊,你觉得冤了,是我自己去找你的还是你硬缠着找上门来的?现在你觉得冤了,那我呢?婚也离了,最后反闹个没名没分的,算什么?后悔是不,后悔赶快起来,走!"柳水萍去推他:"穿衣服,走哇!"

应平章软下来:"你看你。我不是后悔跟你,是后悔叫人家抓住了把柄,这才能把我像狗似的那么使唤哪,是不?"

柳水萍也软下来:"算了算了,你也别太着急了,不就是个小姑娘夏莲嘛,凭你的本事,看她能翻多大的浪。好了,别愁眉苦脸的了,啊?"

应平章搂住了她。

柳水萍就势滚在他怀里,撒着娇。

招待所后院,晨。

这里就像一个小花园,十分整齐洁净。

包治平手里拿着收音机,戴着耳机,在花坪间的小道上,来回踱着,听着新闻。

车安在那边练拳,一招一式干净利落。

方洪彦和寒梅也来了。二人见包治平在听广播,没有打扰,寒梅在花间练呼吸,方洪彦做着气功。

楼上,所长室。

弓世明在窗口向后望着。他面前的桌子上放着一大捆信,摆着收音机,在等着时机。

收音机里的声音:"各位观众,新闻和报纸摘要节目,播送完了,是由……"

弓世明关上收音机,拿起那捆信出门。

走廊里。

田家丰从房间出来,弓世明正走到楼口,听到声音回头看了一眼,却没打招呼,匆匆下楼了。

田家丰眼里满是疑问。

院里。

太阳出来了,院内显得更加清爽。

方洪彦做完气功、包治平听完广播,寒梅也练完了呼吸,三人不约而同地走到一块,站成一个三角形。

方洪彦:"有什么新闻。"

包治平:"今天的广播里介绍了一位好干部,事迹相当感人哪。回到省里呀,咱们要组织大家学习讨论。"

方洪彦:"我们有不少这么勤政爱民的好干部,全心全意为老百姓办事,就是我们宣传得不够。"

包治平:"对。"

寒梅:"哎,那份《柳源周报》,您看了吧?"

包治平:"我看了。"

寒梅:"上面介绍了金县长金银铜的事迹,写得不错。"

包治平:"嗯,不过我想金银铜的事迹,我们光看报纸还不够,还得实际了解一下。现在有些个报道哇,写的水分也实在是多了一点儿。那真是无实事求是之心,有哗众取宠之意呀。"

弓世明不知什么时候走到了离他们身后不远的地方:"哗众取宠,包书记,我们金副县长可不是那种人哪。"

三人都转头看着他。

弓世明:"啊,对不起,我不是有意偷听领导谈话,我从那边捡这些破烂过来,正好听到了包书记的话。既然听见了么,我就多句嘴,说我们金副县长哗众取宠,恐怕柳源的老百姓不服吧。"

包治平并不生气:"啊,你误解了,我指的是,某些报道文章。弓所长,那份《柳源周报》,昨天是你专门送给我们的吧?"

弓世明:"是。那份报纸我留了很多,凡是外地来的客人,特别是领导,我都送上一份,好干部就得宣传么。不过,你们几位,都是头一回看的领导。"

包治平:"你怎么知道人家没看?"

弓世明:"不瞒您说,我在报纸的中缝里,都沾着一点浆糊,那篇文章是一二版连着的,我把二三版粘在一块儿,没揭开,不就是没看么。"

众人笑起来。

寒梅:"你说你一大早捡了点破烂,这不都是信么?"

弓世明:"是我方才在县委大院,信访办旁边那个垃圾箱捡的。他们哪,每周五晚上都往外扔一批,我吧,喜欢集邮,所以每周都去捡,这不,楼上都已经攒了一麻袋了。"

包治平:"你说你从哪儿捡的?"

弓世明:"信访办的垃圾堆里呀。"

包治平拿过一封信来看着:"这些信拆都没拆过吗?"

弓世明:"大部分没拆。这些信我也没敢拆,我攒着,替那些有委屈的写信人攒着,希望有一天有一位真正关心老百姓的领导来看看,不知道包书记你有兴趣翻翻么?"

有人突然鼓起掌来。

众人抬头。

田家丰站在门口,拍着巴掌走过来:"弓世明,啊,不,弓所长,当个小小的招待所所长真委屈你了,你的戏演得不错呀!"

车安练功,本要往楼里走,听到热闹凑了过来。

弓世明一愣,神情有点不大自然:"田主任,你,你怎么这么说话呀?"拿信要走。

田家丰:"我从不瞎说,我已经跟着你绕了半天了。"

弓世明:"我不明白你的意思。"

田家丰:"不会吧?"他从弓世明手里拿过信来,翻看着:"你方才说你这些信是从哪儿来的?"

弓世明:"从垃圾堆里捡来的,怎么啦?"

田家丰:"可我明明看见你夹着它们从自己的办公室里出来,然后从前门出去,绕了一圈,从县委大院进去,又从你们所里通县委大院的小门出来,这怎么解释?"

包治平等都颇感意外,看着弓世明。

弓世明的计谋被人识破,神情很尴尬,脸上冒着汗,说话也有些语无伦次:"我……"

田家丰:"弓世明,听你说话的,都是省里领导,要想反映情况,首先得诚实。"

弓世明:"我……田主任,我没扯谎,真的,这信哪,真是捡的。"

田家丰从衣兜里掏出笔和笔记本来:"弓所长,你这个人真有意思,对了,给我留个通讯地址,以后,咱们好联系。"

弓世明不知所以,有些茫然无措。

田家丰:"不给面子?"

弓世明:"田主任怎么这么说呢?"他接过本子,一边写地址一边问:"邮编要吗?"

田家丰:"当然。"

弓世明写完,交给田家丰。

田家丰看着，笑了："谢谢。弓所长，你的那些信可以给我看看吗？"

弓世明预感到不妙，不大痛快地将信递给他。

包治平等都来了兴致，看着田家丰翻弄那些来信。

田家丰拣出一封信来："这封信的字体有些面熟哇，下面没有地址，是封匿名信。包书记，我拆开看看？"

包治平不置可否。

弓世明一把抢过信："田主任，算你狠。得了，你别看了，这封信哪，是我写的。"欲撕信。

在他身后的车安突然出手夺去了信。

弓世明骤受袭击，本能地做出反应，竟与车安过了两招。

包治平："车安。"

包治平冷笑："我看你们哪，确实有点唱戏的味道，好了，既然弓所长不乐意把这封信公开，那就还给人家嘛。"走了。

车安："弓所长，给你信。"拍拍他。

方洪彦、寒梅都跟包治平走了。

田家丰也将手里的那些信还给弓世明。

弓世明立在那里，呆若木鸡。

包治平等已经走到门口。

弓世明突然叫道："不，包书记，请等一等！"追上去。

包治平听到声音后回头看了一下，继续往前走。

弓世明追上去拦在前面："包书记，请等一等。包书记，请等一等，听我说……"

方洪彦："弓世明同志，包书记还有事，不要再纠缠了。"

弓世明向后退着："包书记，你听我说，一句，就一句。是，这封匿名信是我写的，我不该欺骗领导，为这，我可以接受任何惩罚。可其他的信真的是我从垃圾堆里捡来的群众来信哪！"

田家丰："让开。现在你还说这些信是从垃圾堆里捡来的？"

弓世明已经退到了楼门口，他站在那里："是！不错，这些信不是刚才捡的，是我平时攒的，我是耍了点小计谋，可我的目的是想替那些写信的人喊喊冤。"

田家丰："喊冤？谁要喊冤？弓世明，你敢把你这封信拆开当众念念吗？"

弓世明愣愣，将信递过去："你念。"

田家丰念信："敬爱的各级领导，我是一个服务行业的老兵，我向你们反映一个问题：柳源县委副书记应平章，主管县里的政法工作，却与柳源县有名的恶霸柏家四虎勾勾搭搭，经常跟他们出入酒楼、歌舞厅，对他们的恶行包庇纵容，致使柳源县这两年出了不少冤假错案。作为主管政法的书记，不能确保一方平安，是他的严重失职。还有一件事，咱们县宾馆的经理柳水萍和县委副书记应平章的关系不正常，她就是靠这个当上宾馆经理的。她丈夫跟她闹离婚也是因为这件事，听说她丈夫曾经把她和应平章按在自己家的床上，而且拍了照片，让他们二人写了认罪书，是柏家老大出钱摆平了这件事，并想法把他调到省城。柏男出了五万块钱，从柳水萍的前夫手上买回了那些证据。以上情况，绝对属实，请领导调查。"

信念完了，众人对弓世明都感觉厌恶，严厉地盯着他。

方洪彦："弓世明同志，你的这些桃色新闻，都有证据吗？"

弓世明："方书记，可我说的是事实！"

田家丰："证据呢？叫人买回去烧了。编得多圆哪。弓世明，你实话实说，到底想干什么？"

弓世明："我是如实向领导反映情况，你们可以调查嘛。"

田家丰："还调查什么呀。弓世明，你这封信里一共告了三个人：县委副书记应平章和宾馆经理柳水萍，还有一个是柏男。从表面上看，你很关心柳源县的安定大局，应平章和柏男好像是你的靶子，其实不然，你这封信的矛头所向，也不是指向他们，而是指向柳水萍。这就好分析啦。柳水萍与你非亲非故非仇家，人家跟谁睡觉，与你好像没有什么关系，你想告她，那就只有一个目的，搞垮她，自己去当宾馆经理。我分析的对吗？"

寒梅制止："家丰……"

弓世明："我是又怎么样？对，我是不服柳水萍。本来，宾馆经理也应该我当。论资历，论水平，我都……"

包治平："好了好了，你们都说完了吧，我还得洗洗脸吃早饭呢。这样吧，如果你还有什么不平和委屈，上班后去找你们县的纪律检查委员会。好吧。"包治平说完便从弓世明身边走过，进楼了。

寒梅等也跟着进楼了。

弓世明一个人愣愣地站在门口，呆了半晌，拍手打了自己一个嘴巴："该！"

201房间。

包治平在椅子上坐着。

方洪彦进来："包书记，有个事想商量一下。"

包治平："我也正想找你。坐。"

方洪彦坐下来:"你看,今天早上这个戏演的,这么一弄吧,我倒觉得昨天晚上夏莲那个案子,咱们处理的,是不是有点太感情用事了?"

包治平:"嗯。我也在想这件事。夏莲的控诉听起来的确让人气愤,可这无论如何只是她的一面之词。从昨天的迹象看,她跟弓世明似乎有点关系,若不然,不会那么快就知道消息,也不会把时间把握得那么准确。老方,咱们别犯官僚主义。"

方洪彦:"那我给桂连枝打个电话,让他认真调查一下。要以事实为依据、法律为准绳,别顾及咱们的面子,如果真是咱们错了,那也得纠正啊。"

包治平:"你看着办,这事你负责嘛。"

方洪彦点头,起身要走。

包治平:"哎,老方。"

方洪彦停下。

包治平:"我在想这个弓世明和金银铜的关系,咱们是不是也该了解一下呀?"

方洪彦点头:"我知道了。"方洪彦说完便走了。

公安局长办公室。

桂连枝在椅子上坐着,应平章在他对面。

桂连枝在接电话:"好,好,坚决按领导的指示办。是,实事求是,依法办事,好。"放下电话。

应平章:"是包书记打的电话么?"

桂连枝:"省纪委方书记,他说也代表包书记的意思。他让我们强调实事求是,依法办事,不要感情用事。说公安部门办案子,不要为言为情所动,也包括包书记和方书记。"

应平章:"听口气,好像跟昨天晚上,对你讲的不太一样啊。"

桂连枝:"可我昨天晚上,已经按照他们的指示,把夏炳信给放了。"

应平章:"嗯,放了好,这样,有利于调解嘛。其实呀,当初我也是那么个意思,你看看,就这么点事,还是调解好。老桂呀,把这个案子处理好,这可能是你在公安局办的最后一个案子了。其实呢,早就应该跟你谈。你看,这么多年了,级别、待遇都没解决好,这也是我这个管政法的书记对你关心不够嘛。你看啊,检察院的老吕'到站'了,县里打算推荐你去当检察长,怎么说也是副县级,想听你个人的意见。"

应平章又补充道:"我这可不是随便许愿哪,这件事,常委会上已经议过一次了,就等金副县长在乡下包点回来,就定下来。"

桂连枝看着他:"如果领导决定了,我服从组织安排。"

宾馆大厅。

宗槐卿站在他们面前训话:"热情周到,待客如宾,这牌匾挂了给谁看的?跟你们讲了多少次了,宾馆是咱们县的脸面,是对外开放的一个窗口,领导和客人到县里来,最先接触的就是你们,对咱们县的第一印象,也往往是从你们开始的。宾馆的服务质量好不好,直接关系到咱们县的声誉,可你们呢,全都当作耳旁风!昨天总台的服务员是谁?给我站出来。"

杨天天低着头:"是我。"

宗槐卿:"平时看你挺机灵的嘛,怎么连省委包书记都认不出来?"

杨天天:"谁知道省委书记会坐一台脏兮兮的破面包车呀,他们一个个土眉土眼的,态度又蛮横……"

宗槐卿:"坐面包车怎么了?坐面包车来的就不让人家住宿?以车量人,你知道你给咱们县造成了多坏的影响?你马上停职给我写检查,从今天起,也不要在总台干了,检查写好了,我通过了,再从一般员工干起,不然,就走人。"

杨天天突然哭出声来,捂着脸跑了。

柳水萍:"宗县长,其实这个孩子平时挺好的。"

宗槐卿:"还有你!你也马上写一份检查,今天上午交到县委办公室。如何处理,以后再决定。宾馆的日常工作,暂时还由你负责,认真整顿,要立竿见影,你们不都送出去培训过么?把在人家大宾馆学到的东西立刻恢复起来,从现在起,马上要变样,谁做得不好,立刻开除!大家听清楚没?"

众人:"听清楚了!"

宗槐卿向外面走去。

柳水萍送他们出门,转回来,一手叉着腰,一手指着众人:"你说你们啊?净给我丢脸上眼药!平常吧,也不出啥毛病,偏赶上省委书记来了你们现原形!那家伙惹得起吗?这回叫我咋办?赶快,把二楼的所有房间都腾出来,要收拾得干干净净,新的一样,准备迎接省委书记!"

招待所小餐厅。

包治平等在桌边坐着,童青在盛稀饭,早餐比较简单,但也还丰盛。

邹源和宗槐卿走了进来。

邹源:"包书记。对不起啊,昨晚啊,实在抽不出身来。"

包治平:"没什么,工作重要嘛。其实我们也是路过,车坏了,临时决定住下来。来，认识一下，纪律检查委员会方书记，副省长寒梅。"

邹源忙上前握手："欢迎欢迎。"回头介绍："这是我们县的县长宗槐卿。"

宗槐卿也上前握手："欢迎欢迎。"

邹源给宗槐卿介绍田家丰："这位是省委办公厅田主任。"

宗槐卿跟田家丰握手："欢迎欢迎。总听邹书记谈起你，田主任给我们县的工作很大帮助，虽然没见过面，我们在心里都很感激。"

田家丰："哪里哪里。"

包治平："你们没吃早饭吧？来，坐下一块吃。"

邹源："不了，我和宗县长在来的路上随便吃了点。"

方洪彦："宗县长是从地区赶来的吧？你们这么跑来跑去的，也够辛苦的了。"

宗槐卿低着头："啊，没什么。"

邹源："啊，是这样包书记。本来县委办公室分给我们俩两套房子，可人大和政协退下来的两位老同志居住条件不太好，想换一下，就先分给他们了。我们俩年轻，跑点道没啥。就是宗县长的爱人有病，而且是癌症晚期，跑来跑去照顾，确实难为他了。"

众人均觉有些意外，同情地看着宗槐卿。

寒梅："还是得想办法抓紧治呀。"

宗槐卿点头。

邹源："几位领导慢慢吃，我和宗县长到外边等一会儿，抽根烟。"

田家丰："你们先到我房间休息一会儿吧，203。"

邹源看了一眼寒梅："不不，我们在外边待会儿就行了，透透气。"

二人走了出去。

几个人心情都有些沉闷。

院里。

邹源和宗槐卿在等着。

宗槐卿低着头一个劲地抽烟，邹源不停地叹着气。

第四集

招待所院里。

邹源回头看看宗槐卿，伸手拿掉他手里的烟："已经戒了，就别抽了，嫂子本来身体就不好。"

宗槐卿："要不，我把家搬来吧。"

邹源："你看你，有啥呀？嫂子病得那么重，万一有点啥情况，咱们这县医院……不搬，真要怪罪，我跟他们说，我不信领导就那么不近人情。"

宗槐卿叹了口气。

邹源："你调回地区的事我来办。等把包书记他们送走了，我把一切都停下来，专心去办这件事，时间不多了，无论如何，我要让你和嫂子在最后这段时间里好好团圆团圆，暂时办不下来的话，我在常委会上提出来，放你长假。"

宗槐卿："邹书记，我来柳源，没给你帮上什么忙，反倒添了很多麻烦……"

邹源示意他不要说下去，拍拍他。

食堂。

众人吃完饭往外走，包治平将田家丰叫住："哎，家丰。"

田家丰停下。

包治平："我得批评你啦。昨天咱们一到，弓所长反映县里领导家不在县里的事，刚才我听邹源的意思，你是不是在电话里跟他通过气啦？"

田家丰："绝对没有。包书记，我在省委办公厅干了这么多年，哪些话能说，哪些话不能说，这个原则，我想我还是有的。"

包治平点点头："那就好。"

田家丰："不过，宾馆的事，我倒是告诉他们了，奇怪的是，他们没有任何反应。"

包治平："这个事不要小题大做，以车量人是不对，批评批评就行了，不要弄得好像得罪了我这个省委书记，就不得了了似的。"

乡下，晨。

冬末春初时节的乡村晨景。鸡鸣鸭叫，一片生机。

一座大棚里，金银铜和主人在忙碌着，他卸下身上背的喷雾器，伸了伸腰。

主人千恩万谢地递过烟："金县长，抽着。"

主人："唉，我就出去三天，就出这么大事，要不叫你，我这一棚山菜就全完了。这傻老娘们呀，没整。"

主人的妻子有些呆傻，在一边呵呵地傻笑着，递过一勺水来。

金银铜接过水大口喝着。

主人："忙了一宿，到家歇歇，咱们喝两盅。"

金银铜："不了，你再认真检查一遍，别大意。"金银铜说完便走了。

樱桃家院内，晨。

这是三间低矮的土平房，虽然房子破旧，但篱笆新补、窗明地净，无不显出主人复苏的希望。

美丽的乡村少妇樱桃从屋里出来，一边系着衣服，一边顺手打开鸡架、鸭架，圈了一夜的鸡鸭鹅涌出来，扑打着翅膀叫着。

樱桃扫着鸡架。

门开了，金银铜回来了："樱桃，起来啦？"拿起门口的土筐扁担，向后走。

樱桃回头："金县长，才回来？"过去抢扁担："忙了一宿，快睡会儿吧。"

金银铜："不困。昨晚李玉去整药的时候，我在他大棚里睡了一阵了。后边那房基地还缺点土，我去挑几挑垫上。"

樱桃："咳，村里的事够你忙的了，我家里的事你就别操心了。"

金银铜："闲着也是闲着。你这房一盖起来，我扶贫的这个点可就全住上砖房了。"

樱桃："那得好好谢谢你呀，要没有你，我们这日子，还是人过的么？"

金银铜："谢啥，应该的。"

屋里传来王小六苍老的声音："樱桃，樱桃！"

樱桃没好气地问："干啥？"

王小六："我要撒尿！"

樱桃："尿罐不在屋里嘛！我忙着呢，自己挪下来！"

王小六在屋里不是好声地叫着："樱桃，樱桃！"

金银铜："去看看他，别摔了。"挑担走了。

樱桃生气地进屋了。

屋里，晨。

王小六没好气地拍着床："樱桃，樱桃！"

樱桃进来了，将地上的尿罐提起来，往床上一放："快尿，尿完自己拿地下去。"转身要走。

王小六："你干啥去？"

樱桃："金县长给咱房基挑土，我去给他装筐，咋了？"

王小六："金县长、金县长，一天就一个金县长挂在你嘴边上，我是你爷们!"

樱桃:"谁说你不是了?王小六,再说这话我跟你翻脸啦。人得有点良心,金县长哪点对不起你?你的良心叫狗吃了,净说这不是人的话?"

王小六:"你别看我腿不好,我这眼睛和耳朵尖着呢。想不让我说可以呀,给我二十块钱。"

樱桃:"美吧你。挣二十块钱哪那么容易?给你出去要?"

王小六:"不给钱我可就上外胡说啦,啊。"

樱桃:"你吓唬谁?告诉你,要把我逼急了,别说打你那个邪道上来,离了你这个老东西。"

王小六:"你敢!"

樱桃:"想试试?"

王小六泄气了:"好男不和女斗,你忙去。"

樱桃走了。

招待所院里。

吃完早饭,包治平等在院里闲站着。

邹源:"昨天住宿的事,田主任在电话里跟我说了,刚才我和宗县长到宾馆去了一下,那个总台服务员叫我们撤了,经理也跟她一起在写检查。"

包治平:"先不忙让服务员写检查,要写检查,先让分管的人来写。"

宗槐卿:"分管宾馆工作的是我。事情出在下面,根子在上面,说明我们的工作做得不细。以后一定要对他们加强教育,使他们改变这种以貌取人、以车看人的不良风气。"

包治平:"你能这么认识问题很好。现在有一种风气很不好,特别是在服务部门,也包括我们机关的干部,见了坐豪华车的就满脸堆笑,见了坐吉普车的就爱理不理,见了骑自行车的就冷言冷语。这种现象很不好。"

方洪彦:"我处理过一个乡镇干部超标准购买豪华车的案子,当时我问那位乡党委书记,我说你们乡那么穷,你怎么舍得花那么多的钱去买一台豪华车坐在自己的屁股底下呢?他说我买这个车是为了办事方便,以前我们那个破吉普,别说到哪儿办事人家不愿意理,连门卫都瞧不起,自己先矮了一截。"

包治平:"嗯,这话听起来强词夺理,其实并非全无道理。衙门作风不可长啊。看见了上级就百依百顺,看见了下级和平头百姓就趾高气扬,这种作风很可耻,但是却大有人在。"

邹源:"包书记,您说的这种现象,在我们县委机关里就有。过去重视得不够，我和宗县长商量了一下，就这件事呀，在县里领导班子上开个会议，认真彻底检查一下自己的工作，并在全县各机关、各乡镇，来个举一反三，树立公仆意识，其实问题不在于他们是不是碰上了省委书记，而是这种行为损害了一个县的形象。必须得到纠正。"他笑笑："也许，这次意外事件能为改变我们县的工作作风提供一个契机，要那样的话，包书记，你可为我们柳源，做了一件大好事呀。"

众人被他说得笑起来。

所长办公室。

弓世明站在望着窗外的包治平等，又看看地上的一麻袋上访信，又急又悔。他转来转去，拿出酒瓶来倒了一杯酒，喝了下去，鼓起勇气扛着麻袋出门。

招待所院里。

邹源："包书记，咱们去完药厂就回县里，听听我们领导班子的工作汇报，你看行不行？"

包治平："我看还是多到下边走走看看吧，汇报先不忙。"

宗槐卿："那就到城东吧，那是我们邹书记的点，各方面的工作都开展得不错。"

包治平："城东先不去，以我的经验，县委书记包的点，一般都好一些，不忙看，我昨天晚上看了一篇文章，是介绍金银铜的，今天早上又吃了峪沟罐头厂的罐头，想上那儿看看。怎么样？"

宗槐卿看看邹源。

邹源："包书记，峪沟哇，是我们县里按山区小流域开发的一个示范点，是我们副县长金银铜同志亲自抓的。老金这个人，脑瓜活、办法多，能别出心裁，工作也能脚踏实地。说实话，抓农业呢，我不如老金，我常在常委会上说，要把峪沟作为我们县里小流域开发的特区、试验田，作为山区脱贫致富的一个榜样。他们干得不错，我觉得呀，值得一看。"

包治平等点头："好，走吧。"

弓世明背着一个麻袋从人们身后转了过来："好，说得好。"

众人回头看着他，包治平等显出明显的不耐烦。包治平转身欲上车，又停下来："对了，邹源，介绍金银铜那篇文章的作者文冠东，你熟悉不熟悉呀？"

邹源："不太熟，我也是看了那篇文章，才知道我们县里呀，还藏着一位大秀才。怎么啦？"

包治平："我觉得这篇文章，他对峪沟的情况很了解，也很有见地，很想认识他一下。"

邹源："啊，我去安排，马上派人去找他。"

包治平："行。哎，老方啊，你不忙你的案子，我们到药厂去，走，上车。"

众人上车，车发动。

弓世明脸涨得通红，他痛苦地闭上眼睛，可终于还是憋不住跑到车前喊出声来："请等等！"

车停下。

弓世明走到包治平的窗前，敲着车窗："包书记，包书记。我知道我做了一件蠢事，虽然这一辈子我就写过那么一封匿名信，可他毁了我一辈子的人格，你看不起我，我也看不起我自己，搬起石头砸自己的脚，我该！是，我是个小人物，那宾馆是我一手张罗盖起来的，后来让柳水萍当宾馆经理我不服气，这回赶上这么个机会，也不知怎么鬼使神差地就玩了那么点手段，我这事是有点卑鄙，虽然我说的是事实，可是在做这件事的时候，由于藏了私心，我连自己都恶心我自己！"

包治平："可你还是做了。弓世明，正好，你们县的头两把手都在这儿，你要是有什么问题呢，可以抽个时间，找他们好好说一说，好不？车安，开车吧。"关上车窗。

车发动。

弓世明："包书……"他跑到车前，伸臂拦住车："站住！"

车停住，邹源和宗槐卿下车。

邹源走过去："弓世明同志啊，有什么问题你可以跟我谈，好不？"

弓世明："我不跟你说，我只找包书记！"他走到车门口，涕泪交加地说："包书记，您是省委书记，不会跟我一般见识。我是个粗人，您就听我说一句话，最后一句，今早的事，我不对，我承认我有私心，可那不是我的目的！我想汇报的，不是我个人问题，而是这！"他猛地将麻袋抖开，一麻袋各式信封的群众来信呼啦一下倒在了地上，像一座小山。

众人都愣住了。

弓世明："包书记，您看，这可是老百姓的声音哪，您省委书记得听吧。所有这些信，都是我在信访办的垃圾堆捡的，绝没有一封是假造的。你们看看吧。捡这些信的时候，我在心里对那些写信的人讲，你们想到了吗？同志呀，你绝对想不到你的这封信会被扔在垃圾堆里，连拆都没拆呀！包书记，省里来的领导，你们就看看这些信吧……从此以后，我弓世明是没脸见你们了，本来挺光彩的一件事，叫我办得这么窝囊，我除了后悔，无话可说。从今天开始，我请长假，在家反省。"他将麻袋往肩上一搭,走了。

人们看着那堆信,呆愣着。

包治平:"弓世明同志!"

弓世明站住了。

包治平走过去,捡起那些信看着。

邹源和宗槐卿相继擦了一把汗。

包治平:"弓世明啊,人,都有私心,有私欲。有时候膨胀了,会影响一个人的品格。早上的事,你是错了,说实话,我因此改变了对你的好印象。可现在,为了这堆信,我原谅你。不仅原谅,还要说声谢谢。这说明,你相信党,相信组织,而且我想写这些信的人,都会感谢你。"

弓世明:"包书记,我……"他用麻袋捂着脸,哭了起来。

包治平:"邹源,这些信,我很想知道你们县领导的看法。"

邹源:"包书记,您放心,我们会认真追查的,一查到底。老宗啊,马上把信访办的人叫来。"

包治平:"不用了。信交到我们这儿,我就要负责了。家丰啊,你就不要去了,叫上童青,抓紧把这些信分分类,然后,整理成摘要给我看。"

田家丰:"嗯。"

寒梅:"我也留下一起看。"

包治平:"你不是还要去看老同学么?"

寒梅:"这么多的信,工作量很大。"

包治平点头。他将手中的信掂着:"不要小看这一封封群众来信,这是一份份期望、一份份信任和一份份无处可诉的冤屈。我们社会主义社会的官和资本主义社会的官,区别千条万条,根本的一条,就在于如何对待人民,如何对待自己的衣食父母老百姓。你是个好坏官、清官赃官,衡量的标准只有一条,就是看你怎么对待人民群众。"

邹源:"包书记,您批评得对。我们一定要吸取教训,把工作搞好。"

包治平皱皱眉:"要少讲空话,多做实事。"

邹源:"是,从现在做起。老宗啊,立即通知信访办的同志,协助寒副省长工作,顺便也向田主任好好学习学习,取取经。"

包治平"嗯"了一声,走了。

邹源回头看了弓世明一眼,跟着上车。

203 房间。

寒梅开门进来，田家丰跟在她身后，用脚关上门，将抱在怀里的一摞信放到了桌上："你呀，竟给自己找事。"

寒梅："我喜欢看群众来信，这比任何人的介绍和反映都能说明问题。"

田家丰："那行，你看，看吧看吧。"

寒梅："有话就说。"

田家丰笑笑，不应。

寒梅："说呀。"

田家丰："你不是准备看老同学吗？不去啦？是不是因为刚才包书记让邹源……"

寒梅："让邹源什么，说呀？"

田家丰："我是说文冠东这个人，包书记想见他，你也想见他，啊，文冠东这个人很有意思，我也想见见他。"

寒梅："你接着说。"

田家丰："你看你这个人哪，我没别的意思。老同学见见面有什么呀，我理解。"

寒梅看着他。

田家丰笑笑："行，那这样，你看信，我到童青那儿去一下。"

医院，走廊里。

夏炳信穿着病号服，夏莲手里提着一个塑料袋，跟在护士后面走着。

护士推开一扇门，对夏炳信说："这是给你新换的病房，进去吧。"

夏炳信站在门口，愣住了。

这是一个单人病房，屋里铺着地毯，收拾得很干净。

夏炳信："我，住这儿？"

护士："对。实话对你说吧，这里寻常只有县里主要领导才能住进来，连局长、部长都没这个福分，对你，这可是特殊优待。"

夏炳信："不，我不住。这一宿得多少钱哪，我住不起。"

护士不屑地说："叫你住你就住，这是县里领导吩咐的，特别叫我告诉你，不让你拿钱，你还怕啥？"

夏莲："县里领导？是谁呀？"

护士："这你就别问了。"

夏莲："不，以前咱们来告状，县里都没人管，现在叫咱们住这儿，我怕是有鬼。哥，吃人家的嘴短，拿人家的手短，这房，咱不能住。"

夏炳信："嗯，不住。大夫，我还是回原来那个病房。"

护士："你这人怎么这么不知好歹？你不住，我怎么向领导交代呀？"

应平章走过来："你是夏炳信同志吧？"

夏炳信看着他："我不认识你。"

应平章："不认识没关系，介绍介绍就认识了嘛。我姓应，叫应平章，你叫我老应就行了。"

护士："这是咱们县委的应副书记。"

夏炳信和夏莲不知所措地点点头。

应平章："哎，怎么不进去呀？进去。"他率先走进去，回身招呼着："来，进来，咱们进来说。"

夏炳信不由自主地要跟他走，夏莲拉了他一把："哥，等等。应书记，这病房，我们住不起。"

应平章："哎，护士没跟你们说吗？你们住在这里，不让你们拿钱。"

夏莲："那我们更不敢住了，我们不是公家人，住院不拿钱，凭啥呀？"

应平章看着她，笑了："你这个姑娘还怪有心眼的。放心跟你哥进来吧，实话告诉你，我们研究了，这笔钱，叫公安局拿。"

夏莲："公安局？"

应平章："对，公安局。你哥的病，他们是有责任的。你们放心住，保证不让你们拿钱。"

夏莲犹豫着："那我们也不住，他们给我哥看病就行了，用不着住这么好的房间。"

夏炳信："就是呀，应书记。"

弓文略匆匆走来："夏莲，你叫我好找。我到病房去，说你们换二楼来了。"他看了一眼："高干病房？夏莲，这是怎么回事？"

夏莲："这是应书记让搬的。"

弓文略："那，谁付钱哪？"

应平章："当然是公安局了。"

夏莲："文略，你看咋办呢？"

弓文略："既然应书记让住的，那咱们就住，不住白不住。大哥受了那么多苦，也该补偿补偿了。"

夏莲和夏炳信听了他的话，安心一些，将东西放下。

应平章注意地看看弓文略："小伙子，你是叫弓文略，对吧？"

弓文略："应副书记，你认得我？"

应平章："来来。"领着他出去。

夏莲回头看着。

走廊里。

应平章跟弓文略走着："小弓啊，你来县委机关那头工作吗？你的毛笔字写得很不错，画也画得漂亮，怎么样，我没记错吧？"

弓文略："您过奖了。"

应平章："那，现在你做什么工作？"

弓文略："啊，我现在，在电影院看大门，义务性地画画海报。"

应平章："噢，这可真有点大材小用了。你和夏莲挺熟哇？"

弓文略："我们是初中同学。"

应平章："好，很好。同学之间互相帮助，很好。那她的案子你也该知道吧？"

弓文略："知道，她可是冤枉的……"

应平章打断他的话："是啊，是啊。"回头招呼门前的夏莲："哎，夏莲，过来过来。"

夏莲过来。

应平章："夏莲哪，关于你的案子，以前我们不太了解情况，让你呢，受了一些委屈，可是你看看，现在啊，县里的主要领导对这个案子是重视的，也采取了一些举措，下一步呢，还要具体做一些实事，解决问题嘛。我的意思是，一定要处理得让你们满意，不能让你们白挨撞、白挨抓、白挨打。只是这件事呀，闹得满城风雨，还惊动了到县里边来视察的省委领导，这就搞大了嘛。这对我们县影响很不好。同志们哪，要顾全大局，所以呢，想跟你们商量一下，看能不能把诉状撤回来，你们的问题，由我们县内部解决，而且，一定要解决好，你们有什么要求，尽管提出来，只要不是太过分，我保证，满足你们。你们考虑一下，怎么样？"

夏莲看看弓文略，弓文略摇头。

夏莲："不行。"

应平章："哎，你别忙着否决嘛。我是说考虑考虑，不要让县里的工作太被动嘛。小弓，你说是不是呀？"

夏莲："不用考虑了，应书记。这状子，我们不会撤。这官司我们打了这么长时间，总算有出头的这一天了，想叫我们不告，绝对不行！别说叫我们住高干病房，就是叫我们住进县委大院，我们也不会撤！如果这是条件的话，这病房，我们不住了。"转身就走。

应平章拦住她:"哎哎,夏莲夏莲,治病要紧嘛,我只是说考虑考虑,你们先在这里住着,其他的事,咱们以后再谈,好不?小弓,你帮着劝劝嘛。"

弓文略:"夏莲,应书记也是为了工作嘛,要给个面子嘛。"

应平章:"对,为了工作,小弓说得很对呀。"

弓文略:"这干部病房我们要住,这官司呀,我们还是要告。"说完便领着夏莲走了。

应平章看着弓文略,暗暗思忖着。

药厂会议室。

从会议室的桌椅上,已能看出这个厂的衰败。

包治平和邹源、田家丰坐在桌边,他们身边,是几个厂里的干部,工人们挤了满满一屋子。

烟气腾腾。

邹源用笔敲敲桌子:"静一静,静一静。"

工人们静下来。

邹源:"我把厂子里的问题都摆出来了,说来说去,两句话,一是没钱,二是没个好班子。这两个问题,我看最大的问题,还是班子问题。刚才有位师傅问我:'邹书记,你卖不卖官,如果卖的话,我们大家要集资买一个官。'哎,是不是这么说的?哪位说的?"

一老工人在后面应着:"邹书记,这话是我说的。你要是敢卖,我们就真准备买一个,你说多少钱吧!"

邹源:"我想问问,这是你一个人的意见呢,还是大伙的意见。"

老工人:"大伙的意见,不信你问问大伙,同意不同意?"

工人们:"同意!"

邹源:"卖官的事,封建社会有,在咱们社会主义国家里,我还是第一次听说。不过,今天,我倒想开开先例。听大家说这话的意思,好像是心中早有人选,就是不知道是谁?能请来见见吗?"

工人甲:"你说话算不算?"

邹源:"你们要嫌我这个县委书记官小啊,这里坐着咱们的省委书记,他可以做个证。"

工人乙:"包书记,你也同意卖官?"

包治平:"我看哪,说说笑话是可以的,但是,这不是卖官,也不能卖官,这是让大家民主选举一个厂长，自己管理自己的事情，是不是这样啊？"

工人们静了片刻，热烈鼓掌。

邹源："哎哎哎，不过事先声明啊，这件事是咱们柳源县自己的事，由我做主，既然没有这个先例，出了什么问题，也由我个人负责，跟包书记没关系啊。"

工人们在下边议论纷纷。

一工人："邹书记有气魄，真出了事，我们大家砸锅卖铁，为你上访。"

工人们应着："对！"

邹源笑着摆摆手："俗话说得好哇，丑媳妇不怕见公婆，大伙那位意中人，是不是出来跟大家见见面哪？"

众人从人后推出一个其貌不扬的人来。

邹源看看他："你叫什么名字？"

其貌不扬的人很镇定："凌志鹏。"

邹源："你在厂里干什么工作？"

凌志鹏："当过技术科长，副厂长，现在是工会副主席。"

邹源："为什么不当副厂长了？

凌志鹏看了一眼厂里的领导们："我这人好提意见，得罪了很多人。"

邹源："都什么意见？"

凌志鹏："精简机构，上新产品，控制干部的奖金和非生产开支。"

邹源看看身边的干部："是这样吗？"

干部们你看看我，我看看你，其中一位显然是领头的点头："有这些因素，但主要是群众关系不好。"

工人甲："不对，是领导关系不好。"

工人乙："拿掉他，是因为不和你们同流合污。"

工人丙："我们开80%，他们干部一年奖金上万，喝工人的血么！志鹏不干，就把他给撤了。"

工人丁："大吃大喝，把厂子都吃黄了，还有脸说。"

邹源摆摆手："别乱别乱。我看志鹏啊，主要不是没有处理好和群众的关系，而是没有搞好和领导的关系。这些事情不说了。凌志鹏，我问你，如果工人真的选你当厂长，你干不干？"

凌志鹏看看大家："如果大家信得过我，我就干。"

众人："信得过！"

邹源："听见了？看样子，你胸有成竹嘛，说说你的具体打算。"

凌志鹏："这事三句两句说不完整，但我可以向领导保证，立个军令状，半年上台阶，一年扭亏增盈。"

一老工人："一年，你不是说半年吗？手里有金刚钻，你还怕什么？"

包治平："什么金刚钻？"

凌志鹏："我和几个老中医，研究出两种新药，成本很低，能治大病，上市以后，保证畅销。"

包治平："试验过了？"

凌志鹏笑笑："试过。其中一种是保健药，这里很多人都吃过。"

众人哄笑起来。

包治平："灵吗？"

工人甲指一工人："灵，你问他，吃了以后，老婆都不离婚了。"

众人笑起来。

邹源："另一种药治什么？"

凌志鹏："治感冒。"

邹源："感冒药现在可太多了。"

凌志鹏："我这药是嗅的，喷在纸巾上，打喷嚏、擦鼻涕的时候顺便一嗅，就成了。特灵，他们都试过。"

工人们点头。

包治平："这个药，我倒可以试一试。"

工人们笑着。

邹源问身边的干部："你们知道吗？"

干部们面面相觑。

工人乙："他们，他们只知道打麻将。"

工人甲："还有歌舞。"

工人们哄笑着。

邹源问凌志鹏："你知道你们厂的经济状况吗？"

凌志鹏："知道，固定资产七十万，亏损一百三十万，没有流动资金。"

邹源："好吧，你们厂有三百人，每人掏两千块钱，钱收齐了，你就上任。我现在宣布现任厂长和其他领导，今天全部免职。"

静场。

一工人站起来："这钱我们交了！"

工人们热烈鼓掌。

包治平也鼓掌，他以欣赏的目光看了一眼邹源。

邹源："交了钱啊，你们可以实行股份制，县经委、体改委、国资局，一起参加评估，由集资的工人推举董事会，厂长对董事会负责。"

工人们鼓掌。

邹源："大家静一静，下面，请省委包书记讲话。"

工人们鼓掌。

包治平："我没什么讲的了，大家的做法，我非常支持。理由很简单，企业改制，民主选举厂长，这完全符合改革的方向。"

热烈鼓掌。

县长办公室。

宗槐卿在批评两个信访办的干部："……我刚才说到哪儿了？你们每天忙什么？忙得连拆信的工夫都没有哇？别以为我不知道，通宵打麻将，上班就打瞌睡，这是什么？上访信扔垃圾堆里，是渎职知道吗？我也不说那么多了。你们现在过去，好好协助省里领导的工作。记住，到那以后，长点眼神，看看省里领导都注意些什么信，心里有个数，有什么特殊情况，及时向县里汇报，找邹书记、找我都行。明白吧？不要让县里的工作被动。"

干部："明白。哎，宗县长，还有什么指示吗？"

宗槐卿："去吧去吧。指示，什么指示你们认真听过？"

第五集

文冠东家。

文冠东在床上睡觉。

他妻子起来了，收拾着屋子，没好气地摔打着。

文冠东的儿子文豪从床上起来，没好气地说："妈，一大早干什么呀！"

文妻："干什么，一大早地，你们爷俩白天就知道傻睡，晚上点灯熬油地，早上没精神了。"

文冠东翻了个身："你呀，叫人好好睡一觉行不？没看我昨天晚上贪黑赶稿子么？"

文妻："赶稿子赶稿子，动不动就拿写字压人。你是写出房来了啦，还是写出米来啦？一天像多大功劳似的。"

文豪："妈，你别这么说。我爸现在是怀才不遇，说不定哪天，呼啦一下子变成名人，你呀，就等着享福吧。"

文妻："享福？豆腐吧。你别在床上赖着了，去，买两个馒头去，家里没米了。"

文豪伸手："钱呢？"

文妻："问你爸要。"

文冠东："我工资不都交给你了吗？"

文妻："一脚踢不倒那两半钱，早花没了。上月你给金副县长写的那个字，不是说有二百块钱稿费吗？"

文冠东："县报社的老于跟我说了，现在亏损，那笔稿费，一时给不了。"

文妻掏钱："你说你点灯熬油地写那玩意儿干啥？有那工夫，不如晚上批二百冰棍卖去，咋也能对付几十块。文豪的工作你能不能找了？"

文冠东："我跟局长说了，叫我等着。"

文豪："得，爸，上剧场看大门我不去呀。"从母亲手里接过钱："买几个？"

文妻："三个。剩下的钱拿回来呀！"

文豪："五角钱也要？"

文妻："五角钱你会挣啊？"

文豪："爸，你可真得赶快出名了，你看咱家这日子。"走了。

文妻："出名？他要能出名，是人就出名了。"

文冠东不耐烦了，一掀被子坐起来："你还有完没完？"

文妻叉起腰："没完，你想咋的？"

文冠东泄气了："没完哪，没完你接着说。"躺下了，用被子蒙着头。

文妻不依不饶地掀开被："起来！我要叠被！"

文冠东瞪了一下眼睛，一看妻子一心想打仗的架势，又软下来："好好，我起，我起行了吧？"

胡同里。

文豪手里拎着塑料袋回来。

一辆轿车在他身后撵上来，按着喇叭。

文豪向一边让让。

汽车停下来，邹源探出头问着："同志，文作家在哪个院子住？"

文豪："文作家？哪个文作家？"

邹源："文冠东。"

文豪："你是……"

邹源："我是县委的，省委包书记想见见文作家。"

文豪认出了邹源："你是邹书记？"

邹源："对，是我，哎，文作家在哪个院呀！"

文豪突然扔了塑料袋，撒腿往家跑，一边跑一边喊着："爸，爸，你出名啦！"

邹源摇头笑笑，对司机说："跟上。"

汽车慢慢地跟上去。

文冠东家。

文豪上气不接下气地跑回来，喊着："爸，爸，快收拾收拾，这回，这回咱们家可熬出头了！"

文冠东："干什么呀，疯疯癫癫的。"

文妻："文豪，馒头呢？"

文豪："哎呀妈呀，馒头，以后谁还吃馒头哇！快，给我爸找衣服，我爸这回可出了大名了，省委书记要见他呢！"

文冠东："文豪，不许跟我开这种玩笑！"

文豪："真的，妈，快找衣服！县委邹书记开车接我爸来了，快点呀。"打开箱子翻着。

文妻："这，这咋回事呀？"向窗外看着。"哎呀，可不是来了咋的。"一把推开文豪："起来起来！"翻着衣服。

邹源从汽车上下来："文作家在这儿住吗？"

文冠东听到这个称呼，愣了。

文豪："爸，答应啊，叫你呢！"

邹源："文作家，文冠东在这儿住吗"

文冠东："在在，快请进。"欲出去。

文妻一把拉住他，将一件西装套在他身上。

邹源已经走了进来："你就是文作家吧？"

文冠东："对，我是文冠东。"

邹源："久仰久仰，我叫邹源，县委的。"

文冠东握着他的手："认识认识，你是邹书记。"

邹源环顾小屋："你就住在这儿？"

文冠东："嗯。"

邹源吟着："山不在高，有仙则名。水不在深，有龙则灵。斯是陋室，唯吾德馨。"

文冠东已恢复了文人的潇洒模样："不敢，凡夫俗子，岂敢附庸风雅，我居陋室，实乃生活所困。"

文妻："邹书记，快请坐呀。"掏钱对儿子小声地说："哎，文豪，你去买盒好烟来。"

文豪："哎哎。"走了。

邹源："是啊，财政困难、房子紧张，都是实情。不过，像你这样的知识分子，应该照顾照顾。过去，我们不熟，照顾得不够……这样吧，我回头跟文化局说一下，叫他们想想办法，创造一个良好的写作环境嘛。"

文妻："太谢谢邹书记了。"

邹源："哎，对了，你写金银铜的那篇文章啊，我看了，昨天省委书记来了，也看了那篇文章，想约你去谈谈。"

邹源又说："那好，包书记在等着，咱们这就上车吧。"

文冠东："哎，我换双鞋。"

邹源："哎，老文啊，刚才出去那个，是你儿子吧？"

文冠东："是。"

邹源："在哪儿工作啊？"

文冠东："待业。"

邹源："啊。你跟王局长说一声，就说我说的，叫他帮着想想办法。"

文冠东："我的情况局里都知道，解决不了。"

邹源："解决不了？解决不了问题当什么局长？这样，你放心，我会亲自过问这事的。"

文妻："那谢谢邹书记了，你，真是帮了我们家大忙了。"

邹源："别太客气了，这也是我应该过问的嘛。"

文冠东跟邹源走了出去。

文妻跟着送出来。

文豪回来了："哎，妈，怎么？"

文妻："走了。"

文豪刚要将烟塞进兜里，文妻抢过来，说："哎，这么贵的烟，你看你……"

县长办公室。

宗槐卿拎起兜要出门，想想又回去，拨了一个电话："喂，小丽吗？你婶怎么样？睡了……别别，别叫她，让她睡吧，给她掖好被子，别忘了，按时给她吃药。好了，没事了，啊？……亚娟哪，你又起来干啥？当心，别受了风。我们这儿？挺好，啥事也没有。省委书记就是路过，车坏了，得在这儿修两天，等他走了，我就回去。"

宗槐卿家。

王亚娟在打电话，她头上冒着冷汗，一手支着腰，显然在忍着痛："你别忙，我没事，挺好的。不，今天特别好，一点也不疼，你别惦记，啊。好了，再见。"

她放下电话，接过小丽递过的毛巾来，擦了把汗。

201房间。

包治平在跟文冠东谈话。

包治平："我读过你的文章，写得不错，有感情又有说服力，起码说服了我。"

文冠东："那是生活本身的力量。在采访的时候，听群众讲金副县长的事迹，我也跟着流了许多泪。我只是把他们的心里话写出来了。"

包治平："你跟金银铜很熟吗？"

文冠东："以前不熟，我也是一个偶然的机会，听人谈起他的事迹，萌发了想写他的念头的。"

包治平："在你的采访过程中，大家对他的反映都那么好吗？有没有什么不同的意见？"

文冠东："不同的意见当然也有。据我所知，金副县长就犯过一次错误，这个错误，影响了他许多年。"

包治平："哦，说来听听。"

文冠东："金银铜副县长，前几年分管工业，有几个厂经他的策划，都扭亏为盈，人们普遍认为他有点子，能干，政绩不错。就在这时，经他批准，一个国营企业生产了一种产品。销路不错，但是商标上出了问题，出现了侵权，人家告到法院，赔了人家50万元。这件事虽然不是故意的，而是纯属偶然，反正赔了人家50万，厂里受了损失。那一年，正赶上县里调班子，如果没有这码事，他当县长的呼声最高。可因为有这事，有些人就趁风扬沙，结果宣布班子时，原官原位仍是副职。"

包治平点点头："大意也罢，粗心也罢，没经验也罢，作为决策者，他应该负责任，这不算冤枉。"

文冠东："有了错，受一回挫折当然也没啥，可总缠着就说不过去了。过了一年多，县长调离，位子又空下了，群众猜想，赔款的事已经过去了，该老金上了。不想上边下来考察，一些人又旧事重提，结果还是没上。金副县长自己倒是没说什么，照样干他的工作，可很多人在心里替他抱不平呢。"

包治平："抱不平，说说，怎么不平？"

文冠东："算了，官场上的事归你管，我小老百姓，就不说了。"包治平："哎哎哎，不平则鸣啊，不能说一半留一半，说，说。"

文冠东："我觉得咱们现行的干部制度，有许多缺陷。有些人踏踏实实做工作，论水平，有；论魄力，有；论作风，正。可就是犯不起错，因为有一条他没有，没有关系，根子不硬，一旦犯了错，那这个黑锅呀，就得背一辈子。你想啊，一个人做一百件事情，九十九件都是对的，只有一件失了手，其他全不念，这公平吗？相反，有的人一天到晚一茶、一张报，小事不做，大事不管，可是有一点好，有靠山，那他这把官椅，就算是坐稳了。我觉得现在考察干部的人哪，包书记，我这可不是说你呀。"

包治平："嗯，你说你说。"

文冠东："他们尽用一些自己看着顺眼的人，要不，就用一些四平八稳的弥勒佛，笑口常开，一脑门子的浆糊。这些人，可能永远不会犯错误，但有一点，他永远不会出成绩。"

包治平点点头，拿起铅笔在纸上记了几个字："你接着说。"

文冠东："哎，包书记，你可别记啊，这白纸黑字的，我……"

包治平："哎，你说你说。你那个文章里好像说金银铜是单身汉？"

文冠东："是。他妻子前年死于车祸，扔下一个女孩，今年六岁，寄放在乡下他父母家。"

包治平："冠东啊，你跟我说说，这金银铜蹲点的峪沟村，到底有什么特点？"

文冠东："特点？我那个文章里都写了。"

包治平："哎，有没有没写的？"

文冠东："没写的，那就一条，他蹲点的那个峪沟哇，过去，那是真穷，不像其他领导。名曰扶贫蹲点，其实他们去的地方，早就是'早上两颗蛋，中午吃的是干面，晚上还喝二两半'。脱贫啊，哪那么容易。山区的老百姓，穷了几千年，可不是一两句话就能过上好日子的。这个柳源县哪，那是真正需要脱贫致富的地方，只有他蹲点的峪沟，那是修路、办厂、造地，十户有八户有大棚，进村甭看别的，单看房子就知道了。预计今年下来，能奔上小康水平，村里人都管老金叫活财神。"

包治平："是呀，要是我们的扶贫干部，都能做活财神，那就好了。看起来你对金银铜可是偏爱有加呀。"

文冠东："不是偏爱呀，我是服他。他是真正干出来的。包书记，你也不用在这儿听我吹，如果有时间，你亲自去峪沟看看，就明白了。"

包治平："好哇。咱们一言为定，你当向导如何？"

文冠东："行啊。"

包治平打电话："喂，家丰吗？你过来一下。"放下电话。

文冠东："哎，包书记，我看了半天了，你这烟，也不抽，总在鼻子上闻，是……"

包治平笑了："好，到底是作家，细心。告诉你，以前，我抽得很凶啊，后来，那口子她有意见，就戒了，可又舍不得，就想了这么个法。"

田家丰进来了："包书记。"

包治平："田主任，你安排文作家休息一下，中午饭咱们一起吃，下午一起去峪沟。"

田家丰起身："哎。文老师，请跟我来。"

文冠东跟他出去了。

走廊里。

田家丰领文冠东从201房间出来，掩上门："文老师，还有个人想见你。我爱人，寒副省长。"

文冠东："寒梅呀？"看看田家丰，解释着："啊，插队的时候，我们曾在一个集体户。"

田家丰："我知道。你们的事，寒梅都跟我说了。这次路过你们县，正好有这个机会，老同学，叙叙旧嘛。怎么样，你没意见吧？"

文冠东："我听领导安排。"

田家丰领文冠东来到203门前，敲门。

寒梅："进来。"

203房间。

寒梅正在看群众来信，她看得很入神，拿笔记着。

田家丰进来："寒副省长，你看，我把谁给你领来了？"

寒梅回头看见文冠东，急忙起身，显得有些慌乱。

文冠东站在那里，有些拘谨。

田家丰："文老师，坐。我还有点事，你们聊。"走了。

屋里就剩下寒梅和文冠东，气氛突然有些尴尬起来。

寒梅:"怎么样,还好吧?"

文冠东:"还好。"

寒梅:"啊,坐,坐呀,站着怎么说话?"

文冠东坐下。

寒梅倒茶,她有些慌乱,茶洒在茶几上,文冠东用手将茶收起。

寒梅:"喝茶。"

文冠东:"哎。"他将手伸进兜里,又拿了出来。

寒梅:"想吸烟?吸吧。没关系。"

文冠东拿出烟来,点燃吸着。

寒梅:"烟瘾还那么大?"

文冠东:"写东西,没办法。"

寒梅:"你的文章我看了,不错。"

文冠东:"啊。"

寒梅打量着他,有些感慨:"烟还是少抽点,抽多了伤身体。"

文冠东:"岁月无情,不是烟的错。不过,你好像没什么大变化,就是你走在街上,我还是一眼就能认出来。"

寒梅:"你看我这白头发。啊,喝水吧。"

文冠东:"啊。"

寒梅:"工作顺心不?"

文冠东:"还行。"

寒梅:"你家里都好吧?"

文冠东:"啊,挺好,我爱人在街道厂,做鞋。"笑了:"我作协,她也做鞋,也算般配吧。对了,你孩子多大了?"

寒梅摇了摇头。

文冠东:"没有?"

寒梅:"忙。"

文冠东:"对不起。"

寒梅:"没什么。开始他不想要,后来我不想要,再后来,就都不想要了。你呢?"

文冠东:"啊,我儿子都十八岁了。"

寒梅:"这么大了?哪天见见。"

文冠东:"他倒是在电视上见过你。"

寒梅:"我上电视不行,发僵。"

文冠东："挺好的，典型的职业妇女。报纸上的照片也不错，就是现在印刷技术还不行，有几张挺清楚。"

寒梅有些感动："你看得挺仔细的。"

文冠东："啊。"

寒梅："以前，我给你写过信。"

文冠东："接到了。"

寒梅："为什么不写回信？"

文冠东："写了，没寄。"

寒梅不吭声了。

文冠东："下午，包书记让我陪你们去峪沟。"

寒梅看看他，回到桌边坐下，拿起桌上的上访信："柏家四虎你知道吧？"

文冠东："柏家四虎？你怎么想起来问这个？"

寒梅："我这有不少群众来信，反映挺强烈。"

文冠东："啊，那是一群恶霸。老大柏男，开了个什么贸易公司，是个大款，有钱，但是，谁也不知道他在做什么生意。老二柏效，在柏家乡当乡长，在当地也说一不二。老三柏才是村长，好色，传说村里的年轻妇女，一半以上都被他欺侮过。老四柏良是个混混。这哥四个仗着有钱有权，横行乡里，这柳源县，就没人敢惹他们。"

201 房间。

方洪彦手里拿着一个烟盒写成的上访信，递给包治平："你看看这个。"

邹源、宗槐卿站在他面前，诚惶诚恐。

方洪彦："这柏家四虎这么大民愤，横行霸道一方，你们竟一点消息都不知道，如果真是这样的话，我倒要问问你们这县委书记和县长是怎么当的？"

邹源："这事呢，听说过一些，但具体情况，确实不太清楚。方书记批评得对。不过说句实话，柳源是个穷县，我到任这两年，把主要精力，都放在抓经济上了，常委们也有分工，这件事呢，主要是由主管政法的副书记应平章同志负责。不过你放心，我们会认真调查这事的。"他回头看了一眼宗槐卿。

宗槐卿："柏男这个人我认识，是县里最大的私营业主，也做过些好事。柏家乡四所小学，就是他出资兴建的。老二柏效是柏家乡乡长，工作是有能力的，这两年他年年是先进。当然，这些，并不排除他们为自己违法乱纪做掩护的可能，如果真有上访信上揭发的那些事，就该严肃处理。"

包治平："有没有这些事情，要以事实为依据。你马上组织人，去调查清楚，并且把情况如实地向方书记汇报。"

邹源:"包书记、方书记,你们放心,我让应副书记亲自去办这件事。"他拿信走了。

走廊里。
邹源拿着信走过寒梅的房门口,听到里面传来的谈话,顿了顿。
寒梅的声音:"如果事情真像你说的那样,问题就严重了。县里出了这样的恶霸,就没人管吗?"
文冠东:"管?除了县公安局的桂局长没买通,柏家上上下下都用钱打通了。光派出所,柏老大就捐了一台吉普和四辆摩托。老百姓说得难听啊,说派出所都成了柏家看门护院的了。我们县里有个夏莲的冤案你不知道吧?"
寒梅:"知道。"
文冠东:"把人家都整成那样了,还不让告状。他们用钱雇了联防、治安的人看着。"
有人在邹源肩上拍了一下,他吓了一跳,回头,是田家丰。
田家丰摆头,邹源走了。

203房间。
田家丰敲门进屋:"寒梅,那些群众来信呢?包书记叫我看看还有没有告柏家四虎的。"
寒梅:"在桌上呢,这么大的事,你们县里领导就一点不知道?总得有人上去告状吧?"
文冠东:"告状,告状有什么用啊。这些信有多少,谁看哪?"
寒梅:"难道,县委书记邹源也不管?"
文冠东:"这我就不清楚了。不过我听人说呀,邹书记把宝都押在经济上了,说只有抓经济,才能甩掉贫困的帽子。其他的他不感兴趣,下边干部,都管他叫经济书记。"
田家丰:"要说你们柳源县呢,脱贫是头等大事,抓经济也没错。啊,对了,你们接着聊啊。"出门走了。

招待所院里。
葡萄架下,田家丰在和邹源谈话。
田家丰:"邹源,这到底是怎么回事,我怎么感觉全乱套了,啊?本来想给你争取这么一个机会,让你在包书记面前加深印象,可是,你看你这搞的,唉。"

邹源:"家丰啊,说句心里话,这么大个穷县,哪能一点问题都没有哇。我只要做到问心无愧就行了。"

田家丰:"可是像柏家四虎这种事,这不是小问题呀。不是我说你邹源,你是一把手,不能只想着抓经济抓经济,像这种事情,你必须得管。你要知道,很多事情都是坏在这些下面的人手里。我看,这事你得马上办,先给柏家四虎一点颜色看看。无论他跟你什么关系,民愤太大的,该抓就抓,不能手软。变被动为主动。还有,像文冠东这种人,要引起重视。他无官一身轻,表面看来没私欲,因此在领导面前说话就往往有分量。我就不明白,他文冠东能给金银铜写出那么有文采的文章,你怎么就不用他呢?道理很简单哪,不管干什么,多一个朋友,比多一个对手强啊。"

邹源:"家丰啊,你到底是在上面,这些事呀,我没你玩得转。"

田家丰:"问题是,这一次,对你来说太关键了,弄得好,当地委书记,弄得不好,就难说了。"他看见了宾馆门口的应平章和柳水萍犹犹豫豫的,问:"哎,那边那两个人,是干什么的?"

邹源:"啊,应平章,县里管政法的书记,那个是柳水萍,宾馆经理,他俩是一对,还没结婚呢。"

田家丰:"你看看你下边这些人,都是些什么……不说了不说了,我先上去了。"走了。

邹源向院门口走去。

院门口。

柳水萍犹豫着:"这见了面,我怎么开口呢?"

应平章:"怎么就不能开口,不是让你把那检讨都背熟了吗?"

邹源过来了:"平章,我正要找你。柳经理,有事?"

柳水萍:"是平章,啊,应副书记叫我来找包书记做检讨,代表县里的宾馆,来找包书记认个错。"

邹源想想:"也好。包书记在楼上201。"

应平章:"去吧?"

柳水萍;"噢,那我走了。"

应平章:"邹书记,我来呢,也是为了找你。"

邹源:"嗯,有话外边说。啊,对了……"从怀里拿出那个上访信来:"这封信你收好,回去看。"

院外，路边树下。

邹源和应平章边走边谈着。

应平章："夏莲的哥哥，我已经安排在医院的干部病房住下了，准备做工作调解。"

邹源："嗯。夏莲的案子，我听说会牵扯到地委李书记的儿子李明堂。"

应平章："不调解的话当然会了，要是调解的话，就不会了。这事怨我，没有详细地向您做汇报，要不，抽个时间，我向您汇报一下？"

邹源："胡闹，我哪有时间听你汇报哇？我还是那句话，政法方面的问题呀，你要全权负责任。噢，不过要注意两点哪，第一点呢，夏莲的案子，要全力协调，不能再闹大了；第二点是柏家四虎的事，你比我清楚，这该下手的就得下手。"

应平章："我听说包书记来了以后，告状告得越来越厉害了？"

邹源："柏家四虎民愤很大呀。这事，你要认真对待。"

应平章："其实吧，柏家兄弟，就是老三老四年轻坏事。"

邹源："嗯，有证据，就把老三老四先抓起来。不忙着定性，查清楚再说，但也别听风就是雨，免得被动。"

应平章："那好，我马上去找桂连枝。哎，邹书记，我在省委党校学习这三个月，除了包书记，该找的我都找了，几位副书记还有组织部长，他们对你的印象很不错，话虽然没有明说，意思是清楚的，他们很希望你去接地委书记的班。"

邹源："以后这种话不许说，跟柳水萍也别说。平章啊，有句话我得提醒你，你跟柳水萍的关系，正常恋爱我不管，你是领导干部，要注意自己的形象啊，别搞得满城风雨啊。"

应平章："这我知道。前天我路过地区，地委李书记的意思很明确，他是很支持你的。"

邹源："不让你说你怎么还说呢？啊，你待会儿呀给金银铜打个电话，就说包书记下午要去峪沟，让他在那儿等着，听他汇报，啊。"

应平章："邹书记，你说别的事行，我和金银铜说过一句话吗？最好，找别人去办。"

邹源："我不是忙么？打个电话怎么了，你是书记，姿态高点嘛。"

峪沟乡，王小六家。

金银铜在打背包。

樱桃进来了，见状一愣："真要走？"

金银铜："县里来电话，省委书记来了，叫我回去汇报。"

樱桃："那你打背包干啥？不回来了？"

金银铜："天暖了，我把这被子拿回去换个薄的。再回来，我就到前村去住了。"

樱桃突然过来抢过背包："我不让你拿走！"

金银铜："啊，小六呢？"

樱桃："在我这讹了二十元钱，又赌去了。"

金银铜："你替我捎句话给他，叫他别再赌了，就说我求他了。这世上发家的路有千万条，唯独就没有赌这一条。我在你们家住，虽然帮你们家做了点事，但是，我却得到了你们的关心、照顾和信任，这些，我都记在心上了。如果小六哥还看得起我这个做副县长的老弟的话，让他记住我一句话，男人的志气，不在赌场上。"

樱桃："他……他不会听的。"

金银铜："好吧，那我以后找时间，再专门跟他谈谈。"拿起行李走了。

樱桃倚在门边看着他远去，她泪如雨下。

第六集

201 房间。

包治平、宗槐卿、柳水萍在。

柳水萍一把鼻涕一把泪地哭着："包书记，出了这么大的事，我很痛心，今天早上，宗县长狠狠地批评了我们，我接受，真心地接受，就求包书记和各位领导给我们一个改正错误的机会，要不然，我们这一辈子心里都不会安宁啊。"

包治平："不要把问题说得那么严重。事情做错了，改了就好，我们在这里也住不上几天，就不要搬来搬去的了，大家都麻烦。"

柳水萍："不，不麻烦，一点也不麻烦。只要包书记同意搬，其他的事，都由我来做。"她走到窗前，向外招了一下手。

包治平奇怪地向外看着。

楼下，一群衣着统一的宾馆服务员，看到柳水萍的手势，向招待所涌了进来。

202房间。

方洪彦正在看群众来信,有人敲门。

方洪彦:"请进。"

四位宾馆服务员走进来,规规矩矩地站成一排。

方洪彦站起身:"你们有事?"

服务员甲:"方书记,我们是宾馆的服务员,请方书记回去检查指导。"她走过去,小心翼翼地收拾着桌上的东西。其他的服务员也进来,将卫生间、床上的东西全都小心翼翼地收起来。

方洪彦:"哎,你们干什么?"

服务员微笑着:"请放心,方书记,我们绝不会弄乱、弄差一样的。"她捧起桌上的东西走了。其他的服务员跟在她身后,鱼贯而出,经过方洪彦身边时,都甜蜜地对他微笑着,弄得方洪彦哭笑不得。

走廊里。

方洪彦跟在服务员后面出来,看见其他房间也有服务员捧着东西出来,包治平、寒梅无可奈何地站在走廊里。

方洪彦:"包书记,这是怎么回事?"

包治平:"我们被人绑架了。"

邹源上来:"包书记,你们怎么站在这儿呀?"

包治平:"我正想问你呢。"

宗槐卿:"柳经理带着宾馆的服务员过来,非要请包书记他们过去。"

邹源:"胡闹,简直是胡闹!赶快住手!"匆匆要下楼。

包治平:"哎,好了好了,盛情难却啊,不要再搬来搬去瞎折腾了。"包治平向楼下看:"哎哟,老方你看,咱们的坐骑都叫人家推着跑了,再不走哇,咱们可真无家可归了。"

寒梅:"我看咱们即使走哇,也得跟人家弓所长打个招呼。这两天把人家也忙得够呛。"

邹源:"不用不用。你们会见到他的。"

包治平看着他:"嗯?"

邹源:"啊,这个老弓啊,是当兵的出身,人有时候容易感情用事,但为人耿直,敢做敢当,特别是在管理上有一套,我准备叫他挑重担子。"

包治平点点头。

柳水萍上来了:"包书记,一切都安顿好了,所有文件物品摆放的顺序保证跟在这边一模一样，不会让领导感到任何不方便。请领导过去吧？"

邹源："柳水萍啊，从今天起，你和弓世明同志对调一下工作，弓世明同志到宾馆去，你到招待所来当所长。马上把工作移交一下。"

柳水萍："为什么呀？"

邹源："你心里还不清楚。宗县长叫你搞整顿，是叫你抓好服务质量，端正服务态度，不是叫你搞这些名堂。柳水萍，你机灵，有时候有点子，可没用在正确的地方。记着，作为一个单位的负责人，最重要的是踏踏实实地干点工作，不要搞小聪明，尤其不要搞小动作。那些东西，有效，也有限，包书记，咱们走吧。"

方洪彦很欣赏他的话，回头看了他一眼。

众人下楼了。

柳水萍捂着脸哭了起来。

村路上。

金银铜背着背包走着。

一辆小四轮在后面追上来："金县长！"

金银铜："大柱，干什么去？"

大柱："送你呀！你可真是，要走，也不跟大伙打个招呼。你回头看看，老支书他们都在那边送你呢！"

金银铜回头看。

十几个乡亲在远处向他招着手。

支部书记党兴峪指挥着，众人一起喊："金县长，早点儿回来！"

呼唤传来，金银铜热泪盈眶，他向人们招着手。

公共汽车站。

金银铜背着背包上了汽车。

汽车上。

金银铜一上车，便被人认出来了："金县长，回县哪？"

金银铜："哎。"

农民站起来："金县长，你坐我这儿。"

金银铜："不用不用。"

又一农民让着："金县长，坐这儿。"

金银铜:"不用不用。"他将身边的一个小孩抱起来:"我坐这儿。"掏钱要买票。

售票员:"算了,金县长,你坐我的车,就是我的光荣了,哪能让你买票呢?"

金银铜:"别别别,票得买。"

售票员:"这车我包的。你坐我的车我收了你的钱,全峪沟的人都得揍我。"

众人笑起来。

面包车上。

包治平、方洪彦、寒梅、邹源、田家丰、童青、宗槐卿、文冠东在车上。

窗外。

金银铜坐的大客车跟面包车相交而过。

文冠东忽然发现了靠窗坐的金银铜,叫起来:"金县长!那个人好像是金县长!停车!"

面包车刹住了。

包治平:"你看准了?"

文冠东:"好像是。"

邹源:"不可能吧?我让通知金银铜在峪沟等着呀?他怎么……包书记,要不,咱们调头追上去。哎,老文哪,你看清楚没有哇?"

文冠东:"这个……就那么一晃,好像是他。"

包治平看看表:"我看算了吧。车安,开车吧。"

车开了。

车里的气氛有点沉闷。

田家丰:"哎,邹书记,听说你那本小流域治理的专著,出版了啊?"

邹源:"啊,刚刚出版。"

田家丰:"那是不是送我们几本,让我们也学习学习。"

邹源:"学习不敢,送每位领导一本,也好请领导们指正。"拿出一本书来递给田家丰。

田家丰:"哟,包装挺讲究的,包书记,你看看。在全省县委书记当中,邹源是第一个围绕山村脱贫,出理论专著的。听说,要上国家社科院呢。"

包治平接过书看着。

书的封面特写:《小流域治理综合开发》,邹源著。

田家丰:"邹源,这回你可发财了,你得请客呀。"

邹源："你是说稿费吧，没有。"

田家丰："一分没有？"

邹源："一分没有，出版社说，出这种科研专著吧，赔钱，还得问作者要什么出版费，后来，县里的应副书记出面，才给全免了，不但没发财呀，我还差点破了产。"

方洪彦："有这种事？"

邹源："如果不是亲身经历呀，我也不信。过去只听说出书难，没想到难到要作者倒贴的分上，我不是当着各位领导说大话呀，如果有一天，柳源县真的奔上了小康，经济上去了，或者我邹源有能力决定更大的事情，我一定设立一个科研专著的出版基金和奖励基金。"

包治平用手支起头来，听着。

车行进。

包治平："哎，邹源，你这上面重点感谢的那个叫闵……"

邹源："啊，闵仁德。"

包治平："你这上面说，你说这本书里的许多实际例证和数学模型，都是他做了许多工作？"

邹源："啊，包书记，是这样。老闵是农科所的干部，现在挂职任副乡长，农大毕业生，长期从事山区农业综合开发研究。他对我写这本书帮助很大。开始我一直坚持这本书的作者我俩一起署名，可老闵不肯，坚持不署他的名字，还给出版社和我写了证明。现在书出版啦，我心里一直过意不去，光在后记上说说，远远不能表达老闵对这本书的贡献。"

方洪彦把书拿过去翻着。

包治平："寒梅，寒副省长，看什么呢？哎，老方，我提个建议好不好，咱们在车上呢，应该轻松轻松，说说笑话。这没什么领导上下级，就是同事啊，旅客，要不啊，咱们说话都板着脸，挺累的。这没外人，咱们都应该笑一笑，乐一乐，你们说好不好？"

众人响应。

包治平："既然大家同意，我就立一个规矩，每个人说一个笑话，不把大家逗笑了，不算，得再讲。不过要注意一点，不可太低俗了，这有女同志。谁先来？"

寒梅："哎，别别别，你们该说说，我就当没听见。"

包治平："好，谁先说？"

田家丰："讲故事，当然得作家先来。"

文冠东："我可讲不好。"

田家丰："没事，我给你捧场，不管你讲得好不好，我都带头笑。"

包治平："一个人笑不行，至少得两个以上，免得作弊。"

田家丰："这我可不怕，至少我有一个同盟军，夫唱妇随嘛，对吧，寒梅？"

寒梅："我还是质量第一，现在连上下级都不讲，还讲什么夫妻呀，到时候还不一定是谁帮谁呢。"

众人笑。

文冠东经这么一鼓动，又来了兴致："好，我打头炮。说是从前有一个财主，家产万贯，妻妾成群，要什么有什么，就是缺一样，家里没个当官的子孙。他听说可以用钱买官，咬咬牙花了些银子，给儿子买了一个县官。他这个儿子不读书，不明理，是个二傻子。可县官的乌纱帽一带，走在街上就人模狗样的了。"

寒梅忍不住笑起来。

众人一愣，旋即明白了她的意思，也跟着笑起来。

邹源："好，作家，你看车里别人官大惹不起，就拿我和宗县长开刀是不？"

文冠东一愣，忙拱手："哎，得罪得罪，我可不敢哪……"

众人笑起来。

宾馆。

公共汽车在宾馆门前停下，金银铜下车，向车里挥挥手，转身走进宾馆大门。

宾馆大厅。

弓世明正领着服务员打扫卫生，金银铜进来了，弓世明一眼看见他："哎，老金！"过来跟他握手。

金银铜："老弓，你怎么在这儿？不是说不登宾馆大门么？"

弓世明："不来不行啊，今天早上，县委书记亲自调我过来当经理了。"

金银铜："邹源亲自调你来？我不信。"

弓世明："咳，一言难尽。走，到我办公室去。"

金银铜："等会儿再说。宗县长打电话让我回来，说省委包书记要见我，他住哪个房间？"

弓世明："包书记？他上你们峪沟啦？"

金银铜："不可能。"

弓世明："这事我会骗你？真的，吃完午饭走的。"

金银铜："那为什么还调我回来？"

弓世明："许是传话的人传错了吧？"

金银铜："错不了，我自己接的电话，宗县长在电话里说得明明白白，邹书记叫我回来，省委包书记要见我。"

弓世明小声地说："是不是邹源跟你搞鬼呀？"

金银铜："别瞎猜。他搞这鬼干啥？"

弓世明："不让你跟省委书记见面呗！"

金银铜："越说越没边了。好了，我上县委办公室问问。"走了。

弓世明低头思忖着。

汽车行在一条山沟里。窗外，桃树花开，漫山红彤彤。

寒梅叹道："这是桃树沟吧？太美了！"

文冠东："咱们插队的时候，这桃树沟荒芜一片，徒有虚名，金副县长在这儿搞调研，带领乡亲们种草种树搞开发，现在这儿，一到春夏两季，可是万紫千红啊。"

人们都向窗外看着。

车里。

车驶出桃树沟，人们仿佛才从梦中醒来，均长舒一口气。

田家丰伸手替寒梅拉上窗："风大，关上点吧。"

寒梅点头致谢。

宗槐卿突发感慨："我倒是真羡慕老金哪，为官一任，不说造福一方，能栽起这一沟一沟桃树、梨树、板栗，也是一件乐事。"他忽然有些心酸，擦了擦眼。

包治平回头看了他一眼。

县政府走廊。

金银铜走到一挂副县长牌子的门前，拿钥匙打开门，走入。

金银铜办公室。

金银铜走进来，将行李往沙发上一放，一股灰尘扑起。

他走到桌前，用手摸摸，桌上留下清晰的指印。

他拿起电话拨号："喂，应副书记在吗？啊，出去了，那好，算了。"

金银铜从脸盆架上拿盆出去。

车上。

车突然刹住了，人们都向前一倾。

车安："包书记，你们都别动，可能有点麻烦。"下车。

文冠东："坏了，可能遇上车匪路霸了。"

方洪彦："路霸？"

车外。

路上横摆着一溜大石头，挡住了车。

五六个壮汉坐在路边，抽着烟看着，他们身边，放着大刀和木棒。

车安打开车门下车，看了看那些石头，动手搬着。

路边坐着的几个人，一下子都站起来，其中一个冲车安摆摆手："朋友，你怎么伸手就搬哪？"

车安："怎么，挡道还不兴搬？"

领头的："搬可以，但得问问价吧？"

车安："搬石头还有价？"

领头的："朋友，你是不懂规矩，还是装糊涂哇？"

车安："什么规矩？"

领头的做了个捻票子的手势："我们费挺大劲把它们挪上来，你要搬，总得意思意思吧？"

车安："要钱。多少？"

领头的："明码实价。你点点车上的人头，一人一百。"

车安："我要是不给呢？"

领头的："给你脸不要脸，敢要笑哥们。来，给他点颜色看看！"

宗槐卿从车上下来了："住手！我看你们谁敢动？"

领头的："嘿，今天是真有硬手哇！来，连他一块收拾！"扬起棒子便向宗槐卿头上打去。

宗槐卿一闪，棒子打在肩上，他上前抱住了领头的，一个壮汉在身后又打了他一棒子，邹源冲上来拦住，抱住壮汉，棒子在宗槐卿的耳边擦过，没有击中要害。

另一边，车安已经打倒了一个歹徒，回身又夺下一条木棒，与另两个歹徒格斗着。

邹源高声训斥："住手，我是县委书记！"

歹徒们一愣之间，车安又打倒一个罪犯。

方洪彦从车上下来："全抓起来，无法无天了，省委书记的车也敢拦?!"

领头的一愣："谁？"

邹源勒着一个歹徒的脖子："我是柳源县委书记，你们是在犯罪，现在自首还来得及，否则就是拒捕。"

领头的愣了一下，突然撒腿就跑。

其他歹徒们也转身跑掉。

车安追上去，又打倒一个。

路边。

战斗结束，众人都下了车，寒梅用车上带的急救包给宗槐卿包扎着伤口。

另一边，方洪彦提着手枪在看着，车安、文冠东、邹源、田家丰等将两个歹徒绑得结结实实。

车安狠狠地给领头的紧着绳："哥们，这回还要钱不了？"

歹徒："哎哟哎哟，大哥，轻点，哥们这回算是栽了。"

宗槐卿："包书记，在我管的地面上发生这样的事，我失职了。"

方洪彦："先别说这些，马上把这几个家伙送去就近的派出所。"

寒梅："你也去医院上点药。"

文冠东、邹源、宗槐卿上车。

包治平："真没想到，还有这么个插曲。这个柳源县的名堂就是多呀。"

田家丰："今天老宗和邹源挺勇敢，确实没想到。邹源小时候胆挺小的，没想到他今天能冲出去跟歹徒搏斗。"

包治平等没吭声。

乡卫生院。

宗槐卿手上扎着针，在床上躺着，邹源守在他身边。

宗槐卿："唉，邹书记，这次咱们丢人现眼哪，是丢到家了。"

邹源："哪能想这么多呀。塞翁失马，焉知非福哇。今天哪，多亏你带头冲了上去，我真有点怕呀，万一省委书记在咱们这里有个什么闪失，咱可交待不起。哎，我还真没看出来，往常看你呀，文文弱弱的，关键的时候哇，你挺勇敢的。"点一支烟递给他："不怕你见笑，你别看我膀大腰圆，其实我小时候啊，胆子最小。今天我信了，英雄和狗熊之间，本没有明显的界限，就看你关键时候啊，敢不敢冲上去。"

文冠东从外面进来："邹书记、宗县长，车回来了，在外边等着呢。"

邹源："不忙。作家，来，坐一会儿。宗县长打针呢。"

文冠东坐过来。

宗槐卿递给他一支烟。

文冠东："谢谢。"接过来。

邹源："唉，老文，有没有兴趣到文联哪？"

文冠东："文联？那当然好，不过我听说县文联就两个编制，一个是主席的，一个是秘书长的。县里又不设专职写作的。"

邹源："文联主席的位置不是空着么？"

文冠东："你的意思是……"

邹源笑了："我觉得，你当文联主席，就挺合适。"

文冠东无语。

邹源："不忙着回答我，我也只是有这个想法，还得跟宗县长商量商量。"

宗槐卿："嗯，这倒挺合适。"

文冠东："文联主席是科局级，我连股级都不是。"

邹源："哎，级别不是个大问题呀。我主要是想，如果不设立个具体职务，有些问题就不好解决。我这个书记也难啊。"

文冠东："邹书记，您就别为我的事操心了，我一个写字的，又不在乎这些。"

邹源："啊，先不说这个事了，你跟车师傅说一声，叫他等一下，等宗县长打完针，我们就走。"

文冠东："哎。"出去了。

邹源："槐卿啊，你说包书记，为什么在柳源停下来？"

宗槐卿："不是车坏了吗？"

邹源："没这么简单吧？我听说啊，他们的车在阳澄县就坏了，为什么凑合着开到我们这儿来了呢？当然，田主任为我们说了话，这是一层，不是我敏感啊，我和金银铜的事，你该是知道的。"

宗槐卿："说心里话，我觉得老金这个人，确实不错，肯干、踏实，可他毕竟是个副县长，直接提地委书记，不大可能吧？"

邹源："现在这话不好说，我不隐瞒我想当官，我当官是想办大事，为老百姓办大事。我不想让人觉得我是挖空心思耍手腕，你说，我明明告诉应平章，让他金银铜在峪沟等包书记，可文冠东却看见金银铜坐长途车回县城了，你说他是为什么？"

沉默。

宗槐卿："也许，平章没通知到？"

邹源："要真没通知到倒没什么。"

宗槐卿："你是不是担心应平章故意通知错，要调开金银铜啊？"

邹源："要真是这样啊，他应平章就是拆我的台、帮倒忙。就怕到时候，我是有嘴也说不清楚哇。"

车上

宗槐卿的头经过处理，只贴了一块纱布，也不那么像伤兵了。

有了方才的一场插曲，包治平对邹源的印象显然好了许多，见他在后面坐着，拍拍自己身边的座位叫道："邹源，你到前面来。"

邹源起身过去。

包治平："你们这县里就没有一点风景名胜？咱们方书记对游览最感兴趣。"

邹源尴尬地笑笑："这个，我到任时间短，还真顾不上过问。还是请我们的作家说吧。"

众人回头看着文冠东。

文冠东眼望窗外，正在遐想之中。

寒梅小声地提醒："冠东，说话呀。"

文冠东回过头来，发现众人都在看他，有些茫然："什么？"

田家丰："包书记想知道这县里有什么风景名胜。"

文冠东："啊，我们县著名的名胜没有，不过若有兴趣的话，有几处小景观也值得一看，基本都在这一条线上。有两处已经过去了。"

包治平："过去了不要紧，先听你讲，若真动心了，回来顺路看看也可以嘛。"

文冠东："人都说看景不如听景，其实那是不懂景。其实，无论什么景，别人再讲，不亲自去看看，也得不到那种身临其境的真实感受。"

方洪彦点头："嗯，作家这话说得很有道理。"

包治平："看看，有知音了，接着讲。"

文冠东："我们这县里共有三处景观，前面不远处有座广济寺，寺庙不大，里面的菩萨也几经重塑，面目全非，但确实是唐代的建筑。现在正殿还比较完整。"

包治平："离路边很远吗？"

文冠东:"不远,在车上就看得到。"

包治平:"嗯,那一会儿去看看。"

文冠东:"还有两处风景,一处是纯阳洞,咱们走过来了,也在路边上,是一处土洞,有门有窗。洞不深,有一间房大小,里面有一尊泥塑,是吕洞宾的像。洞口上有一块石板,嵌在土里,上头刻着'纯阳洞'三个字,传说这位神仙在这里住过。我和文化局的领导来看过,没什么艺术和文物价值,不过石板上那三个字,写得倒是飘洒俊逸,虽不知出自何人之手,但字里行间透出的仙风道骨足能让人望而起敬。"

包治平看看方洪彦:"你看看,把老方的魂都勾去了。"

文冠东:"方书记爱好书法?那可就不能错过,必得一看了。"

方洪彦:"嗯,回来的时候,我去看看。"

包治平:"你说了两处了,还有一处是什么?"

文冠东:"这一处离道边远些,不过也就六七里路,在纯阳洞后边向西。有个石崖,崖底有三个石洞……"

田家丰:"又是洞。这里洞不少,这洞又是谁住过?"

文冠东:"这是一处自然景观,没住过名人,但很奇特,三个洞相隔不远,中间一洞一年四季往外冒冷风,风力还不小,有三四级的样子吧,左边一洞冰块长年不化,右边一洞水不结冰。"

田家丰:"一年四季都一样?"

文冠东:"一样。冰洞夏天不化,水洞冬天不冻,风洞不停冒风。"

车安:"包书记,真有这地方,我回来时可得去看看。"

包治平:"现在这车上的人就你权力最大,你要去,我们都得跟着。"

众人笑起来。

田家丰:"咱们文作家,真是一肚子文墨,我看,当个文化局长,绰绰有余吧?"

邹源:"我们讨论过,有这方面的考虑。管文化的人不懂文化不行,不过我们认为以老文在县里的影响,到文联去比较合适。"

包治平用眼角余光瞟了文冠东一眼。

文冠东眼望着窗外,好像没听见。

车安指着窗外:"哎,作家,那边的黄墙就是你说的广济寺了吧?"

文冠东:"啊,不是,那里不是寺庙,是公墓。"

包治平:"什么?"

文冠东:"柳庄的公墓。"

包治平:"哦,这庄里人全是一个姓吧?我知道这儿的规矩,不是一个姓的人,不往一块埋。"

文冠东:"这回您错了。这个山庄夹在两山当中,位于沟口,有80来户人家,是个杂姓组成的村庄,有20多个姓吧。人多地少,人均一亩来地,人们吃饭比较紧张,遇上风调雨顺还好一些,赶上缺雨天旱歉收,没有积蓄的人家就青黄不接。村里人都为这事发愁。"

包治平:"农民没地种,没粮吃,可是大事哩。"

金银铜办公室。

金银铜正在用抹布擦桌子,弓世明来了:"金副县长。"

金银铜:"老金,来,坐。你看我这里,到处都是灰。"

弓世明:"你咋自己打扫,这种事,叫办公室的人干吗,不是有勤杂工吗?他们就应该保持你这屋里的干净。"

金银铜:"我总不在家,他们也不知我啥时回来。"

弓世明:"给邹书记打电话没?他们现在在哪儿?"

金银铜:"打了,他手机没开,我问峪沟的人,他们说省委包书记还没到。"

弓世明:"那你赶快回去。包书记对你感兴趣,机会难得,别错过了。"

金银铜:"我要是回去了,他们又回来了呢?还是等等消息再说吧,这一段不在家,有些文件也得看一下。"

弓世明:"说文件我倒想起来一件大事,你什么时候又分工管信访了呢?"

金银铜:"上次班子会定的,应副书记不是上党校了么?邹书记忙不过来,就先把这摊分给我了。我一直在乡下,也没顾上。怎么了?"

弓世明:"出了大漏子了!咳,这个事也怨我,要早知道是你管这,说什么也不能干那种事。"

金银铜:"你干什么事了?"

弓世明:"我把这两年在垃圾堆拣来的一麻袋上访信都交给包书记了。"

金银铜:"多少?一麻袋?"

弓世明:"嗯。咳,我这件事办得可现老眼了,自作聪明,在里边夹了封告应平章和柳水萍的匿名信,结果,叫田主任当着包书记的面查出来了,丢人哪。"

金银铜:"匿名信?你写的?"

弓世明不好意思地说:"咳,要说丢人呢!"

金银铜:"该!你呀,一世英雄,晚节不保。就那么想当那宾馆经理?这都不择手段了!"

弓世明："我不是想当那个经理，是看他们来气！"

电话响了。

金银铜接电话："喂？对，我是金银铜。什么？闵仁德怎么了？叫狼咬死了？……是吗？啊，啊，啊，"他擦擦泪："好好，我这就来。"

弓世明："怎么了？"

金银铜："柏家乡的闵仁德你知道吧？"

弓世明："知道，不是叫柏家四虎整下去的那个副乡长么？"

金银铜："他在黄村扶贫，晚上回家，看见两只狼叼着两个孩子往山上跑，跟狼搏斗，孩子救下来了，他叫狼一口咬在脖子上，等人们赶到时，已经没救了。"

弓世明："好人怎么净摊上这事呢！"

金银铜："我马上到柏家乡去。"

弓世明："那包书记不见啦？"

金银铜："见省委书记，以后有机会。老闵走了，我不能不送啊。"

第七集

面包车在乡间公路上行进着。

面包车里，文冠东在讲述金银铜的故事。

文冠东："有一年县里金副县长到柳庄，我跟着去了，柳庄的支部书记就问他，老金哪，都说你是活财神，你能不能想个救急的法，先把粮食搞上去，解决人们的温饱问题？当时，金副县长听了直摇头，说粮食是田里收的，是实打实的事儿，没有土地怎会有粮食，就像没有女人生不出孩子一样。村支书说，我们没文化，没科学，想不出法，你副县长也想不出法？"

包治平笑了："这一车将的好。哎，车安，停车，咱们下去看看。"

柳庄公墓前。

众人一边走一边饶有兴致地听文冠东继续讲着。

文冠东："第二天，金副县长在庄前庄后转了个遍，终于想出个办法。他对村支书说，急救的办法倒有一个，就怕你说服不了众人。村支书说，只要能多打粮食，就算磨破嘴皮跑断腿，也心甘情愿，有什么绝招，你直说好了。金副县长说，我粗粗看了一天，你们柳庄每家都有一块坟地，而且占的都是好地平地。咱们选一块不能种地的山坡，让坟地上山，腾出原有的坟地，里切外垫平整一番，起码能增加百十亩好地，当年就能收粮食。温饱问题解决了，再想长远的法，我看可以在村前的那片大滩上做做文章。

"村支书一听，认为是个办法，他说祖先们不会跟儿孙争地盘，让他们移移地方，到一个向阳暖和的去处，安心休息，不会有什么意见。再说祖先集中统一住一个地方，夜里串个门说说闲话，也很方便。像现在这样东一个西一个，想在一起凑个热闹很难。死人这一头，问题不大，难就难在活人这一头，怕费一番功夫哩。"

"金县长说，不费功夫，要支书有什么用哩？当然这事不能强迫，几千年的习俗，思想很难弯过来，不能性急，得慢慢来。

"这个支书偏是个急性子，当天晚上就开了支委会，先把支委们的工作打通，几个干部首先迁了坟。至于群众，他倒没动员，只在村委会门前贴个告示，村委会划出公用坟地一块，无偿使用，有愿意迁坟者，到村委会申请办理。"

包治平等听得兴趣盎然，文冠东偏偏卖上了关子，掏兜："哎，烟呢？"

方洪彦："谁有烟？快上。"

众人笑看，邹源拉开文件包，递给文冠东两盒烟："拿着吧，不许再卖关子呀。"

文冠东点上一支，将其他的烟放到座位上，接着讲："告示贴出来，村民都当热闹看，却没人行动。当然啦，你想，这种事你动员都没人愿意干，别说让自己申请了，谁也不动。支书也不动员，就领着几个支委迁了坟，平了地，种上了庄稼。结果，头一年这些干部家就都多收了不少粮食，老百姓一看不干了，说啊，你们干部有好事不告诉我们，自己先干，这不行，我们也要迁坟。支书说，要迁坟好哇，村里去年春天就做好了阄，大伙快去抓，我们干部的坟地位置也是抓阄定的，谁先谁后、谁南谁北，看祖宗的阴德。结果本来很费劲的一件事，在柳庄没费什么口舌，就完成了。坟迁过去，支书说，既然是祖先们聚会的场地，就应该大家出力，修建得好点，这谁还能有意见？于是全村出义务工，捐了款，修起了围墙，盖了个大门，还栽了很多树，这也是子孙后代的心意，让死去的先人们尽量舒服、满意些。"

包治平笑了："嗯，这个支书很有办法。"

邹源："老宗啊，咱们开个现场会，就在柳庄开，道理很简单，死人不跟活人争地，这是现成的好办法。"

包治平满意地点头："哎，冠东，你刚才说还有个河滩哪，那河滩离这儿远吗？"

文冠东:"就在那边。"

包治平:"走,过去看看。"

河滩上。

不少农民在垒拦河石堰,看见一辆面包车开过来停住,不知是什么人来了,都站在一边观看。

包治平等人从车上下来,人们认识文冠东,都过来跟他打招呼,问长问短,跟熟人一样。

柳庄村支书袁海,从人群里走过来,问:"冠东,你这是跟谁来了,那边那个,好像是宗县长吧?"

文冠东:"是。这位是咱们县里的邹书记。"

袁海跟他们握手:"欢迎欢迎。"

文冠东介绍:"这是柳庄的支部书记袁海。"

邹源表现得很热情:"知道知道。来见见省里的领导。"

众人听说是省里的领导,又惊又喜,站在原地睁大眼睛一个劲地瞧。

包治平:"大伙在干什么呀?"

袁海:"整治这边干河滩。"

邹源:"哎呀,这片河滩很大呀,有上千亩吧。"

袁海找到了知音:"您真是好眼力呀,差不多。"他遥指着远处的河滩:"这是一片漫水河滩,一到雨季水大,河滩里全是水,能漫到咱们脚下,有时候还大些,雨季过后,又成了干河滩,种上庄稼怕水淹,不种庄稼又闲着。金县长说,顺山根垒一条石堰,先把水治住管住,叫它顺山根往下流,把这片河滩空出来,一年整一点,坚持下去,咱们身后这一大片河滩,慢慢就都变成良田了。"

寒梅:"这工程可不小,得多长时间哪?"

袁海:"垒堰费事,得两年多。"

包治平:"石头就从河滩上取?"

袁海:"对。大石头垒堰,小石头填缝,不用水泥也不用灌灰,河滩上的石头取掉,平整一下就是地。"

包治平:"嗯,有雄心壮志。劳力怎么办?"

袁海:"自愿,义务工。村上土政策,土地平整出来,按劳分配,谁家出的工多,到时分地就多,大伙积极性很高。老同志,您是分管农业的吧?"

包治平:"是呀是呀。"回头问大伙:"你们支书的想法大家拥护么?"

众人七嘴八舌:"拥护!"

"多打粮食谁都赞成！"

"咱农民有地种，哪能不愿干哩！"

"其实也不是袁书记的想法，他是刘备取西川，全听的是孔明的计谋。"

包治平："你们这孔明，是不是金银铜副县长？"

农民："是呀。"

柏家乡黄村，日，外。

催人心碎的唢呐曲。

盘旋的香烟，缭绕的纸灰……

一辆吉普车开来，在闵仁德的灵棚前停下，金银铜从车上下来，向灵堂前快步走来。

他分开人群来到灵前，鞠躬，与闵妻紧紧地握手："嫂子，老闵是好样的，为了孩子，值呀……"

闵妻："仁德，老金来看你了，老金来看你了，你醒醒，你醒醒啊……"跪在灵前哭着。

金银铜扶起她："嫂子，你要节哀啊，还有孩子，还要把他们抚养大呀，你，不能这样。"

闵妻点头哭着。

柳庄。

包治平等参观完，议论着往回走，脸上舒展多了。

袁海悄悄地拉一把文冠东："哎，冠东，咋不见金副县长？大伙都挺想他呢。"

文冠东："金副县长在峪沟蹲点，我们在县里也难得见到他。"

袁海："峪沟人有福噢。那个支书党兴峪，上次开会在县里见了，胸挺得老高，见人就递带把的烟哩。抖什么？要没金副县长蹲点，他日子过得苦着哩。"

邹源："老袁，你也不用抱怨，明年，我上你这个庄里蹲点！"

袁海："哎呀，我们这儿山高路远，邹书记来，怕住不惯呢。"

邹源："怎么，不欢迎？"

袁海："哪敢那么说哩，你邹书记来，我们也烧高香哩。听说你在城东蹲点，一次就给拨了十万块，咱不贪心，能给五万，就知足哩。长不长住都没什么，我不像城东那败家老马，有五万块钱，我保证干个大事，准叫你邹书记脸上有光。"

邹源尴尬万分。正在这时，他怀里的电话响了，邹源掏出电话："喂，对，我是邹源。金副县长，你在哪儿？哎呀，你怎么跑到柏家乡去了？不是叫你在峪沟等着包书记吗？行了，这件事以后再说吧。对，包书记是跟我在一起，我们现在在柳庄。什么？你今天怕赶不回来？你到柏家乡去干什么？谁死了？闵仁德？老闵怎么了？……好，我跟包书记说吧。老金啊，你代我和宗县长问候一下他的家人，哎，后事一定要处理好哇。好的。"他合上电话，脸上现出难过的神情。

　　他走到包治平身边："包书记，果然是传错了话，金银铜回县里去了。"

　　包治平："啊。那就叫他在县里等着吧。"

　　邹源："他现在又去了黄村。"

　　包治平："嗯？"

　　邹源："老闵去世了，就是我在车里说的那个闵仁德，为了救两个孩子，被狼咬死了。"

　　包治平的脸色阴了下来。

　　车里。

　　闵仁德去世的消息使刚刚好起来的气氛又沉下去了。

　　包治平坐在窗边，眼睛望着窗外。

　　车里的人都脸色沉重。

　　面包车里，日，内。

　　面包车在路上走着。

　　前面是一个岔路口。

　　文冠东："包书记，往那边拐的路，就是去柏家乡。"

　　包治平："啊。"

　　文冠东不再说话了。

　　车走过岔路。

　　包治平忽然想起："邹源，那个告柏家四虎的案子，你叫人去查了么？"

　　邹源："啊，我已经让应平章同志亲自去查了。"

　　包治平点头，不再吭声。

　　寒梅："从群众来信看，他们民愤很大，如果情况属实，对那样的恶霸，一定要严惩。"

　　邹源："在这个问题上，我们是下了决心的，如果查实了，一定严肃处理。无论他是什么，无论他是有钱还是有权，也无论他做过什么贡献，在法律面前，人人平等。"

方洪彦："柏家四虎对县里贡献很大么？"

邹源："这个，啊，主要是老大柏男。这几年，他生意做得火热，又办了几个厂，虽说是为了自己挣钱，但客观上也解决了不少就业人员，还救活了几个厂，也是县的利税大户，这是事实呀。"

宗槐卿："另外，柏男对公益事业还是热情的。捐资盖小学，还给派出所买汽车、买摩托，改善装备，最近呢还给县里的养老院一次捐了十万。一个私营业主，能够淡泊钱财，还算觉悟比较高。所以，还有些威信。"

方洪彦："我是干纪检的，对有些事情可能特敏感。现在我看经济案件中啊，有一种普遍的怪现象，我管它叫用钱换钱。就是说，现在有一部分人，他们一方面干着偷税漏税、行贿通关，甚至是诈骗走私的活动，一方面他们又舍得拿出自己的一部分钱，投资公益事业。捐款、救灾、修桥、补路，俨然是个慈善家。他们这种行为呢，又给他们挣来无形的好处。有些人当上了人大、政协委员，当上了各种各样的名誉主席、理事，等等。总之，获得很多的社会荣誉，再回过头来，这些荣誉又给他们的非法行为罩上了一层神圣的光环，你要动他吧，还得考虑社会影响，当然，对柏男的情况，我不十分了解。"

人们听着、思索着。

文冠东："包书记，前面不远就是广济寺，要不要停车看看？"

包治平看看表："好，看看。"

文冠东："车师傅，向左拐。"

车拐下公路。

广济寺前，日，外。

这是一座古旧的寺庙，门额上"广济寺"三个字原是红底金字，年多日久，金粉早掉光，只留下阴刻的道道。松木门扇，破旧不堪。

包治平等来到门前停下，打量着门两边柱子上的一副对联。

包治平念着："'天雨虽宽不润无根之草，佛门广大难渡不善之人。'佛门上贴着这样一副对子，虽然爱憎分明，毕竟气量小些。"

方洪彦："洛阳白马寺也是这副对联。作家，知道谁后谁先吗？"

文冠东："这个可不清楚。"

包治平："庙里有人吗？"

文冠东："我还是前年来过，里面有一个老和尚。"

包治平："庙门紧闭，香火不怎么盛嘛。"

文冠东："这里是逢八开庙。每月的初八、十八、二十八。"上前去叫庙门，庙门虚掩着，一推即开。

庙门里面有一个座台，座台上是一尊弥勒佛像。佛像两边也是一副对联。

方洪彦："我最喜欢的是弥勒佛身边的这副对联：'大肚能容，容天下难容之事；开口便笑，笑世间可笑之人。'"

包治平笑着："烧香烧香。"

寒梅也笑着："再跪下磕俩头，那哪还像纪检委书记呀。"

方洪彦："干我们这行还真得大肚能容，要不然，一天到晚看那些案子，你真是气也气死了。"

包治平："寺庙的弥勒佛两边，大多是这副对子，可见这个'容'字在中国老百姓心中的分量。容是什么意思，那就是叫你忍哪，你看下联这个笑字，说穿了，还是叫你忍，叫你一忍再忍，还要笑着忍。"

众人笑着。

文冠东："笑和笑也不一样。有一次，乾隆皇帝到了江南，在寺院游玩，见了弥勒佛，问身边的纪晓岚，他为什么对我笑？纪晓岚回答，'佛见佛笑'，乾隆又问，'他为何也对你笑？'纪晓岚说，'他笑我缘浅福薄'。"

邹源："这个纪晓岚，也是个溜须拍马的高手。"

田家丰："自古以来，这文人只要一沾上政治的边，有骨气的就不多了。"

寒梅看了他一眼，又看看文冠东。

文冠东："这也正常。文人从政也得守从政的规矩，若不然，自秦始皇焚书坑儒开始，非杀即贬的净是些文人。我就不明白，其他的大臣在皇上面前百依百顺是为忠，文人在皇上面前百依百顺便成为媚了。这文人是个鸡肋呀，正如鲁迅所说，在打天下的时候他可以帮忙，在坐天下的时候，他就只能是帮闲了。"

一番话众人听着都很不舒服，互相望了一眼，谁也没有接话。

院内，日，外。

厢房门开了，一个老和尚走了出来，右手一举，行了一个佛家之礼，问道："各位施主，敢问从何方来？"

车安："从来处来。"

和尚认真地看了他一眼，点点头："问施主，往何处去？"

车安依旧答道："往去处去。"

和尚双手合十："阿弥陀佛，善哉善哉。从来处来，往去处去，全赖佛缘指引。老纳方才无意听得，各位施主在谈弥勒佛，敢问哪位是纪委书记？"

众人一愣。

方洪彦向前走了一步："是我，我是纪律检查委员会的。有事么？"

和尚："敢问，你可管不平之事？"

方洪彦："出家人四大皆空，心中还有什么俗怨难平么？"

和尚："心在西天，身在俗世。老纳修行尚浅，又遇千古奇冤，实在难以自持。施主若肯小憩片刻，容老纳细细道来。"

方洪彦回头看看，包治平点头，方洪彦对老和尚点点头。

和尚抬手肃客："请。"

厢房里。

一行人进来，四处看着。

门开了，老和尚引着一个戴着僧帽，长得十分清秀的小和尚从屋里走出来，双手合十，站到了和尚身后。

和尚："各位施主久等了。因果，这位就是省纪检委的，有什么话，你自己对他说吧。"

因果看看众人，眼里慢慢涌出了泪水。他默默地拽下僧帽，一头长发飘然洒散。

众人惊呆。

寒梅："你是女……"

因果声音平静地说："是，我是女人，跟你一样的女人。我生在柳源，长在柳源，可柏家四虎却逼得我有家不能归，进了这座庙。"

众人又一次听到"柏家四虎"这几个字，均很惊讶，包治平看了邹源一眼，邹源低下头。

和尚："因果，心要静，有话慢慢说，我给各位施主沏一壶茶。"

方洪彦："你坐下，有话咱们坐下说。"

因果："施主，各位施主请坐。"

众人坐下。

因果："这寺里的香客都是百姓，师傅每次都要打听，他说是冤就总有地方伸，难为师傅了。"

因果低着头，声音平静地说："我叫柏秀梅，家住这山上的柏杨村，离这里十里路，我爷爷叫柏信仁，我们村长也姓柏，但我们不是一家子，我们家是我爷爷当年从山东逃荒过来的，因为这柏杨村的人都姓柏，我爷爷觉得同姓的人少受欺侮，就住下了。早年，我爷爷从村长的叔叔家买了三间瓦房，这房子紧挨着村长家，村长的叔叔没儿没女，得了急病等钱用，就把房子卖给了我爷爷，可是没过半年村长的叔叔就死了。我说明白了吧？"

方洪彦："我听得清楚。"

因果："村长的哥哥心术不正，早就要打我的主意了，有事没事找茬，把猪放进我家菜园子里，把死耗子扔进我家咸菜缸里，他们什么都干过。我家是外来的，我爷爷说，该忍的就忍了吧。后来，村长家派人到我家提亲，因为我坚决不同意，我爷爷就说，这是山东老家的规矩，同姓不能结婚，没答应，两家因此就更结下了仇。我说得不乱吧？"

方洪彦："不乱，很清楚。你接着说。"

因果："我爷爷放羊，有一天，县里来了客人，村长叫人买了我爷爷一只羊杀了，过两天村长亲自把钱送到我家里来。"

（回忆）柏家。

柏信仁坐在院子里抽烟，村长柏才进来了："老爷子，这是一百二十块钱，这羊可是够贵的啦，你在这收据上面按个手印，我回去好报账。"

老人看着。

柏才："你倒是快一点，你不按个手印，我怎么在村里报账呢？"

老人在他的劝说下，按上了手印。

因果画外音："其实这是个圈套，我爷爷不识字，那烟纸上写的是借条。第二天，他们就说我们那三间瓦房是向他们家借的，然后就到乡里去告了，说我家占了他叔叔的房产。"

方洪彦咬着牙："真是岂有此理。"

包治平："乡里怎么判？"

因果："乡长柏效是村长的二哥，您说，这还能怎么判呢？有人到我家说，如果我同意嫁给村长的哥哥，这房子我们还可以住，就顶彩礼了。我坚决没有答应。我爸脾气犟，要跟他们上县打官司。他家就叫了一帮人找到我家……"

（回忆）柏家。

一帮流氓将柏秀梅的父亲扭住威胁着："我跟你说啊，你以为你姑娘是金枝玉叶呀？那村长大哥看上了她，那是她八辈子修来的福分哪，我再问你一句，肯不肯把姑娘嫁给村长他大哥？"

柏父："不嫁！"

流氓："好，你嘴硬啊，我跟你说，我们今天就是来执行乡里强制搬家的命令的，把人给我带走！"

柏信仁扑上来护住儿子："放开他，放开他，你们，你们不讲理，你们是畜生啊……"

流氓："好哇，老家伙，你还骂人？"抡开巴掌打着他的嘴巴："我叫你骂，我叫你骂……"

老人被打得鼻子流血，柏秀梅的父亲看不下去，哭着给他们跪下了："你们，你们放了我爸，我答应搬家，今天就搬……"

方洪彦使劲将手里的杯子放到桌上。

静场。

方洪彦强压着气："你接着说。"

因果依旧语气平淡地说："因为仇家是村长，村里没人敢收留我们，我们只好在山上搭了两间草棚住下了。爷爷劝我赶紧嫁人，不然柏家饶不过我们，于是，我嫁人了，嫁到了夏家村，我男人叫夏炳信。"

满屋震惊。

寒梅："你是夏莲的嫂子？"

因果："你认识夏莲？"

寒梅点点头。对包治平说："怪不得夏莲对我说，她还有个嫂子，也不知道叫柏家四虎逼到哪儿去了。"

包治平等听着。

因果："我公公被撞，我丈夫坐牢，我知道这都是柏家人记仇，冲着我来的。既然逃不出他们的魔掌，我狠心回了娘家。那天我去挑水，不知柏老大从哪儿知道我回了娘家，突然就冒了出来……"

（回忆）小溪边

柏秀梅在舀水。

柏男突然出现在她身后："跑？往哪儿跑哇？在这柳源县，只要是我能看上的女人，没有一个能跑得了的。"

柏秀梅愣了一下，趁他不备，用扁担将他打翻，夺路而逃。

柏男在后面追着。

柏秀梅跑到悬崖边，回头看，柏男狰狞地笑着，得意地逼上来。

柏秀梅心一横，闭眼纵身跳了下去。

（回忆）黄昏，山上。

柏秀梅的爷爷和爸爸在山上高喊着，四处寻找着女儿。

空寂的大山里响着绝望的回音。

因果画外音:"我命大,挂在一棵树上,没有被摔死。听着上边我爸和我爷喊我,可我没答应,想一想我们家遭了这么多的难,都是因为我害的,如果我死了,或许他们能过上几天平静的日子。人死过一回,胆子也就变大了。多少人一生没权、没钱、没势,不也活了,不也忍了?不知怎么,我就想到这庙,就来了。"

老和尚:"我这庙里不敢收女弟子,可听着她说的冤情,我也不敢不收,我不收她,叫她上哪儿去呢?没想到因果与佛有缘,修炼得比老衲深,整日念经,连告状的心思也快没了,我反倒天天劝她,佛也要惩恶扬善哪。"

包治平:"你现在的情况,夏家知道吗?"

因果:"不知道,我也不想让他们知道,就当我,消失了吧。"

方洪彦:"因果,你想回家么?你向我说的冤情不会白说。你放心,我送你回去,谁也不敢欺侮你了。"

因果:"谢谢施主。我已一心向佛,今天我把冤情说出来,如果你们能主持公理正义,我与俗世,就没有任何关系了。我知道省纪检是什么地方,案子到了您这儿,也算是通了天了。只是,我对不起炳信,也对不起爸爸、爷爷、公公、婆婆……此案要是了结,我就远离广济寺,寻一个魔堂剃度出家了。"

方洪彦站起来:"秀梅姑娘……"

因果双手合十施了一礼:"贫僧因果。"她慢步退回厢房,关上了门。

众人心事沉重。

老和尚合掌:"劳累了,各位施主,若有兴致,贫僧愿带路四处看看。"

包治平起身,对他客气地点点头:"不看了。车安,走吧。"

包治平当众先走了。

众人起身跟着。

邹源:"师傅,厕所在哪儿?"

老和尚:"在后面。"

邹源向后面走去。

厕所旁,日,内

邹源掏出手机,打电话:"喂,应平章吗?我是邹源。你现在把你手头的工作都放下,马上找桂连枝,把柏家四虎老三老四都抓起来,证据?什么证据?现在证据还不够吗?马上抓!你知道夏莲有个嫂子,被柏家四虎逼到广济寺出了家……不知道?不知道你办的什么案子?好了,不跟你说这些了,你听着,十分钟以后你给我打个电话,就打手机,就说你在柏家乡,老三老四已经抓起来了。如果有别人在电话里问你,也这么说,明白么?"

他合上电话回头,看见宗槐卿也来了,顿了一下。

宗槐卿从他身边走过,进厕所了。

面包车里,日,内。

车在公路上奔驰着,方洪彦满脸怒气,人们也为因果讲述的故事而感到愤怒,谁也不吭声。

包治平拿烟嗅着。

电话铃响了,童青接电话:"喂,赵副书记呀,我是童青。啊……你等一会儿啊。"回头:"包书记呀,省里赵副书记电话,问明天的高校思想政治工作会议,你参不参加,还有寒副省长。"

包治平想了一下:"我们就不参加了吧,你请赵副书记代我讲话。"

童青:"啊。"

寒梅:"哎,童青,等等!"又对包治平说:"包书记,这次会议很重要,前两天几个高校的党委书记在北京开会才回来,听说中央也很重视,还有,高校改革下一步该怎么走,全等着这次会上定盘呢。你不参加,恐怕不好。"

包治平想想:"哎,童青啊,你跟赵书记说,晚上我给他打电话吧。"

童青:"好的。"

包治平:"寒副省长,要不今天晚上你赶回去吧。"

寒梅:"我参不参加倒无所谓,大伙都等着你这个省委书记给吃定心丸呢。"

包治平:"老方,你说。"

方洪彦突然发话:"停车!"

车安猛地刹住了车。

方洪彦:"包书记,我想现在就去趟柏家乡。"

包治平思忖片刻:"车安,调头。"

车安痛快地应着:"好。"

寒梅:"哎,等一下。邹书记,峪沟那边是不是已经打过招呼了?"

邹源:"是。大伙都在那边等着呢。"

寒梅:"老方,听了因果的冤情大家都很气愤,可我们这次毕竟不是专程来柳源办案的,要是中途调头,怕有些影响吧。"

方洪彦:"什么影响?"

寒梅:"啊,你看咱们这次来柳源,是遇到、听到许多事,伸张正义我赞成,可有些还要调查核实,这需要时间。而且我们一行人的一举一动,全县人都看在眼里,万一,万一有些情况一时没摸透,容易陷入被动。一是难免有些以权压人的嫌疑,二来县里的同志也不好开展工作。我建议,我们先去峪沟,免得乡亲们干等,然后再去柏家乡。另外,县里不是已经派应副书记去调查了吗?"

包治平点点头:"老方,我看寒副省长说的也有一定的道理,我看,我们还是先去峪沟,然后再到柏家乡,这样也顺理成章嘛。"

方洪彦不无勉强地说:"好吧。"

包治平:"哎,童青啊,你去找个地方……"

正在这时,邹源怀里的电话响了,他拿出电话来:"喂?是我。平章吗?你在柏家乡?好,我交给你的那个案子办得怎么样了?办完了?你等等,方书记在这里,你跟他汇报。"将电话递给方洪彦:"方书记,我们县里应副书记的电话。"

方洪彦接过来:"唔,我是,唔,唔,怎么处理的?好的。对,重要证据。什么,桂连枝已经抓了柏才、柏良?很好,有了证据,就要按法律规定办。你把材料整理好,明天早上拿给我看。"他将电话递给邹源,脸色缓和了许多:"这就对了,有了证据,就绝不要饶他。"将电话还给邹源。

第八集

山上。

包治平、童青、车安方便后从树丛里出来,向车前走。

包治平:"唉,童青,你给赵副书记打个电话,告诉他,明天的会我就不去了,回去以后,看会议的座谈纪要,好吧。"

童青应着:"那寒副省长呢?"

包治平:"她也一起留在柳源嘛。"

几个人来到车前,包治平:"车安,准备开车,上峪沟。哎,老方,有意见吗?"

方洪彦笑了:"您这命令都下了,我还能说什么?"

峪沟村口,日,外。

村党支部书记党兴峪和一帮村干部在村口眺望。

县电视台的记者提着摄像机也在等待的人群中。

面包车从远处山口拐过来。

有人指点着:"来了,来了!"

党兴峪等忙整理一下衣着。

电视台的记者扛起了摄像机。

面包车来到跟前。

党兴峪迎上去:"欢迎欢迎。"邹源从车上下来。

在他身后是包治平、方洪彦、寒梅、田家丰、宗槐卿、文冠东。

邹源依次介绍着。每介绍一位,党兴峪就伸出双手去,嘴里一概是那一句话:"欢迎欢迎。"

介绍到文冠东时,党兴峪笑笑:"这位编瞎话的不用介绍了,我们熟。"

众人笑起来。

党兴峪拍拍文冠东:"老文,这位领导是……"

文冠东:"啊,我来介绍,这位是咱们县的邹书记。"

党兴峪:"哎呀,我没敢认哪。欢迎欢迎。"又握了一遍手。

包治平:"也是第一次见面?"

邹源:"啊,这是老金的点儿,我忙,第一次来。"

党兴峪:"那是。一个县大着哩,邹书记就两条腿哪能村村跑到哩?邹书记,你把金副县长派到我们峪沟来,就是对我们峪沟最大的关怀、最大的支持呀。"又紧紧地握了一遍他的手。

包治平:"哎,村支书哇,我们主要是来看看乡亲们,看看大家日子过得好不好,大家该忙什么就都去忙吧,好不好?"

党兴峪:"大伙听说省里的包书记要来,都想来看看热闹,都说呀能见到省委书记,没准呀这一辈子就这一回哩。"

众人笑着。

党兴峪:"哎,大家不要围着了,该干什么干什么去吧。"

寒梅从下车一直很激动,此刻站到党兴峪面前:"党书记,还认识我吗?"

党兴峪:"你是……小梅子吧?哎呀,哎呀,哎呀呀,这可不是小梅子吗?当年插队那时候,咱这一片的知青就数你俊。现在看看,还那么俊。哎呀,真行。"

众人笑起来。

邹源:"支书,这是咱们的寒副省长。"

党兴峪:"啊,寒副省长,你看这……"

寒梅："哎，别改口，就叫我小梅子，我爱听。"向旁边看着："那是三叔吧？"走过去。

党兴峪："对对对，三叔，您不认识啦？这不是当年在咱们这儿插队的小梅子吗？人家现在是副省长了。"

寒梅和张三握手："三叔，您老身体还好吧？"

张三："好，好。这都托你们这些当干部的福哇。"

包治平："你看，这可真有点衣锦还乡的味道了。"

众人笑着。

党兴峪："老文，省里包书记要来，那应副书记怎么把金县长调回县里了？"

文冠东："真的？"

党兴峪："我接到邹书记的电话，老金已经走了，这是怎么回事嘛？"

包治平注意地听着。

邹源过来："哎，老党啊，饭安排好了吗？"

党兴峪："早就安排好了。"

包治平："哎，别别别，我的规矩是，到下边一定要吃派饭。"

邹源："哎，包书记，你看已经安排了，我们就入乡随俗吧。"

包治平："安排了也不行，哎，我到老乡家吃饭，不正好让他们见见我吗？"

党兴峪笑笑："行。不知包书记想看什么样的人家？是富一点的呢，还是穷一点的呢？"

方洪彦："噢，你这里倒挺开放嘛，穷的也敢让看？"

党兴峪："实事求是嘛。老金常说，什么事都要一碗凉水看到底，透亮，他就舒服。"

包治平："这个金银铜俏皮话还不少啊。行，你们金副县长在哪家扶贫？我们就到哪家。"

党兴峪："好咧。李明，你去告诉樱桃，今天晚上，在她家派饭，有什么吃什么啊。"

李明答应着走了。

邹源："包书记，你看咱们是不是先到村委会坐坐，听听他们汇报？"

包治平："别别别，我看咱们来个自由活动好不好？说实话，我对你们村委会那几张办公桌，不感兴趣。"对党兴峪："你呀，带我去，挑好的看，你有什么值得骄傲的，就领我们看什么。"

党兴峪："骄傲那话不敢说。不过，比起别村来，倒有点特别的玩意。包书记不是到柳庄了吗？其实呀，他们填沟造地，是跟我们学的，这都是老金的主意。如今哪，我们可都长出庄稼了。"

黄村。
金银铜在为闵仁德守灵。
一农民拿条凳过来："金县长，坐会儿吧。"
金银铜："啊，不了。下葬的事安排得怎么样了？"
农民："找人查过了，明天是好日子。你去跟闵嫂商量一下。"
金银铜："好。"

田间，日，外。
党兴峪领着包治平等参观着。
这是在山区难见的一片平地，地的那一头通向很远很远，几乎看不到边，两面是斜坡，还能看出推土机和镐头推过刨过的痕迹。
党兴峪指点着："我们这块地呀，可以说是柳源县之最。你开车跑遍柳源县，再找不出这么好、这么平的一块地来。"
包治平："你这一大片地连起来，年产能有多少？"
党兴峪："这事在人为了，原来呢，这是一条大沟，深的地方有十来米，沿着沟坡呢，都是一些小块的梯田，水土流失严重，庄稼长不好。后来老金来了，先搞副业，又搞村办企业，可是回头一想，农业上不去不行，再加上搞大棚占了一些耕地，粮食打得比原来还少了。于是呢，他就请了一个叫闵仁德的专家，到我们这儿住了一个多月，订了一个规划。"
方洪彦："填沟造地是吧？"
党兴峪："对。用了两个冬天的时间，男女老少齐上阵，村里呢，雇了几台推土机，现在想起来，天天都想干哪。"
众人被他感染，开怀地笑着。
方洪彦："想象得出来呀，兴修水利那会儿我也去过，整天是锣鼓喧天，红旗招展哪。"
党兴峪："对，就是那阵势呀。"
众人笑着。
方洪彦："哎，地造成以后，田分了没有？"
包治平："没分？为什么？"
党兴峪："没有。原来是想按出工劳力分，可是一想啊，这么大一片地，几辈子都没见过，再分成一小块一小块的，张家种谷，李家种菜，可惜了。老金说呢，别分了，由村里统一管理，后来呢，就取了个名，叫多人联产承包。"

邹源："这么多人联产承包哇，倒是新鲜事，不过，这符合不符合现行的土地政策？会不会又回到大锅饭上去呀？"

党兴峪："知道，今年是头一年，金副县长说，反正地在，试一年没关系。"

邹源对宗槐卿说："这个老金哪，这么大的事，也不和县里打个招呼。"

包治平："我看土地的问题是农业的根本问题，只要能调动农业生产的积极性，不妨各种方法都试一试，实践出真知嘛。"

党兴峪："是。"

包治平："对了，你们这里有个野风罐头厂好像办得不错？"

党兴峪："那可是我们村里的摇钱树哇。这几年每年的产值呀，都在翻番哪。"

　

一农户家屋里。

寒梅摇着纺车，在和老乡唠着嗑。

屋外，文冠东很内行地帮助晾着粉条。

田家丰也挺有兴趣地忙活着。

田家丰："文老师，你们当年插队，在这儿有多少人？"

文冠东："七个，四个男的三个女的。"

田家丰："听说都回城了，就你一个人留下了？"

文冠东："我们家成分不好，后来调我到学校去当民办教师，这一教嘛，也就留下来了。"

田家丰同情地点点头："有没有想过，回城的事？"

文冠东："过去想，现在嘛……其实柳源挺好的。"

田家丰："文老师，我和寒梅以及你们县里的邹书记关系不错，你如果有事，找找他，他会帮你的。"

文冠东不太热情地回应："啊。"

田家丰："其实你挺有才的，可是，光有才不行啊。清高是文人的一种德行，可是太孤傲了，容易让人产生距离感。我说的，不知道你明白不明白？"

文冠东："田主任，我非常感谢你对我的关怀，可是我这个人，除了写文章看书，其他的事情，都比较迟钝。"

田家丰笑笑。

寒梅从屋里出来："家丰，包书记他们上哪儿了？"

田家丰："听说，看那块地去了。"

寒梅："那咱们也去吧。冠东，走吧。"和田家丰走了。

文冠东在后面跟着。

河边。

河水清清。记者跟着摄像。

包治平："哎，别拍别拍，我一见这玩意血压就升高。够了，我一个老头，你拍着也不美，是不？累不累？这摄像机很重吧？"

两位小青年："不累。"

包治平："你们这新闻拍了，省台每年能用你们几条哇？"

记者："也就一两条。"

包治平："为什么这么少？"

记者："小地方，领导来得少，没什么重要新闻。"

包治平："他们填沟时你们来录像了么？"

记者们摇摇头："没有，我们没接到通知。"

包治平："那今天有人通知么？"

记者："有，县委办公室通知的。"

包治平："今天你们录的像，省台会不会用？"

记者："肯定用。"

包治平："为什么？"

记者笑了："领导来视察，是重要新闻。"

包治平回头对方洪彦笑笑："老方，你听到了吧？咱们这一来就变成重要新闻了。村里人忙了两个冬天，造了千亩良田，反而不是重要新闻，怪不怪？"他对记者们摇摇头："你们是县台的记者，在你们县里发生了这么大的改天换地的事，你们都不知道，你们的新闻敏感哪儿去了？哎，我们这些人哪，都是来走马观花的，电视台马上就跟踪报道，可山里的老乡们流血流汗，开出这山里奇迹，你们却连一点资料都没留下，这是很不对的。新闻是给谁看的，给老百姓，不拍老百姓，那是什么新闻？哎，我不是批评你们啊，这是一个值得研究的新闻导向问题。哎，你们回去编新闻时，我和方书记、寒副省长的镜头只用一个，没我们三个的镜头，人家省台也不肯用，是不是？多了不行，就编一个。"

在场的人都笑了。

包治平："我可不是跟你们开玩笑。沟是他们填的，地是他们垫的，你们的那个摄像机镜头，要对准他们，当初没录上，现在要好好地为他们多录几个，他们是这片土地的主人，我们这些人是来学习取经的，把真经取到手，再到别的地方去念给人们听。我再给你们提一个建议,你们能不能静下心来,就在这峪沟住上几天,把这峪沟人改天换地、脱贫致富的事迹拍出一个专题片,我看拍出来,省台准要,是不是,老方?"

方洪彦:"包书记,你又官僚主义了是吧?这个电视新闻片的播出哇,那得有门道,得有关系,要是没有关系呀,要花一大笔播出费。是不是,记者同志?"

小记者点着头。

包治平:"啊,有这回事呀?没关系,他们要是不播或要钱,你们别吱声,悄悄地来找我或者方书记,我们出面给你开这个后门。"

大家笑起来。

樱桃家,日,外。
樱桃正在杀鸡。
王小六推着个自制的破轮椅,吱吱呀呀地回来了。
王小六:"呀,啥日子呀,杀鸡?"
樱桃:"省委书记来了,到咱家吃饭。怎么这么快就回来了?"
王小六:"别提了,手背。二十块钱,一会儿工夫就输没了。搭四虎子四轮子回的。渴,给我口水。"
樱桃:"没看我沾着手么?"
王小六:"没事,我不嫌弃。自从金银铜住这儿来,你毛病见长,一天到晚穷干净。"
樱桃:"王小六,你再扯转子我可急眼啦?"
王小六:"你看,这不说笑话么?舀口水呀!"
樱桃擦擦手,进屋去了。
王小六:"我也是替你解闷,你说你守着我这么个男人,像守活寡似的,金银铜活蹦乱跳地住在咱们家,你那心眼里能不刺挠的么?"

樱桃舀水出来,听到这话将一瓢水全浇到了王小六的脑袋上。
王小六:"你干啥呀你!"舔着脸上流下的水:"哪有这么饮的,咋的,说心里去了,脸上挂不住了,是不是?"
樱桃扬起菜刀:"你再胡说!"
王小六举手投降:"不说不说。你看你洒我这一身。"
樱桃从晾衣绳上搜下一条毛巾扔给他:"你不沁人咯!金县长对你哪点不好,你这么糟践人家!"

王小六："他好个屁！闲着没事订什么村规民约，牌场全让他给搅黄了！现在想要看几把小牌，得推这么个破车跑六七里路上别的村，我容易么我？"

樱桃："你还有脸说！你看看全村子谁像你，一天就一个心眼要钱，要我说，公安局就是腿懒，应该把赌场全砸了！把你们这号人全抓起来。"

王小六："抓谁他也不抓我呀。多少回了，抓赌的一来，别人都砸窗跳墙地跑，咱一动不动，也没人抓我。怕抓去了侍候不起。哎，你给倒口水呀。"

樱桃无可奈何地叹了一口气，进屋去又舀了一碗水递给他："给，喝吧。"

罐头厂。

包治平等人在党兴峪的陪同下，兴致勃勃地参观完出来，议论着。

寒梅、田家丰和文冠东赶来了，和包治平打着招呼。

包治平与党兴峪谈兴正浓："……你们这儿野生资源丰富，还有桃呀、杏子呀、板栗呀……用都用不完。"

党兴峪："是呀。"

包治平回头对方洪彦说："老方啊，今天这是走马观花，不过呢，有一条理我是能看准了。"

现在都在搞脱贫致富，老百姓挺欢迎，可是怎么个搞法呢？有些单位一开口就是问上边要钱，要上项目，等、靠、要，说到底，还是一个字，懒。像他们这样，因地制宜，这才是福泽子孙的好路子。"

方洪彦："哎，再加一条，是穷是富哇，那要看基层的党支部。"

包治平："对对对。"

田家丰："包书记，看来这峪沟的发展，对我省山区的脱贫致富，很有典型意义啊，今天吃完晚饭要不就别往回赶了，就在这儿住一晚上，明天再多走走，多看看呢？"

包治平："谁说要往回赶哪？"

众人笑。

田家丰："寒梅过去在这儿插过队，好不容易来一趟，机会难得。"

包治平："我说你们夫妻俩有意思，明明是一致的意见，就是不往一块说。刚才寒梅在路上说要回省里，你又说要住一晚上，我到底听谁的呀？"然后对寒梅说："哎，寒梅，那会要开三天哪，咱们也别走那个形式，赶回去参加什么开幕式了。你呢，趁这机会在这儿再住一个晚上，再插一天队，怎么样？"

寒梅："我不听你的听谁的呀？"

众人笑。

邹源:"老党啊,来来,我跟你说,赶快安排吃住,就……"

包治平:"哎,我求求你们不要再安排啦,这回呀,让我自己来选。书记呀,你们村现在哪家最困难、最穷、房子脏,我今天就住哪家。"

党兴峪笑了:"现在这样的人家不大好找了。"

众人笑着。

党兴峪:"这样吧,包书记,吃了饭,我带着你,全村转转,你看中哪家,就住哪家。"

包治平笑着:"行。"

樱桃家。

王小六在井边跟樱桃磨着:"樱桃,今天家里来客人,我也不给你丢人了,那么,再给我三十,我去翻翻本。"

樱桃:"你是不要脸哪你?"

王小六:"不给是不?我这人你也知道,臭嘴,想起啥说啥。对了,你说那省委书记是不比县长大呀?"

樱桃拔着鸡毛:"随便,你自己要觉着扣个绿帽子好看,你就扣,你就编,啊?"

王小六:"我一个老农民,怕啥。可我听说,当干部的可最怕出这种事。"

樱桃:"你今天就是说出花来,我也没钱给你去赌。"

王小六:"那我就在家等着见省委书记,长这么大,县长我就见过金银铜,这省委书记什么样,我还真没开过眼。"说完又向院外看着:"哎,我看那边好像有人来了。"

樱桃向远处看看:"王小六,你要敢胡说八道冤枉金县长,我饶不了你。"

王小六伸手:"给我钱。"

樱桃:"没有!"

村路上。

党兴峪领着人往樱桃家走,边走边介绍着情况:"……其实,他们家,可全靠他媳妇樱桃了。"

寒梅:"支书,王小六那年抓赌,他不是跳墙摔残疾了吗?怎么还结婚了?"

党兴峰:"不光结婚了,还娶了个大美人呀,唉,一会你们看看就知道了,这些年哪,可是把樱桃熬苦啦。"

樱桃家院里，日，外。

党兴峪带众人进来："哎，樱桃，这是省里的包书记。"

王小六一手转动着轮椅作势向外走着，一手向身后背着："省里来的人？这可是稀客，快请快请，我一天闲的，抓心挠肝的，你们来得正好，就盼着来个人唠唠嗑。"

包治平："给你们添麻烦了。"

王小六："行行，正好，金县长今天早上刚走，我和樱桃都挺闷的，尤其是樱桃，金县长一走哇，就像摘了她的心似的，正难受着呢。"

樱桃忍着气，在王小六的背后面悄悄捅了一下，塞给他两张钞票。

王小六回头朝她得意地一笑，将钱悄悄地揣起来。

包治平有所发现，沉下脸。

樱桃也不自然地笑笑。

党兴峪："哎，樱桃，别都傻站着，请省里的包书记屋里坐呀。"

樱桃："噢，对，包书记，请，请屋里坐。"

寒梅："王小六，还认识我吧？"

王小六看着她。

邹源："这是省里的寒副省长，寒梅同志。"

王小六："噢，省长，欢迎欢迎。"

寒梅："我以前在这儿住过，不认识了？"

王小六瞅了半天："哎呀，你不是梅子吧？是，哎呀呀，插队那阵，我就看你有出息，咋样，没看错吧？听说当了省长了？哎呀，你说我们家那老头老太太啊，那时候还托人说媒，想娶你呢，多悬没把你耽误了。"

文冠东："王小六，你还那么不要脸。"

王小六笑着："去去，我跟你没话说，从梅子那儿论，咱俩也算情敌呀。"

文冠东："别胡闹了，来，认识认识，这位是田主任，寒副省长的爱人。"

王小六看看田家丰，竖直大拇指："行，梅子，有眼光。这主任就是比作家强。对了，樱桃，樱桃，过来过来……梅子，这是你嫂子，樱桃。"

寒梅看着年轻的樱桃："你好。"

樱桃笑笑："都请进屋吧。饭一会儿就好。"

王小六："对对，进屋，都进屋。"

包治平："好，到屋坐坐。走了这一路，还真有点累了，老喽。"

樱桃领路，众人进屋。

王小六："哎，我呢！"

车安回头,帮他将轮椅推过了门槛。

屋里,日,内。

樱桃倒茶。

包治平:"你们家挺干净的。"

王小六:"啊,这是金县长住的屋。那人别看没了老婆,一点不邋遢,樱桃受他传染,收拾得也就勤些。是吧樱桃?"

樱桃悄悄地瞪他一眼:"县里领导住在咱这儿,帮咱脱贫,好吃好喝没有,再不收拾干净点也太对不起人了。"

王小六:"那是。要说金县长对我们家,那可是没说的,盖房子啦,早晚伺候个园子、浇个水啦,样样抢着干,这么说吧,比我这当老爷们的还上心……"

樱桃:"得了,别白话了,你不要上你舅家么?去不去了?"

王小六:"去去去。各位领导,你们坐着啊,我舅家那边有点事,我得去一趟。"

包治平:"你忙你的。"

王小六:"抱歉抱歉啊。"便由樱桃推着走了。

房头,日,外。

王小六和樱桃在讨价还价。

王小六手里拿着三十块钱,还在伸手:"四十。"

樱桃:"哎,说好三十的。"

王小六:"谁让你刚才不干来着?涨价了。"

樱桃:"没有。"

王小六:"没有拉倒,今天家里有客,我也不出去,我回去陪包书记说话去,嘴上没把门的,我就喜欢说金县长。"

屋里。

包治平看着樱桃的背影:"樱桃今年多大?"

党兴峪:"二十八。"

包治平:"她丈夫呢?"

党兴峪:"快五十了。"

寒梅:"买卖婚姻?"

党兴峪:"算是吧。樱桃的爹爱耍钱,欠了六千七的赌账,王小六帮他还的,老东西把樱桃许给王小六了,岂不知,王小六替他还账的钱也是借的,结果这樱桃嫁过门,勤扒苦做,是她自己还了这笔阎王账。唉,樱桃命苦哇。"

院外。

王小六仍在威胁着:"当领导的就是喜欢听告状,咳!"

樱桃横下了心:"好,王小六,你把钱还给我。你别当我有啥短处,我是不想给金县长添麻烦。你不要告状么?走,我推你进屋,告下我正好,咱们离婚。"

王小六:"别别别……三十就三十。"

樱桃将钱拍在他怀里:"滚!"

王小六得意地揣起钱:"哎,鸡大腿给我留一个呀。"走了。

樱桃长叹了一口气,往回走,拐过房头见邹源拿着电话站在那里,一愣,要走过去。

邹源:"樱桃,王小六干啥去了?"

樱桃:"啊,串门。"

邹源:"我刚才好像听他说要告状,告谁?"

樱桃笑笑:"邹书记听错了吧?"

邹源:"樱桃,你嫁给王小六,日子苦吧。"

樱桃:"习惯了。"

邹源:"你们是买卖婚姻吧?"

樱桃:"嗯。"

邹源:"你们俩,感情是不是不大好?"

樱桃:"凑合吧。"要走。

邹源:"樱桃。"

樱桃站住了:"邹书记,你到底想问啥?"

邹源:"我是说,这个……如果你对自己的婚姻有什么不满意。趁这个机会提出来,不要怕,尽管说出来,刚才听了党支书的介绍,大伙都很同情你,说出来,包书记会给你做主的。"

樱桃:"我挺满意的,再说,我就是想离婚,也用不着找省委书记、县委书记呀,你说是吧?"进屋了。

邹源看着她的背影思忖着。

电话响了,邹源打电话来:"喂,是我。老金哪,那边的事处理得怎么样了?啊,包书记今晚在峪沟住下了,还要开一个座谈会,希望你能来呀。你是不是过来一下?啥?闵仁德那边县里应该有个领导出面?……我也是这么想啊,可包书记这边……县里不能这么安排呀,是你个人的意思?好,我向包书记解释。对了,你替我买个花圈,送给老闵,我这边有事,不能过去送老闵,你替我安慰一下他的家人。好的,就这样吧。"

厨房,日,内。
樱桃在收拾鸡。
邹源进来,进屋了:"包书记,我刚才跟金银铜通了电话,他说来不了了。"
包治平:"你没跟他说我包治平专门请了他?"
邹源:"说了,可他说,那边得有个县领导出面。他个人的意思是留下来,他让我跟你解释一下。"
包治平叹了口气:"唉,真是佛面难见啊,哎,闵仁德那里,你是不是也应该过去一下?"
邹源:"啊,我是应该过去看看,不过,不好意思开口。等你们走了以后哇,我要赶到黄村去,为老闵守守灵啊。"
包治平:"也好,我看金银铜不来也好,正好听听群众的反映。我看,也不光是说好话的,有些话,也有弦外之音哪。"
邹源:"啊,老金这个人哪,容易感情用事,不过,他在这一带呀,老百姓对他口碑很好。敢想敢干,就是,不太讲原则,你多听各方面的意见,也好有个全面的印象。"
樱桃愤愤地将没弄完的鸡扔进盆里。
党兴峪出来,装作看菜,小声对樱桃说:"樱桃,在说老金呢。"
樱桃粗声大气地说:"当干部的,花花肠子就是多,背后嚼人家舌头。"
党兴峪忙悄声制止:"樱桃!省委包书记对老金印象好,听说他不回来,不大高兴,脸上就挂了相。我这儿走不开,你到村里去一下,找王村长,说我说的,叫他给金副县长打个电话,让他无论如何也要赶回来,省委书记本来对他印象挺好,这个机会,可别错过了。"
樱桃:"哎。米下锅了,你给我添两把火。"走了。

黄村,日,外。
闵家,金银铜在忙着。
一个村干部走过来:"金县长,峪沟来电话,叫你过去。那边一再叫你无论如何也要过去一趟,说包书记听说你不去见他,就不高兴啦。"
金银铜:"我知道了,你去吧。"

闵妻:"金县长,你过去吧,这边的事,我能料理。"

金银铜想想:"不去了。我当了这么多年的副县长,一直也没有找到脱贫致富的好办法,多亏了老闵哪。他的山区小流域治理理论,不仅是科学的,而且是乡亲们致富的金钥匙,我金银铜服他。这回,他为救两个孩子走了,我得留下来,陪陪老闵,送送他。"

闵妻:"金县长,老闵要是在九泉之下听到你说这话,他也会安心的!那个山区小流域治理的理论,他搞了一辈子,跟着了魔似的,哪里是穷山恶水,他就往哪里钻。下大雨,挂个竹竿,就去量洪水,几次差点让洪水冲走了。这白天哪,四处转转,晚上,就在那油灯下算算,我是不懂这些,可我知道,老闵是在为咱山区老百姓做好事、做善事呀……"

金银铜点头:"是啊。"

闵妻:"他熬了十几年了,才写成这本书,谁知道,它就成别人的了!"

金银铜无言以对。

闵妻从抽屉里拿出一个纸包来:"这就是老闵留下的申诉信,他太冤了,受了委屈,还不能说。听说老闵要告状,那应平章就送来一万块钱,说是资料费,接着,就把我家老闵从农科所调到乡里当副乡长,结果,落得这个下场。现在,老闵人都死了,我也不用再怕了,我活着,得给他讨个公道,讨个说法,老闵是不能就这么冤屈走的。金县长,你明天正好去峪沟,你呀,帮我打听一下,那省委书记什么时候过黄村,告诉我,我呀,抬了老闵去下葬,就在公路边等他!"

金银铜:"闵嫂,你要搞路祭?这绝对不行。老闵老实了一辈子,就让他平平安安地走吧。这封信,我帮你转交给省委包书记,拦车路祭,影响不好哇。"

闵妻:"金县长,我知道你有难处,这样吧,明天老闵出殡,你别去了,不是嫂子我多事,我家老闵一辈子的心血,不能这样说没就没了,我得对得起他,我得对得起他呀。"

金银铜:"闵嫂!"

第九集

樱桃家,日,内。

开饭了,包治平等在桌边坐着,樱桃在往上端菜:"菜来了。"

包治平:"嗯,这几个山菜炒得真不错,有温有味。樱桃,别忙了,你也坐下,一起吃吧。"

樱桃："不了，你们都是领导，我坐那算啥？"

　　邹源："哎，没那么讲究，金银铜在你们家，不也同吃同住好几个月了吗？来，一块吃吧，啊。"

　　樱桃："同吃是真的，同住的事可没有。邹书记，你这话说的，我这个乡下女人可担不起呀。"说完出去了。

　　众人都有点尴尬。

　　党兴峪打着圆场："樱桃这张嘴就是不让人，也是，嫁给王小六那么个男人，要不厉害点，净受人欺侮。来，吃菜吃菜。樱桃，不还有个小鸡炖蘑菇吗？好没好？好了端上来。"

　　樱桃端着菜上来，放到桌上。

　　党兴峪："来来，吃。这是当地小鸡，吃了养人，不像你们城里人吃那肉食鸡，一点鸡味都没有。"

　　包治平夹起一块，刚要往嘴里送，愣住了。

　　鸡肉上，很明显地长着两根鸡毛。

　　包治平将鸡肉放在盘里，用手摘着毛："看来，咱们这女主人是有点忙了。"

　　党兴峪也笑笑，将包治平那块鸡肉夹到自己碗里："樱桃，你今天可是丢了人了。"又从碗里夹起一块："包书记，你来……"突然变了脸："樱桃，你这算怎么回事嘛！"

　　他夹的鸡肉上，很明显地也长着鸡毛。

　　樱桃："怎么？"

　　党兴峪："这，你看看，吃活毛鸡呀？"

　　樱桃："哎呀，光顾听邹书记和包书记说话，忘了细摘，就扔锅里炖了，要不，我再杀只重做？"

　　党兴峪一摔筷子要发怒，包治平拉了他一把："别发火。看来这活毛鸡是樱桃故意做给我吃的。没事，挺烂的。樱桃，有什么话，直说。"

　　樱桃："我也没什么，就是不细心。这做菜也跟听话似的，要不细心，就难免好的坏的一起端上来。"

　　包治平笑了："你指的是邹源说金银铜的那几句话，是吧？我看那不算坏话。听话是这样，做事也一样，都不能过分。"

　　樱桃："那包书记的意思，是不是非要听人讲金副县长的坏话呢？"党兴峪："樱桃！怎么跟包书记说话呢！"

　　包治平："别别别，进门都是客。樱桃是主人。咱们一主一客、一问一答挺好。不过，我觉得你挺向着金县长的啊，我倒很想听听，你对金县长的看法。"

樱桃："好，你要真听我就说。就说金县长没来的时候，我过的什么日子，我们党书记在这儿都看着了。这么说吧，就像圈里的猪，一天到晚，只图个活着。金县长到这里扶贫，帮我盖起了大棚，栽了优质的果树苗，我这日子过得，才有个人样了。是，他帮了我，我为他说话，老百姓嘛，哪个干部对他好，为他做事，他就拥戴哪个。刚才邹书记说金县长喜欢感情用事，我倒真的希望，你们这些当领导的，真应该跟咱群众讲点感情。刚才邹书记在外边打电话我也无意中听到了，就说死的那个老闵吧，多好的一个人哪，上次来峪沟，也是在我家住的，在我家派的饭，有文化没架子，这峪沟沟沟坎坎的地他都跑遍了，又写又算地拿出了规划。那天，也是我做的饭，饭桌上，金县长一个劲地敬酒说，都说我金银铜是这里的财神爷，其实，真正的财神爷是你老闵哪。可结果呢，官场的事咱不懂，可老闵为救两个孩子走了，金县长帮着办后事，这感情，还不重吗？邹书记电话里同意，调过头来就说人家不讲原则、感情用事，还有您包书记，说什么佛面难见，还拉长了脸。"

包治平看看邹源："樱桃，虽然你听话没听完，但我说你说得对，特别是说我。因为你有道理，我看，咱们干部哇，是得讲感情，因为乡亲们是最重感情的，只要你帮他做了点好事，他就会感激你、帮你，甚至不许别人说他的坏话。就为这个，这活毛鸡呀，我吃。"

樱桃过来端过菜碗："不，这菜丢手艺咱不吃了，我再给你们炒两个。"

包治平拦住她："不。这菜呀，我建议把它都吃了，吃了这菜，容易长记性。"

众人吃菜。

包治平："邹源哪，今晚你住哪儿，我看，跟我一块住吧，咱们俩聊一聊。"

邹源："好啊。"

一农户家，傍晚，内。

这是当年集体户的房子，红砖青瓦，经历了二十年的风剥雨浸，已经陈旧不堪。

寒梅和田家丰被安排在这里。

寒梅打量着房间："嗯，没想到，二十多年后，我还能住在集体户的房子里。"

田家丰："这得感谢我吧？是我建议在这儿住的，我就知道你有这个心愿。"

寒梅："你这么了解我，就没有你自己的想法？"

田家丰："哎，你什么意思？"

寒梅："以前跟省委领导出门，你最看重的是安全问题，今天主动提出在这里住，这不像你。"

田家丰笑了："安全问题？你当这太平盛世，会有人暗害省委书记呀？对了，还有你这副省长？其实，你们尽管到大街上走，绝不会有人动你们一根毫毛，可你们到下边，就得层层布岗，你知道这是为什么？"

寒梅："为什么？"

田家丰："你别以为是为了安全。面子，场面大，有气派，显得对你们尊重点。其实，你们对下面工作的同志并不了解，你知道，有了安全保卫工作，就可以挡住一批上访告状的，这样，给当地领导减少很多麻烦，你知道么？"

寒梅点点头："你别调皮啊，让包书记住这儿，你到底为什么？嗯？"

田家丰看看她："好吧，我实话告诉你，我是在给邹源争取时间，让他把很多事情处理好。这些你都明白。你今天下午，让包书记回省城开会，不就是为了让他早点离开这里，眼不见心不烦吗？还有，你让方书记不去柏家乡，你实际上，不也在帮邹源么？"

寒梅："你以为我是在帮邹源哪，我是帮你。谁让你一路上把他夸得那么好，我是担心你一不留神把话说错，让我跟你出丑。"

田家丰："行，你怎么说我都行，但是寒梅，有一件事你得听我的。"

寒梅："什么？"

田家丰："夏莲的案子，叫方书记他们管，你千万别插手。"

寒梅："为什么？"

田家丰："你知道这里撞人的那个李明堂是谁么？"

寒梅："谁？"

田家丰："李承恩的儿子。"

寒梅："他们地委李书记？"

田家丰："哎。知道李承恩跟包书记什么关系吗？"

寒梅："什么关系？"

田家丰："'文革'期间，李承恩可是救过包书记的命的。"

寒梅看着他。

田家丰："这些事，偏又发生在柳源，柳源当家的，还是邹源，这事要处理不好，对邹源肯定有影响。你知道我和邹源的关系，我们两家老头子的关系，你都知道，如果我们能帮而不去帮，你想，回去见到两家老头子，怎么说呀？"

寒梅在地上来回走动着："我不管他谁跟谁，夏莲的话如果属实，该我说话的时候，我不能不说。包书记知道李明堂是谁么？"

田家丰："这种事，谁会挂在嘴边上说呀？心照不宣，等你事情办成了，人家心里就有数了。寒梅，还有件事我一直在想，你说包书记这回外出，为什么点名要带上你和方书记呢？赵副书记快要退了，这次党代会要增选一个常务副书记……"

寒梅："你也是高级干部，没影的话，不要乱说。"

田家丰："这不是夫妻之间嘛。我说的可都是心里话，你要是到省委这边来，我还得回避，我就是调走都没什么，但我还是希望你能再上一步。所以夏莲这个案子，你最好少沾边，不得罪李承恩，等于谁也没得罪。"

寒梅放下杯子，拿起衣服，走了。

田家丰："干什么？"

寒梅："出去走走。"

柏家村，夜。

一辆警车停在路边。

桂连枝和两位警察押着柏才、柏良走过来。

群众围观着。

柏才的妻子哭哭啼啼地追出来："放开他，你们放开他……"

柏才："别哭！快回去，给大哥、二哥打电话！"

柏才妻子松开手，跑回去了。

柏家乡，夜。

街道上安着路障。

柏家乡乡长柏效领着一群柏姓的人打着火把在路口设卡。

警车来到，停下，拉起了警笛。

人们拿着锄把等围上去。

桂连枝从车里下来："你们要干什么？"

柏效："桂局长，车里押的什么人？"

桂连枝："你的两个弟弟。你要看拘捕令吗？"

柏效："桂局长，有事也得跟我这个乡长打个招呼吧？我在乡里备薄酒，咱们谈谈？"

桂连枝："哼，跟你打招呼，你算哪级领导哇，跟你打招呼，赶紧把你的人让开。"

车里,夜。
押在后面的柏才、柏良相互交换着眼色。
押解的愣王喝道:"老实点!"

路上,夜。
柏效:"桂连枝,你车上押着我的两个弟弟,我能让你过去吗?"
桂连枝:"你让也得过,不让也得过。"去搬路障。
柏效:"不许搬!"使了一个眼色,众人围了过去,可慑于对方是公安局长,仍不敢轻举妄动。
桂连枝对天鸣了一枪:"都给我站住!我看谁敢动!我告诉你们,打劫人犯,可是死罪,谁再动我连他一起抓!"
柏效:"你开枪,你开枪吓唬谁?有种打老子,照我这儿打!我算你有种!"
车里的大李和愣王拎着冲锋枪出来,站在桂连枝身后。
桂连枝:"柏效,我给你一分钟时间你把路让开,不然我对你不客气!"
大李和愣王哗地拉了一下枪栓,顶上子弹。
一辆凯迪拉克开过来,喇叭鸣叫着。
车停了,柏男下车。
车停下,柏效见柏男来了,添了精神:"大哥,他们要把柏良、柏才带走!"
柏男:"叫乡亲们让开,给桂局长挪一条路。"
柏效:"大哥!"
柏男:"我叫你让开!"
柏效挥手,众人拆路障。
桂连枝:"走。"三人上车,警车开走。

公路上,傍晚。
车在走着。
凯迪拉克在后面跟上来,闪着灯,鸣着喇叭。

警车里。
柏才、柏良向后看着,有些兴奋。
大李:"局长,柏男的车在后面跟着。"
愣王:"这小子想干啥?劫车?"
大李:"那好哇,我冲锋枪里的子弹,可是满满的。"

桂连枝："好好开车。"

柏男的车在后面闪着灯，鸣着喇叭。

桂连枝："把车靠边，叫他过去。"

警车向旁边靠过去，凯迪拉克开了过去，在前边路中停下来。

警车停下了。

柏男从车上下来，平着手向警车走来："桂局长，请下车吧。"

桂连枝下车："我警告你，柏男，别把我惹急了。现在抓了你两个弟弟，到时候我拿了证据，连你一起抓！"

柏男："别发火，到我车上坐坐，有个人想见你。"

桂连枝："谁？"

柏男笑笑："你去了就知道了。怎么？怕呀？"

桂连枝回头："大李！"

大李下车："到！"

桂连枝："把人犯给我看紧点！"

大李："是！"

桂连枝跟柏男向前面车走去。

凯迪拉克旁。

桂连枝走到汽车边，车窗无声地摇下来，应平章在里边冲他笑笑。

桂连枝："应书记？"

应平章："局长，邹书记又打电话来了，早上托你办的那个事，别忘了。"

桂局长："我知道。对了，包书记呢？"

应平章："他今晚住在峪沟，明天就回省了。"

桂局长："啊。应书记，你还有事吗？"

应平章："没了。柏男，走吧。"

柏男拍拍桂连枝的肩："桂局长，我两个弟弟，拜托了。"拉开车门，开车走了。

桂连枝愣愣地站着。

大李过来："局长，谁呀？"

桂连枝："你管那么多事干吗？走！"

柳水萍家楼下，夜。

凯迪拉克停下来。

汽车里。

应平章指挥着："好，别往前开了，就停这儿吧。"

车开过去，停下来。

应平章拉开车门要下车。

柏男："应书记，今天亏你帮忙了，一点小意思。"递过一个信封来。

应平章将信封顺手揣进兜里，下车了。

柏效："大哥，给他多少？"

柏男："一万。"

柏效："太多了吧，他值么？"

柏男："没什么值不值的。咱们哥几个这回是遇着难关了，这关要过不去，你手有多少钱也没地方花了。"

柏效："哎，广济寺那女的，怎么办？"

柏男："你说呢？"

柏效咬着牙："还能怎样，不是她死，就是老三死。"

柏男将车掉头，

柏效："大哥，上哪儿？"

柏男："公安局。咱们今天晚上得跟桂连枝泡一宿。外边就是出了天大的事，他是咱们不在现场最好的证人。"

峪沟，夜，外。

这是一个月明之夜。明亮的月光映照在村头的小河里，波光粼粼，风清树静，流水哗哗，很能勾起人怀旧的心境。

村口的石板小路上，文冠东在抽着烟。

寒梅走过来，看见他，试探着问："是冠东吧？"

文冠东站起来："是我，怎么，你还没睡？"

寒梅应了一声。

两人相对站着，一时无语。

寒梅先开始走动："当年的穷山沟，现在变化真大。"

文冠东跟着她："是啊。"

寒梅："有些，好像又没变。"

文冠东："嗯？"

寒梅："你看这老房子，这石板路，还和当年一个样。"

文冠东："是呀。其实，什么都没变，唯一变了的是人，一眨眼的工夫，这人就老啦。"

寒梅："自然规律，人总会老嘛。"

文冠东："老和老不一样啊，同是这条石板路，你现在是衣锦归乡，我是落魄潦倒。"

寒梅："别这么咬文嚼字啊，酸。"

文冠东："是心酸。我文冠东不敢说学富五车，才高八斗，但我自认为还算勤勉，我苦苦奋斗了二十多年，一无所获，到头来，连个伤感的地方都没有哇。"

寒梅："你要是心里有什么话，就跟我说说。"

文冠东："寒梅，啊寒副省长，我一直以为呀，文人可以没傲气，但不能无傲骨。这么多年，我甘于清贫，当我在昏暗的灯光下遐思万缕的时候，我总在想，或许，文人就应该这么活呀。我的老婆没文化，成天唠唠叨叨，就连我的儿子也学会了用世俗的语言来嘲笑我这个做文人的爸爸，这一切我都认了。可是我忽然觉得，除了我之外，任何人都瞧不起我，当然，这其中，也包括你的先生田主任。"

寒梅："这是你多虑了。"

文冠东："寒梅，你说句心里话，你是不是觉得，我现在这个样子挺惨的？"

寒梅叹了口气："冠东啊，你过去可是从来不在乎别人怎么看你的。"

另一农户家西屋，夜。

炕上摆着一壶茶、两个杯，宗槐卿和方洪彦对坐着，两个都在各想各的心事。

方洪彦看看他。

宗槐卿低下头。

方洪彦："宗县长，你爱人的情况怎么样？"

宗槐卿："还那样。"

方洪彦："是呀，谁摊上了这种事情啊，心里都会很着急的，不过你还是要往开处想啊，这病么，还是要慢慢地治。但槐卿，我希望你时时刻刻都不要忘了自己是一县之长啊。"

宗槐卿怔怔地应和着："嗯。"

方洪彦伸手倒茶。

宗槐卿："方书记，我来。"

方洪彦："你对夏莲那个案子，怎么看？"
宗槐卿："啊，我不大了解情况。"
方洪彦："那柏家四虎呢？"
宗槐卿："也不太清楚。县里是应副书记分管。"
方洪彦："哦，对金银铜这个人，你有什么看法？"
宗槐卿："老金，老金不错，是个实干家，我从心里佩服他。"
方洪彦："邹源这个人？你们合作得怎么样？"
宗槐卿："邹书记这个人，年富力强，理论水平高，作风扎实，对同志对下属，很关心爱护。跟他在一起工作很省心。他把握方向，我只是跟着干。"
方洪彦看看他，宗槐卿避开了他的目光。

石板路上，夜。
文冠东："啊，对了，我跟你说件事。今天邹书记和宗县长跟我谈过话，说让我到县文联去当主席。"
寒梅："挺好啊，我觉得你合适。"
文冠东冷笑一下："多少年前我就合适，为什么偏偏今天才觉得我合适呢？其实，我为什么合适，我自己最清楚。因为省委书记说我文章写得不错，说我是个人才，因为他们知道了我和你的这层关系，这是你副省长的面子呀。"
寒梅有些不悦："你要是觉得心里不平衡，可以拒绝呀。"
文冠东："不，这个文联主席我要当。虽然我这些年从来没想当什么官，但我觉得，我有这个才能。另外，我不想让我的老婆跟我受一辈子穷，到我死了，还让我的儿子瞧不起我。"
寒梅："冠东，你这些年过的日子，我实在是没想到。你要是有什么需要我做的，我会尽力去帮你的。"
文冠东摆摆手："算了算了，我这些心里话，也只能跟你说说。"他又摆摆手："失陪了……"他摇摇晃晃地走了。
寒梅不知说什么好。
田家丰走过来，将一件风衣给寒梅披上。
两个人望着文冠东远去的背影。
田家丰："这个文冠东脾气还挺大的，嗯？"
寒梅："你在偷听？"
田家丰："不存在偷听，我早来了，只是不想打扰。"
寒梅掉转身。

田家丰:"有时候,我还真是有点可怜他,你看,你想帮他吧,他还是硬要那个臭面子。寒梅,你要是帮他说句话,还真可以改变他的后半生,举手之劳,善莫大焉。这个,你心里很清楚。"

寒梅:"我不想这么做。"转身走了。

田家丰跟上:"那就没办法啦。这女人官要当大了,人情味就越来越少啦。"

寒梅回头看着他:"给人家封官许愿,就是有人情味?"

田家丰:"你……好,我承认,让邹源提拔重用文冠东,主意是我出的,这我有错吗?我也是给你一个还愿的机会呀,毕竟文冠东是你从前的朋友,我觉得,我们能帮他,为什么不帮呢?"

寒梅:"你真那么大度?"

田家丰:"这点肚量,我还是有的。"

寒梅:"可我没这肚量。家丰啊,我说的话你可能不愿意听,你这哪是给你老婆还愿哪,你这是给你哥们邹源出谋划策吧?你这是一石三鸟的计策。"

田家丰:"你,你是不是把我想得太坏了点。"

寒梅:"你别不承认,我了解你。不过你出的都是馊主意……你不要忙着打断我,你记着我说的话啊,第一,你不要低估了方书记的办案能力和包书记的判断力;第二,你低估了文冠东作为一个作家的良知;第三,我寒梅绝不会为亲情、感情丧失原则。"

田家丰笑笑:"我不这么看。你刚才说的这些,啊,除了第三条我不妄加评论,这第一,据我所知,方书记之所以能当上省纪检委书记,这李承恩可是有举荐之功的;一旦方书记真的知道李明堂是谁的儿子,方书记的办案能力究竟如何,我不敢像你说的那么确信。至于那个文冠东,他的良知我想你、我都能看得到。"

寒梅转身要走。

田家丰:"怎么,走哇?这峪沟村的夜色确实挺美的,我想,再走走。"

樱桃家,夜,内。

包治平边洗脸边和邹源谈话。

包治平:"邹源,这个县委书记,级别不高,权力很大。不要小看了这七品芝麻官,他可是有一手遮天的能力呀。搞得好,一方百姓跟着享福,搞不好,一方百姓跟着痛苦。"

邹源:"我知道。我常在干部会上说为官一任,要造福一方的道理,不过,我又给加了一条,即使不能造福,也绝不允许造孽。"

包治平:"说说容易呀,可是要做到就不那么简单了。我们看一个干部,不是看他能不能说,而是看他会不会做,怎么做。说实话,这上级部门哪,前一段工作也是有失误的。一个时期以来,考察干部成了做数字游戏了,听汇报哇,重数字呀,就是不肯到下边来实地考察。这就造成了一些地方、一些部门形成了弄虚作假、欺上瞒下,甚至于贪赃枉法的歪风。邹源,你们柳源县有没有这样的问题?"

邹源一顿:"我不敢说没有,可是正因为这样,才需要我们这些党的干部,敢于与歪风做斗争。"

包治平点点头:"嗯"。

县医院,夜,内。
桂连枝来到高干病房,敲门。

夏莲开门:"桂局长?"
桂连枝走进去。

高干病房,夜,内。
夏炳信见桂连枝来了,忙从床上起来。
桂连枝去按住他:"别动别动。"
夏炳信还是坐了起来。
夏莲倒水:"桂局长,你来有事?"
桂连枝:"我呀,是告诉你们俩一件事情,刚才,我把柏才、柏良抓了。"
夏莲和夏炳信高兴地问:"真的?那太好了!"
桂连枝:"我也是受人之托呀。"看着夏莲:"夏莲哪,你跟我说句实话,要什么条件,你才肯撤了这个诉状?"
夏莲的脸冷下来:"桂局长,跟你说实话吧,什么条件我也不会撤。"
桂连枝点点头:"好,我知道了。"起身。
有人敲门。
夏莲走过去,开门愣住了:"你们?你们来干什么?滚,滚出去!"
柏男和柏效站在门口。
柏男:"夏莲姑娘,别发火呀,我们找桂局长。"
桂连枝:"柏男?"
柏男走进来:"桂局长,我们到局里找你,说你上医院了,这就撵来了。"

桂连枝:"有事咱们局里说。"

柏男:"好。柏效,你跟桂局长先走,我跟夏莲兄妹俩说两句话。"

桂局长:"有什么话你说吧,我等你。"

柏男:"桂局长,你放心,我要办的事就是你要办的事,我不会胡来的。"

夏炳信关切地看着他:"桂局长。"

桂连枝:"没事。"跟柏效走了。

屋里剩下夏炳信兄妹和柏男,有些紧张。

柏男走到桌边,拉开提包,拿出一叠钱来,放到桌上:"炳信、夏莲,这是五万,你们点点。"

夏莲:"你把钱收起来。"

柏男:"嫌少?"

夏莲:"嫌臭!柏男,这个状,我告定了!别说五万,就是五十万,也别想买走这个公道!"

柏男:"五十万?胃口不小。不过,如果你真要,我也出得起。夏莲,你知道在当今社会五万块钱能办多少事么?我告诉你,它能买你们兄妹俩的命,你信不信?"

夏炳信:"柏男,我实话告诉你,我不会怕的。你要真有能耐,就花钱把我命买去,我豁出去了给你!"

夏莲:"你要是买不走,那你就等着坐大牢吧。"

柏男将钱装起来:"那好,咱们就等着瞧!"

第十集

广济寺,夜,外。

云影铺上山门,将四周遮掩得阴森起来。

两条黑影窜到门边,轻轻地推门,门闩着,黑影从腰间拔出刀来,拨弄着门栓。

大殿里,夜,内。

木鱼声声,烛光昏昏。

因果和师父在佛前念经。

老和尚有些困了,打了个呵欠。

因果:"师父,你先休息吧。"
老和尚掏出怀表看看:"十点了。因果,我先睡了,你也早点歇吧。"
因果:"哎,我把这卷经再念一遍就睡。"
老和尚:"天冷了,睡前把你那炕里加把柴。"
因果:"知道了。"
老和尚向佛像行礼而后离去。
因果精神十足地念着经。

庙门口,夜,外。
黑衣人拨开庙门,开启,门嘎吱一声,在深夜里显得格外刺耳。
院里传来老和尚的声音:"谁?"
黑衣人跳出门外,闪在墙后。
老和尚拿着手电出来,见门开了,有些紧张:"谁?"
黑衣人跃出,一刀捅去。
老和尚心中有备,闪了一下,刀刺偏了,他回身便跑,边跑边喊着:"因果,快跑!"
黑衣人追上一刀,老和尚扑地身亡。
两条黑影向大殿扑去。

大殿里,夜,内。
两条黑影进来,打着手电寻找着。
大殿空空,已不见因果身影。
黑衣人乙:"老大,怎么办?"
黑衣人甲:"烧。"
黑衣人乙:"可人没找着……"
黑衣人甲:"笨蛋,讲好的见火领钱。"
黑衣人乙:"可万一……"
黑衣人甲:"什么万一,等万一来了,咱们到俄罗斯了。"
两人放火。

峪沟,夜。
沉静的村里,突然传来一片喊声:"救火呀,着火啦!"

樱桃家，夜。

包治平和邹源正准备睡觉，

外面突然响起了锣声，喊声传来："救火呀，广济寺失火啦！"

包治平和邹源跑出去。

屋外，夜。

远远看去，半山中的广济寺火光冲天。

方洪彦、宗槐卿来："车安，跟我上广济寺。"

车安跟着他跑去。

县公安局局长室，夜，内。

桌上摆着熟食，桂连枝和柏男、柏效在喝酒。

桂连枝在擦枪。

柏男："桂局长，我都劝了这么半天了，你怎么连一杯酒的面子都不给呀。"

桂连枝："我戒酒了。啊，让你们在这儿喝，我是冲着应书记的面子，我已经给足了你们面子了。"

柏男："不喝就不喝吧，可是桂局长，我弟弟的案子，你可得帮忙。"

桂连枝："有书记托着你们我算什么。不过依我看，最好是你这个当大哥的去劝劝你的两个弟弟，把犯的事都交待出来，这样，我可以给你们争取个宽大处理。"

广济寺，夜，外。

烈火熊熊。附近村民均赶来救火，乱糟糟的一团。

面包车开过来，方洪彦、宗槐卿、邹源、车安下车，跑到寺前。

因水源紧张，火势已无法控制。

宗槐卿呆怔着。

方洪彦抓起一桶水倒在头上，要向火里冲。

邹源拉住他："方书记，不能进去，火太大啦！"

方洪彦："放开我！"挣脱。

车安冲上来紧紧地抱住他。

方洪彦："救因果！"

一直呆怔的宗槐卿冲过来，抓起一桶水向头上倒去，冲进了火海。

有人惊叫着："宗县长！"

车安将方洪彦制倒在地,抓起一桶水泼在头上,也要冲进去。

宗槐卿从房里拖出一个焦人来。

房子塌了。

救火车鸣叫着驶来。

公安局局长办公室。

柏家兄弟还在泡着。

柏效:"桂局长,不就是三间房子哪,我们柏家也不在乎那点东西。虽然理在我们手,我弟弟手里有字据,但你要给省里人面子,我们咽下这口气,你把人放出来,房子我们退。"

桂连枝:"面子?我桂连枝可没面子。再说,抓不抓放不放的,我说了也不全算,更何况,你们柏家兄弟,就是占了几间房子的事吗?人家告你弟弟是轮奸,那是死罪,我敢放么?"

柏效:"轮奸?这可是个要命的罪名。桂局长,你们得有证据。"

桂连枝:"行了二位,总泡在这儿没用。证据,我要真有证据,就不会对你们这么客气了。"

大李匆匆跑进来:"局长!"

桂连枝:"怎么了你,连报告都不会喊?"

大李:"宗县长来电话了,广济寺失了大火,好像还死了人,省纪检委方书记让你火速赶到现场!"

桂连枝:"嗯?"

柏男、柏效站起来。

柏男:"既然,你有公务在身,我们就不打扰你了。"两人走了。

桂连枝恨恨地骂着:"王八蛋!"转身对大李吩咐道:"你马上去叫上法医,咱们一起去广济寺!"

公安局院里,夜。

柏男的车开走。

桂连枝坐的警车也开走。

两辆车开出大门,柏男的车拐向另一个方向。

警车呼啸着远去。

广济寺门前,黎明,外。

警灯闪烁。

火已扑灭，余烟犹存，公安人员在勘查现场。

方洪彦等人在远远地看着。

很多群众也在观望。

桂连枝从火场出来，走到方洪彦面前。

方洪彦："找到因果了？"

桂连枝摇摇头，见其他的群众过来，轻声地说："方书记，咱们到你车里说吧。"

众人向面包车走去。

面包车里，晨，内。

众人进来，关上车门。

方洪彦："怎么样，找到因果没？"

桂连枝："没有。全庙都搜遍了，只有一具烧焦的尸体，男性，估计是那个老和尚。"

邹源："怪了，失火的时候，因果上哪儿去了？"

桂连枝："这不是失火，是一宗杀人、纵火案。"

邹源感到惊讶："杀人，纵火？"

桂连枝："是。我们在庙门口发现了没有擦净的血迹，法医在烧焦的尸体上，也找到了刀伤。死者是被人用刀杀死之后丢进火场的，目的当然是焚尸灭迹。"

邹源："像这样一个穷庙，谋财害命的可能性不大。那么罪犯为什么要到这里来行凶杀人呢？"

桂连枝："现在还不清楚。"

邹源："这是一个恶性案件，在群众中影响也极坏。桂局长，你们一定要投入最大的力量，争取早日破案。"

桂连枝："是。"

邹源："方书记，你的意见呢？"

方洪彦："一座穷庙，谋财害命的可能性不大。他们为什么要到这儿杀人放火呢？因果又没了下落。我奇怪的是，昨天她才向我们告了状，当晚就出事了……桂局长，一定要找到因果的下落，在她身上，一定会找到一些线索。"

桂连枝："明白。"

宗槐卿在暗处瞟了邹源一眼。

樱桃家，晨，外。

包治平起来，在院外劈柴。

党兴峪来了："包书记，包书记。哎呀，你怎么干这个？"

包治平："锻炼锻炼嘛。不行了，老喽。"

党兴峪："包书记，有个事想跟你商量一下。"

包治平："什么事？"

党兴峪："今天村里有一对年轻人结婚，听说你在这儿，两个小青年想请你过去当个主婚人。不知你能不能赏个脸。"

包治平："办喜事？好事嘛，可以哎，按照乡里规矩，你看我随多少礼好哇？"

党兴峪："随什么礼哩？你包书记肯去，他们就烧高香哩。不用，不用。"

包治平："入乡随俗嘛，一点礼不随，怎么吃那席呀？"

党兴峪："不用不用，你就是随了，他也不敢收哇。"

包治平："那不行，入乡随俗嘛。"

党兴峪："那就随你了。"

包治平："好，咱们什么时候过去？"

党兴峪："包书记要肯，现在就过去。"

包治平："办喜事哪有这么早的？"

党兴峪："这两个小青年呢，是咱们峪沟的，近。正赶上今天还有别的事，所以两家商量着提前点，席那边都放上了。"

包治平："那好，我回去洗洗脸，你通知方书记和寒副省长一声，今天早上，咱们都去喝喜酒。"

党兴峪："哎。"乐颠颠地走了。

黄村，日，外。

人们穿着孝，准备就绪。

一个村干部匆匆来了："闵大嫂，峪沟来电话，说那边才开席。"

闵妻："那就再等等吧。"

村干部示意，人们将抬起的棺木又放下了。

新郎家，日，外。

这是一个四合小院。

大门上贴着双喜字，门框上贴着婚联，对联两头用金纸镶边，红纸黑字，十分耀眼,上面写着:"人间乐事今宵最乐,盛世新婚此日尤新。"

院里摆着十几张桌子,有方的有圆的,每张桌子周围放着十个小凳子。

虽然还未开席,可已经坐满了人,熙熙攘攘,热闹非常。

西南角是两盘新砌的炉灶,旁边堆放着熟肉、生肉和青菜。

包治平等一行进来,院里的人鼓掌欢迎。

新郎的父母从屋里迎出来,包治平抱拳:"恭喜,恭喜!"

新郎父母:"同喜同喜!"一边说着,一边给众人递烟送糖。

包治平将一块喜糖放进嘴里,跟着党兴峪等进了新房。

新房有两间大小,正当间贴的是喜字,大红纸剪成,红得耀眼。围着喜字贴了一圈各种各样的剪纸,有喜鹊登梅、连年有余、观音送子、五子登科……都是喜庆的图案。

墙上也贴着喜字,两边是吕布戏貂蝉、张生戏莺莺的新年画,五颜六色,光彩夺目。

地上摆着平柜、立柜、梳妆台等新式家具。平柜上放着一台彩色电视机,上面压着一张红纸条,写着峪沟党支部、村委会赠。

包治平:"你们村里还送电视机?"

党兴峪:"他们是晚婚,我们村里有个规定,凡是响应晚婚号召的,村上都要给奖励。"

包治平点点头:"好,你这个村支书,比我这个省委书记还有气魄,我要是这么送啊,就得破产喽。"

众人笑着。

房里还拉着彩条、彩带,上面吊着小花、小绣球……

炕上铺着印着喜字的线毯,四床新被,鲜亮无比。

炕头上有一个斗,里面放着谷子、玉米等五种粮食,上面还有一面铜镜。

车安不懂,悄悄地问寒梅:"寒副省长,这是什么讲究?"

寒梅:"镇邪。除了放这些东西,新人入洞房以后,新郎还要拉上新娘,踩炕上四角,看有没有邪气捣乱。左踩三圈、右踩三圈,嘴里还念叨。"

车安:"念叨什么话?"

寒梅:"踩,踩,踩四角,四角四角保护着,儿多着,女少着,夫妻二人常好着。"

车安:"怎么男多着,女少着?"

寒梅:"重男轻女嘛。"

车安:"这么多讲究。"

寒梅:"一个地方一个风俗,图个吉利。"

包治平问新郎的父亲:"娶一回媳妇得花多少钱?"

新郎的父亲:"房子不算,家具是自家做的,也就花个手工钱。办这么一回大喜,满打满算也就七八千块吧。这两年咱们这儿富裕了,这钱,也出得起。过去呀,峪沟穷,光是往外边嫁女儿,往村里娶媳妇,难了。"

包治平点点头:"你们家在你们村算是富裕的吧?"

新郎的父亲:"我们排不上,也就是中上等。前两天老张家娶媳妇,人家那办的,才叫气派。请了放电影的、唱戏的,在村里就闹了三天,村口放鞭炮那红纸,铺满了一地。"

包治平:"那得花多少钱?"

新郎的父亲:"这个,不好说,大概得三四万吧。人家有好几个大棚,儿子又是开车跑运输的,可有钱了。"

说话间,外面响起了鞭炮声。

党兴峪:"新娘来了,咱们出去吧。"

众人走出去。

门外,日,外。

鞭炮炸耳,录音机里喜乐齐鸣。新娘在新郎的引导下走过来,在窗下铺着红布的桌前站定。

党兴峪拍拍手,上前讲话:"静一静!今天,是李全胜、王曼铃大喜的日子,我们有幸请来了省里包书记给他俩证婚,欢迎欢迎……方书记………寒副省长……田主任……还有车师傅……来参加婚礼,大家表示热烈欢迎!"他每介绍一位,人们都热烈鼓掌。

有人问:"喂,金县长咋没来呢?"

党兴峪:"金县长有事。下面,请主婚人包书记给新郎新娘说几句,大家欢迎!"

众人鼓掌。

包治平:"乡亲们……不要挤不要挤,"站到凳子上:"大家要看,我就站高点儿……"

众人笑。

包治平:"其实,我这个老头子没什么好看的,新娘子好看,大伙看新娘子……"

众人笑着。

包治平："我们这次到峪沟来看望大家，看到大家都过上了好日子，又赶上新郎新娘成亲，我们这心里呀，是真高兴。说实话，要不是还有事，我还真想在这里多住几天，好好看一看。"

众人鼓掌。

包治平："我们事先不知道，没有准备礼物，这样吧，我们就随一个份子，表示一下心意……"说着便掏出一个红包，递给新郎新娘："祝你们和和美美，早生贵子！"

众人笑着。

邹源的电话响了，他掏出电话，进屋。

屋里，日，内。

邹源在打电话："喂，是我。平章啊，什么事。"他四下看看，屋里没人，可他还是走到了后面厨房，掩上了门："说吧。啊，啊。"突然变脸："什么，闵仁德的妻子告我欺事盗名，要搞路祭？不行，你一定要设法阻止！平章啊，你是怎么搞的？先是一个夏莲喊冤，接着又是广济寺的因果，昨晚又一把大火，这又冒出来一个路祭……我在问你！……好好，你现在不要跟我解释了，回去给我说清楚。你听着，趁包书记在这儿，你马上把事情弄好。那件事无论如何也要阻止。"他一抬头，看见宗槐卿在门外，顿了一下，打开门。

宗槐卿："邹书记，开席了，找你呢。"

邹源："啊。"

黄村闵家，日。

一干部指挥着："起！"

人们抬起棺柩。

一辆卡车、一辆吉普车开来，停下，从车上跳下一堆人来，柏效带头。

柏效："把住路口，没有我的话谁也不许出去。"

闵妻："柏乡长，你们要干什么？"

柏效："干什么？我倒想问问你想干什么？搞路祭，好大的胆子，老闵走了，就让他平平安安地走，你搞什么，想造反吗？告诉你们，为了省里领导的安全，包书记的车不过黄村，不许你们出殡！"

青年农民："这也太欺侮人了！人活着不让得好，死了还不许下葬吗？有这道理吧？出！"

柏效："你想闹事吗？你要带头就抓你！"

青年农民:"你敢!"

闵妻:"主意是我出的,头是我带的。我是闵仁德的女人,要抓抓我!"回身:"乡亲们,出殡!"

青年农民:"起灵!"

众人抬起木棺,起灵。外来的人挡在路口,双方推搡,打起来。

金银铜赶来了,大喝:"都给我住手!住手。"

柏效:"金县长,你来得正好。县里的邹书记、应书记来电话,不许这些人搞路祭,有损县里的形象,必须制止。你看怎么办吧?"

金银铜:"叫你的人让开。"

柏效:"你说什么呢?"

金银铜:"我说叫你的人让开!"

柏效:"金副县长,你要考虑考虑后果!"

金银铜轻蔑地笑笑,不理他,走到闵妻面前:"闵嫂,乡亲们,大家的心情我知道,那里边躺着的人你们也都认识,闵仁德,是个好干部!他为咱们柳源县,做了件大好事,为咱们大家伙,立了天大的功德!现在,他走了,为了救乡亲们的两个孩子走了,老闵的身上,是背了一身的冤屈,他死不瞑目哇。现在,请大家伙听我金银铜一句话,这个路祭,不能搞哇。国有国法,凡事也都有个规矩,要是闹大了,对省里的领导,县里的工作,都不好。老闵有多少委屈,这我清楚,人既然走了,就让他一路平安吧。我现在不代表县里,也没有这个副县长的身份,我是老闵的好朋友,请大家听我一句,我求求大家,别搞路祭,老闵的冤,我金银铜一定帮他申!闵嫂,乡亲们,我金银铜,求求你们了,拜托,拜托了……"

闵嫂:"老闵,我对不住你了。乡亲们,既然老金把话说到这个分上了,咱们撤!"

新郎家。

酒宴已接近尾声,很多人已在悄悄地离去。

车安看着离去的人们:"哎,你们这儿喝喜酒可真快呀。"

党兴峪:"不是,今天情况特殊,大家嘴上不说,心里想着一件事,黄村的老闵走了,我们峪沟人不忘恩,都想去送送。不瞒大伙说,要不叫你们在这儿,我早就过去了。"

寒梅发现新郎新娘也换了一身衣服往外走:"新郎新娘也去,不忌讳?"

新娘:"不忌讳,我们不迷信。像老闵这样,我们不送送,心里会觉得不安。

包书记，那我们走了。"

包治平："车安，把车开过来，咱们上路吧。"

邹源："包书记，咱们回县城吗？"

包治平意味深长地看了他一眼。

公路上。

面包车在公路上行进着。

闵家。

送葬的人静静地集合着。

路口的吉普车里，忙碌了一夜的金银铜睡着了。

一青年悄悄地伏车窗看看，回来轻声告诉闵妻："金县长睡着了。"

闵妻："金县长，对不住了，我得对得起老闵。仁德，咱们上路吧，出殡！"

青年点头，挥手，轻喝道："起灵！"

送殡的队伍悄悄地从吉普车前经过。

金银铜还在睡着。

面包车里，日，内。

人们都闷闷地坐着。

包治平："家丰，你记一下。"

田家丰拿出本子来。

包治平："我那报告里边，想加这么几个内容。"

田家丰记录。

包治平："一是如何改变落后地区的面貌。现在关键的问题，是领头人的问题，一个村、一个乡或一个县，用不对一个干部，就等于害了一个地方。相反，用好一个干部，就会造福一方。"

方洪彦点头。

包治平："二是衡量一个干部称职不称职的标准。文凭、水平要看，但更重要的是要看他有没有全心全意为老百姓办事的心肠，对老百姓有没有感情。"

邹源擦了一把汗。

包治平："三是用干部的人的责任。今后要定下一个规矩，一个单位、一个县市，用了不好的不称职的干部，一经发现，首先要处理任免干部的单位，因为责任首先就在他们。还有，不称职的干部，要就地免职，不能异地做官。现在有些干部，仗着自己有些关系，就像棋盘上的老将，这边待不住，往那边歪，那边有了困难，又往这边拐，歪来拐去，就是将不死他。这不行，必须把他的后路堵死，我们大家都来个置之死地而后生吧。凡是不为老百姓办实事办好事的，那就没有他吃饭的地方。"

方洪彦："好。"

田家丰记录着："还有吗？"

包治平："暂时就这些吧。"

文冠东："哎，车师傅，慢一点，前边路口，就是黄村了。"

车里的人都神情一动，邹源神色有些紧张。

路上，日，外。

送灵的人抬着灵柩，在唢呐声中迎着车行进着。

不少远处赶来的乡民加入送灵的行列。

走在前边的是闵仁德救下的孩子的父亲，他头戴孝帽，打着灵幡，悲悲切切地哭着。

旁边跟着一人，胳膊上挂着竹篮，里面装满了纸钱，走几步往外扔一把，漫天飞舞。

在他们后边十来步远，走着七八个鼓乐手，吹奏着悲悲切切的曲调。

鼓手后面，是八人抬的棺木，每个人旁边，还有一个准备替换的人。

打幡的人一直走到车前，停下。

其他的人均停步，鼓乐队吹奏。

车里，日。

面对这样的局面，包治平等均有些震惊。

包治平打开车门，要下车。

邹源要拦他："包书记，我去看。"

包治平将他的手拨开，下车，站到了路边。

其他人跟着下车。

一对女青年扶着闵妻走过来。

闵妻："请问，哪一位是包书记？"

包治平点头："我是包治平。你有什么事吗？"

闵妻："包书记，仁德他有冤哪……"哭了起来。

包治平："别哭，慢慢说，啊。"

闵妻从怀里掏出闵仁德的上访信来："包书记,我是闵仁德的妻子,这是他写的申诉信,他写了放在箱子里,现在他死了,我把它拿出来交给你,包书记,你可一定要给他做主哇。"

包治平伸手接过了信,摸兜,眼镜不在兜里,他顺手递给身边的邹源："你念念。"

邹源怔怔地走上前去,接过信,念起来："我是一个长期从事农业科研的知识分子,我很贫寒,也知道自己一辈子不会有惊天动地的成就,所以,我给自己选了一个多数人不愿意涉及,而又几乎是付出一生的心血都无一收获的课题,贫困山区小流域综合开发⋯⋯"他看了一眼包治平,有些惶恐："包书记,这⋯⋯"

包治平："念。"

邹源继续念："我努力了,我拼命了,我累得吐血,几次昏倒在荒山上,可我挺过来了。我知道,如果我撑不下去,这件苦差事,很难有人乐意干。如果我不干的话,党和人民还要我们这些科研工作者干什么?皇天不负有心人,我成功了,科研有了突破,县里领导很重视,叫我写成书稿,可谁知,就在我的书稿送出版社的时候,令人百思不得其解的事情发生了,我花三十多年心血写成的书稿,可谁知竟成了别人的东西⋯⋯"他惶恐地抬起头："包书记,看来这个书稿⋯⋯"

包治平摆摆手："有你解释的时候。"他拿过信,对闵妻说："我给你介绍一下,这位是省纪检委书记方洪彦同志,这封信我收下了,交给他,你的状,就算告了。如果通过调查闵仁德同志确有冤屈,我们一定会给他一个公正的结论的。"

闵妻："谢谢。"

包治平："闵仁德同志这封信,我现在不能下结论,但仅就他拼着自己的命从狼嘴里救下两个孩子这种舍己救人的壮举,就值得我们所有的人尊重。我包治平,向他致敬。"

他恭恭敬敬地向闵仁德的遗像鞠了三个躬。

孝子跪拜还礼。

闵妻泪如雨下。

路上一片悲声。

唢呐凄凄呜咽。

纸钱漫天⋯⋯

面包车上,日,内。

车在路上走着。

车里的人默默地坐着，大家见包治平沉着脸，谁也不吭声。

田家丰悄悄地向邹源使了一个眼色。

邹源想开口说什么，看看众人，又闭上了嘴。

包治平："对了，怎么没见到金银铜，不说他在黄村处理闵仁德的后事吗？"

文冠东："拦车路祭，不是件小事，我想，金副县长是不是回避了？"

包治平："你是说，他事先知道？"

寒梅："不能吧？他要是事先知道，怎么也应该先通知我们一声。邹书记，金副县长给你打过电话吗？"

邹源："没有。"

众人均无声。

包治平拿起一支烟，在鼻子前嗅着。

车轮沙沙。

包治平："哎，邹源，你这县里还有什么地方值得看一看？"

邹源："啊，那要看您的兴致了。农贸市场倒是可以看一看，那地方处在三省交界，办得倒是挺有特点。"

包治平："好啊，那就去看看吧。"

寒梅："咱们今天不回省里了？"

包治平："啊，再住一夜吧，累了。"他用手托着头。

十一集

宾馆602房，日，内。

包治平、方洪彦、寒梅、田家丰在商量工作。

包治平："老方啊，查到因果的线索没有？"

方洪彦："我跟桂局长已经通过话了，他们正在派人查，还没消息。"

包治平："夏莲的案子呢？有没有进展？"

方洪彦："也要继续查呀。公安局已经把柏家老三、老四抓起来了，正在审理，我让桂局长抓紧办，力争有所突破。"

田家丰："对了，包书记，邹源叫我问你，农贸市场还看不看？"

包治平："去呀，休息一下再去，好吧？"

田家丰："行。"

方洪彦:"休息一下也好,邹源还在房间等着我呢,说是有话跟我说。估计是书稿署名的事,好像挺委屈的。"

寒梅:"是我让他找你的。一回县城邹源就把闵仁德那个文字声明给我看了,闵仁德确实是自愿退出作者署名的,上面写得清清楚楚,最后怎么闹成这样?"

田家丰:"我觉得吧,有些人在做一件事情没有成功的时候,可是一旦成功了,态度就全变了,这就是私欲作怪呀。当然,究竟怎么回事,还得等方书记调查之后再做结论。"

包治平:"哎,寒梅,你分管文教,出版社那边你是不是打个电话,一是书稿署名问题,了解一下到底是怎么回事,他们应该知道;二是稿费问题,也得问问清楚。"

田家丰:"我好像记得邹源说过,稿费、书号费和印刷费抵消了呀。"

包治平笑笑:"啊,对不起对不起,我有些累了,我得去洗洗,擦把脸。"起身:"哎,老方,还有个人你得见见。"

方洪彦:"县政法委书记应平章。"

包治平笑笑。

文冠东家,日,内。

文妻在洗菜。

文豪从外面回来了:"哎,妈,我爸还没回来呀?"

文妻:"快了吧。"

文豪拍拍手中的东西:"孝敬我爸的,好酒。"

文妻:"不会是假的吧?"

文豪:"你是难得犒劳我爸一回,我敢买假酒?他要是敢卖我假的,回头我把他那店给砸了。哎呀,这回省委书记、县委书记都那么赏识我爸……唉,要走运了,要走运了。这我爸要出名了,我的工作算是没问题了。妈,有什么心愿?"

文妻:"回家。"

文豪不屑地说:"回家?"

文妻:"你爸要是出了名啊,我第一件事就是要带着你爸回娘家。叫你舅、你姨夫看看。"

文豪:"也对。这些年,我爸在我姥姥家也真受了不少气,应该回去叫他们瞅瞅,狗眼看人低。"

文妻:"去,说谁呢!"

文豪笑了:"我不是跟着你的话说走嘴了嘛。"

文妻也笑着："他们也是。我刚和你爸结婚那时候，你姥爷家就这么一个当干部、吃红本的，可拿他当回事了，吃饭得坐在正中间，现在……哎，人穷志短哪。人家来的不是坐汽车，就是骑摩托，我跟你爸，光腿儿。人家送礼一手就是五百块，咱拿得出来吗？"

文冠东由门外进来了。

文妻和文豪都惊喜地抬起头："回来啦？"

文豪："爸，你回来啦？咋没听见车响呢？"

文冠东："我没长腿呀，摆什么谱。"换鞋进屋。

文妻："没吃饭吧？文豪，快收拾收拾，让你爸喝两盅，啊。"

文冠东："行了行了，我吃过了。"拿烟抽着。

文妻："不舒服哇？"

文冠东摇头。

文豪看看文冠东的烟，惊讶地说："哎，爸，行啊，也抽上红塔山啦！"拿上一支叨在嘴里。

文妻一把抢了过去："哎，这孩子，别糟践了，家里来个客人啥的，也好招待人家。"

文豪："爸……"

文冠东从兜里又掏出一盒来："行了行了，我这里还有一盒，把那个给文豪吧。"

文豪："哎！"

文妻："那，我给你倒杯茶去"

文冠东："嗯。"他抽着烟，神情郁郁地从兜里拿出那本《山区小流域综合治理》来，看着，思索着。

方洪彦的房间，日。

方洪彦和邹源对坐着。

方洪彦看着闵仁德的声明："这是书稿在出版社付印之前闵仁德写给你的？"

邹源："他给出版社一份，也给我一份，明明跟他说好是两个人合署，可不知道为什么，他突然就变卦了。"

方洪彦："那你跟他谈过么？"

邹源："谈过，他坚持说，虽然他有实际材料也做过一些工作，可真正完成系统理论还有数学模型，还是靠我。他也说过一些担心，说不愿意在人们心目中留下不好的印象。"

方洪彦："嗯？"

邹源："可能这也是传统知识分子……怎么说呢？缺点也好，优点也罢，总之，他不愿意把自己的名字，跟我这个县委书记署在一起。"

方洪彦："怕有攀附权贵之嫌？"

邹源："可能吧。"

方洪彦笑笑："邹源啊，我不知道你想过没有，闵仁德这种做法，似乎还有另外一层意思，他似乎是在提醒你呀，在署名的问题上，要么是他退出，要么呢，是你该退出。"

邹源："我想过，也提出来过。我跟他说，我参与这个事情，目的不在于扬名，而是因为这个项目，对指导贫困山区脱贫致富确实有现实意义。我跟他说老闵哪，作者就不要署我名了，你把我做的事情，在后记里提出一笔，不是比署我的名字更好吗？他突然一下子变得很坚决，他这个人很倔，说宁可书不出，也绝不这么做。"

方洪彦认真地听着，思索着。

文冠东家，日。

文冠东拿出稿纸来，铺到桌上。

文妻来倒茶："怎，刚回来又要写呀？"

文冠东："啊。"

文妻心疼地说："哎，也难为你了，窝在那么小的地方，胳膊腿都伸不开。要是真像邹书记说的那样，给咱们家分一个大房子，那就是再没钱，我也要给你买一个大一点的书桌。"

文冠东："这个文章，难写呀。"

文妻："我知道。写文章啊，又费脑子又伤身。"

文冠东："你知道，这个文章是给谁写的吗？宗县长让我给这本书写个书评。"

文妻看看："邹源？这本书是邹书记写的？"

文冠东："嗯。"

文妻："哟，邹书记也会写书哇？"

文冠东："这本书呀，是本好书，可正闹着官司呢。"

文妻："写书还有官司呀？"

文冠东："原来农科所那个老闵，就是到咱们家来过的那个闵仁德，这本书他搞了一辈子，可是临出版了，他又拒绝署自己的名字，还给出版社和邹书记写了一个证明信，可现在他死了，他老婆又拿出一封什么信来告。说是邹书记掠夺了他的科研成果。"

文妻："哎，那会不会是为了分这个写书的钱呢？"

文冠东不耐烦了："你就知道钱。这是科学专著，没有一分钱的稿费。"

文妻快快地将书放下，拿起壶走了。

文冠东想着，他拿出笔，在稿纸上写下了标题："贫穷不是山区的丰碑"。

方洪彦的房间，日。

方洪彦仍在跟邹源谈着："……你很坦率……"

有人敲门。

方洪彦："请进。"

宗槐卿进来了，见到邹源，顿了一下："啊，你们在谈话？"

方洪彦："你有事就说嘛。"

宗槐卿："要不，我等会儿再来吧。"

方洪彦："老宗啊，邹书记在这儿，有什么关系吗？"

宗槐卿："啊，那倒不是。我是，我是为邹书记书稿署名的事来的。这件事我可以给邹书记作证。我记得闵仁德提出不署名以后，邹书记在常委会上讲过，他不愿意背一个欺世盗名的名声，甚至提出他和闵仁德谁也不署名，以县农科所的名义出版，这个意见被否决了。啊，我说的金银铜、应平章，当时都在场。"

方洪彦点点头。

宾馆，601房间。

包治平在写文章，电话响了。

包治平接电话："喂，对，是我。我现在在柳源县。啊，上次跟你说的那两个人选，啊，他们这会儿都跟我一起在柳源呢。……对对，哈哈，不不不，不是不放心，是对党的事业负责啊。好，我会尽快拿出意见的。好，再见。"

童青拿着一叠信来了："包书记，上访信我们整理完了，这是要目和部分群众来信，您得亲自看看。这回县信访办的人帮了不少忙，他们挺能干的。"

包治平："一个小小的县信访办，竟然丢弃了这么多群众来信，可怕呀。"

童青："信访办的那些人，素质也不错，工作起来，效率和质量都挺高的。"

包治平："这就更可怕。明明是举手之劳的事，可他们就是连手也不愿意举。"然后问童青："县里谁负责这项工作？"

童青："金银铜。"

包治平："谁？"

童青："金银铜。"

包治平无语，少顷："你通知县里，叫金银铜今天务必来见我。"

童青："哎。"

童青走了。

包治平长长地出了一口气。

宾馆小会议室，日。

邹源和宗槐卿。

邹源："在柳源，关键时候能够站出来为我说句话的，只有你了。"

宗槐卿："你别这么说，我也是实事求是。"

邹源："我现在处境很难啊。黄村那个场面你也看到了，一想起来我就像……就像个被告，心里，不是个滋味儿。现在在包书记那里，我说话不是，不说话也不是，难哪。"

宗槐卿："啊，有件事，桂连枝告诉我的，柏家的老三、老四已经供认了，案发的当事人是李明堂。桂连枝说，要抓李明堂。"

邹源："抓了没有？"

宗槐卿："我让他们先别抓，要谨慎一点。"

邹源："你说呢？"

宗槐卿："即使要抓，也得跟李书记打个招呼。"

邹源："不行，这样做，人情没得做不说，也给地区李书记出了难题。唉，槐卿啊，李书记把他的独苗放在柳源，可是冲着你和我呀。"

宗槐卿："主要是冲你。"

邹源："我不否认。槐卿，有时候我觉得我自己贱，有很多事，我明明知道自己这样做是不对的，可我还是做了，还得睁只眼闭只眼，甚至，甚至还得出卖自己的良心！可我不做怎么办？图一时痛快，把自己干倒了，有什么好处？我也在忍哪，总有一天，我把这帮玩意儿一个个全收拾了！"

宗槐卿无语。

邹源："我知道你心里一直笑我有野心。是呀，我不否认，我是在争，是在想方设法往上爬。可是，说到底，中国还是一个官大好办事的社会，你想改变它吗？办法只有一个，就是当官，当更大的官。好了好了，我也是一时被气糊涂了。这个话，也只能跟你一个人说说。这样吧，待会儿我告诉应平章，李明堂的案子先放一放，等包书记走了再说。唉，嫂子怎么样？"

宗槐卿："小丽打电话来，说亚娟又昏迷了，送地区医院抢救去了。"

邹源："什么？你，你怎么不早说呢？还在这儿干啥？赶快回去……"

宗槐卿："可县里这些事情……"

邹源："你呀你呀，槐卿，行了，这边的事你别管了，包书记那里，我跟他说。"

宗槐卿含泪看着他："邹书记，在这关键时候，我帮不了你，我……"

邹源："什么也别说了，回去吧，多陪陪亚娟。等包书记走了，我一定想办法，把你调回亚娟身边，这回，无论如何我得办好，嫂子时间可能不多了。"

宗槐卿和他握手。

邹源："走吧。"

宗槐卿欲走。

邹源："哎，等等。"

宗槐卿站住了。

邹源："你在安徽联系的稻种怎么样了？要开播了，这可是个大事呀。"

宗槐卿拍着额头："哎呀，你看我，都昏了头了。那边来电话了，稻种有，就是价格还得商量。"将记录递给他。

邹源："马上派车去拉，老宗啊，那边是县政府出头，你说咱们这边是不是也应该去个县领导哇？"

宗槐卿一顿："啊，金银铜是跟我说过，说无论如何，他是内行，他得看看。"

邹源："可是，包书记还等着见他……"

邹源无语。

宗槐卿看看他："可是，他不去，这批稻种就没有把握……"

邹源还是不说话。

宗槐卿："要不这样，我给他打个电话，见不见包书记，让他自己决定。怎么样？"

邹源："就按你说的办吧。"

电影院。

因为没有电影，门前很冷落。

应平章走来，四下看看，进去。

办公室。

弓文略在画电影广告。

应平章进来了："小弓。"

弓文略回头，一脸惊讶："应书记？"

应平章："路过，来看看你。你忙，你忙。"

弓文略拉过椅子："请坐。"

应平章坐下了，打量着屋子："就你一个人？"

弓文略："今天晚场，白天放假。"

应平章："你值班？"

弓文略："啊，不是，在家闲着也没事，到这儿来把广告弄弄。"

应平章："嗯，年轻人，是得有事业心，"看着广告："画得不错嘛。"

弓文略："也就一般，应书记，你找我，有事吧？"

应平章："没事，就是看看。你接着画。"说着拿出烟来："抽烟？"

弓文略："不会。"

应平章："你画你画，我虽然不会画，愿意看别人画。"

弓文略笑笑，转身画画。

应平章："嗯，是个人才，像你这样的人，窝在这里，可惜了。小弓啊，想没想回政府机关哪？"

弓文略转身看看他："没想过。"

应平章："应该想想，年轻人嘛。现在实行公务员制度，在机关还是比较有发展的。"

弓文略："我在这儿也挺好，业余时间画点画，看点书，挺充实的。在机关里当那个通讯员，也没什么意思。"

应平章："通讯员当然没意思，调你回去，就不会那么使用。"

弓文略："应书记，如果你想用机关工作来诱惑我，叫我不帮夏莲，办不到。"

应平章："你挺敏感么。年轻人，敏感点好。你特别恨柏家四虎，是吧？"

弓文略："对，我恨。柳源县有良心的人都恨。我明白告诉你吧，我就是专门给夏莲打气的。应书记，你不用废话了，不告倒柏家四虎，我决不罢休！"

应平章："我支持你。"

弓文略一愣，回头看着他。

应平章："我说的是真话。柏家四虎横行乡里、无法无天，早就该收拾他们了。我找你，就是一个目的，想启用你这个人才。"

弓文略不相信地看着他。

应平章："王兴军你认识吧？"

弓文略点点头："我们是同学。"

应平章："他调经贸委了，那边缺个笔杆子，跟我提了几次，想把你调过去，当办公室主任。"

弓文略听着，但停止了作画。

应平章："怎么样，考虑考虑？经贸委可是个好地方，编制只剩一个，你要不去，我可调别人了。"

弓文略："真的没有附加条件？"

应平章："有。"

弓文略回头作画："我就知道得有。应书记，我跟你说过了，想叫我劝夏莲不告柏家四虎，办不到。"

应平章："不是叫夏莲不告，是叫她告。"

弓文略冷笑。

农贸批发市场。

邹源陪着包治平、寒梅、田家丰转着。

市场里车来人往、热热闹闹，一片繁荣景象。

邹源介绍着："这市场自去年建成的时候，县里有人提出对本县的农民搞点优惠，我没有同意。既然要搞批发市场，就不能搞地方保护主义，应该尊重经济规律，自由竞争。现在看来，这种办法是正确的。由于一视同仁，吸引了附近五个县市的农户，品种多，货源足，知名度也就越来越高，现在不仅本省，连外省也每天都有不少车来这里采购呢。基本上已经初具规模，走上了良性循环的轨道。"

包治平："嗯。"他走到一个河南车牌的车边，问货主："师傅，你是从河南来的？"

货主："河南郑州。"

包治平："那么远，到这儿买菜划得来么？"

货主："划得来。这里货好，价格便宜，数量也多。车来了就能装上，一点不误事，划得来。"

包治平满意地点头。

电影院办公室，日。

应平章："我可不是跟你开玩笑。夏莲他爸挨撞那天，你在场？"

弓文略："哦，我是后去的。"

应平章："到底是谁撞的人？"

弓文略："县经贸委的，叫李明堂。"

应平章："你先别乱说，是你亲眼所见？"

弓文略："我没有亲眼看到，夏莲的爸爸亲口告诉我的，他不会说谎。"

应平章："这我信，但有没有那种可能，当时三辆摩托一起冲过来，他惊惧之中，看花眼了呢？"

弓文略："你什么意思？"

应平章："据我所知，夏老栓的确是被人撞倒的，但撞人的不是那个李明堂，而是柏良。"

弓文略："柏良？"

应平章："对，撞人的是他，先动手打人的也是他，后来轮奸夏莲的，还是他。"

弓文略回头看着他。

应平章："他自己已经承认了。"

弓文略无语。

应平章看着他。

弓文略回头作画："那个李明堂，到底是什么人？"

应平章："跟你说了，你得保密，他是李专员的儿子。"

弓文略回头看着他。

应平章点点头。

弓文略依旧作画。

应平章："在这个案子里，最坏的人，是柏良，夏莲一家最恨的人，也是柏良，在县里民愤最大的，还是柏良。这李明堂，是个无足轻重的角色嘛。放他一马，对夏家，对你，都没有什么坏处。"

弓文略："叫我怎么办？"

应平章："让夏老栓回忆回忆，单告柏良，把李明堂摘出来。"

弓文略："现在改状纸，不要吧？"

应平章："这有什么？公安局那边我也说好了，柏良也认罪了，轻而易举的事。"

弓文略沉思着，画着。

应平章："人的一生，全在关健几步，这几步走对了，这一生就活得舒心，如果走错了，这辈子就活得窝囊。有没有机遇，靠运气，能不能抓住，在自己。

选择是很重要的呀。"

弓文略沉思着。

应平章很有耐心地又点上了一支烟:"这件事办完了,对你和夏莲没有任何损失,反而还有不少好处。何乐而不为呀?等这边活忙完了,你就上县经贸委上班吧。"

弓文略:"那我凭什么相信你?"

应平章不悦地说:"凭我是县委副书记,你信不过我?"

弓文略:"信不过。要是叫我相信哪,你带我去见邹源。"

应平章:"什么?"加重语气:"小弓啊,这,太过分了吧?"

弓文略不买他的账:"既然是交易,就没什么过分不过分的,要是邹源他亲口向我承诺,那我就答应试试。"

街边,日,外。

包治平等在街上走着。

邹源介绍着:"那边原来是一个烂水塘,去年我们把它修成了人工湖,起到了街边公园的效果,现在城市发展很快呀,给老百姓留点空间休闲。"

包治平点头。

邹源:"那边呢我们把它填起来,正在盖规划楼。准备卖给郊区的农户。一来,让农民也过上他们羡慕的城里人的好日子;二来,也能腾出大量的耕地发展生产。"

包治平:"农民愿意买么?"

邹源:"我们事先做了调查,有80%的农民愿意买新楼,尤其是青年农民。当然,我们也给些优惠政策。凡是买楼的人家,十五岁以下的孩子可以到县城的初中和小学念书,考上高中的,转为城镇户口,很有诱惑力。"

包治平:"那你们这一年得有多少人农转非?"

邹源:"不多。我让教育局查了一下,去年城郊的孩子考上县高中的,只有八十三个,可以说是凤毛麟角。但问题的关键是家家有孩子,人人都望子成龙,尤其是孩子小的人家,更不想因为自己的过错,让孩子失去这样一个机会。"

包治平:"这些人高中毕业以后,考不上大学怎么办,不是增加了城里的待业人数了么?"

邹源:"这个我们也考虑过,问题不大。等他们高中毕业至少还得三年,这三年,如果我们安排得好,乡镇企业的发展应该完全可以容纳这些人员。同时,这些高中毕业的人员,还可以改变乡镇企业的文化结构,这对乡镇企业的长远发展，可是大有好处哇。"

包治平点头，回头对寒梅："嗯，想到今后几年的事，不过普通日子，这想法好。哎，寒副省长，这个现象咱们应该安排人跟踪了解了解。"

寒梅："是，我回去跟教委说一下，让他们派一个专人负责。"

公路上，日。
三辆卡车编队走着。

驾驶室里，日。
金银铜在跟司机拉家常："师傅，开几年车了？"

司机："十多年了。"

金银铜："老师傅了。"

司机笑笑："金县长，怎么说走就走？"

金银铜："这批种子，早就应该拉回来。我原以为宗县长已经弄回来了，可今天来电话让我去接。我打电话一问，不光价格涨了，而且只能给原来的一半。再不快去，怕这一半也没了。二十多吨，现在就剩十吨了。"

司机："你让我们种子公司去就行了，为什么回回都亲自去？"

金银铜："主要是价格问题。我得去说说，一分都不能涨。要是你们经理去，我怕人家不给面子。"

司机："那是，那是。"

县里大街上，日。
包治平等边走边唠着，几个便衣警卫在他们前后走着。

包治平："邹源，我看你们柳源搞得不错。还有什么可看的？"

邹源："我上任时间短，只做了这几件事，再可看的，就是我们县里的街道和你们住的宾馆了，这个你们都看到了。初衷呢，是想改变硬件环境，增强竞争力。就是那个宾馆，这回可是让我丢尽脸了。"

包治平："哎，也不能那么说。问题无论在什么时候都会有的，你上任时间不长，能有这样的成绩，政绩也算不小。"

邹源："这都是集体的力量，我个人的作用是很有限的。我的体会是，在县里当一把手要敢想，敢决策，敢担责任，有改变面貌的决心和勇气。其实，好的愿望一直在大家心里藏着，之所以没提出来，主要的原因是不在其位不谋其政。一把手，就是要谋政。比方说我，要论种田，我不如金银铜；要论工作经验，我不如宗槐卿。县里五大班子的人，都有很多强于我的地方。把这些力量集中起来，再加上决策的效果，有些想想都很为难的事也就办成了。"

包治平点点头："嗯。对，你能这么看问题，很好。金银铜怎么还没回来？你们通知他了么？"

邹源："是这样，县里在安徽订了一批稻种，他非要去拉，不过我已经让宗县长通知他了，估计现在该回来了。"

包治平："那好，如果他回来了，叫他马上来见我。"

邹源："是。"

十二集

宾馆，603房间，日，内。

寒梅在打电话："好好，谢谢啦。"放下电话。

田家丰进来，喝水："给出版社的电话打完啦？"

寒梅："嗯，跟邹源说的一模一样。"

田家丰："我说么，肯定不会是邹源的问题，寒梅呀，虽然，咱俩都是知识分子，可有些时候，我还是为我们有些同类感到悲哀。哎哎哎，别皱眉头，这样显老。"

寒梅："去。"

田家丰："你说，过去搞运动，有些知识分子太容易变节；现在，我们尊重知识分子，有些人为了眼前的个人利益，可以不顾一切，甚至可以不择手段。嗯，报屈鸣冤，没事也给闹出事来了。"

寒梅："啧，人都已经死了，而且死得很悲壮，你干吗这么说一个不能辩解的人呢？我有个直觉，这事还没完。"

田家丰："直觉？我跟你说，这可不是我不尊重你，我现在以一个丈夫的身份提醒你，你是一个副省长，处理一个县委书记的问题，不能凭你一个女人的直觉。"

寒梅："这不光是一个女人的直觉，更是一个副省长的直觉。你呀，要是连这点直觉也没有，你的仕途也就到此为止了，谁也帮不了你。"

田家丰："我有你这么一个当副省长的老婆，我就知足了。"

寒梅："我还不知足呢。"

田家丰："好哇。"

寒梅："跟你说正经的，你说包书记为什么一定要提醒老方，叫他见一见应平章呢？"

田家丰："这，这不就是为了夏莲那个案子吗？噢，还有那个失踪了的因果。"

寒梅："没这么简单吧？你回忆一下，当初在车上，邹源提到那本书，说应平章托了关系，免了那书的书号费和印刷费，你想想，他能去找出版社，就不能去找闵仁德？"

田家丰："你是说闵仁德不肯署名是因为受到某种压力……"

寒梅："或者是某种承诺。"

田家丰："哎呀亲爱的，我没有想到，你的想象能力现在变得这么丰富，我早就说过你现在可以写侦探小说了。我的副省长夫人，你这个感觉，是不是有点先入为主的感觉呢？"

寒梅："但愿是我错了。邹源这个人也来过我们家，我也跟他聊天，而这回呀，多了些印象。"

田家丰："而且印象不怎么样。"

寒梅："倒不是不怎么样，怎么说呢？他的表现好像是成绩突出得让人震惊，人又坦率得让人自愧不如，可县里有很多事好像又跟他没什么关系。"

田家丰："还有，还想往上爬，还想当更大的官。"

寒梅："嗯，有野心而且毫不掩饰。"

田家丰："对，这有什么不好？现在国外公开竞选总统，咱们这个圈子里，谁这么想？邹源想了，他敢表现出来，这不比那些又想当婊子又想立牌坊的人强多了嘛！"然后笑笑："这话粗了一点，但这是实话。"

寒梅："问题是，人能不能接受哇？"

田家丰："所以呀，我们现在要尽量帮助他。我觉得这倒不仅仅是因为我和他之间的关系。"

寒梅笑了："真是啊，朝中有人好做官了。"

田家丰："中国历代，不都这样么？"

寒梅："家丰，你知道你这人最大的特点是什么吗？"

田家丰："什么？"

寒梅："仗义，能为朋友两肋插刀，现在的干部能做到你这个分上，可真不容易。"

田家丰："哎，我说你这是在夸我呀，还是在骂我呀？"

电话铃响了。

寒梅："接电话，接电话你。"

田家丰："喂，是我。啊，童青，怎么了？啊，包书记发火了，那行，我马上过来。"放下电话。

寒梅："怎么了？"

田家丰："还不是为了那个金银铜，包书记一再要求要见他，要见他，可他就是不见。这不，说是又不辞而别到安徽搞稻种去了。"

寒梅："就是不见省委书记。"

田家丰："就是呀，你说，包书记到峪沟，他回县城，包书记到黄村，他躲起来，包书记又回到县城，他又跑安徽去了。这有的人有了一点成绩就不得了啦？翘尾巴！哎，我说他管的那个信访办的事，还没完吧？"

寒梅："包书记发火你也来劲。快过去吧。"

桂连枝办公室，日。

应平章在他对面坐着。

桂连枝签了一份文件，民警拿走。

应平章："老桂，其实我跟你谈的那个去检察院的事，也没多大意思，就那么个地方能有什么出息？哎，我有个想法，就是我现在干的这个政法委书记，时间也不短了，我想换个位置，哎，要是这个位子由你来接，我看正合适。"

桂连枝感到有些意外，笑笑："两天时间，从检察长升到政法委书记，这升得也太快了。应副书记，你在开我的玩笑吧？"

应平章："嗯不，这类事情，我是从来不开玩笑的，邹书记也是这个意思，只是不好出口哇。"

桂连枝不吭声。

应平章："算了，咱们不谈这个事了，你心里有数就行了。对了，我找弓文略谈过了，他同意做夏莲一家的工作，目的只有一个，只告柏家四虎，放过李明堂。"

桂连枝看着他。

应平章："你别这么看着我好不好，眼神太凶了。你看啊，李明堂，是地委李书记的公子，书记和县长那儿都不敢动，我要不是这个政法委书记，我也落个逍遥自在。算我倒霉，偏偏是我干这个苦差，你说，我怎么办？"

宾馆601，日。

童青进来："包书记，地委李书记刚才来电话，你正发脾气呢，就没让你接，这是电话记录。"递给他。

包治平接过，叹口气："无组织无纪律，金银铜金银铜，三请四邀，哪么大架子？这样的干部怎么领导？"看电话记录，一愣拍头："嗯？李明堂是老李的儿子？"

童青："是李书记的儿子。"

包治平沉思片刻："这件事，先别和任何人说，知道么？"

童青："明白。啊，地委李书记说，他本想来看看你，可是心脏病犯了，现在正住院呢。"

包治平在地上来回走着："今天晚上，你想办法悄悄安排个车，咱们俩一起去一趟地区医院，看看他。"

童青："那，不告诉方书记和寒副省长？"

包治平："回来再说。"

文冠东家，日。

文冠东在伏案疾书。

儿子文豪和文妻在吃晚饭。

文豪："这酒不是假的吧？"

文妻："啊，收好。不吃啦？"

文豪："不吃了。"到门边看看："爸，又写上啦？"

文妻："哎，文豪，别吵你爸。饭也吃了，你不说到隔壁看彩电去吗？快去吧。看你爸在电视里什么模样。"

文豪："嗯嗯。"高兴地走了。

文冠东要抽烟，没有了，将烟盒团了。

文妻开柜拿出那盒红塔山来："给。"

文冠东："嗯？这个，你不是要留着招待客人么？你到路口去给我买两包双喜烟。"

文妻："唉，就抽这个吧。"打开："喏，少抽点。"

文冠东："啊。"

文妻拿起书来看着。

文冠东不满意地看她一眼。

文妻忙放下书："你写你写，我们都不吵你，我也到隔壁看电视去啦。"

文冠东写着。

宾馆601。

包治平在本上记着，写着，想着。

公安局长办公室。

应平章和桂连枝谈着："……我呀，跟你说这些，是相信你，依靠你，说实话，我这也是为你着想啊。"

桂连枝抽着烟，想着："好吧，既然这样，我收回拘留李明堂的命令。"

应平章："好，很好。"他起身走了。

公安局走廊里，日。

应平章下楼，在"回"形楼梯里，见到他的民警都认识他，跟他打着招呼。

桂连枝在楼上目送着应平章走了，回到办公室，在屋里来回走着，思索着，他拉开抽屉，拿出手枪顶上子弹，又压下火，思忖半天，抄起电话："大李么？和愣王到我办公室来。"

大李和愣王敲门进来了："桂局，有任务？"

桂连枝将烟扔给他们："你们俩说，我们这干公安的，责任是什么？"

大李他们没想到会问这个，对视了一眼，大李："维护社会治安哪。"

愣王："打击坏人，治腐败呀。"

大李："还有，给经济和四化建设保驾护航。"

桂连枝："那你们说，我这个公安局长的责任呢？"

大李："这得问你自己呀，哎，叫我们怎么说呀？"

桂连枝："你们俩说，我这个公安局长是该为公呢还是该为私？"

愣王："那还用说，要为私，你就不是公安局长了，我们就得叫你私安局长了。"

桂连枝："现在有人跟我说，夏莲这个案子，只要我放过李明堂，就是李书记的儿子，我就可以升任县政法委书记。你们俩怎么看？"

愣王："你要是真那么干了，我就会在背后骂你，骂……"

桂连枝："骂什么？"

愣王："骂你王八蛋！老百姓骂得会更难听，骂你警匪一家！"

桂连枝点点头："骂得好。我桂连枝要真是这么干，那我就是王八蛋！可我不是那种人。这政法委书记我可以不干，甚至这个公安局长我也可以不当，这李明堂我是非抓不可！"

大李："我们早想出这口气了！"

愣王:"对!"

桂连枝:"这个事,你们俩去办,不要惊动任何人,抓了这小子,一点风声都不能露,包括县里领导和局里任何人。抓了就审,不搞逼供信,但死活让他开口。趁着包书记和省里领导都在,一定要查它个水落石出!"

大李、愣王:"是!"

桂连枝:"要是出了事,你们就说我命令你们干的,一切责任,由我桂连枝一人承担!"

文冠东家,日。

文冠东在写着。

窗外传来邹源的声音:"冠东在家吗?"

文冠东:"在,在。"

邹源进来:"作家,忙呢?"

文冠东:"邹书记,你怎么来了?"

邹源:"我听宗县长说,你在为我那本写书评啊。真不好意思,我们几个县里领导总是麻烦你,开始是老金,现在是我。"

文冠东:"来,屋里坐。"指着他手里的东西:"邹书记,你这是……"

邹源:"啊,你给我写书评,我得上点贡啊。要不然怕你手下不留情。"

文冠东:"邹书记,看你这话说的。我要是收了你的东西呀,我这心里就不平衡了,其实我这个人,还是喜欢说实话呀。"

邹源:"哎,跟你开玩笑呢。东西你收下,但是还得说公道话,虽然我是县委书记,但是,我也不喜欢假的。"

文冠东:"你坐你坐。"

邹源坐下:"这本书有多大分量我心里清楚,让你这个大作家见笑了。"

文冠东:"不不,这本书确实是本好书,我很佩服它。"

邹源拿起文稿:"哎,能看看吗?先睹为快。"

文冠东:"看吧看吧。"

邹源一目十行地翻着。

文冠东在一边看他。

邹源:"到底是大作家呀。一下就抓住了书的核心。你要知道,我为了这点东西呀,思考了好几年,老闵,也辛苦了几十年啊。"

文冠东:"我看出来了。"

邹源:"老文啊,我想提几条建议,供你参考。"

文冠东："你说。"

邹源："一是这篇文章作为书评，要从宏观的角度，重点谈小流域开发的必要性、适用性，有必要，你可以多看看这方面的资料。二呢，以评代书，你既然谈到了署名问题，就要把它谈透。老闵为这本书做了不少贡献，他坚决提出不要署名，这种淡泊功名、淡泊名利的思想，这种精神，值得提倡。不过有一点我要说明，我邹源多次在县常委会上表明自己的态度，我愿意退出作者之一，只署闵仁德的名字，或者干脆以农科所的名义发表，但被否决了。这说明什么，说明这本科研专著的价值就在于能指导山区脱贫致富，能给老百姓带来好处，他超过了任何名利意义，在这一点上，我和老闵有共识呀。哎，这就可以提倡一种精神，科学就要有一种科学的态度和科学的牺牲精神，署不署名，不能抹杀对国家、对百姓的贡献。关于署名的问题，你都了解情况，说实话，我没什么可隐的，老闵人都死了，我受点委屈有什么呀。我可不是给自己洗冤啊，我同意你写这篇书评，是因为这本书，对老百姓有意义，它不应该成为某个人的财富。这就是我的态度。"

文冠东点点头："也许，我把某些问题看得简单了，看来我得重写呀。"

邹源："那就辛苦你了。我不打扰你了，我走了。"

文冠东："好哇，好哇。"

邹源走了。

文冠东送他。

邹源："你看你看……"

文冠东："怎么？"

邹源："你儿子的工作，我跟文化局的马局长打了招呼，他说，这两天就给安排。"

文冠东："这么快呀。"

邹源："我办事，不喜欢拖沓，我走了。"与进来的文妻及文豪打个照面，点点头："大嫂，你好。"

文嫂："邹书记呀，走啦？不再坐坐啦？"

邹源："不了，他忙我也忙，他是真忙，我是瞎忙。"

文妻语无伦次地说："都瞎忙，都瞎忙。"

邹源笑笑，出门。

文冠东对妻子说："你瞎说些什么呀？"

文妻："我没说什么呀。"跟他进屋："哟，这是邹书记送来的？"

文冠东："啊。"

文豪进来，看看文妻手中的东西："哎，中华？爸，你这从红塔山到中华，可是一天两级呀。"伸手要拆烟。

文冠东："放下！要抽好烟，你不怕抽死你呀？"

文豪吓了一跳，愣愣地看着他："爸，您老这脾气可是见长啊，要是这样，还是别出名了。我和我妈，以后可有得气受了。"

文妻出去了。

文冠东吸了一口气，拿起桌上的烟扔过去："给。别动那个烟，啊。"

文豪："您还是留着吧。"转身要走。

文冠东："文豪，爸问你呀，你是不是特别想找一个好工作？"

文豪："当然了。"

文冠东："如果，这个工作需要用爸爸的人格去换，你换不换？"

文豪："爸，你怎么了？"

文冠东："没什么。"

文豪："爸，要真是那样，那我宁愿到电影院门口卖瓜子。"

文冠东感动地看着儿子。

路上，傍晚。

桑塔纳车在路上行驶着，天已昏黑，车开着灯。

前面路上停着几辆车，一帮人围在一起看着什么。

桑塔纳车减速，鸣着喇叭缓缓驶近。

车里。

宗槐卿坐在前座，面色茫然。

司机向窗外看着："撞人了？"

宗槐卿向窗外看去。

在人们闪开的空隙中，他看到了一个身穿灰色的僧袍、扎白色绑腿和有一头长发的人。

司机很好奇："好像是个和尚。咦，不对呀，怎么好像是个长头发？"

宗槐卿一怔："停车，下去看看。"

司机很爽快地说："哎。"在路边停下车。

宗槐卿和司机下车。

路边。

宗槐卿跟在司机后面走过来。

司机："哎，怎么回事？"

一司机："不知道，这人倒在路边，像鬼似的。"

宗槐卿已经走近。

路上躺着的是因果，她半边脸被烧伤，已经昏迷。

宗槐卿一愣，近前细看，动作突然麻利起来，伸手试试她的鼻息："还有气。你们，还愣着干什么？快，帮我把她抬上车去。"

众人七手八脚地上前，帮着抬起因果。

宗槐卿上车。

车里。

司机向后座看看："宗县长，你认识她？"

宗槐卿："不认识。"

司机："那，咱们揽这个麻烦干啥？"

宗槐卿："什么话？见死不救哇？开车！"

司机开车。

司机们看着桑塔纳远去，你看看我，我看看你，心里忽然都有些惭愧，默默无语，各自上车。

县委大楼，夜。

下班了，大楼的窗口大多黑着，只有一楼的门卫和三楼里边的房间里亮着灯。

应平章带着弓文略走进大楼。

大楼里，夜。

开门声在空旷的楼内显得格外刺耳。

门卫拉开小窗问："谁呀？"

应平章："老马，是我。"

门卫："应书记呀。"关上了窗。

应平章领着弓文略走过去。

二人上楼，皮鞋响着。

三楼走廊里，夜。

走廊尽头的门缝里露出一丝灯光。

应平章带着弓文略走着,皮鞋踏在水泥地上,咯咯地响。

弓文略有些紧张,自己绊了自己一下。

应平章:"怎么了?"

走廊里回音很大,显得很威严。

弓文略:"没事。"

应平章小声地说:"嘁。"

弓文略:"没事。"

二人来到亮灯的门口,敲门。

里面传出邹源的声音:"进。"

应平章开门,二人进去。

邹源办公室。

应平章领弓文略进来。

外间没有开灯,二人来到里屋。

屋里是一张巨大的写字台,邹源坐在高靠背椅上,正在看文件。

应平章:"邹书记。"

弓文略不知怎么开口:"啊……"

邹源头也不抬:"你找我?"

弓文略紧张地说:"啊。"

邹源:"嗯,坐。"拿笔写着。

应平章和弓文略坐在沙发上,沙发很低,两人立时像矮了半截。应平章正襟危坐,弓文略显得更拘谨。

邹源刷刷地写着。

屋里很静,墙上电子钟发出的轻微声音也显得很刺耳。

弓文略不安地擦了一把汗。

应平章不易察觉地笑笑。

邹源:"你找我?"

弓文略一时不知说什么好,他站起来,求助地看应平章,应平章似乎毫无察觉,看着自己的手。

邹源:"坐。"

弓文略坐下。

邹源:"什么事?"

弓文略："就是李明堂的那件事。"

邹源："李明堂有什么事。"

弓文略意外地看着应平章，应平章无反应。

弓文略一时不知如何把谈话进行下去了。

邹源眼睛盯着文件："你接着说。"

弓文略："我……"

静场。

邹源："你说你说。"

弓文略："调我到经贸委是不是真的？"

邹源抬头看看应平章。

应平章："啊，邹书记，是这么回事，经贸委呢跟我说，他们缺一个笔杆子，王兴军和小弓是同学，比较了解，点名想要他。"

邹源对应平章："经贸委归你管嘛，你的意见呢？"

应平章："我已经跟经贸委的王主任说了，他们没有意见，同意。"

邹源："那你就看着办吧。"又低头看文件。

应平章："好。"

沉默。

邹源抬起头："你们还有事么？"

应平章："啊，没有了。小弓，咱们走吧。"

弓文略愣愣地，稀里糊涂地跟应平章起身，出去了。

邹源一直在看文件，头也没抬。

走廊里，夜。

应平章跟弓文略出来，弓文略懵懂着，心里有些不舒服。

两人走到楼梯口，弓文略站下了："应书记……"

已经走下楼梯的应平章停下来："嗯？"

弓文略犹豫着："有些事，你说我是不是应该对邹书记说明白？"

应平章："你还有什么不明白的？邹书记不是叫我全权处理了吗？"

弓文略："可是……"

应平章严肃起来："小弓啊，你也在机关工作过，不会那么不懂事吧？"

弓文略："那……"

应平章："该说的我都说了，邹书记你也见了，还有什么犹豫的呢？一句话，经贸委去还是不去？"

弓文略："我去。"

应平章："这就对了嘛。"下楼了。

弓文略跟在他后面走了。

地区医院,夜。

病房。

脸上缠着绷带的因果在床上躺着,宗槐卿在床边守护着。

司机进来："宗县长,医生说药劲还得一阵才能过去,你先回去看看大嫂吧。"

宗槐卿："再等等,等她醒了我再走。"

司机："哎,她醒了。"

因果睁开眼睛,她看见了宗槐卿,却一句话也没说。

司机："姑娘,你醒了就好,这是宗县长,是他救了你。"

因果闭上了眼睛。

宗槐卿："因果,能跟我说说昨天的事么?"

因果："这是哪儿?"

司机："这是地区医院,是宗县长把你送来的。"

因果："叫警察来。"

司机："什么?"

因果回手拉倒了点滴架,瓶子摔在地上,发出很响的声音。

护士和医生跑进来："怎么回事?"

因果："叫警察!叫地区公安局的警察来!有人杀了我师父,还要杀我,叫警察来保护我!"

宗槐卿："你别急,因果,有话慢慢说。"

司机："是呀,你有话跟宗县长说一样。"

因果："我不跟他说,我要找警察,叫警察!"

护士看看医生,跑了出去。

宗槐卿默默地坐着。

宗槐卿家,夜。

宗槐卿用钥匙打开门,蹑手蹑脚地走进来。

屋里传出王亚娟的声音："小丽吗?"

宗槐卿："是我。"走进屋。

王亚娟在床上要起来，宗槐卿去按住她："别动。小丽呢？"

王亚娟："她男朋友来电话，出去了，一会儿就回来。"

宗槐卿叹了一口气，坐到她床边："怎么样？"

王亚娟："没事，眼前黑一下，打了针就好了。"

宗槐卿："还是住院吧。"

王亚娟摇摇头："不住。这种病，住院也没用，我不想躺在医院里等死。我在家，你回来也有个奔头。"

宗槐卿无语，拉住了她的手。

王亚娟："省委书记走了？"

宗槐卿："没有。"

王亚娟："那你回来干什么？回去吧。"

宗槐卿："我请假了。"

王亚娟叹了一口气："饿了吧？桌子上有方便面。"

宗槐卿："不饿。"

王亚娟突然发现了他衣袖上的血迹："血，你受伤啦？"要起身。

宗槐卿按住她："别动，我没事，是别人的血。回来的路上，碰到一个受伤的姑娘，我把她送医院了。"

王亚娟："车祸？"

宗槐卿："不是，她……算了，不说这个。喝水？"

王亚娟摇头："怎么回事？跟我说说。"

宗槐卿："没什么好说的，啊，我去打个电话。"出去，到外间。

王亚娟担心地看着他。

外间。

宗槐卿拿起电话，拨号。

邹源的办公室，夜。

田家丰和邹源在屋里坐着。

田家丰："都沉住气，干部的大小，其实是看气量的大小。"

电话响了。

邹源拿起电话："喂。"

电话里没有声音。

邹源："喂，哪位？怎么不说话？"

电话挂断了。

邹源放下电话。

田家丰站起身:"我回去,你过去不?"

邹源:"过去看看。明天走不走?"

田家丰:"不知道。包书记这回,有点摸不透。"

邹源:"你知道包书记在这里一留再留,究竟是什么意思?"

田家丰:"怎么?感觉有压力啦。"

邹源:"我倒没什么,不过是个马前卒嘛。我看,真正有压力的是地委李书记,他马上就要退下来了,可儿子却是那样。李明堂是李书记儿子这事,要不要跟包书记说?"

田家丰:"先别说,让方洪彦去查。能过关,当然好,要是真的查出来,也好。哎,李承恩本人,知道这件事么?"

邹源:"我想事后再告诉他。"

田家丰:"那就这样吧。"

电话又响起来。

邹源拿电话:"喂,我是邹源呀,哎,你是谁呀?说话呀?"

话筒里没有声音。

邹源放下电话:"怪事呀……"

田家丰也对电话注意起来,看着。

电话静静的,没有回音。

宗槐卿家。

宗槐卿按着电话,他将电话放下,从茶几上拿起一支烟来,抬头,见王亚娟站在门口看着他。

宗槐卿放下烟:"咋起来了?"

王亚娟走到他身边,拿起打火机,点燃,送到他面前。

宗槐卿:"不抽,戒了。"

王亚娟手按着打火机,一直燃着。

宗槐卿看着她。

王亚娟也看着他。

宗槐卿拿起烟,点燃,吐出一口烟,用手扇着。

王亚娟坐到他身边:"抽吧,我已经无所谓了。"

宗槐卿熄灭了烟,握住了妻子的手。

王亚娟:"不顺心?"

宗槐卿无语。

王亚娟:"不顺心说出来。"

宗槐卿:"没有。"

王亚娟:"你想给谁打电话?"

宗槐卿看看她:"没谁。"

王亚娟:"你救的那个姑娘是谁?"

宗槐卿:"一个和尚?"

王亚娟:"女和尚?"

宗槐卿叹了一口气。

王亚娟轻柔地偎在他怀里。

十三集

赌场,夜。

乌烟瘴气,炕上两桌,地上一桌。

王小六坐在轮椅上,在打麻将。

对门推了牌:"和了。八圈了,算账。"

众人将钱递过去。

对门向王小六伸手:"王小六,拿钱。"

王小六从怀里掏着钱:"给。"

对门数着:"还差三块。"

王小六嘻皮笑脸地说:"没了。就这些。"

对门挥挥手:"没劲。算了算了,不打了。"

王小六:"来来,再打四圈。"

对门:"有钱么?"

王小六:"借我点,明天还。"

对门:"得,你找别人吧。"

王小六转身看着另外两个人,那两人均起身。

王小六拉住他们:"哎,别走别走,天还早呢,再打四圈。"

左手:"钱呢?"

王小六:"黄不了你的,输了把我媳妇给你。"

右手:"得了,你可别扯了,上回张老三叫樱桃挠那一把,现在脸上还有疤呢,三百账没还不算,还好悬没闹个强奸罪。"

众人笑。

王小六:"东家呢?借二百。"

东家:"小六,回家吧,天不早了,樱桃自己在家呢。"

王小六:"不借是不是?不借别说我找人来抓赌。"

东家:"找去,要把我这抓了,你呀,河西玩去吧。"

王小六:"行了,我看看热闹。"坐在旁边看着,趁人不注意,将一把破茶壶抱在怀里,推着破轮椅走到一边。

没有人注意他。

王小六突然将破茶壶摔在地上,喊了一嗓子:"抓赌啦!"

屋里的人噌地从炕上跳起来,腿快的一脚踹了窗户。

东家忙叫着:"别乱别乱,是王小六这个王八犊子!"

人们骂骂咧咧地坐下来。

东家过来在他脑袋上打了一下:"王小六,你赔我玻璃!"

王小六:"哎,谁踹的你找谁去。"

东家大怒,扬手要打他,一个大汉过来拉住了东家的手:"哎,算了。"

东家:"这玻璃咋算,还有这茶壶!"

大汉:"我赔。"掏钱递给东家。

东家:"王小六,今天便宜你。以后你再敢来,打折你腿!"

大汉:"王小六,我送你。"推着他走了。

众人向外看着。

一个人问东家:"那小子是谁?"

东家:"不知道,不是你领来的吗?"

发问的人:"我不认识他呀?"

东家:"坏了,别是个警察吧?别玩了别玩了,收摊收摊。"

众人意犹未尽,不满地起身。

看守所,夜。
凯迪拉克停在看守所门前。

审讯室,夜。
桂连枝和柏男在审讯室里坐着。

门开了,柏良被带进来,见到柏男,悲喜交加:"大哥……"欲扑过去。

民警:"老实点!坐下!"

柏良坐下了。

柏男:"桂局长,我能和我弟弟单独谈谈吗?"

桂连枝看看他:"可能吗?"

柏男:"桂局长,应书记不是已经跟你通过电话了吗?"

桂连枝起身,将柏男推向墙边。

柏男配合地举起双手。

桂连枝熟练地搜了搜:"十分钟。"开门走了,又对民警说:"你在这门口看着。"

柏良待他们出去,哭叫着扑过来:"大哥……"

柏男拍拍他:"别哭,来,抽支烟。"递给他烟,点着。

柏良:"大哥,你得救我出去呀。"

柏男:"那当然。柏良,有个事你得听哥的。"

柏良:"你说。"

柏男:"一会儿桂局长审你,你就说那天骑摩托撞倒夏莲他爸的,是你,先动手打人的,也是你。"

柏良:"什么?大哥……"

柏男:"就这么说。"

柏良:"为啥呀?"

柏男:"为了救你。"

柏良:"我不信,你这不是给我增加罪名吗?撞人的是李明堂,为啥给我栽赃啊?"

柏男:"那李明堂,是书记的儿子。"

柏良:"我不管他是谁儿子!反正叫我顶罪不行!"

柏男:"坐下!你吵什么?混蛋!我能坑你吗?"

柏良坐下了。

柏男:"柏良,听哥一句话,你的案子,重点不在这儿,这个罪,你就是认下了,不过也是赔点医药费,判个拘役,要你命的,是那个轮奸案,轮奸是死罪,你知道吗?把李明堂摘出来,到时候有人会替你说话,如果把他咬进去,咱可就把所有人都得罪了。哥就是有多少钱,也救不了你呀。"

柏良:"那,摘了李明堂,能救我?"

柏男:"起码是多一个机会嘛。轮奸那个案子,你认了?"

柏良："不认能行么，那桂连枝……"

柏男："得，认就先认了。现在省委书记在这儿，盯得挺紧，等他们走了，我再想办法。对了，你告诉柏才，占房那个案子，不要认。"

柏良："可是，我们都认了。"

柏男："认了也要翻供。"

柏良："哥，咱们兄弟连命都要没了，还要那几间破房干啥？"

柏男："放屁。所有的事，都从占房上起，占房的事不认，别的事也就是虚的，交通事故呢，也就是偶然的，你懂不懂啊？"

柏良："嗯，我听哥的。哥，自从咱爹妈死了，家可就全听你的了，这次，我还听你的。你说什么，就是什么，大哥，这回你可得救救我，你千万救救我，我不想死呀……"

柏男咬牙忍着泪："有哥在，不怕，啊。"

桂连枝走进来看着他们。

柏男出去了。

柏良："桂局长，我交代……"

看守所外，夜。

汽车在门外等着。

柏男沉着脸出来，拉开车门坐进去，开车。

乡间公路上，夜。

月光很明亮。

汉子推着王小六走着。

王小六："大哥，你够意思。贵姓？"

大汉："赵。"

王小六："老赵，咱俩回去合伙跟他们干一场怎么样？我有暗号，只要咱俩合伙，准赢。你拿本钱，赢了咱俩对半分。"

大汉："不去。"

王小六："四六分怎么样？你六我四。"

大汉不语。

王小六："三七。"

大汉不语。

王小六："二八。"

大汉仍不语。

王小六："喊，一九，一九总行了吧？"

大汉掏出一张百元大票来拍在他手里。

王小六："给我？"

大汉："嗯。"

王小六："哎呀妈呀，我今天可真是碰着圣人了。哥们，啥意思？"

大汉："办个事。"

王小六："啊，相中我家樱桃了，是不？喊，你也太小看我了，一百？看你也别想啊。五百。"

大汉啪的一声，从手里弹出一把刀来。

王小六害怕起来："哎，大哥大哥，有话好好说。一百就一百，一百行了吧？"

大汉收起刀来。

王小六："不过，她干不干我说了可不算。"

大汉："听着，叫你告一个人。"

王小六："告谁？"

大汉："金银铜。"

王小六："告啥？"

大汉："跟你老婆。"

王小六："噢，明白了。你跟他有仇？"

大汉："这你别管，告不告？"

王小六："给多少钱？"

大汉："一千。"

王小六吓了一跳："多少？"

大汉："一千。"

王小六狡猾地说："那不行，三千。"

大汉："行。老子给你三千。"

王小六："我想要五千。"

大汉："你小子这条命值多少钱哪？"

一辆带篷的车驶来，在他们身边停下。

大汉打开车门，将王小六抬上去，车开走。

车里，夜。

柏效在柏男身边坐着。

柏男将车开得飞快。

柏效:"大哥,慢点。"

柏男猛地刹住了车,伏在方向盘上哭起来。

柏效:"大哥,想开点。"

柏男擦擦泪,坐起来。

柏效点着烟递给他:"真没办法了?"

柏男:"现在看,只能这样了。得罪了李书记,不仅救不了他们俩,还只能把咱们搭进去。你不用说了,我的根在柳源,邹源要是不想让你干,甚至查咱们个倾家荡产,都是一句话的事。好在咱哥俩还在,这笔账,咱们慢慢算。柏效,我看钱这个玩意,怎么也没有权好使,以后,你给我拼命往上爬,我用钱保着你。咱们也算吃一堑长一智吧。"

柏效:"这一堑吃的,代价太大了。两个兄弟呀……"

柏男:"也不是全没救。那个弓文略不是改证词了吗?"

柏效:"那是叫他告柏良。"

柏男:"管他告谁,只要他桂连枝根据这个假证定了案,这个案子就是个冤案,不愁翻不了。"

柏效:"对呀,大哥!"

柏男:"我是豁出去了,这次就是花上一百万,我也要摆平这件事。我就不信,咱们就斗不过夏莲那个丫头。"

柏效:"唉,窝囊啊。"

柏男:"走着瞧,老三、老四要是真有事,我就让那个丫头偿命!"

柏男的电话响了,他掏出电话:"对,我是老大。王小六?啊,找个地方让他住下,明天一早,送他去告状。"

柏效:"哥,那个应平章也太不够意思了,到这个时候,还指手画脚的。"

柏男:"他不够意思,咱们够意思。保住了他,怎么也得意思意思吧?"

柏效笑了。

柏男:"我知道,他们是想利用我,那就叫他用,用一回,他在咱们手里就多一个把柄。"他开车。

车远去,尾灯耀眼。

宗槐卿家,夜。

宗槐卿和妻子在沙发上坐着,他刚刚讲述了这些天发生的事,王亚娟听得泪流满面。宗槐卿点上了一支烟:"做这样的事,我亏心哪。刚才在医院里,因果望着我的眼神里有一种惊恐,疯了一样地要找警察,别人不知道怎么回事,可我心里知道,老百姓信不过我呀。"

王亚娟:"都是我不好,是我拖累了你,如果没有我,你……"

宗槐卿:"你别这么说。我也想了,太坏的事我是不会干,但只要能调回来,守着你,有的事,我可以装糊涂。我这个县长,是个摆设,随他们弄去吧,我只要能对得起你,就心满意足了。"

王亚娟:"可我不满足。"

宗槐卿看着她。

王亚娟仍依偎在他怀里:"槐卿,你以前,不是这样的。作为丈夫,你对我是尽了心,尽了力了,可这不是我当初熟悉的那个你了。我爱你,因为你是个好男人,你知道在我心里你最宝贵的是什么吗?当年在我家出来的时候,我妈妈虽然嫌你家穷,那么反对你,可还是拿出三千块钱来拍在桌子上,可你没要,你说,你既然娶了我,就能养活我,这个话,我心里,真的很感动。这个话,我会记一辈子的。我刚有病的时候,人家把三万块钱送到家里来,要承包那个工程,又被你拒绝了,我心里,真的很自豪,我男人,是个真正的男人!可现在,现在你却变了……"

宗槐卿无语,只是拍拍她。

王亚娟:"我知道,你委屈地做这一切都是为了我,可我不要,我心里不痛快。真的,不痛快……槐卿,人都是有弱点的,有弱点就容易被人家利用,被人家抓住把柄,可是我,我不想再成为你的弱点了,不想,槐卿,我还想要我原来那个堂堂正正有骨气的男人……"宗槐卿握着她的手,泪在眼里抖动着。

宾馆,601 房间。

包治平、方洪彦和寒梅在屋里坐着。

田家丰进来:"包书记,他来了。"

桂连枝跟在他后面进来。

包治平:"坐吧。桂局长,听说案情有进展,所以请你来,想听你谈谈。"

桂连枝:"是。自从省里领导给我们下达指示以后,全局的广大干警备受鼓舞,也备感惭愧。大家认为,在我们管辖的地区发生了这种案子,叫我们很痛心……"

方洪彦摆摆手:"好了好了,那些个套话就不要说了,说说夏莲的案子吧。"

桂连枝:"是。经过调查,夏莲的案子基本上清楚了。那天夏莲的哥哥夏炳信和父亲夏老栓挑着自家产的黄瓜到市场上去卖，在 318 国道距夏家村 4 公里处，与骑摩托车到柏男家聚会的柏男、柏良及李明堂三人相遇。当时柏男、柏良等三人在进行赛车游戏，因车速太快，路面颠簸，柏良将正在路边行走的夏老栓撞倒，造成左小腿骨折。双方发生争吵……"

方洪彦："等等。撞倒夏老栓的到底是谁？"

桂连枝："柏良。"

方洪彦："不对吧？我记得好像是那个李明堂。先动手打人的也是他。"

桂连枝："是柏良，这是夏老栓说的。啊，我们还询问了当时的目击证人弓文略，他也说是柏良，而且，柏良自己也供认不讳。啊，这是他们的证词和供词。"

方洪彦看着，递给包治平："包书记，你看。"

包治平看着。

桂连枝："柏良是被群众称为柏家四虎中的老四，民愤很大。经过审问，他交待了与柏才强奸夏莲的事实，也承认那张夏莲按了手印、同意调解的协议书是他们事先写好带去的，但不承认是趁夏莲神志不清的时候强行按上去的。到目前为止，情况就是这样的。"

方洪彦将供词放在茶几上，刚要说话，童青敲门进来了："方书记，你的电话。"

方洪彦起身："你在这儿等我，一会儿我还有问题。"

邹源看看田家丰，田家丰闭了一下眼睛，邹源起身出去。

走廊里，夜。

方洪彦打开自己的房门要进去，邹源快走一步："方书记。"

方洪彦回头看着他。

邹源前后看看："有个事，想跟你汇报一下。"

方洪彦："进来说吧。"

602 房间，夜。

方洪彦跟邹源进来，邹源："方书记，有个事，我想应该跟你打个招呼。"

方洪彦："什么事？"

邹源："李明堂，是李承恩的儿子。"

方洪彦拿起电话，用手捂着送话器："是承恩书记的儿子？"

邹源："对，李承恩在'文革'中，救过包书记的命。"

方洪彦："这我听包书记讲过，怎么？"

邹源："啊，没什么，我只是想应该跟你说一下。那……你接电话，我出去了。"

方洪彦看着他的背影，思忖着。

方洪彦："喂，我是方洪彦。槐卿？你说什么？因果？她在哪儿？好好，我知道了……槐卿，你爱人情况怎么样？可要抓紧哪。那你看是不是这样，你到地区公安局去一下，请他们派专人把因果的材料送过来，好。"

他放下电话，思索着……

宗槐卿家，夜。

宗槐卿放下电话，对王亚娟苦笑："我还得出去一趟。"

王亚娟："你去吧，我没事。"

宗槐卿扶起她，将她安顿到床上。

王亚娟："你去吧。"

宗槐卿："有事叫小丽给我打电话，那边的事一办完，我就回来，啊？"

王亚娟点点头："槐卿，你回县里去吧，跟包书记好好谈谈，有事别窝在心里，把你知道的，都说出来。"

宗槐卿顿顿："我已经请了长假了。"

王亚娟："槐卿……"

宗槐卿："亚娟哪，我知道你心里不满意我，是，我对自己也不满意，得给我一点时间，我得把这些事前前后后清理一下，想个明白，相信我，这个时间，不会持续很久的。"

王亚娟："因为我，你还要拖？"

宗槐卿："有句话，我一直没说，从把你在你家里带出来那一天，我曾经暗暗地发过誓，那就是要一生一世不委屈你，让你过得幸福，可现在，幸福是谈不到了，但我起码应该守候吧？不然，我对不起你。"

王亚娟摇了摇头，松开了手。

宗槐卿走了。

门关上了。

王亚娟呆呆地看着门，泪如泉涌。

她打开床头柜，在里面拿出一瓶药来，打开，倒了一把在手里，又放下了。

她走到桌边，拿出纸笔来写着。

纸笺特写："槐卿……"

一滴大大的泪水落在纸上……

外面，夜。
宗槐卿吸着烟，心事重重地走着。

宗家，夜。
王亚娟写完了，她将药片吞进嘴里。
药瓶落在地上，跳动着，砰然有声。

宾馆601房间，夜。
包治平等在等候着。
方洪彦进来了。
包治平："老方，这个电话，可是不短。"
方洪彦："电话是宗槐卿打来的，他见到因果了。"
全屋人都为之一震。
方洪彦："杀人放火，十恶不赦。桂局长，因果的材料，我已经告诉宗县长去找地区公安处了，让他们连夜送来。你马上组织最强干的人马，成立专案组，这个案子，我要亲自办。"
桂连枝："是。"
寒梅："那，夏莲的案子呢？"
方洪彦，"夏莲的案子，桂局长也谈过了，材料也都看了，你们的意见呢？"
包治平："办案你是专家。听你的。"
寒梅："刚才你出去的时候不是说还有问题吗？"
众人都看着方洪彦。
方洪彦："案子都审实了，证词供词也都一致，柏良是元凶，哎，我看那个李明堂，是不是可以先放一边呀？"
包治平看看他，拿出一支烟。

方洪彦："现在关键的问题是夏莲的那个手印到底是在神志不清的时候由柏良他们拉着夏莲的手强按上去的，还是夏莲自己按上去的。这关系到案件的性质，这个问题必须搞清楚。"
邹源："对对，这个问题很重要。桂局长，你回去以后，要连夜审问，认真查一查。这个查清以后，马上移交检察院，还有，方书记抓因果的案子，你一定要保证把最强干的人马派出来。"

桂连枝:"是。方书记还有什么指示吗?"

方洪彦顿顿:"包书记,你说呢?"

包治平摆摆手:"我是外行看热闹,你有经验,你办你的。"

方洪彦:"好,那就这么办吧。"

邹源和田家丰都暗暗地舒了一口气。

寒梅:"现在,问题的焦点都集中到柏家四虎身上了。老大老二怎么办?也抓吗?"

桂连枝:"没有证据,不能乱抓人哪,再说,占房那个案子,现在看来,有很多疑点,柏良手里有柏信仁借房的证据。"

方洪彦:"马上把案卷调过来给我,广济寺的大火,也许与这事有关系。"

桂连枝:"是。"

包治平沉着脸坐着。

文冠东家,晨。

文冠东写完了最后一行字,伸了个懒腰,靠在椅背上,点燃一支烟,看着文稿。

外间,文豪已经起床了,在对着镜子试衣。

文妻从外面进来了:"熬了一夜,歇歇吧。写完啦?"

文冠东:"啊。"

文妻将手里的小盆和油条放在桌上。

文豪:"哎呀,馄饨油条哇。爸,您这待遇可是天天升啊。"伸手要拿,文妻打了他一下:"这孩子,就不能等你爸一块吃。"

文豪拿着油条,一边吃着,一边站到门边:"爸,感觉怎么样?"

文冠东:"什么怎么样?"

文豪:"文章啊。"

文冠东:"唉,文章是写给别人看的,完了就完了,叫别人去感觉吧。"到外屋洗脸:"哎,你跟文豪吃吧,我上邹书记那儿去一趟。"

文妻:"这都现成的,吃一口再去吧。"

文冠东:"不了,你们吃吧。"

文妻:"哎,再忙也得吃饭哪。"

文冠东已经出院门了。

县城的清晨。

街道上还很静寂，清扫工人在刷刷地扫着地。

偶尔有两个晨练的人在她们身边跑过。

一只破轮椅吱呀吱呀地响着推过来，王小六坐在轮椅上，向宾馆方向走着，胸前挂着一块白布，上面用猪血歪歪扭扭地写着"冤枉"两个字。

扫地的人好奇地看着他。

宾馆院内。

包治平在院里走着，听着收音机。

寒梅在练呼吸。

车安在晨练。

没有方洪彦。

王小六来到大门前，警察拦住他："站住，你干什么？"

王小六："我找包书记。"

警察："包书记说见就见？回去回去。"

王小六："我有冤，我要告状！"

警察："看你这样就知道是告状的，把状纸留下，一会儿我给你传进去。"

王小六："不行，我一定要亲口跟包书记说。包书记，包书记，我有冤，我要告状……"

他的喊声引起了院里人的注意，除包治平戴着耳塞没有听到外，其他的人都抬头向院门口望着。

王小六："寒梅，小梅子，快来呀，他们不让我进去！"

警察："走走走！"过去推车。

王小六从车上滚下来："小梅子，你快来呀，我要告状！"

警察拉住他。

门前聚起了不少的人。

寒梅："放开他。"

警察松手。

寒梅来到门前："叫他进来吧。"

王小六爬上车，寒梅过去推他："王小六，你告什么状？"

王小六："小梅子，你可得帮帮我呀，你六哥我，当王八啦！"

包治平此时已经发现这里的事，走过来："寒梅，怎么回事？咦，这不是王小六吗？"

王小六："包书记还认得我，太好了，包书记，你可得给我做主，那金银铜，强占民女呀！"从轮椅上滚下，跪到了包治平面前。

包治平："哎，起来起来！"

弓世明远远地看见，快步回楼了。

宾馆，经理办公室，日。

弓世明匆匆进来，锁上门，打电话："喂，峪沟吗？我找金县长，不在？你是哪位？哎哟，党支书哇，知道金县长上哪儿了吗？……坏啦，出了大事啦！王小六，把金县长告啦！"

樱桃家，日。

樱桃在忙着。

党兴峪来了："樱桃，樱桃？"

樱桃："唉。大叔，你有事？

党兴峪板着脸："王小六没在家？"

樱桃："昨天下午出去的，一直没回来，准又跑哪儿要钱去了。"

党兴峪："樱桃，你信得过我吗？"

樱桃："大叔，你这是啥意思？"

党兴峪："问你正事。你说，你信得过我还是信不过？"

樱桃："信得过。"

党兴峪："那好，我问你一件事，你可得跟我说实话。"

樱桃："你说。"

党兴峪："你跟金县长，是不是好啦？"

樱桃："你……"

十四集

樱桃家院内，晨。

樱桃："你，这是……听见啥闲话啦？"

党兴峪："别打岔，我不听闲话，我要实话。"

樱桃："好，那我就跟你说实话。我敬重金县长，可我跟老金之间，什么事也没有。我要有半句假话，天打雷劈。您信不过我，到底怎么了？"

党兴峪:"我信得过你,可你家王小六,他到省委包书记那儿,把金县长给告了!"

樱桃吃惊地问:"你说什么?"

党兴峪:"弓所长说,县里派车把王小六送回来了。樱桃,我再问你一遍,你跟金县长,有那事没有?"

樱桃:"你这话,问得我伤心,这说明你信不过我樱桃。金县长对我,要是稍微有那么一点意思,可能我俩就有那事。我是个女人哪,他王小六,算什么男人?可老金是个好人,是个好干部,不能冤枉他呀。"

党兴峪:"这个王小六,这么混蛋!金县长什么地方对不起他,这么坑人家!"

邹源办公室。

邹源在看稿子,文冠东在沙发上坐着。

邹源看完了,放下稿子,擦擦眼睛。

文冠东:"怎么样?"

邹源:"好,太好了,果然是大手笔呀,这个题目'贫穷不是山区的丰碑'很有魄力,分析很全面,有些地方连我自己看了都很感动,我可不是恭维你呀。我没有想到,咱们俩的意见会这么一致,有共识嘛。"

文冠东笑笑:"我也是实事求是,你要有什么意见,我还可以改。"

邹源:"不不,就这样已经很好了,冠东啊,有个事我麻烦你一下,你把这个稿子送到应书记家,他家在新楼,知道吧?"

文冠东:"知道知道,几门?"

邹源:"三门三楼左手。你把稿子送去,我给他打个电话,叫他马上送报社,马上出特刊。"

文冠东起身:"哎,我这就去。"

邹源:"哎,冠东啊,你去文联的事,等宗县长回来,我就让他办。我让应副书记已经给那边打电话了,省里领导也很重视你的才华和能力,这算破格提拔了嘛。不过我要提醒你一句呀,你要和那边的领导和同志们搞好关系,先铺垫一下,不要让人感到太突然了。对了,你儿子今天就可以到文化市场管理处上班了。"

文冠东回过头来看着他。

邹源:"怎么了,冠东?"

文冠东:"邹书记,我只是个普通的文人,我知道自己的分量,你不必太抬举我，太抬举我，就假了。"

邹源有些意外，一时不知说什么好。

文冠东："你还记得你说过的话吗？你说，这本书的价值就在于它是指导贫困山区脱贫致富的理论，是给老百姓办实事的理论，它超过了任何名利。你之所以同意我写这篇书评，它不应该成为某个人谋取利益的资本和财富。你这句话让我很感动，我以为你是认真的。我凭着一个文人的良心写字办事。说实话，文联主席我想当，为了给儿子找到一个好工作我不知求了多少人想了多少办法，可和这本书评是两码事。我什么都可以拿来做交易，但决不用自己的人格和良心。"

邹源："冠东啊，你看你都想哪儿去了。说句心里话吧，我绝没有和你搞交易的意思。你的待遇、住房和儿子的工作，早就该解决了。我想我该说的都说了，我邹源，绝不是那样的人。"

文冠东走了。

走廊里，日。

文冠东低头走着，险些与提着个皮箱的柏男撞个满怀，二人相对一愣，走了。

柏男走进邹源的办公室，关上了门。

邹源办公室。

柏男进来，大大咧咧地坐到了沙发上。

邹源皱皱眉："你这个时候来找我是什么意思？你要注意我的影响！"

柏男："邹书记，我也是没有办法。公安局抓了我两个弟弟还不算，现在又盯上了我和老二。柳源这个地方，你到底说了还算不算？"

邹源："他们犯了法，你不是不知道，我也没办法。"

柏男："邹书记，你这么说话可就没意思了，你叫我办的事我都办了，我的事，你总该上上心吧？"

邹源："你这是什么意思？威胁我？"

柏男："不不，我哪敢。"

邹源："你就是敢，我也不怕。我邹源，没什么把柄握在你手里吧？"

柏男："那是，我早就知道你聪明，来柳源几年了，你从来没在我这儿收过一分钱的礼，还给过我不少实惠荣誉，是吧？"

邹源："那是你应该有的。我知道，你赞助了不少公益事业，这叫功是功，过是过。我邹源和你之间，没有什么个人交易吧？"

柏男："邹书记，可能有一件事你并不清楚，你出的那本书，是我柏男花了两万四千元换来的。"

邹源一愣："你说什么？"

柏男："你看，有些事吧，你非让我说穿了，这多没意思呀，你的那本书哇，出版社非要出版费，平章啊就找到我，我就把钱出了。平章啊就一不做二不休，叫闵仁德去当农科所的所长，闵仁德呀才给你写了那份退出作者署名的文字声明，后来谁知道平章怎么搞的，又让闵仁德带职下乡去了，这才惹出了这段事嘛。"

邹源："你……"他长叹了一口气："你们，这不是害我吗？"

柏男："邹书记，你可别惊出病来呀。其实，这怎么能是害你呢？平章不说，我不说，你自己不说，谁又能知道呢？闵家虽然搞了路祭，又能怎样呢？证据不是在你手里吗？你怕什么？哎，包书记又不知道这件事，你说是吧？"

邹源没有答。

柏男打开箱子，里面是满满的一箱钞票。

邹源："你这是什么意思？"

柏男："这是五十万，帮帮我。就一个要求，给我那两个弟弟留条命。我知道你瞧不上这些，可是，办事用得着。"

邹源："我帮不上你这个忙。你把钱拿回去，想找谁就找谁吧。"

柏男："那，我去找包书记？"

邹源转身直视着他："你威胁我？我告诉你，抓你那两个弟弟是我下的命令。"

柏男："你……"

邹源："作恶多端不是不报哇。我早就跟你说过，叫你看好你那几个弟弟，现在事情闹成这个样子，后悔也晚了。"坐下，拿文件批着。

柏男软下来："可是，你总不能见死不救吧？"

邹源："国法无情，我救不了你，而且，就是能救，我也不会这么做。柏男哪，你要信得过我，就听我一句，回头我安排一下，你去见见你几个弟弟，好好劝劝他们，坦白自首，争取宽大处理呀。如果你弟弟真出了什么事，家里毕竟还有人嘛，有人总比没人强。不过我得提醒你一句，如果你要胡来的话，你会人财两空的。"

柏男无语。

邹源："把箱子收起来，拿走。"批着文件，表示谈话已经结束了。

柏男关上箱子："帮不帮你看着办吧。可我柏男是个什么人，你应该向应平章好好打听打听。如果我的两个弟弟有命在，无论坐多少年牢，我们柏家认了。可要是真判了他们死刑，我柏男就豁出去了。什么应平章啊，李明堂啊，姓夏的一家人啊，包括……所有的人，都没有好日子过。"

邹源头也不抬："你说完了吗？可以走了。"

柏男咬着牙，提着箱子走了。

邹源拿杯子喝水，杯里干了，他突然狠狠地摔了茶杯。

医院，高干病房。

夏莲跟夏炳信在吃早饭。

弓文略来了。

夏莲："文略，你来啦，吃饭没有？"

弓文略："吃了。"

夏莲："昨天晚上你咋没来呢？"

弓文略："啊，画个海报。"

夏莲："我还跟哥打了赌，你十一点前来，哥赢，你十一点后来，我赢。"

夏炳信："结果你一直没来，我们没输没赢。"

弓文略："哥，好点了吧？"

夏炳信："行，强多了。"

弓文略："哥，我有个事想跟你商量一下。"

夏炳信："行，你说，什么事？"

弓文略："那天撞倒大爷的，真是那个李明堂？"

夏炳信："是呀，这没错。"

弓文略："啊，哥、夏莲，你们说咱们这个案子，主要矛盾是谁呀？"

夏莲："柏家四虎哇。"

弓文略："那……这李明堂，能不能不告了？"

夏莲："为什么？不告他这事从哪儿起的呢？"

弓文略："咱就说，撞人的是柏良。那小子最坏，咱把这一切都给他安上。"

夏莲："那不行，该怎么回事就怎么回事，咱们不理亏，再说，不是柏良撞的，你告他，他也不会认哪。"

弓文略："柏良已经认了。"

夏莲："什么？他认了？我不信。"

弓文略："真的。"

夏炳信认真地看着他："文略，这到底是怎么回事？"

弓文略："我实话说吧，李明堂是地委李书记的儿子。"

夏莲："你听谁说的？"

弓文略："应书记昨天找我了，是他亲口跟我说的。咱们最恨的是柏家四虎，既然县里领导都说咱们能告倒他们，这官司就算行了。"

夏莲："不行，地委书记的儿子撞了人就没事啦？哪有这道理？我不光是要报柏家的仇。我还要讨个公道。"

弓文略："夏莲，你听我说。害你最深的，是柏才和柏良，咱打官司，也要有策略呀，如果能告倒他们，这口气，就出了。李明堂是地委李书记的儿子，连应书记、邹书记都出头指他说，如果能排开他，这官司肯定能打赢，有他夹在里边，就麻烦多了，这官司咱们能不能赢还不一定呢。大哥，我说的都是心里话呀，别硬来。"

夏炳信："是呀，夏莲，我看，就听文略的吧。"

夏莲："我不听！要没有他李明堂，就没有今天这场官司！"

弓文略："夏莲，你冷静点，听我说。你就是告了李明堂，能怎么样呢？他最多不过是关几天，赔咱点医药费，可咱们怎么办呢，把这柳源县的头头脑脑都得罪了，以后怎么办？何苦呢！"

夏莲："文略，你以前可不是这样。你也怕了吗？"

弓文略："这是两回事，看问题要看得长远点。夏莲，跟你说，我昨天到公安局做了证词，就说当天我在场，是我亲眼看见柏良撞倒你爸的。"

夏莲猛地站起来："你怎么能这么做？"

弓文略："我是为你好。你慢慢会明白的。"

夏莲："为我好？文略，是不是有人强迫你？"

弓文略："没有。"顿顿又说："好吧，我告诉你，昨天应书记带我去见了邹书记，他们请求我这样做，可是，是我自愿答应的。"

夏莲："我不信，你不是那种人。"

弓文略有些难堪："夏莲，我不想瞒你，应书记答应我，把这个案子办完了，把我调到县经贸委，去当办公室主任。我这两年，为了替你们告倒柏家四虎，工作也丢了，到处打杂，我为什么？这关系到我一辈子的前途，夏莲，你就听我一次，就算帮我行不行？"

夏炳信："莲子，算了。文略为了咱这场官司，也吃了不少苦，受了不少罪，我看，咱就别太认真了，啊。"

夏莲："文略，不是我不肯，我也是凭良心。不告李明堂，这个官司我们就理亏，就没法打了！有钱怎么了，有权又怎么了？不给我个公平，我就告到底！"

宾馆603，日。

寒梅在看着新出的《柳源周报》上面文冠东的文章。

田家丰："哎呀，这个文冠东确实了不得，妙手文章，可以治医生治不了的病，可以解决当官解决不了的问题。"

寒梅放下报纸，回头看着他。

田家丰："你又来了，我这可是由衷地佩服。你看啊，他能把一个科研专著评得这么有感情色彩，这么有人情味，我为咱们柳源有这样一位才子感到自豪。"

寒梅："戏过了点吧？你不就是觉得这篇文章帮了邹源的忙吗？你能为文冠东感到自豪？虚伪。"

田家丰："你怎么这么看我呢？"

寒梅："我原来不这么看，今天才这么看。"

有人敲门。

田家丰："请进。"

包治平进来了："寒梅，这篇文章你看了吧？"

寒梅："看了。"

包治平："感觉如何？"

寒梅："不错，和写金银铜那篇各有千秋。"

包治平坐下来："这个文冠东啊，真是人物哇，借着写书评来平息风波，这个点子绝。可不知怎么的，读了这篇文章，我反倒特想见见金银铜，可是真人就是不肯露相啊，听说又到安徽拉种子去了？"

田家丰："是啊。"

包治平："我遇到过许多干部啊，大多喜欢围着领导转，唯恐错过机会，可这个金银铜啊，他倒跟我玩起捉迷藏来了。柳源哪，怪人怪事就是多。对了，对王小六告那一状，你们怎么看？"

寒梅："如果是真的，不管有多少原因，也是不可原谅的。"

包治平："这样，那就再麻烦寒副省长去趟峪沟，调查了解一下。咱们不能冤枉一个好同志，也不能放过一个有问题的干部。啊，对了，把你那个老同学也带上怎么样？他对那里的情况比较熟悉，方便一点。你说呢，家丰？"

田家丰笑了："你是书记，当然你说了算。"

包治平："好，马上去叫车安。"

田家丰："我这就去。"

医院门前,日。

弓文略垂头丧气地从楼里出来,一辆汽车开到他身边,柏男从车里探出头来:"弓文略吧,能进来谈谈么?"

弓文略警惕地看着他:"柏男?"

柏男:"你放心,我绝没有恶意。咋了,不敢进来?"

弓文略拉开车门钻了进去。

车开走了。

汽车里。

弓文略看着柏男:"有话就说。"

柏男:"唉呀,别那么紧张,怕什么呀,随便聊聊嘛。"

弓文略:"跟你,没什么可聊的,你停下,我下车。"

柏男:"唉呀,急什么呀,你做假证的事,我可全知道了。"

弓文略看着他。

柏男:"哼,又紧张,这件事应副书记事先跟我打过招呼,我一点也不怨你。我弟弟柏良做冤大头的事呀,那还是我做的工作呢。"

弓文略:"你到底想干什么?"

柏男:"收买你。行吧?"

弓文略冷笑一下:"你看错人了。"

柏男笑了:"行了,别装得那么清高,我不过比应书记说得更直率罢了。"

弓文略:"你停车。"

柏男缓缓停下车:"弓文略,你不合作,经贸委你是去不成了,掉过头来,我可要告你,做假证这一条你可是铁定的。"

弓文略本来已经打开车门,又关上了。

柏男重新开车向前走着,伸手拉出一个包来:"这是给你的,打开看看。"

弓文略疑惑地看着他。

柏男:"打开。"

弓文略打开包,里面是一叠叠钱,他惊得关上了。

柏男笑笑:"没见过这么多钱吧?二十万,给你了。"

弓文略:"你以为你有钱,别人就能给你办事呀?"

柏男:"至少我不会看错。你肯为别人改证词,就能为我办事。男人哪,有三关难过,权、钱、色。你为权已经亏了一次心,为钱也应该能亏第二次。要不然,我把事情说出来,你可是鸡飞蛋打,身败名裂呀。二十万,可以了。"

弓文略："你想干什么？"

柏男："撤诉，叫夏莲撤诉。"

弓文略："不可能，你不了解夏莲。"

柏男："这个世上，还有什么事是不可能的。你弓文略不也做了假证了么？后座那皮箱你看见了吧，那里面有五十万，怎么样，跟我到夏家去一趟？咱们可以找夏老栓谈谈嘛。"

弓文略无语。

宾馆，601房间，日。

有人敲门。

童青去开门，弓世明走进来。

童青："弓经理，你有事吗？"

弓世明："包书记在么？包书记，包书记？"

童青拦着："你看，包书记挺忙的。"

包治平从里间出来："弓经理，来来来，坐，坐。"

弓世明坐下了："包书记，本来，是太不该来打扰你，可有个事，憋在心里难受哇。我想跟你说说。"

包治平："好，你说。"

弓世明："王小六，血口喷人。金银铜绝不是那种人。"

包治平："哪种人哪？我知道，你跟金银铜，交情挺深。可这种事，如果有，他会跟你说么？老弓啊，朋友相交，互相帮助，这无可非议，但要有是非黑白。如果连是非黑白都分不清了，那就算不得是好朋友了。"

弓世明："包书记，话可不能这么说，人品德性，不说，你也看得出来。金银铜的情况，我给你那篇文章上都写了，你昨天到峪沟也应该了解不少，包书记，您说实话，老金做出那种事，您信吗？"

包治平："我？哎，怎么反倒成了问我啦？有没有那种事，要调查了解。你说文章我倒想起一件事来，我这有篇文章，也是文冠东写的，你拿去看看，看完了，咱们可以交换一下意见。"

他将报纸递给弓世明。

弓世明看着标题："嘿，文冠东这小子，真不是个东西！"

包治平笑了："文章还没看，不要急着骂人哪。"

弓世明："好，我拿回去看。"拿着报纸走了。

童青："包书记，弓世明和金银铜的关系我了解了，两人的确不错，金银铜爱人去世以后，回县里来，常到招待所跟他一起喝酒。还好，不铺张，两人就在食堂弄点熟食，在弓世明的办公室喝，据说酒量都不小，常常喝到半夜，金副县长付没付钱我就不知道了。"

包治平："朋友之间喝酒，管他谁付钱呢？还有呢？"

童青："金银铜分管信访，是半月前的事，所以，弓世明拣的那些上访信，应该跟金银铜没关系，要不然，他也不会把那些信交给你了。"

包治平："对了，邹源怎么没来？"

童青："啊，电话我已经打过了，县委办公室的人说，本来他情绪挺好的，可后来不知道出了什么事，他把自己关到屋里，电话也不接，好像挺反常。"

包治平点头："嗯。我到方书记屋里去。"

童青："哎。"

方洪彦的房间，日。

方洪彦在打电话："好，好的，你们要抓紧审理呀。"

包治平进来了："啊，老方，你那边进行得怎么样了？"

方洪彦："柏良这个小子，本来已经承认了是赖房，可昨天晚上，又翻供了。"

包治平："因果呢？她情况怎么样？"

方洪彦："听地区公安处来的人说，没有生命危险，但脸上的伤疤大概是去不掉了，另外，精神上也受到很大刺激。"

包治平："夏莲的案子有什么进展吗？"

方洪彦顿顿："那个案子桂连枝他们已经搞得差不多了，我想把主要精力放在柏家四虎这个案子上，因为这个案子，跟柏家四虎有关系。"

包治平："啊。"

寒梅："包书记，你在这儿哪，我现在上峪沟了。"

包治平："好好。寒梅呀，下去以后抓紧回来，咱们已经在县里住了两天了，我们是临时路过，不能搞成长住办案。"

寒梅："嗯。"

包治平："还有，你从峪沟回来，顺便到黄村去看看，正好文冠东也去，把书的事讲一讲，听听他们的反映。"

寒梅："哎，那我就走了。"

包治平："好，老方啊，那你就抓紧办吧。"

方洪彦暗暗长叹了一口气。

宾馆大厅。

文冠东在大厅里坐着。

弓世明走过来，像没看见他一样，过去。

文冠东："老弓！老弓，听说，你调到宾馆来啦？哎，老弓，跟你说话呢，干什么呢！"

弓世明回头看着他："哎哟，文先生，你没看吗？我正在看报呢。要说啊，这些写文章的人，可真不要脸啊，今天吧他这么说，明天呢，他又那么说，缺心眼儿。"

文冠东："哎，你怎么这么说话呢？"

弓世明："啊，我这个人也不是东西。也是那种官升脾气长的，可有的人呢，那官还没升，可就把自己身上那点人味都抖没了。我看，不光是缺心眼，还没骨头。"走了。

文冠东尴尬万分，一回头，见寒梅站在他身边，更加尴尬："这老弓……"

寒梅笑笑："走吧。"向外走了。

文冠东跟在她后面出去。

面包车上。

寒梅和文冠东隔着过道一左一右地坐着，一声不吭。

寒梅："你那篇文章我看了，写得不错。"

沉默。

文冠东："你知道，我为什么写那篇书评吗？"

寒梅："不管为什么，我都理解。"

文冠东："我以为你会理解，可惜呀，当官的人，总喜欢把什么事情都往关系上想，好像一切都是有交易的，在他们眼里，永远都不会有单一的、纯洁的东西。"

寒梅："你是不是太偏激了点？那你为什么还要写这篇书评呢？"

文冠东有些恼怒："为什么？我写金银铜那篇文章你们左问右问就怀疑我和金银铜之间有什么非同寻常的关系，怀疑我抱着什么目的。现在我写了这篇书评又问我为什么。为什么？我是搞写作的，我喜欢写行了吧？"

寒梅转过头。

夏莲家。

夏老栓和老伴及邻居大兰在搓玉米。

大兰："昨天我去看炳信，住在高级病房里，屋里能洗澡，把他美坏了。可不知家里，愁成了啥样。"

夏妻："大兰，你没说让他糟心的话吧？"

大兰："唉，你们俩可千叮咛万嘱咐的，我敢说啥？再说，说了也没用。"

夏老栓："唉，这场官司呀，总算要出头了。"

大兰："出头能怎样？不是我说，为这场官司，你们家欠一屁股债，就算赢了，也没什么好日子过了。"

夏妻："他爸，这回赢了，能给赔点吧？"

夏老栓："嗯，赔得回秀梅，赔得回姑娘么？唉！"

夏妻也伤心了，流泪。

弓文略来了："伯母，这是怎么了？"

夏妻："呀，文略来了，快，快坐。"

夏老栓擦擦泪："文略呀，来，快，坐，坐。"

弓文略："夏老伯、伯母，有个事跟你们商量一下。"

夏妻："啥事？还用个商量，你说。"

弓文略："那你们二老可别生气呀，我带来个人。"

柏男走进来："大爷，大娘，你们好，我专门来向二老赔罪来了！"

夏老栓："你，你还登我家的门！你给我滚！"拿起身边的拐杖打着。

弓文略和夏妻拉着。

柏男："大爷，你别生气，我真是代我两个弟弟，啊，还有我自己，来赔罪的。"

夏老栓："你滚，青蛙癞蛤蟆我还分得清楚，我还没有老糊涂！王八蛋，咱们法庭上讲理，你个挨千刀的东西！"

弓文略："大爷，大爷，他真是来赔罪的。"

夏老栓："我不要赔罪，要抵罪！"

十五集

夏家，日。

柏男："文略，让他骂吧，骂一骂，心里能舒服点。大爷，柏家是真对不起你，只要你能出了这口气，您别说骂我几句，就是打死我，我也认了。"

夏老栓："好，我打死你，打死你！"抢拐杖打着。

夏妻和弓文略拉着。

夏妻："他爸，打不得，打不得。"

弓文略抢下了拐杖。

柏男："大爷，我知道你心里有气，这个事，虽然是我弟弟缺德，可我这做大哥的也有责任。今天我来，就是叫您老好好出出这口气。"

夏老栓："你滚！"

柏男："大爷，你听我把话说完。过去的事，对不起了，现在，我们一家都知道错了，求您老，放过我们一马，这是我们兄弟几个的一点心意。"不待夏老栓说话，柏男打开了手中的皮箱。

箱子里，是满满的一箱子钱。

夏老栓愣住了，夏妻和大兰，呆呆地看着。

柏男："大爷、大娘，这是五十万，你点点，你们夏家的损失，我们一次赔了。"

夏老栓："赔？你把钱给我拿走，我不稀罕！"

柏男："大爷，这是五十万哪，够养你们夏家一辈子了。"

夏老栓："我不用你们养，你拿走，拿走，拿走，拿走！"

弓文略："大爷，大爷，柏男，你先出去。"

柏男起身出去了。

夏老栓："你赔，赔得起吗？我跟你没完！"

弓文略："大爷、大娘，我知道，你们心里生气，但这件事，咱们得商量一下，咱们得算笔账啊。"

夏老栓盯着钱："商量啥？"

弓文略："柏家四虎干的那些事，就是枪毙他们，也不解恨。可再想想，别说不一定枪毙，就真毙了他们，那又怎么样？咱就真解恨了？一判刑，其他的事就没了。顶多，赔咱们个医药费，咱连还债都不够，可夏莲的罪，不是白遭了么？柏男今天找我，说赔钱，我像您这样，也狠狠地骂了他，可想想，事情已经这样了，就是把他弟弟抓去坐几年牢，咱吃的亏，咱受的苦，不也白受了么？现在，罚他们的最好的办法，就是叫他们出点血，也给咱们点补偿。要真三万五万的，咱也不要，可五十万哪，要管咱几辈子呀，咱也有了补偿，还了债，好好过日子，咱治那柏家四虎，也算重了。"

大兰："我看文略的话呀，你们也该想想。他们认罪赔钱，咱们这官司，也算赢了。讨个公道怎么样？公道值五十万吗？"

夏老栓目光呆呆地："那这个事就这么算了？"

弓文略："这是最好的结果。夏老伯，昨天应副书记我见了，您知道，那天撞你那个人，是谁吗？"

夏老栓："不就是姓李的那个小子吗？"

弓文略："他是地委李书记的儿子。"

夏老栓："地委书记？这怎么又冒出个地委书记呀？"

弓文略："夏老伯，县里应书记的意思，是叫咱把这案子撤了，柏男也答应赔钱，咱这官司也算赢了，经济也有了补偿，我看就算了吧。要不然，您二老想想，地委书记的儿子夹在里面，咱这官司怎么打呀？"

夏妻："自古民不和官斗，他爸，咱斗不过人家。"

夏老栓："斗不过也得斗，要光打人撞人，这口气我也咽了。可夏莲呢？她一个姑娘家怎么办哪？"

大兰："大爷，我看你糊涂，现在，就是把柏家四虎都毙了，夏莲，不也那样了吗？"

弓文略："夏莲的事你们不用担心，要是您二老同意的话，我娶她。"

夏妻惊喜地望着文略："文略？"

夏老栓："那你说的话是真话呀？你不嫌弃她？"

弓文略："这事不怪夏莲，我是真喜欢她。我不计较。"

夏老栓和夏妻相对看看。

夏老栓："如果这样，私了就私了吧。"

弓文略："县委应副书记答应我，把我调到经贸委去，夏莲要是跟我结了婚，我就把她带到县城里去。"

夏老栓感到意外："啊？"

夏妻："文略，可别为了这事，委屈了夏莲，啊？"

弓文略："你放心。"

夏老栓和妻子百感交集，相对流泪。

院外，日。

柏男在车边等着。

弓文略出来，上车。

柏男上车，车开走。

王小六家，日。

王小六回到家，在院里叫着："樱桃，樱桃！"

没人应声。

王小六："没在家？"自己将车推到门边，下车，将车拽进去，又坐上，推着进屋。

里屋，日。

屋里没有人。

王小六进来，关上门，从怀里掏出钱来，往床下藏着，想想又不放心，拿出来，四处找地方。

身后猛然传来开门声，王小六一愣，忙将钱往屁股底下藏，接着哼唱："……呀……哈，你回来啦？"

樱桃："王小六，藏什么呢？"

王小六："啥也没有哇？"

樱桃伸手："拿来，给我看看。"

王小六："啥呀。"

樱桃："少废话。"

王小六下意识地挪挪屁股："啥呀？"

樱桃猛地推他一把，王小六摔了，一打钱露出来，他出奇灵活地回过手来，从樱桃手里抢过钱，紧紧地捂着。

樱桃："王小六，你哪来的那么多钱？"

王小六："我赢的。昨天晚上，手这顺，别说了，缺啥来啥，那几个小子叫我赢的，今天得有上吊的。"

樱桃："不对，告诉我实话，这钱哪来的？"

王小六："真是赢的，不赢哪来的？"

樱桃："是不是有人花钱买你告金县长？"

王小六："什么告金县长，你胡说啥呀？"

樱桃："我问你，昨天晚上你上哪儿了？"

王小六："那不在韩老七家打牌吗？"

樱桃："不说实话是不？王小六，原来我就知道你够坏的，没想到你坏成了这样。行啊，会诬陷人了。告诉我，谁让你去告状的？"

王小六："告啥状？我没告状。"

樱桃将炕桌搬上来，从柜里翻出纸和笔来："没工夫跟你废话。你不会写吗？再写一个认罪书，说你告的那状是造谣，是冤枉好人。写完了，我跟你送到包书记那儿去。"

王小六："我不写。"

樱桃："真不写？"

王小六："就不写"。

樱桃上外屋搬来一块磨刀石，拿来一把杀猪刀磨着："不写是不是？好，我不强迫你。"

王小六有些害怕地问："你，你没事磨刀干啥？"

樱桃瞟他一眼："杀鸡。"她试试刀锋，又磨着，嘴里平平淡淡地说着："王小六，今天，我跟你说个实话，我不想瞒你，好歹你也是我丈夫，我喜欢金县长，你信吧？"

王小六："你，你说这话没意思。"

樱桃："有意思没意思，也得让你心里明白呀？那天，金县长在咱家走，我这心里特难受，就想跟他走，就想找个借口把他留下，真的，不瞒你，金县长要是稍有那么一丁点意思，就那么一丁点，我樱桃就敢抱他亲他跟了他！可结果，除了说不让他走以外，这嘴笨得不会说别的。你猜，金县长是怎么说的？"

王小六："他说行，反正是送上门的呗。"

樱桃："他说不行，我就又跑过去找着他的行李说，我不让你走，你猜，他是怎么表示的？"

王小六："要是我，就把你抱着上床！"

樱桃："他说，要是再回来，就得住到前村去了，当时他问我小六呢，我说在我这讹了二十块钱又去赌了。他就说，樱桃哇，给我捎句话，就说我金县长求他了，让他别再赌了。当时呀，我这眼圈就红了。"

王小六："你眼圈红，那是为了他呀！"

樱桃："对，是为了他，可是金县长不知道，他还说，如果小六哥还看得起他这个当县长的老弟，就告诉他，男人的志气呀，不在赌场上……本来呢，这些话我不想跟你说，可想想，说了吧，要不，你这辈子心里稀里糊涂过得也够冤的，你说是吧？"

王小六："什么这辈子这辈子的，我才五十呀，日子长着呢。"

樱桃："你五十多岁还不知足？我三十不到都活够了。本来呀，有金县长帮着，咱这日子过好了，觉着有点奔头了，叫你闹这一下，我这心，又凉凉的了。咳，人哪，就那么回事，多活几年能怎么的？少活几年又能怎么的？你说是不？"

王小六："那，那好死不如赖活着。"

樱桃："我想的跟你不一样，赖活着真不如好死。"她试试刀锋，继续磨着，嘴里慢条斯理地说:"给你讲个故事。小时候听我姥姥讲,我们前屯有个女的,把他丈夫给杀了,尸体没法办,晚上烧了锅开水,把那男的卸巴卸巴炖了,骨头扔灶坑烧了。"

　　王小六心虚嘴硬地威胁着:"那她也得死。"

　　樱桃轻描淡写地说:"是。枪毙了。死的时候,那脸上乐呵的。"

　　王小六愣住了。

　　樱桃磨着刀。

　　王小六胆怯地看着。

　　樱桃试试刀锋,满意了,一回手,把刀插在了窗台上,拎着水桶出门了,不多时拎着水桶进来了,揭开锅盖倒进去,拽过柴火烧起火来。

　　王小六:"要干吗?"

　　樱桃:"烧水。"

　　樱桃不理他,走进屋,掀下箱盖。

　　王小六愣愣地看着。

　　樱桃将箱盖拿到外屋,用斧头劈着。

　　王小六气急败坏地对门外喊着:"把箱盖劈了,不过啦?"

　　樱桃一声不吭,将箱盖塞到了灶炕里。

　　王小六:"哎,你劈箱盖干啥呀?"

　　樱桃:"火不旺。"进来,又掀下另一个箱盖拿出去劈着,往灶坑里填火。

　　王小六擦着汗。

　　樱桃不理他,依旧咔咔地劈着。

　　王小六的脸上淌着汗,他想下地,可浑身发抖,无论怎么使劲,就是爬不到轮椅上去。

　　锅开了,腾腾冒着热气。

　　樱桃拍拍手上的灰,闩上了外屋门,走进屋来,又闩上了里屋的门,拔下了窗台上的刀。

　　王小六支持不住了,紧紧握住樱桃的手:"别杀我,我写,我写……"

　　樱桃:"王小六,我早知道你得写!"回手将王小六拽过去,将刀插在桌上,用手按着:"说,谁让你告的?"

　　王小六:"不认识。"

　　樱桃:"嗯?"

　　王小六:"真不认识,真不认识。他那样子凶巴巴的,叫我告金县长,说是给我三千块钱,这是一千,还有两千没给呢……"

公安局预审科，日。

桂连枝在审问柏才："柏才，你把强占民房的事再交代一遍。"

柏才："我没有占他房子，柏信仁家借我叔叔的房子，是有契约的，我叔叔死了，我是他的合法继承人。要回房子，理所当然。"

桂连枝："你以前可是承认了强占民房的。"

柏才："那是你们逼的，当时我害怕，想早点出去，所以，你们说什么我就认什么。"

桂连枝："啊，现在不怕了，胆子大了是不？"

方洪彦进来了。

桂连枝起身让座，方洪彦摆摆手，示意他坐在原地，自己在一边的椅子上坐下，看着柏才。

柏才："你是省里来的大干部吧？你可得给我做主哇，我冤枉啊，他们公安局，屈打成招哇！"他跪到地上。

桂连枝："你给我老实点！"

警察过来，将柏才架起来。

柏才往地上赖着："领导明察，可得给我做主哇！"

方洪彦："想让我做主是吧，行，你起来，回答我一个问题。"

柏才坐到椅子上："我回答。"

方洪彦："柏信仁借你叔叔的房子是什么时候？"

柏才："好像是1989年，八年多了。"

方洪彦："当年，他曾给你叔叔写下了借据？"

柏才："是。"

方洪彦："那这借据上，怎么是你的笔迹？"

柏才："是我写的。当时我在场，我叔就叫我帮他写的。"

方洪彦："这借据一直在你手里留着？"

柏才："没有，当时交给我叔了。"

方洪彦："那后来是怎么到你手上的？"

柏才："我叔叔死后，我收拾他的遗物发现的。"

方洪彦："你叔叔什么时候死的？"

柏才："我叔叔死了快八年了。"

方洪彦："你撒谎。"

柏才："我没撒谎，我叔叔死了快八年了。"

方洪彦："那你当时为什么不要房子？"

柏才："当时，我看他们家挺可怜。"

方洪彦："积德行善？"

柏才："不敢当。"

方洪彦："既然是积德行善，好人做到底嘛，后来为什么又翻了呢？"

柏才："后来，两家不合。"

方洪彦："为什么不合？"

柏才："邻里间因为一点小事扯皮，时间长了，记不清了。"

方洪彦："记不清了？那我告诉你，因为柏信仁不答应他女儿和你哥哥的婚事，对不对？"

柏才："也有那个原因。"

方洪彦："你们提亲不成，就讹人家的房子，以此相要挟，差点逼出了人命。"

柏才："你可不能乱说啊，我有借据在手上，怎么是讹人家房子？"

方洪彦拿出烟盒来："就是这个借据吧？"

柏才："是。"

方洪彦："借房子的契约，为什么要写在烟盒上，这太不正规了吧？"

柏才："我们乡下人，没什么正规不正规，写借据那天，正好手头没纸，我就拆了个烟盒。"

桂连枝："柏才，你老实点！"

柏才："本来么，又没人规定借据不能写在烟盒上。"

方洪彦："可柏信仁讲，这契约是你在他不识字的父亲手里骗来的，当时你买了人家的羊，给了一百二十块钱，当面用烟盒开的收据，骗人按的手印，是这张吧？"

柏才："没有那事。"

方洪彦："柏才，你看看这烟盒，这是什么牌子的烟？"

柏才："南丰牌。"

方洪彦："你知道这种烟是什么时候出的吗？"

柏才："不知道。"

方洪彦："你是不见棺材不落泪，我告诉你，这种烟是1991年才开始生产的，也就是说，在你叔叔死的时候，这烟盒还没印出来，你是怎么用它写的借据呢？"

柏才语塞："我……"

桂连枝："说！"

柏才扑通一下跪到地上："我坦白，我坦白……"

愣王开门，向桂连枝示意，桂连枝出去。

方洪彦坐下："你呀，慢慢说，一点心眼都别跟我玩。"

走廊里，日。

桂连枝跟愣王出来，愣王看看没人，兴奋地说："桂局长，李明堂那小子终于交代了！"

桂连枝："打人撞人他都认了？"

愣王："都认了！还有，他事后想想，可能是柏家四虎有预谋，设计，故意让他撞的。"

桂连枝："这件事，得有证据呀。"

愣王："有。李明堂还交代了柏家四虎的其他事情，比咱们想象得更黑！"

桂连枝："哎。他自己的事呢？"

愣王："这小子，承认他吸毒，审着审着就掉不住了，他说是让柏家老大拖下水害的。柏老大，表面上做的是正当生意，背地里他贩毒，怪不得钱来得那么容易呢！我看，该动手了！"

桂连枝："没有命令，谁也不许动。"

愣王："谁的命令？据李明堂交代，应平章和柏老大是一伙的，起码是被他控制的人。"

桂连枝："你们继续审，等命令再抓人。当然，这命令不是应平章的。"

愣王："省里？"

桂连枝望着窗外，长叹了一口气："实在不行，还有公安部，还有中纪委嘛。哎，你们没搞逼供信吧？"

愣王："没有！这小子吸毒，瘾一犯，给支烟，什么都说了！"

桂连枝高兴地捶了他一下。

邹源办公室，日。

应平章坐在沙发上，在跟邹源讲清楚："……我的那个同学，就是出版社的副社长，他跟我说这又不是你的书，你忙得什么劲呀？我说，这是我们县委书记的，我是他从乡里一手提拔起来的，我得报答他呀。他说，你看，这是本科研专著，这作者一个是县委书记，一个是专职的科技人员，弄不好，你费了那么大的劲，帮的不是你们县委书记，帮的是闵仁德呀。"

邹源："你接着说。"

应平章："我一听，也是这么个理儿。就问，有没有什么别的办法呢？商量来商量去，就成了柏男说的那个情况了。"

邹源："当时为什么不告诉我？"

应平章："邹书记，这个事要是你去办的话，你能说么？再说了，我觉得你当时吧，配合得挺好，该表的态全都表了，一方面你声明不签署你一个人的名字，一方面你又把这个事拿到常委会上去讨论，你就没有什么责任了么。"

邹源："没责任？我就是不想背一个盗窃别人科研成果的罪名，你知道不知道？"

应平章："知道。当然知道。可是，这是闵仁德自愿申请退出的，这怎么是掠他的成果呢？无稽之谈嘛！"

邹源："那闵仁德的妻子为什么要闹？"

应平章："我看，是他熬不住了。对了，开始的时候哇，我跟他谈好了，让他到乡里挂职当副乡长，过渡一段时间，然后再调回农科所当所长，这样再提升也是名正言顺嘛。他总是担心我骗他，知识分子小肚鸡肠。后来被狼咬死了，可是谁能想到，他生前还留下一封申诉信呢？"

邹源："你全是理，你还全是为了我，应平章啊应平章，你知道不知道？你是在害我！"

应平章："邹书记，你这么说我，我很伤心。我害你？平章这些年对你忠心耿耿，鞍前马后，说实话，害谁我都可能，可我怎么能害你呢？没有你的提拔，哪有我的今天？连柳水萍都说，遇上你，是我们家祖坟冒青烟了。咱们全省不说，全地区谁不知道李书记到点要退了，有多少双眼睛盯着这个位置呢。你年轻，有学历，有魄力，有政绩，要是再有一本有分量的科学专著的话，他们那些人，哪个能比得上你呀？"

邹源："可结果呢？可结果你把我搞得这么被动！"

应平章："邹书记，其实你多虑了。那份申诉材料我看了，其实，闵仁德只是提出了作者署名权的问题，并没有抖搂出事情的内幕，现在，文冠东写了书评了，闵仁德退出作者署名的声明就在里面，只要一公布，谣言就会不攻自破，你担的什么心哪？"

邹源："我能安得下心吗？"

应平章："有什么不安心的？退一万步讲，是你把他那些东西整理成了系统的理论，是你为他建立了完整的数学模型啊，最起码，你也是作者之一呀，有什么不安心的？啊，你是不放心我吧？邹书记，你对我，有再生之恩，你对我，大可不必。至于那个柏男,他要是敢拿这个事讹你的话,反了天了呢,我不会饶过他!邹书记,要不这样,我把事情的所有经过写下了,交到你手上,所有责任,由我一个人承担,与你没有任何关系。"

邹源摆手止住他,他重重地坐在沙发上,痛苦地支着额头。

601房间,日。

包治平拿着笔记本看着。

童青画外音:"包书记,明天下午,全省组织工作召开,晚上有关专家向省里汇报吴家河水坝的方案,赵副书记请你尽快赶回省里。"

包治平思索着。

峪沟。

面包车来到峪沟村政府门前停下。

寒梅和文冠东下车。

没有人出来迎接。

文冠东:"哎,人呢?不是先打电话来了吗?"

寒梅:"走,进去看看。"

村政府屋里。

党兴峪在喝茶。

文冠东和寒梅进来,文冠东:"党支书,你在呀,怎么寒副省长来了,也不出去接接?"伸手要拿茶杯。

党兴峪:"你给我放那儿!"

文冠东吓了一跳:"你这是怎么了,老党?"

党兴峪:"文冠东,你给我听着,从今以后,峪沟没你的水喝!"

寒梅走过来:"这是怎么了?有话好好说嘛。"

党兴峪拍着手里的报纸:"这文章是你写的?"

文冠东:"是我写的,怎么啦?"

党兴峪:"你有种啊,你倒是敢做敢当。姓文的,我们峪沟人待你不薄吧,拿你当老师、当朋友,这以前也没见你溜须拍马,这真是知人知面不知心,算我瞎了眼,看错了人!会写文章有什么了不起呀?你写这样的东西,还有脸到我们峪沟来吗?"摔了报纸。

文冠东："老党啊，我只是实事求是地写文章，这峪沟的茶我可以不喝，但是，我没有昧良心。我就不知道这篇文章跟你们峪沟有多大的关系，让你发这么大的火？"

党兴峪："不昧良心？跟峪沟没关系？你说得轻巧！我问你，综合开发我们峪沟，是谁的理论？你当我没文化是不是？是冈仁德！是他和金副县长设计的。我们峪沟，每一寸土地，都有他的心血，都刻着他的名字呀！可你写这文章是什么意思？你公布老冈的信是什么意思呀？人家老冈已经死了，你这样做，就下得了手，你对得起人家老冈么？"

文冠东："老党啊，一种理论，一种学说，他只要对老百姓有利他就是好东西。我写这篇文章举了你们峪沟的例子，除了你们峪沟以外，我想让柳源县、让所有适合的贫困山区都用它，都能像你们峪沟一样富起来。我想，这也是老冈的意思吧？如果老冈地下有知的话，他也会感到欣慰的。科学有的时候需要一种牺牲精神，我之所以公布了那份声明，是因为第一，它是事实；第二，老冈这样做，他在我的心里就更伟大。所有熟悉他的人，包括你和我，绝不会因为那本书没有署他的名字，就把他忘了。相反，我觉得，会记得更牢，你说对不对？"

党兴峪："你肚子里有墨水，我说不过你。你想想，如果老冈真要退出，他后来干吗写那封申诉信呢？"

文冠东："想过，我在写这篇文章的时候一直在想，像老冈和我这样的知识分子也是人，也有普通人的欲望，唉，甚至比平常人更窘困、更贫寒，我们需要得到别人的承认，至少，我们的心里能够取得一些平衡，其实更多的时候，我们什么也得不到，就说老冈吧，他已经死了，他不需要这些了……"他脚步沉重地走了。

寒梅："支书哇，二十多年前我们就一块在您这儿插队落户，你也不是不了解他，有什么事不能坐下来，坐下来好好交换交换意见呢？"

党兴峪："寒副省长，不是我不给你面子，他文冠东干这种事，你知道乡亲们怎么说他么？都在背后戳他的脊梁骨哇！"

村里。
文冠东和寒梅走着。
一个村民迎面走来，见了他们，躲了。

一户人家门前。
文冠东领寒梅来到门前，敲门。

主人出来，见是他们，砰的一声关上了门。

村里。

文冠东和寒梅见前面有一老人，文冠东打招呼。

老人吐了一口唾沫，扬长而去。

寒梅："看来，咱们今天真是没茶喝了。"

文冠东："……"

寒梅："你也别生气，他们都挺朴实，直来直去，一下子还不能理解你的处境和心情。"

文冠东："那你能理解我吗？"

寒梅："我呀……嗯，我可能也把你想简单了，这么多年，你变化很大。"

文冠东："变好了还是变坏了？"

寒梅："现在的人啊，已经难以用一个好字或者坏字来评价了。"

文冠东停下脚步。

十六集

宾馆，602房间，日。

方洪彦在沙发上沉思着。

桂连枝来了："方书记，因果的案子基本结了，这是报告。"

方洪彦接过来："啊，坐吧。"

桂连枝："方书记，局里的同志都很佩服你。"

方洪彦："佩服什么？"

桂连枝："说你啊，这个小细节抓的，你说我们怎么就没想到？这回，柏才想赖，也赖不了了。"

方洪彦："这事也巧了，我平时就爱集个烟标什么的，所以呢，我就对那个烟盒产生了兴趣，其实，有些事情就是那么简单。"

桂连枝："方书记，我们下一步怎么办？"

方洪彦："我看哪，可以移交检察院了。"

桂连枝："我觉得不到时候。"

方洪彦："嗯？"

桂连枝："别忘了，还有那个李明堂没办呢。"

方洪彦忽然觉得头疼，他进屋洗了一把脸。

桂连枝起身："方书记，你是不是不舒服，我打电话叫医生来看看。"

方洪彦："没事没事。桂连枝呀，你干公安多少年了？"

桂连枝："十八年。"

方洪彦："也算得上老公安了，我呢，在这一行里转了将近三十年了。你说干咱们这行，什么最难？"

桂连枝想不出来："嗯？"

方洪彦："你对夏莲那个案子怎么看？弓文略的证词也改了，柏良呢该认的也都认了，按说这个案子应该没什么问题了，是吧？"

桂连枝沉默片刻："方书记，有些事，你可能也知道，这个李明堂是地委李书记的儿子。"

方洪彦："是，我知道，我还知道李书记曾经救过包书记的命。"

桂连枝："方书记，有句话，不知该说不该说。"

方洪彦："说。"

桂连枝："就冲包书记和李书记的关系，这个案子，咱们就此打住？"

方洪彦咬着牙没有吭声，他的头又疼起来，开抽屉拿药，药瓶空了。

桂连枝："药没有了吧？"拿过药瓶看看："我去给你买。"

方洪彦："不用不用……"

桂连枝已经走了。

峪沟。

寒梅和文冠东在村里走着。

文冠东："变容易，可要保持某种东西就难了。说句不该说的话吧，有多少当官的，他们敢说他们在仕途上没做过一件违心的或者亏心的事吗？如果做了，他们不是还名正言顺地当他们的官吗？你别这么看着我，写文章和做人一样，交易我也想，可是我不干，明知是亏心的事，我不能灭良心。但是我讲究策略，起码不能给自己穿小鞋，目的只有一个，把文章写下去。"

寒梅："你能这么做真不容易呀，真的。但愿你能继续写下去。"

文冠东："人是会变的。也许有一天我厚颜无耻地学会了出卖人格，你也别觉得奇怪，但到那一天，文章我是绝不会再写下去了。"

宾馆。

方洪彦从自己房间出去，又敲敲包治平的门，没有声音。桂连枝来了："方书记。"

方洪彦："啊，药买回来了？谢谢。"

桂连枝："啊，又发生了点特殊情况。"

方洪彦："进屋说。"

两人进屋。

方洪彦："什么情况？"

桂连枝："夏家撤诉了。"

方洪彦："撤诉？为什么？"

桂连枝："夏家承认他们曾经接受调解，也就是说，夏莲在诉状中所说的柏才和柏良轮奸她的事，不是事实，而柏家兄弟的收据，也是真的。她之所以要那么说，是因为柏家的赔偿不够偿还夏家的损失，她要求加钱，柏家不给，一怒之下，才编出这个故事来。"

方洪彦："胡说！一个姑娘家，会拿自己的名誉开玩笑吗？这里面一定有鬼。你马上把所有的材料，包括夏家撤诉的证词都调过来。不不，你调个车过来，咱们一起去找夏莲。"

桂连枝："方书记，这个案子既然已经撤诉了，我看这个案子，是不是先放一放？"

方洪彦："嗯？"

桂连枝："要不，咱们等包书记回来，跟他通报一下情况再说？"

方洪彦顿顿："好吧。"

峪沟，王小六家院内。

寒梅来到王小六家门前，看见樱桃推着绑在轮椅上的王小六出来，叫着："樱桃。"

樱桃："寒副省长？你咋来了？"

寒梅："樱桃，你们这是要出门？"

樱桃："嗯，到县里去，我们要去见包书记。"

寒梅："包书记，有什么事能先跟我们说说吗？"

樱桃："王小六诬告金县长。我要带他去跟你们解释清楚。"

寒梅："诬告？王小六，这到底是怎么回事？给他解开。"

樱桃给他松绑。

王小六："梅子，你来了可好，这樱桃，说啥也不让我睡觉，昨晚我是一宿没合眼哪，她非得叫我跟她去县上，你来了，就不用去了吧？"

樱桃:"哎,王小六,你别忘了答应我的事啊!"
寒梅:"我就是为核实这个事来的。王小六,你早上去县里告金银铜,现在又说是诬告,到底是怎么回事?"
樱桃:"哎呀,他是叫人用钱收买了,给人当枪使的。"
寒梅:"收买?谁?"
王小六:"不认识。"
寒梅板起脸:"王小六,这么大的事可不能开玩笑,不然是要负法律责任的。"
王小六:"我真的不认识。不过,那个车牌号我记着呢。"

黄村。
面包车来到闵家门前,停下,寒梅和文冠东下车,向闵家走去。

闵仁德家。
邹源在闵仁德的遗像前默哀,他将那本书恭恭敬敬地放到闵仁德的遗像前。
闵妻在一边肃立着。
邹源:"闵嫂,对不起,我来晚了。我对不住老闵啊,我不该让老闵带着委屈就这么走了,这本书,我给老闵送来了,他才是真正的作者呀。"
闵妻哭出了声。
寒梅和文冠东进来。文冠东看见邹源,惊讶万分。
邹源意外地问:"寒副省长,你们怎么来了?"
寒梅:"你不也来了吗?"
邹源:"我早该来,不来,这心里不安啊。这本书,虽然是在我的参与下完成的,可老闵,为它注入了一生的心血呀,他应该是作者。"
闵妻走过来:"请问,你是省里的领导吧?"
寒梅:"大嫂,我是寒梅。"
闵妻:"我家老闵的事,也不能怨邹书记,是有些人,在背后搞鬼使坏,邹书记,他不知情啊,老闵生前跟我说过,没有邹书记,他那部书稿是写不成的,邹书记是出了力的呀。"
邹源、寒梅、文冠东等无语,他们向墙上看着。
闵仁德的遗像也看着他们。

宾馆门前。

邹源的车和面包车一前一后在宾馆门前停下，邹源、文冠东和寒梅下车。
文冠东："寒副省长，我不进去了，我回家了。"
寒梅："上去吧，包书记还等着听你汇报呢。"
文冠东："算了吧，这个圈子，不是我待的地方。"他走了。
寒梅和邹源聊着："老文，老文……"
文冠东头也不回。

初春的大地，荒凉中孕育着生机。
一辆桑塔纳轿车在空旷的公路上奔驰着。

车里，日。
车后座上坐着臂带黑纱的宗槐卿，他木然地看着手中被泪水浸湿的妻子的遗书。
王亚娟画外音："槐卿，我去了……"

（闪回）
宗槐卿家，夜。
王亚娟在伏案疾书，她不停地擦着泪水。
王亚娟画外音："我知道，我做出这样可怕的决定一定令你很伤心，我可以想象到你的悲哀。原谅我，其实，我也不想走，虽然死亡频频在向我招手，虽然我知道我生命结束的那刻指日可待，但我还是希望能够拖延，拖得再长一点，忍着病痛，迎着希望，我想活，因为我舍不得你，舍不得……"
车行进在桃花丛中。

（闪回）
宗家，夜。
王亚娟在吞服着安眠药。
王亚娟画外音："可我必须得走，因为我不能让你为了我失去做人的品格。我知道这一切都是为了爱，可这爱，我承受不起，真的，承受不起呀……"
落在地上的药瓶和散落的药片。
满树的桃花。
王亚娟的画外音继续："我走了，带着对你深深的爱，走了，虽然我知道很难，但我要尽力留给你一个微笑。我爱你，像你爱我一样爱你，我不想让你为我委屈自己，不想让你为我弯下坚硬的脊梁。"

她静静地躺在床上，带着微笑，拉灭了灯。

黑暗中，王亚娟的画外音继续："最后一个请求，先不要为我下葬，当你送我走的时候，我希望看见你挺直着脊梁，因为那是我最爱的，是的，最爱的，一个男人宁折不弯的脊梁……"

汽车里，日。
宗槐卿擦着泪水，叠上遗书。
他打开车窗。

县医院，高干病房。
夏老栓、老栓妻、夏炳信、弓文略在劝着夏莲。

夏莲望着窗外："为了这场官司，咱们家伤的伤，跑的跑，已经不像个家了……我什么都豁出去了，可你们却背着我做出这种事……爸，哥，这口气，你们就咽得下去？我不撤诉，我不撤诉！"

弓文略："夏莲，你别这样，你就听伯父伯母一句好不好？"

夏莲："我不听！"

弓文略："事情已经到了这一步，咱们不能太死心眼了。咱打官司为了什么？不就为叫他柏家给爸看病，赔咱医药费，补偿我们的损失吗？这才是重要的，别的，都是虚的！夏莲，现在人家不光赔了，还赔了五十万，咱们这官司，也算打赢了！"

夏莲："不算！官司是官司，钱是钱！我们一家受的冤，受的苦，这是搁钱能买来的吗？"

夏炳信叹了口气："莲子，算了，他们柏家能这样，这也算认软服输了，我看，咱们就别强要这口气了。"

夏莲："哥，你说什么？那两个畜生要是不坐大牢，我还有脸活下去？"

夏炳信："莲子，你这是何苦呢？别说叫那两个畜生坐大牢，就是把他们都毙了，能补上你吃的那个亏吗？想想以前，放过他们吧，你跟文略成了亲，就搬到城里去住了，说句不好听的，你要嫌这里熟人多呀，你们就远走高飞，用这笔钱安个家，安心地去过大半辈子，为啥非得闹个鸡飞蛋打呢？"

夏莲："是，我就是要跟他们柏家拼个鸡飞蛋打、鱼死网破。这官司你们不打，我自己打！"

夏老栓："哎呀，你也别钻那个牛角尖了，实话告诉你吧，在临来医院之前，我和文略已经到公安局去改了口供，把案子撤了！"

夏莲："你说什么？爸，你真把状纸撤了？为什么？"

众人无语。

夏莲哭着："爸！"

夏老栓擦着泪点点头："莲子，咱认了吧，啊。"

夏莲看着弓文略："是你，文略，是你干的，对吧……"

弓文略："是，是我。可我这是为你好哇。"

夏莲："为我好？你这是在用刀戳我的心哪！我一直都很敬佩你，心里那么爱你，在我那么苦，那么难的时候，你都无私地帮助我，可为什么，你也会在金钱面前妥协，在权势面前屈服哇！不该这样的，你不是这种人，记得你跟我说过，官司打到这个分上，已经不是咱们和柏家两家的较量了，而是正气与邪恶、法律与权势之间的搏斗！你忘了么？为了一个五十万元、为了一个办公室主任，你就背弃自己说过的话吗？……"

夏老栓哭着："莲子，也不能怪文略，是爸对不起你……什么也别说了，既然案子已经撤了，咱们以后，一家子好好过日子，啊……"

弓文略："夏莲，你现在骂我，恨我，都行，我不想解释，你听我一句，咱们回家，咱们回家……"

夏莲："不，我不回！你们都不告，我告！"

弓文略："夏莲，你就别再犟了。你想急死伯父伯母哇，你这算什么？案子已经撤了，你再告，这翻来覆去的，人家公安局能信你么，还会重视吗？"

夏莲："不重视，我会叫他们重视的！"她突然奔向窗口，一跃身，从窗口跳了出去。

一屋人惊叫着，扑到窗前。

楼外传来夏莲的一声惨叫。

死一样的静寂。

宾馆601房间。

包治平看着王小六写的材料。

寒梅、方洪彦、邹源等在一边坐着。

包治平看完了："你们说，王小六交代的，是不是真的？"

寒梅："我想是。"

包治平将手里的材料递给童青："童青，你马上找桂连枝，把这份材料交给他，叫他按这个车号查一查，看是谁的车。"

童青出去了。

包治平:"哎,邹源,你那个副书记应平章,怎么就见不着人哪?"

邹源:"上午见他一面以后,就不知道上哪儿去了,手机也坏了。"

包治平:"那就派人去找,找到以后,叫他马上来见我!"

邹源:"好,我现在就去。"

门开了,桂连枝匆匆忙忙地撞了进来:"包书记、方书记……"

方洪彦:"桂连枝,怎么了?"

桂连枝:"我,我怎么就没想到呢……"

方洪彦:"桂连枝,你冷静点。"

桂连枝:"方书记,夏莲她因为不同意夏家撤诉,她,跳楼自杀了……"

一屋人均惊呆了。

包治平慢慢地坐到沙发上,长叹了一口气。

县医院,日。

急救室外。桂连枝、方洪彦、弓文略、夏老栓一家在门外等待着。

大李和愣王等民警在向夏老栓询问着情况。

桂连枝对大李:"你去,找几个人,勘查现场。"

大李:"是。"走了。

桂连枝对愣王:"你去对医生说,我求他们了,一定要保住夏莲的生命。"

愣王:"是。"走了。

桂连枝握住夏莲母亲的手:"你放心,这件事,由我来办。"

夏莲的母亲:"我们冤哪………"

宾馆601房间。

包治平翻着他的笔记本,他看着窗外,神色凝重。

医院走廊

众人还在等着。

弓世明匆匆赶来了:"弓文略在哪儿?"

弓文略看见弓世明,站起来。

弓世明一把抓住他:"你个没出息的东西!良心都叫狗吃啦?我叫你改口供,叫你撤诉……"劈头盖脸地打着。

众人拉着。

田家丰："弓所长，别这样，别这样！"

弓世明："你放开手，我今天非好好教训教训他不可！"捶胸顿足地骂道："丢人哪，咱们老弓家，怎么出你这么个败类！你说，柏家给了你什么好处，你说！"

夏老栓上前拉住他："老弟老弟，你是文略他叔吧？老弟呀，别骂了，这件事，怨不着文略，怨我，是我财迷了心窍哇……"

弓世明："你就是夏莲她爸？老哥呀老哥，你糊涂哇！孩子拼了命打官司，为谁？还不是为了你呀！为打这场官司，夏莲她受了多少苦，遭了多少罪，你这个当爸的，心里头有数哇，现在，眼看官司要出头了，可你，却把孩子出卖了，你这个当爸的，不够格呀！夏莲要是有个三长两短，老哥呀，你要那钱有什么用啊？那是卖闺女、卖良心的钱，你花着就能舒服吗？"

夏老栓被他说动，捶胸大哭："我不是人，对，不是人哪！可老弟，你说，咱一个庄稼人，不这么办，又该怎么办哇？人家有权又有钱，那李明堂，又是地委书记的儿子，是县里的应书记让文略改的证词，老弟呀，这官司，还能打下去吗？啊？老弟呀……"他泣不成声。

方洪彦、桂连枝铁青着脸，一声不吭。

门开了，夏莲被推了出来。

人们围上去，叫着她，护士挡着人们，将她推走。

方洪彦和桂连枝留下，在问医生："大夫，情况怎么样？"

张医生："人的命总算保住了，神志也清醒，可两条腿，断了四个地方，可能会落点残疾，真是个烈女子呀，伤成那样，可她一滴眼泪也没有。桂局长，这句话，我当医生的本不该说，夏莲的案子，我知道，柳源人都知道，你我都是男人，可比起夏莲这姑娘，咱们脸红。"

宾馆601。

包治平和宗槐卿对坐着。

包治平记录着。

宗槐卿擦着泪，向他们诉说着："亚娟的死，让我清醒了许多，今天，我把这些情况说出来，亚娟她也会安心了。"

包治平拍拍他的肩。

电话响了，包治平拿起电话："喂，我是包治平，好，救活就好。桂局长，宗县长现在在我这里呀，他说很多很重要的情况……反正在电话里也一时说不清楚,现在我命令你,千计万计,马上抓到应平章,对,你没听错,是抓应平章!"

病房里。

夏莲在床上躺着。

夏家人和弓文略在床边呼唤着她。

夏莲闭着眼,一声不吭。

方洪彦走进来。

方洪彦:"夏莲姑娘,我是方洪彦。我知道,你现在心里很难受,我也难受。本来么,在这省里,状告到我这儿,也算是顶天了,谁知道不仅冤没申,却出现了这么一场撤诉的剧,是我们这些当官的不好,对不住你了。"

弓文略:"夏莲,你睁睁眼,方书记和你说话呢。"

夏莲仍一声不吭。

方洪彦:"你很勇敢,敢用生命捍卫法律和公理,我来就是想告诉你,这个案子,谁也撤不了,不管牵扯到谁,我方洪彦要是不查个水落石出,我也从这个窗口跳下去!这是我的手,如果你还相信我这个纪检委书记的话,你就使劲地握一握。"

一颗泪珠从夏莲眼角流下来,她握住了方洪彦的手。

柏氏兄弟贸易公司。

桂连枝带着民警押着柏男出来,打开警车的门。

柏男向里一看,愣了。

先前逼迫王小六告状的大汉已经戴着铐坐在车里了。

大李推了柏男一把:"看什么,上去!"

柏男回头:"兄弟,客气点。"

大李:"少废话,再跟我称兄道弟,小心我揍你,走!"

柏男上车。

车开走。

街道上有人放起了爆竹。

宾馆,601房间。

包治平和田家丰仍在下棋。

邹源在旁边看着,神情忧郁。

田家丰兵临城下，步步紧逼："将。"

包治平应着："拐将。"

田家丰："将。"

包治平："支仕。"

田家丰："将。"

包治平："哎，等等，我看看。"

邹源悄悄向门口溜去。

包治平："回来回来。邹源，说你呢。"

邹源："我上卫生间。"

包治平："哎，你手机借我打个电话吧。"

邹源顿顿，拿出电话来。

田家丰笑了："我说邹源哪，你就老老实实在这里看下棋，哪也别想去了。"

邹源也笑了："我还真没见过像包书记这样的领导，强迫人家看他输棋。"

包治平："得得，这盘让他了。来来，再走一盘。"

邹源："包书记，再来十盘你也赢不了家丰，当年他可是我们地区的业余象棋冠军。"

包治平一愣："是么？"

田家丰："你听他瞎说。"

包治平："不不，从刚才这盘你显示的实力看，还真不是吹牛。"

电话响了。

包治平拿起电话："喂，老方吗？好，都抓了，行，我知道了。"放下电话："哎，不下了不下了，下不过你。"

田家丰："行，好，我收拾了。"

邹源从卫生间出来："怎么，包书记，不下了？那我回去了。"

包治平："好。哎，别忘了手机。邹源哪，今天晚上，我想请客。请你们喝咖啡。"

邹源："包书记请客，都有谁参加？"

包治平："就请我来这几天认识的这几位。宗槐卿、文冠东、桂连枝、弓世明，对了，你叫弓世明的侄子也来。"

邹源："那县里领导班子的成员来不来呀？"

包治平："你看，金银铜拉种子去了，应平章嘛，我想他也不愿意来见我。反正是告别，大家坐在一起随便聊聊，啊。"

邹源："行。我去通知。"

第十七集

宾馆咖啡厅,夜。

灯火通明,咖啡厅装修得很典雅。茶几上放着时令水果、饮料、矿泉水,很有些茶话会的味道。

方洪彦、寒梅、田家丰、童青、车安、邹源、宗槐卿、桂连枝、文冠东、弓世明、弓文略在座。

众人神情各异,弓文略低着头缩在角落里,宗槐卿沉浸在丧妻的哀痛中,文冠东与寒梅相对而坐,每每探寻她的目光,却得不到她的一丝回报。

桂连枝保持着军人的神态,正襟危坐。

方洪彦和寒梅小声地交谈着。

邹源坐下了,但仍有些神色不安,东张西望。

田家丰:"文作家,你今天怎么情绪不高啊?来,包书记还没来,再给大家讲段笑话。"

文冠东冷冷地说:"对不起,田主任,我就那么两个故事,都讲完了。"

田家丰有些尴尬。

包治平来了:"对不起对不起,刚才接一个要紧的电话,把时间耽误了,让大家久等了。坐坐,都坐都坐,啊。"坐下。

众人落座。

包治平:"今天晚上请大家来坐一下,是因为明天一早我们就要走了,也不能总是泡在柳源。哎哎,吃起来吃起来。我声明一点,今天是私人请客,不是吃公款,望大家可以放心地吃。"

童青让着:"大家随便吃,随便吃啊。"

众人应和着,气氛轻松了些。

包治平:"刚才呀,我们的车师傅问我这是不是告别会呀?喏,弓所长坚持做东要给我们开欢送会,我说其实咱们这不能叫什么会,叫什么呢?我这脑袋里突然就想起了港台电视剧里的一句台词,叫'结案陈词',啊,我看咱们也叫结案陈词吧。"

众人均注意地听着,邹源的神色有几分紧张。

包治平看在眼里,微微一笑:"我一提这个'案'字,有的同志是不是有点紧张啊,我看大可不必。我刚才说了,我是套用这个词避免这个'会'字,现在会议太多，几个同志坐下来，说说话，这就是开会，我一坐下来，那不得了，省委书记做指示，太累太累，啊？"

众人附和他笑着。

包治平："这几天住在柳源哪，给县里的同志添麻烦了，首先我代表我们这一行六个人向县里的同志道个谢。第二层意思嘛，我想把我在你们县里待的这几天中的所见、所闻、所思、所想，开诚布公地跟大家交交心。不然就这么走了，什么都不说，我看有的同志，心里也不踏实。"

包治平："其实呀，我们在柳源住下，纯属偶然。你看车师傅的车就在路上抛了锚，眼看天要黑了，不能露宿在荒郊野外呀，也该跟这柳源县有缘分。"

（闪回）县宾馆门前的塞车景象。
（闪回）田家丰、童青与杨天天交涉。

包治平的画外音："本来呢，我们打算在宾馆悄悄住上一夜就走，偏偏遇上位以车取人的服务员，不让我们住，把我们撵到招待所，于是，就认识了弓世明。"

会议室。

包治平："有意思的是，我们这位弓所长对县里某些领导很有自己的看法，再加上没有当上宾馆经理，跟柳水萍女士也有点摩擦，他当然不愿放过这样一个告状的好机会，可是弓所长很有些城府，他虽然一眼就认出了我们，却装得毫不知情，暗地里，却悄悄地做了许多小动作……"

（闪回）弓世明在招待所大厅与众人见面。
（闪回）弓世明安排伙食。
（闪回）弓世明兴奋地打电话。
（闪回）弓世明对夏莲、弓文略面授机宜。

会议室。

包治平："弓所长，能说说你当时的心情么？"

弓世明不好意思地说："当时也没想那么多，一认出你们来，又听说是在宾馆撵过来的，我就有点来劲，寻思这回可够他们喝一壶了。"

包治平："是呀，机会来了。你弓世明当然不肯放过，于是你又一连做了好几件事……"

（闪回）弓世明假作检查房间，向包治平等叙说。

（闪回）夏莲在招待所门前拦路告状。

（闪回）方洪彦听了夏莲的诉说，怒不可遏。

（闪回）弓世明抱着上访信给包治平。

包治平的画外音："你先是假作无意向我们发泄了对县领导的不满，破坏了我们心中对这个县本来很好的印象。然后，你又暗中安排夏莲到招待所门前拦路喊冤。最后，第二天一早，你又抱出一大堆的上访信，亲自出马来找我了。"

会议室。

人们都看着弓世明。

弓世明有些尴尬："包书记，您太抬举我了，其实当时我没想那么周全，都是我们县里的事太多了。"

包治平："可是你的目的还是达到了。喏，至少方书记听到了这些事，不想走了，要留下来查案，如果你只是做了这几件事，虽然也使了点心眼，耍了点手腕，仍不失光明磊落，一身正气。可惜呀，当机会突然来临的时候，你过于亢奋，忘了压抑自己的私欲，于是，在我们面前就演出了……我怎么说啊，演出了也许让你这一辈子都会刻骨铭心的那么一幕……"

（闪回）弓世明夹着信下楼梯，田家丰盯着他。

（闪回）田家丰在上访信中挑出弓世明的信，与他抢夺。

（闪回）包治平等抛下弓世明，向楼里走去。弓世明痛苦地呆立着。

包治平的画外音："可是你的这些小伎俩都被我们的田主任一一识破了。"

会议室。

田家丰有些自得："我其实也是无意中碰到的。当时，我就觉得弓世明有点反常。"

包治平："公正地说，如果没有这件事，你弓世明，那就是一个为民请愿、响当当的汉子，可有了这件事以后，你在我们的印象当中就变得圆滑了，不太可信了，这同时影响了你费尽心机向我们介绍的副县长金银铜的形象。不过我还是要说，你后来的行为证明，你是一个响当当的汉子，耿直的炮兵。"

（闪回）弓世明拦住汽车。

（闪回）弓世明将麻袋里的上访信倒在地上，如山的上访信。

会议室。

包治平："你的爱憎、坦荡，我包治平，是不会忘记的。"

众人注意地看着他。

包治平："有些事现在讲出来也没什么，现在社会上有股风很邪，本来应该是很保密的事，可在你们柳源县却已经人尽皆知，就是你们地委的李承恩同志就要退下来了，显然要找年轻的同志来接班，能是谁呢？选来选去，两个接班人都在你们柳源。你弓世明当然知道其中之一就是金银铜，于是你旗帜鲜明地，不遗余力把金银铜推荐到我们的面前。这当中，你依靠了一个人无形的力量，哎。"

童青将报纸拿给他，包治平："就是这篇文章，也使我们认识了文章的作者文冠东。"

文冠东的神色有些茫然。

包治平："文章写得很有水平，也相当感人，所以我们就急于认识文章的作者，也急于了解文章的内容到底有多少成色。于是这篇文章就促成了我们的峪沟之行。"

（闪回）车上，众人在讲笑话。

（闪回）垒堰造田的人们。

（闪回）众人参观公墓。

（闪回）众人在田边合影。

（闪回）峪沟的工厂。

包治平的画外音："一路上，我大开眼界，我心目当中的金银铜，跟这篇文章中的人物形象，逐渐吻合了。但奇怪的是，这位金银铜县长，也不知为什么，我们的副县长金银铜却三番五次地总是不肯露面，说心里话，我甚至对他产生了反感，更奇怪的是，这篇文章的作者文冠东的态度，似乎也在改变。峪沟一趟回来，你不那么提金银铜了，突然之间，在我的办公桌上又出现了你的第二篇文章……"

童青将文章递给他。

包治平："《贫穷不是山区的丰碑》，文章的标题相当响亮，写得也很精彩，可是，我突然有点闹不明白，一篇文章是为金银铜大唱赞歌，而另一篇，却是在轻松之间为邹源洗刷了署名问题，我很难想象，这两篇文章，会出自同一位作者之手。这就让我想起了在游广济寺的时候，家丰、冠东，还有你邹源，在弥勒面前的那番谈话。

（闪回）广济寺。

庙门前弥勒佛像旁。

文冠东："笑和笑也不一样。有一次，乾隆皇帝到了江南，在寺院游玩，见了弥勒佛，问身边的纪晓岚，他为什么对我笑？纪晓岚回答'佛见佛笑'，乾隆又问'他为何也对你笑？'纪晓岚说'他笑我缘浅福薄'。"

寒梅："这个纪晓岚，倒是个溜须拍马的高手。"

田家丰："中国文人，只要一上政治的边，有骨气的就不多了。"

文冠东："这也正常。文人从政也得守从政的规矩，若不然，自秦始皇焚书坑儒开始，非杀即贬的净是些文人。我就不明白，其他的大臣在皇上面前百依百顺是为忠，文人在皇上面前百依百顺便成为媚了……"

会议室。

在场的人想起那段对话，神情各异。

包治平："大家都想起来了吧？当时这段对话，我们的作家虽然慷慨陈词，不太高兴，但是，也显得底气不足哇。而邹源和家丰，他们似乎很有把握，对不起，我的话要说重些了，很有把握把文人的傲骨变成媚骨。文冠东为什么底气不足哇？是因为在游广济寺之前邹源向他当面许过愿，说回县以后，让他当文联主席。"

"当"的一声，邹源手里的咖啡匙掉在了杯里。

包治平："还有，在这之前，邹源还答应替文冠东的儿子安排工作，文冠东没有表态，似乎是默认了。于是，宗县长就受人之托，让你为邹源写那篇书评，是这样吧？"

文冠东站起来："是，包书记，我写了，可是我没有做交易。"

包治平叹息一声："别急别急，坐。你没有做交易，可人家却把它当成了一笔交易。你的这篇文章写得很大气，和前篇比更有理论水平，可是你承认不承认，就在这大气磅礴之中，邹源可能有的问题和应该承担的责任，都被你推得干干净净。"

文冠东："包书记，我说句心里话，这种名分利益的斗争，让我觉得恶心。你肯定没有受过像我这样的小文人所受过的白眼和蔑视，所以，你能这么轻松地对我的文章甚至对我的为人进行评说。"

众人都以惊讶的目光看着他。

包治平："冠东啊，你说你觉得恶心，可是我敢说，这种名分和利益的争斗，在你的心里，也还是有的，你说是不是？冠东啊，坐，坐，坐……"

文冠东坐下了。

包治平："怀才不遇，家境窘迫，这是许许多多文人的共同经历。自古以来，我们对文人的态度就很不公平，但也因此就有了屈原，有了鲁迅，当然，也有了一些让我们不屑启齿的文人。有人说文人的流芳在于笔，我看，主要的还不在于他们的笔，而在于他们的骨气，骨中的气。我想说的是，我们的有些干部哇，不要想着法子去糟蹋这点傲骨和气节了。好了，这个问题就说到这儿。值得我们注意的是，我们年轻的、有能力的、有文化的县委书记邹源，现在也开口叫宗县长，找人替他写文章了。"他坐到了邹源的对面，盯着他。

邹源站起身："这件事，还是让我自己来说清楚吧。我不否认，宗县长让文冠东写那篇文章是我的旨意，但我绝没有让老文吹我捧我的意思。记得在黄村，闵仁德的妻子搞路祭，包书记让我念老闵那封信，我觉得委屈，感到压力很大，不说清楚，今后没法工作，我不想隐藏什么，更不想背这欺世盗名的黑锅，可我万万没有想到，这个事怎么会闹成这个样子……我知道，自己对不起老文……"

包治平："这仅仅是为了澄清某个事实吗？你这篇文章，何止是洗刷了自己！我不反对竞争，即使是在干部问题上也不反对。可是竞争就要有竞争的规则。《贫穷不是山区的丰碑》，这个标题很响亮，可是言外之意就是，只有你的书，你的理论才如山区的丰碑？我不知道别人看了这篇文章会怎么想。你让应平章去通知金银铜在峪沟等我们，可是你完全知道他们之间的矛盾很深，应平章巴不得出金银铜的洋相，于是果然，应平章就传错了话，打了个时间差，以至于使我们到现在都没见到金县长的尊容。更可怕的是，回到县城之后我们急于找金银铜，你又暗示宗县长传话给他，说见不见我包治平由他自己决定，言下之意就是可见可不见了？紧接着，让他去安徽买种子，理由相当充分，催得十万火急，你完全了解金银铜的个性，在这种情况下，他当然不会来见我了。邹源哪邹源，你高明不高明，道德不道德？"

邹源无力地坐下。

包治平轻叹一声，拿出一支烟来嗅着："平心而论，这几天观察下来，我对你这个县委书记的能力、才干，还是很欣赏的。你不但敢想敢做，而且有理论有政绩，修路、建楼、搞农贸市场，尤其是在药厂问题的处理上，说明你有改革的勇气和魄力。在署名的问题搞清以后，你能够公开认错，还主动到黄村去赔礼，这说明你是有诚意的，有个敢做敢当的样子，这都不错。可遗憾的是，你太聪明了，聪明不是什么坏事，可要加上心术不正，那就比不聪明更可怕。大家都听说过这样一句话吧？叫'才能足以助其奸'，要引以为戒。邹源哪，你作为县委书记,最大的问题是野心太大,官瘾太大,急于出名声,出政绩,你还记得这几件事吧?"

(闪回)面包车里。
邹源在大发议论:"……以前只知道出书难,没想到会难到要作者倒贴的分上。我不是当着各位领导说大话呀,如果有一天柳源县都能奔上小康,经济上去了,或者……或者我邹源有能力决定更大的事情,我一定设立一个科学专著的出版基金和奖励基金……"

(闪回)宾馆会议室。
邹源在跟宗槐卿谈话。
邹源:"我知道你心里一直笑我有野心。是呀,我不否认,我是在争,是在想方设法往上爬,可是,说到底,中国还是一个官大好办事的社会,你想改变它吗?办法只有一个,就是当官,当更大的官!"

会议室。
包治平面对邹源批评着:"你并不隐瞒自己的观点,也许会有人同意,你认为,只有当了大官,才能在扫除痼疾弊端上面做出些大事来,看来,你根本没有把你现在担任的县委书记的职务放在眼里呀!可是你想过没有,在你邹源当大官之前,你是怎么看待法制和公道的,又是怎么培养你自己的德行和操守的?"
邹源低着头。
包治平:"大家都记得广济寺的因果吧?就是夏莲那个跑了的嫂子,秀梅。她被逼在庙里藏着,本来柏家四虎是不知道她藏身广济寺的,是我们一去,当天晚上,她就差点被人烧死在庙里!为什么?是你,你邹源给应平章打了电话。"
邹源抬起头来,眼里满是惊恐。
(闪回)邹源在所里给柏男打电话。
(闪回)宗槐卿则在所外听到了邹源的话。
包治平的画外音:"应平章是柏家四虎的同伙,又是他们的保护伞,你不可能完全不知道这层关系,可是你偏偏把他视为心腹,给他打了电话,使他有可能给柏家老大通风报信,铸成了大错。"

会议室。
邹源:"包书记,我接受您的批评,我当初提出到这个穷县当书记,也确实想为官一任、造福一方，我也承认为了证明自己的才干，急于想出政绩、要名声，所以忽视了法制、用错了人……可是包书记，我给应平章打电话，是让他抓柏家的老四、老三，并没有通风报信的意思。而且，我当时还是相信应平章的，并不知道他是柏家四虎的保护伞。何况，他是县委副书记，又分管政法。"

包治平长叹了一口气："我看到的是过程和结果，虽然我很痛心，但是我们只能尊重事实。"

包治平站起来，向宗槐卿走去："今天晚上，我要特别提起一个人，一个我们大家都不认识、也没见过面的人，王亚娟，她就是宗槐卿县长的爱人，昨天晚上，她服药自杀了。"

众人震惊。邹源的表现尤为突出。

（闪回）初春的大地。一个赶牛耕地的农民放开喉咙喊着歌。

满树的桃花。

王亚娟与宗槐卿的结婚照，照片上年轻漂亮的王亚娟和宗槐卿幸福地依偎在一起。

她的遗书。

包治平的画外音："爱，真挚的爱，自古以来，就是那么沉重、那么壮烈、那么无私。有的时候，因为双方对爱的理解不同，显得那么无奈。这个差距呀，虽然同是一个爱字，却是天壤之别。"

会议室。

宗槐卿抽泣着。

人们同情地望着他。

包治平扫了田家丰一眼："有人说在感情和友谊面前是很难分出是非的，这话不对，感情和友谊一旦与某种利益相结合，要当心，弄不好会误大事。"

寒梅看了一眼田家丰，田家丰躲开她的目光。

包治平："关于宗县长，我不想多说什么了，该说的，他妻子亚娟都已经说了。让我们感到安慰的是，他终于挺直了腰板，宁折不弯，我想，这才是亚娟希望看到的好丈夫。"他安慰地拍拍宗槐卿的肩。

包治平："我还要提起一个人，一个公安干警，一个在权和钱面前毫不退缩的正派人……"他走到桂连枝面前，弓世明起身让座。

包治平："对，就是他，我们的公安局长桂连枝同志。"

（闪回）桂连枝在对大李，愣王讲话："他们许诺让我当政法委书记，可我桂连枝不是这种人！政法委书记我可以不当，甚至这个公安局长我也可以不干，但这李明堂是非抓不可！"

会议室。

包治平："抓李明堂意味着什么？意味着在地委书记的头上动土。而且县委的政法委书记明确授意他不准动，而且他还知道李承恩同志在'文革'期间曾救过我包治平的命啊，还不止一次地力荐过省委的方洪彦同志。这些都是真的，看看吧，一个小小的李明堂，牵动到这么多的人，那么深的关系……哎，桂局长，你能不能跟我说一说，不过要说实话，当时你对包括我在内的人，是信任还是怀疑？"

桂连枝："我……"

包治平："说。"

桂连枝站起来："是。因为当时情况不明，我怀疑居多。"

包治平："坐坐。我想，你一定也试探过吧？"

方洪彦一脸严肃地坐着。

（闪回）

桂连枝与方洪彦在谈论案情。

方洪彦："……柏良该认的也都认了，按说吧，这个案子也就没什么问题了，是吧？"

桂连枝："方书记，有些事你可能也知道，这个李明堂，是地委李书记的儿子。"

方洪彦："啊，我知道，我还知道，李书记是包书记的救命恩人。"

桂连枝："方书记，有些话我不知讲不当讲啊。"

方洪彦："说，有话你就直说。"

桂连枝："就冲着包书记和李书记的关系，这个案子，咱们就此打住？"

方洪彦沉着脸没有说话。

会议室。

包治平坐在桂连枝对面："桂连枝啊，当你决心向我汇报，你已经抓了李明堂，并且已经取得突破的时候，你想过没有，假如我不支持你……"

桂连枝:"我……"

包治平:"说。"

桂连枝:"我……"

包治平:"桂连枝!"

桂连枝起身:"到。"

包治平:"说。"

桂连枝:"是,包书记,我已经把李明堂的口供、笔录和一切相关的材料都复印了一份,如果你也官官相护的话,我……"

包治平:"说。"

桂连枝:"是。我就到北京去告你!"

咖啡厅里响起了热烈的掌声。

包治平:"这个掌声,是你应该得到的。坐。"

桂连枝坐下。

包治平:"尽管应平章一再对他封官许愿,一会儿当检察长,一会儿当政法委书记,可他始终不为所动!他记住了一个公安局长的职责,维护了正义和法律的尊严!同志们哪,我们的党、老百姓,多么希望多一些,再多一些,像这样的好干部。"

包治平:"柏家四虎你们已经抓起来了,我相信,夏家的案子,会有一个让柳源的老百姓满意的结果的。接下来的问题就该是应平章了。说实话,我的心情很沉重。像应平章这样一个靠溜须拍马、阿谀奉承爬上领导岗位的人,怎么就会被我们相中了呢?他的生活作风问题且不谈,作为一个县委的政法委书记,居然和地方恶势力相勾结,不保一方的平安,却毁了一方的平安!问题出在哪儿呀?"

包治平用手指点着邹源和宗槐卿:"为什么要重用应平章,他有那么多的劣迹你们怎么就发现不了?县里,有责任,你邹源,有责任。可是,上级部门哪,管干部的干部,首先我包治平,还有大家,我们都应该好好想想,好好想想啊……"

他喝口水平息了一下情绪:"应平章抓到没有?"

桂连枝:"我正派人在抓,到目前为止,还没有消息。"

包治平:"邹源,这件事情就交给你负责。"

邹源:"桂局长,你派人到我办公室等着,我找他来。"

桂连枝:"是。"

包治平:"也许,在座的诸位现在心里还存在最后一个顾虑,李明堂是抓了,可是,他当地委书记的爸爸会怎么想啊?会不会影响今后的工作?昨天晚上,我和童青抽空去了一趟地区,找到了李承恩同志,我开诚布公地问了他,他对我的回答是，'我已经给你打过电话了'。是，他来过电话，我不在，他特意让童青要逐字逐句地做好电话记录交给我。我想，他的本意，大概是立此存照吧。童青，麻烦你念一念。"

童青接过记录，念着："包书记，听说我的儿子李明堂在柳源犯了罪，我很惭愧。养不教，父之过也。对他的处理，我完全尊重公安部门的意见，请依法办理，不要因为是我的儿子而有任何顾虑。李承恩。"

众人无语。

包治平慢慢拿起笔记本，起身，走了。

童青跟着他。

咚咚的脚步声叩人心扉。

公路上，晨。

包治平等一行六人回省城了。

面包车在路上行驶着。

车里的人默默无语。

方洪彦："包书记，请教一个事。"

包治平："说。"

方洪彦："李承恩那个电话记录，你为什么一直到昨天晚上才拿出来？"

包治平："这个，保密。"

方洪彦无语。

包治平望着窗外："如果李明堂不是李承恩的儿子，而是我的儿子，会怎么样呢？即使这样，李明堂是一个地委书记的儿子，可他爸爸的态度不像这样，又会怎么样呢？看来，这个位子，这个权哪……"

车远去。

全剧终。